Élisabeth Barbier

Élisabeth Barbier est née à Nîmes le 25 avril 1911. Après des études de lettres à Paris où elle s'intéresse au théâtre et devient l'amie des Pitoëff, elle épouse un médecin et s'installe à Avignon. Devenue veuve en 1943, elle trouve son salut dans l'écriture. Elle rédige alors *Les gens de Mogador*, vaste fresque provençale qui lui permet d'exprimer au travers de ses personnages tous ses sentiments refoulés lors de la disparition de son mari. Aux côtés de Jean Vilar, elle participe à la création du Festival d'Avignon, tour à tour souffleuse, costumière, répétitrice des comédiens, puis couvre la manifestation comme journaliste pendant près de quinze ans. Également membre du jury du prix Femina, elle continue d'écrire en parallèle. *Mon père, ce héros* et *Dominique* sont ses derniers ouvrages publiés.
Élisabeth Barbier s'est éteinte le 19 février 1996.

LES GENS DE MOGADOR

DU MÊME AUTEUR
CHEZ POCKET

LES GENS DE MOGADOR

JULIA
LUDIVINE
DOMINIQUE

ÉLISABETH BARBIER

LES GENS DE MOGADOR

**

LUDIVINE

JULLIARD

ISBN 2-266-14362-x

BRANCHE VERNET

- Armand **Vernet** 1778 - 1854 — *Élodie Richard-Lacroix* 1797 - 1879
  - Rodolphe 1825 - 1875 — ***Julia Angellier*** 1834 - 1914
    - Cyprien 1856 - 1861
    - Amélia 1856 - 1876
    - Henri 1859 - 1887
    - Frédéric 1864 - 1913 — ***Ludivine Peyrissac*** 1874 - 1918
      - Isabelle 1891
      - Anne 1893 — *Gaspard de Barcarin* 1888
        - Jean 1919
        - Édith 1923
      - Christine 1895 - 1917 — *Alban Marquet-Rageac* 1889
      - François 1898 - 1917
      - **Dominique** 1898
    - Adrienne 1866 — *Charles Guillermin* 1857 - 1932
    - Hubert 1871 - 1932 — *Madeleine Brun* 1891
      - Frédéri 1913

BRANCHE ANGELLIER

- Alfred **Angellier** 1798 - 1858 — *Constance de Sauzade* 1817 - 1879
  - **Julia** 1834 - 1914 — *Rodolphe Vernet* 1825 - 1875
    - *Voir branche Vernet*
  - Constant 1835 - 1924 — *Dorothée Eysserie* 1849 - 1875
    - Edmond 1866 - 1900
    - Émilie 1868 — *Julien de Clarens* 1861 - 1900
      - Marguerite 1894 — *Jean Hirigaray* 1893
        - Yvonne 1920
        - Robert 1923

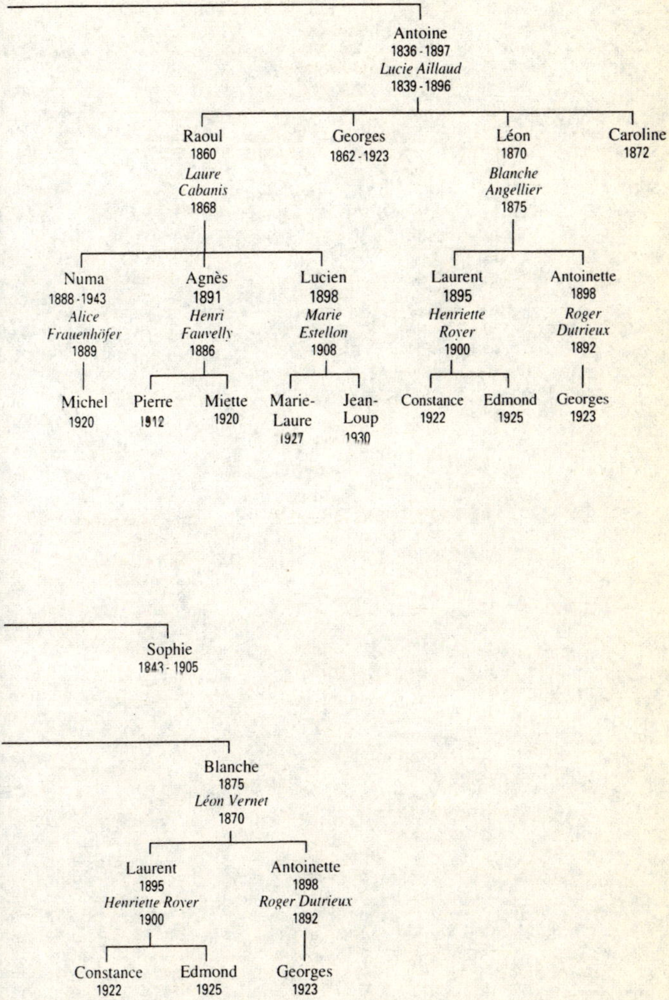
Antoine
1836 - 1897
Lucie Aillaud
1839 - 1896
Raoul
1860
Laure Cabanis
1868
Georges
1862 - 1923
Léon
1870
Blanche Angellier
1875
Caroline
1872
Numa
1888 - 1943
Alice Frauenhöfer
1889
Agnès
1891
Henri Fauvelly
1886
Lucien
1898
Marie Estellon
1908
Laurent
1895
Henriette Royer
1900
Antoinette
1898
Roger Dutrieux
1892
Michel
1920
Pierre
1912
Miette
1920
Marie-Laure
1927
Jean-Loup
1930
Constance
1922
Edmond
1925
Georges
1923
Sophie
1843 - 1905
Blanche
1875
Léon Vernet
1870
Laurent
1895
Henriette Royer
1900
Antoinette
1898
Roger Dutrieux
1892
Constance
1922
Edmond
1925
Georges
1923

A Georges et Jane Roux,
en mémoire de R.B.

E.B.

PREMIERE PARTIE

1

Derrière la porte fermée, on appelait :

— Ludivine, Ludivine, dépêchez-vous. Il est près de midi. Maman demande si vous êtes bientôt prête.

« Elle m'agace. Dieu qu'elle m'agace ! » pensa Ludivine, campée devant la psyché, en corset et jupon blanc, le peigne en main, bataillant avec ses épingles à cheveux. Suavement, elle dit :

— Tout de suite, ma chère, je me coiffe.

— Puis-je entrer ? insista la voix.

Ludivine invoqua la malédiction du Seigneur sur la tête de l'importune et, les yeux au ciel :

— Mais naturellement, Elise, je vous en prie.

Elise entra, et suffoqua devant le négligé de son amie, et le désordre de la chambre : — Mais, vous n'êtes pas encore habillée ?... Et vos cheveux !... Doux Jésus ! Qu'est-ce que Maman va dire ?... Elle vint à la glace et s'admira avec une timide complaisance : — Aimez-vous ma toilette ? Ce mouvement de retroussis par-derrière, c'est élégant, n'est-ce pas ? Mademoiselle Berthe l'a recopié sur un modèle de Redfern. Et, ma chère, vous avez vu, Maman m'a prêté sa modestie en malines.

Ludivine examinait à côté d'elle, dans la psyché, la blonde jeune personne en robe d'ottoman rose dragée, garnie de velours en coquillés.

— Ravissante, dit-elle avec conviction. Elle pensait : « Un bonbon. On la lécherait, dans tout son rose. Au diable le rose. Un jour, je serai une dame et je m'habillerai de jaune avec du chantilly noir. »

Un bruit de roues et d'essieux grinçants monta de la cour par la fenêtre ouverte.

— Mon Dieu, écoutez !... — Elise se précipita pour regarder à travers le grillage de la moustiquaire. — La voiture ! Oh, Ludivine, vite, vite, je vais vous aider. Votre robe, votre tournure, vite !

Elle tournoyait au milieu de la chambre, en grand désarroi, fouillant au hasard parmi les jupons, les vêtements épars, tandis que son amie achevait tranquillement de piquer la dernière épingle dans un édifice de savantes torsades noires.

On frappa à la porte.

— Madame fait dire à ces demoiselles qu'elle les attend au salon.

— Oh mon Dieu !... se désolait Elise. Que va dire Maman ? Monsieur Vernet qui nous attend...

— Je me moque de monsieur Vernet ! cria Ludivine excédée, en frappant du pied. Soulagée par cet éclat, elle reprit, avec le calme des grands capitaines :

— Aidez-moi seulement à me corseter, Elise, et vous descendrez tout de suite. J'aurai plus tôt fini, seule. Tenez, vous avez les cordons. Allons, serrez, serrez. Mais serrez donc, n'ayez pas peur !... Je ne me sens pas même soutenue. Empoignant l'espagnolette de la fenêtre, elle s'y accrocha avec énergie tandis qu'Elise, de toutes ses forces, tirait sur les lacets. Là, ça suffit, consentit-elle, à demi étouffée. Passez-les-moi, je les nouerai moi-même. Maintenant, courez, je vous rejoins. Elle jeta un coup d'œil malicieux sur le visage de la pauvre Elise, empourpré par l'effort.

— Vite, chérie, n'oubliez pas que monsieur Vernet vous attend.

Elise, cramoisie, s'élança vers l'escalier.

— Ouf ! soupira Ludivine : « *Monsieur Vernet va venir... Monsieur Vernet dit... Monsieur Vernet pense... Le rose plaira-t-il à monsieur Vernet ?* » Où est mon cache-corset ? Seigneur ! Faites que je retrouve mon cache-corset !... Merci, mon Dieu, le voilà. Depuis huit jours, Monsieur Vernet est le Messie attendu dans cette maison, dirait-on pas ? Oh ! j'étouffe. Quelle abomination d'être serrée comme ça. Ma tournure... Où est-elle encore passée ?... « *Et vite, et dépêchez-vous, et courez !... Un gentleman-farmer, pensez donc !...* »

Elle pinçait les lèvres et fronçait son petit nez avec affectation, tout en bataillant contre les attaches du jupon qu'elle venait d'emmêler avec celles de la tournure. — Et cette Elise !... La voilà assotée du premier venu, sur commande, avant même de l'avoir vu. Bonté divine ! J'aime mieux retourner au couvent. ce nœud !... C'est commode de s'ajuster seule Maintenant le jupon de dessus. Là, sur le lit... Joli, jupon parme. Si j'étais mariée... Mais le mariage « Oui, mon ami... Comme vous voudrez, mon ami... » Non, non, non ! Vivre à ma guise, dépenser de l'argent, voyager... Quand mon tuteur m'aura rendu ses comptes, je me ferai habiller à Paris. « *Mademoiselle, je vous aime. Je suis fou de vous. Je mourrais pour un de vos sourires...* »

Elle s'assit sur le coin d'une causeuse encombrée de lingeries, et promena autour d'elle le regard d'une inaccessible souveraine, tout en enfilant ses bottines de chevreau mordoré. — Ah ! le tire-boutons ?... Il était sur la coiffeuse. Bien entendu, elle a tout dérangé. Bon, le voici. Me mettre en frais ? Pas aujourd'hui, en tout cas... « *Monsieur Vernet vient pour affaires.* » Oui, bien : la belle argenterie... La toilette rose...

« Voyons, quelle robe ? Celle-ci ? Bien suffisante. Au moins, n'avoir pas l'air endimanché... »

Les bras levés protégeant sa coiffure, elle passait, avec quelques difficultés, une très simple robe de popeline crème nouée derrière d'un « pouf » de ruban écossais vert pomme à larges pans.

— Mademoiselle, Mademoiselle !

— Louise, entrez donc ! Vous tombez bien, ma fille. Venez me boutonner. — Devant la figure effarée de la petite domestique, elle éclata de rire : — Est-ce que madame Daubenois s'impatiente très fort ?

— Oh non, Mademoiselle, Madame est au salon avec...

— ... Monsieur Vernet, coupa-t-elle. Oui, je sais, mais qu'a-t-elle dit ?

— Elle a dit comme ça que je monte pour dire à Mademoiselle qu'on attend Mademoiselle pour passer à table.

« Il est indiscutable que ce ton crème m'éclaircit le teint et fait valoir la nuance de mes yeux », constatait Ludivine, devant la glace, avec satisfaction. « Et mes yeux sont ce que j'ai de plus joli. »

Ils étaient, en effet, ces yeux, d'une étonnante couleur bleu sombre presque violette : le violet velouté de certaines pensées. Ils éclataient en feux de pierres dans le mince visage ovale où la finesse du nez, très légèrement busqué, le dessin pur des lèvres, la matité dorée de la peau accusaient une lointaine ascendance sarrasine, soulignée par les reflets noirs de la chevelure. Des pommettes un peu saillantes, un petit front lisse et bombé achevaient de caractériser le charme particulier de ces traits.

La taille de Ludivine se fût aisément passée du corset ; sa gorge ronde, menue, haut attachée, était de celles qu'il est agréable de contempler chez une pensionnaire de seize ans. Elancée sans être grande, elle avait la démarche de ces filles d'Arles ou d'Avignon que chantaient alors Aubanel et Mistral.

Jolie personne en vérité. Mais cette peau de brune... ! Ludivine eût donné beaucoup pour posséder le teint blanc à la mode.

Elle sourit à Louisa admirative, qui s'embrouillait dans le boutonnage.

— Eh bien ! que l'on m'attende !

— Oh, Mademoiselle... souffla Louisa, scandalisée.

— Allons, petite, dit Ludivine, olympienne, après un ultime regard vers le miroir, j'y vais à l'instant. Vous remettrez de l'ordre dans la chambre.

Elle descendit lentement l'escalier sonore, tout en mordant ses lèvres pour les rendre plus rouges.

En bas, la conversation languit quelque peu.

Elise, toute raidie au bord de sa chaise (« *Tiens-toi droite, ma fille* »), sourit timidement quand l'invité s'adresse à elle, rougit pour répondre, et se tait avec grâce. Le notaire insiste : Reprenez donc un doigt de rasteau, je vous en prie... et surveille à la dérobée le visage de son épouse. Clémence Daubenois se sent parvenir au point culminant de sa patience.

La responsable de ces affres, opérant son entrée, discerna tout cela d'un coup d'œil.

— Ah vous voici, enfin ?... Dans la voix de la notairesse, l'aigreur contenue le disputait à la distinction de l'accent.

Ludivine esquissa une révérence de pensionnaire.

— Je suis vraiment confuse de vous avoir fait attendre, Madame.

Amusé, le visiteur nota le bref éclair des yeux violets qui proclamait indubitablement le contraire. Son regard rencontra celui de la jeune fille.

Par exemple ! De qui se moquait-il ? Elle détourna la tête avec irritation.

Maître Daubenois la prit par le bras :

— Ma chère enfant, je vous présente monsieur Frédéric Vernet, de Fontfresque, qui nous fait le plaisir d'être notre hôte, aujourd'hui... Mademoiselle Ludivine Peyrissac, ma pupille et l'amie de notre fille, venue passer quelque temps avec nous.

— Mademoiselle, je suis charmé...

Elle l'interrompit avec raideur :

— Moi de même, Monsieur...

La lueur de malice s'accentua dans le regard de Frédéric Vernet.

— Je vous en prie, Mademoiselle, vous me comblez.

Furieuse, elle se contint et alla s'asseoir avec dignité auprès d'Elise. Cela commençait bien. Et il n'était même pas laid, avec ça, ni rien de ce qu'elle avait imaginé. Très grand, les épaules larges, de longues jambes, des cheveux bouclés, une fine moustache châtain clair, des traits virils, et ces yeux gris gênants, plantés droit sur elle, avec la déplaisante ironie qu'elle venait d'y surprendre...

— Madame est servie, vint dire opportunément Louisa gonflée d'orgueil, portant ainsi qu'une couronne impériale le bonnet des grands jours, orné de broderies assorties au tablier.

Frédéric Vernet, s'inclinant avec aisance, offrit son bras à la notairesse pour passer dans la salle à manger.

« Eh bien, nous voilà tranquilles », soupirait à part elle Ludivine, quelques heures plus tard, avec une certaine mauvaise foi.

— Quel charmant jeune homme, n'est-ce pas, chérie ? dit Elise, comme en réponse.

Les deux jeunes filles étaient assises sous un berceau de chèvrefeuille aménagé au bout du jardin. Un jardin de poche, où les allées étroites, bordées de buis nains dessinaient de sages arabesques autour des corbeilles de giroflées, de mignonettes et de réséda. Le plus bel ornement en était une fontaine en rocaille, fierté et souci de la notairesse. En l'honneur du visiteur, on avait fait donner à plein le jet d'eau, et la fraîche petite chanson des gouttelettes grésillait dans le bassin.

— Elise, tu arrêteras le robinet de la fontaine, cria de la fenêtre Mme Daubenois.

— Oui, Maman.

— Jette aussi un coup d'œil sur le tuyau d'écoulement.

— Oui, Maman. — Elle alla tourner la prise d'eau et revint s'asseoir sur le banc. — Quel dommage que ce soit fini...

On ne savait trop si c'était au jet d'eau ou à la réception qu'elle pensait.

Ludivine jouait avec une poignée de petits cailloux qu'elle faisait tinter dans le creux de ses mains :

— Comme il a fait beau, aujourd'hui. Un vrai temps d'été, déjà.

— Oui, si cela continue, le rosier de la tonnelle va fleurir.

— Sentez-vous la haie d'aubépines ? Le parfum vient jusqu'à nous... Où est-ce, Fontfresque ? Loin d'ici ? Je ne connais pas.

— Oh ! non, pas très loin. A deux lieues et demie, à peu près, sur la route de Peyrolières. Un très joli endroit. Nous y sommes passées plusieurs fois en voiture, avec Maman. Il y a une belle place avec de grands platanes, devant l'église, mais Mogador n'est pas dans le village même.

— Mogador, quel curieux nom, rêvait Ludivine.

— Oui... Père m'a raconté : cela remonte à 1844. L'année de l'expédition du prince de Joinville. Le grand-père de monsieur Vernet a signé l'acte d'achat, le jour même où l'on apprenait le bombardement de Mogador. Papa dit que c'est presque un château. Vous savez bien, il en parlait l'autre jour, à table. Il paraît qu'il y a un parc magnifique.

— Une grande propriété, en somme ?

— Je crois bien ! Papa estime que c'est la plus grosse exploitation des environs. Monsieur Vernet passe de très gros marchés de bétail, en ce moment. C'est pour cela qu'il est venu à Tarascon aujourd'hui...

» ... Vous ne trouvez pas, reprit-elle, timidement, que la conversation de monsieur Frédéric est très intéressante ?

— Il vous plaît ?

Elise arracha un brin de chèvrefeuille et s'en caressa le visage.

— Oui, vraiment... Pas à vous ?

Ludivine renversa la tête et considéra le ciel où des morceaux de nuages d'un blanc floconneux traçaient des signes au-dessus du jardin éveillé de sa torpeur par l'approche du soir.

— Eh bien, je crois que non, décidément. Je déteste cet air de se moquer du monde.

Un vent léger se levait. Elise suivit des yeux, un moment, la danse frissonnante qui faisait miroiter les feuilles du peuplier par-dessus la haie.

— Sur mon pupitre, au couvent, murmura-t-elle,

une « ancienne » avait creusé, au canif, une drôle d'inscription. Comme ceci :

1863 Didou Marandon

1879 Mademoiselle Lydie Marandon

1880 Madame Ferdinand C...

Elle dessinait à mesure, du bout de son doigt, sur le banc.

— Souvent, durant les cours, j'ai pensé à cette fille qui s'était assise là, dix ans avant moi, avec sa vie déjà toute décidée, qui connaissait la date où elle changerait de nom, et celui qu'elle prendrait. Je me disais : « Maintenant, elle est Madame C... » Je me demande si elle est heureuse... Vous savez, je cherchais à imaginer ce Ferdinand. Je crois que je lui ai donné un peu le visage de mes rêves.

Ludivine secoua la tête avec un léger dédain.

— Je n'ai point de rêves de ce genre. Il me plaît de regarder devant moi une grande page toute nette, de penser que n'importe quoi, tout, peut m'arriver demain... Voyez-vous, Elise, je ne sais pas encore ce que je voudrais, mais je sens que je le voudrais terriblement.

Il y eut un petit silence.

— Moi, dit Elise, à voix retenue — un reste de soleil, allumant des reflets sur la pointe des arbres, laissait la pénombre envahir le berceau —, il me semble que ce que je voudrais, c'est aimer... Aimer un homme, vivre près de lui, et se demander seulement chaque matin : « Mon Dieu, m'aimera-t-il encore un peu ce soir ?... »

— Et comment est-il, l'homme de ces rêves ?

— Oh ! je ne sais pas, sourit Elise toute rose. Je le vois assez l'air énergique ; grand, bien entendu ; plein de chic, plutôt blond, avec quelque chose d'attirant...

Pauvrette, pensa Ludivine. Il ne l'a seulement pas regardée.

— Mesdemoiselles, Mesdemoiselles, où êtes-vous ? Mais comment, que faites-vous là ?... Elise, tu as encore ta toilette neuve ? Mais voyons !... Mais qu'est-ce que tu attends pour aller la quitter ?

Absorbées dans leur conversation, elles n'avaient pas entendu venir Mme Daubenois.

— J'y vais tout de suite, Maman.

— Je vous suis, dit avec empressement Ludivine, pour qui le tête-à-tête avec la notairesse n'offrait qu'un médiocre attrait. « Et l'escarmouche du déjeuner... Elle va vouloir régler ça. Dieu sait que je ne suis pas en humeur de bataille... »

— Mais oui, Ludivine, vous ferez bien ! Vous n'êtes pas raisonnables, Mesdemoiselles. Risquer de gâter vos robes sur ce banc plein de mousse !... Quand vous avez là-bas des chaises convenables... Vraiment, mes enfants, je ne vous comprends pas... Combien de fois t'ai-je répété, Elise, qu'il faut de l'ordre et du soin avant toute chose ?

Elise garda le silence. C'était si délicieux d'être pour un instant, comme dans les gravures, une élégante jeune fille désœuvrée au fond d'un vieux jardin. Une jolie image de soi... Mais comment Maman eût-elle compris semblables folies ? À coup sûr, elle était apparue dans le monde, baleinée de pied en cap, corps et âme...

— Mets ta robe de percale. Il a fait chaud, aujourd'hui : il faudra arroser après le dîner. Louisa a trop à faire avec la vaisselle et toute l'argenterie à ranger.

Elise se leva, mélancolique.

« Cendrillon à minuit sonné », pensa Ludivine. Sans bien savoir pourquoi, ce soir-là, elle avait comme pitié d'Elise, et l'enviait bizarrement, en même temps. Elise la timide, Elise la vaincue d'avance... « Oui, Maman. » A tout, elle dirait ce « oui » résigné, sans même engager la lutte, la patiente qui n'attendait rien, que d'aimer. Et ceux qui donnent et donnent sans cesse, qui penserait à leur rendre ?

Ludivine, elle, voulait recevoir. Mais elle sentait confusément, par avance, que jamais don ne serait à la mesure de son désir.

2

Ce printemps aux tiédeurs d'été continue. Et voici la fin des vacances de Pâques. Ludivine est seule. Tout un long après-midi vide s'étend devant elle. Il fait bon, sous le berceau, tandis que le reste du jardin sans ombre dort sous le soleil blanc. Le livre qu'elle a pris dans la bibliothèque de son tuteur est posé sur le banc. Lire ? La destinée des autres ne la passionne pas. Mieux vaut suivre des yeux, dans le ciel pur, le frémissement léger qui agite les branches des grands pins du parc mitoyen. Ce même ciel, lundi, il faudra le contempler derrière les vitres du couvent.

Mais qu'importe ? C'est un instant de vie où l'on a seize ans, où l'on est Ludivine Peyrissac, jolie, riche, volontaire, au seuil d'un monde qui, demain, devra compter avec vous.

— Mademoiselle, Mademoiselle !...

Allons bon. Qu'est-ce que Louisa peut bien vouloir encore ? Cette pauvre fille, avec son air perpétuellement effaré...

— Eh bien, qu'y a-t-il ?

— Mademoiselle, c'est une visite...

Là, comme par hasard ! Une de ces ennuyeuses femmes, pilier du « jour » de la notairesse, qui trônent, vous toisent, et vous cassent la tête : « Laissez-moi vous dire, ma belle... Ma chère enfant, ne croyez-vous pas que vous feriez mieux de... » Oh ! Dieu !

— Voyons, répondez que madame Daubenois n'est pas là, et laissez-moi tranquille.

— Mais, Mademoiselle, il insiste. C'est le Monsieur de l'autre jour, monsieur Vernet. Je lui ai dit qu'il n'y avait que Mademoiselle, et il m'a répondu d'aller voir si Mademoiselle voulait bien le recevoir.

— Mais naturellement, dit Ludivine, avec une vivacité qui la surprend elle-même.

— C'est que...

— Quoi, mais quoi donc ? s'impatiente-t-elle.

La triste Louisa tortille son tablier.

— C'est le salon qui est fermé, Mademoiselle. A cause que j'ai eu la grande lessive, alors, vu que Madame n'était pas là de la journée, j'ai pas enlevé la poussière...

Un court instant de réflexion :

— Bah, amenez-le au jardin. Après tout, on est mieux ici.

Ce salon tendu de « verdures », dont les meubles prétendent ambitieusement reproduire un Louis XIII décadent, la jeune fille l'a en horreur.

Tandis que Louisa s'empresse, soulagée, Ludivine passe le doigt dans ses boucles, tapote sa robe, et essaie de prendre un air lointain.

Frédéric Vernet, de son grand pas souple, traverse le jardin qui, à sa mesure, semble se rétrécir.

— Mademoiselle, excusez-moi de vous importuner. Je suis désolé de ne point trouver madame Daubenois, mais heureux de vous rencontrer. Je vous présente mes hommages.

— Monsieur, commence Ludivine, cérémonieuse, après une simple inclination de tête, madame Daubenois est partie ce matin à Avignon, chez sa couturière, accompagnée de sa fille...

— Vous lisiez ? Je vous dérange ?

— En aucune façon, je ne faisais rien.

Frédéric jette un coup d'œil sur le titre du volume et rit de bon cœur :

— Oh ! oh ! Armand de Pontmartin : *Les Mémoires d'un notaire*. Je vois... Mais dites-moi, ce n'est pas une lecture de pensionnaire, cela.

« Pensionnaire. » Un serpent mord le cœur de Ludivine : ses yeux noircissent.

— Puis-je connaître, Monsieur, le motif de votre visite ? J'en ferai part à madame Daubenois.

Imperturbable, Frédéric l'examine.

— Vous n'aimez pas à être traitée de pensionnaire, n'est-ce pas ? Je crains de vous avoir offensée.

— Moi ? Pourquoi cela ? s'enquiert Ludivine, dédaigneuse. Vous offense-t-on lorsqu'on vous traite de campagnard ?

— Dieu, non ! — Il s'amuse franchement. — Campagnard, je le suis jusqu'à l'âme. J'aime la terre, les labours, les chevaux... Montez-vous à cheval ? non ? C'est le plus beau sport qui soit. Je vous apprendrai. Vous saurez très vite. Ma sœur Adrienne se tient comme un sac. Mais vous, cela ira tout seul. Vous êtes née cavalière, ça se voit.

Ludivine écoute, bouche bée. Au passage, elle accroche l'image d'une amazone noire, campée sur un cheval blanc, galopant à travers la campagne, botte à botte avec un séduisant compagnon. Elle dépose la hache d'armes et sourit à Frédéric qui s'assied sur le banc auprès d'elle.

— Je le voudrais bien. Mais comment le pourrais-je ?

— Facilement. Je puis venir vous donner des

leçons. Si cela vous plaît, je me fais fort d'obtenir de Maître Daubenois qu'il accorde son autorisation.

Elle rêve, le regard brillant. Un avenir enchanté s'entr'ouvre. Hélas ! il faut y renoncer :

— Dans trois jours, je retourne au couvent, vous savez, dit-elle avec un soupir.

— Au couvent, au couvent, chevrette, et qu'allez-vous y faire, dans ce couvent, avec vos yeux de bohémienne et votre petite insolence ?

Ludivine, perplexe, se demande si « bohémienne » est ou non un compliment dans la bouche qui le prononce. Cet entretien ne ressemble à rien de ce qu'elle a connu dans le salon de la notairesse, ni auprès des jeunes gens de son âge rencontrés en visite chez des amies de pension.

— ... Vous y enseigne-t-on à devenir une dame ? A supporter avec une rébarbative hauteur les mauvais plaisants qui se permettent une taquinerie à votre endroit ?... Si j'étais vous, je sauterais le mur au bout de vingt-quatre heures.

Ce regard gris, hardiment fixé sur elle, est toujours empreint de malice, mais elle se sent à présent dans le jeu.

— Quel beau conseil ! rit-elle. Si mon tuteur vous entendait !... Mais où irais-je ?

Pensif, il interroge :

— Orpheline ?

La voix est si doucement attendrie que Ludivine, qui jusqu'à ce jour ne s'était jamais trouvée particulièrement incommodée de la situation, se sent soudain envahie d'apitoiement sur elle-même.

— J'avais trois ans quand Papa et Maman sont morts dans une catastrophe de chemin de fer. Je suis toute seule...

— Et vous venez chez les Daubenois aux vacances ? Je connais le notaire depuis toujours, il doit faire un tuteur plein d'indulgence. Madame Daubenois à l'air d'une excellente personne, et mademoiselle Elise est charmante, me semble-t-il. Vous êtes amies, n'est-ce pas ?

Ludivine acquiesce, un peu vexée. Charmante, charmante..., oui, bien sûr. Mais au diable, Elise ! Ne lui dira-t-il rien d'elle-même ?

L'air songeur, Frédéric continue :

— ... J'aime cette grâce, cette douceur que l'on devine en elle...

Ludivine fait un loyal effort.

— Oui, elle a toutes sortes de qualités.

— Et elle est très jolie, aussi.

— Très, articule-t-elle, laconiquement.

Elise, Elise... « Il a promis de m'apprendre à monter à cheval, mais c'est elle qu'il trouve jolie, et douce. Jolie... pas plus que moi ! Et douce... Bien entendu, je ne suis pas douce. Pas pour un sou. Si je voulais... Trop tard... Et puis, à quoi bon ?... Après tout, qu'est-ce que ça peut faire ? Elise Vernet, Madame Frédéric Vernet... » Une incompréhensible amertume noie le cœur de Ludivine, tandis que, bravement, elle ajoute, brûlant ses vaisseaux :

— Oui, au couvent, tout le monde envie ses cheveux blonds. Vous avez remarqué comme ils sont beaux ? Et puis aussi c'est la meilleure des compagnes, toujours amie de tout le monde. Elle adore les enfants, la vie d'intérieur. Ce sera une maîtresse de maison parfaite.

Il l'interrompt gaiement :

— Je soupçonne que vous n'appréciez pas comme elles le méritent ces qualités remarquables ?

Quand Elise Daubenois sera devenue Elise Vernet, Ludivine se souviendra de ce visage penché vers elle, moqueur, souriant, gentil. Il restera toute la vie pour s'en souvenir, et peut-être pour avoir mal. Mais que ça ne se voie pas, Seigneur, que ça ne se voie pas !

— Vous vous trompez, je les apprécie. Mais je ne les possède pas.

— Vraiment ? interroge-t-il, railleur. Faut-il vous croire ?

Voilà, c'est fini.

— Non, moi, je n'aimerai jamais personne. Je veux vivre libre, et non pas m'enterrer dans un village pour regarder le temps passer, de ma fenêtre. Plus tard, je voyagerai. Ou, peut-être, je me ferai actrice.

— Bravo, et nous monterons à cheval ensemble, n'est-ce pas, mademoiselle Ludivine ?

— Je ne crois pas que j'en aurai le loisir, dit Ludivine, la contenance superbe, les joues enflammées de la fièvre des combats.

— J'espère bien que si, sourit avec tranquillité Frédéric qui se levait pour prendre congé.

Elle se leva aussi, délivrée et chagrine à la fois, inexplicablement.

— ... Puis-je vous prier de transmettre à madame Daubenois mes regrets, avec mes respects ?

Ils marchaient l'un derrière l'autre, dans les ridicules petites allées.

— Je n'y manquerai point, Monsieur, dit Ludivine, raidie.

— Puis-je également vous remercier de l'exquise bonne grâce de votre accueil ?

Elle se retourna, et le foudroya d'un regard de basilic.

— Décidément, ils sont noirs... constata Frédéric avec flegme.

Noirs, ses yeux !... noires, les violettes qu'elle aimait à regarder luire au fond des miroirs !... Elle chercha une réponse fulgurante, n'en trouva pas, et se tut, ulcérée.

Ils traversèrent le vestibule en silence, Ludivine ouvrit la grande porte sur la cour d'entrée.

— Adieu, Monsieur, dit-elle, plongeant sans y penser dans sa petite révérence de couventine.

— Au revoir, Mademoiselle. Un sourire joyeux, creusant son visage, y découpait des fossettes imprévues, lui donnait tout à coup un air presque enfantin.

Ludivine ne répondit pas. Quelque chose, dans sa gorge, l'étouffait un peu. Elle referma la porte lorsqu'il eut fait quelques pas, et courut s'enfermer dans sa chambre.

3

A Mogador, la salle à manger était une pièce d'imposantes dimensions, assombrie par des boiseries de noyer, des rideaux de peluche et des tentures murales vert empire semées de couronnes et de palmettes dorées. A travers les fenêtres à petits carreaux, on apercevait le parc.

La douceur de la saison n'avait pas encore pénétré jusqu'à la vaste salle. Un feu de bûches flambait, ce jour-là, dans la cheminée. Sous le lustre de bronze doré, dont la multitude de bougies de cire ne s'allumait qu'aux soirs de réception, les quatre convives paraissaient un peu perdus autour de la table massive faite pour les grandes réunions, les festins à la solide ordonnance.

Julia Vernet qui présidait, toute menue dans un haut fauteuil, appela sa femme de chambre :

— Philo, presse le dessert, je sortirai, aujourd'hui.

Ce fut comme un coup de vent sur les eaux calmes

d'une baie. Ses trois enfants réagirent, chacun à sa manière.

— Mais vous n'y pensez pas, Mère ? dit Adrienne, plaintive. Et votre asthme ? et votre cœur ?

— Bravo, Maman ! claironna son fils cadet, Hubert, dont les dix-huit ans bayaient au soleil, au vent, à l'aventure. Il ôta avec grâce un imaginaire feutre empanaché. Par le mordieu, Madame, dites un mot, je vous enlève en croupe ! Nous faisons le tour du domaine, voulez-vous ?

Frédéric, abandonnant sa place, vint se pencher sur elle :

— Vous sentez-vous vraiment assez bien ?

Elle leva la tête vers les yeux gris, pareils aux siens :

— Tu m'offriras ton bras, garçon. Il fait si beau. Je crois que je le puis, réellement. Tu sais, je tiens à voir un peu, par moi-même, ce que tu fais de Mogador.

— Maman, quelle imprudence ! Et si votre crise vous reprend, cette nuit ? gémissait Adrienne.

— Tu me soigneras, ma fille, dit vertement la vieille dame impatientée.

— Bah ! sourit Frédéric, si Mère en a envie... Le soleil est chaud. D'ailleurs, elle peut se couvrir...

Il regardait sa mère avec une indulgence admirative. Cette femme aux traits fins, aux yeux gris volontaires, était encore belle. Ni le temps, ni la maladie n'avaient pu gâter le nez exquis de petitesse, aux narines mobiles, la bouche et le menton un peu durs, admirablement dessinés.

Frédéric imagina le jour où son père l'avait amenée à Mogador, en robe blanche, voilée de dentelles, couronnée de myrtes. Bien souvent, Adrienne et lui, durant leur enfance, avaient contemplé cette petite couronne séchée. Julia la conservait dans sa chambre, épinglée sur son capiton rose, à l'abri d'un globe de verre.

Cette jeune femme avait régné sur Mogador comme une souveraine, adorée de son mari. Elle avait présidé les repas, entourée des enfants nés d'elle. Et, peu à peu, des vides s'étaient creusés autour de la longue table : d'abord son premier-né. Cyprien, que Frédéric n'avait pas connu, mort à six ans d'une méningite. Puis son mari, Rodolphe Vernet, revenu de la guerre, un poumon traversé d'un coup de baïonnette, s'était éteint en 75. Et Amélia, la beauté de la famille, enlevée par la variole, quelques mois après, à vingt ans, une semaine avant le jour fixé pour ses noces... Henri, enfin, que l'on avait rapporté trois ans auparavant, au soir d'une chasse, avec une décharge de plomb dans le ventre et, cinq nuits durant, Julia l'avait veillé elle-même, repoussant jusqu'à l'assistance de ses autres enfants. Cinq nuits sans espoir, toute intervention impossible, de l'avis des médecins... Henri, le modèle, le grand compagnon qui s'en était allé après des heures de souffrance et cet apaisement subit de la dernière journée, comme un mieux auquel il fallait s'empêcher de croire, qui avait précédé le sommeil.

Ils n'étaient plus que quatre, maintenant. Et sur les épaules de Frédéric pesait la responsabilité du domaine.

— A quoi rêves-tu ? demanda Julia qui considérait avec attention le visage incliné vers le sien.

— A vos vingt ans, Mère, dit-il doucement.

Elle eut un petit rire :

— C'était hier...

Philomène passait les fruits et les confitures.

Il se rassit, prit une orange :

— Philo, tu devrais nous apporter le café ici. Vous permettez, Maman ? pour aller plus vite...

— Soit, dit Julia. Tu iras chercher ma capote et mon

grand châle de laine, Philo. Et sers rapidement. Nous sortirons tout de suite.

— Voulez-vous que je vous accompagne ? fit Adrienne d'une voix qui marquait sa désapprobation éplorée.

— Et moi, Maman, et moi ?

— Non, non. Ni toi non plus, Hubert. Je n'ai pas besoin de vous, mes enfants.

Philomène rentrait avec le plateau de café, arborant un visage de catastrophe.

Adrienne passa les tasses. Julia, nerveuse, regardait ses enfants prendre du sucre, remuer leur cuillère... Frédéric s'en amusa :

— Mère, vous êtes comme une jeune fille à son premier rendez-vous. Allons, je vais m'ébouillanter la gorge en votre honneur. C'est bien ce que vous désirez, n'est-ce pas ?

— Tu le sais bien que je n'ai jamais pu attendre une fois les choses décidées.

Il se leva.

— Alors, me voici à vos ordres.

Philomène revenait, les vêtements sur son bras.

Adrienne aida sa mère à se coiffer de la capote, Frédéric prit le châle et le lui posa sur les épaules, tandis qu'elle boutonnait ses gants. Elle serra les pans sur sa poitrine, prit son ombrelle des mains de la servante. Frédéric lui offrit son bras. Tous suivirent en cortège ; ils quittèrent la salle à manger, traversèrent le hall où Julia marqua un arrêt devant la glace, et s'avancèrent jusqu'au perron.

Devant eux s'étendait la grande pelouse entourée de noisetiers en demi-cercle. On ne l'avait pas encore fauchée ; les herbes hautes semées de marguerites blanches ondulaient dans la brise tiède. Derrière, les pins, les cyprès, les chênes et les tilleuls du parc mêlaient les verts de leurs cimes où le printemps avait éclaté.

Julia sourit à ce spectacle.

— Il fait bien beau, dit-elle, aspirant avec délices l'air ensoleillé.

— Bonne promenade ! crièrent Hubert et Adrienne, les regardant descendre les marches.

— Et couvrez-vous. Et portez-vous bien. Et ne faites pas d'imprudences... dit Julia, sarcastique. Regarde-la, Frédéric. — Elle pointa son ombrelle vers Adrienne avant de l'ouvrir. — Dirait-on pas que je m'embarque pour les Amériques ? Peut s'en faut qu'elle n'agite son mouchoir. Mais qu'ai-je fait au ciel, qu'il m'ait envoyé pareille fille ? La punition de mes péchés... Dieu tout-puissant ! Ton père, ce vif-argent, s'il la voyait !... Moi, à son âge... Elle est là, bêlante, endormie. On la souffletterait pour un peu, dans l'espoir de la voir s'animer, cette molle...

— Ma pauvre sœur... dit Frédéric, qui riait de bon cœur. Mère, vous êtes cruelle. Vous ressemblez à une reine barbare, prête à dévorer votre progéniture.

Julia Vernet rit à son tour.

— Mais aussi, cette pauvre Adrienne... Que veux-tu ? Elle a un don particulier pour éprouver ma patience. Où me conduis-tu ?

— Où vous voudrez.

— Allons voir les orangers. Ont-ils bien passé l'hiver ?

— On les a sortis la quinzaine dernière. Juste pense qu'il n'y a plus à craindre les gelées, à présent.

— J'étais jeune mariée quand ton père les a fait venir. C'était une grande nouveauté, par ici. Il était fier de son allée...

Alternant avec les palmiers plantés en pleine terre, les orangers dans leurs vases d'Anduze s'échelonnaient de chaque côté de la large allée sablée, jusqu'à la grille d'entrée, le long des buis haut taillés derrière lesquels commençaient les massifs pleins d'ombre.

— Je voudrais pousser jusqu'au salon de verdure, dit Julia.

— N'aurez-vous pas froid sous les arbres ?

Elle lui lança un léger clin d'œil.

— Ne vais-je pas fondre au soleil ?

— Allons, Maman, il faut toujours faire ce que vous voulez.

— Ton père s'en trouvait bien. Seras-tu moins sage ?

Il la regarda d'un air de réflexion profonde.

— Eh bien ? s'enquit Julia. A quoi penses-tu ?

— Je me demande... — Il hésita, lui jetant un regard malicieux.

— Quoi ?

— ... Si un tyran domestique, tel que vous avez dû l'être, est bien exactement le genre d'épouse qui me conviendrait.

— Sans aucun doute, mon garçon. Les hommes s'ennuient avec les femmes trop douces. Mais regarde plutôt Adrienne : elle a vingt-quatre ans, et qui l'a jamais demandée ?

Ils entraient sous le couvert. Un murmure fait de pépiements d'oiseaux et de feuilles agitées les accueillit. Julia s'arrêta pour refermer son ombrelle. Un instant, silencieux, ils écoutèrent. Puis :

— Ainsi, Mère, vous ne détesteriez pas me voir amener ici une petite pouliche sauvage ?

Instantanément, Julia fut à la hauteur de la situation :

— Comment s'appelle-t-elle ?

Frédéric éclata de rire.

— Mère, Mère, je vous adore !

— Où l'as-tu rencontrée ?

— Chez le notaire.

— La petite Daubenois ? On la dit gentille. — Ses yeux brillaient d'excitation...

— Non pas, Mère. C'est leur pupille. Elle s'appelle Ludivine. Ludivine Peyrissac. Elle a seize ans.

— Peyrissac !... s'exclama Julia Vernet. Peyrissac ! mais je connais ce nom... Nous étions grands amis autrefois avec les Peyrissac de la Gloriette. Le mas était situé entre Boulbon et Barbentane. Dieu ! quand j'y pense... C'est là que ton père et moi nous rencontrions, l'été, avant notre mariage. Des gens exquis. Une cordialité, un entrain... L'hiver, ils recevaient beaucoup dans leur hôtel d'Avignon. Des bals superbes, Félicité Peyrissac était une des belles de la ville... On s'amusait chez eux... — Elle soupira. — Il n'a fallu rien de moins que la politique pour gâter tout ça. Ton père était bonapartiste, bleu bon teint, en fils de « demi-solde » qu'il était, bien entendu. Arsène Peyrissac lui, tenait pour les Blancs, et ne perdait pas une occasion de le proclamer. C'est miracle que leur amitié y ait résisté si longtemps. Un beau jour, au nom de Badinguet, ton père a pris feu : altercation, brouille... Une scène pénible.

Elle secoua la tête avec un petit rire : ... Que n'ont-ils eu plus de patience ? La République les eût réconciliés... — et reprit : ... Leur fils avait fait un brillant mariage, à dix-neuf ans. Une histoire romanesque... Ils l'ont perdu dans un accident, un déraillement, je crois. Eux-mêmes sont morts, quelques années après...

— Eh bien, vous y êtes, Mère. Elle est orpheline.

— Pauvre petite, dit Julia, pensive.

Ils étaient parvenus dans une clairière dont une ancienne noria occupait le centre.

— Asseyons-nous un instant, je suis un peu lasse.

Elle regardait le bleu pur du ciel à travers les chênes.

— La petite-fille de Félicité Peyrissac... toute seule au monde...

— Ne vous apitoyez pas trop, Mère, la jeune personne sait se défendre.

— C'est ce qu'il te faut, sourit la vieille dame, lui tapotant les doigts à petits coups secs, avec le manche de son ombrelle noire. Nous t'avons horriblement gâté, je le crains, ton frère et moi. Quant à Adrienne, tu es son héros. C'en devient ridicule. Il est grand temps que tu trouves à t'occuper d'un autre dressage que celui d'Hubert.

— Mais moi, Mère, ferai-je un bon mari, à votre idée ?

— Tu feras le mari et le père que tu pourras. Ce sera l'affaire de ta femme. Mais vous me donnerez les héritiers de Mogador. Va, amène-moi une fille qui ait du caractère. Cela me changera de ta sœur...

Elle rêva un moment.

Frédéric, silencieux, actionnait doucement le treuil de la noria. En grinçant, les godets rouillés se mirent en marche.

Jadis, elle était souvent venue s'asseoir sur la margelle basse et Rodolphe Vernet, près d'elle, par jeu, avait fait les mêmes gestes que répétait aujourd'hui son fils.

Passent les saisons. Passe la vie. Rodolphe était allé dormir son long sommeil sans elle et, des enfants qu'il lui avait donnés, trois déjà reposaient auprès de lui. Et les orangers paraissaient à peine avoir poussé, les chênes étaient aussi beaux, les futaies de Mogador aussi épaisses... Mais cette jolie fille, Julia Angellier, entrée en maîtresse dans le domaine, un jour de printemps, trente-cinq ans auparavant, les miroirs eux-mêmes ne se souvenaient plus de ses larges robes à crinoline, ni de son visage de magnolia.

— Mère, je crains pour vous la fraîcheur de ces pierres.

Elle le contempla longuement.

« Comme il est beau... si Rodolphe pouvait le voir... Ce sourire qui lui ressemble... Les mêmes drôles de fossettes... Mon grand garçon de vingt-six ans... Ce long corps que j'ai mis au monde... Henri, lui, était le vivant portrait de son père. Trente et un ans, Rodolphe avait son âge quand je l'ai connu. Henri... » Elle secoua la tête. Henri, le cœur de son cœur... « Mais Frédéric aussi... le maître de Mogador, à présent... »

Elle se leva, secoua sa jupe, resserra son châle sur sa robe de deuil, et sourit à son fils :

— Elle est de bonne race, Frédéric, tu iras la chercher.

Il prit sa main et la baisa.

— ... Allons voir les chevaux, à présent, dit-elle.

4

Maître Daubenois, coiffé de son tube, a pris les rênes pour conduire. A côté de lui, sur le devant de la voiture, la notairesse arrange sa robe avec soin, vérifie la stabilité de son chapeau orné de grandes ailes, et ouvre son ombrelle de poult-de-soie chaudron assortie à sa toilette. Derrière, côte à côte, les deux jeunes filles offrent le plus charmant spectacle : Elise porte, sur sa robe rose, une longue polonaise de veloutine chamois à brandebourgs havane. Une toque ronde, à la russe, met en valeur ses cheveux blonds. Le petit visage enfantin et fier de Ludivine resplendit sous la capote ponceau garnie de bleuets et de dentelles bises :

« *Je suis venu vous demander si vous voulez être ma femme...* » Il était dans le petit parloir... Je n'ai vu que lui en entrant. Ce bizarre gonflement dans ma poitrine... et maintenant, à nouveau... L'air grave qu'il avait... Et moi, avec cet affreux uniforme... Mon tuteur qui me regardait sans rien dire... J'aurais voulu qu'il me laissât seule avec lui... Frédéric... Quand m'embrassera-t-il ? Oh ! je voudrais !... Aujourd'hui, peut-être... Frédéric... Comme tout a été vite ! Il y a un mois, non, vingt-neuf jours, je ne le connaissais pas. « Madame Vernet. » Nous mangerons, nous dormirons ensemble. Des matins et des matins à la file, je m'éveillerai à côté de lui... En ouvrant les yeux, je le verrai... « *Je suis venu vous demander...* » Marthe Dervillers, et Hermance, et Marguerite, quand elles ont su... Fiancée... Et Mère Marie-de-Jésus ! « *Ma Mère, je quitte le couvent demain, je suis fiancée.* » Va-t-il aimer ma toilette ? Ma capote me va bien. « *... Etre ma femme...* » Oh ! qu'il me prenne dans ses bras, serrée contre lui !... Nous irons dans le parc, sûrement. Je serai distante, froide... « *Ludivine, mon amour... ma vie est à vous...* » A genoux près de moi... « *Monsieur, relevez-vous, je vous en prie.* » Il m'a fait pleurer. Il s'est moqué de moi exprès, pour voir ce que je dirais. Oh ! Frédéric, Frédéric, maintenant, je veux que vous m'aimiez toute la vie, toujours !...

Sur la place où la sortie de la grand'messe rassemble les élégances et les notabilités du pays, on les regarde beaucoup au passage. Depuis quelques jours, Mme Daubenois a dit négligemment à ses amies :

— Nous allons chez les Vernet, à Mogador, dimanche, pour les fiançailles de Ludivine. Oh ! une fête de famille tout intime... Julia Vernet est toujours souffrante, vous savez...

L'on savait ou l'on ne savait pas. Mais cette familiarité avec les gens de Mogador a donné à la notairesse un lustre considérable dans le cénacle des dames qu'elle fréquente. Elle avait besoin de ce baume sur la blessure ouverte par le brusque, incompréhensible choix de Frédéric Vernet. « Etre allé s'éprendre de cette petite péronnelle... qui ne s'est pas même montrée gracieuse... Cette enfant, avec son caractère difficile... »

La charrette anglaise roule, cahotée sur les pavés pointus de la grand'rue.

Clémence Daubenois songe avec rancœur qu'Elise est jolie — au moins aussi jolie — et agréable ; bien éduquée, entendue aux choses du ménage ; qu'elle joue du piano et chante avec goût. Mais que sa dot est mince. Ludivine, elle, avec sa fortune, n'eût point été en peine d'un épouseur... Pourtant, c'est elle qui sera maîtresse de cette propriété que toutes les mères de la région convoitent pour leurs filles... Les choses ne sont pas comme elles devraient être... La bonne dame soupire.

Parvenu aux dernières maisons de la ville, Maître Daubenois fait claquer son fouet joyeusement, et lance sa bête au grand trot.

La campagne est d'un vert de jeunesse, pas encore touché par les brûlures du soleil. Les haies de cognassiers se sont ensevelies sous une tendre floraison soyeuse dont le parfum se mêle à celui de l'aubépine. Entre les murs de cyprès serrés qui se succèdent, les pêchers sulfatés sont roses et bleus : « Rose du roi et bleu turquoise », remarque Elise, la tête pleine des festivités prochaines. « La robe, le cortège... Et ce cavalier inconnu qui, peut-être... »

De petits nuages légers passent et se dissolvent dans l'air bleu. Les platanes aux feuilles neuves sont pleins de chansons cachées. Au-dessus des champs, là-bas, derrière les pins, voici le clocher de Barbegal.

Mais soleil, printemps, et campagne, prodiguent en

vain leurs miracles pour les deux jeunes filles toutes pépiantes de projets, d'imaginations et de rires. Devant elles, oscille l'ombrelle de la notairesse.

— Nous approchons de Fontfresque. Mogador n'est pas loin, crie Maître Daubenois.

— Entrez, entrez, mon enfant.

De son fauteuil, Julia Vernet examine avec curiosité Ludivine, toute droite dans l'embrasure de la porte. D'un coup d'œil, elle a noté les yeux étonnants sous l'ombre de la capote, la peau ambrée, la physionomie volontaire, la silhouette gracieuse dans une robe de taffetas bleu lac garnie de dentelles bises que relèvent de gros nœuds de velours ponceau.

« Jolie, constate-t-elle, jolie et bien habillée. Frédéric a bon goût... »

— Mère, voici Ludivine Peyrissac que je vous amène.

— Eh ! je le vois bien ! s'exclama Julia. Venez, enfant, approchez-vous... Toi, Adrienne, laisse-nous.

Ludivine, les yeux baissés, timide pour la première fois de son existence, fait sa petite génuflexion et s'avance vers cette mince personne noire assise au fond de la chambre, le dos tourné à la fenêtre. Elle donnerait gros pour qu'Adrienne demeurât..., Adrienne qui lui sourit d'un air encourageant.

Julia Vernet a réclamé cette présentation particulière, invoquant les ménagements commandés par son état. « Elle a toujours su jouer de sa santé pour se faire passer ses exigences », ose penser sa fille, choquée par une telle entorse aux usages.

A regret, Adrienne abandonne l'innocente aux mains de sa redoutable mère. Elle referme la porte. On entend son pas décroître dans le couloir. Tranquillement, la vieille dame prolonge l'inspection de sa future bru. Ludivine immobile, comme pétrifiée, se prête en silence à cet examen, et bout intérieurement de gêne et d'impatience contenue.

— Vous êtes la petite-fille de Félicité Peyrissac ? J'ai connu votre grand-mère. Quelle charmante créature c'était !

Que répondre ? Ce n'est pas du tout comme cela que Ludivine avait imaginé les choses. Elle roule son mouchoir entre ses doigts, le lâche, se penche, « ouf ! » Louisa l'a terriblement serrée, ce busc lui entre dans les côtes — se redresse, essoufflée.

— Ma chère, dit Julia, il ne faut jamais laisser tomber son mouchoir, ni quoi que ce soit, d'ailleurs, quand il n'y a pas d'homme à proximité pour le ramasser.

Se moque-t-elle ? Que dire ? Que faire ? Ludivine suffoque. Qui l'a jamais traitée avec cette raillerie désinvolte ?

Julia voit avec amusement pâlir puis s'enflammer les joues mates.

— Eh bien, est-ce un bébé que mon fils épouse ? Ne vous a-t-on enseigné qu'à vous taire ?

— On m'a, en effet, appris à me taire en présence des personnes âgées, dit Ludivine exaspérée.

Les prunelles de Julia brillent dans l'ombre.

— Et probablement aussi, à ce que je vois, à doser l'impertinence polie ?

— Oh ! Madame !... articule avec peine Ludivine qui se sent expirer. Mère Marie-de-Jésus, vous le disiez bien : « *Une vraie dame doit toujours conserver, avec un maintien modeste, un parfait contrôle de soi.* » Ah ! le couvent, le couvent et ses murs, ses réprimandes, et sa paix, plutôt que boire à cette coupe d'humiliation !...

— Là, là, fillette, venez ici. Nous nous entendrons. J'aime qu'on ait du caractère et qu'on le montre. Mon fils vous le dira. D'abord, ôtez votre chapeau et asseyez-vous près de moi. Tenez, sur ce pouf. Faites attention à votre jolie robe. Il faut que Frédéric puisse l'admirer à loisir, tout à l'heure.

Dans les yeux gris, Ludivine retrouve cette même expression toujours ironique qu'elle connaît bien. Pourtant, le visage fatigué lui sourit avec amitié.

— Vous êtes bien jolie.

Julia caresse doucement la petite tête coiffée de noir luisant.

Ludivine sent se desserrer en elle cette chose inconnue qui lui faisait mal.

— On dit que je ressemble à Maman. Au couvent, les religieuses qui l'ont élevée m'appelaient quelquefois Adélaïde, comme elle.

— Allons donc, les yeux à part, vous êtes bien une Peyrissac. Je revois votre grand-mère, un soir de bal chez les d'Andigné, dans un satin blanc brodé d'épis d'or. Dieu, cette robe, comme elle lui allait !... Et votre mas de la Gloriette, l'avez-vous toujours ?

— Mon tuteur l'a donné en location.

— Le verger était bien beau. Il y avait des abricotiers, je me souviens. Oh ! ces abricots de la Gloriette !... Et les figuiers, les figuiers qui faisaient une ombre si fraîche !...

Etés brûlants et purs, où l'on cueillait les fruits à deux, où Rodolphe venait en redingote bleue..., étés comme il n'y en aura jamais plus ici-bas pour Julia Vernet, qu'êtes-vous devenus ?

Sagement assise, Ludivine écoute et observe. La vaste pièce est d'une richesse un peu antique. Les meubles noirs incrustés de nacre, lourds et tristes, les tapis de laine à ramages, les fauteuils et les poufs capitonnés, le lit d'une hauteur majestueuse que l'on devine dans l'alcôve, derrière les courtines de peluche rouge brodée, les grandes glaces dorées, le guéridon massif sur le marbre duquel est posée une grosse lampe à pétrole, datent du mariage de Julia. Au mur, tous les portraits ressemblent à Frédéric.

— Ecoutez-moi, Ludivine, aimez-vous mon fils ?

Voilà que l'entrevue redevient pleine d'embûches.

— Comment puis-je vous répondre, Madame ? — Sûrement elle doit être écarlate, elle le sent...

— Je ne vois pas ce qui vous en empêcherait.

— Eh bien... dit Ludivine, forcée dans ses dernières défenses, oui, je l'aime. Naturellement. Pourquoi l'épouserais-je, sans cela ?

Julia sourit d'un sourire de jeune fille :

— Quelle chance est la vôtre, enfant ! Si vous le saviez... Il y a longtemps, j'ai été aussi une fiancée, durant cinq ans. Cinq longues années. Mes parents ne voulaient pas, vous comprenez ? Attendre, attendre, savez-vous ce que c'est ? Ah ! Dieu !... Mais n'importe, ce n'est pas cela que je voulais vous dire. Ceci, simplement : aimez Frédéric. Donnez-lui des enfants. Et ne craignez point que je vous demande jamais rien d'autre. Sinon de demeurer vous-même... Avez-vous un peu envie d'être ma fille ?

— Je crois bien que oui, Madame, balbutie Ludivine qui, décidément, perd pied. Est-ce ainsi une belle-mère ? Elle ne l'eût jamais imaginé.

Le regard de Julia posé sur elle la scrute, suit la marche de ses réflexions.

— Ludivine, vous est-il dur de vivre seule ? Répondez-moi sincèrement.

— Non, Madame, avoue Ludivine, renonçant, dans un accès de franchise, à cette auréole de pitié qui l'a souvent si bien servie.

— C'est ce que je pensais. Vous allez apprendre la vie en famille. Dieu sait le bien et le mal que vous y trouverez. Mon fils vous a voulue telle que vous êtes. Pour moi, je crois que je vous aimerai... Allons, il faut descendre, maintenant, petite, on nous attend. Donnez-moi votre bras, voulez-vous ?

« La vie en famille », a dit Julia... Ludivine commence à comprendre. Cette foule de parents, comment s'y reconnaître ? Comment mettre des noms sur tous ces visages, oncles, tantes, cousins alignés autour de la table ? Frédéric, penché vers cette dame, sa voisine de droite, l'écoute parler. Et elle parle, parle... Mon Dieu, qu'a-t-elle tant à lui dire pour l'accaparer avec un tel manque de tact ? De dépit, Ludivine se tourne vers l'aîné des cousins Vernet, Raoul, qui semble la trouver à son goût. Il lui a débité de fort jolis compliments, tout à l'heure...

— Comme vous êtes nombreux ! Moi qui n'ai pas de parents, je me trouve perdue au milieu de vous...

— Perdue ? Quand l'unique désir de tous, ici, est de vous entourer ! proteste galamment Raoul.

— Oh ! ce n'est pas ce que je veux dire...

— Non, bien sûr, je comprends. Nous sommes évidemment une famille un peu tentaculaire. Mais vous en prendrez l'habitude. Voulez-vous que je vous aide à vous y retrouver ?

— Oh ! je vous en prie, dit-elle avec élan.

— Eh bien ! voyons, si vous le permettez, commençons par les miens. Tenez, voici ma mère, oui justement, qui endoctrine avec tant d'inconscience, l'heureux garçon à qui l'on vous destine... Il faut l'excuser, voyez-vous, elle est dans tous ses états dès qu'il est question de mariage. Pour le mien, c'était bien pis...

— Pour le vôtre ? Est-ce donc que vous êtes marié ?

— J'ai ce privilège, Mademoiselle, dit-il, mi-sérieux, mi-plaisant. Penchez-vous un peu et vous apercevrez Laure, ma tendre compagne, là-bas, près d'Hubert.

Ludivine considère sans douceur cette rousse au teint de rose rose. C'est donc elle, la femme de ce charmant Raoul ? Elle qui, tout à l'heure...

C'était là-haut, avant le déjeuner. Ludivine arrangeait ses cheveux dans une chambre dont la porte était restée entrebâillée.

« *... Jolie, cette petite. Dommage qu'elle soit si noiraude.* »

Noiraude !

« *Oh ! Laure !... mais elle est dorée, voyons. Dorée et scintillante. Une statuette d'idole... La princesse Dinarzade...* »

Les mains tremblantes fourrageant dans sa coiffure, Ludivine était demeurée un moment incapable de se dominer. L'admiration exprimée par cette voix d'homme atténuait mal l'amertume du trait empoisonné. Noiraude !

Quitter la chambre, passer devant ce couple arrêté sur le palier, ah !... Par bonheur, ils étaient descendus avant elle...

— Mes compliments... Elle me paraît charmante, se force-t-elle à ajouter. Cette Laure qui, déjà, l'avait toisée à la dérobée, lors des présentations... Pas d'équivoque : ce sera la guerre. Nul n'a jamais défié Ludivine en vain. Sous les paupières baissées, ses yeux étincellent tandis qu'elle dépêche son turbot avec une férocité discrète, comme pour se faire la main.

Frédéric profite d'un répit que lui laisse la tante Lucie :

— Mais vous ne buvez pas, ma chère. Comment, Raoul, à quoi penses-tu ? Tenez, un doigt de chablis...

Elle lui sourit, à la fois angélique et distante :

— Votre cousin me met au courant de votre parenté.

— Oh ! dit Frédéric, l'air innocent, si Raoul prend votre éducation en main, je m'incline et lui laisse le champ libre. C'est le dandy de la famille, figurez-vous. Poussez-le plutôt sur Paris. Il vous contera, comme le ferait le plus authentique boulevardier, et mieux encore, le dernier potin sur la dernière actrice à la mode...

Ludivine pouffe, en vraie pensionnaire, scandalisée et ravie.

— Mais voyez donc l'œil courroucé de la bonne madame Daubenois, continue Frédéric sur le même ton.

Clémence trouve, en effet, que leur pupille manque de retenue.

— ... Allons, dit Frédéric impassible, un peu de dignité, ma chère. N'oubliez pas que vous constituez l'attraction de la journée et que chacun a, plus ou moins, les yeux braqués sur vous.

Du coup, Ludivine retrouve son sérieux.

— Ne vous laissez pas manœuvrer de la sorte, conseille Raoul, Frédéric est abominablement taquin. Le jour où l'on devra le pendre, il ne pourra pas se tenir de faire une petite plaisanterie au bourreau.

— N'en croyez rien... commence Frédéric. Mais tante Lucie réclame l'attention de son neveu : « Il faut absolument qu'il lui donne son opinion sur... »

— Allons, dit Raoul, continuons la revue, si vous y consentez.

— Mais volontiers, c'est très amusant... Elle laisse errer ses yeux autour de la pièce. Un valet et deux filles de chambre que dirige une sorte de majordome féminin au visage revêche et moustachu, passent les plats, versent à boire, changent les fines assiettes — du sèvres ancien — dans un va-et-vient incessant vers l'immense desserte d'acajou à colonnes enrichies d'appliques de cuivre. Autour de la table, montent le cliquetis de l'argenterie, le tintement des cristaux, les rires, la rumeur des conversations. On sent ces gens à l'aise, bien installés dans un confort qui leur est naturel. Ludivine évoque, très lointain, l'intérieur sans véritable luxe des Daubenois, et s'épanouit dans son élément.

— Donc, j'achève de vous présenter le clan Vernet, enchaîne Raoul. Voici mon père, là-bas, à côté de tante Julia. Mon frère cadet, Georges, en face, oui, près d'Adrienne. Il ressemble un peu à Frédéric, ne trouvez-vous pas ? Il y a presque deux ans de différence entre eux mais Frédéric paraît aussi âgé, à mon avis. Je suppose que Georges rêve déjà de faire votre portrait. Il peint, figurez-vous. Je crois même qu'il a un certain talent, bien que mon père méprise ses « barbouillages ». Mais Père n'a aucun sentiment artistique. Quand vous viendrez à Tourvieille, vous frémirez en voyant les natures mortes devant lesquelles nous avons dû nous résigner, dès l'enfance, à prendre nos repas. Et je ne vous dis rien du « Coucher de soleil sur le golfe de Porto », qui décore le grand salon... Maintenant, regardez, du même côté que nous, près de cette aimable personne, mademoiselle Daubenois, n'est-ce pas ? mon plus jeune frère, Léon, le romantique. On prétend qu'il écrit des vers, mais n'en parlez pas. Personne ne les a jamais lus, et je crains qu'ils ne soient fort mauvais.

Ce Raoul est vraiment agréable. Ludivine s'amuse de tout son cœur et oublie de manger :

— Et la jeune fille blonde, là-bas, à l'autre bout de la table ?

Raoul, lui, tient tête magnifiquement aux mets qui se succèdent, tout en continuant la conversation.

— Mais je suis impardonnable, je laisse votre verre vide. Allons, goûtez ce chambertin, il vaut l'honneur que vous lui ferez. Chez tante Julia, on ne sait jamais ce qui est le plus choisi, de la cave ou de la cuisine. Voyons, qu'avons-nous ensuite ? « Poularde de Faverolles ; Spoom Victoria ; fonds d'artichauts Barante ; foie gras au porto en médaillon... » exquis, cela. Vous n'êtes pas gourmande ?

Si, si, Ludivine est gourmande, mais n'ose avouer qu'elle l'est surtout en sucreries.

— Je vous en prie, renseignez-moi... la jolie jeune fille qui rit toujours ?...

— La jolie jeune fille, c'est ma sœur Caroline, Mademoiselle, ou plutôt le diable en jupons. Voilà dix-huit ans bientôt qu'elle nous mène à sa guise. Père dit toujours qu'elle fera marcher son ménage tambour battant, à l'exemple de tante Julia. Dieu seul sait de qui elle tient ce don funeste aux hommes. Mère est bien la créature la plus romanesque mais la plus amène qui soit... Il se penche vers Ludivine et chuchote : d'une façon générale, nous sommes la branche assagie. Mais je crois que l'oncle Rodolphe était plein de feu et de fantaisie. Quel couple ils ont dû faire avec tante Julia ! J'imagine qu'elle a été autrefois ensorcelante, et terrible comme elle l'est encore. Père dit souvent que c'est sa belle-sœur le vrai chef de famille. Gardez-le pour vous : il l'appelle « le petit colonel ».

Ludivine éclate d'un rire irrésistible qui fait se retourner vers elle Frédéric et tante Lucie.

— Mon Dieu, Raoul, mais que racontes-tu à cette chère enfant ? s'informe la tante qui sent cette gaieté la gagner.

— Riez le plus souvent possible. Vous le savez, n'est-ce pas, que le rire vous va bien ? murmure Frédéric.

Comme il a dit cela. Avec son sourire, ce sourire moqueur et délicieux qui lui creuse la joue. Et cette voix tendre, qu'elle ne lui connaissait pas. Ingénument, elle le contemple et ce qu'il lit sur le petit visage offert allume un instant dans ses yeux une lueur qui fait se baisser d'instinct les paupières sombres de Ludivine.

— ... Buvez un peu, dit-il, sans grand à-propos.

Ludivine qui achève de se défaire de son blanc de poularde trouve qu'on la fait beaucoup trop boire.

— Non, non, vraiment, je vous assure. Je n'ai pas l'habitude.

— Prenez-la donc tout de suite, lui glisse Raoul. Puisque vous allez devenir une Vernet... De tous temps, nous nous sommes tenus honnêtement, le verre en main.

— Faites-moi plaisir, insiste Frédéric. Je veux vous voir tremper vos lèvres dans ce haut-brion. Il n'a guère que onze ans de bouteille, mais c'est une grande année. Il vous faut apprendre à aimer ce qui est bon, tout comme ce qui est beau... Eh bien, où en êtes-vous avec Raoul ? Commencez-vous à vous y reconnaître un peu ?

— Il me semble, dit Ludivine, qui a bu docilement.

— Nous venons de liquider la horde Vernet, explique Raoul. Si tu permets, nous passerons à la tribu Angellier.

Tante Lucie se penche devant l'épaule de Frédéric :

— Chère belle, comme je le disais, ces fiançailles me rappellent les miennes. J'avais seize ans aussi, tout juste comme vous. C'était en juin 58. Je me vois encore : J'étais en rose, avec des guirlandes de myosotis, un chef-d'œuvre ! Et Antoine, dans son habit gris perle ! Mon Dieu, comme j'étais émue ! — L'oncle Antoine, massif, un peu rouge, l'air bénévole, écoute les propos de Clémence Daubenois qui semble tout à fait à son aise entre les deux oncles.

Le frère de Julia, Constant Angellier, tient tête à la

notairesse et à la remuante Caroline qui l'encadrent avec diversité.

— C'est le plus charmant homme que je connaisse, lui confie Raoul. Tante Julia s'en doute-t-elle ? Il est plus jeune que nous tous. Tout l'intéresse. C'est le confident des jeunes filles. Métier ingrat et difficile, vous en conviendrez. Il s'en acquitte au mieux, voyez plutôt ma sœur, comme elle est à son aise auprès de lui. Ce n'est pourtant pas un cavalier de son âge !...

Ludivine se souvient : « Vive Dieu, mon enfant, que j'aurai de plaisir à vous nommer ma nièce !... »

Pauvre oncle Constant, qui aime tant les jolies figures, il joue de malheur avec sa fille aînée, Emilie : « Celle qui est assise à mon côté », souffle Raoul. Elle est laide, sans espoir. Ses traits rappellent ceux de Julia, mais alourdis, déformés. Rien n'éclaire ce visage où le regard même est terne. Depuis le début du repas, délaissée par Raoul, elle converse avec Adrienne qui lui fait face.

« Que c'est triste d'être laide, pense Ludivine. Merci, mon Dieu, que je ne le sois pas ! » — Elle trempe sa petite cuillère dans la mousse glacée qu'on vient de lui apporter et, plongée dans ses actions de grâces, la lèche avec une inconsciente application.

— Ma chère, lui glisse Frédéric, madame Daubenois va s'étrangler, regardez !... Prenez-en pitié !

Soudain rappelée aux réalités, elle s'aperçoit de son manège, et rougit jusqu'aux oreilles.

— Là, là, ne vous inquiétez pas : les autres n'ont rien remarqué, la console Frédéric, charitable. Je dois d'ailleurs avouer que, pour ma part, je trouve adorable ce petit bout de langue rose et pointu.

Est-ce pour rire ? Il la regarde en clignant de l'œil si gentiment que Ludivine se sent fondre de douceur.

En face d'eux, Julia lui sourit, tout en donnant la réplique au notaire.

— Tante Julia semble déjà vous avoir adoptée, constate Raoul, qui, ses devoirs de politesse remplis envers Emilie, se hâte de reprendre l'entretien. — Comment s'est passée l'entrevue ? Bien, je suppose ? Nous étions tous un peu inquiets pour vous. La chère Adrienne en déchiquetait son mouchoir... Mais, bien entendu, vous n'avez eu qu'à paraître pour conquérir... Tenez, jusqu'à la petite Blanche qui vous dédie une admiration béate. Oui, la brunette, au bout de la table, à côté d'Adrienne.

— Elle m'a l'air très gentille, dit Ludivine, qui accepte le tribut avec une bonne grâce royale.

— Délicieuse, c'est le séraphin de la famille Angellier. Emilie et Edmond en sont fous, son père la gâte honteusement ; la tante Sophie, oui, en face de vous, près de maître Daubenois...

— La vieille dame ratatinée ?

— Oh ! oh ! toute belle, mademoiselle Sophie n'a pas encore vu se lever l'aurore de son cinquantième printemps. Ne vous y trompez pas. La tante Sophie, vous disais-je, fait montre envers Blanche d'une faiblesse particulière. Et malgré tout, cette enfant trouve le moyen de rester charmante. Elle et Léon s'adorent. Il doit lui rimer des masses de poèmes et d'églogues. Je suppose qu'on les mariera un de ces jours, mais elle n'a que quinze ans, Léon va sur ses vingt, ils sont encore un peu jeunets.

— En effet, acquiesce Ludivine, qui se sent incomparablement plus vieille.

— Voyons, vous voici à peu près au fait de tous les convives. Ah ! j'oubliais Edmond, son frère. Vous voyez, entre ma mère et Laure. Sympathique, n'est-ce pas ? C'est un doux savant ou presque : mathématicien, ingénieur, quelque peu inventeur... Son vice secret, c'est la balistique. Vous ne le diriez pas à le voir, n'est-il pas vrai ? Son aspect est parfaitement inoffensif. Caroline, qui est bon juge, le trouve même séduisant. Mais je crois qu'il ne s'en doute guère.

Dans les rares répits que lui laisse la conversation de tante Lucie, Frédéric écoute l'intarissable Raoul et s'amuse de l'intérêt marqué par Ludivine qui hoche la tête, approuve, et rit de tout son cœur. Comme on apporte les desserts, il fait signe à Philomène, et lui chuchote quelques mots. Peu après, l'une des filles de chambre, vient déposer devant Ludivine une énorme part de bavaroise au chocolat.

— J'ai pensé que vous l'aimiez et prié Philo de veiller à ce que l'on vous servît copieusement.

Des yeux brillants de chatte le remercient en silence.

Tout le monde parle. Les bouchons de champagne sautent dans le brouhaha. L'oncle Antoine se lève et porte un toast aux fiancés. Ludivine écoute, la tête bourdonnante.

— Donnez votre petite patte, murmure Frédéric à son oreille.

Elle obéit.

A son doigt, il glisse la bague de fiançailles, un beau brillant monté en tourbillon.

— Oh !... souffle Ludivine, au milieu des applaudissements qui accompagnent la chute du petit discours d'Antoine Vernet.

— Cela vous plaît ?...

Les coupes se lèvent. Dans le silence relatif qui s'établit, Clémence Daubenois, solennelle, s'adresse à Frédéric :

— Cher Monsieur, vous pouvez embrasser votre fiancée.

Ludivine baisse les yeux, avance la joue imperceptiblement. Son cœur bat un peu plus vite...

Frédéric considère une seconde l'ombre ailée des cils sur les pommettes roses, et répond poliment à la notairesse :

— Je vous remercie, Madame, nous avons tout le temps.

Dans le grand salon où l'on s'empresse à présent autour d'elle, Ludivine parade. Mais son cœur est un champ de bataille où soufflent en tempête le chagrin, la colère, l'orgueil blessé. Il venait d'être si gentil... Qu'y a-t-il eu ? Qu'a-t-elle fait qui l'ait soudain éloigné d'elle ?...

« Ah ! Ne plus le voir, ne plus entendre parler de lui, ne plus l'aimer... Il a un grand nez, une grande bouche. Sa lèvre inférieure est trop forte. Ses dents ne sont même pas très bien rangées, il y en a une qui avance... Pourquoi, mais pourquoi ce visage est-il devenu, si vite, plus grand que le monde devant ses yeux ? »

Cependant, elle s'évente et soutient bravement la conversation au milieu d'un petit groupe.

— Puis-je voir votre bague ? demande Caroline. Vraiment belle !... Que c'est agréable d'être fiancée !

Oh ! Dieu ! Si elle savait...

Ludivine jette un regard de rancune sur les feux d'arc-en-ciel que lance le bijou, et rêve d'un tremblement de terre qui engloutirait à ses pieds Mogador tout entier, et son amour bafoué.

Elise et Blanche admirent à leur tour. Georges Vernet s'approche.

— Un magnifique brillant, certes, Mademoiselle. Mais quels joyaux plus rares que vos yeux ! Depuis que vous êtes là, je me demande comment on pourrait parvenir à les représenter sur une toile : ce velouté sombre, avec ces brusques scintillements noirs...

— Mon Dieu, Monsieur, rit Ludivine, l'on vous disait peintre, en effet, mais il faut ajouter poète, je le vois bien...

— N'importe, ma chère, coupe Caroline, poète ou non, Georges, a raison. Je n'en ai jamais rencontré de pareils. N'est-ce pas, Laure ?

— En effet, Frédéric a bien de la chance. Et il est allé vous dénicher au couvent, m'a-t-on dit ?

— Presque... concède Ludivine, avec une douceur d'archange.

— Oh ! non, rectifie Elise, candide. Ludivine a rencontré monsieur Vernet chez nous.

Bonne, chère Elise, rempart de loyauté devant cette attaque insidieuse.

— Allons, allons, laissez-la-moi un peu, prie Adrienne qui les rejoint avec Emilie. Elle s'empare du bras de Ludivine, et l'emmène s'asseoir à l'écart sur le sofa. Vous allez être notre petite sœur. Si vous saviez comme j'en suis heureuse. J'espère que vous vous plairez avec nous. Hubert et moi, avions hâte de vous connaître. Il vous trouve ravissante... Depuis que Mère nous a annoncé la nouvelle, nous ne cessions de parler de vous, de vous imaginer, « la fiancée de Frédéric... ».

Frédéric... Où est-il ? Malgré elle, Ludivine se surprend à le chercher des yeux, à la dérobée. Ah ! le voici, là-bas, près de la cheminée. Il cause à voix basse avec sa mère. Julia, assise dans un grand fauteuil, les traits tirés, paraît lasse. Elle appelle d'un geste Ludivine qui feint de ne pas le remarquer, car, derrière elle, accoudé au dossier, Frédéric la regarde.

— Maman vous demande, lui signale Adrienne.

A regret, Ludivine se lève et s'approche. Son cœur bat misérablement.

— Frédéric me prie de fixer avec votre tuteur la date de votre mariage. Verriez-vous un inconvénient à ce que ce fût pour bientôt ? Le temps de faire vos préparatifs... Dans deux mois, par exemple ?

— Comme vous voudrez, Madame... répond-elle, tout à fait désemparée.

— Frédéric, va me chercher ton oncle Antoine, veux-tu ?

Il se lève et décoche à Ludivine une petite grimace moqueuse et tendre. — Le monstre, comment peut-il... ?

— Qu'avez-vous, petite ? — Julia caresse la main aux doigts crispés sur un mouchoir roulé en boule : — Un peu nerveuse ?

La gorge serrée, Ludivine hoche la tête.

— Antoine, dit Julia Vernet à son beau-frère qui les rejoint, je voudrais que vous rassembliez le conseil de famille et les Daubenois. Nous avons des décisions à prendre. Au fait, nous resterons ici. Je me sens trop fatiguée pour passer dans le bureau. Envoyez donc les enfants faire un tour dans le parc. Ludivine ne le connaît pas, il faut qu'on le lui montre. — Elle dévisage sa future bru : — Allez prendre l'air, cela vous fera du bien, vous êtes toute pâlotte. Allez vite...

Cinq minutes après, il n'y a plus autour de Julia que les oncles et tantes, le notaire et son épouse.

Dans une envolée d'éventails, de rires et d'ombrelles, les jeunes gens ont quitté le salon.

— Ils ne demandaient que cela, bien entendu, sourit l'oncle Constant.

— Où allons-nous ? — Au bord de l'eau ? — Du côté des serres ? — Sous le grand chêne ? — Dans l'allée des pins ?

— Il faut montrer à Ludivine le tombeau du Croisé.

— Fi donc, proteste Emilie. Quel but de promenade pour un jour pareil ! Plutôt la fameuse allée d'orangers. C'est la curiosité de Mogador, vous savez, Ludivine...

— Eh bien, allons la voir.

Résolument, elle vient se placer entre Emilie et Adrienne, bien décidée à fuir le voisinage de Frédéric.

Mais ce dernier s'approche accompagné de Raoul.

— Puis-je vous offrir mon bras ?

Comment refuser ?

— Les prérogatives du fiancé ! persifle Raoul. Allons, mes belles, voulez-vous chacune accepter un des miens ? Je m'engage à courtiser l'une et l'autre tour à tour...

Edmond s'empresse auprès d'Elise. Leurs timidités réciproques se sont reconnues et rapprochées.

— Venez donc, Georges, dit à son beau-frère la belle Laure qui trouve qu'on la délaisse.

Blanche est déjà suspendue au bras de Léon. Hubert et Caroline les rejoignent. Tous quatre ferment la marche.

Il fait un temps exquis, le soleil décline doucement. Le massif de seringa est un bouquet de parfums neigeux. Frédéric s'attarde à cueillir une branche pour Ludivine qui l'en remercie avec une politesse glaciale. Il parle, plaisante, répond joyeusement à Raoul qui le hèle, et ne semble pas s'apercevoir qu'il promène à son côté une petite personne roide et figée.

« Je le déteste, oh ! je le déteste !... » se répète Ludivine.

Un cri rauque traverse le parc et la fait tressaillir.

— N'ayez pas peur, ce sont les paons...

— Les paons ? Oh ! je voudrais voir ! dit-elle, sa curiosité prenant le dessus.

— Venez, ils doivent être de l'autre côté. En général, ils se tiennent derrière la maison, sur les arbres de

Judée. Il y en a un couple de blancs assez rares. Mais je trouve les autres encore plus beaux. Par ici, vous allez voir. Tenez, en voilà un là-bas sur la pelouse, près du miroir d'eau. Approchons-nous...

Il l'entraîne dans une allée étroite, pleine d'ombre.

— Mais les autres ?...

— Qu'est-ce que cela vous fait, les autres ? Allons, venez. Auriez-vous peur de rester seule avec moi ?

Peur ? Il y a peut-être de cela, parmi les sentiments contradictoires entre lesquels se débat Ludivine.

Sans répondre, elle quitte son bras et, dédaigneuse, ouvrant son éventail, passe devant lui, la tête rejetée en arrière comme pour le défier, inconsciemment provocante, assez semblable à l'oiseau royal qui, là-bas, déploie avec lenteur sa traîne pleine d'yeux.

Frédéric la rejoint et lui saisit le poignet.

— Eh bien, qu'y a-t-il ? Fâchée ?

Le ton indulgent et railleur met le comble à l'exaspération de Ludivine. Pourtant, d'un effort, elle se maîtrise et joue le suprême étonnement. On s'y tromperait, n'était l'éclat dur de ses yeux qui la trahit.

Fâchée, Monsieur ? Mais de quoi donc ? Je ne comprends pas.

Frédéric engage le fer hardiment :

— Peut-être de ce que je ne vous ai pas embrassée tout à l'heure, dit-il avec une infernale tranquillité.

— Mon Dieu, croyez-vous vraiment que je puisse en avoir envie ?

— Naturellement. Toutes les jeunes filles ont envie qu'on les embrasse.

Ludivine retrouve des forces pour combattre :

— Que pouvez-vous bien savoir des jeunes filles ?

— Admettez que je l'aie appris dans les livres.

— Au moins en ce qui me concerne, je puis vous assurer que vous vous trompez, dit-elle, furieuse.

— Pensez-vous me le faire croire ?

Ils se regardent de tout près. Ludivine sent brûler son visage devant ce visage si proche, qui l'observe, avec quelle étrange expression !... Elle voudrait se débattre, se sauver, échapper à cette main qui la retient...

— Lâchez mon bras, laissez-moi ! — Sans répondre, il l'attire contre lui. — Comment osez-vous ?... Lâchez-moi !... Je vous défends !... Vous froissez ma robe !...

Penché sur elle, il resserre l'étreinte et, brusquement, prend sa bouche.

Le vent passe autour d'eux avec un sifflement doux qui éveille à peine le parc immobile. Ludivine, chancelante, la tête vague, rouvre les yeux. Ce baiser. Oh ! Dieu !...

Frédéric la contemple et rit dans la lumière couleur de miel.

— Dites encore que cela ne vous plaît pas, d'être embrassée ?...

Peu à peu, elle reprend ses esprits. Le monde se recompose. La tête appuyée contre l'épaule de Frédéric, elle se laisse bercer.

— Etes-vous bien, ma petite jolie ? murmure-t-il à son oreille.

— Oh ! Frédéric, est-ce que vous m'aimez ?

— Folle, folle, allez-vous exiger que je me mette à genoux pour vous le dire ?

Insaisissable Frédéric, ironique, tendre, cruel. Comme l'avenir près de lui apparaît merveilleux et difficile. Vienne le temps du mariage, Ludivine Peyrissac jette tout son courage, et son âpre désir de bonheur dans la balance : « Quand je serai sa femme... Ah ! je veux qu'un jour... Il m'aimera comme je l'aime, et plus encore... » A son corsage, la petite branche de seringa, écrasée, a pris un air piteux mais elle embaume encore. Pensive, elle la détache et la respire.

— Allons, dit Frédéric, doucement. Cela suffit pour aujourd'hui. Vous me damneriez, mon cœur. Venez rejoindre les autres.

5

« *Au diable toutes ces singeries ! Vous ne trouvez pas ça insupportable, vous, l'idée de cette foule, un jour pareil ?... Si nous pouvions être mariés sans que rien ni personne ?...* »

Il l'avait dit, Ludivine ne s'en souvenait que trop. Et aussi de son rire, devant la rougeur d'indignation qu'elle s'était senti monter au visage.

« *Frédéric, mais vous êtes fou !...* » Et la belle robe de brocart ivoire, la couronne, le voile incrusté de point d'Angleterre ?...

« *Bon, bon, chérie, je vois que vous allez pousser des cris d'orfraie. N'en parlons plus, je me résigne. Nous donnerons la grande représentation.* »

Comment se fût-elle méfiée ?...

Enfermée dans la chambre qu'elle a partagée cette nuit avec Elise, elle ressasse son désespoir et sa rage, sur son lit, et verse quelques larmes dans son oreiller... Ce scandale ! Tout le village était là. Et les invités... Qu'ont-ils dû penser ?...

Elle revoit la mairie décorée de guirlandes ; l'église toute résonnante de l'orgue, fleurie de blancheurs, illuminée du reflet blond des cierges... Derrière elle, ces respirations entassées, comme une rumeur de coquillage... Et le visage de Frédéric, grave, attentif, lorsqu'il lui a passé au doigt l'anneau d'or... Mari et femme... « Les hommes ne sépareront pas ce que Dieu a uni... »

Mais cette impatience, qu'il a commencé de manifester ensuite, durant l'interminable chœur des Enfants de Marie, son air excédé pendant l'allocution du curé, et à la sacristie... Seigneur ! le désastre était en marche... et Ludivine ne le savait pas...

Toute fière à son bras, la gorge gonflée d'émotion, elle s'est avancée jusqu'au porche, dans le glissement soyeux de la longue traîne lourde à porter, parmi les têtes serrées, les acclamations. Et ces chars à bancs, installés au bord de la place, surchargés de monde, cette vertigineuse mosaïque de visages, ces cris... Tout le cortège arrêté, à sa suite, et son beau coupé capitonné, enrubanné, qui approchait... « Vive la mariée ! » hurlait plus fort que les autres un rousseau juché sur ce grand diable de cheval pie qu'elle connaît bien. « Vive la mariée ! Vive le maître ! » « Vois, *Phœbus*, vois la noce de ton maître ! »

« Oh ! s'est exclamé Frédéric, regardez donc, *Phœbus* qui est là !... »

C'est alors...

« A moi, Gustave, descends ! » l'a-t-elle entendu crier.

Et avant de se reconnaître, elle était empoignée, entraînée, hissée, emportée au galop, sur la route, dans le fracas martelé des sabots.

Elle s'entend encore crier : « Frédéric !... Etes-vous fou ?... Retournez, retournez tout de suite. Ma robe, oh ! ma robe ! » La belle traîne, brodée d'argent, qu'il a remontée, sans façons, roulée en tas devant la selle... « Et mon voile ! Vous avez déchiré mon voile !... Arrêtez ! Je vous dis d'arrêter ! Oh !... Oh !... »

Les mots lui manquaient pour exprimer la fureur qui l'étouffait. Elle se souvient d'avoir cogné de toutes ses forces sur la poitrine large, solide comme un meuble. Et ce rire silencieux de Frédéric qui la maintenait de son bras, tandis qu'elle se débattait, hors d'elle. « Va, *Phœbus*, plus vite ! »

Tous les gens sur la place ! Qu'ont-ils dit, mon Dieu, qu'ont-ils dit ?... Cette horrible Laure... Et la notairesse... Affreux !... Et les bonnes amies de pension... Demain, tout le couvent va le savoir... La risée du pays !...

Ce visage inconnu de rapt et de triomphe, penché sur elle, soudain, à toute volée, elle l'a giflé, folle d'exaspération. « Diablesse, voulez-vous donc nous faire tomber ? » Et il a ri. Seigneur ! Il a ri... Elle ne sait même plus comment ils sont arrivés, comment elle s'est trouvée à terre, ébouriffée, haletante, muette, le visage en feu, son voile enroulé autour d'elle, et sa couronne qui lui tombait sur le nez...

Il la regardait :

— Que vous êtes drôle, mon petit cœur, si vous pouviez vous voir !...

Il a osé !... Toute la vie se passera à le lui faire expier !... Pendant qu'il attachait *Phœbus* par la bride, au coin du perron, elle lui a échappé et, relevant ses jupes à pleines mains, d'un trait, elle a couru se verrouiller dans sa chambre.

« C'est fini. Je ne l'aimerai plus jamais... Goujat ! Il m'a épousée pour me ridiculiser. Mais nous verrons bien. Je me vengerai. Un jour, je lui ferai demander grâce... Oh !... Je l'aurais tellement aimé... »

« *Mon cœur...* » Quand il disait : « Mon cœur... » Sa voix... Et son épaule... « Oh !... » Une vague de désespoir la submerge.

Ces jours de fiançailles... Lorsqu'il arrivait, chaque soir, à cheval... Après avoir salué la notairesse, il rejoignait les jeunes filles au jardin... Il apportait des fleurs, des cadeaux... « *Devinez ce que j'ai pour vous, aujourd'hui ?* » Il questionnait tendrement : « *Qu'avez-*

vous fait ? Racontez-moi... » Et, après le dîner, les longues soirées sous la tonnelle, assis l'un près de l'autre, avec Elise, doux et discret chaperon imposé par la rigide madame Daubenois... L'ombre tombait plus vite sur le chèvrefeuille fleuri. Ils demeuraient là, tous trois, devisant de mille riens : les préparatifs, les invitations, les visites... et respiraient les parfums mouillés qui montaient autour d'eux, tandis que, non loin, Louisa arrosait les corbeilles. Frédéric, à la dérobée, la serrait contre lui, caressant sa main. Elise, délivrée, elle aussi, de sa réserve, par l'obscurité descendue, riait des taquineries du jeune homme, et se hasardait parfois à les lui renvoyer.

Silencieuse, Ludivine les écoutait discuter avec gentillesse. Puis plus tard, Frédéric priait : « Chantez-nous une chanson, une de vos vieilles chansons que j'aime... » Avec simplicité, Elise fredonnait :

Mon cœur est las
De tant de peines...

ou bien encore :

Je voudrais que la rose
Fût encore au rosier
Et que mon ami Pierre
Fût encore à m'aimer...

et parfois la complainte du roi Loys, ou celle, si triste, de Jean Renaud...

Ludivine fermait les yeux et, bien en sûreté, la tête appuyée au creux de l'épaule chère, se laissait bercer de la mélancolie des belles amours contrariées et mortes.

Soirs tranquilles de juin, nuits déjà lourdes de juillet, pleines de vers luisants et d'étoiles, premier et dernier été de jeune fille qui lui fut accordé... Etait-ce à cela qu'il fallait en venir ?... Où est la joie ? Où est l'amour de Frédéric, et ce cœur bondissant, et cette attente du plus grand jour ? Amère, Ludivine se relève et va jusqu'à la coiffeuse, contempler dans la glace son visage de mariée. Une chanson d'Elise, encore, remonte à sa mémoire :

Enfin, vous voilà donc,
Ma belle mariée,
Enfin, vous voilà donc,
A votre époux liée,
Avec un long fil d'or
Qui ne rompt qu'à la mort...

Dérision ! Et ces gens qui vont être là... Les regards curieux, moqueurs, malveillants, qu'il faudra affronter... Rassemblant son courage, elle commence de bassiner avec de l'eau fraîche sa figure et ses yeux.

Le sable de l'allée d'honneur grince sous des roues. Une voiture s'arrête devant le perron. Une autre, d'autres suivent.

La maison s'emplit de rumeurs. Aux aguets, Ludivine distingue des éclats de rires. Les marches de l'escalier craquent. Des pas montent et descendent. On parle sur le palier. De sa chambre, située au fond du couloir, elle ne peut entendre les paroles. Il est sûrement question d'elle ! Penser que l'on s'amuse à ses dépens !... Plus rien, le corridor doit être désert...

On frappe doucement.

— Qui est là ? interroge-t-elle, glacée.

— Ludivine, ouvrez ! — La voix de Frédéric. — Tout le monde arrive...

Silence.

Il insiste :

— Ecoutez, il faut que je vous parle. Laissez-moi entrer.

Ludivine se tait toujours.

— Chérie, soyez raisonnable...

Raisonnable ! Elle serre les dents. « A son tour... » Le cœur lui bat plus fort à le sentir derrièrc la porte, impuissant, réduit à implorer en vain son audience... De guerre lasse, il abandonne. Elle s'était préparée à une longue résistance, cette attaque qui tourne court la laisse déçue...

Quelques minutes s'écoulent. On frappe de nouveau :

— C'est moi, Elise.

De mauvaise grâce, elle tire le verrou. Elise entre, et, derrière elle, Frédéric. Trahison ! Ludivine demeure plantée à le considérer avec une sorte de stupeur paralysée, tandis qu'il referme la porte.

— Merci, Elise, ma chère ! lance-t-il à la jeune fille qui se sauve vers le cabinet de toilette. Et, s'approchant :

— Voyons, m'en voulez-vous tellement ?

Ludivine bondit en arrière et, par malheur, trébuche sur sa traîne.

— Laissez-moi, je vous interdis de me toucher.

— Mais vous ne pouvez pas me l'interdire, dit-il, lui offrant le secours d'une main à laquelle elle s'accroche sans y penser. Vous êtes ma femme, maintenant. C'est une question que nous venons de régler une bonne fois, devant tout ce monde... — Il attire à lui la rebelle qui, gênée dans sa défense par ses encombrants atours, renonce à se débattre, et se fige dans une raideur méprisante. — Allons, qu'ai-je fait de si terrible ? J'ai chiffonné un peu votre toilette ? Est-ce cela ? Pire ? J'ai déchiré votre voile ? Mais je pense bien que vous ne le remettrez plus...

— Vous m'avez rendue ridicule devant le village

entier, lance-t-elle, la voix sifflante d'une colère qui renaît. Je vous ferai payer cela.

— Chut ! Chut ! Vous êtes moins jolie quand vous êtes méchante. Ridicule ? Quelle idée ! Pourquoi diable ridicule ? Ces gens me fatiguaient, nous sommes partis tous les deux. Qu'y a-t-il de plus simple ?

— En effet, ricane Ludivine, il est habituel, je suppose, dans les mariages, de voir, au sortir de l'église, le marié mettre sa femme sous son bras comme un paquet, et les invités abandonnés demeurer sur la place à faire des gorges chaudes...

Frédéric abomine les discussions stériles. Surtout lorsqu'il perçoit qu'il s'est mis dans son tort. Faute de meilleur argument, il la presse plus fort entre ses bras et couvre de baisers ce visage de marbre aux lèvres serrées.

— Mon cœur, je promets de ne plus le faire.

— Quant à cela, remarque Ludivine, sardonique, on ne se marie pas tous les jours, grâce au ciel !

— Grâce au ciel ! vous pouvez bien le dire ! — Il a sur le cœur le cérémonial, les chants discordants, les félicitations, les embrassades, et tout ce rôle qu'il a dû tenir, depuis le matin, devant une foule de spectateurs avides que n'a point rebutés la chaleur pesante de cette journée de juillet. Mais son approbation innocente déchaîne la tempête.

— Dieu me pardonne, Monsieur, il ne tenait qu'à vous de me laisser dans mon couvent. J'ai pu vivre jusqu'ici sans soupirer pour Frédéric Vernet. Et pour l'agrément que j'éprouve d'avoir...

Un baiser arrête net ce flux de récriminations ; la stratégie de Frédéric s'affirme, cette fois, imbattable.

— Ne nous disputons pas, chérie. Vous ne m'avez pas compris. Mais je vous offre toutes les réparations que vous voudrez.

— Oh ! Frédéric... se plaint Ludivine qui, désarmée soudain, fond en larmes. Pourquoi avez-vous fait ça ? Vous avez gâté notre jour de noces... Et puis aussi vous avez ri de moi...

— De vous ? Oh ! chérie, ne pleurez pas. Je suis un monstre, une brute, une abominable brute. — Il bat sa coulpe avec conviction, bouleversé devant ces larmes enfantines. Mais déjà Ludivine, qui s'en aperçoit, trouve une douceur inattendue à exploiter quelque peu la position de victime qu'il lui accorde enfin. Il s'installe dans le fauteuil, l'assied sur ses genoux, ramassée contre sa poitrine, embrasse ses mains, respire ses cheveux, mordille sa nuque, son oreille...

Ludivine, toute ronronnante intérieurement, cherche en vain à retenir sa rancune qui s'évapore comme un nuage blanc dans un ciel d'été. Elle relève la tête et regarde de tout près le visage incliné. Une petite meurtrissure rouge marque la joue gauche ; d'un geste machinal, elle y passe son doigt.

— Contemplez votre œuvre, Madame. Voilà la marque du sceau conjugal. Vous avez la main leste, entre nous, ma chère. Leste et vigoureuse. J'ai failli être désarçonné. Cela n'eût pas arrangé nos affaires, dites donc. Nous voyez-vous tous deux, gisant dans la poussière de la route, obligés d'attendre que le coupé nuptial nous ramassât au passage ? Vous faites vraiment bon usage des anneaux que l'on vous offre, ma douce...

Ludivine éclate de rire.

— Taisez-vous, taisez-vous donc, vous savez bien que vous me rendez fou, à rire de cette façon ! Taisez-vous, ou je vais commettre d'autres dégâts.

Et peut-être en commettrait-il, pris dans les bras noués autour de son cou, qui prolongent leur baiser, si la porte ne s'ouvrait brusquement sur l'irruption de Caroline :

— Au nom du ciel, Ludivine, que faites-vous ? Tante Julia m'envoie... Elle s'arrête, interdite.

Frédéric dépose doucement sur ses pieds Ludivine embarrassée, se lève, rectifie sa cravate et, très maître de lui :

— Laisse-moi te dire, ma chère, que tu aurais dû frapper, avant d'entrer chez ma femme.

Caroline n'est pas fille à s'en laisser imposer :

— J'ai frappé et refrappé à réveiller un mort avant son temps. Je m'explique que vous n'ayez pas entendu, ironise-t-elle, en les dévisageant.

— Caro, chère peste, te souviens-tu d'une époque bénie où l'on pouvait te tirer les cheveux ?

— Tu ferais mieux de laisser ton épouse arranger les siens, riposte l'indomptable amazone.

Frédéric prend sa cousine par le bras, galant, mais ferme, la reconduit dans le couloir, et pousse le verrou.

— Ludivine, écoutez-moi, songez qu'il est une heure, que ma tante s'impatiente, et que les gens de la noce meurent de faim, adjure Caroline, d'une voix pathétique, à travers la porte, avant de s'en aller.

— Je crois qu'il faut descendre, murmure Ludivine.

— J'ai la même impression.

— Elise ! Venez m'aider, je vous en prie !...

Mais Elise, lasse de se morfondre dans le cabinet de toilette, s'est envolée par la porte donnant sur le corridor.

— Dois-je vous servir de femme de chambre ? suggère Frédéric.

— Non, non, refuse-t-elle avec un élan qui le fait sourire. J'irai plus vite toute seule. Attendez-moi.

— Suis-je pardonné ?

— Non, déclare Ludivine, têtue... Restez où vous êtes. Je ne veux pas que vous me décoiffiez à nouveau.

— Dites-moi, alors, quand me pardonnerez-vous ?

— Quand je me serai vengée. Elle pique la dernièrc épingle d'un air belliqueux.

— Très bien, dit-il tendrement, je me mets à votre discrétion. Nous voici avec toute la vie, pour voir de quoi vous êtes capable.

6

A Mogador, les vendanges sont commencées. L'automne qui s'approche n'a pas encore touché le parc, les fourrés sont toujours pleins d'ombre, mais la qualité de l'air a changé, le ciel est plus bleu dans la lumière pâlissante, le soleil décline plus vite, les nuits fraîchissent. Pourtant, il fait délicieux, l'après-midi, sous les arbres. Ludivine et Adrienne sont assises dans le rond-point des lauriers-tin, auprès de Julia installée dans une chaise longue, un livre ouvert sur ses genoux.

Adrienne brode avec cet air de sagesse appliquée qu'elle apporte à faire toutes choses. Que faudrait-il pour la sortir de ce calme, se demande parfois Ludivine qui apprécie la tendresse pleine d'admiration que lui a vouée sa belle-sœur, mais souhaiterait voir, de temps en temps, un coup de mistral soulever ce lac sans rides. Pauvre Adrienne : ces doux yeux bruns sans éclat, ce teint brouillé, la bouche, comme celle de Frédéric, un peu grande, les beaux cheveux châtains pleins de lueurs de cuivre et d'or, tirés, coiffés sans coquetterie... Ludivine cherche... une photographie délavée, voilà ce à quoi elle lui fait penser. Certes, elle ne ressemble en rien à sa mère... Celle-là... Le regard de Ludivine rencontre celui de la vieille dame posé sur elle, vif, brillant d'intérêt. Les propos volontiers railleurs et fort peu expansifs de sa belle-mère, ces coups de patte que Julia distribue avec libéralité à toute la maisonnée, n'impressionnent plus guère la jeune femme. D'une attitude résolue, d'une prompte repartie, elle sait maintenant se mettre hors de cause.

Frédéric qui observe en spectateur cette tactique lui a dit un jour :

— Mère et toi, vous étiez faites pour vous entendre. Deux complices, voilà ce que vous êtes : Robert Macaire et Bertrand. Les hommes de la maison n'ont qu'à bien se tenir... Je ne parle pas d'Adrienne, la malheureuse. A vous deux, vous la mangerez à la croque au sel, un de ces jours... Toute sa vie, Mère a désiré une fille capable de lui tenir tête. Cela eût donné un piment à la monotonie de son existence. Et ma sœur qui n'a jamais osé ouvrir la bouche pour la contrarier, alors que, des années durant, elle n'a guetté que cela !...

Nerveuse, Ludivine effeuille une branche de laurier-tin, joue avec les ombrelles de perles noires irisées de reflets bleus, qu'elle égrène.

— Le joli collier que cela ferait, regarde donc, Adrienne...

— Oui. En février, ils seront de nouveau fleuris. Je trouve que l'allée est si belle, quand les feuilles disparaissent sous ces touffes blanches...

— Celle-ci n'est rien, dit Julia. Je me souviens, à la Sarrazine, il y en avait une qui menait à la tonnelle, étroite et longue, mais si épaisse et taillée de telle sorte que l'on y marchait sous une voûte. Je me revois, toute petite, dans cette allée où l'on me laissait jouer seule. Dieu, qu'elle sentait bon, au printemps ! Au bout, en haut des marches de la terrasse, il y avait, de chaque côté, d'énormes hortensias roses en caisses... — Elle secoue la tête. — Je ne comprends pas pourquoi votre oncle Constant a changé tout cela...

Ludivine la regardait, légèrement choquée, trop proche encore de son enfance pour pénétrer les regrets de Julia.

La vieille dame considéra sa bru avec une ombre de sourire où entrait un peu de pitié. Un temps viendrait aussi pour cette petite, où le souvenir d'un béguin de dentelles, d'un jouet cassé, d'un jardin perdu, lui ferait mal de mélancolie, mais elle ne le savait pas encore.

La cloche de Fontfresque tinta dans l'air tranquille.

— Déjà 4 heures ! soupira Ludivine. Et Frédéric qui ne vient pas... Il avait promis de faire vite, pourtant. Il sait bien que je l'attends...

— Allons, allons, fillette, Frédéric préférerait, à coup sûr, être là. Crois-tu, par hasard, que ce soit pour son plaisir qu'il est parti après déjeuner, la dernière bouchée avalée, sous le grand soleil, dans la carriole du baïle ?

A nouveau, Ludivine soupira. Où était le voyage de noces ? Les journées follement remplies d'amusements de toutes sortes : le cirque Molier, l'Alcazar, les Ambassadeurs, Paulus et Thérésa, la pantomime, Longchamp, l'Opéra, les restaurants, les joailliers du Palais-Royal, le boulevard des Italiens... Ce Paris bruyant, fiévreux, énorme et divers, que Frédéric lui avait révélé. Et sa chaude présence perpétuelle à son côté.

Elle était rentrée triomphante à Mogador, au début d'août, ses malles bourrées de robes, de parures. Partout, au cours des visites qu'elle et Frédéric avaient commencé de rendre, son thème de prédilection était : « Paris... » « Quand nous étions à Paris... »

Frédéric s'était montré le plus exquis compagnon. Il l'avait emmenée partout, lui offrant ce qu'elle désirait, prévenant toutes ses envies, subtilement curieux de ses réactions, et attendri de ses joies. Frédéric..., à travers qui la vie avait pris sa couleur, sa forme... et ses désirs, leur goût et leur parfum... Frédéric, qui lui avait enseigné l'immense mystère doux et terrible. Et des milliards d'êtres l'avaient su avant eux ; mais pour elle, il était tout neuf, et ils étaient le premier couple. Frédéric !...

Maintenant, il n'était plus autant à elle. Le domaine l'avait repris : « *Il faut que je parte, attends-moi, je serai vite de retour.* » Attendre, toujours attendre. Un jour, un autre jour... Chaque heure solitaire est du bonheur perdu, chaque parole adressée à d'autres vous dépossède un peu. Et lui, que fait-il ? Qu'est-ce qui le tient éloigné ? Quelle absurde tâche qu'il ne puisse laisser à un autre ? Il l'aime, cependant, il est heureux près d'elle... Il y a cette avidité, cette espèce de frénésie silencieuse avec laquelle il la serre dans ses bras, presque brutalement, dès qu'ils sont seuls : et Ludivine, étouffée, sentant sur elle son souffle rapide, se plaint et rit de plaisir à la fois. Mais alors, pourquoi la quitte-t-il ? Comment peut-il, pendant des journées, se passer d'elle, tandis qu'elle l'attend, coiffée, parée pour lui, close sur tous les rires qu'elle lui donnera tout à l'heure, toutes les paroles secrètes qu'il devinera. S'il en est temps encore, s'il ne lui revient pas trop tard, si tout cet amour amassé ne s'envole pas en rancune, de n'avoir pu se dépenser...

— Il ne peut plus tarder, maintenant, dit bonnement Adrienne, que l'impatience de sa belle-sœur désole toujours. Si nous rentrions, Mère, pour le goûter ?

Goûter ! Il s'agit bien de goûter. Cette manifestation déplacée d'un paisible appétit accroît l'impatience de Ludivine. Ce qu'il lui faut, à elle, ce qu'elle veut de toutes ses forces, c'est le retour de Frédéric, le tête-à-tête promis, cette promenade, l'un près de l'autre, au pas allongé des chevaux, coupée de feintes poursuites où il la rejoint, de haltes où il l'embrasse... Depuis peu, elle commence à se tenir en selle avec assez de maîtrise pour lui faire honneur. Il se montre fier de son élève. Et le plaisir qu'elle tire de leurs courses est agréablement mélangé de coquetterie et d'orgueil. Mais cette attente, aujourd'hui, qui se prolonge et la frustre...

— Bah ! il fait si bon, encore... Va plutôt dire à Philo qu'elle nous serve ici.

— J'y vais, Maman. Adrienne plie sa broderie avec soin et se lève.

Julia considère de biais sa belle-fille qui se compose à grand-peine un maintien détaché.

— Il y aura un beau crépuscule, ce soir, sur la roubine, dit-elle. Nous dînerons tard, il faut profiter des derniers beaux jours. Poussez donc jusqu'à l'étang. Tu demanderas au pêcheur pourquoi il n'a rien apporté, ces jours-ci. Berthe se plaint, à la cuisine.

Ludivine s'apaise un peu... Il est vrai que ce retour dans la nuit tombante, au bord de l'eau... Elle sourit à Julia :

— Aimiez-vous monter à cheval, Mère, autrefois ?

Si elle aimait !... Sur le visage de Julia passe comme un frémissement.

— Les chevaux étaient la moitié de notre vie. A la Sarrazine, mon père en faisait l'élevage. C'est en venant acheter un étalon chez nous que Rodolphe Vernet m'a rencontrée. Il était le meilleur cavalier du pays. Au cavalier, on juge l'homme, sais-tu bien, petite ? Quand je l'ai vu repartir sur son cheval, j'ai su que nul autre ne me ferait changer mon nom pour le sien. Père avait d'autres visées, mais il y a perdu sa peine... — La vieille dame rêva un moment. Tout le visage volontaire proclamait la certitude que Julia Angellier avait choisi sa juste part et qu'elle était en règle avec sa destinée.

Adrienne revenait, suivie de Philo portant, sur un plateau, des gâteaux secs, des fruits, et du lait froid.

— Hubert est là, il nous rejoint, annonça-t-elle.

— Il n'a pas rencontré Frédéric ? demanda vivement Ludivine.

— Non. Mais rien d'étonnant : il était à côté, à Saint-Ange. On est venu dire que Louis et Alfred Raynal étaient de retour. Vous pensez si Hubert y a couru.

— Ce sont ses amis, expliqua Julia à Ludivine. Louis a vingt ans et Alfred dix-neuf. Deux charmants garçons. Ils étaient en voyage depuis plusieurs mois. On a dû parler de toi, ma chère. Je suppose que ces messieurs ne vont pas tarder à nous faire visite.

— Ah !... dit Ludivine, languissante... Les amis d'Hubert n'offraient aucun intérêt capable de la détourner de son attente. Non, merci, Adrienne, je n'ai pas faim...

— Moi, j'ai soif, vite un verre, s'il te plaît...

Hubert arrivait.

— ... Bonjour Mère, bonjour Ludivine. Bon après-midi ? Louis et Alfred sont de retour, vous savez, Maman. Je les quitte à l'instant... Quelle figure triste, petite sœur. Qu'y a-t-il ? Frédéric vous a abandonnée, je parie ?

— Laisse-la tranquille, s'interposa Adrienne. Tu vois bien qu'elle est contrariée. Ils devaient faire une promenade ensemble.

— Oh ! Ludivine, je me demande comment il a le cœur... Voulez-vous que je vous accompagne ? Dites oui, vous me feriez un tel plaisir...

Ludivine consulta du regard sa belle-mère.

— Pourquoi non ? dit Julia. Ne reste donc pas là à remâcher ta déception.

— Mais... s'il rentre ?

— Oh ! Ludivine, Ludivine !... Je vous en prie !

Ludivine n'a guère envie de cette sortie avec son jeune beau-frère. Cependant, il y a là un élément de représailles à ne pas négliger... Tandis qu'elle réfléchit, indécise, le gravier de l'allée crie sous un pas qu'elle reconnaît. « Enfin... Enfin !... » Frédéric s'avance, suivi de *David*, son vieux chien de berger. Le soleil éclaire par-derrière ses cheveux presque blonds. Ludivine s'efforce de paraître indifférente et lointaine, comme si elle ne l'avait pas vu mais son cœur vole à sa rencontre. Ah ! ce premier regard qui la cherche !

— Encore ici ? Je pensais vous trouver à la maison. Vous n'avez pas froid, Mère ?

Il se tourne vers Ludivine :

— ... Pour Dieu, un fauteuil, mon cœur. Je suis éreinté. Là, couché, mon vieux *David* !... Debout au soleil, depuis que je suis parti... Et l'exercice qu'il m'a fallu faire... Tonin est tombé dans la cuve, figurez-vous, Mère.

— Tonin ! Ah ! mon Dieu ! s'exclamèrent simultanément la vieille dame et Adrienne.

— Comment diable... commença Hubert.

— Il était seul... Quelques minutes avant notre arrivée, paraît-il. C'est encore une chance. Il eût pu y rester jusqu'à l'asphyxie. Nous avons entendu appeler : « Au secours ! », sans comprendre, d'abord, d'où cela venait. Une vraie voix d'outre-tombe. J'ai escaladé l'échelle, et aperçu mon Tonin à plat ventre sur le moût de raisin, lamentable. Il est tombé là-dedans comme sur un matelas. Mais quelle histoire pour le remonter !... Nous avons eu du mal, Ranguis et moi.

— Rien de cassé ? demanda Julia.

Muette, Ludivine taquinait distraitement, du bout du pied, *David*, étalé par terre au ras de sa jupe.

— Non, je ne crois pas. Sa cheville est très enflée. Une grosse foulure, probablement. On est allé chercher le docteur Lapierre.

— Pauvre Tonin, compatit Adrienne. Il doit souffrir ?

— Pas trop. Pour l'instant, il est un peu assommé : les vapeurs du vin... la chute... Nous l'avons ramené chez lui, méconnaissable, barbouillé, puant l'ivrogne à se boucher le nez. La Valérie s'est mise à crier comme une folle que son homme buvait trop, que c'était la punition du Bon Dieu, qu'elle l'avait toujours prédit, que ça devait arriver... Ces dévotes !... Il va falloir que j'y retourne. Le travail ne peut pas attendre. Un fruit, Ludivine, je t'en prie... Tiens, ce raisin... Oui, je veux bien un peu de lait, aussi. Délicieux, de boire frais ! — Il lui sourit, détendu.

— Il en a pour longtemps, à se remettre ? s'inquiéta Julia.

— Oh ! quelques jours. L'ennui est que ça tombe en ce moment où il y a tant à faire. Barral me donnera bien un coup de main, mais ce n'est pas pareil.

— Si tu voulais... Je peux très bien t'aider, dit Hubert.

Frédéric pesa un instant la proposition de son frère.

— ... Merci, mais vois-tu, ça n'arrangerait rien, Tonin connaît son affaire. Avec lui, j'étais tranquille. Tiens, j'ai oublié mon tabac à la ferme. Il doit y en avoir dans le bureau.

— Veux-tu que je fasse un saut ?... offrit encore Hubert.

— Non... c'est Ludivine qui va y aller, dit-il doucement, caressant du regard le visage morne de la jeune femme. N'est-ce pas ? Uniquement pour prouver que tu n'en veux pas à ton mari de manquer à sa parole...

Avec une lenteur de mauvais augure, Ludivine se leva et se dirigea vers la maison.

— Pauvre petite, dit Adrienne, la voilà toute déconfite. Hubert lui proposait de te remplaccr, quand tu es arrivé.

— C'est une excellente idée. Gentil de ta part, ça...

Hubert rougit et protesta : c'était tout naturel, cela ne valait pas un remerciement, et...

— Oui, cet accident n'aurait pu tomber plus mal à propos. Je devais traiter pour une partie de la récolte d'œillettes, demain. Ranguis avait vu quelqu'un. Mais si je le laisse s'en occuper sans moi...

Soucieux, Frédéric tirait sur sa pipe éteinte. Autour de lui, on laissait le chef du domaine à sa méditation. Son front s'éclaircit à la vue de Ludivine.

— Merci, dit-il avec tendresse. — Il mit un baiser sur les doigts qui lui tendaient son tabac, et attira contre lui la taille mince : — Ecoute-moi, je ne puis t'accompagner, ce soir. Mais Hubert ira avec toi. Cours mettre ton amazone, pendant qu'il va faire seller *Miranda*... et *Gazelle*, prends *Gazelle* pour toi, Hubert, elle n'est pas sortie depuis longtemps. Allons, mon cœur, vous aurez encore une grande heure, au moins, devant vous ; et je ne suis pas fâché de montrer à Hubert la cavalière que tu es devenue. Va vite...

Ludivine se déride. Nul mieux que son mari ne sait mettre du baume sur une blessure. Cinq minutes plus tard, elle reparaît en tenue de cheval. Frédéric examine la fine silhouette dessinée par une amazone de drap vert olive.

— Venez-vous, Ludivine ? demanda Hubert qui les rejoignait à son tour.

— Tout de suite. Elle se pencha et posa sa joue contre les lèvres de Frédéric.

— Tu sais, j'aimerais mieux être à sa place, murmura-t-il à son oreille, en l'embrassant.

Elle aussi, l'eût mieux aimé... Et il n'eût tenu qu'à lui de... Mais mieux valait garder cette opinion pour elle et le quitter sur son regret inexprimé.

Devant les écuries, Florent, le valet, attendait, tenant les chevaux par la bride. Hubert aida Ludivine, et se mit en selle. Ils contournèrent la grande pelouse où Juste arrosait une corbeille de cannas flamboyants, et se dirigèrent vers l'allée des pins. D'instinct, Ludivine prenait le chemin suivi à l'ordinaire avec Frédéric.

— Où voulez-vous aller ? Au bord de la roubine ?

Pourquoi pas ? « Le crépuscule sera beau », avait dit Julia. Frédéric s'était privé de le contempler avec elle, il n'y avait qu'à se passer de lui.

— Allons... dit-elle, décidée, se retournant vers Hubert, avec son sourire le plus captivant.

Il se porta auprès d'elle :

— Je voudrais que vous ne regrettiez pas trop de faire cette sortie avec moi.

— Le regretter ? Mon Dieu, Hubert, pourquoi donc ?

— Oh ! je ne sais pas... dit-il embarrassé. Je ne suis pas Frédéric, bien sûr.

— Laissez Frédéric et faites-moi les honneurs de Mogador. C'est tellement grand... A peine si je commence à le connaître.

Il faisait plus sombre sous les arbres. La pluie des jours derniers avait raviné le sol ; les chevaux avançaient au pas, choisissant d'eux-mêmes leur route, parmi les cailloux et les racines à fleur de terre.

— J'aime cet endroit, reprit Ludivine. Avez-vous remarqué ? Les pins ne sont jamais silencieux. Même les jours d'été, lorsqu'il n'y a pas un souffle de vent, quand tout est brûlant et endormi de chaleur, si vous prêtez l'oreille, au bout d'un instant, vous distinguez ce petit bruit de bois froissé qu'ils font dans l'air.

— Oui, en effet. Je viens souvent par ici, lorsqu'il fait très chaud. Je m'allonge à terre, sur le tapis d'aiguilles. J'écoute le crissement des cigales, tout autour, et je regarde marcher le ciel. On peut demeurer des heures entières ainsi, vous n'imaginez pas. Ce bien-être... Quand j'étais enfant, Henri me le défendait, à cause des ruches qu'il avait fait installer là-bas, vous voyez, à droite, dans le verger.

— Des ruches, où cela ?

— Au fond, près des vieux poiriers... Mais elles n'y sont plus, les abeilles ont piqué tante Lucie, un jour qu'elle était venue en visite. Alors, on les a fait transporter à la ferme. La pauvre, si vous l'aviez vue... Elle était monstrueuse. L'enflure des joues lui bouchait les yeux. Et elle criait !... Adrienne ne savait plus que faire pour la calmer. Pauvre tante Lucie, heureusement qu'elle ne pouvait même pas se voir dans une glace...

Ludivine ne peut s'empêcher de rire, à l'évocation de la victime. Mais, prudente, elle s'informe :

— Sont-elles assez loin, maintenant ?

— Au bout du grand champ. Vous apercevez le toit de la ferme, derrière les cyprès. Ne craignez rien, nous n'irons pas de ce côté, d'ailleurs. Coupons à travers les oliviers.

— Soit, dit-elle, enlevant sa jument dans la terre labourée.

Hubert éperonne *Gazelle*. Les vieux arbres tordus regardent passer la galopale entre leurs feuillages grêles dont le soir fonce l'argent. Ils longent une haie de cannes sèches entrelacées aux cyprès veloutés et sombres. Au bout, un miroitement annonce l'eau.

— Attention ! crie Hubert.

Prise de court, Ludivine scie la bouche de sa bête qui s'arrête net sur le bord.

— Vous m'avez fait peur, vraiment, ma chère. Pauvre *Miranda*, comme vous la menez ! N'importe, nous pouvons être fiers de vous. Quel sang-froid ! Je pense que Frédéric vous emmènera sur la sansouïre[1] quand nous irons à Tourvieille. Vous ferez une vraie cavalière, d'ici peu.

« D'ici peu... » Ludivine se figurait bien en être une, déjà... Le ton admiratif, pourtant, corrige la maladresse des compliments d'Hubert. Elle lui sourit aimablement :

— Je le souhaite. Cela me plaît tant...

— Voulez-vous passer l'eau ? propose-t-il, désignant le léger pont jeté sur le canal.

— Suivons plutôt le chemin jusqu'à l'étang, j'ai une commission de Mère pour le pêcheur.

Ils longèrent la roubine, infiniment calme entre les tamaris à demi couchés par le vent au-dessus du courant où trempaient leurs fines chevelures.

— Tourvieille, comment est-ce ?

— Oh ! magnifique, dit Hubert, avec élan. Vous ne connaissez pas la Camargue ? Vous l'aimerez, j'en suis sûr. Le mas est tout près du Vaccarès, entre les plaines et le ciel, un ciel plus grand que partout ailleurs, dirait-on. Je ne puis pas vous expliquer. Et la terre a l'odeur de la mer. On peut chevaucher à perte de vue. Et puis, vous verrez le Vaccarès, il est de toutes les couleurs. On respire le sel, les marais... Et tout le gibier qu'on y rencontre... Les canards, les charlottines, les « jambes rouges », les sarcelles, les bécassines, et les lapins qui vous déboulent dans les jambes... et les vols de flamants roses posés, le soir, au bord de l'étang... Il n'y a

1. La *sansouïre* est la steppe camarguaise.

pas un endroit que je préférerais à celui où nous habitons, je pense, si ce n'est, peut-être, la Camargue.

— Vous aimez ce pays, n'est-ce pas ? Et Frédéric l'aime ?...

— Nous sommes des gens de la terre, voyez-vous. Ici est notre place. Cela a été décidé une fois pour toutes, il y a longtemps. Il est bien que les choses et les gens soient à leur place. Je l'ai souvent entendu dire à Henri, et je crois qu'il avait raison.

— Ainsi, vous n'êtes pas curieux du monde ?... — Elle qui voudrait tout tenir à la fois dans ses mains refermées... Comme ce garçon est étrange.

— Non, sincèrement, il me semble que non, dit-il, après avoir réfléchi. Je veux bien connaître la grande ville, Marseille, Paris, si cela doit être l'affaire de huit jours ou quinze. Mais si je devais, un long temps, m'éloigner d'ici, même pour visiter ce qu'il y a de plus beau sur la terre, je sais que je me sentirais horriblement malheureux, et perdu.

— Et vous serez horriblement malheureux et perdu quand les portes du ciel s'ouvriront devant vous, se moque Ludivine.

— Je pense que c'est à Mogador qu'il ressemble, dit-il avec simplicité.

Ils arrivaient à l'étang, immobile et moiré. Un reste de soleil jouait encore discrètement sur le toit de roseaux de la cabane. Assis sur une grosse pierre, dans l'embrasure de la porte ouverte, le pêcheur, vérifiant son filet, les regardait venir.

— O-oh ! Janet !...

Hubert aida la jeune femme à mettre pied à terre.

Tous deux s'avancèrent, tenant leurs bêtes par la bride, Ludivine s'acquitta de son message. L'homme haussait les épaules.

— Pour ce que j'aurais à porter. Rien que des

« geols », des « gobis » ou des poissons-chats. Si elle en veut, la Berthe... Le brochet ne donne pas, en ce moment. Et pour ce qui est des anguilles, elles sentent que trop la vase. La pluie a remué les fonds. On ne prend rien.

Les jeunes gens hochaient la tête, ne sachant que dire. Trop « jeune maître » encore, Hubert ne possédait pas le secret qui faisait de son frère, depuis la mort de leur aîné, un roi, sur toute l'étendue du domaine et au-delà ; à la familiarité cordiale de Frédéric répondaient la confiance, l'amour de chacun.

— Tu passeras, quand tu voudras, Janet. Nous expliquerons à ma mère, elle comprendra.

Ils repartirent. Le soir glacé de rose descendait lentement sur l'étang. L'eau prenait des tons de perles. Des myriades d'arabis volaient en essaims silencieux, environnant les chevaux qui se secouaient, impatientés. De temps en temps, on entendait le saut léger d'un poisson à la surface. Puis, tout se taisait à nouveau autour du bruit balancé des sabots. Sur le bord, une rainette lança son cri. Un oiseau délié, à l'aile bleue luisante, volait en flèche, frôlait l'eau...

— Regardez, dit Hubert, un martin-pêcheur.

— Qu'il est joli ! J'aime ce plumage...

— Couleur de vos cheveux, Ludivine, dit-il, assez bas.

— Vous trouvez ? — Ravie, elle lui souriait.

Il ne répondit pas. Il se disait qu'il eût aimé être un poète pour parler d'elle... « Ses yeux de fleurs, et ses cheveux d'oiseau... » Que penserait Frédéric ? Cela le ferait rire, sans doute.

— Eh bien, vous ne dites plus rien. Est-ce l'heure, ou le retour, qui vous rend morose ?

Insensiblement, le crépuscule s'adoucissait, perdait les harmonies chatoyantes de sa traîne, tout au long de la canalette. Dans le ciel encore clair, la première étoile s'alluma, jetant son reflet sur l'eau assombrie. Au loin, l'appel inlassable des grenouilles commençait. Prise à son tour dans les filets de cette paix immense, Ludivinc se tut.

Ils atteignirent le petit pont. « Ici, il m'a tenue contre lui, l'autre soir... Oh ! pourquoi n'est-il pas là, tout près ?... »

La pensée de Frédéric lui revenait comme un désir trop longtemps combattu : on le croit un moment enfui, et soudain il est là de nouveau, vivace, grandi, exigeant : « Frédéric... »

Il devait être rentré. Il l'attendait, peut-être, ou bien il devisait en plaisantant avec sa mère et sa sœur, et le temps ne lui paraissait pas long : « Non, non... » Au fond de son cœur, elle l'appela : « Frédéric, entends-moi, je veux que tu languisses, que tu regrettes... Je reviens, encore quelques minutes et je vais te revoir... »

Sous l'éperon, *Miranda* prit le galop.

— Ludivine ! cria Hubert, derrière elle. Ludivine, pas si vite !

Tous deux dévalèrent l'allée. Il faisait nuit, sous les pins. Au sortir de leur voûte, ils virent le ciel noir tout piqueté de lumière. La lune se levait derrière le grand chêne. A travers les noisetiers, loin de l'autre côté de la pelouse, la masse obscure de la maison se dessinait confusément sur le fond des arbres. Lorsqu'ils eurent dépassé les cannas, Ludivine vit les larges fenêtres du salon éclairé, ouvertes sur le parc. Il était là, dans la clarté de la lampe. Sa pipe, ses longues jambes bottées, son sourire, son insupportable et séduisant sourire qu'elle allait retrouver...

— Je rentre tout de suite, Hubert, pardonnez-moi de ne pas vous accompagner jusqu'au bout, il fait un peu frais.

— Mon Dieu, vous avez eu froid, je suis désolé...

— Non, non, pas du tout, ne vous inquiétez pas.

Abandonnant la bride à Hubert, elle rassembla d'une main sa longue jupe, monta précipitamment les degrés du perron, ouvrit la porte du salon... Il était seul, bien installé dans la grande bergère, plongé dans la lecture d'un livre, loin, si loin d'elle...

— Frédéric, appela-t-elle doucement.

Il leva les yeux.

— Ma beauté, te voilà !...

Ludivine courut se nicher entre les bras qui l'invitaient.

— Bonne promenade ?

— Délicieuse, Hubert a été si gentil...

— Plus que votre vieux mari, sans doute, Madame ? Avouez que vous le préférez ?

— Peut-être bien, rit-elle, coquette.

Il lui prit la tête entre ses mains et la contempla, l'air moqueur.

— Il faudra me raconter ça. — La joue duvetée avait une fraîcheur de fruit sous ses lèvres.

— Frédéric, Frédéric, que la roubine était belle ! Et l'étang... Oh ! pourquoi n'étais-tu pas là ?...

— Nous y retournerons ensemble, promit-il.

7

L'oncle Antoine avait envoyé sa berline à la gare d'Arles. Ils s'entassèrent dedans avec une partie des bagages. Au départ, Julia avait beaucoup ri du déplacement de malles, de valises et de sacs, imposé par Ludivine :

— Tu veux donc les éblouir, là-bas, petite ? Il y a

pour le moins de quoi changer de toilette, matin et soir, dans tes coffres.

Et Frédéric, malicieux :

— Elle va finir de tourner la tête dc Raoul, je suppose.

Vexée, Ludivine avait cependant tenu bon. Il s'agissait de faire, à Tourvieille, une entrée digne d'elle. Adrienne lui était venue en aide, à sa manière discrète :

— Tu n'as rien qui puisse aller dans mon bagage ? Cela me rendrait service. Mes robes dansent dans leurs casiers, tant il me reste de place.

Hubert, lui, ne parlait plus que battues, passées au canard, plombs, cartouches, affût, depuis que le voyage était décidé, et accumulait pour ces quelques jours une quantité de projets qu'un mois entier n'eût pas suffi à réaliser.

Quittant les Lices devant le théâtre, la voiture gagna la rampe de Trinquetaille, et s'engagea sur le pont. Par la portière, Ludivine, curieuse, regardait le Rhône, violent, rapide, et sombre, que les pluies de septembre avaient grossi. Ils laissèrent derrière eux la ville aux beaux clochers, allongée sur la berge dans un poudroiement de vapeur d'eau et de soleil. Les ruines du Palais Constantin doraient leurs murs de brique au rose inimitable, dans la lumière de ce matin d'octobre, où l'on croyait retrouver un peu de l'été enfui. Au fond, dominant les toits de tuiles rondes, les Arènes emprisonnaient un pan de ciel découpé dans leurs arceaux.

Déjà, les chevaux prenaient un bon train, sur la route poussiéreuse, bordée de platanes. Déçue, Ludivine se rejeta dans le fond de la voiture.

— Ce n'est pas très beau, par ici, dit Frédéric qui suivait les impressions sur son visage. Il faut attendre jusqu'aux Plaines pour découvrir la vraie Camargue. Tu verras...

Adrienne lui souriait :

— Je suis sûre que tu vas t'y plaire, c'est un pays fait pour toi.

Frédéric lança vers sa sœur un rapide coup d'œil. Cette Adrienne, qui semblait ne rien voir, ne rien deviner, jamais, effacée, silencieuse, comme elle savait juger des choses et des êtres : Ludivine, oui, un ombrageux petit cheval, né pour galoper sec sur des terres arides, fier, instinctif, racé, avide d'espace et de ciel... En lui, elle avait, dès l'abord, ému le cavalier. Et c'était bien là, peut-être, la raison profonde pour laquelle il l'aimait...

Maintenant, ils roulaient sur une piste étroite dans un nuage de poussière. Devant eux, le paysage commençait à se former. A perte de vue s'étendait la grande plaine saline, avec sa maigre végétation grise où, de loin en loin, surgissait l'île verte d'un mas.

Ludivine se taisait, regardant le chemin bordé de roseaux. Le trot des chevaux s'assourdissait sur le sol sablonneux. Des files de tamaris coupaient la ligne du ciel au bord de l'horizon. Parfois, un sentier s'en allait, plus clair, à travers les fourrés bas (une « draille », lui expliquait Hubert) et semblait devoir se perdre plus loin, par on ne savait quel caprice...

— On approche, annonça le jeune homme. Voyez, Ludivine, voici le rendez-vous de chasse. Encore deux kilomètres, et nous y sommes. L'hiver, sur cette route, l'eau affleure parfois. Le Vaccarès n'est pas loin, vous savez...

— Voici Tourvieille, là-bas, dit Adrienne, de sa voix calme. Sur notre gauche, vois-tu ? Le chemin va tourner brusquement... — On ne distinguait encore qu'un massif d'arbres dominé par des pins parasols. — La maison de maître est derrière...

Quelques minutes plus tard, ayant dépassé une rangée de bâtiments aux murs blancs, la berline s'arrêtait sur une vaste esplanade, devant une terrasse bordée de mûriers. A sa descente de voiture, éblouie par le grand soleil, Ludivine fut prise dans un cercle de visages, parmi les paroles de bienvenue et les embrassades. Puis, tout de suite, entraînée par Caroline, elle traversa la terrasse, passa dans l'ombre fraîche du vestibule et, de là, dans une grande pièce assez obscure, où elle se retrouva, installée sur un sofa, cible d'un tir de questions affectueuses : « Avait-elle fait un bon voyage ? Ne lui avait-il pas semblé trop long ? Etait-elle fatiguée ? Connaissait-elle déjà Arles ? Comment trouvait-elle la Camargue ? Avait-elle soif ?... Faim ?... »

Frédéric vint à son secours.

— Elle a surtout besoin que tout le monde ne lui parle pas à la fois.

L'oncle Antoine s'approcha :

— Nous sommes heureux de vous voir chez nous, ma nièce. Frédéric a bien tardé à vous amener.

— Les vendanges, oncle Antoine... J'ai eu pas mal de tracas, avec l'accident qui m'a privé de Tonin. Nous ne pouvions pas nous absenter avant que tout fût terminé.

— Bonne récolte, chez vous ?

— Relativement, oui. A Mogador, les vignes ont moins souffert de la maladie. Je sais plusieurs de mes voisins chez qui elles sont ruinées depuis 86.

— Ce sera dur pour remonter le courant. Ici, nous ferons quelques litres de mauvaise piquette. Heureusement que la cave est parée... Ta mère ?

— Elle va assez bien, ces temps-ci, dit Adrienne. Il y a plusieurs semaines qu'elle n'a pas eu de crise, et son asthme la laisse en repos.

Tante Lucie s'empressait, maternelle :

— Chère enfant, vous paraissez un peu lasse. Désirez-vous vous reposer ? Caroline va vous mener à votre chambre.

— Oh, volontiers, merci, ma tante.

— Venez, ma chère. Caroline l'entraîna. Ah, auparavant, que l'on vous montre votre petit cousin !

Elle ouvrit une porte et appela : « Lalie, où est Numa ? » Une chose ronde, rose, bouclée d'or rougeoyant, accourut se jeter dans ses jambes : « Regardez, regardez-le ! » dit-elle triomphalement, l'élevant à bout de bras.

— Donnez-le-moi, je vous en prie, Caroline. Il a l'air d'un petit chat !

— Que pensez-vous de mon fils ? demanda Raoul. Trouvez-vous qu'il me ressemble ?

— Non pas. A sa mère, cela ne fait aucun doute.

— Bah ! Laure prétend que cela vaut mieux ainsi, et qu'il sera toujours assez Vernet, en grandissant parmi la tribu.

La jeune femme s'approcha.

— N'ai-je pas raison, Ludivine ?... Allons, parlez. Depuis trois mois que vous êtes entrée dans le cercle redoutable, avez-vous pu vous y faire ?

— Assez bien, sourit Ludivine, mais je dois dire qu'en effet, je les ai trouvés quelquefois plutôt terribles.

Frédéric qui causait avec Georges et l'oncle Antoine, lui adressa une grimace de connivence. Elle prit le petit garçon dans ses bras : « Dieu, qu'il est lourd ! » et le lui apporta, effarouché, criant, se débattant.

— Qu'il a grandi ! Tu es superbe, mon garçon. Mes compliments, Laure.

— Vous donnerez la recette à votre cousine, ma fille, dit Antoine Vernet avec un bon rire.

— Antoine ! protesta tante Lucie, scandalisée. Comment peux-tu... ?

Ludivine rougit et se mordit les lèvres devant le visage de Frédéric où l'on voyait se creuser des fossettes.

Caroline la tira d'embarras :

— Allons, venez faire un peu de toilette. On va bientôt servir le déjeuner... Tu montes avec nous, Adrienne ?...

Toutes trois se dirigèrent vers l'escalier. Sur le palier du premier étage, de chaque côté d'un interminable couloir, des portes s'alignaient.

— Maman vous a donné la grande chambre sur le parc. Moi, je pensais que vous préféreriez la vue sur le Vaccarès, mais elle s'est montrée intraitable, à cause des moustiques. Elle est persuadée qu'ils sont moins combatifs du côté des terres.

— Oui ? c'est dommage. J'ai hâte de le voir. Hubert m'en a tant parlé.

— Pour cela, je m'en doute. Hubert est plus Camarguais qu'aucun de nous. Les avez-vous vus, en bas, avec Léon ? les deux compères !... La sauvagine [1] n'a qu'à bien se tenir. Vous allez entendre parler la poudre. J'espère que les détonations ne vous gênent pas. Est-ce que vous irez avec eux ?

Ludivine ne sait pas du tout ce qu'elle fera. Suivre la chasse ne la tente pas outre mesure. Elle aime les bêtes qui courent, volent, mènent leur jeu... Et ne se soucie pas de voir tomber près d'elle un oiseau ou un lapin. Mais que pensera ce clan de chasseurs ? Si Frédéric allait s'imaginer qu'elle a peur... Plutôt serrer les lèvres sur sa pitié et son dégoût que les avouer devant tous...

---

1. *Sauvagine* : faune camarguaise des étangs et des marais.

— Avons-nous le temps de nous changer ? s'informa Adrienne qui connaissait le faible de tante Lucie pour la correction mondaine, faible dont toute une vie commune avec l'oncle Antoine n'avait pu parvenir à la débarrasser.

— Non non, Jésus ! restez comme vous êtes. Il est entendu que le repas d'arrivée est sans cérémonie. Nous aurons tout loisir, ce soir, de nous mettre en frais, les uns pour les autres. Ludivine, nous vous laissons. Vous entendrez la cloche.

Frédéric les rejoignait.

— C'est ici que tante Lucie nous a logés ?

— Y trouves-tu quelque chose à redire ?... Pour Dieu, Frédéric, aujourd'hui, descendez à l'heure ! Je tremble de te voir là. Imagine ce que dira Lalie si on lui laisse brûler ses pintades.

Elle rit et referma la porte. Frédéric suivit sa femme dans le cabinet de toilette.

— Eh bien, Tourvieille ?

— Oh, je crois que je m'y plairai. Mais Mogador est plus beau.

— Mogador... Ah, bien sûr ! Rien au monde qui vaille Mogador, ma chère. Je suis heureux que tu t'en persuades. Mais le charme de Tourvieille... Tu le verras, d'ailleurs. Cela ne s'analyse pas. On est pris à son insu, presque. Inexplicablement...

Les bras levés, arrondis, Ludivine se recoiffait. Elle lui lança, dans la glace, une œillade câline.

— Frédéric, m'emmèneras-tu au bord de l'étang, ce soir ?

— Naturellement... Au clair de lune, c'est de rigueur. Je te réciterai *Le Lac* de Lamartine, et nous nous couronnerons de saladelles.

— Frédéric ! Elle frappa du pied.

Il s'approchait d'elle pour l'embrasser, mais elle se détourna, en colère, véritablement.

— Mauvais caractère !...

— Laisse-moi, je ne veux pas que tu me décoiffes.

— Allons, allons, fait-il pas bon, quelquefois, se laisser décoiffer ? murmura-t-il, les lèvres sur sa nuque.

Obstinée, Ludivine conservait une froideur de statue.

Il menaça, mi-rieur, mi-fâché.

— Je m'en vais le faire pour de bon !

Virevoltant, Ludivine tient tête, griffes en bataille : il la nargue, elle le toise.

D'en bas, monta l'appel de la cloche.

— Là, là, dit Frédéric. Ne nous brouillons pas, mon cœur, il est trop tard, maintenant. Nous n'aurions plus le temps de nous réconcilier.

Le temps, à Tourvieille, passe comme un éclair. Déjà quatre jours qu'ils sont là : dîners plantureux, parties de chasse, promenades au bord du Vaccarès dont chaque heure naissante renouvelle la magie ; randonnées à cheval à travers les marais et sur l'immense plaine ; visites aux manades [1] voisines... Les Vernet, eux, font l'élevage des chevaux. Mais, tout à côté, sur l'autre bord d'une étroite roubine, paissent en liberté les taureaux de Vacqueyranne. En l'honneur de Ludivine, on a organisé une ferrade [2] ; elle-même a marqué au fer un anouble [3] dompté.

Le soir, on se réunit au mas : il arrive des jeunes gens d'Albaron ; Albert de Barcarin vient de Fiélouse,

---

1. *Manade* : troupeau de taureaux ou de chevaux, en Camargue.

2. *Ferrade* : cérémonie gardiane au cours de laquelle on marque les jeunes taureaux nés dans l'année.

3. *Anouble* : taurillon de l'année qui n'a pas encore été marqué.

et amène ses sœurs. Tante Lucie se met au piano, une sauterie s'organise.

Pourtant, Ludivine n'a point retrouvé la plénitude miraculeuse de cette première soirée, seule avec Frédéric, au bord de l'eau noire où les constellations du ciel accrochaient des paillettes. Il y a trop de monde entre eux.

Certes, Raoul est le plus attentionné des cavaliers servants. Il lui révèle les noms de ces plantes bizarres qui poussent sur la terre saline, lui enseigne à reconnaître le cri des oiseaux, coupe pour elle les dernières fleurs du parc, remarque ses toilettes, l'en complimente en connaisseur, et lui apprend à danser la valse.

Georges a commencé un portrait d'elle, en robe héliotrope, un bouquet de « prunes de Monsieur » au corsage. L'oncle Antoine fait la grimace devant la toile. Mais Frédéric pense que ce sera très bien.

Hubert est à sa dévotion, comme un page devant sa dame. Léon porte son éventail et son ombrelle. Caroline se plaint en riant que ses amoureux, Etienne Saliez et Albert de Barcarin, la délaissent pour les beaux yeux de sa cousine. Et, bien entendu, il est agréable de régner sur cette petite cour. Ludivine goûterait pleinement le plaisir d'être adulée, si Frédéric demeurait attaché à ses pas.

Mais Frédéric laisse Charlotte et Clara de Barcarin voltiger autour de lui, rieuses et désinvoltes. Et il taquine la petite Arlette Rouveyre qui le contemple sans retenue, avec des yeux agrandis d'admiration... Comment ce Marc peut-il laisser sa sœur s'afficher de la sorte ? se demande Ludivine, outrée...

Surtout, il y a Laure. Laure qui ne peut suivre les chasses, ne monte plus à cheval, ne danse plus guère.

— Elle attend un nouveau bébé, figurez-vous, ma mie. J'ai entendu Maman en parler avec Papa, l'autre jour... lui a chuchoté Caroline, à son retour de voyage de noces.

Un bébé, quelle chance !... Elle va devenir laide, énorme, et personne ne voudra s'occuper d'elle, a pensé Ludivine, d'abord. Mais qui disait que cela se passait ainsi ? Laure, la taille encore dessinée, garde son teint de pétale de rose, prend de jolies poses dolentes, et trône dans des flots de dentelles, entourée d'une considération attentive.

En ce moment même, Frédéric est assis sur un tabouret auprès d'elle. Appuyée sur un coude, elle penche la tête vers lui et murmure quelque chose. Frédéric sourit, répond... Que peuvent-ils bien se dire ? Ah Dieu ! ne pas savoir... Cette valse qui n'en finit plus... — Dans son énervement, elle perd la mesure.

— Qu'avez-vous, toute belle, s'inquiète Raoul. Fatiguée ? Voulez-vous que nous allions respirer au-dehors, un moment ?

Abandonner le champ libre à... Jamais de la vie !

— Je vous en prie, continuons. La tête me tournait un peu, mais ce n'est rien. C'est si amusant...

— Laissez-moi vous soutenir mieux. — Il accentue son étreinte autour de la taille menue. — Je n'ai jamais eu de danseuse comme vous. L'on vous écraserait sans y prendre garde. Vous êtes aussi légère qu'une libellule.

— Flatteur, le pensez-vous vraiment ? minaude Ludivine qui n'est guère à la conversation.

Juste à cet instant, ils passent près du couple qui bavarde à mi-voix. Ce petit sourire de Laure... — Ah, enfin !... C'est fini.

— As-tu remarqué, demande Raoul à son cousin, comme ta femme danse la valse ?

— Ma foi, dit Frédéric, j'ai l'impression qu'elle s'en tire à merveille.

— Qu'elle s'en tire !... Mais, mon cher, c'est un elfe, un souffle, un esprit de l'air...

— Oui, en vérité, s'interpose Laure. — Elle s'exprime sur un ton un peu chantant que Ludivine trouve traînard et affecté. — Il est plaisant de vous regarder, ma bonne petite. C'est à votre pensionnat que vous avez appris ?

Doucereuse, perfide Laure.

— Vous êtes trop indulgente. Je suis sûre que vous dansez mille fois mieux ! Il y a déjà si longtemps que vous allez au bal.

— Non pas, non pas !... s'écrie Raoul. Laure est une valseuse remarquable, d'accord, mais je maintiens que vous l'égalez au moins.

Ludivine baisse les cils, modestement.

— Vous souvenez-vous, Laure, du bal des fiançailles d'Estelle Jonquéras ? coupe Frédéric, qui sent monter il ne sait quel orage, et souhaite le détourner.

Laure sourit sans répondre.

Cet air d'entente muette met le comble à l'exaspération de Ludivine. Avec une suave sollicitude, elle s'informe :

— Qu'avez-vous, Laure ? Je vous trouve bien mauvaise mine, ce soir. Peut-être la chaleur qu'il fait ici... Vous sentez-vous mal ?

Le visage de Laure est un lac immobile. Ludivine surveille les ondes de la pierre lancée. Le coup a-t-il porté ? Elle en jurerait.

Albert de Barcarin s'incline devant elle pour la mazurka qui commence. Elle se lève, et, prenant le bras offert, conseille gentiment :

— Vous devriez aller vous reposer, ma chère.

— Je crois que je vais suivre son avis, déclare Laure, nonchalante. Allons, beau cavalier, je vous rends votre liberté. Mais auparavant, laissez-moi vous fleurir.

Elle prend dans un vase l'un des magnifiques œillets roses que Caroline, le matin, a rapportés d'Arles, et le pique à la boutonnière de Frédéric qui lui baise la main.

— Tu m'accompagnes, n'est-ce pas, Raoul ?

Dans les veines de Ludivine bouillonne un poison amer. Le charmant Albert de Barcarin ne comprendra jamais pourquoi, pendant quelques secondes, elle a fixé sur son visage des yeux étincelants, d'un noir liquide, qui semblaient regarder plus loin, à travers lui.

— Vous n'aimez pas danser la mazurka, peut-être ?

— Comment ? La mazurka ? — Ludivine revient à la réalité : — Mais je l'adore !...

Perplexe, mais subjugué, le jeune homme la reconduit vers le canapé, auprès d'Adrienne.

Celle-ci semble rajeunie. A l'aise dans ce cercle de familiers, loin des boutades cinglantes de sa mère, qui la paralysent, elle a l'entrain d'une toute jeune fille, et plaisante avec Georges, son favori.

Frédéric vient les retrouver :

— Mes belles, puis-je obtenir une place entre vous deux ?... Ludivine, dansons-nous la prochaine valse ?

— Si tu veux, dit-elle, l'air indifférent. — Cet œillet au revers de la jaquette, comme un défi...

Sans paraître remarquer son peu d'enthousiasme, il propose :

— Je vais aller prier tante Lucie de nous jouer *Les flots du Danube.*

— Bonne idée, approuve Georges. C'est un morceau que j'aime... Adrienne, si tu veux m'accepter, tout piètre valseur que je suis ?...

— Tu sais bien que, moi aussi, je tiens mal la mesure.

— Bah, qu'importe ? Nous pataugerons ensemble.

— Et vous gênerez tous les autres, lance Caroline qui rentre du jardin, au bras de Marc Rouveyre, suivie d'Hubert et d'Arlette.

— Nous nous ferons tout petits, promet Adrienne, sans se fâcher.

Ludivine la dévisage avec une sorte d'envie : cette créature qui n'est pas jolie, ni brillante, qui monte mal, danse mal, et ne plaît pas aux hommes... bonne seulement aux soins de la maison... Elle paraît sans désirs, sans regrets, et se meut dans une intangible atmosphère de bonne volonté. Elle ressemble à la Marthe des Ecritures, pense Ludivine. Mais la question se pose de savoir si la meilleure part était bien celle de Marie-Madeleine, ce cœur dévoré.

Au piano, tante Lucie prélude, sur la prière de Frédéric.

Cette valse, avec son mouvement alangui et sa tristesse, évoque des nuits attardées de fêtes, des lampions qui pâlissent, des bonheurs que l'on voudrait retenir... et déjà, ils s'échappent de vos doigts...

Abandonnée aux bras de Frédéric, elle tourne en silence, les yeux mi-clos.

— Pas d'entrain ? questionne-t-il.

Elle lève sur lui un regard si désolé qu'il s'étonne.

— Qu'y a-t-il, mon cœur ?... Lasse ?

Incapable de répondre, elle secoue la tête.

— ... Tu n'es pas contente de danser avec moi ? Dis-moi qu'elle te plaît cette valse. Ecoute...

Il lui fredonne le motif du refrain, et esquisse des lèvres le mouvement d'un baiser vers le visage levé. Ludivine se rassérène peu à peu, et lui sourit.

Enchanté, il l'enlève dans un ample mouvement tournoyant, un peu grise, soulevée entre ses bras.

— Oh ! Frédéric, Frédéric...

Le piano s'arrête. Elle vacille, la tête prise dans un tourbillon vertigineux. La voix de Frédéric lui parvient, lointaine, ouatée.

— Appuie-toi. je te tiens. Mets ta tête sur mon épaule... Viens, sortons un instant, l'air de la nuit te remettra.

Il l'entraîne sur la terrasse.

Assise contre lui, dans l'ombre, Ludivine se retrouve.

— Cela va mieux ? s'inquiète Frédéric. Quelle brute je suis, de t'avoir fait tourner comme ça !...

Non, non, qu'il ne croie pas... qu'il ne regrette pas...

— C'était si délicieux, Frédéric, promets-moi que nous danserons encore.

— Bravo !... Demain... ce soir... tout de suite !... quand tu voudras.

— Tu trouves que je danse bien ?

— Comme un flocon, comme une feuille dans le vent, petite sorcière.

« *Sorcière ?* » Il a toujours des façons de parler surprenantes. — Ludivine réfléchit. Sa joue, sur le revers de la jaquette, effleure quelque chose de doux, de frais... Ah Dieu !...

— Est-ce que tu me trouves jolie ?

Sournoisement, elle avance la main, arrache la fleur...

— Quelle question ! Bien sûr, nigaude.

— Mais... plus jolie que les autres ?

Le don de Laure gît sous son pied. Elle l'écrase avec une froide application.

— Plus, beaucoup plus !... Et moi, plaisante-t-il, est-ce que tu me trouves beau ?

— Oh ! Frédéric, sois sérieux. Je déteste que tu me taquines.

— Alors, viens danser.

— Je veux bien, dit-elle joyeusement.

Dans le salon, les couples tournent encore. Ils se mêlent à eux. Mais la danse s'achève.

Frédéric conduit sa femme vers la cheminée, où se groupent les sœurs de Barcarin et Caroline, avec leurs cavaliers.

— Il se fait tard, remarque Charlotte. Il va nous falloir songer à rentrer. Nous avons une bonne heure de route d'ici Fiélouse.

— Bah ! vous prendrez par le bord de l'étang. Au clair de lune, le retour est si agréable, dit Léon. Hubert et moi pourrions vous accompagner jusqu'à Notre-Dame d'Amour, qu'en penses-tu, Hubert ?

— Si nous y allions tous ? propose Ludivine.

Clara, penchée, respire les fleurs.

— Tiens, j'ai perdu mon œillet...

Frédéric cherche du regard autour de lui.

— Laisse donc, dit Ludivine, cela n'a pas d'importance. D'abord, je n'aime pas les œillets. Ce parfum vulgaire...

8

Les hordes sauvages du mistral dévastent le parc. Dans la maison, on allume de grandes flambées. Ludivine a passé tout son après-midi, assise sur un pouf, contre la cheminée, à suivre des yeux le jeu des flammes, comme un petit animal frileux.

Elle est seule. Frédéric court la campagne et rentre chaque soir, mouillé, crotté, avec, sur sa figure, l'odeur de la terre froide, et du vent.

Hubert chasse avec ses amis de Saint-Ange. Ils sont partis pour quelques jours, Dieu sait où.

Sa belle-mère a eu, la semaine précédente, une forte

crise cardiaque ; depuis, son asthme la retient à la chambre.

Inlassable, Adrienne monte la voir, se fait rabrouer, revient s'asseoir, reprend son ouvrage, le pose au bout d'un instant, sort de nouveau... Les potions, la température, les gouttes, les repas légers auxquels elle veille elle-même, les infusions de coquelicot... Toute la journée, on la voit s'activer, avec cet air de sagesse...

« Mademoiselle Adrienne, on dirait une *sœur des grands chapeaux* », déclarait, ce matin, Eugénie, conversant au pied de l'escalier avec la vieille Philomène. Bien entendu, c'est prendre Philo par son faible que lui faire l'éloge d'un de ses nourrissons de jadis, et les domestiques le savent... Mais Ludivine trouve que sa femme de chambre a raison : une cornette aux grandes ailes blanches pour encadrer le paisible visage, et l'ample robe bleue des Filles de la Charité, voilà bien le costume qui siérait à sa belle-sœur.

Mais que faire, lorsqu'on n'a pas la vocation du dévouement, après avoir longuement rêvé devant sa glace, essayé des coiffures, raffiné sur sa toilette, goûté sans appétit, un peu lu, un peu bâillé, et regardé le soir descendre sur l'allée que le vent brutalise ?

L'an dernier, à cette époque, elle était au pensionnat, avec Elise et Hermance, et Marguerite Bonnardel qui jouait de si bons tours à Mère Jeanne-des-Anges, sa bête noire... et cette peste de Marthe Dervillers, la jalouse...

On riait, on faisait des projets, on échangeait des confidences... « Mon cousin m'a écrit quatre fois, depuis la rentrée. J'ai ses lettres par une externe... » — « Le frère d'Augusta Rollin viendra au parloir dimanche, elle me l'a dit... » — « Vous vous rappelez, Clarisse de Grézan, qui a quitté le couvent l'an dernier ? Eh bien, il paraît qu'à la course à mort de Nîmes,

Frascuelo lui a lancé sa cape. Mes parents étaient au second rang, derrière elle... » — « Moi, mes petites, je voudrais un officier. Un marin, peut-être, ou bien un hussard. Ma sœur aînée est allée à Tarascon, pour leur fête. Elle a beaucoup de succès, vous savez, on lui fait la cour... » — Et tourne, tourne, dans ces jeunes têtes, l'espoir de l'avenir qu'on imagine, le petit roman rose et doré qui se conclut par les épousailles...

Tout cela est venu, déjà, pour Ludivine, venu et passé. La robe blanche et le voile des noces dorment là-haut, dans un tiroir de la commode.

Et la voici encore, avec son attente, alors que le sort s'est fixé pour elle. Faudra-t-il que toute la vie soit cela, attendre ? et qu'elle le découvre à dix-sept ans ?... « Oh ! qu'il rentre et me prenne dans ses bras !... » Mais cela même ne résout pas tout. Demain, il repartira, et, de nouveau, jusqu'au soir, elle traînera ce cœur lourd d'impatience, qui demande, demande sans cesse, et reste sur son désir...

Ah ! tout l'amour du monde ne serait pas trop, peut-être, pour le combler. Et ce n'est pas assez que cette chaude, indulgente douceur, et cette passion, tour à tour, que Frédéric lui témoigne... Ce besoin qu'il a de sa présence, dès qu'il arrive... Mais pourquoi faut-il qu'il la quitte si souvent ? si longtemps ?... Et ces caresses qu'il lui prodigue, et leurs réconciliations et leurs querelles même, où ses taquineries semblent parfois masquer un attendrissement dont il se défend... Mais pourquoi se défendre ? Ludivine, elle, ne sait pas se refréner, et n'y pense guère ; ils sont l'un à l'autre, elle n'a rien réservé d'elle-même, mais elle le veut entièrement donné.

— Tu es une dévorante, un vrai vampire, lui a-t-il dit, l'autre soir, en riant. Une nuit, en me réveillant, je te trouverai, les dents plantées dans ma gorge, en train de boire mon sang. Et tu auras gardé l'âme pour ton dessert.

Qu'est-ce que cela veut dire ? Elle voudrait tous ses regards, toutes ses pensées... Comment ne le comprend-il pas ?

La nuit est tout à fait tombée. Par instants, la flambée illumine la pièce et découpe des ombres bizarres sur les arabesques de la tapisserie grise. Adrienne entre, suivie de Victor qui porte les deux grosses lampes à pétrole.

— Ludivine ! Tu es là, toute seulette dans le noir... Ma pauvre jolie !... Qu'y a-t-il ? Que dirait Frédéric, s'il te trouvait comme ça ?

— Il n'y a rien. Je regardais le feu... Comment va Mère ?

— Pas plus mal. Elle est un peu moins essoufflée, même, il me semble. Tu devrais monter un moment, la distraire. Tes visites lui font plaisir...

— J'irai tout à l'heure. Regarde : ces flammèches, ces étincelles... On dirait un feu d'artifice nain.

— Oui... Moi aussi, je pourrais rester indéfiniment devant des bûches qui brûlent. On y voit tant de choses, n'est-ce pas ?

C'est vrai. Adrienne a sa vie, elle aussi. Il y a ce qu'elle aime, ce qu'elle n'aime pas. Et Victor, lui-même, qui vient de sortir, ayant regarni le foyer et fermé les fenêtres... avec sa large figure à l'expression digne, son allure majestueuse... Comme c'est drôle... Elle n'y avait jamais pensé.

— Dis-moi, demande-t-elle, est-ce que tu crois que Victor est heureux ?

Etonnée et songeuse, Adrienne la regarde.

— Quelle étrange question ! Qu'est-ce qui te fait penser que Victor... ? Et justement, vois-tu, il se passe une histoire assez ennuyeuse, à l'office. Je suis en souci. Victor s'est laissé aguicher par la fille de cuisine. Cette petite Adèle... je ne sais pas si tu l'as remarqué : elle n'est pas mal tournée, elle est jeune... Il paraît que ce gros benêt court après ses jupes. La pauvre Berthe se désole. Pense : « Au bout de dix-huit ans de mariage, voir mon homme se déranger... » Elle pleurait, ce matin...

Ludivine ouvre de grands yeux : « Victor, Berthe, Adèle, un drame d'amour !... »

— Je ne sais vraiment que faire, continue Adrienne. Si Maman pouvait tancer Adèle, les choses s'arrangeraient peut-être : Victor a toujours été un garçon tranquille, comme dit Berthe... Mais je ne veux pas lui en parler en ce moment. Je ne la trouve pas assez bien. Ces histoires la fatigueraient. Il lui faut tellement de calme... Surtout, ne dis rien à Philo, elle répète toujours tout à Maman. Berthe m'a demandé le secret, d'ailleurs... Mais qu'est-ce qui t'a fait songer à Victor, tout d'un coup, ma chérie ?

— Oh ! je ne sais pas trop, dit Ludivine, hésitante. Je me demandais si tous les gens pensaient au bonheur.

— Plus ou moins, il me semble. Les pauvres, en général, n'y pensent guère, je crois. Ils travaillent, ils peinent, ils alignent un jour après l'autre, et si leur marmaille s'élève, ils trouvent que tout est bien. Un beau jour, ils arrivent au bout, comme ça. Et, en fin de compte, peut-être ont ils été heureux.

« Heureux !... Bonté divine !... » Pour la première fois de sa vie, Ludivine se sent le cœur noyé de pitié pour ses semblables. Et elle... elle !... Se pourrait-il qu'elle arrivât au bout, un jour, les mains vides ? Mais non : elle a Frédéric, son amour, sa jeunesse... Et la vie est longue...

— Mère a été heureuse, n'est-ce pas, avec ton père ?

— Je le pense. En tout cas, voilà plus de quinze ans que ses souvenirs lui tiennent compagnie. Observe-la, quand elle parle de sa vie d'autrefois : on dirait que tout recommence pour elle seule. Ceux à qui elle raconte n'existent guère à ses yeux.

— Et toi, Adrienne ?

— Moi ?

La question brutale semble prendre Adrienne au dépourvu. Assise bien droite dans son fauteuil, les mains jointes sur sa jupe, elle l'a reçue comme un coup.

— Oui, toi ? Dis-moi, insiste Ludivine.

— Mais naturellement, je suis très heureuse.

Sans doute est-ce vrai.

« Mon Dieu, faites que ce soit vrai ! » implore, à part elle, Ludivine, qui se sent le besoin de le croire.

Adrienne se lève pour régler la mèche de la lampe. Les rideaux sont tirés, les grandes portes à doubles battants bien fermées. Le crépitement de l'âtre les isole, toutes deux, entre ces tentures rouges, au milieu des portraits de famille, et des lourds sièges Louis XIV en bois doré.

Presque malgré elle, Ludivine soupire :

— Oh ! Je voudrais que Frédéric rentre bientôt.

— Pauvrette, dit Adrienne compatissante, la campagne est triste, en cette saison, quand on n'y a jamais vécu. Mais tu verras, nous sommes à la Noël dans trois semaines, et, cette année, Maman est décidée à recevoir, en ton honneur : depuis la mort d'Henri, il n'y avait plus eu de réveillon ici. Toute la famille va venir, et l'on s'amusera.

— Je voudrais inviter Elise Daubenois, aussi.

— Parfait, chérie. Nous écrirons chez elle, en même temps qu'à la Sarrazine et à Tourvieille.

Tourvieille, la Sarrazine... Quel contraste de souvenirs ont laissé à Ludivine ces deux séjours si proches l'un de l'autre... Les folles parties de Tourvieille, avec la bande des cousins, les instants délicieux dans la solitude des marais, le silence nocturne des bords du Vaccarès palpitants de vie cachée, les réunions bruyantes, l'antagonisme de Laure, la cour d'adorateurs... Comme tout est différent à la Sarrazine. Tante Sophie, bien sûr, est un peu revêche. Mais l'oncle Constant est si « vieille France », avec ses doux compliments surannés, son visage éclairé de bonté malicieuse... Et ses enfants si calmes, si cultivés... L'existence, là-bas, a un tel parfum de tranquillité, d'élégance subtile... Emilie prend soin elle-même, avec orgueil, des bibelots précieux que collectionne son père. La maison est pleine de vitrines renfermant des raretés. Il y a une immense bibliothèque dont les murs sont garnis, du haut en bas, de livres aux belles reliures. L'oncle Constant y passe la moitié de son temps.

C'est à la Sarrazine que Frédéric a pris cette habitude qu'elle aime, de lire, le soir, tous deux installés dans une grande bergère. Un bras passé autour de la taille de sa femme, il tient sa pipe de l'autre main, et Ludivine qui a la charge du livre, guette un signe du menton pour tourner la page...

Elle ferme les yeux et croit revoir le guéridon marqueté, et la coupe de cristal où s'effeuillaient les dernières roses cueillies sur la tonnelle. Emilie, si dépourvue de séduction au milieu de tous les cousins, prenait alors, dans ce cadre à sa mesure, le charme d'un pastel à demi effacé. Et comme Blanche est exquise ! « Mon plus joli La Tour ! » dit son père. Ludivine pense que si Léon doit un jour l'emmener à Tourvieille, Laure lui fera la vie dure. Quant à Caroline...

— Est-ce que tu crois sérieusement que Caroline puisse aimer Edmond ?

Adrienne ne s'occupe pas volontiers des secrets des autres.

— Comment peut-on savoir ? C'est possible. Pourquoi non ?...

— Mais Edmond paraît si peu fait pour lui convenir. Il n'apprécie que la musique, le travail, la lecture. Le vois-tu avec Caroline, cette turbulente ?

— Pauvre Caroline, il est de fait..., sourit Adrienne.

— Et, tu sais, Edmond ne me donne pas du tout l'impression de songer à elle. Elle ferait mieux d'épouser Marc Rouveyre qui est amoureux fou...

Adrienne rêve un peu : comme elle y va, cette petite personne péremptoire qui prétend arranger les destinées deux par deux, avec symétrie...

— Je crains que cela ne soit pas aussi simple, dit-elle, hochant la tête.

Sur la cheminée, la pendule de bronze fait entendre un tintement grêle.

— Cinq heures et demie, déjà ! Il faut que j'aille voir Berthe pour les menus de demain.

— Bien, moi je monte chez Mère.

— C'est cela. — Elle caresse affectueusement les cheveux lissés qui brillent d'un éclat bleu. — Va lui tenir compagnie. Si Frédéric rentre, je te l'enverrai.

— Eh bien, Mère, comment vous sentez-vous ? Adrienne me dit qu'elle vous trouve mieux.

— Adrienne est une sotte. Je voudrais la voir à ma place !

Indécise, Ludivine se balançait sur un pied, à l'entrée de la chambre.

— ... Entre, ma fille, et ferme la porte. Le moindre courant d'air augmente mes étouffements.

Ludivine s'assit au chevet de sa belle-mère et chercha laborieusement quelque chose à dire. Elle se sentait paralysée d'une horreur animale, devant la souffrance et la maladie. L'atmosphère fiévreuse, l'odeur des médicaments, lui causaient de la répulsion. Remonter des oreillers, tendre une tasse d'infusion ou une cuillerée de sirop, lui réclamaient un effort sur elle-même.

Elle finit par demander :

— Y a-t-il longtemps que ce mal vous est venu ? Est-ce qu'on ne peut vraiment pas vous guérir ?

Julia lui sourit, ironique.

— Et me guérir d'être vieille, de m'être usé le cœur, jadis ? Bien sûr, ici-bas, tout finit par la guérison. Mais Dieu nous la fait parfois attendre. Il y eut un temps où j'étais belle, ma petite. J'ai aimé les chevaux, le vent, la campagne... Et aussi les parures, pourquoi pas ? J'ai eu un mari, des enfants, j'ai dirigé la maison, veillé sur tous. Un peu de moi est parti avec chacun d'eux. Tout est dans l'ordre...

Elle s'arrêta un moment pour respirer, haletante, les pommettes en feu, les narines pincées.

— Va me chercher l'album de photographies, là-bas, sur la console.

Ludivine lui apporta le lourd volume recouvert de peluche, à ferrures et coins dorés. Julia l'ouvrit, le feuilleta un instant :

— Tiens, regarde, voici mon portrait à vingt ans.

Ludivine se pencha sur le daguerréotype délicatement colorié.

— Mon Dieu, Mère, que vous étiez jolie !

Ces bandeaux bruns, ces longs yeux clairs, cet ovale pur... Et ce teint, d'un blanc crémeux et chaud, exactement celui qu'elle eût rêvé d'avoir, son envie, son regret de chaque jour... Et l'immense robe à volants, la capeline à coques de velours...

— Comme on s'habillait bien, comme j'aurais aimé cette mode ! Vous avez vu l'Impératrice, Mère ?

— Oui, une fois, à Marseille, en 1869. Elle s'embarquait pour l'Egypte. Nous sommes allés assister aux fêtes en son honneur.

Pensive, Ludivine soupire.

— Ce devait être bien agréable de vivre à ce moment-là.

— Oui, dit laconiquement Julia.

Petite ombre d'une époque disparue, jeune fille coiffée en longs « repentirs », qu'avez-vous de commun avec cette femme qui s'essouffle, tousse et se débat, dans l'entassement blanc des oreillers, sous les yeux de Ludivine ? Et cette chambre, avec son odeur de passé, se peut-il qu'elle ait retenti, durant des saisons, du rire et des baisers de jeunes époux ?

Elle pense à la sienne, gaie, accueillante, tiède, avec sa tapisserie à personnages, son mobilier Louis XV, ses bergères, son grand lit aux rideaux de taffetas, ses mousselines, sa table à coiffer drapée de dentelles, ses appliques de bronze et de cristal, de chaque côté des hautes glaces à trumeaux. Ici, dans cette pièce démodée et sombre, le feu même revêt un aspect de tristesse...

— Eh bien, fillette, on rêve ?

La voix au timbre railleur la fait sursauter.

— ... Que se passe-t-il en bas ? Raconte-moi. Adrienne craint que tu ne t'ennuies. Comme si une jeune femme pouvait s'ennuyer...

Ludivine ouvre la bouche pour faire à la malade le récit de la tragédie conjugale de Berthe, et se rappelle à temps qu'Adrienne l'a suppliée de garder le secret.

— Eh bien ? répète Julia que ce manège intrigue.

— Mère, est-ce vrai que tout le monde va venir pour Noël ?

— Ah ! voilà donc ce qui te préoccupe. C'est Adrienne, encore, qui t'a déjà raconté cela ? Alors, es-tu contente ?

— Oui, dit Ludivine, assez mollement.

— Eh mais, quoi donc ? Je croyais que tu t'entendais bien avec tes cousines. Qu'y a-t-il ? Emilie, Blanche ? Non ?... C'est du côté Vernet, alors ?... Intéressée, elle surveille le visage de sa belle-fille. Voyons, dis-moi ça...

Ludivine fronce les sourcils. Cet interrogatoire lui déplaît.

— Mais il n'y a rien du tout, Mère. Je ne sais pas pourquoi vous vous faites cette idée.

— Ludivine !... Ne te moque pas de moi ! explose la vieille dame. Me prends-tu pour une bête ?

Ses yeux étincelants cherchent le regard fermé qui se dérobe.

— ... Allons, allons, c'est donc si sérieux ?

— Mais non, Mère. Qu'allez-vous croire ? — Ludivine est furieuse. Poussée à bout, elle se décide : Je n'aime pas Laure, voilà, puisque vous voulez le savoir.

Un sourire satisfait effleure les lèvres de Julia.

— Elle est jolie, dit-elle, avec une douceur calculée.

Ludivine relève la tête d'un air de défi.

— Je déteste ses manières d'être, à l'égard des hommes.

— Oh ! oh ! Petite !

Julia trouve que la conversation prend une tournure divertissante.

— ... Une rivale ? Car enfin, si j'en crois Frédéric, tu es très courtisée, dans le cercle de ces messieurs.

Ah ! Frédéric a remarqué cela !

— C'est lui qui vous l'a dit, Mère ?

— Qui veux-tu que ce soit ? Par ailleurs, j'ai encore

de bons yeux, et tout mon jugement. N'importe qui peut voir comme tu t'y entends à faire la coquette.

— Oh ! Mère. Est-ce possible ? Que dites-vous ? suffoque Ludivine avec une désarmante bonne foi.

Julia rit de bon cœur.

— N'oublie pas que j'ai joué à ces jeux avant toi, ma belle. Je sais ce qu'il en est. Ainsi, Laure et toi...

— C'est une méchante créature, fausse, mielleuse. Elle est jalouse parce que je suis plus jeune qu'elle...

Le flot de rancune déferle.

— ... Elle affecte toujours de me parler du pensionnat, de ma classe, devant tous, comme si j'en sortais d'hier... Comme si j'étais une « petite » qui ne compte pas, vous comprenez ?

En effet, c'est inexpiable. Sa belle-mère s'amuse réellement.

— Et... tu la laisses dire ?

— Je suis bien obligée de me défendre, concède Ludivine.

Julia fait signe qu'elle comprend parfaitement.

— Oui, tu te défends, bien entendu...

Que veut-elle dire ? S'imagine-t-elle... ?

— Je n'attaque jamais la première.

Comme elle a bien dit ça, avec un petit mouvement de tête fier et dédaigneux.

— Ta grand-mère, s'exclama Julia, ravie. Je revois ta grand-mère. Comment peut-on prétendre que tu ne lui ressembles pas ? Cette chère Félicité... Quel dommage... N'importe, ma fille, tu as raison. Il faut toujours relever le gant. Il n'y a que Notre-Seigneur et les apôtres qui aient jamais pu, avec honneur, se permettre d'agir autrement... Et encore, ajoute-t-elle, en aparté, je ne suis pas sûre qu'ils aient eu là une si bonne méthode...

Ludivine ne peut s'empêcher de rire, à son tour. Le

surnom donné par l'oncle Antoine lui revient à la mémoire. Un instant, elle imagine sa belle-mère menant la chrétienté au combat, en files régimentaires. Elle pouffe.

— Allons, allons, ma fille !

Egayée, Julia la contemple, et peu à peu, se laisse gagner par ce rire fou, jusqu'à en perdre la respiration. Durant quelques minutes, qui paraissent des siècles à Ludivine brusquement calmée, elle étouffe, halète, les yeux révulsés, renversée sur ses oreillers.

— Mère, Mère, mon Dieu ! Qu'avez-vous ? C'est de ma faute. Voulez-vous que j'appelle quelqu'un ?

De la tête, la malade fait signe que non. Cet affreux sifflement qui sort de sa gorge est pénible à entendre, à supporter. Enfin !... la voici qui se calme un peu.

— Ma potion, là...

Ludivine s'approche.

— ... Donne-m'en une cuillerée.

Elle débouche le flacon, verse avec précaution. Cette odeur fade, opiacée... Elle lutte contre un écœurement subit, puis, n'y tenant plus, se détourne, son mouchoir sur la bouche, et se laisse aller dans le fauteuil.

Etonnée, Julia l'observe.

— Je vous demande pardon, Mère. Je ne sais pas ce qui m'a pris. Cela va passer.

Le regard aigu la dévisage.

— C'est la première fois que tu te sens mal ?

— Non, avoue Ludivine. A midi, déjà... Je crois que j'ai eu tort de goûter. Je n'avais pas faim. Je ne me trouve pas très bien, depuis quelques jours. C'est sans doute de rester enfermée... Mais c'est fini, regardez. Je suis tout à fait d'aplomb, maintenant.

— Viens ici, plus près, que je te voie. Là, dans la lumière de la lampe... Julia examine les traits un peu tirés, les prunelles brillantes, le cerne autour des paupières.

On frappe.

— Frédéric, lance-t-elle à son fils qui entre, dans quelque temps, tu conduiras Ludivine chez le docteur Lapierre.

— Ludivine ? Mais pourquoi ? demande-t-il ébahi.

Ses yeux vont de l'une à l'autre. Devant l'expression triomphante de sa mère, il s'illumine soudain, et, saisissant Ludivine qu'il enferme entre ses bras :

— Ma chérie, ma toute petite..., dit-il, avec une espèce de rire étranglé.

9

Cette année 91 à peine commencée, qu'apportera-t-elle à Ludivine ?

La voici devenue le point de mire et le souci constant de tous. Jusqu'à l'office, où Philo a dû bavarder... On recherche ses préférences. Berthe lui envoie des pâtisseries alléchantes pour son goûter. Le vieux visage ridé de Philomène se détend à la pensée de voir naître un enfant dans ce Mogador où elle en berça tant autrefois. Adrienne la contemple avec une inquiétude telle que Ludivine a parfois l'impression d'être devenue un objet de vitrine en verre filé.

Seule, Julia, rétablie, qui a présidé les repas de Noël et du Jour de l'An, réagit contre cette atmosphère ouatée que l'on crée autour de la jeune femme :

— Allons donc, vous êtes ridicules !... Allez-vous l'installer dans du coton, comme une poule pondeuse au nid ?

Ludivine a rougi, violemment choquée par les propos de sa belle-mère, mais lui donne raison.

Au nom du ciel, qu'on la laisse tranquille, libre d'aller et venir à sa guise, danser s'il lui plaît. Qu'elle puisse encore se croire comme les autres... Elle est elle-même, Ludivine Vernet, et non point un tabernacle !... Oh ! monter à cheval, ne fût-ce qu'une heure ou deux !... Elle se contenterait d'une lente promenade au pas, dans les chemins nus où rit déjà une lointaine promesse du printemps à venir.

Les jours où un vent léger, qu'on sent tout neuf, bouscule par-dessus les haies les petits nuages flous, dans le ciel d'un précieux bleu pâle, quel désir de respirer, de courir tout son saoul dans les massifs où les fusains d'un vert intense et luisant sont piqués de baies rouges, où le laurier-tin, une fois encore, s'apprête à refleurir !

Au lieu de cela : « Fais attention... Ne va pas trop loin... Ne te fatigue pas... Veux-tu que je t'accompagne ?... »

Oh ! Dieu... Quelle servitude, parfois, que l'affection des autres ! Ludivine comprend sa belle-mère, et, par moments, prend en grippe la pauvre Adrienne à la sollicitude jamais en défaut.

Et cela va durer des mois !... Le printemps, l'été, tant de beaux jours gâchés... « Ce sera pour la première quinzaine d'août, sans doute », a dit le docteur.

Cette perspective d'enlaidir, de perdre sa jolie taille, elle, naguère si férocement joyeuse d'imaginer Laure en proie à ces désagréments... Par bonheur, dans la parenté, personne ne le sait encore. Durant les fêtes, elle a régné sans défaillance et sans contestations sur l'élément masculin de l'assemblée. Et il était bien commode d'avoir Elise à côté de soi, charmante fille d'honneur à sa dévotion...

Mais surtout, Frédéric est adorable, en ce moment. Cela, Ludivine le reconnaît. Il est tendre, empressé, et ne se risque à la taquiner que dans des limites aisément pardonnables, lui raconte des histoires pour la faire rire, lui rapporte des chocolats et de menus cadeaux, à chaque course qu'il fait en ville, s'intéresse à ses projets de toilettes, bref, se montre sensiblement comparable à l'époux modèle dont toute jeune fille a rêvé.

Pourquoi faut-il cette douceur, en être redevable un peu au petit inconnu qu'il espère ?...

« Ils sont tous là, en contemplation », s'impatiente Ludivine...

Et, de fait, même les yeux de Julia s'adoucissent, lorsqu'elle parle du petit-fils qui va venir.

Un bébé, Ludivine en a vu des bébés... Ce n'est pas si joli que ça, d'abord. C'est rouge, cela crie, pleure, se rend désagréable de mille façons.

— Comme vous devez être heureuse, chérie... lui a dit Elise.

« Cette Elise... Cela lui ressemble bien... Heureuse ! Je lui en souhaite ! On voit bien que ce n'est pas à elle que ça donne mal au cœur... »

Bien entendu, ce sont là choses dont il est malséant de se plaindre. Prudemment, elle garde secrètes ses rébellions et joue, tant bien que mal, le personnage que l'on attend d'elle.

Frédéric ne saura point avec quelle âcre amertume elle accueille parfois les marques de reconnaissance dont il l'entoure.

Elle ne voulait rien devoir de lui qu'à lui seul. Qu'il puisse être joyeux de cet enfant qui, déjà, à l'avance se glisse entre eux comme un voleur !... Ce que Frédéric va lui donner, c'est à elle qu'il l'enlève.

— Ma petite reine, comment te sens-tu ? s'inquiète Frédéric, devant ses prunelles fixes. Viens ici, près de moi. Il l'attire à lui, dans le grand fauteuil de leur chambre.

Visage, visage incliné, qu'y a-t-il en toi ? Est-ce le front haut ? Est-ce la bouche large, sensuelle, entr'ouverte sur les dents irrégulières ? La joue, que creusent les rides du rire, et son contour durement taillé ?... Est-ce le regard gris, si souvent indéchiffrable ? Ou la moustache blonde ?... Elle le détaille de tout près, se forçant à un examen impitoyable. — Au fond, il n'est pas si beau que cela. Non, même pas beau... Mais quoi... quoi donc ?...

— Tu me regardes comme si tu ne m'avais jamais vu, dit Frédéric, amusé.

Ah !... Ce sourire, peut-être, ce sourire incroyablement désarmé qui, soudain, toute ironie disparue, fait de lui, l'espace d'un instant, un enfant vulnérable. Peut-être est-ce là son plus terrible charme.

Elle savoure, contre son épaule, le goût doux-amer de cet amour jamais comblé, de cette peine qu'on ne peut dire...

Elise part demain.

— Elise, que ferais-je sans vous ?

Ce cri inattendu de son amie surprend la jeune fille.

— Mais, chérie, que vous arrive-t-il ? Voyons, qu'avez-vous besoin de moi, ici ?

Elles sont toutes deux dans la chambre d'Elise, où l'armoire vidée, les tiroirs de la commode entrouverts, la malle béante, le sac de voyage posé à terre, sont une mélancolique note de séparation et d'adieux.

— ... Que penserait madame Vernet ?... N'ai-je pas abusé déjà, depuis plus de quinze jours que je suis ici ?...

Quinze jours... Comme ils ont vite passé. Oui, c'est vrai, elle est arrivée en même temps que tous les cousins, la veille de Noël, dans la matinée. Mais la semaine des fêtes ne peut se compter...

— Je vous ai eue si peu de temps à moi...

— Mais qu'y a-t-il, Ludivine ?

Elise s'effare. Son amie ne l'a pas habituée à tant d'affection, à l'époque où, seule au monde, ellc eût pu, bien davantage, éprouver le besoin d'une présence à ses côtés.

Ludivine sait-elle bien, elle-même, pourquoi le départ d'Elise la laisse tellement désemparée, dans cette maison où, choyée par tous, elle est l'enfant gâtée de son mari, l'idole d'Hubert et d'Adrienne, la favorite de sa belle-mère ?

Peut-être est-ce, seulement, qu'Elise est demeurée à ses yeux la compagne de cette enfance qui s'éloigne d'elle, comme le bord des îles s'éloigne du vaisseau... Et là-bas, sur la rive, la jeune fille attend encore, avec son bagage de rêves, que vienne la voile qui l'emmènera, à son tour.

— Restez, Elise. Au moins jusqu'à la semaine prochaine. Nous enverrons quelqu'un prévenir mon tuteur que je vous garde.

— Non, non, Ludivine, je vous assure, ce n'est pas possible... Je dois être rentrée dimanche.

— Mais pourquoi ? laissez-vous faire. Pensez-vous que votre mère me refuserait cela ? Je prends sur moi de l'obtenir.

— Je vous en prie, n'en faites rien !... dit Elise, avec vivacité. Je sais bien que Maman donnerait la permission, et... vraiment non, Ludivine, il faut... enfin, il vaut mieux... Ne croyez pas que je ne sois pas contente d'être avec vous... Mais...

La pauvre Elise, rouge, gênée, balbutiante, offre un spectacle digne de toutes les pitiés.

— Ma chère, vous êtes trop drôle !... Si je comprends bien, votre présence à Tarascon est indispensable, quoique votre mère ne soit pas fondée à en juger ainsi. Eh bien !... Si vous me permettez de le dire, vous êtes une affreuse cachottière, un monstre de dissimulation et d'hypocrisie, vous entendez, Elise ?...

— Mais, chérie...

— Taisez-vous ! N'avez-vous pas honte ? N'avoir rien dit pendant quinze jours ! Depuis une semaine que nous sommes seules !...

— Ecoutez-moi, Ludivine... Il y a si peu de chose à dire. Comment puis-je vous en parler ?

Ludivine va fermer la porte avec soin, attire deux fauteuils au coin de la cheminée, s'installe confortablement dans le meilleur...

— Je veux savoir. Racontez-moi tout. Qui est-ce ? Est-il beau ? Où l'avez-vous connu ? Est-ce qu'il vous aime ?... Allons, venez vite...

Sans la regarder, le visage tourné vers la chaleur du feu craquant, Elise commence doucement avec effort :

— Il s'appelle Vincent Royer...

— Vincent... Vincent Royer... C'est un joli nom, apprécie Ludivine, d'un air connaisseur. Elise Royer, cela sonnera bien.

— Ludivine, je vous en prie...

— Ensuite ?

— Il est venu plusieurs fois aux réunions des Marquet-Rageac.

— Ah ? Est-ce qu'il est médecin aussi ?

— Justement, c'est le fils d'un ami du docteur Marquet-Rageac. Son père exerce à Barbegal.

— Barbegal ? Mais c'est tout près d'ici ! Ma chère, nous serons voisines. Quelle chance ! Mon Dieu, comme c'est amusant ! Vite, vite, épousez-le pendant que je puis encore danser à votre noce !

La folle, comment peut-elle prendre ainsi ce qui, dans le cœur d'Elise, est gravité, ferveur, et silence ?

— Ludivine...

— Oh ! Chérie, suis-je si méchante ? Allons, vous savez bien que non. — Elle prend dans ses mains la main de son amie.

Dehors, le soir tombe. Dans la pénombre de la chambre, les deux jeunes visages rapprochés se sourient, éclairés par le rougeoiement des braises. A mi-voix, la jeune fille conte son histoire.

Femme de médecin !... Bonté divine ! Quoi de pire, que de donner son amour à quelqu'un qui, toute sa vie, appartient d'abord aux autres ?...

Mais Elise le sait, cette courageuse :

— Quand je m'ennuierai, si cela arrive, je penserai que je suis pour lui le terme de sa journée, son repos, sa petite joie, et il me semble que cela me donnera toutes les patiences.

Troublée, Ludivine écoute. Ainsi, il existe de telles amours, qui ne s'inquiètent que d'être un don... Mais à quoi peut servir d'aimer, sinon à vouloir être aimée, à vouloir être heureuse ? Cette Elise... de quelle étrange façon pense-t-elle trouver son bonheur ?

— Dites-moi comment il est, chérie... Vous rappelez-vous votre idéal de l'an passé ?

Elise rit de son doux rire léger, qui est comme une petite musique.

— Je confesse que ce n'est peut-être pas tout à fait cela. Il est grand, très grand. Encore plus que Frédéric...

Comment peut-on être plus grand que Frédéric ? se demande Ludivine, vaguement vexée.

— ... Très maigre, et habillé n'importe comment. Brun, avec des cheveux raides. Un grand front, un long nez, une longue figure qui vous sourit. On croirait toujours qu'il est à la recherche de ce qui peut avoir mal, en vous, pour vous consoler.

Est-ce donc là, ce qui a conquis Elise ? Comme les

autres sont incompréhensibles. La voilà qui s'en ira passer sa vie, seule le plus souvent, dans la maison de Barbegal, pour un air de bonté qu'elle a déchiffré, un jour, dans le regard d'un inconnu.

Mais elle-même, Ludivine, que fait-elle à Mogador ? Il fut un temps où le visage de Frédéric Vernet n'était pas né en elle, et elle vivait, ignorant encore qu'il viendrait, un jour, et la rendrait aveugle et sourde au reste de l'univers.

Voilà Elise qui s'engage dans la voie difficile avec, pour toute arme, seulement l'abandon d'elle-même qu'elle est prête à faire, qui est déjà fait à l'avance.

Mais cette voix qui chuchote à Ludivine que là est le secret de la paix, et la plus haute certitude, comment l'écouterait-elle, quand tout, en elle, n'est que désir ? Un désir éperdu et triste, dont son amour est la source, et le centre, et la proie...

Et le printemps vient, et il passe... L'aubépine a fleuri, après les amandiers. Voici le mois où, l'an dernier, se célébraient les fiançailles. Voici les cigales revenues. Voici la nuit de la Saint-Jean, la plus tiède et la plus parfumée, où s'allument des feux sur toutes les collines. Et déjà, la clématite se fane, au torride soleil de juillet.

Ludivine, alourdie, étouffe dans son corset que, chaque matin, Eugénie lace moins serré.

— Jamais tu n'as été plus ravissante, déclare Frédéric. Regarde-toi donc dans la glace.

De fait, son teint doré a la transparente clarté et le velouté d'un abricot mûr. Et le bleu violet de ses yeux scintille avec un éclat mouillé, comme l'eau d'un lac d'ondines. Mais la jeune femme est nerveuse. Même les gentillesses de Frédéric ne la dérident pas toujours ;

et celui-ci se lasse un peu de faire en vain tant d'efforts méconnus.

Une phrase, un mot, la voici engagée dans des colères, puis des bouderies, qui traînent parfois plusieurs jours durant.

Frédéric s'échauffe : « Que diable ! la patience a des limites... » Surtout la sienne.

Les brouilles sont fréquentes, trop fréquentes pour qu'il retrouve le même plaisir aux réconciliations qui leur succèdent.

— Ludivine a vraiment un caractère impossible, a-t-il confié à sa mère, dans un moment de dépit.

Julia rit malicieusement.

— As-tu jamais porté un bébé ? Et par une chaleur pareille, encore... Prends ton mal en patience, mon garçon, il lui faut bien prendre le sien...

« Prendre le sien », c'est une façon de parler. Ludivine a une manière bien à elle de lui faire « partager sa croix ». « Et après tout, c'est le rôle d'une femme, d'avoir des enfants... » Mais les paroles de sa mère cheminent en lui, à la rencontre d'un remords. « Pauvre petite, c'est pourtant vrai qu'il fait bien chaud. » Lorsqu'il rentre d'une grande course à cheval, le front ruisselant, sa chemise humide collée à la peau, et la trouve sur une chaise longue, la bouche entrouverte, la respiration oppressée, à demi étendue, à l'ombre des chênes où nul souffle d'air n'est perceptible, il sent la pitié et la honte l'envahir à grandes vagues. Pourquoi lui refuse-t-elle ce sourire qui le jetterait vers elle, tout son amour délivré ?

— Dans deux jours, c'est l'anniversaire de ton mariage, y pensais-tu ? a dit Julia, négligemment.

« Grand Dieu, non ! » Il ne faut pas lui demander de tenir des comptes de calendrier sentimental. Heureusement qu'on le lui rappelle.

— J'irai faire un tour en Avignon, cet après-midi, Maman.

Il a fait atteler à deux heures, pour prendre le train à Tarascon. Le temps était lourd, orageux. Julia qui connaît bien son fils, sait combien ce voyage a dû lui peser. Mais il est rentré, le soir, l'air mystérieux et satisfait.

Ludivine n'a pu s'empêcher de trouver indécente cette attitude de parfait contentement de soi qu'il arborait avec candeur, en homme dont la conscience est une hermine.

Toute la journée, il l'avait abandonnée pour courir Dieu sait où... Elle s'était ennuyée à périr, enfermée dans sa chambre plus fraîche que les bosquets du parc. Aucune objurgation d'Adrienne n'avait pu l'en faire sortir, même pour le goûter.

Frédéric, à son retour, l'a trouvée allongée sur son lit, la tête tournée vers le mur, repoussant obstinément toute tentative d'approche. Il a accepté l'épreuve avec dignité. La petite boîte garnie de satin, qu'il sentait dans le fond de sa poche, était sa justification secrète et suffisante...

Ce fut au dîner que les choses se gâtèrent pour tout de bon.

Adrienne, instrument inconscient de la malignité des dieux, mit la conversation sur une pente glissante.

— J'ai reçu une lettre de Laure, cet après-midi. Il paraît que ma filleule est magnifique.

Adrienne était très fière qu'on l'eût choisie pour marraine de la petite Agnès, née à Tourvieille, quatre mois auparavant.

— ... Laure dit qu'elle est très sage. Elle demande si nous n'irons pas bientôt la voir...

Les deux jeunes femmes ne s'étaient plus rencontrées depuis le baptême, et Ludivine conservait le souvenir du premier coup d'œil triomphant que Laure avait posé sur elle.

— Comme si Laure ignorait que je ne puis me déplacer... Mais, bien entendu, elle le fait exprès.

— Exprès ? Pourquoi, exprès ?... Quelle bizarre tournure d'esprit, de voir toujours en tout une mauvaise intention !

Ludivine serra les mâchoires. A n'en pas douter, l'intention y était. Mais quel homme saurait voir ces choses-là ? Naturellement, Frédéric allait prendre sa défense. Cette Laure était toujours à le flatter, à se tortiller devant lui... La jeune expérience de Ludivine lui avait enseigné que l'exploitation sagace de leur vanité était le grand ressort pour mener les hommes, jeunes ou vieux, fussent-ils aussi fins que l'était son mari.

— Laure sait ce qu'il en est, n'est-ce pas ? dit-elle, sèchement. Donc, à moins qu'elle ne soit une sotte, ce que je n'avais pas encore envisagé, au fait... Mais après tout, si tu y tiens tant, pourquoi te priverais-tu d'y aller, avec Adrienne ? Je ne suppose pas que ce puisse être de ma présence particulière que cette bonne Laure a un tel besoin...

Assise en face d'elle, Julia tambourinait d'un doigt agacé, sur la nappe ; la vieille dame eût volontiers mis la main sur la bouche de sa belle-fille.

— Il n'est pas question de cela, lança Frédéric, irrité. Tu sais fort bien que je n'ai pas la moindre envie d'aller à Tourvieille sans toi. Mais je ne puis tolérer cette acrimonie absurde contre Laure qui a toujours été parfaite à ton égard.

— Parfaite, oui, vraiment... ricana Ludivine.

— Je dis bien : parfaite. Oui. Je ne vois pas ce que tu pourrais avoir à lui reprocher. Et, permets-moi de te le dire, ma chère, cette sortie injustifiée est aussi ridicule que méchante.

En plein désarroi, Adrienne eût donné gros pour n'avoir pas été la cause initiale de cette passe d'armes. Quant à Hubert, le bouleversement s'inscrivait sur sa face, devant l'humiliation infligée à la jeune femme.

— En fait de sortie, celle dont tu es en train de nous régaler ne l'est pas moins, mon garçon, intervint Julia, à bout de patience. Je déteste les discussions à table. Et tu le sais.

— Pardonnez-moi, Mère... s'excusa Frédéric un peu confus.

— Ludivine, ma petite, reprends du soufflé ! continua-t-elle d'un ton autoritaire.

C'était, en bonne forme, une déclaration d'alliance. Tous le sentirent.

Mais Ludivine, profondément blessée, n'était pas en humeur d'accepter un secours, sous quelque forme que ce fût.

— Je vous remercie, Mère, je n'ai plus faim. Si vous le permettez, je vais remonter chez moi. Je ne me sens pas très bien. Il a fait si chaud, aujourd'hui...

Sans attendre la réponse, elle se leva, et fit le tour de la table pour aller embrasser sa belle-mère.

— Une bonne nuit de sommeil, ma fille. Demain, cela ira mieux.

— Veux-tu que je t'accompagne ? offrit Adrienne.

— Non, non, refusa précipitamment Ludivine.

Devant l'air navré de sa belle-sœur, elle ajouta :

— Merci, ma chérie, tu es gentille. Mais ne te dérange pas, je t'en prie. Je ne suis pas malade ; simplement un peu fatiguée. Eugénie m'aidera à me mettre au lit, comme d'habitude.

— Bonsoir, Ludivine. Reposez-vous bien, appuya Hubert, d'une voix pleine de défi, avec un regard indigné à l'adresse de son frère, silencieux et imperturbable.

Sa toilette du soir achevée, Ludivine congédia Eugénie, et alla s'accouder à la fenêtre, laissant enfin déborder son chagrin avec un certain soulagement. La nuit était opaque et brûlante, égratignée par instants de longs éclairs blancs. L'air sentait la poussière sèche. Toutes les bêtes des ténèbres s'étaient tues, comme en attente. Seule, la hulotte qui habitait le grand cèdre, au coin de la maison, près du miroir d'eau, jetait par intervalles irréguliers son appel plaintif. Cette soirée était oppressante. La tendresse et la paix semblaient avoir disparu du monde pour toujours.

Un an demain... Comme tout était différent de ce qu'elle avait imaginé, alors. L'amour, le mariage, ne lui avaient pas apporté ce bonheur qu'ils semblaient sous-entendre. Il fallait lutter, lutter sans cesse, s'accrocher aux bribes que l'on en recueillait au fil du temps, et croire qu'un jour, enfin — mais quand ? — on le découvrirait, entier et pur, au bout de la longue quête. Le matin où elle avait revêtu la robe blanche des noces, elle avait cru le toucher de ses mains ; il était autour d'elle, comme la dentelle nuageuse de son voile. Depuis... Qu'était-il devenu ? — Elle demeurait là, perdue dans cette obscurité pesante, avec ce fardeau dans son corps, et sa solitude, et son cœur affamé.

Frédéric, que faisait-il, en bas ? Sans doute conversait-il avec les autres. Ou peut-être, il lisait calmement, en fumant sa pipe. Ludivine pouvait être souffrante, isolée, cela lui était bien égal. Il n'avait pas eu un mot pour elle, lorsqu'elle avait quitté la salle à manger.

Une large goutte s'écrasa sur l'appui de la fenêtre. Puis une autre, d'autres, pressées. La pluie, enfin... Elle crépitait sur les arbres. Au loin, le tonnerre roula sourdement.

Ludivine, penchée, aspira cette odeur âcre, puissante, de terre mouillée, qui montait du parc. L'orage crevait avec violence. Longtemps, elle exposa son visage à la fraîcheur de l'averse redoublée. Un courant d'air éteignit la lampe. A tâtons, elle gagna son lit, se jeta sur les draps de toile au grain frais.

Allons, la vie n'était pas si insupportable, après tout... Demain, le soleil se lèverait sur la campagne lavée, reverdie ; il iriserait les flaques d'eau, dans les chemins creux, et ferait fumer les haies et la pointe des herbes. Frédéric se souviendrait sûrement que c'était leur anniversaire. Il lui demanderait pardon... Elle avait bien l'intention de le faire un peu attendre, avant de le lui accorder. Et, s'il avait... oui, s'il avait préparé une surprise pour elle, eh bien ! elle ne l'accepterait qu'après s'être fait prier, pour lui apprendre...

Elle s'endormit rassérénée. Lorsque, vers les onze heures, Frédéric monta la rejoindre, un peu inquiet de l'accueil qui pouvait lui être réservé, il la trouva couchée, ses nattes noires barrant l'oreiller, toute paisible, les lèvres entrouvertes sur un léger sourire. Se glissant auprès d'elle, sans la réveiller, il lui caressa la joue d'un baiser, après avoir déposé soigneusement dans le tiroir de la table de nuit l'écrin rapporté d'Avignon.

Le jour était rose derrière les persiennes, quand Ludivine ouvrit les yeux. Frédéric lui chatouillait doucement l'oreille.

— Ah, enfin ! Madame s'éveille...

Le difficile était de ne pas lui rendre son sourire, de ne pas se blottir tout de suite contre le torse brun et dur, au creux de l'épaule offerte. Elle y parvint, cependant et, haussant les sourcils, le gratifia d'un regard empreint d'une hautaine — et méritoire — indifférence.

— Bien dormi ? s'informa-t-il, sans se laisser rebuter par la froideur de cette prise de contact.

— Assez bien, merci, se borna à répondre Ludivine, fidèle au plan arrêté la veille.

— Moi aussi, dit Frédéric, ignorant résolument les mauvaises dispositions de son épouse. Il fait bon, ce matin. Cette pluie a rafraîchi l'air. La journée sera délicieuse. As-tu des projets pour aujourd'hui ?

— Des projets ?... — Et quels projets, Seigneur, eût-elle pu avoir ?... disait, sans erreur possible, son intonation.

— Je me suis rendu libre pour tout le jour. Veux-tu que nous fassions, tous les deux, une promenade en voiture ? Si cela te plaît, je t'emmène dîner en ville, ce soir.

Une flamme de joie étincela dans le cœur de Ludivine. Une longue promenade, où elle l'aurait bien à elle ! Il y avait si longtemps... Et le dîner en tête à tête... oh Dieu !

Pourtant, il ne fallait pas se rendre trop vite. Accentuant son air morose, elle laissa tomber :

— Je ne sais pas... Nous verrons, après le déjeuner...

Ce mur sans fissures commençait à inquiéter Frédéric qui n'avait pas imaginé un instant que ses avances pussent être repoussées. Impatient de dévoiler son cadeau, il s'était représenté le plaisir de Ludivine, la tendre reconnaissance qu'elle allait lui manifester. Elle lui mettrait ses bras ronds et frais autour du cou, il la serrerait contre lui, ils flâneraient, déjeuneraient au lit en bavardant, évoqueraient ensemble les souvenirs de l'an passé...

— Mon cœur, murmura-t-il, tu sais quel jour nous sommes ?

— Bien entendu.

Comment ? Elle le savait, et...

— Eh bien alors, n'as-tu pas pensé que nous allions le fêter ? Je parie que tout le monde est déjà en branle-bas dans la maison... Il va sûrement y avoir un dessert somptueux, à midi, ajouta-t-il, en clignant de l'œil.

Qu'il était gentil, rieur, plein d'une telle bonne volonté, ce visage si proche ! Il y avait tant de douceur à le sentir livré à sa merci... Ludivine ne put s'empêcher de prolonger un peu sa dureté factice, pour le bonheur de le tenir encore un instant en son pouvoir. « Encore un peu, rien qu'un peu... » Et ce serait si bon ensuite de se jeter sur sa poitrine et de s'avouer à son tour vaincue...

— Je ne vois vraiment pas de raison à ça, déclara-t-elle, exagérant son attitude revêche. Dieu me pardonne ! Ce n'est pas précisément ce que j'appellerai un agréable anniversaire. Depuis un an, sans parler du jour même des noces auquel je préfère ne pas songer, tu m'as donné plus d'une fois l'occasion de regretter ma vie passée, et mes illusions de jeune fille.

Incrédule, Fédéric la regardait :

— Ludivine, voyons, c'est pour rire ?

Agacé, frustré d'avance de cette joie qu'il avait attendue de l'effet de son présent, et voulant la rattraper, il commit la maladresse irréparable :

— Ne fais pas la mauvaise tête, je t'en prie. Tu ne vas tout de même pas nous gâter la journée en t'obstinant à bouder ? Allons, finissons-en, embrasse-moi et regarde ce que j'ai pour toi.

Que méritait pareille désinvolture, sinon un affront ? Cette place forte prête à se rendre, l'instant d'avant, rassembla en hâte ses défenses :

— T'embrasser ? Comme tu y vas. Encore me faudrait-il en avoir envie !...

— Et... tu n'en as réellement pas envie ? demanda-t-il, un peu trop sûr de lui, en allumant une cigarette.

Toute la fierté de Ludivine regimba, devant cette impudente question qui cernait de si près une vérité devenue inavouable.

— Pas le moins du monde. Je ne suis plus une petite fille, mon cher ami ! Je sais ce que c'est qu'un baiser, et...

— Grand bien te fasse ! coupa-t-il, furieux. Toutes les femmes ne sont pas désabusées si tôt, heureusement !

Il sauta hors du lit et lança à la volée la petite boîte qui vint atterrir parmi les flacons de la coiffeuse.

— ... Sonne pour le café, veux-tu ?

Il déjeuna rapidement, en silence, et passa dans la salle de bains.

Couchée, Ludivine, frémissante, écoutait le son de la cuvette basculée, des brocs remués, le clapotis de l'eau... tous les bruits familiers...

« Il va rentrer m'embrasser avant de partir. Je lui rendrai ses baisers. Tout s'arrangera... Frédéric, mon chéri, viens... » appelait-elle tout bas, « viens vite, je t'en prie ! »

Il revint, prêt à sortir, traversa la chambre, prit un mouchoir dans la commode, le vaporisa d'eau de lavande, s'arrêta un instant devant la glace, perfectionna l'ordonnance de sa cravate, polit ses ongles...

Anxieuse, muette, Ludivine suivait tous ses gestes. Elle le vit s'approcher de la table à coiffer, reprendre le petit paquet abandonné. Un instant, pensif, il le tint dans sa main.

« Maintenant, il va venir vers moi, et me le donner », se dit-elle.

Mais il le mit dans son gousset et, sans un regard vers le lit, ouvrit la porte et s'en alla.

Pétrifiée, elle écouta son pas décroître dans l'escalier.

L'heure suivante fut interminable. Ludivine eût souhaité se rendormir et ne plus rien savoir jamais de Mogador et de ses habitants. Mais trop de colère et de regrets fermentaient en elle, pour qu'elle pût espérer retrouver le sommeil. A la longue, le soleil, glissant à travers la chambre, pénétra jusqu'à l'alcôve et vint la contraindre à se lever.

Habillée, coiffée, elle descendit dans le parc, sans avoir, par chance, rencontré personne.

La matinée était très avancée. Toute trace de l'orage de la veille avait déjà disparu. Mais les massifs luisaient d'un vert plus frais, et l'on respirait mieux dans l'air allégé.

Ludivine s'en alla trouver Juste. Le vieil homme était son ami. Il lui racontait de longues histoires, dans son parler savoureusement mêlé de patois, coupait pour elle ses plus belles roses, lui réservait les plus glorieux échantillons du verger, et prenait son avis sur l'ornementation des parterres.

— Alors, Madame, lui cria-t il, un an passé, nous étions de noces... Et nous voici bientôt de baptême, ajouta-t-il, en la regardant de biais.

Ludivine soupira.

« Non, le baptême n'était pas pour tout de suite. Un grand mois, encore, à traîner la disgracieuse charge... Ah, se pourrait-il qu'elle redevînt jamais mince, fine, légère, et triomphante ? Eût-elle été jolie comme auparavant, elle savait bien qu'alors, Frédéric ne fût pas parti comme il l'avait fait... »

Elle inspecta la corbeille que Juste avait posée à côté de lui :

— Mon Dieu ! Vous avez fait une hécatombe dans les rosiers !

Il devina plutôt qu'il ne comprit le sens de son exclamation.

— Madame m'a commandé un surtout en fleurs pour la table. Sûr qu'on veut vous faire fête. Dieu garde que je lésine quand c'est pour vous. Je vous ai cueilli mes plus belles « Gloires de Dijon » et mes « Maréchal Niel » et toutes les « Souvenirs de Malmaison » que Monsieur Frédéric aime tant.

— Oh Juste, comme je vous remercie, c'est si gentil à vous, dit-elle, avec ce ravissant sourire qui ne laissait jamais indifférent aucun homme, quel qu'il fût.

Les traits burinés du vieux jardinier se plissèrent de plaisir.

— Allons, il faut que j'aille porter ma panière. Et si c'est une surprise qu'on veut vous faire, ne dites pas que vous l'avez vue.

— Entendu, promit-elle. Personne n'aura l'air plus étonné que moi. — Toute sa bonne humeur lui revenait.

Elle se dirigea vers les écuries, dans l'espoir d'y retrouver Frédéric. Mais il n'était pas là, et ce fut Hubert qu'elle rencontra.

— Bonjour, petite sœur. Vous êtes venue faire une visite à *Miranda* ? La pauvre s'ennuie de sa maîtresse. Elle ne sort pas souvent depuis que vous avez renoncé à la monter.

— Nous nous rattraperons, elle et moi, en septembre.

— Oh, je voudrais y être. Me permettrez-vous de vous accompagner, quelquefois ? Vous rappelez-vous ce jour où nous sommes allés à l'étang ?

— Bien sûr, je me rappelle...

Cette fois où Frédéric l'avait fait attendre si longtemps, pour lui dire, finalement, qu'il ne pouvait aller avec elle... Et tout le temps de leur promenade, elle avait remâché sa déception, lutté contre le regret, et le désir de sa présence. Frédéric... comme il était toujours là, même séparé d'elle, toujours, avec son ombre qui masquait l'horizon !...

Hubert lui marquait une dévotion soumise. Il semblait bien qu'à ses yeux, elle fût toujours aussi séduisante. C'était, du moins, une agréable compensation de le constater.

Mais qu'attendait-il ainsi, planté devant elle ? « Ah oui... »

— Mais certainement, je serai enchantée... Vous me ferez voir tous vos coins favoris, n'est-ce pas ?

— Oui. Ce sera merveilleux...

La cloche du déjeuner sonna.

— Donnez-moi votre bras, et pressons-nous, sinon nous allons arriver en retard. Et Dieu sait que Mère n'aime pas ça.

En effet, lorsqu'ils entrèrent, tout le monde attendait dans la salle à manger.

La table avait été dressée avec plus de raffinement qu'à l'ordinaire. Au milieu des cristaux et de l'argenterie, trônait le chef-d'œuvre de Juste.

— Oh Mère, quelles belles fleurs !

Ludivine alla embrasser la vieille dame.

— Tu es contente, ma fille ? J'en suis bien aise. Mais assieds-toi vite. Tu as un menu calculé pour te plaire.

Ils prirent leurs places.

Soudain, Adrienne poussa un léger cri d'étonnement. En dépliant sa serviette, elle venait de découvrir un minuscule paquet élégamment enveloppé.

— Qu'est-ce que c'est ? Qu'est-ce que cela veut

dire ? — Son regard interrogateur allait des uns aux autres. — Pour moi ?

— C'est une petite attention de Ludivine, expliqua Frédéric, impassible.

— Non ? Oh, ma chérie !...

— Ouvre donc, conseilla nonchalamment Frédéric.

Ludivine n'avait pas sourcillé, bien que son cœur battît à lui faire mal. — Son cadeau, son cadeau choisi pour elle !... C'était... Oh !... — Pâle de rage, elle le dévisageait fixement tandis qu'Adrienne s'absorbait à défaire papiers et faveurs.

Il soutint la vue de son regard, ce gouffre noir, avec une tranquillité narquoise.

Stupéfaits, sa mère et Hubert attendaient, cherchant à comprendre.

— Oh ! fit Adrienne, en ouvrant la boîte, quelle exquise chose !... Mère, voyez, une broche. Non, vraiment, Ludivine, c'est trop joli ! La miniature est d'une finesse... Comment te remercier, ma chérie ?

D'un effort héroïque, Ludivine surmonta la fureur folle qui l'étranglait. Souriant avec suavité, elle rendit ses baisers à sa belle-sœur :

— Cela n'en vaut pas la peine. Je suis heureuse qu'elle te plaise. Laisse-moi te l'attacher, veux-tu ?

Julia, braquant sur son fils des yeux dont la sévérité démontrait clairement qu'elle n'était pas dupe, vit passer sur les traits de Frédéric une fugitive lueur d'amusement et d'admiration.

Elle-même, se tournant vers sa petite bru, la contempla avec une chaude approbation. L'enfant se tirait en dame de ce pas difficile. « Mais quelle barrière a jamais fait reculer un pur-sang ? » pensa-t-elle.

— Philo, nous commençons. Apporte les hors-d'œuvre.

Penchée sur son assiette, luttant bravement pour avaler bouchée après bouchée, Ludivine entendait gronder en elle toutes les voix puériles de la rancœur, de l'exaspération, du désespoir...

« Il m'a fait ça !... Oh Dieu ! Dieu !... Supporter un soufflet pareil... Dans mon état !... Sûrement, cela va me faire mal. Qui sait comment sera le bébé ? Si c'est un monstre, il l'aura voulu... En tout cas, je vais être malade, certainement. Tant mieux !... Ça m'est égal. Si je pouvais mourir... Que le remords le damne !... »

Elle n'en mourut pas. Et la petite Isabelle qui vint au monde un mois après, le matin du onze août, fut proclamée, de l'avis de Julia et de la vieille Philo, le plus beau bébé que l'on eût jamais vu naître à Mogador.

Elle ressemblait indéniablement à sa mère. Mais ses yeux bruns étaient ceux des Vernet.

Frédéric, enchanté, se consolait de ce qu'elle ne fût point un garçon :

— Ce sera pour la prochaine fois.

« La prochaine fois », il en parle à son aise, pensa Ludivine. J'espère bien ne pas recommencer de sitôt.

10

Quand Ludivine vit sa taille redevenue fine à miracle, une ère d'apaisement s'ouvrit devant elle, avec sa liberté retrouvée.

Tout le monde lui faisait compliment de l'enfant. Elle en conçut une certaine satisfaction, et finit par accepter de bonne grâce la présence du bébé. Il n'était d'ailleurs pas gênant, c'était une justice à lui rendre. On l'entendait rarement pleurer. En outre, Adrienne était là, qui déchargeait sa belle-sœur de tout souci à cet égard.

— Regarde-la jouer à la poupée, disait à sa femme de chambre Julia dont la raillerie faiblissait.

Philomène hochait la tête, l'air avide.

« ... Et tu grilles de la remplacer, hein, vieux gendarme ? »

Philo, toujours bougon, marmonnait entre ses gencives d'inintelligibles réponses.

La petite Isabelle passait des bras de l'une aux mains de l'autre. On apportait à Ludivine un poupon rose, baigné de frais, emmaillotté avec art de langes neigeux ; ses épais cheveux noirs, humectés d'eau de Cologne et soigneusement lissés, lui dessinaient une drôle de petite tête japonaise. La jeune femme jouait un moment avec sa fille... Au premier cri de l'enfant, au moindre signe de lassitude de sa mère, Adrienne, ou la vieille servante, toujours là à point nommé, la prenaient, la berçaient, la consolaient, l'endormaient, tandis que Ludivine, consciente de lui avoir consacré le maximum de son temps disponible, courait rejoindre Frédéric, après quelques recommandations hâtives faites à Mathilde, la solide rustaude engagée comme nourrice, au grand déplaisir de Philo.

Comme elle avait été acariâtre, mauvaise, butée, en réponse à toute la patience que son mari avait déployée, ces derniers mois !... Elle s'en rendait compte, à présent. Quelle folle elle avait été ! Mais heureusement, il n'était pas trop tard. Elle allait le suivre, l'entourer, se nouer à lui, le reconquérir s'il le fallait...

Le premier jour où elle put monter *Miranda*, campée, fière, intrépide, elle vint caracoler pour Frédéric devant le perron.

A la voir, une bouffée d'orgueil et de tendresse monta en lui.

— Ne va pas trop loin pour cette fois, mon cœur.

Promets-le-moi, ou je serais inquiet. Tu sais que je ne puis t'accompagner aujourd'hui.

— Mais, mon chéri, dit-elle tranquillement, c'est moi qui t'accompagnerai.

Il tomba des nues :

— Mais voyons, tu n'y penses pas ? D'abord je vais voir le baïle, et puis à la ferme de Tonin...

— Je t'en prie, emmène-moi, insista-t-elle, avec sa moue la plus ensorcelante. Pourquoi n'irais-je pas avec toi ? Je ne te gênerai pas. Je t'attendrai tout le temps qu'il faudra, pendant que tu régleras tes affaires. Oh, laisse-moi venir ! Il y a si longtemps que je me morfonds sans toi, à la maison...

— Soit, céda-t-il, rapidement, persuadé que ce caprice imprévu n'aurait pas de suite.

Mais le lendemain, lorsqu'il annonça, au sortir de table, qu'il lui fallait partir de bonne heure, pour aller jusqu'au barrage où Rangis avait constaté des lézardes dans la maçonnerie, Ludivine s'éclipsa et revint, un moment après, vêtue de son amazone.

Frédéric la considéra avec curiosité :

— Oh, oh ! Pour moi, ces apprêts ?

Malicieuse, elle rit.

— Non, pour Ranguis.

— Sérieusement ?

— Pourquoi pas ?

— Alors, en route ! décida-t-il, lui prenant le bras, avec une brusque chaleur.

— Mais... Isabelle ? objecta timidement Adrienne.

— Eh quoi donc, Isabelle ! Elle n'a pas besoin de moi. Je serai là pour cinq heures et demie. Si tu veux, occupe-t'en un peu, tu t'y entends à merveille... A ce soir, Mère.

Julia lui mit un baiser sur le front.

— Allez, mes enfants, à ce soir...

Ce bel automne les vit passer, d'une ferme à l'autre, à travers les chemins, entre les vignes fauves, parmi les olivettes où se faisait la récolte, le long des champs retournés pour les semailles d'hiver...

Ludivine apprit à connaître la terre, son labour, ses exigences. Attentive, elle écoutait Frédéric, et l'interrogeait. Il aimait son application, sa promptitude à comprendre, l'intérêt qu'elle manifestait... Lorsque les hommes discutaient entre eux, elle savait se taire et attendre, à l'écart.

Bientôt, la présence de la jeune femme devint familière à tous, sur le domaine. Partout, on les accueillait avec un empressement déférent, plein de confiance et d'amitié.

Ludivine mettait pied à terre, serrait des mains terreuses ou rêches de paysans et de ménagères, caressait des têtes frisées de marmots, des joues plus ou moins barbouillées...

— Ah, Madame, c'est que c'est si difficile de les tenir propres, ici, aux champs...

— Bien sûr, acquiesçait-elle, d'un air compréhensif.

Frédéric souriait, ingénûment fier d'elle.

Les femmes s'affairaient, tiraient du buffet vitré leur service de gala, offraient du café, atteignaient, dans le placard, la liqueur de ménage, le bocal de fruits à l'eau-de-vie, que Ludivine sirotait dans le fond de sa tasse.

Dans ce cadre inattendu, Frédéric la découvrait plus proche de lui. Et elle s'enivrait de se sentir véritablement sa compagne.

A présent, il lui expliquait avec gravité les travaux et la marche de Mogador. Elle en savait plus qu'Hubert, plus qu'Adrienne, autant que Julia elle-même. Désormais, c'était à elle que Frédéric s'adressait le plus souvent, à elle qu'il disait ses difficultés, ses inquiétudes, ses réussites... à elle d'abord qu'il rapportait le récit de sa journée, lorsqu'une course en ville, une visite à faire ou à recevoir, l'avaient privé de sa présence. Ces jours-là, le travail paraissait à Frédéric plus aride, le temps moins beau ; il trouvait à parcourir Mogador moins de charme, et sa course solitaire lui semblait longue.

Il admirait le pouvoir d'adaptation de Ludivine, cette aisance singulière à se mettre à l'unisson de ceux qui l'entouraient, lorsque entrant dans une cuisine, après avoir réglé au-dehors, entre hommes, les questions de travail, il la trouvait assise, bavardant avec les femmes. Elle écoutait leurs doléances, se faisait expliquer une recette... « Comme si vraiment elle était capable de faire cuire même une infusion ! » remarquait-il, à part lui, amusé. C'était un fait, elle savait prendre ces gens simples, et se faire apprécier d'eux.

Ludivine sentait son regard sur elle, dépourvu de l'irritante moquerie de jadis, et savourait profondément la sérénité de cette entente silencieuse. Il se laissait gagner, son difficile amour.

Lorsqu'ils revenaient vers la maison, dans le crépuscule de ces courtes journées de novembre, rarement s'arrêtait-il pour l'embrasser, comme il l'avait fait si souvent, l'année précédente. Mais il y avait désormais, entre elle et lui, Ludivine le discernait bien, un lien plus fort et plus sûr que les baisers.

Et il suffisait que, le soir, enfermés dans leur chambre qu'illuminait le feu de bois, tandis qu'elle brossait avec lenteur la masse de ses cheveux luisants et doux, son mari la saisît impatiemment et la portât jusqu'au lit, pour qu'elle reconnût avec délices son pouvoir, et le désir que Frédéric avait d'elle.

Au printemps de 1892, Hubert dut s'apprêter à partir

pour le régiment. Il avait demandé à servir dans la cavalerie. On l'affecta à la garnison d'Orange.

Cet exil, pour rapproché qu'il fût, n'en était pas moins une amère perspective. Quelle chance avaient eue les Raynal, d'être réformés !... Son cousin Léon, incorporé l'année précédente, déclarait tout net que, pour lui, en ce qui concernait la vie militaire, les servitudes l'emportaient de très loin sur la grandeur.

— Quel beau dragon vous allez faire ! disait Ludivine, pour le consoler.

— Bah, tu n'en mourras pas, mon garçon, ajoutait Julia, Mogador t'attendra.

Mogador l'attendrait, certes. Mais la pensée de cette première longue absence déchirait Hubert. Chaque jour, il s'en allait, seul, pour de longues courses à travers le parc, qui prenait sous ses yeux, malgré les prestiges de la saison nouvelle, cet aspect indifférent et dépouillé des choses que l'on va quitter ; et, déjà, elles se détachent de vous...

Demain, ici, tout continuerait. On verrait se succéder les floraisons dans les parterres, s'épaissir les massifs pleins d'ombres mouvantes. Ce serait un autre été, un autre, encore, et un autre, qu'il ne verrait pas mûrir sur la maison. Trois ans, longs comme une vie...

— Ne soyez pas triste, cher Hubert, vous nous reviendrez vite, lui souriait Ludivine que le bonheur faisait compatissante.

Bravement, il rendait son sourire à la jeune femme.

— Mais, Ludivine, pensez donc, que deviendra Isabelle ?

L'enfant s'était prise pour lui d'une affection exigeante, autoritaire, qui amusait toute la maison.

— Comme elle te ressemble, Ludivine, remarquait Frédéric, observant sa fille. Elle sait ce qu'elle veut, déjà, et elle le veut bien. Regarde-la trépigner, et tendre ses bras, dès qu'elle aperçoit mon frère.

— Oh, elle est comme un petit animal. Hubert joue avec elle ; il lui passe tous ses caprices. C'est pour cela qu'elle le préfère. C'est comme pour Adrienne...

Oui, sans doute, la petite fille avait déjà ses préférences bien marquées. Elle faisait meilleur accueil à son oncle et à son père, à sa tante même, qu'à Ludivine. Frédéric s'en était aperçu. Parfois, obscurément, la pensée le traversait que c'était assez naturel, Ludivine se montrait si peu maternelle... « Elle n'est pas comme tant d'autres femmes » convenait-il, vis-à-vis de lui-même, avec une sorte de gêne, comme s'il eût commis une trahison à son égard.

Il se rappelait la vigilance de Julia, autour de leur enfance à tous ; il voyait Adrienne pouponner avec amour, et songeait aux jeunes mamans qu'il rencontrait chez elles, toujours penchées sur des têtes duvetées, berçant, dorlotant, caressant de fragiles petits corps...

Ludivine, cœur entier, cœur avare... Mais qu'il était enivrant d'être celui à qui ce cœur appartenait, de sentir cette passion attachée à soi, brûlante, avec de brusques jaillissements et des fraîcheurs de fontaine !... Exquis, aussi, et précieux, ce compagnonnage qu'elle avait su établir entre eux, cet intérêt qu'elle avait pris à tout ce qui l'intéressait.

— Frédéric, lui avait-elle murmuré, un jour : je crois que j'aime Mogador pour de bon, à présent, et non plus seulement parce que tu l'aimes.

Paroles qui résonnaient encore en lui comme une cloche profonde.

Peut-être viendrait-il un temps où, de même, l'amour de sa femme se projetterait un peu sur cette petite fille qu'il lui avait donnée... Il n'était pas très sûr de le désirer vraiment. Leur enfant, et ceux qu'ils auraient encore ensemble, Frédéric se sentait capable de les choyer, de leur donner tout leur dû de tendresse. Mais il était bien que Ludivine fût à lui seulement, à lui et à Mogador.

La petite Isabelle ne paraissait d'ailleurs pas souffrir de cet état de choses. Elle embellissait chaque jour, riait aux éclats dans les bras d'Adrienne. Avec une volonté surprenante chez une aussi jeune personne, elle savait obtenir de chacun l'intérêt, voire l'obéissance, qu'elle estimait devoir lui revenir.

Ludivine protestait quelquefois :

— Vous en faites un vrai tyran !...

— Quoi d'étonnant, ma fille ? Elle a de qui tenir, lui rappelait Julia.

Toutes deux s'égayaient de voir Hubert, le favori, penché sur les mousselines empesées du berceau. Charmant spectacle que celui du grand jeune homme attentif aux exigences de ce bout de femme embobeliné de blanc, dont les prunelles sombres se posaient avec gravité sur un monde à découvrir.

Ludivine se disait qu'elle n'eût jamais supporté de voir Frédéric ainsi absorbé.

Mais Frédéric, grâce au ciel, consacrait un temps raisonnable aux ébats de sa fille, et gardait à sa femme la place prépondérante.

Les semaines passaient. Vint celle du départ. Vint le jour où Hubert eut devant lui, sur le perron, la famille rassemblée. La tiédeur grisante de l'été proche palpitait dans l'air de mai. Un silence paisible enveloppait la maison dans le soleil. Vert brillant émaillée de blanc et d'or, la pelouse frissonnait à peine. Les buis taillés poussaient dru leurs jeunes rameaux. Les noisetiers épanouissaient leurs bourgeons aux teintes violâtres. Les iris foisonnaient... ce fleuve de hampes dressées, triomphal, courait et enroulait ses méandres à travers le parc. Jamais Mogador ne lui était apparu aussi beau dans sa parure de printemps...

Et Ludivine, donnant le bras à Mère, portait une nouvelle robe, d'un jaune très doux qui faisait ressortir ses cheveux moirés, son teint d'ambre chaud, et ses yeux de fée. Ceux qui l'entouraient voyaient-ils, comme lui, à quel point elle était jolie ?

Il lança un coup d'œil vers son frère. Frédéric écoutait les recommandations d'Adrienne, vérifiait le bagage d'Hubert, flattait le cheval, tirait sa montre... Dans quelques heures, après avoir déposé l'exilé à la gare de Tarascon, débarrassé des courses accoutumées, il dirait à Victor, comme une chose toute naturelle : « A la maison, maintenant » et rentrerait retrouver sa place entre les chères femmes, dans les murs familiers...

— En somme, ce n'est pas une séparation, dit Julia, qui attachait sur Hubert un regard dépourvu de sa causticité habituelle. — A la moindre permission, tu peux être ici.

— Bien sûr, Maman, acquiesça-t-il, la voix un peu tremblante.

— Allons, allons, garçon... le reprit-elle, avec raideur.

Mère comprenait toujours si bien... — Sauvé de l'attendrissement, il lui baisa la main.

— Dieu te garde, mon enfant, dit-elle, gravement, haussant sa frêle taille pour l'embrasser.

— Au revoir, Ludivine. Je vous en prie, faites en sorte qu'Isabelle ne m'oublie pas. Ce sera une jeune fille, quand nous nous reverrons.

Adrienne lui donna un baiser léger.

— L'eau de toilette est dans le nécessaire... Ah, tu trouveras aussi tes brosses...

— Voyons, ne te mets pas en retard. Il est grand temps, à présent, l'interrompit Frédéric, venant au secours de son frère... « L'eau de toilette, les brosses !... » Pourquoi pas les bottines vernies ?... Quelle étrange idée les femmes se faisaient-elles toujours de la vie militaire ?

La voiture s'engagea dans l'allée d'honneur. Penché à la portière, Hubert répondait inlassablement aux signes que lui adressait le petit groupe demeuré sur le perron : déjà, dans la lumière, on ne distinguait plus qu'une tache indécise.

Devant la grille ouverte, Juste attendait. Il ôta son chapeau de paille, et l'agita un moment, avant de refermer les deux battants.

La route s'ouvrait, blanche, poussiéreuse, infinie, entre la double rangée de platanes. Une dernière fois, Hubert se retourna, et dit adieu à son adolescence.

Peu de jours après, Adrienne et Ludivine se rendirent à Avignon pour commander leurs toilettes d'été. La récolte des feuilles de mûriers battait son plein, à Mogador. Il ne pouvait être question que Frédéric quittât la propriété pour les accompagner. Elles partirent donc seules. C'était la première fois qu'elles entreprenaient un tel déplacement sans escorte.

Le regret de s'éloigner de Frédéric était combattu en Ludivine par le sentiment d'importance que lui procurait ce voyage. Prendre le train, se diriger dans la ville, courir les fournisseurs, aller au restaurant, commander le repas, régler l'addition, constituaient une compensation d'envergure. Et aussi l'amusement de choisir à son gré des parures dont Frédéric aurait la surprise.

Ludivine savait parfaitement, d'avance, ce qu'elle voulait, et l'exprima sans hésitation à la directrice accourue dès leur entrée dans la maison de couture.

Adrienne, plongée dans l'admiration par une aussi éblouissante assurance, sollicita ensuite un conseil.

Sans désemparer, son jeune mentor donna ses ordres :

— Vous nous mettrez de côté le surah bleu paon...

— Mais, Ludivine, ne penses-tu pas que cette nuance fait un peu...

— Laisse donc, tu n'as aucune idée de ce qui te va... Ah ! cette moire gorge de pigeon aussi... et le taffetas lavande... celui-là, oui.

« Seigneur Jésus !... » priait en elle-même Adrienne à la fois effarée et ravie, pour qui tout le problème s'était situé jusqu'alors entre des tons neutres, discrets, si discrets ! et des façons si peu recherchées que nul n'eût jamais pu, au sortir d'une réunion, se rappeler le moindre détail de sa mise.

« *Une dame est quelqu'un qu'on ne remarque pas* », énonçait autrefois Mère Magdelaine-de-la-Croix, de sa belle voix noble qui faisait tourner tant de têtes parmi les élèves. Mais Ludivine avait toujours trouvé cet axiome contestable. L'avantage qu'il y avait à être jolie et délicieusement élégante, c'était au contraire que cela vous faisait remarquer. L'intérêt flatteur qu'elle voyait se lever dans les regards masculins, sur son passage, était comme un parfum complémentaire mêlé à ceux dont elle usait : « *Héliotrope blanc* » et « *Peau d'Espagne* » pour composer l'atmosphère dans laquelle elle aimait à se mouvoir.

Ayant soumis à sa loi le personnel et les salons de la couturière, obtenu l'essayage pour la date qu'elle exigeait, et commandé de surcroît bon nombre de colifichets, Ludivine passa ensuite chez la modiste.

Adrienne, éprouvée par le lever de grand matin, la voiture, le chemin de fer, le brouhaha de la ville, le défilé des tissus et des collections, opinait complaisamment, toutes velléités de résistance abolies :

— Tu as raison, ma chérie... En effet, ce sera charmant... Avec ma robe bleue, le chapeau Anne Boleyn est parfait... Celui-ci ? Oui ? Tu préfères ?... Moi aussi... — Et contemplait, méditative, ce petit chef de guerre dominateur, tel Bonaparte dressant le plan de sa campagne d'Italie... Celle-là savait d'instinct ce qu'il fallait faire, et le ferait toujours, qu'il fût question de fanfreluches ou de choses sérieuses. Jamais Adrienne ne l'avait aussi bien compris. Et certainement Mère l'avait deviné depuis longtemps, qui, à sa manière, lui témoignait en toute occasion une préférence clairvoyante, une amitié sans défaillances...

Vers midi, les deux belles-sœurs se retrouvèrent, lasses et mourant de faim, dans la rue étincelante de soleil. Tous leurs achats étaient terminés.

Elles allèrent prendre leurs repas à l'hôtel Lance où, de tout temps, la famille de passage dans la ville était venue se restaurer. Plusieurs fois déjà, Frédéric y avait amené sa femme. Le maître d'hôtel leur donna sa table habituelle, et s'informa de monsieur Vernet. Détendue, se trouvant moins dépaysée, Adrienne reprit quelques forces. Ludivine honorait d'un appétit de jeune ogresse le menu dressé par elle-même, avec un soin et une gourmandise éclairés qui devaient beaucoup aux leçons de Frédéric.

— A quelle heure est le train pour rentrer ? s'enquit Adrienne, en buvant son café.

— Environ six heures et demie, dit nonchalamment Ludivine, occupée à se représenter le sourire taquin et tendre de Frédéric devant les atours qu'elle revêtirait pour lui. Laquelle préférerait-il ? Allait-il les chiffonner, ces robes neuves ?...

C'était toujours ainsi, lorsqu'elle venait de se parer

avec un soin particulier, il l'inspectait en connaisseur, sifflotait doucement : « Voyons, tourne-toi... Très bien, très réussi... » Et alors, c'était presque immanquable, au moment où, rectifiant un pli, faisant bouffer ses jupons, Ludivine se pavanait avec fierté, il se jetait sur elle comme un loup affamé, l'étreignait, la serrait, la bousculait, froissait tout sans vergogne, comme à plaisir. L'expérience avait enseigné à Ludivine que protester ne servait à rien sinon à stimuler davantage l'ardeur dévastatrice de son mari. Mieux valait prendre la chose du bon côté — elle en avait un, à dire vrai — quitte à rappeler ensuite Eugénie pour réparer les dommages subis.

— Grand Dieu ! mais qu'allons-nous bien pouvoir faire jusque-là ? As-tu une idée ?

— Aucune... Et toi ? dit à regret la jeune femme, arrachée à ses imaginations.

Adrienne cherchait avec une application désespérée.

— Eh bien... nous pourrions peut-être... — Elle hésita. La proposition était si peu engageante ! — ... rendre visite à Thérèse Mazaud.

— Tu es folle ?... Voyons, ma chérie, s'empressa-t-elle d'ajouter, voyant rougir la sensible Adrienne, je t'ai entendue, toi-même, convenir devant Mère que c'est une épouvantable pécore, laide à faire peur, prétentieuse, méchante.

C'était là une traduction plutôt approximative de la manière de s'exprimer propre à sa belle-sœur.

Adrienne ne put s'empêcher de sourire.

— Bien sûr, elle manque beaucoup de simplicité. Et je ne la crois pas très bonne... Mais que veux-tu ? Nous n'avons pas le choix. D'autre part, c'est une occasion. Nous lui devons cette visite depuis si longtemps.

— L'horrible créature ! Je ne sais pas comment tu peux la supporter. Quand je pense qu'elle a fait les doux yeux à ce pauvre Hubert ! Non... mais la vois-tu, installée à Mogador ?

— Oh ! il n'y a jamais eu le moindre danger, dit Adrienne, placide.

« Naturellement, il était bien trop amoureux de moi !... » faillit répliquer Ludivine. Elle arrêta son élan de justesse et se mordit les lèvres. Ce n'était pas une chose à dévoiler à sa belle-sœur. Quoique, à vrai dire, ce ne fût pas de sa faute... Elle n'avait jamais rien fait pour cela. Pas la moindre coquetterie à se reprocher. Non, même en s'examinant bien... Mais enfin, ce n'était pas si désagréable, cette muette idolâtrie. Pauvre gentil Hubert !... Pensait-il encore à elle, là-bas ?... Bien entendu, cela ne faisait guère de doute. Mais savait-on ? C'eût été amusant de s'en assurer.

Elle se regarda à la dérobée dans la glace placée derrière leur table. Sa robe paille qui lui allait si bien, et sa toque garnie de pensées !... Oh ! il fallait, il fallait... Orange n'était pas si loin, après tout... Si l'on pouvait y aller... Consulter un horaire... On pouvait très bien reprendre le train directement, là-bas, pour Tarascon... Amener Adrienne à y consentir, sans avoir soi-même l'air de le désirer... Tout un plan s'ébauchait avec rapidité dans sa tête...

A trois heures et demie, elles débarquaient à Orange. La petite ville était morne, endormie sous le soleil. On leur indiqua le chemin de la caserne. Cela semblait affreusement loin. Ludivine ne tenait pas à gâcher sa toilette dans la poussière, non plus qu'à paraître à son désavantage. Elle arrêta un fiacre. Toutes deux s'installèrent, ouvrirent leurs ombrelles, en silence, Ludivine dissimulant le plaisir de son triomphe sous un air de détachement, Adrienne, persuadée d'avoir accompli un coup de tête, partagée entre l'émoi de son escapade et la joie d'aller revoir son frère.

Leur arrivée devant la grille du quartier provoqua une certaine sensation parmi les hommes du corps de garde. Après de laborieux pourparlers, un planton s'en fut chercher un jeune lieutenant de belle mine. Adrienne répéta timidement leur requête que Ludivine accompagnait de son sourire le plus enjôleur. Un autre planton fut dépêché, tandis que l'officier priait les jeunes femmes de s'asseoir. On les laissa seules.

La salle était petite, sombre, assez inconfortable. Un soldat entra qu'elles dévisagèrent, béates... Il demeurait sur le seuil, clignant des yeux, ébloui par le brusque passage du grand jour à cette lumière avare.

Adrienne se reprit la première :

— Hubert ! dit-elle, doucement, la gorge serrée. « Ses cheveux taillés, coupés en brosse... et cet accoutrement ! Doux Jésus ! si Maman le voyait ! Elle, si fière de ses garçons. »

Gauche, il s'avança.

— Adrienne ! Ludivine ! Mais comment êtes-vous ici ? Oh ! mes chères, mes chères, vous ! Ce n'est pas possible.

— Eh bien, Hubert, rit Ludivine, êtes-vous content ? N'est-ce pas une bonne surprise ?

Ce joli rire de clochettes, il semblait à Hubert l'avoir entendu tinter, bien des années auparavant, dans une vie déjà presque oubliée.

— Tu ne nous embrasses pas, reprocha tendrement Adrienne.

Le regard du jeune homme allait de l'une à l'autre, comme incrédule.

— Pardonnez-moi, toutes les deux. Il me semble que je rêve... Et puis, ajouta-t-il, assez bas, je me sens si emprunté... si ridicule.

« Pour ridicule, il l'est », constatait Ludivine. Le malheureux, comment l'avait-on affublé ?

— Nous sommes en tenue de corvée, expliqua-t-il, pauvrement.

— Je comprends, dit Adrienne, au hasard.

Gênés, ils restaient tous trois, ne sachant que dire.

Pourquoi étaient-elles venues ? C'était exquis et désolant de les revoir. Depuis dix jours qu'il était arrivé, Hubert se sentait couler peu à peu dans les ténèbres d'un puits, avec la passivité, la résignation de celui qui, à demi noyé, entend à ses oreilles le bourdonnement apaisant de l'asphyxie, et cesse de se débattre. Leur vue lui rendait soudain plus sensibles sa misère, son éloignement de tout ce qui, jusqu'alors, avait été son univers.

Elles étaient là. Adrienne et son doux visage attentif, Ludivine dans cette même robe qu'elle portait le jour du départ. Il reconnaissait son parfum, léger et pénétrant.

— Je me fais l'effet d'un mendiant, auprès de vous deux, dit-il, d'un ton où la plaisanterie sonnait faux.

— Allons, Hubert, asseyez-vous, et n'y pensez plus. N'est-ce pas bon d'être de nouveau un peu ensemble ?

Ludivine serra ses jupes pour lui faire une place sur le banc.

En effet, elle avait raison. Il se glissa entre elles avec bonheur. Peu à peu, en écoutant leur bavardage, il sentait se désagréger ce mur invisible que déjà l'absence avait bâti autour de lui.

« ... Mère allait bien, depuis son départ. Mais évidemment, on était toujours à la merci d'une imprudence. Et Dieu sait si elle en commettait. Oui, Mère était une enfant terrible, elle ne changerait jamais. »

Aucun d'eux ne s'avisait qu'il n'y avait vraiment aucune raison pour qu'elle eût changé, en si peu de temps.

« ... La récolte du mûrier se faisait bien. Les vers à

soie auraient à manger. Frédéric était toujours satisfait du baïle. Il y avait une portée de chiots, qui promettait ; *Miranda* attendait toujours son poulain... » Ludivine n'avait pas encore décidé quel nom elle lui donnerait :

— Cela dépendra de sa robe, vous comprenez.

Hubert hochait la tête.

— Et ces mariages ? Cela s'approche. Avez-vous choisi vos robes ? Serez-vous belles ? Quel dommage que je ne puisse vous voir.

Ludivine décrivit les siennes : elle serait en vert pour les noces d'Elise, et garderait la robe lilas pour celles d'Emilie. Elle se faisait une fête d'y assister. Ce serait si bien, à la Sarrazine... Oui, il était malheureux qu'Hubert ne pût y venir...

— C'est vrai, murmura Hubert, mélancolique. J'aurais beaucoup aimé être auprès d'Emilie, ce jour-là. Chère Emilie... Je souhaite qu'elle soit heureuse. Tu le lui diras pour moi, Adrienne, n'est-ce pas ? Pensez-y bien. Mais, ajouta-t-il, avec un sourire navré, me voyez-vous, en troupier, parmi toutes ces élégances ?

Non, bien sûr, Ludivine ne le voyait pas. Elle l'avoua tout uniment, croyant le réconforter.

Une amertume cruelle submergea Hubert. Un paria, au milieu des siens, voilà ce que le régiment faisait de lui. Il souhaita de toutes ses forces être seul à nouveau, allongé sur sa paillasse, dans la chambrée bruyante, parmi ceux à qui il ressemblait maintenant.

L'expression du visage de son frère fit mal à Adrienne.

— Mon petit... — Elle caressa la pauvre tête.

Hubert redressa ses épaules.

— Bah ! ce n'est pas si terrible. Les hommes sont de bons bougres pour la plupart. Je m'y ferai. Une habitude à prendre, voilà tout. D'ailleurs, je ne resterai pas longtemps dans le rang. Je vais suivre le peloton.

— Mais oui ! Certainement ! approuvaient Ludivine et Adrienne, avec une conviction telle, un empressement si évident, qu'ils creusaient un peu plus profond la blessure au cœur d'Hubert.

Adrienne en eut l'intuition. Elle se leva, imitée par Ludivine qui trouvait l'entrevue sans charmes, et le temps long.

— Vous partez ?

Elles s'excusèrent : la gare était loin... Il ne fallait pas s'exposer à manquer le train...

— Mais oui, bien sûr, approuvait Hubert, à son tour.

Il les regarda remonter en voiture, derrière la grille, puis s'en alla. De loin, elles ne virent plus qu'un soldat mal vêtu qui traversait la grande cour. Il disparut au coin d'un bâtiment sans s'être retourné.

Le fiacre les ramena le long de l'avenue triste, dans un clop, clop, claquant de sabots.

— Oh ! ma chérie, que j'ai de la peine de l'avoir vu ainsi ! Je crois que je regrette d'être venue. Mon pauvre petit frère...

Ludivine serra gentiment la main de sa belle-sœur, mais ne répondit pas. Son esprit volait vers Mogador. Là-bas, la journée de travail s'achevait ; Frédéric devait songer à rentrer à la maison afin de se préparer. Tout à l'heure, il commanderait la voiture... Chaque minute écoulée la ramenait vers lui. Et déjà, elle imaginait sa haute silhouette sur le quai, son visage entre la foule des visages, et le sourire qu'il aurait.

11

Y eut-il jamais mois de juin plus magnifique ? Toutes les parures de l'été éclosent et croulent autour de Mogador, dans la chaleur montante, sous le profond désert bleu du ciel.

Jamais on ne vit tant de réunions. Jamais Ludivine ne s'est autant amusée. Le voisinage est pris d'une folie de fiançailles, de soirées, de réceptions, de fêtes. Un peu rétif, au début, Frédéric s'en est accommodé à merveille. Il danse, rit, plaisante, très en faveur auprès des femmes. La cour légère et brillante qu'il fait à toutes, Ludivine ne peut s'en trouver lésée.

Et les retours en voiture, dans la nuit qui blanchit et se teinte d'une lueur d'aube...

Assise contre lui, elle laisse rouler sa tête décoiffée sur l'épaule de son mari dont l'étreinte se resserre, dans l'ombre, autour de sa taille, tandis qu'ils conversent avec Adrienne des événements de la soirée.

Il semble bien que le bonheur soit là. Peut-être dans ce frémissement que l'on sent parfois monter en soi, sans bien savoir... Si l'on avait le temps d'y réfléchir... Mais pourquoi, après tout ? Il n'est que de prendre et prendre encore tout ce que le temps vous offre. Et chaque jour est beau, mais chaque nuit est plus belle ; et, dans la chambre ouverte sur le ciel nocturne, elle est reine d'un miraculeux et tremblant royaume, entre les bras de Frédéric.

Voilà donc Elise mariée, elle aussi. Comme elle était charmante, sous ses voiles. Mme Daubenois a toujours su habiller sa fille, c'est une justice à lui rendre... Mais Ludivine rit encore des airs de cane affairée de la bonne dame, en cette occasion solennelle.

Par exemple, qu'est-ce donc qu'Elise a bien pu découvrir chez le docteur Royer, pour être allée en tomber amoureuse ? Il ne ressemble guère au modèle dont s'inspiraient autrefois ses rêves. Peut-on manquer à ce point de « chic » et d'assurance ? Mais Frédéric s'est pris de sympathie pour lui ; il prétend que c'est un homme de valeur... En tout cas, c'est l'affaire d'Elise. Quant à Ludivine, cela lui est bien égal. Elle a découvert qu'il est infiniment plus amusant d'être invitée au mariage des autres, que dc voir célébrer le sien propre.

— Mon mari chéri, je crois que, de ma vie, je ne m'étais autant divertie, a-t-elle confié à Frédéric, au lendemain des noces d'Elise.

— Je m'en suis aperçu, réplique-t-il, laconique.

Il est furieux contre lui-même. Quelle bêtise de paraître, en la soulignant, prendre au sérieux la conduite de Ludivine. Mais enfin, il ne se rappelle pas l'avoir vue aussi inconséquente... Ce fat d'André Marquet-Rageac... Il tournait autour d'elle avec une insolence... Frédéric n'est pas un mari jaloux. Le personnage est odieux et ridicule, et, certes, il ne s'abaisserait pas... D'ailleurs, il est flatteur, lorsqu'on la sait bien à soi, de voir tant d'empressement autour de sa femme ; de constater, sans fausse modestie, qu'elle est mise à ravir, et follement séduisante, qu'elle s'entend à mener avec esprit un bataillon d'admirateurs... Encore faut-il, cependant, que ces admirateurs restent dans leurs limites de soupirants, et ne se targuent point, plus ou moins ouvertement, d'une faveur que cette évaporée ne songe même pas à leur dénier.

Faut-il faire des remontrances à Ludivine ? Lui laisser comprendre que... ? Non ! Frédéric ne peut s'y résoudre. Elle est encore tellement enfant, par certains côtés, pense-t-il, en la regardant boire son chocolat avec ces mines de félin gourmand qu'il trouve si drôles...

Elle pose sa tasse, et déclare innocemment :

— Quel aimable causeur que maître Marquet-Rageac ! C'est vraiment un homme du monde accompli. On ne s'ennuie pas un instant, avec lui. Et il danse bien, tu sais. Presque aussi bien que toi, mon chéri.

Frédéric demeure insensible au compliment.

— Aimable causeur ? Oui, ma foi. Plus de langue que de cervelle.

Ludivine éclate de rire :

— Eh, mon Dieu, n'est-ce pas juste ce qu'il faut pour réussir, dans son métier ?

Il rit avec elle, et reprend, désinvolte :

— Sa sœur est bien belle. J'ai beaucoup aimé la robe qu'elle portait. C'est le type le plus pur de la fille d'Arles...

— Oui, coupe promptement Ludivine. Mais elle est sotte à décourager le plus rustre des gardiens.

— Allons, allons... la tance Frédéric, une note de triomphe dans la voix, devant cette mise en garde brusquée. Voilà bien les femmes ! Impossible de faire devant l'une le moindre éloge d'une autre... Bon Dieu, mon amour, il est entendu que tu es jolie, adorable, spirituelle, au-delà de tout ce qu'on peut rêver, et, de surcroît, douce et charitable comme pas une. Mais je t'en prie, laisse-moi espérer pour mes contemporains que l'on peut dénicher, en cherchant bien, quelques rarissimes échantillons féminins de beauté, ou d'intelligence, à part celui que j'ai le privilège de posséder.

Vexée, Ludivine frappe du pied.

— Assez ! Tu es trop bête !

— Autant que Marceline Marquet-Rageac ?

— Ecoute, Frédéric, comment peux-tu parler ainsi ? Ne sois pas injuste à plaisir ! Ai-je jamais dit quelque chose sur Elise ? Ou Caroline, ou Blanche ? Ou Lucile du Roveret, ou Léontine Arnal, ou Mme Lallier, ou...

— Bon, bon, cela suffit, pitié ! — Interrompant cette énumération véhémente, il la prend sur ses genoux. — Bien sûr, ça, c'est la famille. Ou alors, ce sont de charmantes femmes timides et effacées, qui n'auront jamais la moindre chance de te porter ombrage. Mais les jeunes filles... Ah ! nous ne sommes pas tendres, pour les jeunes filles... nous ne leur faisons pas grâce aussi facilement !... Allons, mon cœur, avoue que tu ne les aimes guère, badine-t-il, les lèvres posées sur le doux velours de la peau.

Ainsi cajolée, embrassée, Ludivine signerait, sans un regard, les pires pièces de son procès.

— Elles courent toutes après les hommes, avec des airs de sainte nitouche. Cela m'agace.

— Oui, renchérit Frédéric, tu ne permets pas qu'on braconne sur tes chasses.

Avec une satisfaction hypocritement contenue, il voit s'empourprer le petit front qu'il surveille.

Ludivine cherche une réponse, mais l'indiscutable vérité de l'affirmation la laisse souffle coupé. Comment expliquer que tout cela ne compte pas réellement ? Seule avec lui, dans l'île de Robinson, elle se sentirait parfaitement heureuse. Le cœur gros d'être si mal comprise, elle se plaint :

— Oh ! Frédéric, pourquoi es-tu si méchant ?

La peine sincère qui perce dans sa voix met en déroute la combativité de Frédéric.

— Hélas ! Madame, dit-il, la berçant contre lui, vous avez épousé le plus sombre individu échappé de l'enfer. Prenez votre parti en chrétienne, et priez Dieu qu'il lui pardonne et vous en débarrasse.

Cramponnée à son cou, elle murmure :

— Tu es détestable... détestable !...

— Bien sûr, admet Frédéric, encore contrit, mais qui, pour un peu, recommencerait. Et... tu me détestes, n'est-ce pas ?

— Oh ! dit Ludivine, éprouvant la nécessité de

ménager, au moins pour l'avenir, sa dignité défaillante, il est probable que cela viendra un jour.

C'est pour Emilie Angellier qu'après-demain, les cloches vont carillonner. Emilie qui épouse un ami de son frère. (Beau nom, polytechnicien, grosse fortune, grand avenir, ont chuchoté les dames, derrière leur éventail, dans tous les salons de la région, depuis que l'on a annoncé le mariage.) Et s'en va vivre à Paris tout comme Edmond, parti depuis un an, déjà.

La Sarrazine sera lourde aux épaules de l'oncle Constant et de la frêle Blanche. Mais on dit que le mariage de celle-ci doit suivre de près celui de sa sœur aînée. Bientôt, Léon Vernet viendra prendre les responsabilités.

Ludivine roule tout cela dans sa tête, en surveillant Eugénie qui prépare les bagages. Et Edmond ? va-t-il enfin se décider à demander Caroline ?...

— Doucement, Eugénie, fais attention, voyons, tu froisses les dentelles. — Qui sait si on la lui aura donnée comme cavalière... Mais peut-être le « futur » a-t-il une sœur ? — Oui, la robe de broché à fleurs, et la robe lilas. Tiens, passe-la-moi.

» ... Regardez, Mère, comme je serai belle, dit-elle à Julia venue s'asseoir dans la chambre, qui inspecte les préparatifs. La verte à fleurettes blanches pour la soirée de contrat, et celle-ci pour le jour des noces. Qu'en dites-vous ?

— Assez réussie, concède la vieille dame. Bien suffisamment, en tout cas, pour commettre des ravages dans les faibles cœurs de ces messieurs, n'est-ce pas, petite ? Nous sommes du même avis sur ce point ?

Oh ! Seigneur ! Si elle aussi...

— Mais Mère, qu'y puis-je ? Ils sont tous après

moi... Ce n'est pourtant pas de ma faute... Faut-il les rebuter ?

Julia rit de son petit rire sec.

— Il n'y a pas de règle du jeu bien fixe, ma chère. Non, il n'est pas mauvais d'offrir à Frédéric le piment d'une très légère ombre d'inquiétude. L'admiration des hommes est le meilleur miroir dans lequel nos maris nous voient. Le délicat est de garder la mesure... Question d'adresse, de doigté... Cette science-là, c'est à ton âge qu'on la possède, ou jamais... Allons, je ne suis pas en peine pour toi.

Ludivine lance à sa belle-mère un coup d'œil chargé de reconnaissance. Comme il est reposant de trouver enfin quelqu'un qui parle la même langue... Leurs regards se croisent une seconde, lourds d'une entente silencieuse.

Julia sourit, et raille :

— Maintenant que te voilà nantie de ma bénédiction, tu vas courir vers le mal d'un pied léger, j'imagine ?

Elle y court, en effet, toute joyeuse, bavarde, surexcitée, au rythme vif de la voiture qui l'emmène quelques heures plus tard vers la Sarrazine, entre Adrienne et Frédéric. Ils ont laissé passer la grande chaleur du jour. Le soleil décroît. L'ombre encore chaude gagne peu à peu les champs, et fonce le vert des pins profilés, çà et là, sur la ligne de collines qui ondule sur le ciel plus bleu du soir. Tournesols et maïs se succèdent, entre les haies de cyprès taillés.

— La campagne est verte, par ici, remarque Adrienne.

— Ils ont l'arrosage.

— Mais la vigne n'est pas aussi avancée qu'à

Mogador. Regarde, Frédéric, dit Ludivine avec vivacité.

Il hoche la tête.

— Oui, nous ferons une belle année, si ce temps continue.

Une belle année... Ils échangent un sourire plein de gravité, de compréhension. Mari et femme... Eux deux, et leur force d'être deux, en face des autres.

Adrienne qui les observe sans qu'ils y prennent garde, sent cela. Et son âme dénuée de jalousie, un instant s'étonne d'éprouver de l'envie...

La voiture traverse Maillane. Le bruit des roues résonne dans cette paix villageoise. Des enfants jouent sur le pas des portes. Frédéric les considère, pensif. L'été commence à peine. Tant de beaux jours, dont la promesse est devant eux... Pourtant, déjà, le solstice est passé.

— Ce soir, il fera nuit un peu plus tôt qu'hier, dit-il à mi-voix.

Ludivine lève les yeux vers lui. Pourquoi la bizarrerie de ces soudaines poussées de mélancolie ? Quel besoin de gâcher la douceur du moment ? Se pourrait-il qu'il ne la goûtât pleinement qu'à la sentir fugace, et, d'avance, condamnée ? Elle étouffe un soupir impatient. Comme les êtres sont insaisissables. On passe sa vie à les chercher, à se faire une image d'eux, et, sans cesse, ils en diffèrent. Ce que l'on bâtit s'écroule à mesure ; il faut recommencer... Elle pose sa main sur celle de Frédéric, comme pour mieux assurer sa fuyante possession.

— Qu'importe ? N'y pense pas. T'en apercevrais-tu, si tu ne le savais pas ? Non, bien sûr... Enfin... pas tout de suite. Alors ?...

Il rit un peu de ce raisonnement.

— Mais puisque je le sais...

— Sottises !... affirme Ludivine, résolue. Tu sais aussi qu'il fait beau, qu'il fait chaud, que nous allons arriver dans une maison en fête, que nous danserons demain, après-demain, et... oh ! Frédéric, tu verras comme ma robe me va bien.

Il l'enveloppe de ce regard mêlé d'ironie et de tendresse qui la troublait si fort, naguère. Dure, sans partage, si positive et enfantine à la fois, dans son chimérique attachement aux biens les plus palpables de ce monde... avec ses défauts qu'il connaît bien, elle est celle qu'il a voulue. Et, tout fût-il à recommencer demain, il n'en voudrait aucune autre.

— Ah ! la fameuse robe ? dit-il, taquin... Et toi, Adrienne, tu seras belle, aussi, je pense ?

Adrienne explique qu'elle l'espère, qu'elle est contente de sa toilette, que, d'ailleurs, c'est Ludivine qui...

Ensemble et séparés d'elle, ils se sourient, cruels sans le vouloir. La jeune fille les regarde boire à cette source mystérieuse qui semble couler pour eux seuls... et termine court sa réponse que nul n'écoute.

La nuit tombe sur la Sarrazine. C'est le soir des noces. Le repas est enfin terminé. On va danser, tout à l'heure. Accoudée à la fenêtre de sa chambre, Ludivine regarde s'allumer, un à un, les reflets roses des lampions sur les feuillages assombris de crépuscule. Quelques couples — habits noirs et robes à traînes — passent et disparaissent entre les arbres du parc. Un reste de jour attardé luit encore au fond du ciel, derrière les branches. Sur la terrasse aux larges dalles polies par l'usure, un orchestre s'accorde en sourdine. Le son des instruments se mêle à la mélopée des grillons cachés. Un rire léger de jeune fille monte vers Ludivine et se perd dans le calme de l'ombre. En se penchant, elle distingue à peine deux silhouettes rapprochées, sous la glycine qui retombe au-dessus du banc de pierre, contre les marches du perron.

Quel goût fade lui laissera aux lèvres cette fête dont elle s'était tant promis... L'insipide cavalier qu'on lui a donné, ce Maurice de Clarens, raide, gourmé, dépourvu de toute conversation...

— A quoi rêvez-vous, belle dame, à votre croisée ?...

Cette voix connue...

— Oh ! c'est vous ? s'étonne Ludivine.

— Mais oui... J'arrive d'Aix. Une affaire à plaider, malheureusement... Mais écoutez donc, on prélude ! Venez, la mariée va ouvrir le bal...

— Je descends, dit Ludivine, radieuse. Elle virevolte et s'élance vers son miroir. Sur le seuil de la porte, Frédéric, immobile, la regarde :

— Je ne savais pas que tu étais montée. Je t'ai cherchée en bas. Avec qui parlais-tu ?

— Avec André Marquet-Rageac.

— Il est là ?

— Il vient d'arriver.

Frédéric ne fait aucun commentaire.

— Tu es bien jolie, ce soir, murmure-t-il, seulement, comme à regret.

— C'est vrai ? Tu trouves ? Tournée vers lui, dans la lueur blonde de la lampe, elle offre son visage. Mais il ne semble pas s'en soucier.

— Peux-tu me laisser un instant l'usage de la glace ?

— Pour quoi faire ?

Déçue, elle le taquine.

— ... Tes cheveux sont irréprochables, ta cravate

aussi... Tu es beau comme Adonis. Pour qui donc tiens-tu à t'en assurer ?

Peut-être aurait-il, lui aussi, une question de ce genre à poser. Question trop amère pour son orgueil. Il la ravale. Et, s'asseyant :

— Pour toi, ma chère, dit-il, sans douceur.

— Je l'espère bien, mon chéri.

Comme il est étrange, ce soir ; Ludivine ne le reconnaît plus. Elle passe derrière le fauteuil, pose ses mains fraîches sur le front où se marque un pli, le caresse, le lisse du bout des doigts...

— Tu ne veux pas m'embrasser ?

Pas de réponse. Il la considère un instant, saisit son poignet, et, d'un mouvement sec, l'attire contre sa jambe.

— Belle, provocante, dangereuse... C'est bien cela, n'est-ce pas ?

Interdite, Ludivine ouvre de grands yeux. Sous le baiser presque brutal, elle vacille.

D'en bas, monte la musique d'une contre-danse.

— Allons, va, dit Frédéric, sans plus la regarder.

La face de la soirée a changé pour Ludivine qui déploie tout son charme capricieux, entourée d'un cercle d'admirateurs. Parmi eux, Marquet-Rageac marque un avantage incontestable, et s'en pare, d'ailleurs, avec une certaine ostentation.

— Ludivine est vraiment irrésistible. Quel triomphe, ce soir, mon cher ! Dieu me pardonne si elle n'est pas en train d'enchaîner André. Voyez-vous cela ! Notre briseur de cœurs...

Un spectacle dont Frédéric se passerait volontiers, à vrai dire. Mais il ne peut l'empêcher de fixer toute son attention. La fine pointe lancée par Laure s'est enfoncée en lui comme une vrille...

Les heures passent, cependant. Les mariés se sont retirés. On a servi le souper dans la roseraie. Un peu de lassitude traîne dans l'atmosphère. Les danseurs sont moins nombreux. Certains ont gagné l'ombre du parc. Les conversations se font plus graves. Le nom de Panama, jeté par quelqu'un, a rassemblé instantanément un cercle. Le scandale est trop brûlant pour ne point passionner tous ces hommes d'une province où chacun a, de naissance, le goût et le sens romains de la politique. Groupées en chatoyantes gerbes, les dames peuvent bien encore jouer de l'éventail, et lancer un feu d'artifice de jolis rires, afin de ramener à elles l'attention de leurs cavaliers : danses, galanteries, tendres intrigues, tout est oublié, dans l'ardeur de la discussion.

Ecoutez-les, se moque Caroline : « ... *Opposer un barrage solide à la poussée républicaine... La menace socialiste... Les utopies de Jules Guesde... La trahison des ralliés... Albert de Mun... Des complicités jusque dans le ministère... La faillite de la Compagnie... Les listes...* »

» ... Comme c'est intéressant ! Ah ! Sainte Vierge !... Je voudrais pouvoir vider toutes leurs pauvres cervelles de ces absurdités. Dans quarante ans d'ici, s'ils contemplent un clair de lune pareil, par une nuit aussi douce, ils hocheront leurs vieilles têtes en regrettant l'âge où ils pouvaient parler d'amour. Ils ne se souviendront plus des noms de messieurs de Lesseps, Cottu, ou Baïhaut, mais des nôtres... et ils nous appelleront au fond de leur mémoire.

» ... Seulement, où serons-nous, alors, mes belles ? D'autres danseront sous les arbres, avec des visages sans rides, et des robes qu'ils ne reconnaîtront pas...

» ... Je ne parle pas pour toi, Blanche, ajoute-t-elle,

devant le regard interdit, attristé, que la jeune fille pose sur elle. Nous aurons perdu toutes nos dents que tu seras encore un enfançon, et mon benêt de petit frère, un jeune fou.

« *Perdu toutes nos dents !* » Grand Dieu, à quoi va-t-elle penser là ? s'épouvante Ludivine. Comme si l'on pouvait déjà voir approcher un jour où... Comme si l'on pouvait seulement s'arrêter à cette idée !... Devenir vieille aux yeux de Frédéric, ah ! Dieu ! Mais sans doute Caroline n'est-elle pas heureuse aujourd'hui.

Et ils sont tous, là-bas, à s'échauffer pour cette extravagante histoire... Le ton a monté de telle sorte qu'on pourrait, aux éclats de voix, suivre de loin ce qu'ils disent.

Tiens ! même ce Maurice de Clarens, si terne, tout à l'heure, si peu loquace :

— Et voilà le visage que nous offre leur République ! Ah ! si les princes pouvaient comprendre combien l'occasion leur est favorable !... Un manifeste de Monseigneur ferait grand effet. Il emporterait l'adhésion du pays.

Le bruissement des feuilles caressées par le vent de la mi-nuit accompagne cette éloquence. L'odeur des tilleuls domine, par instants, parmi tous les parfums mêlés qu'exhale le parc. Un peu à l'écart, adossé contre le gros marronnier rose, Frédéric suit ces discours sans y participer.

« Il a raison », se dit Ludivine : « Qu'avons-nous à voir avec un gouvernement, monarchie ou république ? Est-ce que cela changera le ciel et les saisons ? Qu'est-ce qui importe, à part Mogador ? Et pourvu que les récoltes soient belles et se vendent bien... L'Etat, quel qu'il soit, il faudra toujours lui payer des impôts... Mais au fond, tout le monde sait ça, et ils pérorent seulement pour le plaisir. »

— La concussion parlementaire est un mal inhérent au régime. Nous le lui devons, mais ne nous en plaignons pas trop : sans doute finira-t-il par en mourir un jour.

— Je regrette de vous voir ériger en règle quelques exceptions navrantes, mon cher ami...

— Oh ! C'est cela, à vous, Marquet-Rageac, défendez vos compères ! Tout le monde sait bien que vous votez à gauche, ironise Auguste Sabrier.

— Je ne désire en aucune manière faire mystère de mes convictions. Mais la question n'est pas là. J'estime que l'honneur de nos représentants met en jeu le nôtre, après tout, celui de la France. Il serait d'une injustice, d'un parti pris, indignes de notre bonne foi, de généraliser sous le terme insultant de « concussion parlementaire » les erreurs ou les défaillances plus ou moins prouvées, j'insiste là-dessus, plus ou moins prouvées, de quelques-uns.

— Bravo !... dit soudain Frédéric, d'une voix si parfaitement nonchalante qu'elle atteint à la plus sûre insolence. Bravo ! Nous savions déjà qu'un avocat est professionnellement au service de la canaille. N'importe, il est touchant de voir votre témérité voler au secours d'une cause indéfendable, avec des effets de prétoire pour seuls arguments.

Une stupeur unanime accueille les paroles qu'il vient de prononcer. On lui connaît la dent dure, mais, cette fois, la raillerie semble passer les bornes. Marquet-Rageac, lui-même, tarde à réagir.

Frédéric tire sur sa cigarette avec calme :

— ... Si l'on ne vous connaissait, on pourrait prendre ça pour le résultat d'une incorruptible candeur.

— Il est fou, souffle Georges, consterné, à l'oreille de leur ami Caussade, qui hausse les épaules.

Blême, l'air mal assuré, André Marquet-Rageac fait un pas au-devant de l'interlocuteur.

— J'aime à croire, mon cher Vernet, que vous n'êtes pas en ce moment dans votre état normal, sans quoi je...

— Mais non, il n'est pas dans son état normal. Il ferait beau voir qu'il y fût, le soir du mariage de sa cousine ! Vous en avez de drôles, André !... s'interpose Caussade, empoignant la perche tendue. Et ni vous, ni moi, n'y sommes non plus, tenez-le pour certain.

L'air détaché, un irritant demi-sourire aux lèvres, les yeux froids, Frédéric paraît suivre la scène en spectateur.

Revenus de leur surprise, les autres s'empressent à la rescousse, multipliant les plaisanteries. Calmé, l'avocat se laisse raisonner, circonvenir, entraîner vers la terrasse où l'orchestre reprend.

Ludivine valse aux bras d'un lieutenant de hussards. Sa jupe lilas se balance, tour à tour irisée et glacée, au reflet des lampions et sous le clair de lune.

Eugénie achevait de défaire les bagages, lorsque Frédéric entra.

Ludivine lui jeta un regard à la dérobée, et soupira. Il avait toujours ce visage fermé qu'elle lui avait vu, la nuit du bal, lorsqu'elle l'avait enfin retrouvé, après l'avoir recherché partout, avec Raoul.

Cher Raoul, comme il avait été bon, malgré son apparente brusquerie :

— Ludivine, il vous faut tout de suite rejoindre et emmener votre mari. Il est homme à faire, ce soir, n'importe quelle folie. Ce n'est certes point de sa faute s'il n'a pas déjà, sur les bras, une affaire avec Marquet-Rageac...

— Frédéric ? Une affaire ?

D'un seul coup, aux oreilles de la jeune femme, la musique s'était affaiblie jusqu'à n'être plus qu'une sorte de bourdonnement au sein duquel elle continuait à se laisser porter sans y prendre garde, soutenue par le bras de son cousin.

— ... Vous voulez dire... un duel ?... Avec Marquet-Rageac ? Mais pourquoi ?... Oh ! Raoul, pourquoi ? Que s'est-il passé ?

Gêné, il demeurait sans réponse.

— ... Ils se sont disputés ? Vous parliez tous si fort, tout à l'heure. Cette maudite politique !... Vite, vite, descendons ! Dites-moi où vous l'avez laissé... — Elle l'entraînait vers le parc, hors du cercle des danseurs. Sa main se crispait sur le bras de Raoul.

— ... Il faut le trouver ! Je l'empêcherai bien... Oh ! Dieu... Les hommes ne peuvent donc jamais rester tranquilles ?... Se quereller pour Panama !...

Ils atteignaient le couvert des arbres. Impatiente, Ludivine allait devant, sans trop savoir où, courant presque.

— Etes-vous folle ? Il s'agit bien de Panama !... lança Raoul, brutalement.

Les yeux dilatés, elle se retourna vers lui. Il distinguait mal le petit visage noyé d'ombre, dont, peut-être, l'angoisse l'eût apitoyé, l'eût-il vu en pleine lumière.

— ... Connaissez-vous assez peu votre mari pour le croire capable de rompre en visière pour de pareils moulins à vent ? Nous ne sommes pas des Parisiens qui se battent comme ils font des mots !

C'est à ce moment qu'elle avait compris : pour elle, c'était pour elle !... C'était cela, l'explication que Raoul ne pouvait lui donner. Frédéric... Il avait cherché ce danger, à quelques pas d'elle, à son insu... Jaloux !... Il pouvait donc être jaloux !... Et si fort, si démesurément ! Mais comment avait-il pu croire... ? Oh ! Dieu, se jeter dans ses bras, le rassurer...

« Frédéric, mon amour !... »

C'était déchirant et exquis à la fois de se découvrir ce pouvoir ! Quelques danses, quelques compliments acceptés, quelques sourires accordés... et lui, il avait eu envie de tuer un homme... Emerveillement de voir se révéler cette violence inconnue, cet âpre amour, frère taciturne du sien... Douleur de le deviner blessé, de ne pas savoir où s'élancer pour l'atteindre et lui apporter la paix...

— Raoul, trouvons-le ! Il faut que je le voie, tout de suite !

En vain l'avaient-ils cherché longtemps, parmi les bosquets où ils dérangeaient de doux tête-à-tête, à travers le bal — et Ludivine avait respiré, en apprenant d'Edmond que Marquet-Rageac venait de prendre congé —, dans les salons, dans la bibliothèque...

Et alors, lasse, découragée, la tête vide, en rentrant dans leur chambre, elle avait découvert la silhouette allongée sur la dormeuse, dans la pénombre où brillait rouge la petite lueur de la cigarette.

Il était là. Enfin !... Enfin !... Mais elle avait senti, presque à la même seconde, le cœur serré devant son immobilité et son mutisme, que les choses n'en étaient pas, pour cela, simplifiées ; que, cet élan, qui l'avait jetée en quête de Frédéric, ne s'achèverait pas, cette nuit-là, contre sa poitrine.

Avec quelle joie, elle eût accueilli des reproches qui lui eussent permis de se justifier ! Elle se souvenait de ses manières étranges, au début de la soirée. Cette phrase... « Belle, provocante, dangereuse... » Comment n'avait-elle pas compris, à ce moment-là ?

Mais ce silence, depuis... Ce refus indifférent opposé à toutes ses tentatives d'explications... Cette contrainte souriante qu'elle avait dû s'imposer, à son exemple, jusqu'au départ de la Sarrazine...

Au diable Marquet-Rageac, ce bellâtre ! — Elle eût souhaité l'humilier, lui marquer son mépris ; elle le haïssait d'avoir été l'objet de l'exaspération de Frédéric, la cause de cette faille béante qui semblait s'être creusée durant ces deux jours.

Et maintenant, de retour à la maison, comment reprendre la vie accoutumée ? Adrienne, quoi qu'elle eût supposé ou découvert, s'était tue. D'elle, à coup sûr, ne viendrait aucune question pénible à subir. Mais mère ? Qu'allait-elle dire ? Déjà, la veille au soir, parmi les embrassades de l'arrivée, son regard perspicace était allé de Frédéric faussement dégagé, à Ludivine, penchée par contenance sur les rires de sa fille qu'elle avait prise aux mains de Philo... Comment franchir les brisants du déjeuner ?

Frédéric n'avait pas l'air de s'en préoccuper le moins du monde. Assise devant sa coiffeuse, elle l'observait dans la glace, tandis qu'il échangeait sa veste de cheval contre un veston, et choisissait une cravate.

— Dites donc, Eugénie, ne rangez pas mon nécessaire de voyage. Et laissez dehors, aussi, la petite malle.

— Oui, Monsieur... Et pour celui de Madame ?

— J'ai dit : le mien. Allez, emportez le reste. Et prévenez Victor que j'aurai besoin de lui, cet après-midi...

Sa femme de chambre à peine sortie, Ludivine bondit :

— Qu'est-ce que ça veut dire ? Tu pars en voyage ?

— Apparemment, ma chère.

— Seul ?

— On ne peut plus seul. Rassure-toi, si tant est que cela t'inquiète.

— Où vas-tu ? demanda-t-elle encore, imperméable à l'ironie.

Il la regarda avec cet air de ne pas la voir, qui fait si mal à Ludivine.

— Oh ! oh ! quelle curiosité ! C'est un interrogatoire ?

— Où vas-tu ? s'obstine-t-elle.

— A Paris.

A Paris où ils ont été si heureux...

— Oh ! Frédéric, ne me laisse pas, emmène-moi !

Anxieuse, elle guette sur les traits de son mari... Si tendue, dans un tel appel muet, que son espérance est au bord du miracle. Mais il se détourne.

— Non, je regrette.

— Mais que veux-tu que je fasse sans toi ?

— Eh bien, ce que tu voudras. Les distractions ne te manqueront pas. Au pis aller, tu peux diriger Mogador à ma place.

Atterrée, elle le dévisageait :

— Frédéric, non ? Ce n'est pas possible, tu ne vas pas... Mais enfin, pourquoi ? Parle, dis quelque chose, donne-moi une raison !...

— Une raison ? Je t'en donnerais à la pelle, des raisons ! En voilà une : j'ai besoin de changer d'air. Tâche de te contenter avec celle-là.

— Non, non, écoute...

Sans se soucier d'elle, il alla vers la commode, et entreprit de vider son tiroir particulier.

Ludivine le suivit comme une mendiante.

Ses cravates étalées, il se livrait à un tri soigneux. Elle en prit une au hasard, et, machinalement, la froissa, l'étira entre ses mains fébriles.

Frédéric se retourna, vit le dommage.

— Eh là, doucement ! Donne-moi ça, veux-tu ?

Il la lui prit des mains, avec une correction indifférente.

Ludivine s'appuya contre la commode.

La pièce oscillait autour d'elle. La fraîcheur du marbre sous ses paumes lui fit du bien. Elle respira avec force.

— Ecoute-moi, Frédéric, il faut que tu m'écoutes ! Tu ne vas pas me quitter comme cela ? Tu sais que je t'aime, que je n'ai rien à me reprocher. Et toi, tu m'...

Comment dire : « Tu m'aimes » à cet étranger glacé qui rassemblait, sans s'occuper d'elle, les menus objets personnels épars dans la chambre ?

D'une voix traversée par le désir de convaincre, la colère, le désespoir, elle reprit :

— J'ai le droit de savoir ce que tu penses. Pourquoi t'éloignes-tu de moi ? Tu ne peux pas refuser de me le dire, ni m'empêcher de me défendre, ce serait lâche, Frédéric, lâche, tu m'entends ? Oh ! je te... Dis-moi, dis-moi à la fin !...

Agrippée à son bras, elle attendit. Et, cette fois encore, Frédéric parut sur le point de céder. Mais il dit seulement, en se dégageant :

— Tudieu, ma chère, quel drame pour un petit voyage !

Et, comme si la détresse de Ludivine avait, malgré tout, éveillé en lui un remords, avant de refermer la porte, déjà dans le couloir, il ajouta sans dureté :

— Laissons cela, crois-moi ; nous en parlerons mieux à mon retour.

— Maintenant, déclara Julia, tu vas me raconter toute l'histoire.

Non, non, c'était trop. Demain, cela irait mieux, elle aurait plus de courage. Mais ce soir... Ce soir où Frédéric venait de partir, où l'attendait la solitude du lit vide, — et, à ce moment, elle se prenait à la désirer comme un havre promis, après toutes ces tourmentes...

— Je suis si fatiguée, Mère...

— Je le suis aussi. Crois-tu que j'aime à voir mes enfants me quitter ? Je me sens essoufflée... Tiens, fais-moi passer mes gouttes.

» ... Non, Philo, pas encore, dit-elle à la vieille camériste qui entrait. Nous avons d'abord à parler, madame Frédéric et moi. Je t'appellerai.

Philo, les babines retroussées, disparut sans mot dire.

— Allons, petite, viens ici. Baisse l'abat-jour, nous serons mieux. Assieds-toi, et vide ton sac. Un peu de courage, au nom du ciel ! Je suis honteuse pour toi. Penses-tu que j'aie la pénitence dans ma poche ?...

Piquée au vif, Ludivine eut un sursaut.

— Pourquoi aurais-je peur, Mère ? que croyez-vous donc que j'aie à me reprocher ?

— Rien qu'un peu de niaiserie, je n'en doute pas, ma fille. Tu t'es laissé trop complaisamment chanter la romance, et la musique n'a pas plu à Frédéric.

— Eh bien, Mère, puisque vous le savez... s'impatienta la jeune femme, au supplice. Le langage railleur de sa belle-mère était plus qu'elle n'en pouvait supporter pour l'instant.

— Sans doute, je le sais. Crois-tu, par hasard, qu'il n'arrive jamais rien que ne puissent imaginer les gens nés avant toi ? Ce sont les détails que je veux.

— Mais il n'y a pas de détails ! C'est à peine si j'en sais plus que vous. La soirée s'est passée comme d'habitude. A un moment donné, les hommes se sont mis à parler politique, et Caroline nous a même fait remarquer...

— Laisse donc Caroline, ce n'est pas là ce qui nous intéresse.

Ludivine se mordit les lèvres jusqu'à s'en faire mal, mais reprit, avec un effort sur elle-même :

— Nous nous sommes morfondus pendant ce temps. Puis le bal a commencé. Raoul est venu m'inviter. Et alors, il m'a dit que Frédéric s'était querellé et qu'il fallait...

— Querellé avec qui ?

— André Marquet-Rageac.

— D'Arles ? Le neveu du docteur ?

— Oui.

N'en finirait-elle jamais avec cette inquisition ?

— Quelle raison avait-il ?

Les yeux de Ludivine brûlaient sec, comme des flammes noires. Mais il en eût fallu bien davantage pour déconcerter l'intrépidité de Julia. Son regard affronta victorieusement celui de sa belle-fille.

— Allons, parle. Ne m'oblige pas à t'arracher chaque parole.

— Est-ce que je sais ? Aucune raison particulière, à ma connaissance.

La fureur étranglait sa voix.

— ... Dieu sait ce qu'il est allé se mettre en tête. Je n'ai même pas pu obtenir de lui que nous nous expliquions.

— Veux-tu dire par là que tu as essayé de te disculper, et qu'il a refusé de t'entendre ?

Quelle humiliante manière de présenter les faits ! Rien ne lui serait donc épargné ? Jusqu'ici, l'existence avait toujours fait grâce à Ludivine Peyrissac. Et n'était-ce pas tout naturel ? On sait bien que le mal existe. Depuis toujours, il est entendu que soucis, peines, tourments, sont le lot quotidien du monde. Elle avait eu les siens, comme chacun : robes gâchées, désirs contrariés... On pleurait, on trouvait un remède.

Cette fois, quelque chose semblait s'être détraqué. Perdue au centre d'un brouillard sans cesse plus dense, elle apprenait que le chagrin, lorsqu'il vous touche, c'est, bien au-delà de ce qu'on avait imaginé, cette attaque innombrable qui vous enserre, vous transperce, et vous emplit, et vous dévore ; et l'on se sent saigner de toutes parts, à petit bruit...

Julia l'observait, attendant.

— C'est cela ? Non ?

Incapable de parler, Ludivine haussa les épaules. Que sa belle-mère pensât ce qu'elle voudrait, après tout. Cela lui était bien égal. Frédéric s'en était allé, sans qu'elle eût pu le retenir, sans qu'elle sût, même, pour combien de temps. Et lorsqu'elle eût voulu se terrer dans la nuit de sa chambre, mordre ses draps, s'écraser contre la place qui demeurerait froide, à son côté, dépasser sa souffrance à force de souffrir... on la retenait là, avec des questions épuisantes...

Elle releva la tête, et regarda Julia en face :

— Je préfère vous le dire, Mère ; si vous pensez avoir des reproches à me faire, eh bien... je ne veux pas les entendre ce soir. Je ne les supporterais pas.

— Tu ne les supporterais pas... répéta la vieille dame, pensive.

En effet, elle semblait à bout...

— Cela me rappelle, un jour, avec Rodolphe...

Mais elle n'était pas en état, non plus, d'écouter une histoire. D'ailleurs, que lui dire ? Un simple geste de douceur eût fait éclater la fragile armure qui la soutenait encore. Julia savait au plus juste, de quel prix, compté et recompté tant de fois, elle avait payé la sagesse, cet incommunicable trésor que l'on ne trouve que dans les décombres. C'était au tour de Ludivine.

Elle commençait la recherche. On ne pouvait rien pour elle, ou si peu...

— Somme toute, conclut-elle, il n'y a pas de quoi fouetter un chat, dans cette affaire.

Ludivine écarquilla ses yeux fiévreux. « *Pas de quoi...* »

— Mais, Mère, il est parti !...

Est-ce qu'elle ne comprenait pas ?

Oui, il était parti, s'était mis hors d'atteinte. Ce renversement de la situation... Il avait trouvé cela... Rodolphe lui, autrefois, n'aurait pas... C'était là un trait Angellier. Julia s'y reconnaissait et, malgré qu'elle en eût, un sourire secret montait en elle.

— Et après ? Il reviendra, ma chère, tu le sais bien. Mais probablement as-tu l'intention de nous donner le spectacle de ta douleur d'épouse délaissée ? Ou peut-être préféreras-tu t'enfermer dans ta chambre, volets clos, rideaux tirés, jusqu'à son retour, munie d'une provision de mouchoirs pour étancher tes larmes amères ?

— Vous me jugez bien sotte, n'est-ce pas ? articula Ludivine, redressée sous les flèches. Je suis fâchée de vous avoir donné cette impression, ce soir plus que de coutume. Permettez-moi d'aller me reposer, maintenant. Frédéric devait voir le baïle dès notre retour, au sujet des foins... Pour la deuxième coupe... Je le verrai demain matin, à sa place. Bonne nuit.

Elle se leva.

— Bonne nuit, ma fille. Embrasse-moi, et sonne Philo.

Raidie, Ludivine obéit, puis se dirigea vers la porte.

Une petite lueur au fond de ses prunelles, Julia la suivit des yeux.

— Allons, ça ira, dit-elle à Philo. Mais vraiment, mon fils exagère !... Donne-moi ma valériane. Je me suis irritée aujourd'hui... Pauvrette... Il mériterait, ce grand imbécile !...

Elle rêva un moment : « Bah, je suppose qu'il la connaît »

12

Ludivine avait calculé : « Au bout de quatre ou cinq jours sans doute... » Il y en eut sept. Il y en eut huit...

Juillet était presque à moitié écoulé. L'anniversaire de leur mariage n'avait pas ramené Frédéric. Après cela, il semblait qu'il n'y eût plus rien à attendre...

Chaque matin, levée de bonne heure, elle se remettait à la tâche qu'elle s'était fixée. Il y avait la vigne à surveiller, les journaliers dont elle devait examiner les réclamations, les salaires à payer, le blé que l'on commençait à battre, les foins à rentrer, les comptes à tenir pour chaque marché passé avec les fermiers. Assez réticents, au début, enclins à profiter de l'absence du maître, ceux-ci s'étaient vite aperçus que Mogador ne demeurait pas sans un chef. Habilement, la jeune femme s'était fait des alliés de Tonin et de Ranguis qu'elle savait dévoués à Frédéric comme des hommes de main à leur capitaine de bande. Tous trois tenaient conseil, quotidiennement. Le côté pratique de la nature de Ludivine s'était éveillé. Elle écoutait les explications nécessaires, pesait, supputait, puis, prenant sa décision avec une sûreté qui emportait l'admiration des deux hommes, se servait d'eux pour la faire exécuter. Rarement se montrait-elle sur l'exploitation, près de l'aire ou dans les vignes où se faisait le dernier labour, comprenant que, seule, entourée des hommes au travail, elle perdait l'avantage. Mais ceux qui, appelés dans le bureau de « moussu Vernet », comparaissaient devant cette petite personne à la voix nette et posée, sachant de quoi elle parlait, et ne se dépensant pas en paroles inutiles, en ressortaient généralement avec une considération accrue envers madame Frédéric, mêlée au sentiment vague d'avoir été dépouillés de leurs finasseries, et battus avec leurs propres armes.

La moisson avait été belle. Maintenant, tout était rentré. Le maïs jaunissait. La seconde récolte de pommes de terre s'annonçait bien. Au verger, les pêchers et les abricotiers donnaient à plein. Les prunes Reine-Claude, touchées de brun, se fendillaient. Le raisin poussait, dur et serré, en grappes déjà gonflées qui s'alourdissaient tous les jours. On avait biné et soufré des ceps, labouré la terre autour des mûriers, semé les prairies fourragères... Parfois, le soir, après le travail, Ludivine, poussant *Miranda* parmi les champs désertés, se laissait aller à l'orgueil de constater la bonne marche et l'ordre du domaine. Du moins aurait-elle cela à lui montrer, lorsqu'il reviendrait.

« Au pis aller, tu peux diriger Mogador à ma place. » Elle l'entendait encore. Cette indifférence... cette ironie glacée... Eh bien, il jugerait !

Elle serrait les poings, secouée de rage : « Qu'il revienne et nous verrons !... Oh Dieu ! Il me le paiera. C'est trop lâche, trop bête... Après tout, qu'ai-je fait qu'il puisse me reprocher ? Rien. Trois fois rien ! Il n'y a pas une femme à ma place qui... Ah ! le tenir, le gifler, lui faire mal !... Prendre une fois le dessus sur lui... Le jour où je l'aurai devant moi... »

« Mais quand ? Quand donc ?... »

La douleur refluait en elle, submergeait sa colère.

Etait-il possible qu'il supportât de prolonger indéfiniment leur séparation ? Chaque fibre de son cœur à elle, était à vif. Eût-elle su où le trouver qu'elle eût couru vers lui, à pied, s'il l'eût fallu, par les chemins...

Mais lui, il avait enfin laissé entrevoir son amour jusqu'au fond, et, tout de suite après, lorsqu'elle venait à peine d'en recevoir l'éblouissement, il s'était enfui sur de dures paroles.

Depuis, ce silence...

Nul, dans la maison, n'osait y faire allusion. Sa belle-mère n'était pas revenue sur leur conversation. Avait-elle reçu des nouvelles ? Ludivine eût donné beaucoup pour le savoir. Mais Julia se contentait de lui épargner désormais ses railleries, se rabattant sur la pauvre Adrienne qui, depuis longtemps, ne s'était vue mise à pareille épreuve.

Isabelle, elle-même, semblait se rendre parfaitement compte, à des indices de son code particulier, qu'une tension anormale pesait sur l'univers des grandes personnes, et que le moment eût été mal choisi pour se jeter dans les jambes de sa mère. Aussi réservait-elle à la seule Adrienne le spectacle de ses essais couronnés d'autant de chutes que de triomphes, pour assurer ses premiers pas.

Ludivine déployait pourtant tous ses efforts, certains soirs, pour se concilier la confiance de sa fille. Elle se déridait, entrait dans ses jeux, la chatouillait, la faisait sauter sur ses genoux. Mais la petite, étonnée, considérant la tentative sans plaisir, s'y prêtait avec une sorte de politesse inquiète qui repoussait la jeune femme vers sa solitude.

Une fois le bébé couché, Julia remontée chez elle, la perspective des soirées s'étendait comme une route aride à parcourir. La grande bergère était bien trop vaste, où elle s'obstinait à s'installer seule, dans un refus puéril de changer quoi que ce fût aux coutumes établies par Frédéric. Adrienne tricotait sans fin on ne savait quelle brassière pour quelque enfant nouvellement né sur un coin de Fontfresque, et n'osait forcer le mutisme où s'enfermait sa belle-sœur.

Penchée sur un livre dont elle ne songeait pas à tourner les pages, Ludivine écoutait ce petit bruit de rat de la pendule qui rongeait le temps silencieux, et toujours, toujours, revenaient dans sa tête, comme des vagues l'une sur l'autre, les mêmes pensées, les mêmes souvenirs, les mêmes questions sans réponse. Des moucherons, attirés par la lumière, surgissaient de la nuit du jardin par les fenêtres ouvertes. Ils se précipitaient en bourdonnant vers le globe de la lampe, tournaient un moment à l'intérieur, pris au piège de la clarté, et, brûlés, rentraient dans le néant.

Parfois, cependant, pour s'arracher au désespoir dont elle sentait monter en elle les lames vertigineuses, Ludivine priait :

– Joue-moi quelque chose, veux-tu, Adrienne ?

Trop heureuse de l'entendre exprimer un désir, Adrienne se mettait au piano. Mais sa médiocrité d'exécutante avait tôt fait de lasser l'intérêt de son auditrice. Elle s'en apercevait, et, découragée, continuait pourtant, n'osant plus s'interrompre, jouant de mal en pis, jusqu'à ce que Ludivine la délivrât en se levant pour lui souhaiter le bonsoir.

Il n'y avait plus alors qu'à essayer d'aller dormir dans la chambre où, partout, se levait cette impalpable présence que Frédéric avait laissée, au fond des miroirs, près du guéridon où traînait une de ses pipes, dans la salle de bains — l'ordre y régnait perpétuellement, à présent —, entre les plis de ses vêtements rangés qui sentaient son tabac, et ce chaud parfum de cuir du cavalier... Ludivine posait sa joue contre l'étoffe bourrue pour la respirer mieux, avant de se jeter sur le lit où le sommeil venait tout d'un coup la rouler dans ses plis de fatigue et de chagrin.

Elise vint la voir. Rentrant, un après-midi, d'une longue inspection qui l'avait entraînée jusqu'au fond de Mogador, sous la conduite de Tonin, elle la trouva installée dans le salon. Adrienne lui tenait compagnie avec un plaisir visible.

Ludivine se précipita, insoucieuse de sa toilette qui avait quelque peu souffert au rude contact cahotant de la carriole du contremaître.

— Mon Dieu, chérie, c'est donc vous, enfin ? Que je suis contente ! Ce voyage ?... Et votre installation ?... Vite, racontez-moi. Vous plaisez-vous à Barbegal ? Elle lui prit la main et l'attira vers le canapé.

Toutes deux s'assirent côte à côte.

— Allons, racontez !

Elise ne demandait pas mieux. Elle décrivit avec enthousiasme à son amie, confondue par un tel lyrisme, les beautés du Pays basque, passa ensuite aux détails de l'aménagement de sa maison, se révéla intarissable sur le charme du village, sur l'amabilité de l'accueil de chacun...

Ludivine l'écoutait, remarquant son allure, ses gestes vifs, enjoués, son aisance toute naturelle... Hors de la tutelle de l'austère Clémence, il semblait que la jeune mariée se fût éclose, sans rien perdre de ses doux coloris ni de sa grâce satinée de fleur en bouton.

Discrète, Adrienne s'était éclipsée.

— Et... votre mari, ma chère ?... Parlez-moi de lui.

— Eh bien, je... Oh ! il n'y a rien à en dire, n'est-ce pas, je... Enfin... Nous nous aimons et... Oh ! Ludivine, vous savez bien comme c'est merveilleux ! Je suis tellement, mais tellement heureuse, et lui... je crois qu'il l'est aussi.

« Et moi, est-ce ainsi que j'étais ? » se demandait Ludivine, tirée un instant du cercle morne de ses pensées par l'éclat exquis de cette joie rougissante.

— Il va venir me chercher tout à l'heure, continuait Elise. Il m'a déposée ici en allant visiter un malade. Mais je veux que vous le connaissiez mieux, chérie. Je lui ai tant et tant parlé de vous !... Il faut que vous veniez, un dimanche, avec Frédéric. Nous passerons la journée ensemble. Venez tous deux, je vous en prie...

— Il n'est pas là, en ce moment.

— Oh ! vous êtes seule ? Il est en voyage ? Mais pas pour longtemps, j'espère ?

— Non, non, je pense qu'il va rentrer d'ici peu.

Elle parvenait avec difficulté à prendre un air naturel.

— Pauvre chérie !... — Impulsivement, Elise entoura de son bras l'épaule de son amie. — Le temps doit vous paraître long !

La tête appuyée contre celle d'Elise, les yeux fermés, Ludivine soupira sans répondre. « Où est-il ? Que fait-il ?... » Jusqu'à quand faudrait-il continuer à tout ignorer de lui ?

Toute sa force s'échappait à travers la blessure plus cruellement sensible, au regard de cet innocent bonheur. Si seulement elle avait pu déposer son fardeau un instant, se confier et pleurer ensuite... La tentation lui vint de tout révéler à Elise : « Il est parti fâché contre moi, après un baiser de circonstance donné devant tout le monde, et je ne sais rien depuis plus d'une mortelle semaine, ni s'il pense à moi, ni s'il m'aime toujours, ni quand il reviendra... J'étouffe, je deviens folle de cette torture que je n'ai pas méritée, ou si peu, si peu !... »

Mais il eût fallu, alors, raconter aussi la soirée de la Sarrazine, expliquer ce qui avait pu motiver la jalousie déraisonnable de Frédéric, dévoiler ses propres coquetteries, s'accuser... Comment faire admettre cela à cette Elise si timide, si sage, si éloignée de toute complication ?...

Elle se représentait la stupeur scandalisée, la désolation envahissant ce visage... Mais la compréhension dont elle eût eu besoin ?...

« Oh ! chérie, comment avez-vous pu ? » s'entendrait-elle reprocher. Comme si c'eût été une si terrible faute de se laisser complimenter, de rire avec les hommes, leur permettre de vous faire la cour, et se plaire à régner sur tous, en n'appartenant qu'à un seul...

Non, non, il n'y avait qu'à se taire, il fallait refréner, refouler au fond de soi cet attendrissement soudain qui lui faisait désirer d'être plainte.

— Oui, c'est long, murmura-t-elle. Mais il le fallait. Et puis, nous sommes de vieux époux. Deux ans, pensez donc.

Allons, elle s'en tirerait. Déjà elle parvenait à plaisanter.

Elise hocha la tête. Deux ans paraissaient en effet un long bail à cette épousée d'un mois. Pourtant, jamais Vincent et elle... Oh ! s'il eût fallu le quitter ! Mais Ludivine était si forte... Elle avait toujours eu tellement plus de caractère qu'elle-même... Les yeux brillants de tendresse, elle souriait à son amie :

— Et Isabelle ? Puis-je la voir ? Que fait-elle ? Je vais sûrement la trouver changée...

— Elle commence à marcher, figurez-vous. Je pense qu'elle est au jardin. Adrienne a dû aller la promener. Elles s'entendent bien, toutes deux. D'ailleurs, ma belle-sœur l'élève admirablement. Moi, j'ai trop à faire. Frédéric m'a confié le domaine, et je ne veux pas avoir honte quand il rentrera... Savez-vous que ce n'est pas rien, Mogador à diriger ?

— Oh ! c'est vous, vraiment, qui vous occupez de tout ? Est-ce possible ?

Elise était confondue d'admiration.

— ... Jésus ! que vous êtes courageuse, ma chérie ! Jamais je ne pourrais, il me semble...

Mais jamais, non plus, cela ne lui serait demandé. Des enfants, une petite maison à tenir, un amour sans heurts, à partager, c'était là ce qui attendait Elise, sans aucun doute... Au bout du compte, nous portons en nous-mêmes les éléments de notre destinée, se consolait Ludivine, retranchée dans son orgueil amer.

Le lendemain après-midi, Ludivine assise au bureau, effectuait laborieusement une longue addition. La maison tout entière se taisait, endormie dans la chaleur de ce jour de juillet. Il faisait relativement frais dans la petite pièce située au nord, tout au fond de la vaste demeure. La jeune femme s'absorbait dans sa tâche. L'arithmétique n'avait jamais été son fort... Il lui fallait y apporter toute son attention.

La porte s'ouvrit. Perdue dans ses chiffres, elle n'y prit pas garde.

— On peut entrer ?

D'un bond, Ludivine fit face, repoussant son fauteuil.

— Frédéric ! C'est toi ?...

Clouée sur place, elle le dévisageait avec une sorte d'incrédulité. Une lourde cloche se mit à battre dans sa poitrine. Sa langue séchait dans sa bouche. Elle ferma les yeux et les rouvrit. Il était là, vraiment là... Cette longue silhouette, ce rire heureux sur les lèvres...

— Tu ne veux pas t'en assurer ?

En deux enjambées, il fut tout près d'elle.

Bien des fois, elle s'était représenté la scène de son retour. Il aurait télégraphié pour qu'on allât le chercher à Tarascon avec la voiture, et Ludivine se serait trouvée sur le quai pour l'accueillir, avec une contenance parfaitement détachée et tranquille, en épouse offensée qui a pris le parti de se borner à des relations conjugales de pure courtoisie... Ou bien, arrivant seul à la maison, il devait affronter la froideur méprisante de Ludivine, en présence de sa mère et de sa sœur... Ou bien, mais cela, c'était le conte de fées imaginé pour charmer les pires heures et, au fond d'elle-même, elle n'y croyait guère, un matin, en s'éveillant, elle le voyait debout au pied de son lit, et il disait : « Ludivine, mon amour, pardonne-moi. J'ai été si triste, loin de toi. » A chaque heure de la journée, presque, elle avait adapté ce rêve de son retour, se berçant d'avance de tous les mots qu'il lui dirait pour réparer... A chaque heure, oui, sauf peut-être, celle-là où il la surprenait dans cet absurde travail d'écolière, les doigts tachés d'encre, tout ébouriffée, avec cette vieille robe grise qui ne lui allait pas très bien.

Et il était là, lui, comme si rien de douloureux ne se fût passé, comme s'il ne venait pas de lui infliger une épreuve... la plus amère qu'elle eût jamais subie dans toute sa vie. Et ce pardon, qu'elle s'était crue en droit de tenir en réserve, il était clair que Frédéric ne penserait pas une seconde à le lui demander.

— Eh bien ?...

Penché, la joue tendue, il lui offrait cet insupportable sourire qu'elle adorait.

Soudain, elle se retrouva dans ses bras, la respiration haletante comme après une grande course, répétant, sans en avoir conscience :

— C'est toi... C'est toi...

Il la serra contre lui avec force, et rit.

— Bon, il paraît que je vous ai manqué, Madame ?

— Oh ! Frédéric, ne ris pas ! Si tu savais comme j'ai eu mal... Pourquoi m'as-tu fait cela ? Pourquoi ?

— Chut ! Chut ! ma petite reine, ne parlons plus de ça.

L'enlevant, il la porta jusqu'au fauteuil, l'installa sur ses genoux, et commença à l'embrasser sur les cheveux, sur les joues, sur la frange humide des cils...

« Il ne faut pas, il ne faut pas que je pleure... il va se moquer de moi, me trouver laide. »

— Mais, Frédéric, protesta-t-elle, en reniflant un peu, je veux que tu me dises...

— Tiens, prends mon mouchoir, nigaude.

Elle le prit, se moucha, et le lui rendit avec impatience.

— Pourquoi n'as-tu pas écrit ? Que faisais-tu, là-bas ? Comment avais-tu le cœur... Non, laisse-moi parler. Je veux que tu le saches : tu m'as rendue très malheureuse ! Et pourtant je n'avais rien fait qui pût...

D'un baiser, il la réduisit au silence.

— Et maintenant, es-tu encore malheureuse ?

Maintenant, non, bien sûr. Mais ce poids de chagrin accumulé depuis des jours... A peine commençait-elle à le sentir se soulever. Sans doute ne se retrouverait-elle plus jamais tout à fait comme avant. Quelque chose en elle d'intact, jusque-là, d'insolemment jeune et confiant, avait reçu sa première fêlure.

Mais cela n'apparaissait pas sur le visage que Frédéric tenait entre ses mains comme une coupe. Il en découvrait à nouveau chacun des traits, buvant la plénitude de sa possession.

Il réclama :

— Regarde-moi, chérie.

Pour que, relevant les paupières, elle lui donnât aussi les feux violets de ses prunelles.

— ... Comme tes yeux sont clairs, aujourd'hui !

— Tu les aimes encore ? demanda-t-elle, d'une petite voix tremblée.

— Tu ne le sens pas ?

— Oh ! Frédéric ! si seulement..., si je pouvais être sûre que tu m'aimes...

— Méchante, la gronda-t-il doucement, tu es méchante quand tu me parles comme ça.

Oui, mais il ne répondait pas. Il ne le disait pas. Il ne le dirait donc jamais ? « Oh ! mon Dieu, que je l'entende une fois, une seule fois me le dire ! Que je le sente à moi, mais si fort, si tout entier à moi... qu'il n'y ait plus qu'à mourir après !... »

— Frédéric, je te veux !

— Mais, tu m'as, dit-il, remué par cette plainte. Folle petite, tu le sais bien que tu m'as.

La tenant plus étroitement serrée, il inclina la tête vers elle, afin qu'elle pût lire en lui plus loin que les mots.

— Et moi ?

Elle nouait ses bras, comme pour l'emprisonner, autour du torse puissant dont elle sentait la chaleur à travers les vêtements...

— ... Moi ? Dis ? Tu le sais que je suis à toi ? Tu le sais que je t'aime... que je t'aime, ah !... Dis que tu le sais ?...

— Oui, je le sais, reconnut-il, avec gravité.

Tous deux se contemplaient profondément. Unis, apaisés, ils demeurèrent silencieux.

Ludivine caressait le visage de son mari, s'émerveillant de reconnaître le grain de la peau, le creux de la tempe, les contours du front, le dessin carré de la joue, le pli familier près de la lèvre...

— Tu es là, mon amour. Tu es revenu.

— Je ne suis jamais parti. Oublie-le.

Elle savait bien qu'elle ne le pourrait pas, qu'il se passerait sans doute des jours et des jours, avant que son bonheur recouvré ne lui apparût plus comme un don fragile et menacé...

— Comme tu es jolie !

Il la caressait du regard.

— Jolie ? Avec cette affreuse robe ? Et mes cheveux décoiffés ? Et mes doigts...

— Tais-toi. Je ne t'ai jamais vue plus à mon goût.

Il prit sa main droite qu'elle examinait piteusement, sourit aux taches d'encre, et l'embrassa.

— ... Mère me l'avait bien dit que je te surprendrais en plein travail.

— Mère ? Tu l'as déjà vue ?

— Mais oui, et Adrienne aussi, et la princesse Isabelle. Tout le monde. Il n'y avait que toi... Il a fallu qu'on me renseignât : « Tu la trouveras sûrement dans ton repaire. C'est devenu son quartier général, depuis que tu lui as mis Mogador sur les bras. »

— Ah ! c'est Mère qui t'a dit... ?

Frédéric rit et cligna de l'œil.

— Tu reconnais le style, hein ? Elle a même ajouté, qu'autant qu'elle pouvait juger du haut de son empyrée, Mogador ne paraissait pas s'en porter plus mal. Ce qui est, somme toute, un assez joli compliment dans sa bouche. Avoue-le...

Envahie de plaisir, Ludivine acquiesça de la tête. A présent, elle se rendait compte que c'était à la vieille dame qu'elle était redevable de ce sursaut nécessaire qui l'avait jetée vers la besogne à accomplir. Que fût-elle devenue, sans cela, tout au long de ces jours de misère ? Cependant, elle ne pouvait se rappeler sans malaise cette soirée où, à bout de nerfs et de détresse, elle s'était montrée si pitoyable, jusqu'à ce qu'enfin, l'ironie de sa belle-mère l'eût cinglée assez violemment pour lui rendre son orgueil. Depuis ce soir-là, cet orgueil à vif l'avait tenue à l'écart de Julia.

— Je crois qu'elle m'aime bien, au fond, murmura-t-elle, réfléchissant.

— Mais, voyons, cela saute aux yeux que tu es la fille de son cœur. Elle est pour toi d'une partialité scandaleuse. Je soupçonne qu'elle pourrait aller jusqu'à nous enlever Mogador pour te le donner... Et alors, mon cœur, qu'as-tu fait de beau dans le domaine ? Tu me mettras au courant ?

— Eh bien, dit Ludivine, blottie au creux de l'épaule retrouvée, commençant le récit de ses prouesses avec une satisfaction dépourvue de modestie : ... les foins sont rentrés, le blé aussi. La vigne est splendide, tu verras. On fait les pommes de terre. J'ai passé plusieurs marchés. Un avec Carrière pour...

— Là, doucement ! Je ne suis pas si pressé de te reprendre les pouvoirs. Tu me diras tout cela demain matin.

Devant l'expression désappointée de Ludivine, il ajouta, ses yeux gris chaudement posés sur elle :

— Tu n'imagines tout de même pas que j'aurais laissé les terres en pleine fenaison, et la moisson à peine fauchée, si je n'avais pas su de quoi tu es capable...

13

La vie reprenait son cours. L'orage qu'ils venaient de traverser semblait avoir laissé derrière lui une zone pacifiée dans laquelle baignaient Frédéric et Ludivine. Julia prétendait qu'ils traînaient après eux un édifiant parfum de vertus célestes. Sans doute ne saurait-on jamais avec certitude à quelles distractions Frédéric avait employé le temps de son voyage à Paris. Mais quoi qu'il pût s'être mis sur la conscience, Ludivine avait fini par renoncer à tout espoir d'éclaircir ce point délicat. La sagesse aidant, elle ne songeait plus qu'à boucler et recrépir les fentes du mur un instant ébranlé, et y réussissait parfaitement, à l'estimation de la vieille dame. Jamais pareille atmosphère de concorde et de bonne volonté conjugale n'avait flotté sur Mogador.

Tous deux s'enfermaient pour travailler, sortaient, montaient à cheval ou partaient en voiture, rentraient, toujours ensemble, réduisant à l'extrême les obligations qui eussent pu les séparer, et s'isolaient du reste de la maison, avec une sereine inconscience. A peine s'ils consentaient, aux repas, à redevenir un peu plus sociables. Encore écourtaient-ils les veillées pour se retirer dans leur chambre, laissant Adrienne, seule sous la lampe du grand salon déserté, achever, avec sa patience un peu mélancolique, l'ouvrage auquel succéderait, le lendemain, un autre tout pareil.

Ils montaient voir Isabelle, se penchaient un moment sur le petit lit où le bébé dormait avec application.

— Regarde donc, chérie, tu devais être exactement comme ça, au même âge. Endormie, elle te ressemble encore plus.

C'était vrai. L'enfant n'avait rien, physiquement, de Frédéric. Et cette gravité qu'elle apportait à commencer sa petite vie, comme quelqu'un qui pèse avant de se décider ; ce calme, coupé parfois d'accès de violence imprévus, irrépressibles, qui laissaient Adrienne consternée ; cet entêtement, ces exigences volontaires, passionnées, rien de tout cela, non plus, ne lui venait de son père.

— Mais toi, tu es plutôt Angellier, constatait Julia. Et si elle a pris quelque chose de ton côté, c'est aux Vernet. Elle a les yeux de ton père. Et il se pourrait bien qu'elle eût aussi quelques traits de son caractère. En tout cas, elle ne paraît pas devoir être une agnelle bêlante, et j'en suis bien aise. Si elle me rappelle, un jour, une de mes filles, ce sera ta sœur Amélia.

Mal à l'aise, Ludivine écoutait. Cette Amélia que l'on disait si belle, morte défigurée par la variole... Et il avait fallu l'enterrer précipitamment, revêtue de la robe de noces que la couturière avait livrée la veille, tandis que son fiancé s'enfuyait on ne savait où, à demi fou de désespoir... Julia se laissait rarement aller à parler d'elle. Mais pour les trois derniers enfants, elle était entrée dans la légende de la famille. Hubert, surtout, dont les quatre ans d'alors n'avaient pas été effleurés par la réalité du drame, aimait à l'évoquer pour sa jeune belle-sœur. Mais, certes, il ne plaisait pas à Ludivine que l'on pût, à propos de sa fille, réveiller ce fantôme dont la destinée s'était achevée de façon si terrible à vingt ans.

Pour l'instant, en tout cas, le jeune Isabelle n'était encore qu'un bébé potelé, agréable à voir et à embrasser, dont la croissance se déroulait sans encombre et sans soucis pour sa mère, grâce à la vigilance capable d'Adrienne. Après un dernier coup d'œil, ils l'abandonnaient à son sommeil.

Rentrés dans leur chambre, en règle avec la vie quotidienne, ils refermaient leur porte sur le monde. Le ciel moucheté d'astres s'encadrait dans la fenêtre, une fois la lampe éteinte. Allongés, aux bras l'un de l'autre, ils voyaient devant eux s'étendre les grands pays éblouissants et déserts de leurs nuits.

Ils allèrent à Barbegal, curieux de ce bonheur qui ne ressemblait pas au leur. Le repas ordonné par Elise était savoureux. L'après-midi s'écoula sous les marronniers du jardin. Epanoui, dans son rôle d'hôte, le docteur Royer contait avec une simplicité, un sens comique irrésistibles, ses mésaventures professionnelles. Frédéric et Ludivine s'amusaient beaucoup. Elise riait aussi, heureuse de voir se nouer cette amitié.

Il fut convenu que les Royer viendraient à leur tour à Mogador...

L'été s'achevait. Vint le temps des vendanges. Une sourde inquiétude s'insinuait en Ludivine. Depuis quelques jours, elle ne se sentait pas très bien portante.

— Est-ce que... ?

Non, non, ce n'était pas possible. C'était la chaleur...

Elle se raidissait. Il n'y avait qu'à ne pas y penser...

Aux côtés de son mari, elle s'absorbait dans la tâche commune, en réclamait sa part, accompagnant Frédéric, le plus souvent, à travers les vignes déjà touchées de pourpre, tenant pour lui les comptes fastidieux des salaires des journaliers, veillant à leur nourriture, tandis qu'il réglait leurs différends, et surveillait le travail.

Mais, au mois d'octobre, lorsque les champs furent laissés au grappillage, elle dut s'avouer qu'aucun doute n'était plus permis.

Ainsi donc, cet interminable cortège d'ennuis et de souffrances allait recommencer. D'ici peu, elle perdrait à nouveau sa démarche légère, et l'orgueil de sa taille. Assise dans le grand fauteuil de sa chambre, les coudes sur les genoux, le menton dans ses poings serrés, elle méditait sur le désastre : si peu de temps pour être heureuse ! C'était cela, l'existence... Au moins le savait-elle, à présent. Il fallait toujours s'attendre à des désagréments, et essayer de s'en accommoder. Eh bien, elle allait en prendre son parti, puisqu'on ne pouvait faire autrement. Il y avait encore deux bons mois, au moins, avant que cela ne se vît ; peut-être plus. Elle calculait fiévreusement... Le cacher à tous, le plus longtemps possible. « Il faudra faire attention. »

Frédéric, la semaine précédente, avait remarqué : « Tu as mauvaise mine, une pauvre petite figure toute tirée. Je trouve que tu te surmènes un peu trop... »

« Le plus difficile, ce sera Mère... Bah ! elle a

presque toujours sa crise aux premiers froids. Avec un peu de chance, en m'y prenant adroitement... Gagner jusqu'après les fêtes... A ce moment-là, tant pis. Ce sera en plein hiver : le coin du feu, des peignoirs flous... Allons, décida-t-elle, cela pourra passer. Au printemps, je serai sortie de ce guêpier. Et Frédéric sera tellement content d'avoir un fils... »

Les choses allèrent ainsi sans obstacles. Quelques semaines après, la jeune femme vit s'espacer, puis disparaître ses malaises. Elle put affronter le traditionnel voyage à Tourvieille en pleine possession de ses avantages. Et si l'attention de Laure fut éveillée, comme celle-ci l'affirma plus tard, au moins n'osa-t-elle s'en ouvrir à quiconque, faute d'indices suffisants. Une sorte de paix armée s'était établie entre les deux belligérantes, due à la froideur que manifestait Frédéric à sa cousine, depuis le mariage d'Emilie. Il se rendait compte qu'elle avait, ce jour-là, excité sa jalousie avec une astuce dont il se sentait peu enclin à l'absoudre. Sans en discerner la cause, Ludivine perçut sa victoire, et dédaigna d'en abuser. Piétiner l'ennemi à terre n'était pas dans ses principes. Laure, humiliée, se retira sous sa tente, dans l'expectative d'un sort meilleur.

Tourvieille avait perdu beaucoup de son animation des années précédentes. Georges, de plus en plus pris par sa peinture, espérait en faire une exposition à Paris. Il préparait aussi un envoi au Salon. Léon disparaissait dans sa chambre durant des heures, n'en sortant que pour galoper « à étripe-cheval » disait Raoul, dans la direction d'Arles :

— Il va mettre son courrier à la poste. Si on ne le marie pas vite, nous n'aurons plus ici que des bêtes fourbues...

Caroline riait moins souvent qu'autrefois. Sa brillante petite cour s'était dispersée. Les sœurs Barcarin mariées toutes deux, Albert admis à Saint-Cyr, avaient quitté Fiélouse : seuls demeuraient au mas le frère aîné, Philippe, et sa famille, que Ludivine ne connaissait pas.

— Angèle de Barcarin vient souvent rendre visite à Laure. Elles sont grandes amies. Numa s'entend bien avec son fils Gaspard, qui a six ans. C'est une femme agréable...

— Oui ? disait Ludivine, indifférente. Et les deux Rouveyre ?

— Toujours à Albaron. Arlette s'est fiancée à Etienne Saliez. Vous vous souvenez de lui ? Nous voyons Marc de temps en temps... Le pauvre, je l'ai tant et si bien rabroué qu'il a fini par perdre tout espoir, je crois. Ah ! l'amour, l'amour !...

Elle riait comme elle se fût moquée d'elle-même. Ludivine se sentait le cœur serré devant cette gaieté.

— ... Oui, et elle est déjà un peu moins jolie, observa Frédéric à qui la jeune femme faisait part de ses réflexions.

— Oh !... s'exclama-t-elle, choquée. A vingt ans, voyons...

Comme les hommes pouvaient être cruels, parfois, avec un détachement, une inconscience, qui renforçaient encore le poids de leur cruauté. Le besoin d'être rassurée la prit :

— ... Et moi ?... me trouves-tu déjà vieillie, moi aussi ?

— Toi, c'est différent, assura Frédéric, en veine de galantes déclarations, tu sais bien que tu es tout ce qu'il y a de plus jeune et de plus ravissant au monde.

Elle lui coula une tendre œillade reconnaissante, et protesta :

— Je t'en prie, ne plaisante pas.

— Je ne plaisante pas, affirma-t-il, solennel.

Ils rentrèrent à Mogador avec plaisir, malgré l'insistance de tante Lucie et de l'oncle Antoine à les retenir.

L'hiver était venu de bonne heure, cette année-là. Il y eut, de nouveau, fête à la Sarrazine. Par une belle journée immobile et gelée de décembre, Blanche épousa Léon dans l'église de Maillane. Tante Sophie, très émue, se trouva mal au milieu de la cérémonie. On dut l'emmener. Emilie était là, rayonnante, presque belle. Le mariage lui réussissait étonnamment. Caroline, cette fois, avait Edmond pour cavalier.

— Tu ne crois pas que, peut-être ?...

— Il ne l'aime pas et ne l'aimera jamais, fut la réponse de Frédéric.

Sans doute savait-il à quoi s'en tenir. Ludivine soupira :

— Pauvre Caroline...

La jeune fille paraissait si peu faite pour un amour malheureux...

— ... Je crains qu'elle n'en veuille jamais épouser d'autre...

Et, comme le spectacle de toute passion la ramenait immanquablement à la sienne :

— ... Oh ! Frédéric, chuchota-t-elle, moi, si tu ne m'avais pas aimée, je... je crois que j'en serais morte.

— Peste, comme tu y vas ! Il souriait, ému malgré lui.

Elle posa la main sur son bras et le dévisagea, anxieuse.

— Peux-tu imaginer que tu es marié avec une autre ?

— Non, mille fois non ! avoua-t-il, repoussant l'hypothèse avec un accent de conviction qui fit bondir le cœur de Ludivine.

Ce soir-là, elle décida de lui offrir, comme son plus beau cadeau de Noël, cette promesse cachée en elle.

— Tu m'enverras Ludivine, avait dit Julia. Et je t'en prie, mon garçon, cesse de te rengorger comme un coq de basse-cour. J'ai eu six enfants sans que ton père se soit jamais rendu aussi ridicule.

Légèrement penaud, Frédéric avait quitté la place. Mais dès qu'il fut dans le couloir, toute sa fierté lui revint. — Mère était si mal en point, ce matin de liesse, après une nuit de suffocations et d'insomnie... Et Hubert qui n'avait pu venir... Elle était bien excusable... Il ne fallait pas se tracasser de ses propos acerbes. Quant à lui, la révélation de Ludivine, son cadeau, comme elle disait, l'avait enlevé jusqu'aux sommets de l'exultation. Ce jour de Noël, on eût pu chercher longtemps, à vingt lieues autour des Alpilles, un homme aussi comblé que Frédéric Vernet.

Il ouvrit la porte de leur chambre, et s'arrêta sur le seuil.

Ludivine, qui achevait de s'habiller pour la messe, se retourna et lui sourit avec coquetterie.

— Comment me trouves-tu ? Viens vite me regarder avant que je ne sois devenue repoussante.

— Repoussante, toi ? Mon petit soleil !... protesta son époux, ardent. Il s'approcha.

— Tu as vu Mère ? demanda-t-elle après avoir reçu le tribut.

— Oui, elle te demande.

— J'y vais.

Nantie d'un dernier baiser, elle sortit, tandis qu'il renfonçait en lui, sans vergogne, un frêle sentiment de culpabilité : « L'humeur de Maman... la prévenir. Oui... j'aurais peut-être dû... Bah ! elle s'en tirera. Personne qui sache prendre Mère comme elle... Dans cinq mois, cinq mois seulement !... »

Comme elle avait bien su garder son secret : « Ludivine... Ludivine... »

Son nom était comme une chanson sur les lèvres de Frédéric. Le cœur gonflé de joie, il s'en fut la chanter à la bise, aux arbres noirs, à la neige qui couvrait les pelouses, aux paons silencieux dans leur volière, aux vignes dépouillées, aux oliviers frissonnants, à tout ce Mogador qu'ils aimaient l'un et l'autre.

— Alors, tu as fini par te décider ? demandait pendant ce temps Julia à sa belle-fille. Entre nous, tu y as mis de la réflexion. J'en venais à croire que tu te bornerais à nous présenter, un beau matin, l'enfant du miracle...

Confondue, Ludivine rougit.

— Comment, Mère, vous le saviez ?

— Depuis beau temps, ma fille.

C'était trop fort ! Avec toutes les précautions qu'elle avait prises.

— Mais... Comment ?

— Ah ! tu t'imaginais être bien à l'abri, n'est-ce pas ? bien protégée par tes petites ruses... Mais, tes ruses..., elles n'étaient pas bonnes à tromper la plus bornée des femmes de chambre ; tout au plus ton dadais de mari...

— Mère !...

Oser qualifier Frédéric... Ludivine montrait les dents comme une jeune louve.

Un éclair brilla dans les prunelles pâles de Julia.

— Tout beau, ma chère, ne te fâche pas. C'est de mon fils que je parle. Tu ne peux m'en dénier le droit, je suppose ? Bien que tu aies une tendance à le considérer comme ta propriété strictement personnelle.

Un instant leurs regards croisés se défièrent. Puis, Ludivine découvrit une ombre de malice dans celui qui narguait sa mine hérissée. Eclatant de rire, elle s'assit, très à son aise.

— Vous ne m'attraperez pas, cette fois, Mère. Oui, Frédéric est à moi. Et je suis très capable de me battre sans merci pour défendre mon bien. Mais vous ne me forcerez pas non plus à rompre la trêve de Noël. En outre, si vous me mettez trop en colère, comment ferez-vous, ensuite, pour me donner votre cadeau sans paraître vouloir vous faire pardonner ?

La vieille dame se dérida franchement.

— Tu vas bien m'offrir le tien, enveloppé dans ce paquet d'impertinences... Mais il y a un grain de sens dans ce que tu dis. Allons, tiens, embrasse-moi, et prends ceci.

Elle lui tendit un écrin.

— Oh, qu'est-ce que c'est ? demanda Ludivine.

— Tu le regarderas dans ta chambre. Tu sais que j'ai horreur des congratulations.

— Très bien. Alors, voici pour vous. Je l'ai choisi toute seule. J'espère que vous me direz si cela vous convient.

Pleine de curiosité, elle tournait entre ses doigts la petite boîte liée de rose, dans son papier de soie blanc.

— Merci. Et... bon Noël, Maman !

— Bon Noël, fillette ; et beaucoup d'autres comme celui-ci. Maintenant, je ne te tiens pas quitte, continua-t-elle avec vivacité, devant le mouvement de retraite esquissé par sa bru. Viens là, et explique-moi pourquoi toutes ces cachotteries. Philo s'en ronge les poings et me casse la tête : « *Comme si cet enfant n'avait pas un père !* »

Ah ! c'était donc Philo qui...

Ludivine pensa qu'elle s'en souviendrait. Bien entendu, elle aurait dû songer à tous ces potins de l'office...

— C'est que... je voulais... Elle chercha une seconde. « ... Vous faire une surprise. »

— Ludivine, ne mens pas, dit paisiblement la vieille dame.

— Eh bien...

Et, renonçant à tout subterfuge :

— ... Eh bien, en réalité, c'était pour avoir la paix... Enfin, se reprit-elle, gênée, je veux dire... n'est-ce pas ?... Je voulais vivre encore un peu comme tout le monde, vous comprenez ?

Julia se mit à rire.

— Oh ! c'est assez clair. En somme, conclut-elle, après avoir réfléchi, tout cela est de la faute d'Adrienne et de Philo. Si l'on ne t'avait pas cadenassée, la première fois... Fie-toi à moi pour le leur dire !... Allons, c'est toi qui as raison. Après tout, je ne vois pas pourquoi les femmes font tant de manières, dans ces cas-là. Du temps de nos aïeux, on se dorlotait moins. Va, mène la vie qui te convient, et donne-moi un petit-fils qui te ressemble, je ne m'en plaindrai pas trop.

Mais le petit-fils tant attendu ne vint pas. A sa place, cinq mois plus tard, jour pour jour, naissait une seconde fille. Devant le désappointement général, Frédéric, magnanime, prit avec chaleur le parti de la pauvrette. Soulagée en le voyant se résigner si facilement, Ludivine se fit apporter l'enfant, la trouva jolie, et déclara qu'on l'appellerait Anne.

— Encore un nom de reine, sourit Adrienne qui, déjà, tournait autour de sa nouvelle nièce.

Quelques heures s'étaient à peine écoulées que nul ne semblait se souvenir, à Mogador, de quels espoirs déçus Anne prenait la place.

On baptisa la petite fille, en présence de toute la parenté.

Fiançailles, mariages, naissances ou deuils, chaque solennité donnait lieu à ces réunions. La famille, au grand complet, considérait comme un devoir d'y assister. Etayés l'un à l'autre, les trois grands fiefs faisaient figure de puissance, dans la région. D'Avignon en Arles, et jusqu'aux Saintes-Maries-de-la-Mer, on prononçait avec une nuance de respect : « Les Vernet de Mogador, et ceux de Tourvieille » ou « les Angellier de la Sarrazine », à peu près comme on eût dit : « les marquis de Barbentane » ou « les princes des Baux ».

Ludivine s'en rendait compte. La fierté qu'elle en retirait compensait un peu la monotonie de ces agapes sans imprévu, où se retrouvaient invariablement les mêmes convives, où l'on parlait chevaux, vignes, récoltes, avec religion ; et politique avec gravité.

Tous ces grands terriens envisageaient avec une méfiance dépourvue de passion les « menées extrémistes » qui commençaient à se faire jour, à Paris. Chez eux, les fermages se payaient généralement sans peine, les valets et les journaliers recevaient de bons gages. Chacun avait sa place à table, son coin au soleil. Une sorte de solidarité régnait de maître à serviteur. Nul n'entrevoyait la nécessité de changer quoi que ce fût à un ordre de choses aussi satisfaisant pour tous. Unis dans la même opinion, ils considéraient les revendications sociales dont la capitale était le théâtre, du même œil qu'ils auraient regardé une maladie de la pomme de terre, ou du raisin, envahissant un champ bien séparé des leurs. Se tenant volontiers un peu à l'écart, ils demeuraient unis, jaloux de leurs coutumes, attentifs à vivre comme leurs parents avaient vécu.

Somme toute, Ludivine s'était parfaitement accoutumée à ces mœurs de clan. Peut-être était-ce là, songeait Julia, comme une contrepartie de son enfance orpheline. Ou peut-être, simplement, retrouvait-elle alors, au milieu de tous, invisible, ce sentier de la solitude d'où son mariage l'avait arrachée. Julia inclinait à le croire, elle qui, depuis des années, dans son fauteuil d'éternelle malade, au sein même des repas les plus animés, s'était si souvent abstraite, jusqu'à ne plus percevoir autour d'elle qu'un brouhaha vide de sens au milieu duquel les visages s'éloignaient, devenaient soudain étrangers.

Hubert vint en permission pour le baptême. Il avait bonne mine, dans son uniforme où reluisaient à neuf les galons de maréchal des logis. Sa mère l'examinait à la dérobée. On pouvait s'enorgueillir de ce beau garçon. Moins grand que Frédéric, mais presque aussi large d'épaules, il était bien un Vernet, lui, avec sa mâchoire dure, ses cheveux noirs drus, et son regard brun — celui de Rodolphe —, vraiment, oui, un Vernet... La ressemblance s'était accusée depuis son départ pour le régiment. Pourtant, Julia s'attardait à chercher en vain, sur son fils, quelque chose d'indéfinissable, déjà perdu : cet air de jeune chien fou, dégingandé, de naguère... Il avait été longtemps son dernier petit garçon. Maintenant une page était tournée, une de plus pour Julia Vernet qui regardait s'effeuiller le livre...

« Ah ! pensait-elle, que Ludivine nous donne un fils au plus vite !... »

14

Isabelle eut trois ans. C'était une belle petite fille en qui l'on retrouvait certains traits de son oncle. Pour Hubert, d'ailleurs, l'enfant savait se faire caressante, et presque docile. Mais nul autre ne pouvait se flatter d'avoir apprivoisé cette nature difficile. Elle était, lorsqu'elle voulait s'en donner la peine, d'une grâce extrême à laquelle on ne résistait pas ; mais ses emportements dont on n'apercevait pas le motif, se déchaînaient soudain sans qu'on pût les endiguer.

Impénétrable, contemplant le berceau où la petite Anne riait à tous, généreusement, elle se perdait dans des méditations qui inquiétaient les grandes personnes.

— Tu es contente d'avoir une petite sœur ?

Arrachée à ses pensées, la jeune Isabelle levait vers le fâcheux un regard qui, le toisant, le décontenançait.

— Oui.

Sa politesse laconique, plus insolente que ne l'eût été un refus de répondre, laissait à l'interlocuteur démonté un bizarre sentiment de malaise, et l'incitait, en général, à borner là ses avances.

— Ma parole, je crois qu'elle me ferait baisser les yeux, riait Frédéric. J'ai l'impression que Mère et toi, trouverez à qui parler, un de ces jours. Je serais curieux d'assister à une conversation entre vous trois, d'ici quelques années.

Ludivine haussait les épaules, mortifiée de voir sa fille lui marquer aussi clairement le pauvre prestige qu'elle lui accordait. « Cela vient de ce qu'Adrienne ne sait pas se faire obéir », pensait-elle.

Fruit de ces réflexions, un plan d'éducation s'échafaudait : elle allait prendre en main la petite fille. Elle se promettait d'être douce et patiente, mais inflexible. L'enfant devait se sentir dominée... Demain, elle expliquerait à sa belle-sœur...

Mais le lendemain, Frédéric disait :

— Il faut que j'aille à la ville. Viens-tu avec moi ? Nous passerons chez les Royer, ce soir, en rentrant, si j'ai fini assez tôt.

Une belle journée à eux deux, tout entière... Et cet arrêt au retour, dans la petite maison accueillante d'Elise... ; il n'y avait plus qu'à se préparer, et monter en voiture.

— Adrienne, ma chérie, veille bien sur les petites.

— Sois sans crainte.

Embrassée, cajolée, déposée à terre, Isabelle reprenait ses jeux silencieux, un instant dérangés. Anne se démenait et riait aux éclats, dans les bras de la nourrice qui avait succédé à Mathilde, promue bonne d'enfant.

Tout allait bien, en somme...

Julia eut une crise cardiaque grave. L'inquiétude pesa sur Mogador. Abandonnant ses nièces, Adrienne s'établit dans la chambre attenante à celle de sa mère. Ludivine dut, cette fois, s'occuper des enfants. Mal secondée par Mathilde, dans cette tâche inhabituelle, elle réussissait cependant assez bien avec Anne. Douée d'un heureux caractère, celle-ci, contrairement à sa sœur, ne témoignait d'aucune préférence, et distribuait ses gentillesses avec la plus équitable impartialité.

Mais Isabelle demeurait irréductible. Bien des fois, exaspérée par l'hostilité muette de l'enfant, Ludivine se résolut à quitter la place, pour ne pas s'exposer à voir s'effriter aux quatre vents le calme d'emprunt qui masquait son impuissance.

Sortant de chez sa mère, Frédéric la retrouvait nerveuse et lasse. Il la réconfortait de son mieux, s'offrant parfois à la remplacer quelques instants. A la volonté de sa fille, il opposait, d'instinct, les mêmes armes qui lui servaient à l'égard de sa femme, et s'amusait de reconnaître chez l'enfant les réactions de Ludivine.

— Je me demande, lui exposa-t-il un jour, si tu t'es jamais avisée du fameux atout que cela a été pour toi de perdre tes parents, si jeune.

— Oh !

Scandalisée, elle ouvrait de grands yeux.

— Mais oui ! Regarde donc : Isabelle n'a pas la même chance, elle. La voilà en train de se débattre contre nous tous. Imagine-toi à sa place...

— Oh ! Frédéric ! Mais tous les enfants ont un père, une mère, et obéissent, et...

— Mais toi, l'as-tu fait, mon cœur ?

— Non, bien sûr, mais... Mais moi, je suis allée au couvent. — Elle brandissait triomphalement l'argument : — J'avais sept ans, mon chéri, lorsque j'y suis entrée comme pensionnaire.

— Pauvre petite fille ! dit-il, en la serrant contre lui. Mais, tout de même, vous étiez là, à trente ou quarante contre une ; et les religieuses n'avaient qu'à bien se tenir, même si tu étais seule de ton espèce, ce que je crois volontiers.

Egayée, Ludivine se rappelait l'épopée de ses rapports avec Mère Jeanne-des-Anges. Elle ne protesta pas.

— De toute manière, conclut Frédéric, Isabelle n'ira pas en pension, et nous pourrons juger, d'après elle, de ce que serait devenue sa mère, élevée dans les joies d'une enfance au foyer.

Il y avait du vrai, dans le raisonnement de Frédéric, bien que sa manière de présenter les choses fût un peu agaçante. A la réflexion, Ludivine était bien obligée d'en convenir. Derrière ce bout de femme indomptable se levait un autre petit personnage d'un temps déjà presque oublié au fond de sa mémoire.

Néanmoins, lorsque après trois mois de soins, de souci, de convalescence coupée de rechutes, l'état de la malade permit à Adrienne, libérée, de reprendre sa place auprès des enfants, Ludivine la lui abandonna avec un empressement qui en disait long sur la contrainte que lui avait imposée ce rôle.

Un printemps nouveau s'annonçait ; ce printemps de

Provence qui naît en février, et se hâte, déjà guetté par la sécheresse de l'été, pour éclater en gerbe émouvante, durant le temps si bref qui lui est imparti.

On discernait le gonflement des bourgeons sur les branches nues. Vinrent la nacre des amandiers, le corail clair des pêchers, l'ivoire frissonnant et tendre des poiriers... Les prés s'étoilaient de narcisses... Une nuit faisait éclore l'aubépine parfumée des buissons... Au coin de la pelouse, en face de la maison, les fleurs du magnolia furent, en mars, comme un vol d'oiseaux blancs posé sur l'arbre mort.

Puis le lilas entr'ouvrit ses grappes fugitives. Du fouillis de languettes vertes des bordures, surgirent les tiges dressées des grands iris violets et mauves, au cœur tigré de jaune. Il y eut des fleurs de glais dans les fossés, et le long de la roubine ; le chèvrefeuille foisonna sur les haies ; les coquelicots se déplièrent au bord des talus ; les genêts et le cytise étalèrent leur gloire aux pentes des collines, le romarin, la menthe sauvage, et les genévriers.

Frédéric aimait cette saison où la fuite du temps n'est pas encore une menace ; où chaque heure porte en elle sa promesse... Heureuse, Ludivine le suivait, partageant ses journées, apprenant de lui sa gravité toujours voilée d'un sourire, son sens de la beauté du monde, et cette discrétion à l'exprimer, dont il se départissait peu à peu, pour elle. L'existence prenait une saveur de fruit mûr, frais cueilli...

« C'est comme si, avant, j'avais été seulement amoureuse de lui. Maintenant, je commence à l'aimer », découvrit-elle, avec un étonnement un peu ivre.

Libéré du service depuis plusieurs semaines, Hubert reprenait sa place. Mais l'homme qui revenait ne s'identifiait pas à l'adolescent dont tous avaient gardé le souvenir. Les rapides permissions au cours desquelles on l'avait revu à Mogador, n'avaient pas préparé ce retour. Chacun, alors, l'avait accueilli et traité avec cette sorte de gêne heureuse qui préside aux rapports de ceux qui, s'aimant, découvrent qu'ils ne savent plus rien les uns des autres, et cachent ce vide, avec une bonne volonté maladroite, sous des mots sans importance. Il repartait ensuite, laissant Mogador reprendre sans lui sa vie quotidienne qui continuait, resserrée, et, peu à peu, nivelait les traces de l'absence.

C'était cette vie quotidienne qu'il fallait forcer, à présent. Seules de nouvelles habitudes, lentes à se créer, l'y aideraient. Mais il était dur de voir fuir entre ses doigts, comme de l'eau, la joie de ce retour tant désiré. Hubert errait dans la maison, des uns aux autres, à la recherche du passage juvénile qui le relierait à eux.

De son côté, Julia s'appliquait à deviner ce fils inconnu que l'existence lui ramenait. Seule avec lui, dans sa chambre, elle l'observait.

Déconcerté, Hubert attendait vainement la raillerie familière. Les yeux gris posés sur lui interrogeaient ses traits, appelaient secrètement, derrière leur ressemblance, un autre visage estompé depuis vingt ans qui, parfois, affleurait celui-là.

Un instant, Julia voyait s'abolir le temps. Ce beau garçon aux traits virils, au regard brun plein d'une assurance caressante... Ces larges épaules... c'était Rodolphe qui se tenait là. Non, certes, le Rodolphe irritable, taciturne, maigre, aux traits creusés, qui était revenu de la guerre pour mourir longuement auprès d'elle. Mais celui qui avait dit, un lointain matin d'avril : « *Vous voici chez vous, ma mie* », tandis que la voiture franchissait la grille. Un matin bleu clair, emperlé de rosée, plein de rires d'oiseaux, et de cloches sonnantes, comme ceux que l'on a rencontrés en rêve ; un matin miraculeux, né une fois pour Julia Angellier et son amour... Il n'avait plus jamais fait aussi beau, depuis ; il n'y avait plus eu de vent aussi frais, de soleil aussi chaud, de joie aussi douce... Il n'y en aurait plus... Jamais plus.

La vieille Julia fermait les yeux sur ses pensées.

— Vous êtes souffrante, Mère ? demandait Hubert, inquiet de son silence.

— Non pas, non pas. A peine un peu lasse...

Avide d'offrir son aide, de parler du domaine, de s'initier, il rejoignait Frédéric dans le petit bureau, le trouvait étendu sur le vieux canapé, un coussin sous la tête, tirant sur sa pipe avec béatitude, allongeant ses jambes au mépris des traces que laissaient ses souliers boueux. Et Ludivine, assise, à sa place, devant la table, insoucieuse de la fumée, écrivait sous sa dictée, en discutant avec lui, pleine d'une compétence dont s'effarait le jeune homme.

Tous deux paraissaient parfaitement sûrs et forts, isolés dans leur entente. Ils étaient un bloc, un bastion, une forteresse étalant son orgueil d'être inabordable, à la face du monde.

On lui souriait pourtant. On l'invitait à entrer, on lui faisait place. On allait jusqu'à s'enquérir de son avis sur des questions dont il ne savait pas le premier mot... Il semblait à Hubert qu'on lui fît la charité. Blessé, il se réfugiait dans une nonchalance affectée ; affichant un manque complet d'intérêt, il demandait la permission de fumer un cigare...

Ludivine riait. La demande était saugrenue, formulée au sein de cette tabagie.

Il écoutait ce rire d'autrefois, tout pareil à son souvenir, comme elle-même était encore toute pareille, rieuse, dorée, vêtue de frais basin crème. Cette robe jaune qu'elle portait, le jour du départ... Il avait envie de lui dire : « Vous souvenez-vous ? »

Mais pourquoi se fût-elle souvenue ? Trois ans de cela... Une robe comme une autre, pour elle... Eût-il pu lui raconter que, des nuits et des nuits durant, quand le désir de Mogador le tenait éveillé dans la chambrée lourde de respirations, de sueurs, de corps alignés, c'étaient cette robe et cette ombrelle garnie de rubans, qu'il croyait voir passer entre les massifs, sous ses paupières brûlantes. Il avait aimé à se rappeler, d'elle, jusqu'au moindre détail : ce balancement, en marchant, qu'elle savait donner à ses jupes ; cette façon altière de rejeter en arrière sa tête que le poids des cheveux paraissait entraîner ; sa vivacité, son impatience autoritaire ; ce léger pli irrésistible de la bouche, et ces yeux, tantôt clairs comme la première violette, tantôt étincelants et sombres comme ces grands iris noirs qu'elle aimait... Et son parfum, toujours le même...

Tant de mois passés où, fermant les yeux, il avait cru le respirer... Et à présent, de nouveau... Il se défendait de la contempler, et la cherchait du regard, en même temps, recevant le sien comme un choc. Les amourettes de garnison, cette jeune fille qui l'avait, un moment, distrait, comme tout cela était loin, déjà, et de peu de prix...

— Aimez-vous toujours les iris, Ludivine ?

— Sans doute. — Etonnée, elle haussait les sourcils. — Quelle question... Pourquoi ?

— C'est que je pensais qu'ils vous ressemblent...

— Qu'ils me ressemblent ?

La plume en l'air, elle oubliait son travail.

— ... Mon Dieu, Hubert, quel joli compliment !

Paisible, du haut de sa certitude conjugale, Frédéric tira une bouffée de sa pipe.

— Eh, dis donc, mon garçon, je crois que tu fais la cour à ma femme ?

Mais le temps n'était plus où Hubert eût perdu la face devant cette remarque cavalière. La vie de soldat l'avait aguerri sur ce point comme sur bien d'autres.

— Et quand cela serait ? demanda-t-il tranquillement. Regarde-la. Elle est faite pour être admirée, plutôt que pour additionner des chiffres.

— Oh ! Oh !... demande-lui donc ce qu'elle préfère, dit Frédéric, moqueur. Tu vas bien l'embarrasser, je parie.

— Est-ce vrai, Ludivine ? Alors, tranchons la question : faites de la comptabilité avec votre époux, et venez ensuite cueillir des fleurs avec moi. — Il luttait avec le tumulte intérieur que la remarque de Frédéric avait fait lever. Après tout, elle était sa belle-sœur. Pourquoi ne se fût-il pas montré galant ? N'était-ce pas naturel ?

Ludivine leur souriait, heureuse d'être l'objet de cette légère passe d'armes fraternelle.

— Je le voudrais bien, mais je crains que Frédéric ne soit jaloux, dit-elle, avec une ombre de malice. Il est terrible...

— Jaloux ! Savez-vous que vous me faites un immense honneur, à le supposer ?

Elle adressait à son mari une grimace taquine. Frédéric, bon joueur, lui renvoya un sourire. Sans comprendre, Hubert sentit passer entre eux quelque chose dont il était exclu. La pièce lui parut soudain inhospitalière. Il se leva. Tous deux se retournèrent vers lui.

— Tu nous quittes déjà ?

— Oui, dit-il, détaché. Décidément, Ludivine, je

crois qu'il vaut mieux que j'aille porter mes hommages à vos filles.

— C'est cela. Allez retrouver votre favorite.

Ils ne le retenaient pas. Evidemment, ils avaient hâte d'être seuls à nouveau. Ils s'aimaient, et n'avaient nul besoin de sa présence. Hubert les imaginait étouffant un soupir de soulagement, une fois la porte refermée. Peut-être même se moqueraient-ils... La pensée des railleries de Frédéric, il l'eût encore affrontée avec calme. Mais que Ludivine pût... Il voulut effectuer une sortie dégagée, heurta l'angle du bureau, se prit le pied dans le tapis usé, et faillit tomber.

— Ah ! ces poètes... s'exclama Frédéric, avec un rire affectueux.

Au désespoir, Hubert s'en fut sans un mot.

Abandonnant sa chaise, Ludivine vint s'asseoir au bord du canapé. Toute son attitude quêtait une caresse.

Frédéric lui tapota la joue avec une tendresse bourrue.

— Paresseuse !... Déjà fatiguée ?

L'air rêveur, elle questionna :

- Est-ce que tu trouves qu'il a raison ?

— Raison ? Comment cela ?

— Eh bien... à propos des iris...

Elle guettait sa réponse, du coin de l'œil.

— Quelle damnée petite coquette vaniteuse tu fais ! s'exclama-t-il, riant de tout son cœur.

Elle posa la joue contre la sienne, et rit avec lui.

Le cœur lourd, Hubert s'était mis à la recherche des petites. En le voyant entrer, Isabelle, absorbée dans un album d'images d'Epinal qu'il lui avait rapporté, leva vers lui un visage radieux. Anne se trémoussa sur les genoux de sa tante, avec des cris de satisfaction.

— Ma pauvre Adrienne, elle va t'échapper des mains, remarqua-t-il, égayé.

— Elle est belle, n'est-ce pas ? dit Adrienne, orgueilleuse.

— Superbe !

Devant le concert de louanges, le bébé se rengorgea.

— Z'ai deux-z-ans, énonça-t-elle, d'un air grave, un doigt dans la bouche.

Hubert siffla d'admiration.

— Oh ! une jeune fille, tout à fait !

— Quel dommage que tu n'aies pas été de retour pour son anniversaire. Chacun de nous lui a offert quelque chose, même sa sœur. Elle a déjeuné à table, à la place d'honneur, vis-à-vis de Mère...

— Mais j'y serai pour le prochain... Et aussi pour celui d'Isabelle, ajouta-t-il en se tournant vers elle.

L'enfant attachait sur lui un regard de femme, dur, étincelant, désespéré...

Un instant interdit, il s'approcha.

Isabelle le regardait venir sans rien dire. Lorsqu'il fut à deux pas d'elle, sans le quitter des yeux, elle prit son livre, et, posément, mais de toutes ses forces, le déchira.

— Isabelle ! cria Adrienne.

Hubert contemplait le désastre.

— ... Ton beau livre ! Méchante petite ! Demande pardon à ton oncle Hubert, tout de suite...

— Mande pa-don, appuya Anne, à l'unisson.

Isabelle reprit les morceaux, et continua son œuvre de destruction.

Outrée, Adrienne, déposant le bébé à terre, se leva.

Devant l'imminence de l'attaque, la jeune révoltée fit face avec un dédain superbe.

— Laisse-la !

— Mais... Non, Hubert, ne vois-tu pas comme elle est...

— Je te dis : laisse-la.

Clouée par la violence du ton, sa sœur hésitait. Plus doucement, il ajouta :

— ... Je ne veux pas que ce que j'avais apporté pour lui faire plaisir devienne la cause d'une punition... J'ai un peu de peine, Sabel, dit-il encore, en s'en allant.

Sombre, la petite se détourna.

Voyant qu'il n'obtiendrait pas une parole, il se décida et sortit.

Isabelle considéra la porte refermée, de ses yeux brûlants et secs. Frappée, devant son expression, Adrienne se rappelait l'avoir rencontrée sur un autre visage, durant ce temps déjà ancien où Frédéric était demeuré au loin...

Brusquement, une tempête de sanglots creva dans le silence consterné de la pièce. Adrienne respira : la détente viendrait ensuite. Il fallait que se débridât la plaie de ce cœur exclusif.

— C'est toi qui lui as fait tant de chagrin, chérie, murmura-t-elle, de tout près, sans la toucher.

Hoquetante, Isabelle fondait, se désagrégeait.

— Oh ! Tatie ! Tatie...

— Toi pleure pas, conseilla Anne, occupée à récolter avec soin les débris de l'album.

Méditative, Adrienne, caressant une tête brune enfouie dans les plis de sa jupe, regardait le bébé achever ingénument son butin de pilleur d'épaves.

Au bout de quelques semaines, pourtant, Hubert s'aperçut, un beau matin, sans savoir comment cela s'était fait, que Mogador l'avait repris et absorbé. Le souvenir du régiment s'effaçait peu à peu... Il commençait à se trouver au fait des menus événements qui constituaient la monnaie des conversations journalières. Il avait revu ses amis Raynal, renoué avec quelques jeunes gens du voisinage, recueilli les regards flatteurs, timidement posés sur lui, des jolies filles. Fréquemment, on le voyait s'absenter :

— Il s'amuse, l'animal ! disait Frédéric à sa femme. En confidence, il ajoutait : On l'a vu en bonne compagnie, l'autre soir, à Avignon, chez Lance. Tu sais, après les courses de Roberty...

Hubert fit aussi la connaissance du docteur Royer. Celui-ci passait souvent, après ses visites, reprendre sa femme, venue l'après-midi. Tous deux dînaient à Mogador. Elise attendait son premier enfant, tout éclairée d'un bonheur qui semblait émaner d'elle et l'entourer comme un halo. Sa fraîcheur, sa simplicité, avaient conquis jusqu'à Julia qui la ménageait.

— Elle est heureuse d'être tombée sur le mari qu'elle a, déclarait la vieille dame. Dépourvue de défense, comme elle l'est, que fût-elle devenue, entre les pattes d'un lourdaud comme il y en a tant ?

Mais la bonté brusque du docteur Royer, sa finesse, ses saillies plaisaient à Julia. Elle raffolait des anecdotes qu'il lui contait, avec une verve imprévue chez ce grand garçon, aux manières gauches. Ne quittant guère son fauteuil, au coin du feu ou dans un bosquet abrité du parc, selon les saisons, elle savait, par lui, toute la chronique du pays, ses joyeusetés, ses peines et ses misères contre lesquelles il lui demandait parfois du secours, sans embarras, comme à une alliée tacite, plus franchement que n'osait le faire le curé. Lui seul, en outre, parmi tous leurs amis, se risquait à la taquiner, voire à la contredire.

Oui, c'était « quelqu'un », avait-elle décidé, lui ouvrant sa maison.

— J'espère que vous allez lui donner un fils qui lui

ressemble, ma belle. Il le mérite, ce garçon, disait-elle à Elise.

Ludivine se sentait un peu humiliée : un fils. Naturellement, voilà ce que tout le monde souhaitait. Ses deux filles étaient bien jolies, certes, mais... — Elle pensait que Frédéric, tout tendre père qu'il se montrât, eût préféré un solide garçon. — Enfin, bientôt, peut-être... Personne ne se doutait encore, à Mogador. Elle-même n'était à peu près sûre que depuis quelques jours... Les choses se présentaient assez désagréablement. La chaleur l'éprouvait déjà. Encore un été gâché... Elle se souvenait du premier... Cette fois, ce serait moins dur, malgré tout : l'enfant naîtrait sans doute après les fêtes du Jour de l'An.

Peu après, elle en fit la confidence à sa belle-mère.

— C'est le plus grand plaisir que tu pouvais me procurer. Tâche de nous « le » réussir, ce coup-ci. L'as-tu dit à Frédéric ?

— Pas encore. Je pense que je vais attendre au mois prochain, et le lui annoncer pour l'anniversaire de notre mariage.

Julia demeurait pensive.

Cinq ans, bientôt. Cinq ans que cette petite était arrivée à Mogador, duveteuse comme un poussin, le bec à peine formé ; mais décidée, mais vaillante, prête à entrer à son tour dans la lice. Maintenant, c'était une jeune femme que mille petites aspérités avaient déjà égratignée, qui avait appris, chaque jour...

... Et Dieu sait, se disait Julia, tout ce qu'il lui faudra encore apprendre. Tout ce qu'il est bon, et nécessaire d'apprendre, dans la souffrance, les larmes, et l'amertume de se taire, avant d'accepter enfin cette idée que l'on meurt... qu'il vient un jour où ni soleil, ni vent, ni voix aimée, ne vous atteignent plus dans votre corps abandonné, descendu au profond de cette nuit de pierre, et que c'est le repos, et que l'on y consent.

15

Il arriva des nouvelles de la Sarrazine. Un premier petit Vernet y venait de naître. Blanche demandait à Frédéric d'être parrain. Il accepta.

L'automne, précoce, cette année-là, empourprait insidieusement les haies. On achevait des vendanges que la pluie de septembre avait gâtées. Mauvaise année pour la vigne... Mais le maître de Mogador ne s'en souciait pas beaucoup. Quelle année eût pu être mauvaise, qui lui apportait l'espoir d'un fils ?

Ludivine, qui se portait admirablement, prit prétexte de sa grossesse déjà avancée, pour laisser Frédéric se rendre sans elle au baptême, accompagné d'Adrienne et d'Hubert. Depuis la soirée des noces d'Emilie, elle n'était jamais retournée volontiers à la Sarrazine.

— Je me demande si je ne suis pas lasse, tout simplement, de la vie mondaine, dit-elle à Julia. Voyez-vous, Mère, c'est si monotone, à la longue. D'avance, je pourrais dire comment cela se passera ; le repas, les conversations, les petites pointes entre femmes, chacune dénigrant, à part soi, la toilette des autres ; les compliments, toujours les mêmes, des messieurs, leurs discussions politiques... Qui sait combien de temps encore, il nous faudra les entendre parler de Panama ?... Bien entendu, il y aura aussi les histoires d'Egypte, et celles d'Erythrée. Ils se lanceront à la tête monsieur Crispi et lord Salisbury. Ah ! Seigneur... Et avec ça, il y a toujours, en train, des élections quelconques, pour leur permettre de s'échauffer tout leur saoul... Grâce au ciel, Frédéric n'est pas un forcené sur ces questions. Mais voyez Hubert, n'est-ce pas risible ? On dirait que sa vie en dépend.

Hubert avait une fougue, un besoin de se dépenser à fond, au service des articles de son Credo personnel, que ne tempérait pas, comme chez son frère, ce sens aigu de l'instabilité des choses et des êtres, dissimulé sous une raillerie permanente.

— Que veux-tu, ma fille, tu t'es adjugé la part qu'il aurait pu prendre dans l'administration de Mogador. Laisse-le reconstruire le monde à son idée, ça le distrait, ce garçon.

De la fenêtre du salon, toutes deux regardaient descendre le soleil, dans une gloire rouge et dorée, derrière les chênes touchés de roux qui se détachaient, plus sombres, sur le ciel d'un bleu adouci.

— Maintenant, ils doivent être arrivés, dit Ludivine.

Julia ne répondit pas. Elles écoutèrent un moment les mille bruits du silence.

— Quand j'étais jeune, je détestais cette saison. Là-bas, à la Sarrazine, la terrasse était jonchée des feuilles du grand marronnier, on marchait sur les marrons et les cosses éclatées. La glycine se défaisait aussi. Aussitôt après les premières pluies, il montait du parc une humidité... Les sous-bois étaient si touffus... J'aurais aimé revoir encore une fois tout cela.

— Oh ! sourit Ludivine, il n'y a rien d'impossible, Mère, il me semble. On pourrait très bien, en choisissant...

Julia secoua la tête.

— Depuis dix-sept ans, je n'y suis pas retournée. Il est trop tard, maintenant, ma chère, il y a trop longtemps... Ni les arbres, ni la maison ne me reconnaîtraient. Essaie de comprendre cela. Il y a dans le monde une grande sagesse. Rien ne sert de vouloir aller contre. La Sarrazine était le domaine de Julia Angellier, et j'ai été longtemps Julia Angellier, même mariée, même mère de famille. A présent, il n'y a plus que la vieille Julia Vernet de Mogador. Il viendra un jour où tu découvriras cela pour ton propre compte ; mais pas tout de suite, pas si vite, tout de même... C'est le temps qui te l'apprendra. Et alors, c'est que le tien sera passé.

Ludivine se leva comme on s'étire.

Mère était quelquefois un peu impatientente. A quoi bon parler de ces choses-là ? On le sait de reste, que la vie s'écoule, qu'il y a au bout cette inconvenante maladie, la vieillesse ; et quelque chose de noir, d'épais, de lourd et de vague, que l'on appelle la mort.

Dans la pénombre, elle examina sa silhouette devant la glace, et soupira :

— Ah ! je voudrais qu'il passât, ce temps !... Je voudrais avoir quatre mois de plus. Ou seulement, tenez, Mère, seulement quatre jours, après tout. Quatre jours, pas davantage. Que Frédéric fût de retour...

Il ne revint qu'au matin du sixième. Encore au lit, elle entendit le bruit des roues sur le gravier, celui des voix confondues dans la rumeur de l'arrivée. Et, tout de suite, il fut là, dans leur chambre, joyeux, bruyant, tendre, plus tendre encore qu'elle n'eût osé le rêver. Les contrevents, repoussés, claquèrent. Il la prit dans ses bras, ébouriffée, éblouie de soleil, étourdie de caresses. Heureuse, elle se laissait aller, blottie dans sa chaleur et sa force.

— Habille-toi vite, et fais-toi belle. Tout le monde est en bas.

— Tout le monde ? Qui ça, tout le monde ?

— Eh bien, Caroline, Georges, Raoul, Laure...

— Mais... Comment... ? Interdite, elle ouvrait de grands yeux.

En riant, il expliqua :

— Mais oui, ma chère. Ils ont voulu passer par ici pour te voir. Oncle Antoine et tante Lucie sont rentrés par le train. Nous nous sommes empilés dans la voiture, Hubert et Georges sur le siège, à côté de Victor. Georges lui a pris les guides, et a conduit une partie du chemin. Ils déjeunent ici. Adrienne s'occupe de donner les ordres. Nous les mènerons à Tarascon, cet après-midi, et nous prendrons les bagages à la gare.

Toute sa joie tombée, Ludivine se mit à sa toilette. Quel besoin avait-il eu de tout gâcher en les amenant ?... Bien entendu, c'était lui qui avait imaginé cette sotte équipée. Il n'y avait pas à s'y tromper. Et maintenant, il fallait les recevoir, subir leur tapage, leur présence...

— Sonne Eugénie, je te prie, dit-elle, d'un ton assez sec.

Parfaitement inconscient, il se précipita.

— Voilà, chérie. Veux-tu de mes services, en attendant ?

— Grand Dieu, non ! Va donc plutôt les rejoindre. J'aurai plus vite fait sans toi.

— Comme tu voudras, acquiesça-t-il, conciliant. Mais viens vite, n'est-ce pas ?

Elle l'entendit descendre l'escalier en sifflotant.

Eugénie qui entrait s'étonna, en son for intérieur, de trouver Madame d'aussi méchante humeur.

— Elle m'a fait devenir chèvre, expliquait-elle, plaintivement, trois quarts d'heure plus tard, à Philomène, intéressée et pleine de sympathie.

Sous les armes, comme un soldat à la parade, masquant sa contrariété d'un sourire, Ludivine se dirigeait vers la pelouse.

Le groupe, installé devant des boissons fraîches, sous l'ombre du cèdre, au bord du miroir d'eau, l'accueillit avec des exclamations de plaisir et des embrassades.

— Enfin, la voilà...

— Toute belle !...

— Vous nous avez manqué...

— Chère Ludivine...

— Ma chérie, tu vas bien ?

— Loin de vous, Frédéric était comme une âme en peine, assura Georges, avec un grand sérieux.

Hubert jeta un regard de colère à son cousin.

Le surprenant, Ludivine s'en étonna. Depuis son retour du régiment, le jeune homme gardait auprès d'elle une attitude empressée, mais froide, qui la déconcertait un peu. Il sortait beaucoup, et paraissait ne plus guère se soucier d'elle. On chuchotait qu'il avait une fille de Tarascon pour maîtresse. Ludivine l'avait croisée, cette Régina, un jour, sur le « cours ». Une belle créature, bien habillée... — Ces « horizontales », on les prendrait à présent pour des « dames » constataient les dames, avec acrimonie. — Eh, ma chère, elles nous singent : ce sont nos maris qui leur donnent des leçons... — Elle avait dévisagé Ludivine au passage, sans retenue, avec curiosité...

Assez mortifiée, volontiers, Ludivine eût risqué quelques coquetteries sans portée, afin de reprendre son pouvoir. Mais Hubert ne lui en avait jamais laissé l'occasion. Maintenant, commençant de perdre un peu chaque jour l'avantage de sa séduction, elle se regardait sans complaisance, dans la haute psyché de sa chambre, tous les matins, durant le temps qu'Eugénie l'aidait à sa toilette. Il ne pouvait plus être question de conquérir qui que ce fût...

Elle sourit à Georges.

— Je suis sûre qu'il ressemblait plutôt à un écolier

en vacances, dit-elle, se retournant vers son mari, d'un air d'entente.

Mais il causait, assez bas, avec Laure, et ne s'en aperçut pas.

A nouveau, rencontrant la figure contractée de son beau-frère, elle en ressentit un malaise fugitif. Son attention fut détournée par Raoul.

— Venez vous asseoir ici, Ludivine. Il y a bien longtemps que nous ne nous sommes vus. Laissez-moi profiter de cette absence de rivaux pour vous faire ma cour...

— Vous avez là un amoureux bien rassis, pauvre chère, pouffa Caroline... Et dire que, dans vingt ans d'ici, probablement, tante Julia lui dira encore, comme tout à l'heure, quand il l'a embrassée : « Mon garçon, je me demande vraiment à quoi pense ta mère, de te tolérer des gilets aussi extravagants ! »

Ludivine s'esclaffa à son tour. — Mère avait le génie de ces réceptions bien personnelles. L'observation avait dû aller droit au cœur du pauvre Raoul. — Nul doute, par ailleurs, que chacun eût reçu son paquet... — Elle se demanda si Laure s'était tirée indemne de la visite.

— Tout de bon, Raoul, moi je le trouve très joli. C'est la dernière mode du Boulevard, je suppose ?

— Tout juste, ma chère, dit Georges. C'est moi qui le lui ai rapporté.

— Oh ! pria-t-elle, vivement, dites-nous donc ce qui se porte à Paris ! A en croire *la Mode Illustrée*, il faut renoncer à la bottine, même pour la ville. Est-ce vrai ?

Georges se campa dans une pose inspirée.

— C'est une question bien controversée. On rencontre beaucoup de petits souliers découverts, à la promenade, évidemment. Je l'avoue, je suis du nombre de leurs partisans. Fi de ces bas blancs, qui accompagnent les bottines ! Une jolie jambe est si jolie dans un bas noir, au milieu des frous-frous nuageux...

— Georges, voyons...

En riant, Ludivine tapa sur les doigts de son cousin à petits coups d'éventail.

— ... Tenez, racontez-moi plutôt le baptême.

— Bon, voilà. Hum !... Tout s'est passé à merveille : repas parfait, beautés piquantes, mon jeune frère très « pater familias », très bien. Blanchette adorable, comme toujours, le parrain très imbu de ses devoirs de toutes sortes, le jeune Laurent aussi sage qu'on...

— Laurent ? s'étonna Ludivine.

— Mais oui ! Laurent-Frédéric Vernet. Laure était marraine. Ne le saviez-vous pas ?

— Non, dit-elle, légèrement, je l'ignorais. Toutes mes félicitations, Laure.

L'air interrogateur, interrompant son entretien, sa cousine se tourna vers elle.

— Qu'y a-t-il, ma bonne amie ? Ah ! oui, notre filleul ? Il est superbe, n'est-ce pas, Frédéric ? Je vous souhaite un beau garçon tout pareil, puisque vous l'attendez.

— Nous l'espérons, sourit Ludivine. Et Numa ?

Laure se lança dans le panégyrique de son fils.

Comme elle est affectée, se disait la jeune femme. Ces manières de tendre mère... Et elle surveille ses effets, en même temps... Elle a grossi. On ne peut pas dire que ça lui aille mal... Je déteste cette peau blanche et rose. Tiens, ce petit pli au coin de l'œil... On le voit bien, quand elle rit. Dieu, quel rire désagréable ! Si j'étais un homme...

Elle promena son regard sur les hommes qui l'entouraient, comme pour confronter leur opinion et la sienne. Raoul et Georges, étalés avec béatitude dans les grands fauteuils de rotin, planaient au-dessus de l'assemblée : l'un suivait des yeux les évolutions d'un couple de paons sur la pelouse, l'autre, absorbé dans le dosage méticuleux d'un verre d'absinthe, faisait couler, goutte à goutte, l'eau glacée du carafon sur le sucre de sa cuillère. Hubert, le dos tourné, poursuivait avec Caroline une conversation qui les isolait.

En somme, l'auditoire se bornait à elle-même, Adrienne et Frédéric. — Frédéric... Mais qu'y avait-il donc sur le visage de Frédéric ? Quelle bizarre expression à la fois attentive et dure, voilée de nonchalance ! « Il a l'air d'un chat qui a vu un rat », se dit-elle. Une fois de plus, une sensation de malaise la traversa. D'instinct, elle posa la main sur le bras de son mari.

— Que veux-tu ?

Elle eût juré qu'il y avait un peu d'agacement dans la voix de Frédéric. Se raidissant, elle parvint à lui sourire avec naturel.

— Rien, mon chéri. Je me demandais seulement si tu avais vu les petites.

— Naturellement. Nous y sommes tous allés pendant que tu te préparais... Isabelle a refusé de dire bonjour, même à Hubert. Elle s'est cachée...

Ludivine se sentait, sur ce point, singulièrement solidaire de sa fille, ce matin-là. Elle dit, avec indulgence :

— C'est une enfant très sauvage, tu le sais bien. Toute cette foule a dû l'effrayer.

Il la regarda tendrement.

— Bien sûr, chérie, c'est sans importance. Anne a été un petit amour, d'ailleurs.

Non, il n'y avait rien. C'était elle qui... Des idées absurdes. Ils allaient repartir au début de l'après-midi, de toute façon...

Victor vint prévenir que le repas était prêt. Elle prit le bras de Raoul pour rentrer à la maison.

Le déjeuner se prolongea. Les convives savaient se

tenir à table, et buvaient sec. Les plaisanteries se répondaient. La vaste pièce résonnait des exclamations joyeuses de ce repas en famille.

De sa place, entre Raoul et Georges, Ludivine observait son mari assis en face d'elle. « Décidément, la paix est faite », constata-t-elle amère. — Cette Laure avec ses œillades hypocrites, et ses petits rires...

A la dérobée, elle lança un coup d'œil vers Philo et Victor qui dirigeaient le service assez hésitant d'Eugénie. « Seigneur, que cette fille est empruntée ! Jamais on ne la dégourdira... » Elle eût voulu presser les choses, bousculer le temps...

— Vous ne mangez pas, remarquait Georges, affectueusement.

Elle sentit l'attention de Julia se poser un instant sur elle.

La vieille dame présidait, au haut bout de la table, avec une autorité que sa bru ne pouvait s'empêcher de lui envier. Certes, Ludivine se sentait maîtresse sur toute l'étendue du domaine. Mais, à la table de Mogador, c'était toujours le règne de Julia Vernet. Nulle apparence qu'elle acceptât de se dessaisir un jour du sceptre...

Inquiète, Adrienne surveillait sa mère, sans rien dire. Ses yeux parlaient pour elle.

Julia qui riait aux boutades de ses fils et de ses neveux, lui fit une grimace narquoise :

— Laisse, ma fille, j'ai donné congé pour aujourd'hui à la maladie.

Adrienne soupirait. Caroline se hâta de détourner son esprit des écarts de régime de la malade, en lui parlant de ses nièces. Sur ce sujet, la tante était intarissable. Son visage s'éclaira.

— Ainsi, nous ne pouvons pas espérer vous revoir à Tourvieille, cet automne ? — La voix de Laure domina les conversations, ramenant tout le monde à la question posée.

Frédéric, indécis, consultait sa femme du regard.

— Oh ! je le regrette bien, déclara Ludivine, mais vraiment, vous le voyez, ma chère Laure, c'est impossible. Je dois renoncer à me déplacer.

— Quel dommage ! C'est désolant. Nous ne nous voyons plus guère qu'en passant, depuis si longtemps. Nous serions si heureux de vous avoir un peu... Ne pourriez-vous... ? Dites ?...

Elle le savait bien. Jusqu'à quand allait-elle continuer à insister ainsi, sans retenue ?

— Eh bien, mais... c'est tout simple !

La voix de Frédéric avait un accent triomphant.

— ... Faisons le contraire, Mère, Ludivine, n'est-ce pas ? Venez tous, pour cette fois. Les enfants sont assez grands à présent, Laure ; vous pouvez très bien les emmener. Ils s'amuseront avec Anne et Isabelle...

Manifestement, il était enchanté de son idée, et décidé à l'imposer au besoin.

La question se débattit. Glacée, Ludivine écoutait sans penser à prendre sur elle pour intervenir.

Cela me ferait plaisir, dit Julia. J'aime à discuter avec ce bon Antoine, et il y a bien du temps que je n'ai fait enrager la pauvre Lucie. Allons, c'est une chose entendue, vous m'amènerez les petits et leurs grands-parents.

Ludivine luttait avec effort contre la colère douloureuse qui l'envahissait au spectacle de Laure, souriante et dégagée, objectant le dérangement... la turbulence de son fils... l'état de sa cousine...

Se ressaisissant peu à peu, elle dit, avec une douceur indéfinissable :

— Mais oui, Laure, voyons, vous n'allez sûrement pas refuser cela à Frédéric ?

Ironie perdue.

— Je me rends, je me rends, ma bonne amie, accepta Laure gaiement, avec un gracieux mouvement de tête qui fit flamber, un instant, dans la lumière, la somptueuse masse rougeoyante de son haut chignon bouclé.

Frédéric s'épanouit, satisfait.

Ainsi, ce qu'elle avait obscurément craint depuis le jour lointain de ses fiançailles s'était produit. Comme une sotte, elle s'était endormie dans la paix d'un triomphe illusoire, après quelques escarmouches dont elle s'était exagéré l'importance... Ah ! l'autre avait été plus fine ! Comme elle avait bien su patienter, et choisir son heure, pour lui porter le coup dans le dos...

Enfermée dans sa chambre, comme toujours aux moments difficiles, Ludivine, ramassée sur elle-même, les mâchoires contractées, examinait la situation en face :

« Il lui plaît, il lui a toujours plu. C'est l'évidence. Une coquette, sans le moindre cœur... » Elle oubliait de bonne foi que d'autres femmes, dont elle avait détourné les soupirants à son profit, eussent pu formuler sur elle le même jugement... « Elle ne l'aime pas, elle n'aime personne. Pas plus que son mari, ou que... Mais elle me déteste. Et si elle peut me le prendre... »

Le prendre, lui, Frédéric !... Une angoisse furieuse montait en elle. Comme si cela eût dû être possible, prendre à quelqu'un l'air qu'il respire, le sang même de ses veines... « Mais je l'aime ! Mais il est à moi ! » Est-ce que ça ne suffisait donc pas à l'empêcher ?

Mais non, il n'eût servi à rien de se le dissimuler. Déjà, il était attiré, comme dans une toile invisible, tissée autour de lui avec cette habileté qu'il fallait bien reconnaître à Laure.

Naïvement, Frédéric s'imaginait être le chasseur. Elle lui mettait aux lèvres ce goût de conquête, auquel nul orgueil d'homme ne résiste... Un gibier, voilà ce qu'il était. L'enjeu de la partie ouverte entre elles deux... Cinq ans qu'elle guettait, manœuvrait... Et maintenant, c'était la guerre déclarée.

Comme on est seule, comme on est seule dans le monde, lorsqu'il faut se battre. Aucun secours à espérer. Pas même de ceux qui vous aiment. Hubert... Mais que pouvait Hubert ?...

Des larmes de rage brûlaient les yeux de Ludivine. Ses mains se crispaient, s'ouvraient, se resserraient, sans qu'elle en eût conscience, dans une sorte d'égarement.

Ce Raoul était donc aveugle ? Bien entendu, il avait confiance. « Son épouse irréprochable... » Un galant homme !... Elle eût craché le mot, comme une insulte. — Un galant homme... quelle bêtise ! A quoi cela servait-il ? La bonne foi, la délicatesse, le respect... armes de dupes ! On a son bien, on le défend. Est-ce que les moyens comptent ?

Elle pensait à ces Espagnoles de Mérimée, tailladant de croix au couteau la figure de leur rivale. Les hommes, eux, avaient le duel !...

Depuis cinq jours qu'ils étaient là tous, arrivés de Tourvieille, elle sentait croître cette haine meurtrière dissimulée sous l'affabilité de son rôle d'hôtesse. Impuissante, il lui fallait assister aux attentions de Frédéric envers sa cousine. Il déployait une astuce ingénue à susciter des occasions de l'isoler des autres. Ludivine le voyait étaler son envie de plaire, avec une inconscience qui eût rapidement compromis sa partenaire, eût-elle été moins savante dans l'art des feintes dérobades, suivies d'avances déguisées. Croyant mener le jeu, il était mené comme un enfant.

Envers sa femme, tantôt il se montrait injuste, presque dur, lui reprochant sa mauvaise grâce, lorsqu'ils étaient seuls ensemble, son manque d'entrain, tantôt il redevenait inexplicablement gentil et tendre, plein de prévenances, comme si l'autre n'eût pas été entre eux — ou comme s'il eût voulu acquérir le droit de faire ensuite de la peine, songeait Ludivine.

Elle apprenait la patience, la maîtrise de soi. Et qui eût jamais pensé que cela coûtât si cher ? Au sourire perfide de l'ennemie, elle opposait tout le dédain d'un calme parfait, jamais en défaut, affichant à son égard plus d'amitié qu'elle ne se sentait capable d'en éprouver pour quiconque.

Sa tactique consistait à se séparer de Laure le moins possible, prenant son bras dans le parc, s'asseyant auprès d'elle... Cela ôtait toute initiative à la jeune femme, mais Frédéric gardait la sienne. Ludivine reconnaissait, sur son visage, l'ardeur, au temps des fiançailles, et cette langueur nonchalante, sous laquelle perçait la dureté du désir tendu.

Tout ce qu'elle avait jadis épelé maladroitement sur ces traits, elle l'y revoyait inscrit, sans qu'il lui fût fait la grâce d'un doute. Tout recommençait, cette séduction complexe faite d'ironie, de charme, de froideur, de brutalité... tout cela pour une autre ; et il lui fallait en être témoin... Il lui fallait accepter, et sourire, pour bien marquer qu'il n'y avait là rien qui méritât d'être pris au sérieux.

Laure, triomphant sous cape, répondait, quoi qu'elle en eût, aux démonstrations affectueuses de sa cousine. On ne voyait, le plus souvent, les deux jeunes femmes qu'ensemble.

La situation se maintenait ainsi dans un équilibre

apparemment solide. Nul n'eût pu dire si Frédéric s'y trompait. Mais cette tension épuisait Ludivine. Elle se rendait compte que la moindre occasion, la plus petite faille dans son système de surveillance, jetterait l'un contre l'autre, ces deux désirs, aiguisés par la contrainte qu'elle leur imposait. On ne tenait pas aisément en brides un Frédéric Vernet... Quant à Laure, elle voulait sa victoire, cette fois, et l'humiliation de Ludivine. Il était visible qu'elle ne s'était pas avancée jusque-là sans réflexion. D'une manière ou d'une autre, elle chercherait l'écrasement de son ennemie. Ludivine le discernait clairement. Dans ce combat à fleurets démouchetés, tous les coups marquaient.

Bien sûr « cela » ne pouvait aller très loin. A Mogador, au milieu de tous, une intrigue suivie était inconcevable, et Laure devait le savoir... Sans doute n'était-ce pas là son but... Et ils repartiraient bientôt, la laisseraient seule auprès de Frédéric, mais blessée, abaissée, dépouillée de cette armure de confiance joyeuse qui l'avait protégée jusqu'alors...

Il ne serait pas difficile de le reprendre, elle en était sûre, elle ne voulait pas en douter... Mais là n'était pas la question. Qu'il eût pu, sur un signe de Laure, se mettre à jouer ce jeu absurde et cruel, en sa présence à elle, ayant oublié à ce point tout ce que Ludivine avait cru intangible entre eux... et juste à ce moment où elle supportait, pour lui, cet odieux amoindrissement physique, c'était cela qui était grave, cette trahison... Et aussi qu'il la mît en posture de vaincue, devant cette femme, détestée depuis le premier jour.

Souffrir... Il s'agissait bien de souffrir ! Elle l'avait appris, déjà, que ce n'est pas tellement impossible... que la souffrance, cela tombe sur l'un, sur l'autre, tout le long de la vie... et qu'on raidit ses épaules, jusqu'à ce que ça passe. Elle se sentait bien suffisamment de courage... Son amour à défendre, c'était une affaire entre Frédéric et elle.

Mais sur Laure, elle ne pouvait rien. Cette Laure éclatante qui s'inclinait sur elle, examinait ses traits tirés, avec cette férocité voilée de douceur dont, seules, les femmes savent user entre elles :

— Comment vous sentez-vous ? Ne vous fatiguez pas, surtout, ma bonne chérie.

Frédéric, surgissant, la trouvait confite dans son rôle de tendre amie.

« Un fleuron de plus à sa couronne », ricanait Ludivine, à part elle.

Les voir ensemble était un supplice. Ne pas les voir eût été pire. Durcie, un sourire incessant sur ses lèvres sèches, elle les observait, pesait leurs paroles, leurs silences, notait les intonations de leur voix, interprétait les mouvements de leur physionomie...

C'était là tout un butin empoisonné dont elle se repaissait ensuite, la nuit venue, pendant ses longues insomnies. L'enfant de Frédéric pesait à son ventre, et son cœur gonflé semblait vouloir lui déchirer la poitrine.

A ce moment, il reposait près d'elle. En étendant la main, dans l'obscurité grise, elle touchait son corps allongé. Elle écoutait son souffle, si calme. Soulevée sur un coude, elle tâtonnait, effleurant ses cheveux, se penchait pour le sentir un peu plus proche, un peu plus sien... Mais ce sommeil, où il lui échappait encore... Ces rêves où il se réfugiait, à l'abri d'elle... Il refermait la porte, avec une aisance d'acrobate, de criminel impuni... « Et Dieu sait qui entre avec lui et où ils partent, délivrés, hors d'atteinte... Son corps : une chose abandonnée là, comme un vieux vêtement, on s'en débarrasse, il n'est plus à personne... »

De jour, de nuit, cette poursuite décevante... et elle

haletait. On avance les doigts, on se dévore de l'envie de cette épaule tiède qui était la place du repos, naguère. Et le repos, où est-il, où est-il ?... Un instant, on s'étonne d'avoir mal, puisque tout est pareil. Si pareil, vraiment, que rien ne peut être arrivé ; que le bonheur de tant de nuits toutes pareilles ne peut pas être devenu cette pincée de poussière dans le creux de la paume, tout d'un coup, sans que l'on sache pourquoi... « Frédéric, mon amour, tu m'aimais, tu n'aimais que moi, il y a si peu de temps... » Comment est-ce que cela s'est fait ? Il doit y avoir un raisonnement... une explication à trouver. Et alors, tout s'éclaire, avec la simplicité d'un miracle d'arithmétique, et l'on retombe dans l'ordre, dans la ligne des jours tous égaux, tous sûrs !...

Mais non, rien ne vient, que la laide, trouble lueur annonçant l'aube. Le vent apporte le son de la cloche de Fontfresque. La paix du repos, l'intolérable paix, autour de soi, lorsqu'on est comme un pauvre aux portes du royaume...

Parfois, son angoisse misérable, penchée sur Frédéric, pesait sur lui comme une pierre. Il remuait lourdement, lançait un bras de noyé sur les draps, avec une longue aspiration, et retombait dans les grands fonds du sommeil. Au matin, Ludivine, s'examinant sans pitié dans son miroir, ne se défendait plus de s'y trouver laide.

Mise en éveil, Julia la suivait d'un regard perspicace : visiblement, cette petite se rongeait... Et ce grand niais qui ne semblait pas s'en douter... Jusqu'où allait-il mener cette comédie jouée sous le nez de sa femme ?

Philo, confidente de sa maîtresse, approuvait de la tête, sans se compromettre. Elle n'avait jamais beaucoup aimé madame Ludivine... « Tout de même, dans son état... ça risquait d'être mauvais pour le petit... Un homme, ça fait ses frasques... Mais à la maison, non, il n'aurait pas dû... Et l'autre, la rouquine, avec ses yeux de chat... Rien de bon, elle lui disait, celle-là... Et puis enfin, la femme de monsieur Raoul... Un Vernet, lui aussi ; et ils avaient joué ensemble sur ses genoux, lui et monsieur Henri... Ah ! monsieur Henri, ce n'était pas lui qui... Comme elle l'avait pleuré... Si beau, si sérieux, tout le portrait de son défunt père... Non, ni son mari, ni ses garçons à elle, ni le petit Cyprien, mort entre ses bras, ni le maître, ni Amélia — ma perle, ma beauté fine ! — aucun ne lui avait tiré tant de larmes. Des fontaines de larmes, elle avait versé. A s'en perdre les yeux ; que depuis, ils étaient pleins de petites lignes rouges, et elle n'y voyait plus comme avant... Mais monsieur Frédéric, lui, tout petit, encore en robes, déjà il était un garnement. Et entêté, et malicieux, et câlin, que toujours il fallait faire ce qu'il voulait, pour finir... »

— As-tu vu mes nièces, aujourd'hui ?

— Madame ? Ah ! oui... ce matin ?...

Arrachée à ses souvenirs, Philo reprenait pied péniblement.

— ... Je leur ai servi à déjeuner en bas, de bonne heure. Mademoiselle Caroline vient de partir à cheval avec monsieur Hubert. Et madame Raoul leur a dit qu'elle allait cueillir des zinnias.

« Des zinnias ? Quelle diable de lubie est-ce là ? Qu'est-ce qu'elle voulait faire de ces zinnias ? »

— Philo, rappelle-moi : est-ce que monsieur Frédéric n'a pas parlé hier soir, à table, de voir Juste, ce matin ?

— Oui, Madame. Pour les carreaux de la serre qui sont cassés...

Maîtresse et servante se regardèrent.

— Allons, ouste ! dit Julia, avec décision, finis de

m'habiller, et presse-toi. Je vais profiter de cette belle matinée pour aller faire un tour par là, moi aussi. Et puis, ne me fais pas ces yeux stupides. Qu'y a-t-il là de si extraordinaire ?... Mon châle de laine, oui. Ma capote. Mon réticule... Et apporte-moi mon ombrelle noire. Là, partons. Tu me donneras le bras pour descendre l'escalier.

— Quel beau temps, dit-elle encore, le nez frémissant, le menton résolu, devant le parc, glorieusement étalé au pied du perron.

Mais les zinnias rutilaient, bigarrés, arrondis, en juponnés, tuyautés, gaufrés, gonflés de couleur et de sève, solitaires sous le soleil d'octobre. La vieille dame rencontra le jardinier occupé à rattacher les surgeons dans la roseraie. Nulle trace de Laure. Quant au chef de Mogador, Juste avait entendu dire quelque chose au sujet d'une charrue cassée, d'un cheval couronné, que, peut-être, il faudrait abattre. Et on avait vu partir « moussu Frédéric », sur les huit heures, avec le baïle venu le chercher dans la carriole.

A la maison, Ludivine s'était un peu attardée au lit, après le départ de Frédéric. Le sachant loin, elle respirait. Sa toilette terminée, elle se dirigea vers la chambre des enfants, d'où provenait, depuis quelques minutes, un vacarme dépassant les limites normales.

La porte ouverte, elle tomba en pleine anarchie. Le jeune Numa talonnait au hasard dans les jambes à sa portée, en poussant des hurlements sauvages. Muette et acharnée derrière lui, Isabelle, les doigts agrippés dans les boucles rousses de son cousin, offrait une nouvelle illustration de ce que l'on peut attendre, touchant la valeur, chez une âme bien née.

La petite Agnès, suspendue aux vêtements de son frère, gênait considérablement sa défense, et, ballottée, atteinte de temps à autre par les horions qui ricochaient, augmentait le tapage d'un appréciable contingent de cris et de sanglots.

Pour parachever l'ambiance guerrière, Anne, puisant dans la caisse à jouets, bombardait les belligérants avec cette philosophique impartialité, cette approximative précision de tir, caractéristique de l'artilleur né...

Mathilde semblait avoir déserté le champ de carnage.

Ludivine demeura un instant clouée sur le seuil, devant l'envergure de la bataille.

— Eh bien, par exemple... Mais qu'est-ce que c'est ? Voulez-vous vous arrêter !

L'injonction passa inaperçue. Adrienne qui accourait, se jetant dans la mêlée, reçut une ruade et un coup de griffe qui ne paraissaient d'ailleurs pas lui être destinés. Au même moment, une quille lancée à la volée par Anne, l'atteignit dans le dos.

— Au nom du ciel, Ludivine, fais quelque chose ! Ce sont des démons !... cria-t-elle, exaspérée.

— Je viens, je viens, ma chère... Mais si tu crois que c'est commode... articula Ludivine, étouffant de rire, au spectacle offert par sa belle-sœur.

Adrienne, qui « voyait rouge », maîtrisa de justesse son envie de répondre qu'en effet, ça ne l'était pas, qu'elle-même en savait quelque chose... et qu'après tout, les enfants n'étaient pas à elle. Ludivine n'avait qu'à...

— Oh ! je t'en prie... proféra-t-elle seulement.

Le ton était tel qu'il n'y avait pas à s'y tromper. Ludivine le comprit et, sans plus barguigner, entra dans l'arène.

— Anne, cesse immédiatement, ou je te donne une fessée !

Cette fois, l'intervention domina le tumulte. Anne,

qui craignait sa mère, et voyait en outre approcher la fin de ses munitions, se le tint pour dit. Elle saisit sa poupée négresse, et se mit à lui lécher les joues, à l'écart de l'affaire en ce qui la concernait désormais.

Forte de ce premier succès, Ludivine s'en fut chercher un pot à eau. Elle y trempa une serviette éponge.

— Attrape Agnès !

Adrienne obéit. L'enfant, cramponnée à la taille de son frère, fut décrochée et emportée, coulante de larmes.

La serviette mouillée cingla les mollets d'Isabelle qui eut une défaillance. En un éclair, jetant au visage de sa fille le reste de l'eau, Ludivine consomma sa victoire.

Un calme relatif s'établit sur-le-champ. Mathilde, peureusement apparue, emmena la silencieuse petite furie ruisselante, désarmée par la traîtrise des grandes personnes, mais invaincue.

— Dépêchez-vous de la changer !

— Et frictionnez-la bien, avec l'eau de Cologne, ajouta Adrienne, occupée avec sa filleule dont la désolation persistante menaçait de tourner à la crise de nerfs.

Ludivine revint vers son petit cousin. A l'aide d'un coin de la serviette, elle débarbouilla la figure écarlate, et entreprit de peigner, avec les précautions qui s'imposaient, le crâne à demi scalpé de la victime.

Numa reniflait sans se plaindre.

— Là, tu es courageux, ça va bien, c'est fini. Maintenant, dis-moi, que lui avais-tu fait ?

— Rien.

— Pas possible ? Alors c'est elle ? Raconte-moi, allons...

Le petit garçon se raidissait entre ses genoux, fixant

attentivement les dessins de sa jupe. Elle caressa la joue égratignée.

— ... Te voilà fait comme un joli cœur, pour plaire aux dames. Ainsi, tu ne veux pas me dire... ? — Agacée par les lamentations aiguës d'Agnès, elle s'interrompit : — Pour Dieu, Adrienne, fais-la taire. Elle me casse les oreilles !

Adrienne lui adressa un coup d'œil chargé de reproches. L'enfant était si gentille, habituellement. Comment pouvait-on manquer à ce point de patience et de compréhension ?...

— Pauvrette, elle a eu peur.

— Peur ? Je te demande un peu. Que d'histoires ! Et Isabelle a eu peur, elle ? Et Anne, donc ?... Allons, finissez, mademoiselle la pleurnicheuse ! Quelle honte !

Le chagrin de la fillette redoubla. Numa, méprisant, se désintéressait de la situation. Peut-être regrettait-il vaguement la perte d'un ennemi à la mesure de son courage. Ludivine le laissa aller.

— Je vais chercher sa mère pour la calmer. Je ne peux pas supporter ces cris de crécelle.

Soulevant au passage la rondelette Anne, elle la gratifia d'un baiser souligné d'une tape légère sur les cuisses. Le bébé rit aux éclats.

« Tout de même », songeait la jeune femme, en descendant à la recherche de sa cousine, « quelle petite sotte, cette Agnès, et pleurarde et faiseuse d'embarras... » Exactement le genre d'enfant que l'on pouvait supposer à Laure... Dieu merci, ses filles à elle étaient d'une autre trempe. Elle sourit au souvenir d'Isabelle, comme un petit rapace, les ongles plantés solidement dans sa proie. Et Anne, la rieuse, la coquette, Anne au nez impertinent, aux cheveux de châtaigne, qui se contemplait déjà dans toutes les glaces à sa portée, avec ses yeux tout pareils aux siens... Oui, elle pouvait se sentir fière...

Dans le grand vestibule, elle rencontra tante Lucie qui rentrait, élégante, pomponnée, sanglée comme si elle fût arrivée d'une cérémonie. « Dirait-on jamais qu'elle passe sa vie au milieu des chevaux et des taureaux ? Et l'oncle Antoine, si négligé... » Comme les gens étaient drôlement assortis... Ils paraissaient bien avoir été heureux, pourtant...

Tante Lucie l'embrassa.

— Vous êtes superbe ce matin, ma belle petite. Et notre chère Julia, comment se sent-elle ? A-t-elle passé une bonne nuit ?

L'excellente dame avait pour chacun des trésors d'intérêt qu'elle se plaisait à prodiguer.

Sa nièce la jugeait encombrante.

— Très bonne, affirma-t-elle, pour régler la question.

Ses dernières informations touchant sa belle-mère remontaient à la soirée de la veille.

— ... Avez-vous vu Laure, ma tante ?

— Je l'ai aperçue, il n'y a pas longtemps, avec Frédéric. Ils revenaient à la maison.

L'estomac de Ludivine se contracta brutalement.

— Très bien. Je pense que je vais les trouver au salon.

— Certainement, approuva tante Lucie, indifférente. Il fait encore bien chaud, ce matin, ne trouvez-vous pas ? On ne sait comment s'habiller, en cette saison. Je monte faire un peu de chaise longue. Cette promenade m'a fatiguée.

Au salon ?... — Elle s'arrêta une seconde devant la porte. — Eh bien, s'ils étaient là, il n'y avait pas grand mal. On y pénétrait à tout instant... — Elle entra. Le salon était vide... — Ce n'était pas étonnant... elle l'avait toujours su qu'ils n'y seraient pas... Dieu !... son cœur lui faisait mal... Il fallait les trouver. Dans la bibliothèque, peut-être ?... — La bibliothèque était une petite pièce située au fond. Autrefois, Rodolphe Vernet avait aimé s'y tenir. On n'y allait plus guère...

« ... Oui, là, sans doute... » Elle traversa le salon, et s'arrêta de nouveau, parvenue près de la porte. Nul bruit de voix perceptible. Mais celui que faisait le battement de ses tempes semblait une rumeur de gouffre.

« Non, ce n'est pas la peine, il n'y aura personne. » Elle se contraignit à ouvrir posément.

Au bruit de la porte, Frédéric se dressa brusquement, contourna le haut canapé placé devant la cheminée, et, s'appuyant au dossier, lui fit face :

— C'est toi ?

Le ton était bref, le visage hostile.

— Oui. Je pensais que vous pouviez être là.

Elle réussit à sourire.

— ... Je cherche Laure. Elle n'est pas avec toi ? Tante Lucie m'avait dit...

— Mais oui, ma chère, en effet...

La voix de Laure venait des profondeurs du canapé, nette, un peu moins modulée qu'à l'ordinaire. Elle se leva à son tour, avec tranquillité, tandis que Ludivine s'avançait à sa rencontre.

— ... Votre époux me choisissait un livre.

— Oh ! dit Ludivine, je vous dérange !...

Le ton plein de regrets se nuançait d'une ironie à peine perceptible.

Frédéric réprima un sourire. Même à cet instant si désagréable, où les deux femmes, s'affrontant, lui laissaient un rôle mi-déplaisant, mi-ridicule à ses propres yeux, humilié et furieux de l'être, il ne pouvait s'empêcher d'accuser une touche réussie. Et certes, celle-là l'était : « un chef-d'œuvre ! » applaudissait en lui l'incorrigible spectateur.

— A peine, répliqua Laure, insolente avec grâce.

Celle-là aussi avait un sacré style... Oui, toutes deux étaient... Mais Bon Dieu ! quel pétrin !... Et pour si peu de chose...

Il ne se sentait réellement pas très coupable. — Mais Ludivine, avec son caractère... Et puis après tout, il n'était pas un gamin, et si elle... — Il la regarda avec une sorte de rancune... Si elle voulait un éclat...

Ludivine avait pris le volume posé sur le guéridon, et en examinait le titre sans mot dire. *Les Liaisons dangereuses*... Elle se souvenait... Tous deux l'avaient lu ensemble, il y avait... — Ah ! il y avait des siècles de cela.

Démontée par ce silence prolongé, Laure s'énervait. Elle voulut le rompre.

— J'espère qu'il me plaira. Qu'en pensez-vous ? demanda-t-elle avec défi.

Ludivine la dévisagea.

— Oh ! je le crois.

Une petite moue railleuse et dure déformait le coin de sa lèvre. Elle lui rendit le livre.

— Je le trouve vraiment bien choisi.

« Elles vont se sauter à la figure », pensait Frédéric. Alors que rien... Et moi, là au milieu, j'ai l'air... Prêt à intervenir, il cherchait en même temps un moyen de rétablir sa situation, et n'en trouvait pas.

« Au diable ces femmes... »

Sa fureur les englobait l'une et l'autre.

Bon Dieu ! Allaient-elles l'ennuyer longtemps ?... Il n'avait pourtant pas besoin de ça... Juste ce matin-là...

L'amertume le submergeait.

Dédaignant Laure, sa femme se tourna vers lui, et questionna :

— Là-bas ? C'était grave ?

Il haussa les épaules.

— Affaire réglée. Deux balles... Ranguis est allé chercher le pistolet du beau-père... Il s'était pris sous la charrue, tu comprends ? Le poitrail...

Il fit une grimace et n'acheva pas.

Ludivine posa sa main sur son bras. Ils se regardèrent.

« ... Du moins, ai-je cela à moi, à moi seule, sa peine », pensait-elle. Une douceur brûlante et triste la traversa.

— Tu as fait ce qu'il fallait. C'est fini. N'y pensons plus. Montons voir les enfants.

« ... J'étais venue vous chercher pour Agnès, ajouta-t-elle, s'adressant à Laure, qui attendait, délaissée, exclue, dévorant sa colère. — Il y a eu un drame là-haut : Isabelle et Numa ont réglé ce qui m'a paru être une vieille querelle inavouable.

Tous trois, quittant la bibliothèque, traversèrent le salon.

— Ah ?... Et qui a gagné ? demanda Laure, détachée.

— Oh !... Eh bien, figurez-vous, je crains que ce ne soit Isabelle, lui fut-il répondu avec le même détachement.

Etranger à la conversation, Frédéric se contentait d'accompagner les deux jeunes femmes.

Ludivine, s'arrêtant pour prendre le bras de son mari, vit les doigts de Laure crispés sur le volume qu'elle tenait, si fort qu'ils en paraissaient livides. Alors, seulement, elle s'aperçut que sa main gauche à elle, demeurée enfouie dans la poche de sa jupe, déchirait encore à grands coups d'ongles, quelque chose qui avait dû être son mouchoir.

16

Après le départ de ses hôtes, Frédéric se sentit plein de regret et de soulagement à la fois, devant l'occasion perdue, et la tentation écartée. Décidé à redevenir l'époux que pouvait désirer sa femme, il apportait, dans ce retour à la vertu, le naturel d'une rivière qui reprend son cours régulier après une inondation.

... En somme, rien ne s'était passé. Un attrait passager, un flirt léger, irritant, qui l'avait tenu en haleine... Bah ! un homme n'est pas un enfant de chœur, que diable !... Un peu de piment parmi les douceurs conjugales en soulignait le charme. N'importe qui eût admis cela. — Il se sentait tout prêt à une nouvelle lune de miel. Aussi fut-il mortifié du peu d'accueil fait à ses avances.

Ludivine, le choc passé, avait vu s'enfuir toute sa force de résistance, comme le sang d'une blessure d'où l'on retire le couteau. Et c'était bien une blessure qu'elle portait, à y regarder de près.

Oui, elle avait arraché la victoire, et jusqu'à l'instant des adieux devant la voiture, Frédéric et Laure s'étaient évités, depuis la scène gênante où Ludivine avait pris l'avantage. Avec adresse, elle avait ensuite enfermé son mari dans le réseau d'une attention continuelle, si lâche d'aspect, cependant, qu'il n'eût pu trouver un prétexte à en exprimer son agacement. Précaution d'ailleurs inutile. De toute évidence, Laure acceptait dédaigneusement la certitude de sa défaite, et ne se fût pas risquée à la voir se renouveler. De son côté, Frédéric ne semblait pas disposé à la poursuivre. Une histoire terminée.

Mais à présent, le péril écarté, la jeune femme demeurait lasse et sombre, incapable de se surmonter encore. Tant de choses s'étaient effritées en elle... Pierre à pierre, depuis des années, âprement, elle avait bâti sa ville, sans rien ménager, sans plus vouloir détourner les yeux pour regarder alentour, et, pendant tout ce temps, le mal était là, il existait déjà, installé à l'intérieur des murailles. Et un beau matin... Des ruines... Des ruines, qu'il fallait déblayer, reconnaître, pour reconstruire. « Comme si... Eh bien, non. » Elle n'en pouvait plus.

Ce qu'il y avait de plus vivant, de créateur, en elle, était atteint. Morne, elle faisait et refaisait sans cesse une sorte de bilan : il était menteur, léger, égoïste, prêt à n'importe quelle trahison... Laure même... qui pouvait savoir ?... était-elle la première ?... — Elle se souvenait : le voyage à Paris... cette longue absence mystérieuse. Et pour quel futile motif, grand Dieu ! — Elle serrait les poings : « Un jour, je le haïrai... Et je porte un enfant de lui !... » Ce poids, cette taille déformée... tout ce qu'il fallait subir pour lui, toujours pour lui !... Le haïr, était-ce donc si difficile ?

Tout se soulevait en elle...

Il entrait, désinvolte, élégant, avec quelque chose de dangereux... se heurtait à cette hostilité, l'attaquait, pressé de la réduire.

« Mensonges... menteur... trop commode... Mais c'est fini. Ne plus l'aimer, Dieu, quel soulagement ! Ne pas répondre. Le toiser, simplement. Un tel mépris... On détourne la tête... »

Des monosyllabes, un visage durci, des regards dardés, pleins d'un amer poison.

Rebuté, furieux devant tant d'injustice, il s'en allait, claquant les portes, au moment même où Ludivine, suspendue au moindre trait de ce visage, découvrait avec désespoir son impuissance à s'en détacher : « Je l'adore. Frédéric... Jamais je ne pourrai... »

Mogador assistait en témoin discret à ces orages. Julia se calfeutrait dans sa chambre. A cette époque de l'année, oreillers et tisanes devenaient tout son horizon. — Il eût fallu faire quelque chose, bien sûr. Ces deux-là avaient aussi peu de bon sens l'un que l'autre... Mais ces suffocations, cette toux... — Elle s'était brouillée avec le curé qui l'exhortait à la patience avec la sainte ardeur d'un florissant serviteur de Dieu.

Adrienne se partageait entre sa mère et les enfants. Quoi qu'elle eût pu deviner, jamais elle ne laissait paraître... Et Ludivine qui portait son chagrin comme une maladie, pleine d'une rancœur universelle, n'était pas éloignée de la taxer d'égoïsme et d'aveuglement, voire d'hypocrisie.

Hubert, ah ! Hubert, lui, c'était différent. Toute son attitude traduisait la réprobation pour la conduite de son frère. La souffrance qu'il éprouvait à voir souffrir sa belle-sœur avait fait éclater ce barrage de courtoisie cérémonieuse qu'il avait tenté de dresser entre elle et lui, durant six mois. Bien souvent, aux moments pénibles, en présence de Laure, la jeune femme, les nerfs trop tendus, avait puisé inconsciemment un peu de réconfort dans le regard toujours posé sur elle, où se lisait, avec l'anxiété et la sollicitude, toute la fidélité d'un sentiment qui mettait un baume sur cet orgueil comme une plaie. Ludivine devinait qu'elle eût pu devenir laide, vieille, misérable, aux yeux de l'univers, sans jamais cesser d'être pour lui la plus belle et la seule.

Sachant bien que rien ne lui serait demandé en échange, elle acceptait cette dévotion silencieuse, et prenait l'habitude d'en user à son gré. Jamais importun, sur un signe, Hubert apparaissait ou disparaissait avec un tact qui tenait du prodige.

Fatiguée par sa grossesse, elle avait dû renoncer à

seconder Frédéric. D'ailleurs, le travail en commun n'était plus guère qu'une occasion de discorde entre mille autres... Mogador, même, avait perdu de son intérêt.

Elle demeurait à la maison, auprès de ses filles. Moins farouche, Isabelle, traînant son tabouret, venait s'asseoir tout contre elle, un album sur les genoux. Elle commençait à lire couramment. La petite voix dévidait de longues histoires, trébuchant sur les mots compliqués, et relatait sans fin les « *Amours d'Avenant et de la Belle aux cheveux d'or* », objet de sa prédilection.

Perdue, bercée, Ludivine écoutait. Parfois, l'enfant levait les yeux vers sa mère, en quête d'une explication. Interdite, elle considérait cette dormeuse éveillée.

— Continue, disait machinalement la jeune femme.

C'était là, chaque jour, qu'Hubert venait la retrouver. Il s'asseyait assez loin, prenait Isabelle sur ses genoux... Encouragé par un sourire d'accueil, il racontait la chasse, la campagne courbée, bousculée dans les rafales cinglantes du mistral, l'eau bourbeuse de l'étang, les dernières feuilles rousses sur les ceps de vigne, l'envol des pies dans les sillons, la noblesse, l'intelligence d'*Obéron*, le fils alezan de *Miranda*.

— Quel beau nom vous lui avez donné, Ludivine. C'est vraiment un cheval-fée, je vous assure...

Ou bien, à la nuit tombante, les yeux fixés sur les flammes prisonnières derrière le garde-feu de la cheminée, il se risquait à réciter, à voix plus basse, quelque poème qu'il aimait :

... L'hyacinthe, le myrte à l'adorable éclair,
Et, pareille à la chair de la femme, la rose,
Cruelle, Hérodiade en fleur du jardin clair...

ou bien :

En m'en venant au tard de nuit
Se sont éteintes les ételles :
Ah ! que les roses ne sont-elles
Tard au rosier de mon ennui
Et mon amante, que n'est-elle
Morte en m'aimant dans un minuit.

Ludivine, étonnée, se laissait envelopper de cet étrange feu d'artifice, éblouissant ou mélancolique, dont elle eût ri, peu de temps auparavant, et découvrait Gustave Kahn, Laforgue, Mallarmé... Revanche magnifique, pour Hubert. La famille avait toujours traité avec une indulgence nuancée de mépris, son admiration pour « cette poésie nouvelle ». Certes, Mogador s'intéressait à « la littérature ». Julia, Adrienne, commandaient chaque mois, en Avignon, chez Roumanille, les romans récents prônés par *les Annales*. On suivait dans *le Gaulois, le Figaro*, et *la Revue des deux mondes*, les comptes rendus des pièces de théâtre. Le soir, après le dîner, Frédéric aimait à relire Vigny ou Baudelaire, parfois Verlaine, Gérard de Nerval, ou encore Alfred de Musset. Entre deux bouffées de sa pipe, il lisait tout haut quelques vers, rêvait dessus, les répétait à satiété, faisant, bon gré mal gré, partager son plaisir aux autres, parfaitement insoucieux de leurs occupations personnelles.

Son enthousiasme avait d'ailleurs quelque chose de si vrai, si entier, presque enfantin, qu'on ne pouvait s'empêcher d'être entraîné à son tour. Du moins le semblait-il à Ludivine, heureuse d'aimer ce qu'il aimait. Mais « les jongleries de mots de la poésie à la mode » le laissaient sceptique, assez railleur.

Pour Hubert, ce fut donc une période merveilleuse que celle où il obtint l'audience de sa belle-sœur. Isabelle, vaguement charmée par l'harmonie des sons, demeurait attentive. Anne mettait à profit cet état de grâce de ses aînés pour monter dans l'ombre quelque piraterie malicieuse sur les jouets favoris de sa sœur. Cela se résoudrait plus tard, en colères et larmes. Pour l'instant, tout était paix et tiédeur dans la grande chambre où la lueur du feu gagnait peu à peu sur celle du jour gris, refoulé derrière les fenêtres.

Cependant, Frédéric, piqué au vif par ce qu'il baptisait « les bouderies de Ludivine », multipliait ses randonnées à travers la propriété, et, s'attardant chez les fermiers, ne rentrait guère à la maison que pour les repas et le sommeil.

Ludivine s'en inquiétait. Incapable de surmonter l'amertume de ses griefs en présence de son mari, elle souffrait à le sentir loin d'elle et souhaitait son retour. Lorsque Hubert, répondant à l'invitation de Léon Vernet, s'en fut allé passer quelque temps à la Sarrazine, tout empire sur elle-même l'abandonna.

Le tapage des enfants, l'incessant babil, le rire d'Anne lui devenaient insupportables. L'atmosphère lourde, l'odeur de médicaments, qui emplissaient la chambre de sa belle-mère, lui soulevaient le cœur. Elle ne réagissait même plus aux sarcasmes de la vieille dame. Par contre la sérénité perpétuelle d'Adrienne, l'œil de Philo posé sur elle comme une critique muette, horripilaient ses nerfs.

Le temps était triste. Après une période de mistral, le calme avait ramené les nuages. Ils passaient dans le ciel bas, à une vitesse incroyable, se dissolvaient en fumées grises et noires, se succédaient, se mélangeaient, se poursuivaient, sans qu'éclatât enfin l'orage attendu.

Ludivine prit son mantelet, et sortit. Il faisait presque chaud dans le parc. L'après-midi était à son début. Une tristesse lourde imbibait le paysage. Il n'y aurait plus jamais de soleil, plus d'été, plus de lumière bleue et dorée, plus de jours de joie...

Elle s'aperçut qu'elle avait pris le chemin habituel, tant de fois parcouru à deux. — Frédéric montait *Phœbus*, elle *Miranda*. Insoucieux, ils conversaient, rendant la main aux bêtes qui, d'elles-mêmes, trouvaient leur voie entre racines et cailloux. — A pied, comme l'allée des pins paraissait longue ! En bordure, le verger dépouillé par le vent, alignait ses amandiers, ses pêchers, ses abricotiers aux branches nues où la gomme attachait des nœuds jaunes translucides. Elle en arracha un morceau avec peine, et mordit dedans. La coulée, sèche depuis longtemps, résistait sous ses dents. Elle mâcha un moment ce goût poisseux de résine et d'écorce. Toute la vie devant elle avait ce goût-là...

Les champs atteints, elle tomba en pleine olivade. Les hommes la reconnaissaient, saluaient familièrement. Elle échangea quelques mots, à contre cœur. « Que l'année fût bonne ou non, qu'est-ce que cela pouvait lui faire ? Il s'agissait bien d'oliviers, de récoltes... »

Tout de même, des branches cassées, une panière renversée, lui mirent une ride au front. La femme de Ranguis, qui olivait avec ses filles, dans un carré tout proche, se hâta vers elle :

— Ces jeunes, ça n'a pas de soin au travail !

La maigre créature noiraude riait à pleines dents, en ramassant les fruits éparpillés.

— Il y avait bien longtemps qu'on n'avait vu madame Frédéric. Et ce petit, il poussait ?

Elle désignait la taille de Ludivine.

— C'était le maître qui serait heureux. Un garçon, ça lui manquait. Mais quand même les petites demoiselles étaient bien jolies et bravettes. La grosse Mathilde les amenait, des fois, jusqu'à la ferme...

— Et vous ? demanda Ludivine.

— Oh ! moi...

Elle recommençait son grand rire blanc, ouvert dans la figure recuite de soleil.

— ... Tout à l'heure, je suis grand-mère. La Célina « fréquente » déjà. Il va falloir songer à la noce.

— Vraiment ? Déjà ? Mais c'est une petite fille, encore !

— Eh ! non, Madame. Quinze ans, qui font comme dix-huit. Ah ! ça nous pousse !

Ludivine hochait la tête : « Dans quelques années, onze, douze ans, qu'était-ce ? ce serait au tour d'Isabelle... »

Elle tendit la main, sourit avec effort, et reprit sa promenade... « Isabelle, grande jeune fille grave, des voiles de tulle, un mari, des enfants... Est-ce qu'elle-même, alors, ressemblerait à sa belle-mère ? Est-ce que, déjà, son temps, son temps à elle, son temps mesuré si court, serait fini ? Est-ce qu'il lui faudrait assister aux rires, aux chansons des autres ? Voir, de loin, danser les jeunes filles en robes fraîches, qui se cacheraient d'elle pour chuchoter leurs secrets dans les coins et rejoindre leurs amoureux au jardin ?... »

Absorbée dans ses pensées, elle était parvenue à la roubine. Un moment, elle longea la tamarissière, puis s'assit, et contempla sans la voir l'eau terreuse qui coulait avec des bouillonnements, des remous, entraînant des branches, des paquets d'herbe pourrie, et des feuilles mortes.

« ... Et lui, Frédéric, comment serait-il ? Peut-être... » Elle imagina un Frédéric vieilli, assagi, repenti, qu'elle n'aimerait plus, enfin... Un visage qui n'aurait plus cette cruelle attirance... Mais non, ce n'était pas possible, il ne changerait pas, lui. Il ne changerait jamais... Cette bouche... cette bouche aux lèvres fortement dessinées, cette bouche sensuelle et moqueuse, entr'ouverte sur l'éclair des dents, qu'elle avait vu sourire à une autre. Oh ! Dieu !

D'ici deux mois, il y aurait un enfant de plus à la maison, un fils qui lui ressemblerait... Mais on dit que les fils ressemblent toujours à leur mère... Bah ! celui d'Elise était tout le portrait du docteur Royer. Un drôle de bébé ! Déjà trois semaines qu'elle était allée le voir à Barbegal, avec Isabelle. Un petit paquet rouge, fripé, plissé, vieux de quatre jours...

— Oh ! Maman, qu'il est laid, il pèle ! s'était écriée la terrible jeune personne.

Elles avaient bien ri.

— C'est vrai qu'il n'est pas très joli. Mais Vincent était comme ça, aussi. Ma belle-sœur me l'a dit. On change, n'est-ce pas ? avait remarqué Elise, gaiement.

Ludivine trouvait qu'on ne change pas tant que cela... Jamais Vincent Royer ne passerait pour un joli garçon. Il fallait tout l'amour d'Elise...

L'amour d'Elise, ce cœur clair... Son air de plénitude, cette confiance qui semblait forcer le bonheur, doucement, avec la puissance fabuleuse des faibles.

Mais aussi, ce garçon dégingandé, un peu comique, savait se pencher sur elle et l'embrasser sans vergogne, la couvrir de mots caressants, devant n'importe qui. Dès qu'il se tournait vers sa femme, la tendresse resplendissait derrière les verres de ses lorgnons qu'il ôtait et remettait sans cesse.

Jamais elle n'avait connu chez Frédéric pareil abandon, en présence de témoins. Comme elle eût adoré, pourtant, le voir proclamer ainsi, à la face de la terre : « Celle-ci est la femme que j'aime... je n'ai pas de honte à ce que vous le sachiez... » Mais on ne pouvait pas attendre cela de Frédéric. Jamais, jamais... Même aux jours où il l'avait le plus aimée, toujours il avait paru se jouer d'elle, ne laissant percer que rarement un peu de son amour. Et maintenant... Ah ! qu'importait ?... Maintenant, tout était irrémédiablement gâché... Y aurait-il encore de ces moments pleins et parfaits ?... Un fruit taché, si petite que soit la tache, on en garde ce goût...

Quelqu'un venait sur le chemin. Elle se retourna. Une grande silhouette aux larges épaules, extraordinairement dégagée, se découpait dans le jour sombre... Il arrivait du côté de l'étang. Sa démarche souple, balancée, rapide sans hâte... « Frédéric ! » Il lui semblait le sentir s'imprimer en elle jusqu'au fond de ses yeux, entrer jusqu'au creux de sa poitrine, comme une brûlure ; et la douleur était aiguë et exquise.

Surpris, en la voyant, il s'arrêta.

— Tu es venue te promener jusqu'ici ? Qu'est-ce que diable... ?

Et lui, d'où arrivait-il, par là, seul, à pied ? Etait-il allé rêver à sa Laure ? au bord de la roselière, là-bas où ils s'asseyaient jadis, tous deux, pour laisser reposer leurs chevaux ?...

Patience ! Dans quelques semaines, elle serait belle, à nouveau ! Ce ne serait qu'un jeu de le reprendre. Et cette fois, oh ! cette fois, elle saurait veiller sur son bien.

— Il ne fait pas froid... J'en avais assez de la maison.

Tant de jours de rancœur avaient dressé entre eux leur barrière... Maladroits, ils se regardaient, pris d'une gêne à se retrouver l'un en face de l'autre. Ludivine se sentait laide ; la tristesse ne lui allait pas, elle le savait.

— Je rentre, d'ailleurs.

— Si tu veux, je t'accompagne. Il faut que je passe à la ferme, chez Ranguis.

— J'ai vu sa femme tout à l'heure. — Elle se relevait avec difficulté, lourde.

— Attends, donne-moi la main.

— Ce n'est pas la peine, dit-elle, humiliée.

Ils se mirent à marcher côte à côte.

— Veux-tu mon bras ?

La crainte d'un refus mettait de la sécheresse dans son intonation.

— Oh ! je ne suis pas fatiguée.

— A ton aise, ma chère.

« Frédéric... »

N'entendait-il donc pas cette voix qui, en elle, le priait ? Pouvait-il suivre ce chemin sans que le remords lui fît mal ? Leurs promenades, leurs baisers, leur accord profond... « S'il faut que tout finisse, que ce soit ailleurs, mon Dieu, ailleurs où je n'ai jamais été heureuse. Mais pas ici, ah, pas ici !... »

Elle se laissait distancer. Frédéric n'y prit pas garde. Ce qu'elle endurait était intolérable. Elle était une torche de poix. Ce n'était plus possible. Un instant, dans un instant, il allait arriver quelque chose... Mais rien... « Et après tout, je vais me rapprocher. Lui prendre le bras. Je dirai que je suis lasse. » Elle imagina sa surprise. Et puis, il ne pourrait pas, non bien sûr, il ne pourrait pas la repousser... « Qu'importe ce qu'il pense ? Même s'il n'est plus à moi, rien qu'à moi... Seulement ses bras !... Ne pas s'en passer une minute de plus... »

Elle pressa le pas pour le rejoindre, buta durement sur une grosse pierre, et faillit tomber. Absorbé dans ses réflexions moroses, son mari ne s'en aperçut même pas.

Elle demeurait là, au milieu du sentier, dans un sentiment d'abandon presque insoutenable. Cette eau sale qui coulait, et ce bruit dans sa tête... Elle sentait le sang se retirer de son cœur : « ... Si je mourais... » Est-ce qu'alors il continuerait à marcher indéfiniment, avec cette tranquillité implacable, sans paraître souffrir de quoi que ce fût ?...

Un sursaut de rage folle la redressa. Eh bien, on allait voir !

Ramassant son élan, elle prit sa course, passa comme une flèche devant Frédéric stupéfait...

— Bon Dieu, Ludivine, qu'est-ce que... Ah !

Une seconde, foudroyé, il regarda le bord où elle avait disparu. Puis, brusquement, la présence d'esprit lui revenant, hurla : « Nom de Dieu ! », bondit, vit ce paquet noirâtre malmené par le courant, accroché à une branche flottante de tamaris, et se lança en criant :

— Tiens bon !

Le talus était abrupt. Nageant, agrippant branches ou racines à sa portée, traînant, tirant, hissant Ludivine, il parvint à remonter, vingt mètres plus loin.

A bout de souffle, il la déposa sur l'herbe rare. Dégouttante d'eau et de boue, parcourue de longs tremblements, elle ne disait rien. Ses dents serrées s'entrechoquaient. Sa peau avait pris une teinte grise comme celle de la rivière. Une mèche de cheveux collée lui cachait la joue... L'expression de ses yeux alluma la colère de Frédéric.

— Nom de Dieu de nom de Dieu !

Jamais de sa vie, elle ne l'avait entendu jurer si grossièrement...

Elle garda le silence avec délice.

— ... Tu as fait ça... tu as fait ça ! Idiote ! Folle ! Mais pourquoi ? Qu'est-ce qui t'a pris ?... Tu mériterais... Bon Dieu !

Il la secouait, la frictionnait, la serrait contre lui, la rudoyait, l'embrassait, l'injuriait...

Toujours muette, elle se laissait aller. La poigne de Frédéric lui meurtrissait le bras. Renversée, elle but l'angoisse, la fureur, la passion de ce visage qu'il lui livrait, larmes aux yeux, mâchoires contractées...

Il la souleva dans ses bras et se mit en marche. La figure enfouie contre sa poitrine, Ludivine fermait les yeux.

— Ludivine, tu m'entends ? Réponds-moi, mais réponds-moi donc, dis quelque chose, bon sang ! Pourquoi ?... Pourquoi ?...

Voilà, elle était arrivée, après tout cet affreux voyage. Enfin !... Le port, le quai, le repos... Tout était bien.

— Pour voir si tu m'aimes.

L'étreinte de Frédéric paraissait vouloir l'incruster contre lui.

— Tête dure ! Tu ne le sais pas ?...

Leurs vêtements ruisselants faisaient autour d'eux des rigoles sinueuses qui s'écoulaient dans la poussière...

Cette courte journée de novembre se repliait déjà. Les buées du crépuscule enveloppaient l'olivette où les femmes avaient déserté le travail.

A la ferme, l'apparition du chef de Mogador portant dans ses bras madame Vernet, tous deux trempés, boueux, hâves, lamentables, fit sensation.

— Un accident. Ma femme est tombée, dit-il brièvement.

Son aspect rébarbatif arrêta un flux d'exclamations. L'état de madame Frédéric, d'ailleurs, « Pauvrette, de sûr, elle s'est sentie faible », détourna de lui les curieuses apitoyées. Empruntant des vêtements à Ranguis, il put se laver et se changer à l'écart.

Dans la grande salle, devant un feu de sarments allumé à la hâte, la femme et les filles du baïle déshabillaient Ludivine, lui faisaient avaler de la liqueur d'arquebuse, bassinaient des draps, des couvertures...

Un journalier fut expédié à la maison, tandis que Ranguis, attelant la carriole, y plaçait un matelas.

Une heure après, la jeune femme était couchée dans sa chambre, entourée d'un rempart de bouillottes, badigeonnée d'un révulsif, les cheveux frottés de serviettes chaudes, peignés et nattés avec soin, revêtue d'une chemise et d'une camisole douillettement tiédies devant la flambée de bûches qui ronflait dans l'âtre. On pouvait compter sur Adrienne, dans ces moments-là. Sans demander beaucoup d'explications, elle avait fait ce qu'il y avait à faire. Gustave, le rousseau des écuries, était déjà parti pour Fontfresque, prévenir le docteur Lapierre.

Ludivine grelottait d'un froid dont les couvertures piquées et les édredons gonflés de duvet empilés sur elle, ne parvenaient pas à triompher.

Partagé entre l'inquiétude et la colère, son mari la couvait d'un regard sombre, allait et venait dans la pièce, s'arrêtait à nouveau devant elle, s'essuyait le front d'un geste machinal, et, muet, recommençait sa promenade.

— Monsieur fait peine, déclara Eugénie, descendue à l'office chercher un pot de tisane.

« Il a l'air d'un canon chargé qui ne peut pas partir », se disait Ludivine, l'observant derrière ses cils, avec une tendre, délectable pitié. Elle se sentait curieusement allégée, en même temps qu'anéantie. Quelque chose d'elle flottait au-dessus de ce corps tremblant, meurtri, las, comme si on l'eût roué de coups...

Quelque chose qui n'avait rien à voir avec la fièvre et la souffrance, qui était libéré, apaisé à l'extrême, et planait avec une aisance parfaite.

— Frédéric, appela-t-elle, doucement.

— Oui ?

Il vint jusqu'à son chevet, le visage rogue. Mais Ludivine en avait fini, de se tourmenter à son sujet. Dolente, elle lui prit la main.

— Mon chéri...

Sans répondre, il serra les doigts glacés, et se mit à les réchauffer entre les siens.

Le docteur vint assez tard dans la soirée. Il fut évasif, et rédigea une longue ordonnance.

Les jours suivants, la fièvre persista. Rien ne put juguler la congestion pulmonaire qui s'était déclarée : potions douceâtres, enveloppements de moutarde, sangsues aux pieds, Ludivine payait sa victoire. Abattue, brûlante et frissonnante, tantôt pâle, tantôt très rouge, les traits amaigris, épuisée par des quintes d'une petite toux sèche, elle acceptait tout avec une longanimité bien éloignée de son caractère ; Philo même devait le reconnaître, dans le communiqué qu'elle faisait chaque jour à sa maîtresse.

Malgré tous les soins, la maladie empira. Frédéric ne quitta plus guère la maison. Au sortir de la chambre où il se penchait sur sa femme, épiant un mieux qui ne se produisait pas, il rôdait d'une pièce à l'autre, sans desserrer les dents, incapable de prendre un peu de repos.

Pendant quelques jours, Ludivine délira sans le reconnaître. Un délire calme, où, déjà, elle ne se ressemblait plus. Devant cette forme inerte, absente, enfoncée loin dans une contrée inextricable, il cherchait en vain le petit personnage ombrageux, plein de caprices, de rires, de câlineries, de brusques colères, qui lui appartenait si bien... et se découvrait vertigineusement abandonné.

Les femmes avaient pris le pas sur lui. Dans cette chambre — la leur — Adrienne, Philo, et jusqu'à Eugénie, toutes le bousculaient, le traitaient soudain comme un enfant dont la gaucherie embarrasse.

— C'est pour le cataplasme... Si Monsieur voulait bien permettre...

— Donnez, intervenait Adrienne. Et toi, laisse-moi faire. Pousse-toi, veux-tu ? tu te mets juste devant la lampe.

A regret, il s'écartait.

— Allez vous étendre un peu, monsieur Frédéric, conseillait Philo.

Des nuits durant, Julia entendit le grand pas de son fils emplir le couloir de craquements irréguliers qu'elle essayait de déchiffrer :

« ... Il s'est arrêté près de la fenêtre... Ah ! il repart. On dirait qu'il monte chez les petites... On ne l'entend plus... S'il pouvait... Non, le voilà revenu... »

Elle savait bien qu'elle-même n'avait, pour cette fois, aucun secours à lui porter, qu'il fallait se contraindre à l'écouter sans rien dire, et laisser cette angoisse s'épuiser dans la solitude.

Rappelé de la Sarrazine, Hubert se tenait aux aguets, mortellement anxieux. Sur la grande maison, pesait un silence consterné. Seuls, de temps à autre, quelques cris, un éclat de rire, traversaient l'étage des enfants.

Les premières gelées étaient venues. Un beau froid brillant et sec habitait le ciel pur. Mais dans la chambre où semblait battre le cœur de la demeure, la buée ruisselait aux vitres, noyant le monde, plus sûrement que de longues ténèbres. Dans ces journées si courtes, à peine éteignait-on quelques heures la veilleuse, pour entr'ouvrir à la lumière les épais rideaux d'imberline.

Peu à peu, cependant, la fièvre baissa. Au bout d'une quinzaine, un matin, le docteur Lapierre déclara la malade tirée d'affaire. Mogador respira. Le patient visage d'Adrienne s'éclairait à nouveau du sourire familier. Frédéric, délivré, descendit aux écuries, porter la nouvelle à *Phœbus* et à *Miranda*. Si longtemps négligé, *David*, son vieux chien, fou de joie, délira en retrouvant son maître... Hubert fut autorisé à rendre visite à sa belle-sœur, et Julia obtint enfin que l'on transportât son fauteuil auprès du lit de la jeune femme.

Ludivine commençait sa convalescence. Emaciée et pâle, elle émergeait à la vie avec la figure d'une étrangère au milieu de tous. Cependant, ses accès de toux continuaient, aussi fréquents, aussi longs...

Elise et son mari vinrent la voir. Vincent Royer, l'air soucieux, s'informa auprès d'Adrienne des progrès de la guérison. Ils étaient lents à se manifester. La température n'était toujours pas redevenue normale. Quelque temps stationnaire, sournoisement, elle se mit à remonter. Le docteur Lapierre, qui avait espacé ses visites, revint, matin et soir. Il finit par s'ouvrir à Julia de ses inquiétudes :

— Voyez-vous, je crains fort... La secousse, peut-être, et puis ces quintes incessantes... Il faut s'attendre...

Une nuit, les cris de Ludivine éveillèrent la maison. Les hurlements du mistral déchaîné au-dehors comme une bête folle lâchée dans le ciel, ne parvenaient pas à atténuer l'horreur de cette plainte. A travers les rafales glacées qui menaient leur assaut dans la campagne nue, Frédéric galopa jusqu'à Fontfresque, ramena le docteur, repartit au village, chercher la sage-femme en renfort...

Ce fut une nuit de bataille. A l'aube, une petite vie

toute neuve commençait sa course à Mogador. L'émotion était telle, autour de Ludivine, exsangue, exténuée, que nul ne prêta grande attention à cette présence survenue un mois plus tôt qu'on ne l'espérait. L'enfant était encore une fille.

— ... Et point trop belle !... marmonnait Philo, prise entre le dédain et l'apitoiement envers cette créature chiffonnée, fluette, vagissante et triste, et pourtant bien vivante, qui occupait le vieux moïse d'Anne descendu précipitamment du grenier, en attendant que le nouveau fût prêt.

17

— Pauvre Christine, elle n'est pas ce qu'on peut appeler un beau bébé, songeait Adrienne, berçant sa dernière nièce.

L'enfant était maigre, avec un teint blafard, une bouche trop grande pour sa figure creuse... Quant au caractère, il laissait fortement à désirer, même pour une jeune personne de cinq mois.

On eût dit que les orages qui avaient présidé à sa naissance, avaient laissé leur empreinte sur elle. Les petites filles étaient franchement hostiles à cette sœur désagréable, dont il leur avait fallu apprendre à tolérer la présence. Anne surtout, la favorite, se trouvait lésée, car Frédéric et Ludivine acceptaient avec indulgence les caprices de ce nourrisson déshérité. Peut-être se sentaient-ils vaguement coupables envers la pauvre petite, venue au monde en de si mauvaises conditions.

Tous deux se penchaient sur les mousselines roses enrubannées du moïse commandé pour le fils vainement attendu, à la place duquel, chétive, Christine trônait à présent.

— Elle a repris, disait Ludivine. Evidemment, elle n'est pas aussi grosse que l'était Anne à son âge... Mais après tout, elle ne se porte pas mal.

Et Frédéric :

— Tu vas voir, elle finira même par être jolie. Elle a déjà de beaux cheveux bien noirs, comme les tiens, avec de longs cils... En tout cas, c'est une Vernet, elle a ma bouche...

« ... Et tes yeux, mon amour », ajoutait en elle-même Ludivine, contemplant avec tendresse le sourire de son mari incliné sur leur petite fille.

Se redressant, il rencontra son regard, la prit par la taille :

— Allons, viens... Descendons.

— Je t'envoie Nounou tout de suite, promit Ludivine à sa belle-sœur.

— Oh ! ça ne presse pas.

Ils sortirent. Dans le couloir, la jeune femme s'accrocha au cou de son mari :

— Frédéric, écoute, dans quelque temps, l'an prochain, si tu veux...

Il la serrait contre lui, ému, un peu honteux.

— Bien sûr, chérie, nous finirons bien par « l' » avoir.

Ils ont l'air heureux, se disait Adrienne, demeurée seule. Un mari... des enfants bien à soi... Elle regardait la petite fille s'endormir, apaisée.

Pour Anne, pour Isabelle, pour celle-ci, que serait-elle d'autre qu'une tante, après tant de soucis et de peines ? Les petites l'aimaient bien, certes... N'empêche qu'elles n'obéissaient qu'à leur mère... Cette mère élégante, belle, pleine d'autorité, qui apparaissait de temps à autre, dispensant baisers ou châtiments, comme un personnage de l'Olympe, Anne la révérait avec passion.

« Isabelle... » Qui pouvait dire ce que pensait Isabelle ?... L'enfant repoussait généralement les caresses. Mais quelquefois, au sortir d'une longue rêverie toute grise, on découvrait soudain cette petite présence, nichée contre soi, attentive, avec un regard qui semblait s'offrir... « Peut-être, oui, peut-être Isabelle... Dieu ! s'il fallait un jour quitter ces petites !... » Même la dernière venue, déjà, sa place était marquée...

Pourtant, un mari... un homme que l'on aime, avec qui l'on partage tout, depuis la lueur rose derrière les persiennes et la gourmandise du petit déjeuner... et les menues joies, et les charges de chaque heure... et comme alors, toute joie doit être plus exquise, et toute charge plus légère !... Un homme qui vous tient par la taille, comme, tout à l'heure, Frédéric... Une épaule pour poser sa tête...

Elle alla vers la glace de l'armoire, et, doucement, appuya sa joue contre la joue froide de son reflet. La buée de son souffle brouilla tout. Elle s'écarta, et sourit avec gêne à l'image qui se recomposait, puis s'examina timidement.

« Je pourrais peut-être... Comme ça... faire gonfler mes cheveux. Ludivine dit toujours que je me coiffe si mal... Voyons... Des yeux qui ne sont pas laids, non, vraiment. Et après tout... »

Seule, devant son miroir, elle y puisait un peu d'assurance. Mais... que quelqu'un entrât, fût-ce sa belle-sœur... A cette seule pensée, elle alla se rasseoir. « Seigneur, on me trouverait ridicule. A vingt-neuf ans, presque trente... D'ailleurs, il n'est pas question d'amour... Du moins... »

Elle se rappelait cette visite. Depuis la veille, elle n'avait guère pensé qu'à cela. Cette brève conversation dans le parc... « Si je n'étais pas allée le reconduire jusqu'à la grille... » Quand Victor avait annoncé : « Monsieur Guillermin », elle avait souri : « Tiens, le voisin qui vient faire sa cour à Maman ». Depuis quelques mois, en effet, Charles Guillermin fréquentait les Vernet. Il habitait le Cigalier, à une lieue et demie de Mogador. Une sœur beaucoup plus âgée, qui tenait sa maison, était morte récemment. Sans doute s'ennuyait-il dans sa solitude.

Julia Vernet, privée de son partenaire aux échecs depuis la brouille avec le curé, accueillait volontiers le petit homme jovial qui jouait passablement au tric-trac, et ne s'apercevait jamais de ses légères tricheries.

On taquinait la vieille dame : « Votre soupirant, Mère... Peut-on vraiment vous laisser seuls ensemble ?... Pensez-vous que ce soit convenable ? »

Allons, allons, riait Julia. Je ne sais laquelle est le moins en péril, de sa vertu ou de la mienne.

Adrienne avait horreur de ces façons cavalières.

« ... Mère exagérait, parfois... » Mais les garçons et Ludivine s'amusaient beaucoup.

En réalité, Charles Guillermin n'avait guère que la quarantaine. Il paraissait d'ailleurs l'avoir toujours eue. Sans doute aussi n'en porterait-il pas davantage dans dix ou quinze ans...

— Mademoiselle, je suis heureux de pouvoir vous entretenir seul à seule, quelques instants.

Ce bon visage bruni, large, déjà touché de rides. Cet exorde volubile et cérémonieux... Qu'avait-il donc à lui dire ? Adrienne revoit tout cela comme une de ces histoires en imageries d'Epinal dont Isabelle se délecte.

La robe qu'elle portait, cette petite robe de drap rayé gros bleu, avec ses manchettes et son bouffant de corsage en batiste blanche, dont Ludivine dit qu'elle lui va bien...

— ... Voulez-vous... Pardonnez mon audace... Voulez-vous que nous nous asseyions ?

« Bonne Vierge ! comme il avait l'air intimidé !... Et moi... » Elle se souvient qu'elle tapotait sa jupe, son chignon.

— Mon Dieu, cher Monsieur, qu'y a-t-il ?

Elle commençait à deviner confusément, sans y croire.

Pour la faire asseoir, il avait épousseté soigneusement le banc, de son mouchoir propre ; et maintenant, sans y penser, il s'en épongeait les tempes, avec une conviction que ne justifiait pas ce joli soleil tout frais d'un été qui s'annonçait à peine.

— Chère mademoiselle Adrienne... me permettre de vous dire... peut-être déjà deviné... l'attachement respectueux que j'éprouve... la joie que j'aurais... le grand honneur... prier madame Vernet de m'accorder votre main.

Eh bien, voilà. C'était une déclaration. Jamais, non, jamais Adrienne n'eût imaginé... Etourdie, brûlante, elle avait balbutié Dieu savait quoi.

Gauchement, on prenait sa main qu'elle retirait, honteuse, le cœur battant. On se disait trop heureux de n'être pas repoussé, de pouvoir espérer que, peut-être...

Il était reparti à bicyclette.

Julia avait été choquée. A Mogador, on montait à cheval. « ... Mais après tout, cela n'a rien de ridicule. Tout le monde fait de la bicyclette. Maman a des principes si absurdement conservateurs... »

Déjà, sans en avoir conscience, elle se dressait contre son clan, au secours de celui qui n'était pas des leurs.

Ainsi, c'était arrivé : un homme l'avait demandée, l'avait choisie. Etre la compagne de cet homme, aller s'asseoir au foyer de ce Cigalier... Devenir une femme.

Dire : « Mon mari », en parlant de lui ; avoir des enfants qui lui ressemblent. S'avancer à son bras... « Il n'est pas très grand, non. Mais juste de ma taille... Quelqu'un à qui l'on n'a jamais pensé, et soudain, il faut imaginer qu'on pourrait le tutoyer, lui donner son prénom... Charles, ce n'est pas mal. Charles... Il y a ce bon regard de ses yeux bleus. Bleus ? ou verts ? ou gris ? »

Au fond, Adrienne n'en sait rien. Clairs, à coup sûr. Elle pense « bleus » à cause, peut-être, de cette sorte de candeur qui en émane. Sans doute saurait-il la rendre heureuse. Heureuse ? Il y a dix ans, le bonheur, c'était cet inconnu que l'on espérait follement, qui eût été beau, grand et svelte, le modèle de toutes les séductions. Celui qui sait dire : « Je vous aime » et, du premier coup d'œil, déjà, on l'a aimé... Enfantillages !... Adrienne se força pauvrement à sourire. Peut-être y avait-il eu jusque-là, en elle, quelque chose qui s'y rattachait, qui ne renonçait pas, qui n'avait pas encore renoncé. Maintenant... Etait-ce pour cela qu'elle se sentait triste ?

Incertaine, elle cherchait, au fond de sa mémoire, les mots qu'avait dits le prétendant, en retrouvait l'accent... « En tout cas, il m'aime. » Quelqu'un au monde qui éprouvait de l'amour pour elle, qui souhaitait l'avoir pour femme...

— Au Cigalier, il y a un banc derrière la maison, il y fait bon, même en plein mois d'août, sous la treille. Et l'on a toute l'Alpille devant soi, jusqu'à la plaine d'Arles. Le soir, on en voit les lumières.

Bizarrement elle se rappela cette phrase qu'il avait eue, un jour, longtemps auparavant.

— Si je pouvais, j'y viendrais, avait dit Julia, songeuse. Il y a des années que je n'ai pas revu la montagne, et pourtant, il me semble que j'en respire encore l'odeur...

La montagne... Parmi les amandiers, à l'ombre des pins, ce mas bousculé par les vents, craquelé de soleil, bas contre le ciel, dans le thym et la rocaille, était-ce là qu'elle irait, en quittant les siens ?

On frappait doucement. La nourrice entra.

— Elle dort ? C'est dommage de la réveiller. Ça va pourtant être son heure.

Christine devait rêver. Sa figure étroite reflétait un vague rire détendu. Adrienne la contempla un instant, puis se leva.

— Je descends, Nounou, puisque vous êtes là.

La porte ouverte, une bouffée de chant lui parvint du premier étage. Frédéric exécutait en fantaisie le grand air des *Huguenots*, avec l'impitoyable, la sereine inconscience d'un cœur pur.

Chacun, dans la maison, connaissait le rite : « Il se rase », pensa-t-elle. Sainte Vierge, qu'il chante mal... Elle écoutait, attendrie.

Brusquement, elle imagina monsieur Guillermin dans son cabinet de toilette, les joues barbouillées de savon à barbe, chantant faux à pleine voix, lui aussi. Il y avait dans cette évocation quelque chose d'inacceptable. « Que je suis sotte ! »

Elle haussa les épaules, avec colère. La vie ne posait pas uniquement des problèmes d'un ordre raffiné. Sans doute, alors, eût-il été plus simple de les résoudre. Titus et Bérénice, oui. Mais si Titus était sujet aux rhumes de cerveau, si Bérénice avait l'estomac fragile ?... Toute la vulgarité quotidienne à regarder en face...

Hubert qui sortait de sa chambre, dévisageant sa sœur figée sur l'escalier, s'informa, avec commisération :

— Qu'est-ce qu'il y a, ma pauvre fille ? C'est cette musique des anges, qui te dérobe à la terre ?

Dérangée dans ses spéculations, Adrienne jeta sur son cadet un coup d'œil absent qui ne tarda pas à se fixer :

— Ta cravate ! Voyons, comment peux-tu si mal... ?

Hubert s'échappa avec une grimace.

Elle le regarda descendre les marches quatre à quatre. Une chaleur lui gonflait la poitrine. Ses frères, ces deux magnifiques garçons, et les enfants, et Mogador et tous... Ah ! rien n'était simple... — Avec un grand soupir, elle décida :

« J'en parlerai à Ludivine. »

— Mère est au courant ?

— Dieu, non ! Tu crois que ?...

Ludivine prit un air réfléchi. Intérieurement, elle éclatait d'importance et d'excitation dans ce rôle, nouveau pour elle, de confidente.

— ... Non, vois-tu, continuait Adrienne. Je n'en ai parlé à personne. Je préférais, au moins pour le moment... tu comprends ?... C'est-à-dire... Je me demande comme elle le prendrait.

— Et comment le prendra-t-elle, si tu commences par lui faire des cachotteries ?

Adrienne devint écarlate :

— Sainte Vierge ! Ludivine !... tu ne veux pas que j'aille lui dire...

— Si, justement : « Ma Mère, cet honorable partenaire, à qui l'on aurait donné le Bon Dieu sans confession, a jeté un regard de concupiscence sur votre fille, et lui a déclaré sa flamme en catimini, sur un... »

— Oh ! Ludivine !

— Allons, préfères-tu que je m'en charge ? offrit

Ludivine, avec générosité. Tiens, rentrons, si tu veux, j'irai la trouver.

Il faisait un air délicieusement frais, sous les chênes. Un silence musical enveloppait les deux jeunes femmes, tout bourdonnant d'insectes, et de ces mille rumeurs imperceptibles de la graine qui germe, de l'herbe qui pousse, de la feuille qui se déplie...

Pourtant, la traversée du vaste espace soleilleux autour de la maison ne rebuta pas Ludivine. Elle mourait d'envie d'argumenter avec sa belle-mère, sur un événement aussi sensationnel.

Observant à la dérobée Adrienne qui se levait, secouait sa jupe, ouvrait posément son ombrelle... « Comment peut-elle être aussi apathique ? » se dit-elle. « Moi, à sa place, je serais dans tous mes états ! »

— Tu peux compter sur moi, ma chère... Mais quelle histoire, vraiment, quelle histoire ! répéta-t-elle, reprise de gaieté.

Le lendemain, tout Mogador était au courant.

— Qu'en pensez-vous, Maman ? demanda Frédéric, venu aux nouvelles dans la chambre de la vieille dame.

Assise dans son fauteuil auprès de la fenêtre ouverte, Julia s'éventait. Elle le regarda fixement, et s'interrompit, l'éventail en l'air :

— De toi à moi, je pense que si ta sœur avait pour deux sous de bon sens, elle dirait « oui » sans barguigner. Les Guillermin sont une famille très convenable. D'autre part, ce garçon me paraît plein des qualités mêmes qui font le mari parfait pour une fille comme elle.

Frédéric éclata de rire.

— Mère, Mère, que vous êtes mordante !

— Allons, dit-elle, agacée. Je parle sérieusement. Pourquoi ne pas voir les choses en face ? Ta sœur est une bonne fille, pas plus sotte que bien d'autres...

— Beaucoup moins, même.

— Je t'en prie, laisse-moi parler !... Pas plus sotte. Bon ! Pas plus laide, non plus... Il n'en est pas moins vrai que quelqu'un ayant un peu de sang vif dans les veines frémirait à l'idée de passer sa vie à côté d'elle.

— C'est injuste, Mère. Ne dites pas ça... Vous la tarabustez tant et si bien...

— Exactement ce que je te démontre, coupa Julia, imperturbable. Mais Charles Guillermin possède, comme pas un, la vertu de patience...

— Vous avez pu observer cela, Maman ?

— Parfaitement.

Elle écrasa l'ironie de son fils sous un mépris délibéré.

— ... C'est un brave garçon. Il a un bon mas, si j'en crois les Arnal qui le connaissent bien. Une terre dure au labour, mais qui donne sa vigne et son blé, au bout du compte. Et le plus beau bétail de la montagne. Ce n'est pas un homme de cheval ; mais Dieu sait que, sous ce rapport, Adrienne, la pauvre...

Gagné par la force du raisonnement, Frédéric hochait la tête.

— ... Eh bien, conclut la vieille dame, je les trouve assortis. La vie, pour les filles, c'est de se marier, et d'être mères. Ta sœur ne vit pas, ici. Je suis toute prête à donner ma bénédiction, si elle me la demande. Cependant, je ne dirai rien, ni pour ni contre. Elle a dépassé l'âge de raison, la chose la concerne seule... Mais si tu veux ma pensée : elle ne se décidera pas, j'en jurerais.

— Pourquoi ? — Frédéric ne comprenait plus.

— Pourquoi ? explosa Julia. Parce que, depuis que je l'ai mise au monde, elle dort les yeux ouverts ! A croire que ton père me l'a faite dans un songe... Et que, depuis tout à l'heure trente ans que je m'époumone pour rien à la réveiller, je commence à le savoir, peut-être, qu'elle est, devant l'existence, juste comme un santon de la crèche !... Et après tout, si ça l'amuse, de continuer à faire la garde-malade, et la bonne d'enfants !...

C'était exactement l'opinion de Ludivine.

— D'ailleurs, comme disait Hubert, Charles Guillermin n'avait rien d'un don Juan. Il était impossible qu'Adrienne en fût un tant soit peu éprise. Dès lors, comment eût-elle pu... Enfin, pardonnez-moi, il est de ces choses que la délicatesse... Vous comprenez, ma chère ?...

Ludivine comprenait parfaitement et tombait d'accord volontiers que l'hésitation n'était guère permise. Quitter une vie familiale fort agréable, somme toute, des enfants auxquelles Adrienne s'était attachée, et qui tenaient à elle ; un domaine comme il s'en trouvait peu... Et pourquoi, grand Dieu ? Pour s'en aller habiter là-haut, dans la pierraille, en tête à tête, au long des jours, avec ce compagnon sans prestige...

— Tu pourras toujours fréquenter les moutons, quand la distraction te fera faute, disait-elle à sa belle-sœur.

Hésitante, désemparée, passant de l'un à l'autre, Adrienne se sentait prise de rébellion. Ils étaient là, tous, avec leurs railleries, leur caractère entier... Elle étouffait au milieu d'eux. Il leur fallait toujours toute la place... Et ces deux-là, Frédéric et Ludivine, de bonne foi, ils se prenaient pour un couple modèle... Mais si l'on y regardait d'un peu près : des heurts continuels, des querelles, des violences, des réconciliations... voilà de quoi était faite leur vie. Et ils se trouvaient heureux... et ils jugeaient avec arrogance de celle des autres, et prétendaient la régenter !

Et Mère, de tous la plus redoutable, qui l'observait avec cet air narquois...

Elle en avait assez... — Les traits effacés de Charles Guillermin apparaissaient à son imagination comme une promesse de tendresse raisonnable, et de paix... d'une immense, incomparable paix, par contraste avec cette maisonnée bruyante...

— Alors ? A quand, ce mariage ? demandait Frédéric, bon enfant, en la voyant plongée dans ses pensées.

— Laisse-la, voyons ! le tançait sa femme, avec affectation.

Mais elle-même, à d'autres moments, n'épargnait pas la pauvre Adrienne.

— Il te faudra apprendre à monter à bicyclette...

« Poseuse, petite poseuse ! » grondait l'esprit de révolte au tréfonds de la victime... Comme si elle s'était jamais tenue sur un cheval, avant de venir ici !... »

— Avec un époux de ce genre, tu peux être tranquille, ma bonne, continuait la jeune femme, jamais à court de persiflage, il ne t'exposera pas à des scènes de ménage. Je gage que tu porteras la culotte. Ah, évidemment, ce n'est pas lui qui t'enlèvera sur son cheval, le jour de vos noces !...

Il y avait eu un temps, se disait Adrienne, en proie à l'exaspération, où le seul souvenir de cette épopée faisait monter aux joues de Ludivine le sang de la colère humiliée... Mais à présent, elle s'en glorifiait sans retenue, comme d'un témoignage de passion romanesque.

Adrienne contenait à grand-peine un flot de remarques propres à ramener la tortionnaire au sentiment de son impudence.

Pourtant, la moquerie creusait son chemin en elle, élevait sa barrière invisible contre le soupirant balbutiant, inquiet, et toujours si gêné, si peu semblable au tenace idéal de ses rêves, avec lequel elle ne pouvait s'empêcher de le confronter sans cesse...

Isabelle eut la rougeole. On l'isola dans la chambre de sa tante. Ce petit corps souffrant confié à sa garde, cette voix transformée par la fièvre qui appelait : « Tatie, j'ai trop chaud, Tatie, j'ai soif... Tatie, j'ai mal... »

Tatie, toujours Tatie, et nulle autre...

Non, ce n'était pas possible ! elle sentit qu'elle ne pourrait pas se délier de ces chaînes-là. Il eût fallu y employer tout l'élan d'un amour...

Quand la guérison de la fillette l'eut rendue à la vie quotidienne, elle donna enfin sa réponse. A peine eut-elle le temps d'éprouver un regret navré devant la tristesse du regard bleu attaché sur elle. Charles Guillermin espaça ses visites. Julia haussa les épaules, et ne fit pas de commentaires. Mogador, tacitement, enterra l'affaire.

Tous trouvaient, d'ailleurs, qu'elle avait fait long feu. Les garçons se passionnaient, depuis peu, contre Cecil Rhodes, pour le président Krüger. On était habitué à les voir s'enflammer et prendre fait et cause, à tous les événements des quatre coins du monde, sans compter les questions électorales et les changements de ministères... L'année précédente, ç'avait été, surtout, la guerre d'Erythrée. Puis Madagascar. Les noms de Majunga, Diego-Suarez, Tamatave, avaient succédé, durant de nombreux repas, à ceux de Makallé, Amba-Alaghi, Adagama... Quand le poulain noir était né, Hubert l'avait baptisé *Ménélik*... Et maintenant, ils se lançaient à corps perdu dans toutes ces histoires d'Afrique du Sud, commentaient l'intervention du parti libéral anglais, l'attitude de Chamberlain à l'égard de la Chartered...

Ludivine, que les répercussions du complot Jameson

intéressaient fort peu, puisait des idées de toilette dans les comptes rendus du couronnement du tzar Nicolas II, se coiffait comme la tzarine, et chantait le duo de *Xavière*, avec Alfred Raynal, l'ami d'Hubert, qui prétendait lui découvrir une jolie voix.

Ils se rendirent à Paris, pour assister à la visite des souverains russes. Ce furent quelques jours remplis d'amusements incessants, de spectacles, de fêtes, de promenades. La ville étalait son enthousiasme parmi les ors somptueux d'un bel automne commençant. Frédéric prit plaisir à voir son frère en faire la découverte. Quant à Ludivine, elle entraînait Adrienne dans une tourbillonnante et méthodique exploration des magasins, l'éblouissant de toute l'expérience parisienne acquise lors de son voyage de noces. Ils rentrèrent à Mogador enchantés, traînant avec eux un appréciable excédent de bagages.

La mauvaise saison revint. Ludivine s'était commandé une pelisse en vigogne, doublée d'un beau surah vert changeant, et de nouvelles robes pourvues de ces volumineuses manches dites à « gigots » dont la mode commençait à faire fureur.

Elle recevait et rendait plus de visites que jamais. Mieux portante que de coutume, sa belle-mère s'amusait du caquetage emplissant le salon, chaque semaine.

— Je ne sais comment, disait-elle, dans une assemblée de jeunes femmes, la sottise se multiplie au carré de leur nombre. Parmi toutes ces pécores, il n'y a guère que la petite Royer qui ait un peu de tête.

Ludivine en convenait facilement : Elise exceptée — Elise qui ne se souciait pas de pérorer, et venait rarement, prise par les soins de son fils et de sa maison — pour aucune, elle n'éprouvait une once d'intérêt ou de tendresse.

— Mais il faut bien mener le train de tout le monde.

D'ailleurs, Mère, on fait de si jolis chapeaux, cette année. Avez-vous vu le dernier qu'on m'a livré ?... Vous pensez bien que je ne peux pas le mettre pour aller de ferme en ferme, ou à travers Mogador. S'il n'y avait pas ces occasions, Frédéric ne me verrait jamais qu'en Cendrillon, toute la semaine.

C'étaient là des arguments indiscutables.

Un événement imprévu vint brutalement mettre fin à ces mondanités. Peu avant la Noël, deux jours après le premier anniversaire de Christine, un télégramme arriva de Tourvieille : tante Lucie était au plus mal.

Hubert et Adrienne partirent sur-le-champ. Frédéric et Ludivine les suivirent, le lendemain. Ludivine devait se souvenir longtemps de ce voyage.

Le froid était extrême. Le Rhône charriait des glaçons sous le pont de Trinquetaille. Il avait neigé, dans la nuit. Les toits d'Arles et ses clochers restaient fondus dans une brume opaque, au travers de laquelle le soleil levant luttait pour percer. En arrivant aux Plaines de Meyran, ils virent, devant eux, l'immense étendue camarguaise, scintillante d'un blanc intact, sur le ciel couleur de perle.

— Oh Frédéric !... — Comme toujours, sous l'empire d'une sensation, quelle qu'elle fût, elle se rapprochait de son mari.

Il lui sourit avec gravité et dit, d'une voix un peu sourde :

— C'est beau, n'est-ce pas ?

En réponse, son bras passé sous le sien, elle se pressa contre lui.

Partout, en ville et sur la route, piétons et voitures avaient transformé en boue cette neige légère. Mais ici, elle demeurait précieusement posée, recouvrant les terres et les « drailles ». De temps à autre, l'éclair d'une roubine gelée miroitait entre l'étrange et merveilleuse dentelle d'une tamarissière, blanche, elle aussi. Blanc sur blanc, seul, un trait précis, aérien, ciselait les saladelles et les engagnes. Le long du fossé, penchées, les « chandelles de Jésus » s'effilaient en lances féeriques sous leurs gaines givrées.

L'air, le silence, tout avait acquis une transparence immobile où les paroles semblaient jeter un heurt, puis, s'éteignaient soudain, sans vibrations. Le bruit même des fers des chevaux, doux et régulier, était peu à peu rentré dans le néant.

« Nous sommes partis... partis... » chuchotait une voix, en Ludivine.

Ils étaient partis, tous deux... ils avaient quitté les chemins où le temps passe, et le pays où ils allaient arriver n'était pas de ce monde...

Tourvieille, délicatement silhouetté dans la blancheur de ses arbres, apparaissait au loin, château au bois dormant.

Ils entrèrent.

Tante Lucie était étendue, frêle et paisible, dans la petite clarté clignotante des cierges, habillée d'une large robe de satin blanc un peu jaunie, un peu fripée. Etalée, la jupe plaquait sur ses jambes qu'une cage avait dû, jadis, dissimuler sous les jupons. Un voile de tulle posait une ombre immatérielle sur ses traits lisses, miraculeusement rajeunis. Soudain, on s'apercevait qu'elle avait été jolie.

Curieuse, Ludivine contempla cette morte qui ressemblait si peu à la mort.

Tante Lucie, façonnière, bavarde, cordiale et encombrante, avait disparu avec ses manies, ses exclamations. Ceux qui l'avaient aimée pouvaient brûler de regrets et de larmes, comme cette Caroline, rouge, la figure boursouflée, pitoyable, tout étroite au pied du lit.

— Elle n'a pas souffert... Elle ne s'est pas vu... articulait-ellc, et sa voix se cassait...

Mais celle qui demeurait étendue, dans ses parures démodées, avait affaire ailleurs, glissait hors de la chambre... Sans doute était-il là pour elle, ce long paysage blanc mystérieux dont la lumière passait, aveuglante, entre les lattes des volets clos. Et déjà, seule, elle entreprenait le voyage...

L'enterrement eut lieu le surlendemain. Le dégel commençait. La berline emmena Ludivine, morose, avec ses cousines, au long de la route redevenue familière. Toutes les routes conduisent quelque part. Celle-là menait tout simplement vers Arles. La morte l'avait suivie bien des fois. Maintenant, c'était la dernière... — et l'on arriverait toujours assez tôt, pour voir se dérouler ces assommantes cérémonies funèbres. — La couturière d'Arles avait raté la robe de deuil, faite en hâte. En outre, Ludivine constatait que le noir, cet épais noir mat, de rigueur, lui allait horriblement mal.

— J'ai l'air d'un coing, dans tout ce crêpe, se disait-elle, furieuse.

Il y avait beaucoup de monde, à Saint-Trophime. Il y en eut encore au cimetière. Cette humidité glaciale de la cathédrale, puis le lent piétinement par les allées... Et des mains à serrer, des baisers à subir... « Dieu merci, c'était fini ! »

Ils retournèrent à Mogador le soir même. On était à la veille de Noël. Il n'y eut pas de fête, sauf pour les petites filles.

Julia était stricte sur la question des convenances. Ludivine dut cesser ses réceptions, et se « terrer à la maison », comme elle disait. Elle subissait impatiemment les contraintes de la période du grand deuil.

« ... Au printemps, je pourrai recommencer à sortir un peu. Et porter de l'écossais. Un joli taffetas noir et blanc, bien net ; avec un col et des manchettes de toile. Et ensuite, du mauve... Heureusement, le mauve est ma couleur. »

Vers le milieu d'avril, plus subitement encore que n'était morte sa femme, l'oncle Antoine mourut à son tour, après une brève crise d'angine de poitrine.

— Père ne pouvait pas se consoler, confia Caroline à Blanche. Cela faisait mal de le voir errer dans la maison, sans rien dire, avec un air perdu... Je sais bien qu'il était malade depuis longtemps, mais ce n'est pas cela qui... J'espère qu'il a retrouvé maman, et qu'ils sont de nouveau heureux ensemble.

Blanche lui caressait les cheveux, doucement, et regardait vers Léon, comme si elle eût craint qu'il ne lui fût enlevé.

Amaigrie et triste, la pauvre Caroline était méconnaissable. Julia qui l'aimait avec prédilection, l'invita à Mogador, pour quelque temps. Tous s'empressèrent autour d'elle. Mais la jeune fille paraissait profondément atteinte.

— Ce qu'il lui faudrait, voyez-vous, c'est un mari.

Hubert se piquait-il là d'une découverte ? Tant de sagacité laissait Ludivine sarcastique.

— Epousez-la, mon cher, suggéra-t-elle, abruptement.

Il lui jeta un coup d'œil plein de reproches. Les manières de sa belle-sœur étaient parfois bien déconcertantes.

Ludivine perçut le blâme discret, et se radoucit.

— Allons, Hubert, ne me faites pas ces yeux-là. Grand Dieu ! que pouvez-vous attendre d'une malheureuse créature vouée au cachemire noir et au crêpe anglais ? Je me sens si laide que j'en deviens bête...

— Laide ?... Vous ?...

Son élan ramena un sourire sur les lèvres maussades.

Reprise de l'envie de plaire, Ludivine posa sa main sur la manche du jeune homme.

— Cher Hubert, que vous êtes gentil !... J'aime infiniment à me regarder dans vos yeux, vous savez ? Ils m'offrent toujours une si flatteuse image...

Hubert frémissait au contact léger de ces doigts.

— Ludivine... murmura-t-il. Vous êtes terrible.

— Moi ? Elle riait. Terrible, ingénument terrible. Si coquette, si sûre et si dédaigneuse de son pouvoir... Amour cruel et doux qui jamais, jamais...

Ravalant un soupir, il se leva, tandis qu'elle secouait sa jupe de laine où le banc poussiéreux avait laissé des traces blanches.

— Voyons, Hubert, si terrible, vraiment ?

— Mais oui, et vous le savez bien, sorcière... dit-il en se forçant à rire aussi.

Il s'éloignait. Ludivine rassembla son sac, son éventail, son ombrelle, ses gants, et s'en alla par le sous-bois.

Sorcière... « Sorcière » était un mot de Frédéric : « Frédéric... » Le vent faisait bruire la cime des pins avec un friselis d'étoffes remuées. Les taillis étaient pleins de ronds dansants de soleil. Il faisait bon. Le chœur des cigales chantait la venue de l'été.

« ... Quel cheval monte-t-il ? Peut-être *Obéron.* » Il reviendrait, la chemise ouverte sur sa poitrine dure, déjà brunie. Ludivine frissonna, traversée du désir de sentir contre sa joue cette peau chaude, un peu moite... « Aller à sa rencontre... Nous rentrerons ensemble. Il descendra, pour marcher tout près, en me tenant par le bras... Cet air attentif qu'il a, depuis... Ah ! que ce soit un fils, cette fois, enfin !... Le lui donner, ce garçon qu'il souhaite tellement... Sainte Vierge, faites que ce soit un fils !... Je vous promets, j'irai à Frigolet... »

Encore une fois, Mogador vécut dans l'espérance. Les mois s'écoulèrent. Après une grossesse particulièrement pénible, Ludivine mit au monde une nouvelle fille, durant la première nuit de février. Depuis la veille au soir, on savait qu'elle portait des jumeaux. Fou d'inquiétude et d'impatience, Frédéric arpentait la chambre de sa mère. Immobile par un effort de volonté, Julia le suivait des yeux sans mot dire, plus anxieuse à mesure que l'attente se prolongeait, devenait anormale. Trois heures plus tard, enfin, le docteur Lapierre déposait avec soulagement François Vernet sur les genoux de sa grand-mère, au milieu d'une assistance en liesse. Riant, pleurant, étranglé de joie, le maître de Mogador se précipita chez sa femme.

Seule dans le berceau, après avoir un peu pleuré, laissant ce frère triomphal accaparer l'attention de la famille, Dominique, discrète, s'était endormie.

18

Dans le monde, les événements se bousculaient, s'enchevêtraient. L'empereur Guillaume vociférait des discours et ses troupes occupaient Kiaô, Tchéou. Le tzar envoyait les siennes s'emparer de Port-Arthur. Les Espagnols vidaient leur querelle avec l'Amérique : la flotte de l'amiral Cervera bloquée à Santiago-de-Cuba, ils se défendaient encore avec l'énergie du désespoir, avant d'accepter la défaite. La Hollande acclamait une jeune reine. La cour d'Autriche prenait le deuil de l'impératrice Elisabeth que le petit couteau d'un Luigi Luccheni venait de délivrer d'elle-même, au bord du lac de Genève... Aux sources du Nil, l'armée du général Kitchener complétait sa victoire d'Omdurman sur les forces du sultan, par celle de Fachoda sur le capitaine Marchand...

Pendant ce temps, à travers élections générales, grèves, démissions et changements de ministères, la France, obnubilée par l'affaire Dreyfus, se passionnait pour le procès en Cassation. C'était un palmarès d'interventions parlementaires, une hécatombe d'officiers supérieurs, une procession de ministres de la Guerre, un embouteillage des cours de Justice... On avait bien autre chose à faire qu'à soutenir nos droits sur le Bahr-el-Ghazal. M. Delcassé publiait un Livre Jaune. Lord Salisbury ripostait par deux Livres Bleus. Sur quoi, l'honneur étant plus ou moins sauf, on envoyait Paul Cambon signer un protocole... et l'on en revenait à l'Affaire.

A Mogador, le cycle des saisons suivait son cours, avec ses travaux toujours semblables, parmi la grande paix des champs alignés, bien nets, riches du soin et de la peine des hommes, sous l'immuable bénédiction du soleil.

Ce matin-là, Hubert rentrait à la maison, tout mélancolique, malgré la pureté étincelante du jour. Son cheval, la bride sur le cou, allait au pas, le long d'une haie fleurie de cognassiers. Les semailles étaient faites pour le maïs et l'œillette. Plus de gelées à redouter. L'année s'annonçait bonne. Les fruits donneraient. On avait hersé, sarclé les avoines et les orges. Le blé sortait dru. Les oliviers étaient taillés. On achevait le greffage des vignes. La propriété respirait l'ordre. Evidemment, Frédéric pouvait être content.

Mais cet ordre auquel Hubert n'avait aucune part n'était pas un réconfort pour lui, loin de là. Cette terre qu'il aimait, comme elle se passait bien de lui... comme il lui était inutile, comme jamais elle ne lui appartiendrait véritablement !... Frédéric coupait, tranchait et, parce que l'argent rentrait, que chacun avait sa belle part et pouvait dépenser à sa guise, il se figurait que tout était pour le mieux et tout le monde content.

Toute la vie, faudrait-il n'être que ce pauvre, derrière la vitre ? Un autre est né avant nous, et il a le domaine, il a...

« ... Eh bien, oui : il a la femme !... Et n'importe qui paraît le trouver naturel. Il est installé dans sa possession insolente. Aux autres, que reste-t-il ? Respirer un parfum, guetter une inflexion de voix, une parole... Etre celui qui distrait un instant, à qui l'on se confie parfois... Et les voir, chaque soir, refermer leur porte. »

« ... Cette femme que j'aurais tellement aimée... Celle-là et nulle autre. Ah ! Dieu ! parmi tant de visages de jeunes filles, tant de sourires offerts, s'en aller en aveugle, à cause d'un profil bohémien et de ces yeux violets... »

Anne avait hérité ces yeux-là. « Coquette et capricieuse, elle aussi... »

Il demeura interdit devant ce qu'il avait osé penser. Mais non, Ludivine n'était pas... ou enfin, toutes les jeunes femmes le sont... Et elle, elle adorait son mari, elle ne voyait, et ne verrait jamais que lui au monde. Un soulagement de se rappeler cela ; de savoir, avec cette certitude, que jamais ne se présenterait le plus petit espoir, par où pût se glisser la tentation.

« Que faisait-elle, en ce moment ? Sans doute étaitelle chez les enfants. Ses filles lui ressembleraientelles ? Sabel, peut-être ? Ou Anne ?... Ah ! il ne fallait pas oublier l'anniversaire d'Anne. Dans moins d'une semaine... Toujours des anniversaires, dans cette maison... C'était épuisant, l'imagination qu'il fallait prodiguer. — Qu'est-ce que je vais bien trouver à lui donner ? C'est commode, un enfant de cet âge ! Et une fille encore... Et au fait, quel âge ? Six ans... Six ans déjà ! Et Sabel qui en a huit, dans quelques mois. »

Des voix le hélèrent. Il émergea de ses réflexions. *Ménélik* l'avait mené en vue du grenier à fourrage où les hommes achevaient de rentrer le trèfle.

— La dernière balle, et on déjeune... lui cria Frédéric. Tu arrives à point.

Son frère aimait ces solides déjeuners « à la fourchette » pris en plein air, sur la table de pierre, au milieu du travail, avec les fermiers.

Hubert attacha son cheval près de l'abreuvoir et vint les rejoindre. On lui fit place.

Tous mangeaient soigneusement, en silence, taillant, bouchée par bouchée, des morceaux de pain sur lesquels ils posaient à mesure, des carrés de jambon...

— Tiens, bois.

Bourru et fraternel, l'aîné versait du vin, lui tendait son verre...

Une bouffée de tendresse et de honte envahit Hubert : « Bon Dieu, qu'il ne sache jamais quel sale bougre je suis ! »

Il releva la tête.

Adossé à la table, Frédéric, ses longues jambes étalées, confectionnait amoureusement une pipe. La blague à tabac passait de mains en mains...

— Tu veux mon briquet ?

Le seigneur de Mogador allongea le bras. La vieille veste de velours côtelé bâillait tout grand à l'emmanchure.

— ... Tu as fait craquer ta manche.

Frédéric cligna de l'œil.

En un éclair : « Comme il ressemble à Maman ! » découvrit le jeune homme.

Les deux frères tiraient sur leur pipe, à petits coups, presque simultanément.

— On est rudement bien, de temps en temps, sans les femmes, dit Frédéric.

— Ah ! oui... soupira Hubert, plein d'une conviction sincère.

Le soleil gagnait sur l'aire. La chaleur montait doucement. Un petit lézard gris apparut, grimpa le long de la banquette, tout près d'eux.

— Tiens, une anglore.

— L'été est là.

Ils s'attardaient. Les hommes, un à un, retournaient à leur travail.

— Tu viens jusqu'à la bergerie ?

— Allons-y.

Tous deux furent debout ensemble.

Chaque matin, Ludivine écoutait le rapport quotidien de mademoiselle Louise, l'institutrice des fillettes. Depuis deux ans, cette replète personne sans grâce ni beauté — figure couperosée, cheveu rare, démarche lourde — présidait avec une patience et une bonne humeur inépuisables à l'éducation d'Isabelle ; et l'on venait de lui confier Anne.

Dans son royaume dépeuplé, Adrienne se raccrochait aux trois petits, les rassemblait autour d'elle, comme une poule sa couvée.

Oublieuses, déjà, les petites filles lui préféraient la grasse mademoiselle Louise qui, les traitant systématiquement en jeunes demoiselles, les rehaussait à leurs propres yeux. L'autorité suprême demeurait d'ailleurs l'apanage de leur mère. On pouvait faire damner Tatie, lui refuser l'obéissance, lui faire sentir, avec la cruauté enfantine, qu'elle ne détenait aucun droit sur ses nièces, bref, abuser sans vergogne de sa tendresse que l'on retrouverait intacte et toute prête lorsqu'on la désirerait... On pouvait, un rien d'astuce aidant, en ayant l'air de céder poliment, prendre le dessus sur Mademoiselle, dans ces négociations de puissance à puissance... Question de diplomatie — et Anne, précoce, surclassait son aînée dans cet art... On pouvait même, assez facilement, tenir tête à « Mamé », une fois découvert le secret que cela la faisait rire. Quant à Papa et oncle Hubert, c'étaient généralement des alliés fidèles, plus précieux encore que Philo, et le gros Victor, qui vous ouvraient l'attirant royaume de la cuisine, mais grognaient parfois sans rime ni raison.

Mais Maman était sans faiblesse. Ruses, pleurs, entêtements, la laissaient, le cas échéant, impavide. Elle appréciait les actes et dédaignait les intentions ; celles-ci étant, dans la plupart des cas, nettement répréhensibles, il résultait des punitions mêmes, octroyées par Ludivine, une sorte de justice plus juste qui s'accordait en fin de compte, chez la coupable, avec un sens tout fataliste de l'équité régissant l'univers des gens sérieux.

Cette inflexibilité rehaussait le prix des caresses et des récompenses qu'elle accordait par ailleurs. Récompenses étonnantes, paradisiaques : on était admise à respirer le contenu des flacons de la coiffeuse, à choisir avec elle la robe qu'elle mettrait, à cueillir la rose qui compléterait sa toilette, ou même, à composer pour elle un bouquet de corsage, et la petite figure d'Isabelle paraissait devoir éclater de fierté, lorsque le sien était jugé le plus digne...

Aussi Ludivine était-elle placée au faîte de cette hiérarchie de droit divin avec laquelle ses filles admettaient qu'il y avait lieu de compter.

La jeune femme trouvait dans cette vénération naïve un certain dérivatif à son ennui. Cette année-là, les distractions s'étaient faites rares. De toute évidence, le voisinage les boudait. La faute en était à son mari et à Hubert.

Depuis la découverte du « bordereau » et le rebondissement de l'Affaire, les deux frères étaient passés avec armes et bagages dans le camp dreyfusard. Ç'avait été un beau petit scandale, dans la région. Chez tous les grands propriétaires, on avait sonné le tocsin. Ludivine aurait longtemps sur le cœur les interrogations doucereuses, les allusions pleines d'un fiel déguisé, qu'elle avait dû subir dans les salons.

— Chère amie, on a voulu prétendre devant moi (bien entendu, je n'y ai pas ajouté foi), que ces messieurs soutiendraient le parti des juifs contre la nation...

— Disons seulement, ma chère, celui d'un innocent contre l'acharnement de ses compatriotes. C'est, je crois, le seul point de vue qu'envisagent mon mari et mon beau-frère.

Face à l'ennemi, force lui était de faire bloc avec le clan : Ludivine Peyrissac n'était pas née lâche. Mais elle écumait intérieurement, tandis que les sourires se pinçaient, s'éteignaient autour d'elle.

Une réprobation unanime montait dans la fumée des tasses de thé, à peine contenue devant l'air de défi qu'elle arborait en croquant un macaron. Et la maîtresse de maison amenait sur le terrain un autre sujet de conversation moins bourré d'explosifs, avec des efforts comparables à ceux d'un bœuf de labour.

Au diable Scheurer-Kestner ! Au diable Walsin-Esterhazy ! Au diable le colonel Henry, et Zola, et Déroulède, et ces idiots du Fort Chabrol et leur héroïsme de carton-pâte qui faisait pâmer d'admiration les dames bien-pensantes ! Au diable tous... et avec eux, ces deux énergumènes qui soulevaient contre Mogador le pays entier !...

Elle imaginait les commentaires, sitôt la porte refermée sur son dos.

« ... *Ces Vernet, croyez-vous ?... Ils se donnent les gants d'encourager la canaille... Oser se mettre du côté des traîtres, au ban de la France... Ils se croient tout permis, avec leur fortune... Mais ils ont toujours aimé se singulariser, provoquer les gens...* » Aucun doute, on avait dû ressortir toutes les vieilles lunes, répéter les griefs, rappeler l'histoire de leurs noces... « *Pensez donc, ma chère, le cortège désorganisé, les invités en plan... J'y étais... Si vous aviez vu l'effet...* » ; juger l'arrogance sarcastique de sa belle-mère ; la fantaisie, la désinvolture de Frédéric ; la fougue d'Hubert ; son propre orgueil... — Sans compter que je suis beaucoup mieux mise et dix fois plus courtisée que n'importe laquelle et que la jalousie les dévore.

Il n'en résulta pas moins que, lasse de soutenir des escarmouches répétées, devant la froideur croissante, elle prit le parti de rester chez elle. Non sans humiliation, ni colère.

Durant plusieurs jours, elle avait obstinément présenté aux habitants de Mogador un visage amer et fermé, dans l'espoir de susciter une explication où, du moins, elle eût dit leur fait aux deux hommes. Peine perdue.

— Ils ne s'en sont même pas aperçus, ma pauvre amie, tant ils étaient occupés de leurs sornettes !... dit-elle à Elise, lorsqu'elle fut venue à Barbegal, déverser le trop-plein de la rage qui l'étouffait. Et maintenant, je reste toute seule. Avec tous ces gens agréables que nous fréquentions... Enfin, pas les femmes, bien sûr ; vous les connaissez, ces péronnelles. Mais beaucoup ont des maris très bien. Eh bien, pas un, vous m'entendez ? pas un, avec qui ils ne se soient pour ainsi dire brouillés. Tenez, il n'y a pas un mois, chez les du

Roveret, Frédéric a dit « que la France se couvrait d'un ridicule odieux à se montrer pointilleuse si mal à propos, sur l'honneur de son armée, après avoir piétiné le sien propre à Fachoda... ». Lucile ne m'a pas rendu ma visite, après cela. Et même Alfred Raynal, vous savez ? le meilleur ami d'Hubert ? Il est si charmant... Le voilà qui s'est barricadé dans son Saint-Ange, depuis qu'Hubert a traité devant lui Déroulède de vieux cocardier, et Jules Guérin de polichinelle.

Elise rit doucement et caressa le bras de son amie.

— Pauvre chérie...

On arrivait à la fin d'août. L'été demeurait torride. Le ciel était immobile et pesant. Même sous l'ombre épaisse des platanes du jardin d'Elise, l'air brûlait. Les jeunes femmes s'éventaient et buvaient de l'orgeat coupé d'eau fraîche.

— Comme s'ils ne pouvaient pas se tenir tranquilles... se plaignit Ludivine, avec accablement. Et, l'exaspération la reprenant : mais en quoi est-ce que ça les regarde ? Ce maudit Dreyfus !...

— Mais Ludivine, s'il est innocent ?... et Vincent aussi le croit, vous savez...

Ludivine la regarda, bouche bée.

— Innocent ? Et après ?... Mais qu'est-ce que ça peut faire ? Elise, voyons, vous ne comprenez pas ? Innocent ou pas, est-ce que tout ce vacarme y changera quelque chose ? On dirait qu'ils découvrent le premier innocent depuis le commencement des siècles ! Et ce n'est pas eux, ni vous, ni moi, ni les imbéciles d'en face qui l'avons condamné, n'est-ce pas ?

— Oh ! chérie... Mais vous parlez exactement comme Ponce-Pilate... reprocha Elise.

— Comme... Ponce-Pilate ?...

Elle considéra l'argument une seconde, et le balaya.

— ... Eh bien, après tout, je n'ai jamais compris ce

qu'on avait tant contre ce Ponce-Pilate. Il faisait son métier de gouverneur, et ce n'était pas écrit sur le nez de Jésus qu'il était le fils de Dieu.

— Ludivine !

Elise bondit sur son fauteuil.

— Ludivine ! Je ne peux pas vous entendre dire des choses pareilles. Et juste en ce moment où l'on insulte la religion, où l'on pille les églises, où...

Elle suffoquait.

— ... Ce n'est pas possible, vous ne le pensez pas !...

— Enfin... peut-être pas tout à fait... Non, bien sûr, admit Ludivine décontenancée.

Il n'était guère habituel de voir Elise se transformer en une manière de chatte soufflant du feu.

Le petit Maurice qui jouait devant elles, avec Christine, tomba sur le gravier et se mit à hurler.

Sa mère se précipita, lava l'écorchure avec de l'eau fraîche.

— Là, là, ce n'est rien... Mais rien du tout. Un homme ne pleurniche pas...

» ... C'est cette chaleur, dit-elle, en venant se rasseoir auprès de Ludivine. Nous sommes tous nerveux, fatigués... Il faudrait une bonne pluie... Voyez-vous, chérie, je comprends que tout cela vous déprime, c'est si pénible, pour vous. Mais il me semble que vous pouvez être fière de Frédéric. Lui et son frère disent ce qu'ils pensent, en face d'une injustice. Vous ne voudriez pas les voir se conduire autrement, le monde entier fût-il ameuté contre eux.

Le pire était qu'elle avait raison. Il fallait bien s'en apercevoir. Les Vernet étaient de la race qui se bat, comme Ludivine, comme Elise elle-même, avec sa manière imprévue, déconcertante, qui ne ressemblait pas à la leur, mais qui, en tout cas, était du courage.

« Et sans doute est-ce pour ça que je l'aime, bien que nous ne nous comprenions guère. »

— C'est une triste époque. Tout va si mal, partout !

Elle était là, sa broderie posée sur ses genoux, l'aiguille en l'air, avec sa voix timide, souvent un peu hésitante.

— ... Pensez à ces pauvres gens, aussi, là-bas, au Transvaal. Vincent dit que l'Angleterre veut la guerre et que c'est inévitable. Et personne pour leur venir en aide...

Allons bon ! la voilà qui va pleurer sur le sort des Boers, à présent, se dit Ludivine, un peu agacée. Eh bien, au moins, ceux-là sont loin. Pas de danger qu'ils viennent nous compliquer l'existence. Et si la guerre éclate, peut-être... peut-être cela fera-t-il une diversion.

— Bah, éluda-t-elle, depuis le temps qu'on en parle... Ne vous tracassez pas pour eux. Leur Krüger est un vieux malin.

Mais Elise secouait la tête.

— ... Elise, ma chère, j'ai toujours pensé que vous aviez la vocation des saints et des martyrs. Au temps des premiers chrétiens, vous seriez sûrement descendue dans l'arène.

— Oh ! je crois que non. J'aurais eu bien trop peur. Je suis si douillette ! A la naissance de Maurice, je poussais des cris lamentables... Et au couvent, vous souvenez-vous ? Le jour où je me suis pris les doigts dans la porte...

Le soir descendait. La réverbération devenait moins intense. Un peu de fraîcheur s'insinuait sous les feuilles. Le jardin se balança dans un souffle léger qui passait et s'en fut.

— ... et lorsque Marthe Dervillers faisait la somnambule au dortoir, afin de pouvoir dire des sottises à la Mère ?

— Et chez nous, le jour où vous vouliez pêcher les poissons rouges du bassin ?... Et quand vous disiez à Papa : « Non, Monsieur, c'est inutile, je ne retournerai pas en classe ! » Je vous revois, tapant du pied... et Maman qui m'a fait sortir à cause du mauvais exemple... Je m'en souviens, vous n'aviez pas dix ans. C'était l'année de ma première communion.

Toutes deux riaient de tout leur cœur.

— ... A propos de Papa, vous a-t-il écrit ? Non, pas encore ? C'est au sujet de la Gloriette. Il m'en a parlé dimanche à Tarascon. Le bail finit à la Saint-Michel, je crois. Vous en redevenez maîtresse, n'est-ce pas ?

— La Gloriette... murmura Ludivine, pensive. C'est là que je suis née, figurez-vous, et je ne me rappelle absolument rien de la maison... Mais ma belle-mère m'en parle quelquefois. Elle y allait, dans sa jeunesse. Elle y rencontrait son futur mari. Chez mes grands-parents... C'est étrange, quand on y pense...

— Oui... Et nos enfants à nous, qui épouseront-ils ? Où rencontreront-ils...

— Bonté divine, Elise, ne parlez pas de ça ! Vous me glacez... Est-ce que nous n'avons pas le temps ?...

Elle se leva.

— ... Il faut que je rentre, ma chérie. Christine, fais tes adieux... Demain, j'irai voir votre père. J'emmènerai cette jeune infante, si Adrienne veut bien me la confier. Votre mère ne l'a pas revue depuis la naissance des jumeaux. Elle a changé, qu'en pensez-vous ?

— Elle est belle.

Elise se pencha pour embrasser le bébé.

— Oh ! belle... N'exagérons pas. Mais enfin, elle ne sera pas si mal... Je crains que votre filleule ne soit la moins réussie des quatre. Elle est assez insignifiante.

Mais François ! Ah ! François, lui, est magnifique, dit-elle orgueilleusement.

— Comme je vous envie toute cette nichée...

Ludivine hissait sa fille sur la banquette du cabriolet qu'elle conduisait seule, depuis peu. Elle éclata de rire.

— Vous ne pensez pas que je l'ai voulue ? Je me serais volontiers arrêtée avant, si le Bon Dieu ne s'était pas amusé à me remplir d'abord la maison de filles ! Vous avez eu de la chance, d'avoir Maurice tout de suite.

Elise flattait le col du petit cheval impatient. Elle leva vers son amie une figure empourprée.

— J'espère... Oh ! chérie, ne le dites pas, mais j'espère qu'il aura bientôt une petite sœur ou un...

— Non ? Pas possible ? Quand cela ?... Et c'est maintenant que vous me l'annoncez ?

— Oh ! il n'y a pas tout à fait trois mois... Je n'étais pas sûre. Je n'osais pas y croire... Je vous en prie, n'en parlez à personne.

— Bien sûr que non, nigaude. Je suis contente pour vous puisque vous l'êtes.

Attendrie, elle la prit par la taille.

— ... Allons, embrassez-moi, que je me sauve...

Elle sauta en voiture et saisit les rênes. Christine adressait des signes d'adieu condescendants à Maurice, cramponné aux jupes de sa mère.

— Bon courage, ma chère, dit Ludivine.

Elle avait cette même petite grimace taquine, qu'elle avait vue souvent à Frédéric. « Dieu merci, moi j'en ai fini avec ces plaisanteries !... »

Quelques semaines plus tard, au début de l'après-midi, le cabriolet quittait Mogador et s'engageait bon train dans la direction de Boulbon. Ludivine s'en allait visiter l'héritage de sa famille. Son beau-frère l'accompagnait.

Après des journées de pluies torrentielles, l'été qui paraissait déjà loin, était revenu, miraculeusement délivré des masses de nuages voilées d'une brume d'eau noire et grise derrière lesquelles on l'avait cru enseveli. Chaque feuille, chaque brin d'herbe, chaque caillou de la route, lavés, brillaient aux reflets d'un frais soleil, sous la clarté extraordinairement pure du ciel. Le trot vif du cheval ne soulevait pas de poussière. La terre sentait bon.

— Quel temps délicieux, on se croirait en mai...

Ludivine tournait vers le jeune homme un visage radieux sous le chapeau à grandes ailes.

— Quel dommage que Frédéric n'ait pas pu venir aussi !... Mais, n'importe, ajouta-t-elle avec un sourire captivant, je suis ravie d'aller là-bas avec vous.

Nul besoin de déployer tant de grâces. Hubert était, dans ses mains, plus prisonnier que ne le fut jamais le chevalier Renaud sous les sortilèges d'Armide. Il n'était que de le regarder un instant pour s'en assurer.

La jeune femme respira longuement. Chaque parcelle d'elle-même, pétrie de vie, gonflée de plaisir, se dilatait dans le vent de la course.

Hubert la buvait des yeux, incapable de trouver une réponse. Lui si brillant, si sûr de lui, si plein de ressources auprès des femmes... pourquoi fallait-il qu'il se sentît toujours si gauche, envers la seule... ?

— Vous êtes bien silencieux se moqua-t-elle. Est-ce toujours votre chère politique qui vous préoccupe ?... Seigneur ! Si vous pouviez vous rendre compte à quel point c'est ridicule !... Mais voyez donc ce ciel, et cette campagne... Tout a reverdi, ces jours-ci. Sentez-vous l'odeur de l'herbe ? Je ne sais pas comment vous pouvez demeurer avec cet air concentré... A moins que vous ne méditiez des vers ?... Allons, c'est cela ? Avouez que je vous dérange !...

Il hocha la tête.

— Ne plaisantez pas. Autrefois, je rêvais d'écrire sur vous un poème.

— Ah ? Ludivine attendait, alléchée.

— J'avais dix-huit ans... expliqua-t-il, d'un ton désenchanté.

Elle se mit à rire. Frédéric aimait ce rire. « Il dit toujours que ça me va si bien... » Elle en usait volontiers.

— C'est votre façon de tourner un compliment ? Je ne m'étonne plus que vous soyez célibataire... Ainsi, maintenant... ?

La lumière jouait avec ses cheveux, ses yeux et ses dents, tandis qu'elle le guettait, la tête un peu penchée, pareille, songeait-il, à une huppe, couleur du Paradis...

— Maintenant, je sais que c'est impossible et inutile. Vous êtes la poésie même.

Ludivine baissa ses cils noirs avec une confusion bien dosée, et parut reporter son attention sur l'attelage. Intérieurement, elle se délectait. Quel triomphe d'amener un homme à vous débiter des choses aussi agréables... et d'être jeune, belle, élégante, et de sentir l'amour autour de soi !

Pour Hubert, c'était vrai, en effet. Les défauts mêmes de sa bien-aimée : son front bombé, ses pommettes un peu mongoles, son petit nez légèrement busqué, aussi bien que son caractère impétueux et son goût de l'autorité... tout contribuait à la perfection qu'elle représentait pour lui.

Ils arrivèrent à la Gloriette vers quatre heures. Une vieille femme les attendait. Elle les précéda vers la maison, une longue bâtisse assez basse, coiffée de tuiles rondes, doucement roses, flanquées d'un cyprès bleu d'ombre, immense, jailli droit contre le ciel. Une haie de lauriers, donnant de la fraîcheur, abritait une banquette de pierre, au coin de la terrasse.

— On se sent bien ici. Il me semble que l'on doit aimer à y vivre, dit Hubert.

— Peuh ! juste un mas. Bien loin de valoir Mogador. Mes grands-parents ne l'habitaient qu'en été, d'ailleurs.

La vieille introduisit une clé massive dans la serrure. Elle se retourna :

— Un beau mas, Madame. Vous auriez dû le voir sous votre pauvre grand-père. Tout ce qui s'en allait d'ici comme banastes de pommes de terre, et cageots de fruits ou de légumes... Et le miel qu'on faisait, et les jarrons d'olives cassées... sans compter les estagnons d'huile, que celle de Salon, elle est pas aussi fruitée...

— Eh bien, à présent ?

— Oh ! à présent...

Tout l'esprit pratique de Ludivine s'éveillait.

— Nous allons voir ça... dit-elle avec décision.

Ils parcoururent les vastes salles vides où leurs pas se répercutaient en sonorités brutales. Le jeune homme se précipitait vers les fenêtres, emplissait ses yeux de cette « montagnette » aride descendue autour des champs, les serrant de près.

— Venez voir, Ludivine !

Ludivine examinait, questionnait, supputait, très affairée.

Son beau-frère la regardait, avec un tendre amusement, prendre ce qu'il appelait : « Son air de ménagère... » Il souriait : « La reine à Trianon... » Que la reine connût admirablement le prix des moutons, et le rendement que l'on peut obtenir d'une terre, n'entachait en rien le prestige de sa majesté.

— Eh bien, Hubert ?

La voix était impatiente.

Arraché à sa contemplation, il se sentit rougir et s'en voulut. Une fois de plus, il était pris, en train de se conduire comme un gamin : « Comme elle doit rire de moi... »

Déjà elle était passée dans la pièce suivante. Il la rejoignit. C'était une salle tendue d'un vieux lampas vert d'eau, entre des boiseries blanches, Louis XVI. La tapisserie fanée gardait encore sa teinte primitive aux endroits où les meubles s'étaient jadis appuyés. Une profonde alcôve, encadrée de portes à petits carreaux de glace, en occupait le fond.

Cessant d'interroger son guide, Ludivine dirigea vers Hubert un regard songeur.

— C'est là que je suis venue au monde. Dans un lit qui est au grenier, avec tout le reste du mobilier.

Il y avait en elle quelque chose comme du recue[illegible] ment. Hubert sourit.

— Pensez-vous quelquefois, quand vous e[illegible] chez Maman pour une petite parlote, que les mu[illegible] les meubles ont assisté à notre naissance à tous ?

Non, en vérité, elle n'y avait jamais pensé. Frédéric était né, pour elle, le jour où, chez les Darbenois...

— ... Vous savez, continua Hubert, depuis le temps qu'il y a des maisons, avec des lits, et des gens qui naissent dedans..., la solennité de ce genre d'événement, revue à distance, s'est quelque peu émoussée... Il est vrai que lorsqu'il s'agit de « votre » naissance, on ne...

— Allons, coupa Ludivine, pointue, je ne vois pas pourquoi vous vous amusez à imiter Frédéric. Je vous jure que le genre taquin vous va mal. Exactement comme si vous mettiez sa veste.

Il lui jeta un coup d'œil aigu.

— ... Et je n'ai pas sa taille, n'est-ce pas ?

Chacun, à Mogador, savait que c'était là le regret un peu puéril d'Hubert.

Devant le silence hargneux de la jeune femme, il siffla entre ses dents :

— ... Doucement, ma chère, ne chargez pas les pistolets !

— Alors, ne me provoquez pas !... Voyons, ajouta-t-elle, en riant, vous connaissez bien mon caractère irascible ?

Il se tut. La corde sur laquelle il marchait était tendue, raide. Incertain devant l'attitude à adopter, il allait gauchement de la passion mal contenue à la désinvolture affectée. Une telle détresse passa sur ses traits, qu'un instant, Ludivine se sentit coupable.

Ce plaisir de la conquête, si fort, en elle... Et la partie n'était pas égale. « Mais que faire ? S'il m'aime, est-ce ma faute ? »

Maintenant, il ne restait plus qu'à panser la blessure.

Machinalement, le jeune homme était retourné à la fenêtre. Accoudé, il regardait au loin, vers la montagne, au-delà des champs.

— Hubert ! appela-t-elle avec douceur.

— Oui ?...

— Si nous descendions ? L'heure s'avance. Il nous faut encore voir les bâtiments de ferme et les terres. Et j'aimerais bien me reposer un peu dans le jardin, ensuite, avant de rentrer.

Dehors, elle lui prit le bras.

— ... Venez vite ! Je veux votre avis sur tout.

Quelque chose se dénouait dans la poitrine d'Hubert.

— Eh bien, ce n'est pas si mal, déclara Ludivine, lorsqu'ils eurent terminé.

— Certes non !

Le jeune homme était enthousiasmé.

— Tout doit pousser dans ce terrain. Il vous faut l'exploiter, Ludivine. Je vous aiderai, si vous voulez. A moins que mon frère...

— Oh ! Frédéric n'a pas trop de son temps pour Mogador. Sûrement, j'aimerais essayer avec vous. Nous y réfléchirons. Mais venez au jardin, à présent. Allons faire un tour vers les figuiers de Mère. Ces fameux figuiers...

Ils explorèrent le verger. De figuiers, point. Ludivine s'obstinait, cherchait l'endroit...

— ... Au fond, contre le petit mur... Mère m'en a parlé si souvent...

— Sans doute sont-ils morts. Il est passé près d'un demi-siècle, depuis, songez-y... Je crois qu'il faut y renoncer.

Le jardin offrait un aspect misérable. Probablement ne s'était-on soucié que du rapport, depuis longtemps. Pas une fleur, dans les parterres à l'abandon... Les bordures de buis avaient poussé sans ordre. Çà et là, des feuilles mortes pourrissaient en tas ramassés par le vent, humides des pluies récentes. Des capucines et des œillets d'Inde avaient germé au hasard. Des roses-trémières en touffes se dressaient au milieu d'une allée. Quelques rosiers, qui paraissaient redevenus à demi sauvages, portaient leurs dernières fleurs. Hubert les cueillit :

— Il faut que vous les emportiez. Allons nous asseoir là-bas, voulez-vous ?

Au bout de l'allée, quelques marches usées, dont la rampe avait disparu, conduisaient à un petit pavillon adossé à la murette, dominant la route. Le treillis de bois, desséché, s'était écroulé par endroits, sous la vigne-vierge. La balustrade menaçait ruine.

Ludivine s'assit sur un vieux banc de pierre couvert d'une mousse grise et jaune. A côté d'elle, Hubert, ouvrant son couteau, se mit à écorcer les tiges des roses. De temps à autre, il se piquait. Des gouttelettes de sang tachaient ses mains.

— Pauvre Hubert, vous vous faites mal pour moi...

Il leva les yeux, et la considéra un instant, extraordinairement jolie et jeune, dans l'ombre délicate du berceau : « Neuf ans, déjà, qu'elle était venue prendre sa place dans leur vie à tous... Neuf ans que ce visage, entré en lui, l'habitait pour sa joie et sa peine. Merveilleuse Ludivine, si douce, si violente... Personne ne l'eût aimée comme lui... Et jamais, pourtant, il ne serait plus près d'elle que dans ce coin d'un jardin oublié où sa capeline, posée sur le banc, mettait entre eux la plus fragile, la plus infranchissable des barrières.

— Je voudrais toujours enlever pour vous les épines... murmura-t-il, ardemment.

Contrariée, elle détourna la tête.

« Il ne va tout de même pas... Une déclaration... Ce serait du joli ! Les hommes sont insupportables... Toujours en train de tout gâcher. »

Le jeune homme liait les roses avec son mouchoir.

— Allons, donnez-moi ce bouquet, dit-elle, une pointe de sécheresse dans la voix.

La bouche d'Hubert se contracta imperceptiblement :

— Voilà, ma chère. Souvenir de la Gloriette.

L'alerte était passée. Ludivine respira.

— Je n'aurais pas osé rentrer à Mogador avec ces fleurs, si Juste était encore là. Pauvre Juste, il eût regardé ça comme une trahison.

— C'est vrai. Il était si fier de ses roses... Et il aimait tellement à les cueillir pour vous...

L'année précédente, un matin de mai, on avait retrouvé le vieux jardinier étendu, la face contre terre, dans une de ses plates-bandes, le sécateur échappé de sa main. Ludivine, en larmes, avait voulu choisir et couper elle-même les dernières fleurs qu'il pût emporter.

Tous deux se turent. Ils songeaient à cette vieille âme enfantine, à la silhouette grise, maigre comme un sarment, que l'on ne verrait plus se profiler, comme durant tant de saisons innombrables, sur les massifs du parc, ou au détour d'une allée. Oui, le vieux Juste avait aimé ses roses. Maintenant, sans doute, il soignait, avec le même amour patient, des fleurs inconnues et plus belles, parmi ces grands jardins qui commencent de l'autre côté de la nuit.

Ludivine soupira légèrement. Autour d'eux, l'air était si calme, que le temps semblait être rentré dans l'éternité. Une feuille, se détachant du mûrier d'Espagne tomba, avec une irréelle lenteur. Une sorte de malaise envahissait la jeune femme.

— Qu'y a-t-il, Ludivine ?

Lorsqu'il s'agissait d'elle, la pénétration d'Hubert prenait toujours une acuité anxieuse.

— Oh ! je... Rien. Une idée. Tout d'un coup, j'ai imaginé toutes les femmes qui sont venues ici, qui se sont assises à cette place, et qui sont mortes. Je voudrais les connaître, savoir si elles ont été heureuses, comment elles s'y sont prises pour vivre, ce qui leur est arrivé, et ce que ça leur a fait de mourir. Mourir, qu'est-ce que ça signifie ? On dit : « Un tel est mort. » Mais après ? Ma mère, ma grand-mère, et toutes les autres, où sont-elles allées ? Pourquoi leur a-t-il fallu tout laisser ? A présent, c'est comme si elles n'avaient pas vécu. Alors, à quoi bon ?... Et puis, ce jardin, qui n'a jamais dû être le même pour aucune... comment vous expliquer ? Mère qui m'en avait tant et tant parlé... mais le sien, ce n'est pas ça, c'est un jardin d'été !... Vous comprenez ? Il n'a jamais existé autrement qu'un jour d'été. Celui-ci n'est pas ressemblant ! Et... et maintenant, rien n'a plus l'air vrai... acheva-t-elle, d'une voix tremblante. Est-ce que les choses ne sont jamais vraies qu'une fois ? Est-ce que moi, alors, moi...

— Grand Dieu, Ludivine !... Qu'allez-vous chercher là ? Mon petit, mon tout petit...

Bousculant la capeline, il mit un bras protecteur autour des épaules de la jeune femme.

Les yeux fermés, la tête rejetée en arrière, elle semblait porter un poids trop lourd.

Vertigineuse, la tentation fondit sur lui. Follement, il parcourut de son désir le petit front têtu, l'ombre bleutée de la tempe près des cheveux lisses, les paupières brunes, la courbe de la joue, la bouche, rouge, à peine entr'ouverte sur l'éclair liquide des dents.

Insensiblement, comme envoûté, il s'inclinait.

— Ludivine !... gémit-il.

— C'est absurde. Je ne sais vraiment pas ce qui m'arrive, soupira Ludivine, avec lassitude. Elle rouvrit les yeux et vit, toute proche, la figure décomposée de son beau-frère. D'un bond, elle fut debout.

— ... Allons, mon cher, il faut rentrer.

Hubert émergeait d'une asphyxiante plongée d'angoisse.

— Oui, articula-t-il, vous avez raison.

— Mon chapeau ?

Il avait glissé derrière le banc. Le jeune homme le lui tendit. Elle le prit, sans remercier, le mit sur sa tête, noua nerveusement les brides, et descendit vers l'allée. Il la suivit. Le bouquet, oublié, gisait sous la tonnelle.

Le retour fut peu loquace. Ludivine, furieuse contre elle-même et contre son beau-frère, menait le cabriolet à un train dangereux. Accablé, Hubert ne songeait pas à réagir. A la fin, cependant, la voyant se détendre, il fit un effort. Une conversation banale s'établit. Peu à peu, le souvenir de la minute gênante vécue là-bas s'estompait entre eux. Sans doute Ludivine l'aurait-elle bientôt effacé. Cela comptait si peu, pour elle, se disait Hubert, amèrement.

La nuit tombait lorsqu'ils atteignirent le portail de Mogador. Au bruit de la voiture, Frédéric surgit sur le perron. Surexcité, il se précipita vers eux :

— La guerre ! c'est la guerre !... Le Transvaal a pris l'offensive, les Anglais se font battre...

Il embrassa distraitement sa femme et envoya une bourrade à son frère.

— ... Hein, ces sacrés Boers !...

Ludivine haussa les épaules.

— Tu as les journaux ? demandait Hubert, déjà.

Outrée, elle gagna sa chambre. — Ridicules, voilà ce qu'ils étaient... Les hommes se conduisaient toujours comme des imbéciles. Avec eux, il fallait être constamment sur ses gardes, et puis, quand ils avaient presque réussi à vous mettre dans une situation impossible, ils vous laissaient dévorer votre honte, et, cessant de roucouler, s'en allaient faire de la politique.

Que dirait Frédéric, s'il savait, pourtant ? se demanda-t-elle. Bah ! il était bien capable d'en rire. Il y avait longtemps qu'il ne se montrait plus jaloux. « J'ai confiance », disait-il... Si béatement confiance que c'en devenait presque injurieux... Et le pire, c'était qu'il avait raison ! Jamais en effet, fût-ce un instant, elle n'avait été tentée... — Il n'y a que lui, Frédéric, que lui... se disait-elle, rageuse, avec une espèce de rancune... Mais aussi pourquoi avait-il l'air d'en être tellement sûr ?

Recoiffée, ayant changé de robe, elle passa chez les enfants. Sa belle-mère s'y trouvait. « Mademoiselle » présidait au repas, aidée de Mathilde, la bonne des trois petits. Ludivine fit rapidement le tour de la table, distribua quelques observations, et vint s'asseoir auprès de Julia, devant la « travailleuse ». La vieille dame défaisait un écheveau de laine.

— Tu arrives à propos, dit-elle. Tiens, aide-moi.

Ludivine tendit les bras.

— ... Alors, bonne promenade ? Tu as eu beau temps.

— Très...

— Et comment as-tu trouvé ta propriété ? Raconte un peu. Sapristi, tu n'es pas bavarde, ce soir.

— Sapristi ! cria François, tapant sur son assiette, et l'institutrice, rougissante, le réprimanda, avec un regard de biais vers madame Vernet.

— Je suis fatiguée, Mère. Nous avons tout parcouru de fond en comble. Les terres sont bonnes. Il y aurait à faire, avec. La maison n'est pas mal. On pourrait très bien la remeubler telle qu'elle était je crois. Il y a la mère Drevons qui se souvient encore...

— Et le jardin ? L'as-tu bien visité ? Es-tu montée jusqu'à la gloriette ? La perspective est unique, de là-haut, n'est-ce pas ? Que de fois, accoudée, j'ai regardé partir Rodolphe... Il passait en bas, sur le chemin, le long du mur. Nous échangions encore un adieu, et je le voyais longtemps descendre dans les pierres, jusqu'à la route qui borde le Rhône... Et la balançoire, derrière les lilas, y est-elle encore ? Et les figuiers ? Et les corbeilles de roses, près du bassin ? Et la treille de raisinmiel ?... Qu'est-ce que tout ça est devenu ?... Allons, donne-moi des détails...

Son peloton posé sur les genoux, la vieille Julia attendait. Une petite clarté brillante au fond de ses yeux irradia doucement les traits marqués par l'âge et la maladie.

Penchée sur l'écheveau qu'elle venait d'embrouiller, la jeune femme commença :

— Eh bien, Mère, rien ne paraît avoir beaucoup changé. Nous avions cueilli pour vous quelques roses, et puis, en partant, je les ai oubliées. Les figuiers...

— Que tu es sotte, ma petite. J'en aurais eu tant de plaisir ! Enfin... Continue.

Sans relever la tête, avalant sa salive, Ludivine continua :

— J'ai vu les figuiers. Ils sont magnifiques. La tonnelle...

Les mains jointes sur sa jupe, Julia Angellier souriait en dedans.

19

Le dimanche suivant, les deux belles-sœurs revenaient de la messe. Elles avaient laissé la voiture à la grille du parc, et rentraient à petits pas, tenant par la main Isabelle et Anne, très demoiselles, dans leurs costumes de velours écossais que gonflaient les « robes de dessous » en percale festonnées.

Devant la maison, elles aperçurent Hubert qui se dirigeait vers les serres. Adrienne le héla. Il vint à elles sans empressement.

Les jeunes femmes le regardaient approcher.

— Tu ne trouves pas qu'il a mauvaise mine ? Il me semble qu'il maigrit.

— Je parie que c'est le jugement de Rennes, dit Ludivine. Leur Dreyfus, pense donc ! Ils ne peuvent pas digérer ça. Frédéric en a été comme un crin pendant deux jours, tu sais bien...

— Le malheureux... C'est si injuste !...

— Injuste ou pas, maintenant on va peut-être pouvoir enfin parler d'autre chose, et recommencer à fréquenter les gens cet hiver.

Adrienne hocha le menton avec tristesse. Jamais elle ne s'habituerait à cette façon toute personnelle d'envisager les événements....

Hubert les rejoignait. Les petites filles se précipitèrent sur leur jeune oncle, et le saisirent par les vêtements. Se baissant, il les embrassa.

— Dire que ces jeunes élégantes sont mes nièces !... Quelles nouvelles, au village ?

— Pas grand-chose. Nous avons vu Léontine Arnal, avec les Béraud et Irène Lallier. Les garçons de Lucile ont les oreillons. Le mari de Mme Pouzol...

— Et vous, Hubert, où alliez-vous ? interrompit Ludivine.

— *Fédora* a eu ses petits. Mathieu a découvert la nichée ce matin, dans un coin de la serre. Il vient de me le dire.

— Oh ! je vais avec vous !

— Moi aussi ! Moi aussi ! supplièrent les fillettes.

— Non, non, mes petites, pas maintenant. Mademoiselle doit vous attendre. Il va être l'heure de vous mettre à table. Tu les emmènes, Adrienne ?

— Maman...

— C'est inutile, Anne. Cesse de te tortiller. Allons, montez déjeuner sans faire d'histoires. Les petits chiens ne s'envoleront pas. Vous pourrez aller les voir cet après-midi, avec Christine.

Isabelle se taisait. Anne reniflait ostensiblement.

Leur tante entraîna, mal résignées, ces deux victimes du pouvoir absolu.

Maîtresse de la place, Ludivine se retourna vers son beau-frère.

— Allons-y vite. Savez-vous combien il y en a ? S'il s'en trouve un tout noir, je le veux pour moi.

— Vous le verrez, dit le jeune homme, brièvement. Je n'en sais pas davantage.

Pour la première fois, depuis le jour de la Gloriette, ils se retrouvaient seuls ensemble. Hubert était parvenu à éviter toutes les occasions... Au prix de quels combats intérieurs !... Ses traits creusés en portaient la trace.

Ludivine marchait devant lui. Il admirait sa taille moulée dans une longue jaquette de drap vert bouteille, le mouvement souple et lourd de ses cheveux ramassés au-dessus de la nuque sous la toque en plumes de grèbe, assortie au boa qu'elle portait.

Ils atteignirent la serre : « Non, cela n'était plus possible, il fallait en finir ! »

Soudain, Hubert en eût crié. Appuyé au vitrage, il collait sa joue contre le carreau, cherchant cette illusoire fraîcheur...

— Allons, Hubert, dépêchez-vous ! Où sont-ils ?

Enfouies dans un recoin où s'entassaient de vieux paillassons, ils découvrirent quatre petites créatures sans poils, sans yeux, tremblantes et gémissantes...

— Dieu, qu'ils sont laids ! s'exclama Ludivine, en riant.

— Laids ? Mais ce sont les chiots les plus magnifiques...

— Bon, bon, dit Ludivine, conciliante pour une fois. Je veux bien vous croire. Mais j'attendrais qu'ils aient un peu grandi pour choisir. Venez dehors, allons nous asseoir au soleil. Nous avons encore le temps jusqu'au déjeuner. Et... j'ai besoin de vous parler. Depuis l'autre jour, j'ai beaucoup réfléchi...

Lui parler.... Elle voulait lui parler ! Qu'allait-elle lui dire ? Hubert posa sur la jeune femme un regard ravagé. Pourquoi n'avoir pas parlé le premier ? Quel que fût son mépris, après cela elle n'eût pas... Il enfonça les ongles dans ses paumes.

— Ecoutez, Ludivine...

— Ici, tenez, nous serons très bien.

Elle s'installait, ouvrait son ombrelle... A cinquante pas, Mathieu pinçait les chrysanthèmes.

« ... Naturellement, elle ne veut pas courir le risque... Bon Dieu ! » Cette seule pensée le brûlait comme un tison d'enfer.

— Mais asseyez-vous donc ! Je n'ai pas envie que l'on m'entende à l'autre bout de Mogador, dit-elle, mi-agacée, mi-souriante.

Tous ses réflexes abolis, ils s'assit.

— ... Voilà, c'est au sujet de la Gloriette. Vous rappelez-vous que vous avez promis de m'aider ? Mais si je me mets à l'exploiter, je ne suis pas sûre du tout de m'en tirer. Il faut avoir le temps, et Frédéric est habitué à ce que je le seconde ici. Alors, j'ai pensé... comme vous paraissiez intéressé... et vous m'avez tellement dit que le mas vous plaisait... Est-ce que vous n'aimeriez pas le prendre ? Pour vous en occuper vous-même ?...

Hubert tombait des nues. Effaré, il la regarda sans rien trouver à lui répondre.

Elle continuait, pleine de son sujet :

— ... Vous comprenez, François sera un jour le maître, ici. Quant à son père et moi... Je déteste me représenter cela, mais parfois, il faut bien... Et avec toutes ces filles à doter... Ce serait plus commode, déjà, si vous vouliez prendre la Gloriette en compensation de vos droits sur Mogador.

La stupeur arracha à Hubert un mouvement involontaire. Elle se méprit :

— Bien entendu, on ferait une estimation ; si vous trouvez que ce n'est pas suffisant, rien n'empêcherait de convenir d'une soulte — c'est le terme, n'est-ce pas ? Pourtant, au jugé, je ne crois pas vous proposer une mauvaise affaire. Pensez donc, Hubert, le mas vaut largement le tiers de Mogador. Vous pourriez y aller chaque jour, au besoin, ce n'est pas si loin... Cela arrangerait si bien les choses. Il n'y aurait plus à s'occuper que de la part d'Adrienne... Vous savez, un gros roulement d'argent est nécessaire, ici, pour la marche de la propriété. S'il fallait un jour réaliser vos deux parts... Nous en avons parlé vaguement, Frédéric et moi, il y a trois ans, quand il était question pour elle de ce mariage... j'ai bien vu qu'il s'en inquiétait.

Fou ! Fou qu'il avait été d'imaginer Ludivine capable d'attacher longtemps une importance véritable à quelque chose venu d'un autre que Frédéric ! — Hubert pouvait sans trêve retourner en pensée à cet instant sous la tonnelle, s'en désespérer, se sentir calciné d'un feu où remords, désir, honte et regret, se mélangeaient étrangement. Tout cela n'existait guère pour elle...

... Cette femme dont il n'aurait rien eu... Ah ! que, du moins il eût osé ce jour-là... qu'il eût serré ce corps contre lui, écrasé cette bouche sous la sienne, dût ce souvenir le rendre fou pour le reste de son existence !... Même alors, en eût-elle été, à présent, moins lointaine, assise près de lui ?...

— Voyez-vous, Hubert, c'est la meilleure solution pour nous tous. Il faut que vous acceptiez ! Je suis sûre que vous allez le faire, dites ?

Elle lui souriait, persuasive, toute à son projet.

— Seulement... Il y a encore une chose que je veux

vous demander : c'est de ne rien révéler à Frédéric de notre accord. Je sais qu'il préférera si... Il faudrait que l'idée parût venir de vous seul. Vous pourriez très bien lui dire que la Gloriette vous plaît, que vous aimeriez l'avoir... que vous avez pensé, puisqu'il ne peut pas lui-même... Enfin, vous voyez... Présentez cela de façon qu'il ne sache pas que c'est moi... Ce sera un secret entre nous deux, vous voulez bien ?

Dieu, qu'elle était enjôleuse, tournée vers lui, la tête inclinée dans son attitude familière ! De cette heure-là, aussi, il se souviendrait, et de sa toilette, et de ces sons de cloche qui traversaient l'air à longs coups espacés et calmes, tandis qu'elle parlait.

Mais il fallait répondre. Sa réponse... tout ce qu'elle attendait de lui.

— Je regrette, Ludivine, ce n'est pas possible.

— Mais...

— Non, dit-il doucement. Vous ne m'avez pas laissé parler, tout à l'heure. Moi aussi, j'avais quelque chose à vous dire : je m'en vais.

— Quoi ? Qu'est-ce que vous dites ?

— Dans quelques jours, j'aurai quitté Mogador.

— Hubert !... Qu'est-ce qui vous prend ?... Mais ce n'est pas vrai ?... Où allez-vous ?...

Elle criait presque.

— Vous plaisantez ! Non, non Hubert !

Allait-elle le regretter ? Alors ce baume sur sa blessure, il l'emporterait aussi.

— Ludivine, ma chère, je m'en vais très loin. Tout au bout de l'Afrique. Le vieux Krüger aura besoin d'un coup de main, là-bas.

— Vous... vous allez vous battre ?... Pour les Boers ?

Il inclina la tête.

— ... Mais, voyons, ils sont perdus d'avance !

L'Angleterre y mettra le prix qu'il faudra, elle finira par gagner.

Cela sautait aux yeux.

— C'est probable. Mais qu'est-ce que ça fait ?

Comment, il... ?

— Hubert ? Vous n'êtes pas dans votre bon sens !

Véhémente, elle lui avait pris les mains et les secouait.

— ... Mais pourquoi ? Oh ! Hubert, pourquoi ?

Sans brusquerie, il se dégagea, lui saisit le poignet à son tour, y mit un baiser léger.

— Les « immortels principes », ma chère, n'oubliez pas. C'est encore pour eux qu'un Français se bat le mieux. On nous l'apprenait en classe, vous savez bien ?

— Non, non, vous n'allez pas... Je ne peux pas vous croire aussi bête. C'est pour vous amuser, sûrement, que vous me racontez de pareilles...

Sa voix s'étrangla. Elle le dévisageait avec anxiété. Hubert était à elle, au même titre que Mogador. Il ne pouvait pas la déposséder comme cela, tout d'un coup ! Et qui avait jamais entendu parler d'une extravagance aussi monstrueuse ?

Quand les hommes font la guerre, c'est généralement un peu pour s'amuser, aussi. Par bonheur, les femmes ne s'en doutent pas. Gardez-moi le secret, je vous en prie, au moins jusqu'à la fin du déjeuner.

— Quant à cela, vous pouvez être tranquille ! explosa-t-elle, avec fureur. Je suis trop curieuse de voir comment vous vous y prendrez, pour annoncer ça à Mère. Ça vous est probablement égal, de courir le risque de la tuer !...

Il eut une rapide contraction des mâchoires.

— Mère a le cœur plus solide qu'il n'y paraît. Pardonnez-moi, Ludivine. Je désire seulement qu'elle ne sache pas que c'est à vous la première que j'aurai fait mes adieux.

Il s'embarqua le 26 octobre, à Marseille, à destination de Lourenço-Marquez.

Ses préparatifs s'étaient faits dans une atmosphère de surexcitation. Sitôt son projet divulgué, le ban et l'arrière-ban des amis avaient défilé à Mogador. Les premières nouvelles de la guerre échauffaient les esprits. Les Boers avaient envahi le Natal. A l'ouest, ils menaçaient Kimberley. Ils avaient mis en fuite les troupes de sir Redvers Buller, et assiégeaient le colonel Baden-Powell dans Mafeking.

On rappelait l'ascendance française du général Joubert. On épiloguait sur les armes employées par les Anglais à Elandslaagte : contre ces paysans armés de Mausers, qui défaisaient les vieilles troupes de l'Empire, les ministres de la reine Victoria envoyaient de la lyddite et des balles dum-dum... Toute la France, soulevée d'enthousiasme, regardait cette poignée d'hommes, là-bas, qui la vengeaient de Fachoda. L'opinion eût souhaité bousculer la neutralité gouvernementale. On savait que les « *Chargeurs Réunis* » embarquaient les canons commandés pour le Transvaal, chez Canet. On se répétait le refus du Creusot de travailler pour le War Office. On se passait les noms d'officiers français qui s'enrôlaient au service des Républiques...

L'annonce du départ d'Hubert fit de lui le héros de tout le pays entre Avignon et Arles. Les jeunes filles et les dames apportaient leur cadeau d'adieu. Dans ses cantines s'entassèrent plus de pipes, d'écharpes, de gilcts, de blagues à tabac, de gants tricotés et de mouchoirs brodés qu'il n'eût pu raisonnablement en user, toute une vie durant. Ludivine, elle-même, une fois admise la défection de son beau-frère, lui avait fait don d'un couvert pliant dans son étui, et d'un couteau perfectionné, comprenant, outre de multiples lames, un ouvre-boîtes et un tire-bouchon. Adrienne lui avait apporté d'Avignon deux couvertures chaudes, d'une laine souple légère, qui ne prenaient pas de place dans son bagage. De Frédéric, il tenait une selle magnifique.

Il semblait que l'on eût le temps devant soi ; et tout d'un coup, la date fut là. Le dernier soir, Julia sortit pour lui, d'un grand coffre qu'on n'ouvrait jamais, la cartouchière de Rodolphe Vernet. Dans leur chambre, les fillettes s'étaient endormies à grand-peine, après avoir beaucoup parlé du voyage de leur oncle. Maintenant, réunis dans le salon, tous se taisaient, prisonniers dans cet empois du silence qui glaçait le temps autour d'eux.

Ceux qui restaient se sentaient déjà séparés du voyageur. Les mers à traverser, les pays lointains, l'aventure promise, dressaient leurs mirages entre eux et lui, s'en emparaient, en faisaient un inconnu.

Pour Hubert, le monde de leurs gestes était comme un adieu. Des soirs et des soirs, où qu'il se trouvât, il se rappellerait cette soirée : chacun assis à sa place accoutumée... l'attitude d'Adrienne, baissant la mèche de la lampe qui filait... la gamme craquante du feu au long d'une bûche de liège... le sommeil coupé de gémissements du chien de Frédéric, que Victor avait oublié de chasser... et l'éclat pénétrant du regard que sa mère attachait sur lui : « Pauvre Mère... » Il s'était préparé à livrer bataille, il avait fourbi ses arguments, accumulé des prétextes... et, presque aux premiers mots, elle, si autoritaire, pourtant, avait cédé, avec une facilité incroyable... — comme si... Mais comment eût-elle pu deviner ? Jamais, en sa présence... — Tourmenté, il leva les yeux vers elle, et soudain, Julia eut pour lui un de ces sourires de jeune fille, miraculeusement clairs, qui parfois, un instant, la transfiguraient. Tout l'amour du monde n'eût pas suffi à payer ce sourire-là. Et même Ludivine, à cet instant, ne comptait plus...

Le lendemain, il partit pour Marseille. Son frère et sa sœur l'accompagnaient jusqu'au bateau.

Dans la maison désertée, Julia et sa bru furent seules pour la veillée.

Ludivine prit un recueil de Maupassant que Frédéric avait commencé, les jours précédents.

— Si je vous faisais la lecture, Mère... ?

— Volontiers. Tiens, passe-moi mon tricot, d'abord...

Ludivine se mit à lire à haute voix. Au bout de quelques pages, étouffant un bâillement, elle jeta un regard à la dérobée vers sa belle-mère.

Son ouvrage posé sur les genoux, Julia, les mains inertes, gardait les yeux fixés droit devant elle, sur un invisible ailleurs. Un rictus désolé tirait le coin de sa bouche. Ludivine voyait pour la première fois cette femme âgée aux prises avec un désespoir solitaire.

Un remous de pitié la souleva. D'un bond, elle fut auprès du fauteuil, agenouillée.

— Mère... Mère, je suis là...

La vieille Julia abaissa son menton vers sa tête encore si jeune... Du doigt, elle caressa les bandeaux luisants.

— ... Mère, ne vous faites pas de souci. Il reviendra vite. Cette guerre ne peut pas durer...

Julia fit un signe d'acquiescement vague.

Mais aussi, pourquoi l'avoir laissé partir ? — Il semblait à Ludivine que c'eût été si simple de l'en empêcher. A la place de sa belle-mère, elle eût crié, pleuré, menacé, joué de sa mauvaise santé... n'importe quoi... tout lui eût été bon.

Julia semblait lire sur le visage expressif. Elle dit, d'une voix unie :

— Il faut le laisser mener sa vie à son idée. Jusqu'ici, il n'avait guère fait autre chose que de vous regarder, vous autres. On ne peut pas attendre d'un garçon...

Comprendrait-elle cela, cette petite qu'on avait vue prête à engager toutes ses forces pour couvrir son enjeu ?

— Mais qu'est-ce qui l'empêchait ?... Oh ! Mère... il avait toujours prétendu qu'il était un paysan et qu'il aimait la terre... et qu'il préférait la maison à tout...

Elle éclatait de ressentiment.

— ... Et quand je lui ai offert la Gloriette, où il aurait pu s'occuper à sa guise, il a refusé !

— La Gloriette ?... Et il a...

Julia médita un moment.

— Raison de plus, alors, ma fille.

Elle se tut à nouveau. Bizarrement, le souvenir lui traversa l'esprit du tout petit garçon en jupes qu'avait été son fils, bien des années auparavant. — Comme, alors, tout était plus facile... Cet énorme singe noir, en peluche, que Rodolphe lui avait un jour rapporté d'un voyage à Marseille... Pendant des mois, il s'en était amusé... Probablement le retrouverait-on dans un coin du grenier. Philo devait savoir où...

Mais à présent, ce que son garçon eût voulu recevoir, comment le lui donner ? On pouvait si peu de chose, sur le cœur des siens...

— Vois-tu, petite...

Elle s'arrêta.

— ... Il avait ses raisons, il nous faut l'admettre. S'il

a eu envie de voir du pays... s'il a voulu s'éloigner... Enfin, je suppose qu'il n'était pas heureux...

Choquée, Ludivine écoutait ce langage étonnant. Pas heureux ! Qu'est-ce que Mère allait lui chanter là ?

— Mais il faisait tout ce qui lui plaisait, et il avait une si bonne vie, bien tranquille avec nous tous !...

Et il l'aimait... et il était près d'elle... Il y avait cela aussi, qu'on ne pouvait pas dire, mais qui pourtant... — La pensée ne l'effleurait même pas qu'auprès d'elle, justement, Hubert eût pu se trouver malheureux. « Comment Mère pouvait-elle parler d'une façon aussi stupide, et accepter, tout bonnement... ? En serait-il plus heureux, s'il allait se faire tuer sans savoir pourquoi, ni comment, dans quelque affreux trou, au milieu des nègres ? »

Julia posa sur sa bru un regard chargé d'une indulgence indéfinissable.

— Evidemment, les « délices de Capoue », dit-elle, avec son petit rire habituel. Il faut croire que ça ne lui a pas suffi, n'est-ce pas ?

— Oh, s'exclama Ludivine, vexée... Et moi, pensez-vous que cela me suffise toujours ? Dieu merci, les soucis ne manquent pas, entre le domaine et les enfants... Sans compter Frédéric. Fantasque comme il l'est, avec ses railleries et son air indifférent... Insaisissable, les trois quarts du temps... L'existence auprès de lui n'est pas absolument un chemin de roses !

La vieille dame sourit longuement. — C'était vrai : les Angellier, les Vernet..., race difficile.

— Tu ne le voudrais pas, ma belle.

— Peut-être que si, après tout. Vous n'en savez rien, Mère. Seulement, je prends ce que j'ai, et je bataille avec, pour m'en arranger. Mais si je pouvais...

Ah ! Dieu, à quoi bon parler de ces choses-là ?... Ce désir, cet affreux désir irrassasiable que l'on porte en soi comme une plaie secrète, contre tout espoir, contre toute attente... désir d'une joie, enfin, qui n'aurait pas cet arrière-goût âcre, d'un bonheur que l'on tiendrait solidement entre ses doigts, d'un amour exactement partagé, au-delà de tout mal, et de toute inquiétude... Ce désir qui, soudain, vous met des larmes dans le cœur, et le regret corrosif de ne pouvoir ressaisir le temps qui passe, afin de tout recommencer encore une fois !... et, cette fois, l'on saurait mieux...

Julia hochait la tête.

— Oui, bien, ma petite, tu es née avec les dents longues. Et je ne peux pas dire que je te donne tort... quoique, à la vérité, rien ne nous ait été promis en ce monde.

La jeune femme fit une grimace entendue et posa sa tête contre les genoux de sa belle-mère.

— C'est bien pour ça, Mère. Je me fie au Bon Dieu pour faire mon salut dans l'autre. Mais, dans celui-ci, il n'y a guère que moi toute seule pour m'en occuper.

— Ça n'est pas déjà si mal, conclut Julia, égayée.

Au mois de décembre, arriva la première longue lettre d'Hubert. Lue et relue en famille, elle apportait avec elle un sauvage parfum d'aventure.

Le jeune homme avait retrouvé à bord le colonel de Villebois-Mareuil. Ensemble, ils avaient franchi la frontière, malgré les défenses établies par l'Etat portugais, ensemble ils étaient arrivés à Pretoria. Et, maintenant, Hubert combattait sous ses ordres. Il s'était trouvé devant l'ennemi, pour la première fois, à Nooitgedacht, puis à Lombard O'Kopje ; là, l'escarmouche avait été chaude ! Tout récemment enfin, il y avait eu une grande bataille... « *à huit cents hommes contre vingt mille... les Irlandais de Buller... un endroit appe-*

lée Colenso... Nous en avons tué ou fait prisonnier plusieurs milliers et pris onze canons ». On pourchassait l'ennemi sur la Tugela. *Ménélik* se comportait à merveille, dans cette vie de chevauchée : « ... *une bonne et belle bête...* » Le Veld, avec ses kopjes, rappelait un peu la Camargue et les dunes, entre la Gachole et les Saintes-Maries... Le général Botha était un vrai chef, et un rude malin...

A Mogador, on fêtait la Noël selon les rites accoutumés. Moins nombreux que jadis, les convives se resserraient autour de la table. Blanche attendait un bébé d'un jour à l'autre ; elle et Léon n'avaient pu quitter la Sarrazine. Tante Sophie demeurait auprès de sa nièce. Emilie et son mari étaient retenus à Versailles qu'ils habitaient depuis peu. Seul, l'oncle Constant était venu avec Edmond, en compagnie de Georges et Caroline Vernet. Les trois jeunes gens arrivaient ensemble de Paris. Depuis la mort de leurs parents, Caroline avait rejoint là-bas son frère, dont elle gouvernait l'intérieur : Tourvieille n'était plus Tourvieille. Laure y tenait à présent le sceptre. Les traditions se dénouaient. Dans la demeure, l'écho des réunions bruyantes s'était tu. Une mélancolie traînait au long des couloirs et dans les chambres closes. En bas, on ne se reconnaissait plus. Disparus, les meubles que l'on avait toujours vus... Dans le salon, l'Art Nouveau triomphait sans discrétion, comme une revanche de Laure sur les capitons fanés, les lourds crapauds et les sofas sans grâce, datant du règne de sa belle-mère.

— Si Papa revenait... soupirait tristement Caroline, accrochée à un passé auquel tous ses espoirs appartenaient déjà.

Evidemment, l'oncle Antoine n'eût jamais pu fumer sa pipe au milieu de tous ces nénuphars étirés en grêles volutes, qui faisaient de la moindre chaise un inquiétant objet de vitrine. Frédéric en tombait d'accord. Lui-même ne s'y sentait pas à son aise. Peu à peu, ceux de Mogador espacèrent les visites. De leur côté, Raoul et Laure s'étaient liés avec une famille étrangère à la région, fixée depuis quelques années en Arles. Ils ne venaient plus guère. Ludivine se passait volontiers de leur présence. Le temps n'avait fait qu'accentuer la haine sournoise entre les deux jeunes femmes. Désinvolte, Frédéric, lui, paraissait bien avoir tout oublié de « cette histoire »...

Il était doux et confortable de le tenir auprès de soi, cette veille de Noël, amusé, attentif, dressé de toute sa haute taille pour allumer, au sommet de la crèche, les minuscules bougies de cire multicolores étoilant ce Bethléem familier où ils avaient disposé ensemble, parmi les monts et les chemins, un petit peuple naïf et gai, en costume arlaten [1], qui marchait vers l'étable à côté des rois mages.

— Attention ! avertit Ludivine, tu viens de faire tomber le chasseur.

— Bigre ! et sa tête que j'avais recollée !... Non, il n'y a pas de mal.

Il tourna un instant le santon entre ses doigts, avant de le remettre à sa place, et soupira : « ... Pauvre Hubert, je me demande quel réveillon il va faire... Il doit penser à nous, ce soir... »

Que celui qui n'avait pu trouver sa paix auprès d'elle courût le désert sud-africain sur un petit cheval noir, son compagnon d'exil, ou qu'à cette heure, en cette nuit de Noël solitaire, roulé dans une couverture, entouré d'étrangers endormis, il appelât désespérément

1. *Arlaten* : du pays d'Arles.

à son secours le chaud souvenir de la maison perdue, Ludivine s'en souciait peu.

— Il n'avait qu'à rester tranquille, dit-elle en s'approchant d'une glace. La coiffure haute et les longues « dormeuses » en brillants accenturaient l'ovale de son visage, doré du reflet des bougies. Sa robe de moire jonquille, gansée de noir, épousait les lignes de son corps robuste et fin que les maternités n'avaient pas alourdi. L'expression de Frédéric dans le miroir était éloquente... Satisfaite, elle lui sourit.

— Allons, vite, mon chéri. Il se fait tard pour les enfants.

Sans répondre, Frédéric s'avançait vers elle, avec, dans son regard, cette menace délicieuse qu'elle connaissait bien : « Qu'il était beau !... Personne ne portait la redingote comme lui. Il avait ce "chic", cette élégance négligente... Et cette tête durement modelée, ces yeux fiers, ce rire gourmand... »

Dans ses bras, déjà faiblissante, elle protestait :

— Non, non, je t'en prie... Tout le monde attend... le dîner... tu finiras par nous mettre en retard pour la messe de minuit...

— Bon Dieu, mon cœur, j'ai fait du joli, confessa-t-il, un peu après en la relâchant.

Déjà Ludivine, le sang aux joues, constatait le dégât, se mettait à l'œuvre...

— Tu peux le dire, bandit !

Nullement déplaisant de s'entendre appeler « bandit » de cette façon-là. Balayant une inutile contrition, il s'empara du peigne de nuque de sa femme pour se recoiffer.

— Bah ! une épingle ou deux à repiquer par-ci par-là... Tu es belle. Mais dépêche-toi, mon amour, je meurs de faim. Sans compter que les petites doivent être impatientes, et Maman...

Janvier, février, s'écoulèrent. Les nouvelles leur parvenaient assez régulièrement.

... Cette fois-là, nous étions sur une colline qu'on appelle Spion-Kop, bien abrités derrière les rochers et les broussailles, nos canons dissimulés sous des touffes de chardons. Il fallait voir comme nous les avons reçus. Ils dégringolaient la pente à la renverse, les uns sur les autres... Ordre de viser les officiers à la tête. J'en ai tiré trois. Et l'autre jour, à Vaal-Krans, un groupe de fermes où nous nous tenions en embuscade, j'en ai mis cinq à mon tableau... Les Afrikanders viennent à la rescousse... Tout va bien. Ladysmith tombera bientôt, nous encerclons White et ses dix mille hommes.

A l'ouest, l'armée Kronjé avait taillé en pièces tout un régiment d'Highlanders, à Maggersfontein.

Le vieux Kronjé veut sûrement enlever Kimberley, il a demandé des renforts. Mon commando est désigné. Nous partons demain pour l'Orange, avec De la R...

Il ne fallait surtout pas que Mère s'inquiétât. Hubert, ne risquait absolument rien. Utilisant connaissance du pays, les Boers pouvaient tenir s... perte à un contre vingt...

Une vie magnifique. Rien au monde qui vaille ce... Les camarades sont à toute épreuve...

Mogador avait peine à se représenter ces étrangers dont les noms baroques s'imposaient à chaque page. Plus que tout le reste, ils marquaient l'absence et l'éloignement, ces compagnons du fils prodigue qui s'appelaient *Serwas Kronberg, Piet Koch*, et *Willie Blignant*, et *Lepeltakhceft (Jacobus)...*

Frédéric s'était procuré une grande carte de l'Afrique australe qui occupait tout un panneau de son bureau. Souvent, au retour d'une course à la Gloriette,

Ludivine le trouvait là, au sein d'une invraisemblable tabagie, silencieux, l'air vague.

Ses terres donnaient du tracas à la jeune femme. Elle rentrait lasse, absorbée par mille problèmes, quêtant des conseils... Le mutisme de son mari l'irritait au plus haut point.

— Je me demande à quoi riment ces airs détachés, confia-t-elle à Julia. On dirait qu'il vit sur un nuage. Je ne l'ai jamais vu comme ça.

Chaque lettre de son cadet amenait un redoublement de cette humeur rêveuse et taciturne. L'une et l'autre n'avaient pas manqué d'en faire l'observation. Quelque chose qui n'était pas encore de l'inquiétude s'insinuait entre les deux femmes, repoussé obstinément, comme si le fait de l'admettre eût été capable de lui donner un aliment.

Brusquement, les derniers jours de février, la face des choses changea.

Au moment même où leur parvenait un de ces bulletins de victoire, les journaux annoncèrent que le nouveau général anglais, lord Roberts, venait de débloquer Komberley où French et sa garnison tenaient toujours. L'armée des Boers se retirait vers Bloemfontein. Hubert faisait partie de cette armée.

Une inquiétude, à chaque heure plus lourde, s'étendit comme une chape sur la maison. Sombre, impatient, Frédéric allait et venait. Adrienne s'enfermait chez elle et en ressortait avec des yeux « comme des coquilles de noix », disait Philo, accablée, une aiguille à tricoter plantée dans son chignon, les doigts noués sur son ventre. Ludivine passait sa nervosité sur les domestiques.

Tous affectaient, devant Julia, une tranquillité qui eût risqué de lui paraître indécente, si la vieille dame avait pu s'y tromper. Elle ne disait rien, et sa belle-fille qui lui tenait compagnie se demandait avec une compassion mêlée de terreur, si ce que sa propre vie gardait en réserve lui ferait un jour, à elle aussi, ce visage rigide et ce regard insoutenable.

L'Orange était envahi à l'ouest. Abandonnant Ladysmith, Joubert évacuait le Natal pour se porter à la rescousse. En vain. Le 27 février, les soldats de Kronjé étaient cernés à Paardeberg, sur la Modder.

Des jours, des nuits, à imaginer Hubert, pris dans cet ouragan de feu, parmi les explosions et les cris de mort.

— ... Mais qu'ils se rendent ! disait Ludivine, les dents serrées. Qu'on les fasse prisonniers, que ça finisse !...

L'angoisse le disputait en elle au ressentiment :

« ... Quel besoin d'être allé se fourrer là-dedans, quand rien ne l'y obligeait ?... Juste pour leur donner ce souci... juste pour empoisonner leur vie à tous ! C'était odieux, cet égoïsme !... Pas une minute, Hubert n'avait pensé à eux. Et maintenant, s'il allait... Oh ! Dieu... s'il allait mourir ?... »

Hubert, le timbre de sa voix, ses inflexions si particulières, ses manières, ses élans, sa tendresse cachée... Le temps où il lui lisait des poèmes, l'adoration dont il l'entourait... Et ses chiens qui continuaient à l'attendre, dans la cuisine ; son fusil de chasse pendu, bien graissé, bien entretenu par Victor ; sa chambre où tout était en ordre, avec ce recueil de Stuart Merril encore posé sur la table, ouvert à la page préférée :

Je suis ce roi des anciens temps
Dont la cité dort sous la mer...

et son Laforgue, usé, dépenaillé, à force d'avoir été relu... On ne pouvait imaginer — l'idée était intolérable — que déjà, peut-être, dans cet instant où tout cela demeurait encore, leur possesseur fût quelque part, si loin, étendu sur la terre des autres, un corps qui plus jamais n'aurait besoin de rien.

Ludivine eut envie de revoir cette chambre. Là plus que partout ailleurs, il semblait improbable à l'esprit que le néant eût pu prendre le jeune homme.

La porte était entrebâillée. L'ayant poussée, elle s'arrêta sur le seuil. Quelqu'un était là, entré avant elle. Le soleil, filtrant à travers les persiennes jointes, silhouettait, assise devant la table à écrire, une petite ombre noire si menue que, soudain, Ludivine en eut le cœur déchiré. Les mains posées à plat sur le buvard faisaient deux taches blanches. Elle se rendit compte que la vieille femme gardait les yeux fermés. Des épaules courbées dans une position immobile, se dégageait une lassitude affreuse. On pressentait une détresse au-delà des consolations. Ludivine sentit ses paupières lui brûler. Doucement, avec des précautions infinies, elle referma la porte. Julia n'avait pas entendu.

Le 6 mars, enfin, on annonça la reddition de l'armée Kronjé. Dès lors, il ne restait plus qu'à patienter. On allait savoir.

Mais au lieu de cela, le silence s'établit. Vainement, les courriers se succédèrent. Vers le milieu d'avril, la nouvelle se répandit de la mort du colonel de Villebois. Les alternatives d'espoir et de désespoir secouaient la maison. Frédéric obtint qu'on lui communiquât les listes de prisonniers du War Office. Il fit des démarches auprès de la Croix-Rouge. Nulle trace d'Hubert.

Le mois de mai amena l'avance sur Bloemfontein et Pretoria. Le 5 juin, dans la capitale abandonnée par les Boers, lord Roberts faisait son entrée après avoir occupé Johannesburg. « La guerre était finie. » Le monde s'en désintéressait. La gravité des affaires de Chine détournait l'attention du Transvaal.

Ce fut vers la fin juin que la lettre arriva. Elle était datée du 10 avril. Blessé le 18 février, au cours d'un engagement à cheval au bord de la Modder, Hubert avait été évacué sur l'hôpital de Pretoria. — La blessure n'était rien du tout. On l'avait admirablement soigné. Il entrait en convalescence et pensait être rapidement sur pied.

Deux jours après, Frédéric reçut un courrier d'Angleterre : le lieutenant O'Donnel, rapatrié du Cap, avait été, à Pretoria, le voisin de lit de son frère. Vingt-quatre heures avant l'arrivée des troupes anglaises, Hubert complètement remis était parti dans le Veld, avec un commando sur les ordres de Dewett, en le priant d'en informer les siens. Le lieutenant se disait heureux de pouvoir s'acquitter du message.

« M. Vernet était un sportsman avec qui il avait eu beaucoup de plaisir à causer. Il garderait de lui le plus excellent souvenir et regrettait de n'avoir pu venir en personne saluer sa famille et lui porter ces nouvelles étant encore un blessé militaire. Il espérait, après la guerre, revenir dans cette belle Provence qu'il connaissait déjà. Il userait de l'occasion pour rencontrer M. Vernet, et monter à cheval et chasser en sa compagnie... »

Une joie folle, insoucieuse des dangers que le jeune homme continuait à courir, s'empara de ceux de Mogador. Julia retrouva ses sarcasmes. Adrienne chanta comme une toute jeune fille. Les enfants obtinrent que Victor leur tirât un feu d'artifice. Ils raflèrent à Berthe une provision de gâteaux en vue d'un festin arrosé de sirop, et se livrèrent durant tout un jour à une orgie de mains poisseuses, de tabliers sales et d'estomacs barbouillés, sans que personne, pas même leur mère ou leur institutrice, s'avisât de le leur reprocher.

Au mépris du blé et des foins, confiant la régence à Ranguins, Frédéric boucla les malles, et emmena sa femme et sa sœur à Paris, pour visiter l'Exposition.

Ils furent absents durant deux semaines. Au cours de leur séjour, eut lieu la visite des délégués Boers. Une réception fut organisée à l'Hôtel de Ville, en l'honneur du docteur Fisher et de ses compagnons. Malgré l'accueil chaleureux et les acclamations de la foule parisienne, ils n'emportèrent aucune promesse. Tout à tour, les gouvernements d'Amérique et d'Europe se retranchaient derrière leur neutralité. Les trois Burghers continuèrent leur quête décevante d'une capitale à l'autre.

— On les enterre sous les fleurs et les couronnes ! grondait Frédéric, haussant les épaules avec fureur.

Devant la ténacité sans espoir de ces hommes, on se sentait soudain écrasé de la honte d'être un grand peuple, riche et fort, et d'assister passivement au meurtre qui se commettait...

Tout le voyage en fut gâché. Qu'importaient les palais de l'Exposition, la ville féerique surgie dans la ville, de chaque côté de la Seine ; les fêtes, les illuminations, et toutes les nouveautés étonnantes ; cette voiture sans chevaux qui pouvait atteindre des vitesses incroyables... et cette autre curiosité, le cinématographe ?... si tous ces spectacles ne déridaient Frédéric que momentanément... si Ludivine devait s'en amuser seule... si, chaque soir, de retour dans leur chambre d'hôtel, elle voyait renaître sur le visage de son mari le reflet de cette rêverie obstinée, qui l'avait si souvent mise en alerte, l'hiver précédent...

Ne goûterait-elle donc jamais un peu de calme ? Un

obstacle n'est pas plus tôt franchi... déjà, avant d'avoir repris haleine, il faut se battre contre un autre.

Elle rentrait à Mogador sans regret. Il serait bon que Frédéric reprît au plus vite contact avec l'existence quotidienne. Là-bas, tout s'allierait à elle, contre ce désir d'action qu'il laissait percer. — Il y aurait les enfants, Mère, le travail, les soucis, les ennuis...

Durant quelques semaines, Ludivine put croire au succès de ses prévisions.

Puis, un soir, comme ils regardaient, tous deux, un long crépuscule empourpré traîner sur la canalette — Il y aura du mistral, demain, venait-elle de remarquer à mi-voix. —, brusquement, Frédéric posa sa pipe dans l'herbe sans même l'éteindre.

— Ludivine... commença-t-il, baissant la tête — et elle sentit que quelque chose allait arriver —, Ludivine, écoute. Je voudrais te parler. Il faut que je te dise...

Quoi, qu'allait-il dire ? Jamais il n'avait eu cet air embarrassé... « Ce n'est pas cela, non, non, ce n'est pas... » Déjà elle savait que ce serait « cela ».

— ... Mon cœur, reprit-il, lui caressant l'épaule, avec ce geste lent de possesseur, plus puissant qu'un baiser, il me faut faire quelque chose. Je... vois-tu, c'est inacceptable de rester ici, comme un rat dans son fromage, pendant que mon frère me donne l'exemple en risquant sa peau. On ne peut pas asperger les gens avec un peu d'eau bénite, quand leur maison brûle, et les laisser se débrouiller ensuite...

— Eh bien, dit-elle d'une voix glacée, je ne vois pas ce que tu pourrais faire d'autre. Où veux-tu en venir ? Tu ne vas tout de même pas me dire...

— Ludivine... sois raisonnable, essaie de comprendre les choses. Si tu avais seulement une miette d'imagination...

— Mais je comprends fort bien, interrompit-elle. C'est simple. Tu ne m'aimes plus.

— Bon Dieu ! J'en étais sûr !

Il éclata :

— ... Ne dis pas cela. Tu le sais bien que je t'aime ! Et qu'est-ce que ç'a à voir ?... Il n'est pas question d'amour. Si tu essayais, rien qu'une fois, une malheureuse fois, de te mettre à la place des autres !...

Leurs voix résonnaient dans la pureté légère du soir, brisant autour d'eux cette douce chanson du silence qui monte des terres en rumeur et du clapotement de l'eau. Ludivine dépouillait avec une cruauté machinale la tige fleurie d'un rameau de tamaris.

— Et toi ? demanda-t-elle âprement. L'as-tu jamais fait ? T'es-tu, par hasard, inquiété de savoir si tu me faisais mal ?

— Mais oui ! Crois-tu que, sans cela, je serais encore...

Ludivine n'écoutait pas.

— ... Ta fantaisie voilà ce qui compte ! C'est passionnant, bien sûr, d'aller dynamiter des trains, attaquer des convois... de jouer à cache-cache en se tirant des coups de fusil... La guerre du *Petit Journal Amusant*... Une belle distraction, pour les hommes ! Mais si tu crois...

— Assez ! trancha Frédéric, brutalement. Nous n'allons pas nous disputer ici, n'est-ce pas ? Rentrons. Je connais tes arguments. Et je n'ai pas envie d'aller barboter dans la roubine.

20

De retour à la maison, sans s'être consultés, ils composèrent leur attitude. Le repas, la soirée, se passèrent comme à l'ordinaire. L'un et l'autre semblaient d'accord pour prolonger la veillée, s'ingéniant à retenir Adrienne entre eux. Ludivine monta la première, seule, derrière sa belle-sœur. Frédéric s'attardait à fumer une pipe dans le salon. Il se sentait peu enclin à reprendre, le soir même, une discussion qui se révélait encore plus ardue qu'il ne l'eût craint.

La jeune femme expédia fébrilement sa toilette de nuit, houspillant la placide Eugénie que dix années de service auprès d'elle avaient dotée d'une philosophie désormais capable d'affronter vents et tempêtes.

— Ma chemise, vite !... mais dépêche-toi donc, maladroite. Maintenant, file et emporte la lampe !

Frédéric trouva la chambre plongée dans une pénombre où le lumignon de la veilleuse faisait danser sa petite flamme jaune au courant d'air léger qui passait entre les rideaux tirés. Arrêté sur le seuil, il écouta. Nul bruit ne venait de l'alcôve. Le souffle de sa femme était imperceptible. Il traversa la pièce sur la pointe des pieds, s'enferma dans le cabinet de toilette, versa son eau avec précaution, revint se glisser dans le grand lit, au bord du large espace que lui cédait Ludivine pelotonnée à l'autre bout, vers la ruelle, et, soulagé, éteignit la veilleuse. Quelques minutes après, il dormait.

Ludivine écouta longtemps sa respiration régulière. Il avait toujours eu cette faculté de couler dans le sommeil, avec une soudaineté qui, parfois, la laissait interdite. Une phrase commencée, déjà il n'était plus là pour recevoir la réponse. « Comme cela lui ressemble bien, cette fuite. » Elle se retourna doucement, étendit la main dans le noir, vers la tiédeur rassurante de sa poitrine. Il était là, malgré tout, avec sa peau chaude, lisse... à la fois absent de lui-même, et emprisonné dans son repos. Pour quelques heures, il cessait de dresser ses plans contre elle, de calculer les coups qu'il allait lui porter. « Je suis tranquille, pensa-t-elle, jusqu'à demain... »

Elle se rapprocha de lui. A travers son inconscience, Frédéric marmotta quelques mots inintelligibles, remua un peu, lança son bras autour d'elle, la ramenant vers lui, d'instinct. Noyée de douceur, Ludivine enfouit sa tête au creux familier de l'épaule. Demain... qui pouvait savoir ? Il était impossible que tout n'allât pas mieux. « Demain, je trouverai une solution. Ou peut-être qu'il aura renoncé... » A cette heure silencieuse, dans l'abandon et la paix de ce corps contre le sien, Ludivine n'était plus aussi éloignée de le croire.

Deux jours s'écoulèrent. Frédéric sortait, rentrait, recevait les fermiers, faisait ce qu'il y avait à faire, parlait du travail quotidien, se montrait tendre et prévenant.

Tendue, Ludivine avançait le long des heures, du matin à midi, de midi au soir, avec la démarche d'une danseuse de corde devant le public.

Au matin du troisième jour, le courrier apporta un court billet d'Hubert. — Si rares, à présent, il fallait donc précisément... — Griffonné en partie au crayon sur un morceau de papier douteux, le message portait la date du 21 août. Hubert avait profité d'une occasion pour le faire passer à la frontière portugaise : Il était à nouveau sous les ordres de De la Rey, le bras droit de Dewett, le fameux Dewett... C'était le comte Jules Fernande qui commandait la légion française, depuis Boshof où était mort Villebois. Il y avait eu un coup de main réussi sur Dewetsdorp, l'avant-veille. Tout allait bien. Il ne fallait que de la patience. Certains Anglais raisonnables commençaient à donner des signes d'écœurement. Même les plus enragés « jingoes » se lasseraient à la longue, un jour ou l'autre, de recevoir des raclées...

Julia et Adrienne écoutaient cette lecture, illuminées de bonheur. A les regarder, Ludivine se sentait prise d'une rage concentrée : « Etaient-elles donc si aveugles ? Allaient-elles demeurer longtemps encore dans leur inconscience qui la laissait seule en face de la menace suspendue ? »

Le déjeuner s'acheva, pourtant... Frédéric sortit. Elle respira. A présent, elle ne retrouvait un peu de répit qu'aux heures où il était loin d'elle. En sa présence, d'instant en instant, elle guettait, dans une angoisse horrible, dissimulée à force de volonté, chaque parole qu'il allait prononcer, attentive à ne pas laisser tomber la conversation, dans la crainte qu'il ne s'emparât d'un silence pour y glisser la chose redoutable à entendre.

La veillée lui fut une épreuve harassante qu'elle soutint, pourtant, avec l'impression que toute sa vie en dépendait. « S'il ne parle pas ce soir... si nous montons nous coucher sans qu'il n'ait rien dit... »

Au lit, Frédéric la prit dans ses bras, avec une brusque passion. Cette bouche qui s'attardait sur sa gorge, glissait au long de son cou, de sa joue... atteignait ses lèvres, les enveloppait, les forçait, les faisait siennes, fondue, humide, fraîche, tantôt brutale et puis douce... et s'en détachait et les reprenait à nouveau... cette bouche, allait-elle, tout à l'heure, ah ! maintenant, tout de suite... prononcer les mots qui déchireraient tout ?...

— ... Mon amour... dit Frédéric, le souffle rauque. Et il la noua plus étroitement à lui.

Ecrasée, haletante, elle eut une sorte de sanglot court, soudain délivré.

— ... Mon amour..., répétait Frédéric.

Déjà ils étaient ensemble une grande fleur tournoyante prise dans un vertigineux poudroiement de soleil et d'ombre.

— ... Ma chérie, ma beauté..., murmura-t-il encore.

Enlacée à lui, les paupières mouillées, Ludivine se taisait, serrée sur sa joue.

Ensuite, ils abordèrent aux vastes plages du sommeil.

Quand Ludivine s'éveilla, le lendemain, Frédéric était parti. Elle ne le revit qu'au repas. Il lui souriait avec une tendresse telle qu'elle en sentait la chaleur sur son cœur. D'Hubert et de la lettre de la veille, il fut à peine question. Tout à coup, les inquiétudes torturantes des jours précédents paraissaient vaines. Elles s'éloignaient, rapetissaient...

Un sentiment de victoire naquit en Ludivine... Il n'avait rien dit. Il ne dirait plus rien. Même cette lettre n'avait pas été assez forte pour le lui arracher. Soudain, il devenait possible de recommencer à vivre.

— Eh bien ! quoi donc, tu ne dis pas grand-chose, ma fille, remarqua Julia, le soir, à table. Ces jours derniers, pourtant, tu jacassais comme une pie.

— Justement, je me repose.

— Tu es allée à la Gloriette ? demanda Frédéric.

En quelques phrases, elle résuma son après-midi.

— ... Je crois qu'on pourrait acheter de nouvelles ruches, conclut-elle.

Intéressé, Frédéric envisagea la question : « Oui, le miel de la Montagnette était délicieux. Bien supérieur à celui que l'on faisait à Mogador. Près de Beaucaire, il y avait un vieux qui fabriquait des ruches très bien comprises. Tonin le connaissait. Il serait facile de le voir... »

Adrienne racontait à sa mère un goûter auquel elle avait conduit les petites filles. Christine avait eu des démêlés avec un garçonnet beaucoup plus âgé. Ses sœurs étaient intervenues avec promptitude et efficacité. Ces trois jeunes demoiselles, si différentes de tempérament, toujours en désaccord entre elles, reformaient le clan au moindre contact avec les étrangers.

— Et Anne tape aussi volontiers que les deux autres, malgré son petit air avenant et ses manières gracieuses. Il a fallu les ramener à la maison. Mademoiselle était navrée. Elle trouve que les petites deviennent difficiles et je suis de son avis. On ne peut les emmener nulle part sans que cela se termine par une scène. Christine est un vrai garçon, et elle a si mauvais caractère..

Frédéric et Ludivine riaient.

— Bon sang ne peut mentir !... et les jumeaux ?

— Ils ont passé l'après-midi avec moi, expliqua Julia, à son fils. François a cassé la poupée de sa sœur. Dominique a beaucoup pleuré. Je crains qu'elle ne soit la sensitive de la famille. Je n'ai jamais vu aucune des trois autres pleurer comme elle.

Quittant la table, ils passèrent au salon. Philo apportait le tilleul de sa maîtresse. Au bout d'un instant, Ludivine monta pour assister au coucher des enfants. François n'avait pas sommeil, il refusait d'aller au lit.

— Tu aimerais peut-être avoir une autre poupée pour la casser ? s'enquit Ludivine, sévère.

Ces allures de Némésis n'impressionnaient guère maître François. Il cligna de l'œil vers sa mère, avec un air qui disait nettement : « Pourquoi pas ? »

— J'ai-z-aussi cassé mes « sordats », la renseigna-t-il, une note de fierté dans la voix.

— Vraiment ?... Et... c'est tout ?

— Oui..., admit-il envahi du regret de n'avoir pu mieux faire.

Quel beau bébé c'était, plein de sève, malicieux et

intrépide !... — Ludivine l'embrassa et sortit sur sa défaite, débordante d'un rire intérieur.

Dans le salon, elle retrouva sa belle-mère et son mari. Frédéric tenait *le Figaro*. Julia somnolait, un ouvrage posé sur ses genoux. Par les fenêtres entr'ouvertes, entrait un courant d'air léger. Le coin du rideau se soulevait. Gonflé, balancé, il ressemblait à une voile. Une tiède soirée de septembre.

La jeune femme reprit sa place sous la lampe.

Déposant son journal, Frédéric vida sa pipe, la tapotant à petits coups, et se remit à la bourrer.

Sa femme suivait des yeux la répétition des gestes habituels. Leurs regards se rencontrèrent, se caressèrent. Puis il reprit sa lecture, et Ludivine la sienne.

De temps à autre, relevant la tête, elle lui jetait un coup d'œil à la dérobée. La vue de ce visage, après dix ans, éveillait encore en elle la vibration d'un plaisir presque douloureux.

Frédéric ne la voyait pas. Il avait à nouveau laissé glisser son journal et semblait méditer, le menton durci. L'éclat gris de ses prunelles passait comme une lame entre les cils baissés. — Il y avait quelque chose, sur ces traits... — quelque chose... ? C'était indéfinissable.

Comme s'il eût senti le poids de cette interrogation, il rouvrit les paupières, et attacha sur sa femme un regard dangereusement vide.

En un éclair, Ludivine aperçut le bord du gouffre. Son cœur bondit, puis s'arrêta. Déjà Frédéric parlait, avec un détachement extrême, à peine un peu trop accentué :

— Vendredi, j'irai faire un tour à Marseille.

— Non, cria-t-elle, sauvagement.

Les muscles jouèrent sur les mâchoires de Frédéric. Il se leva, enfonçant les mains dans ses poches.

— Tu deviens folle ? — Sa voix était parfaitement tranquille.

Arrachée à sa torpeur, Julia considéra sa belle-fille : une violence éperdue décomposait ses traits où les yeux étincelaient d'un feu noir inquiétant. Les ongles de Ludivine se crispaient sur les accoudoirs du fauteuil.

— Pour Dieu, ma petite, qu'est-ce qui te prend ?

— Mais vous ne voyez pas ? Vous ne comprenez donc pas ?

Elle haletait, au paroxysme d'une fureur désespérée.

— ... A quoi est-ce que ça vous sert d'être sa mère... ? Mais regardez-le donc ! Il va tout bonnement faire un tour à Marseille !... Regardez la figure qu'il a !

— Assez, Ludivine ! Tu es ridicule...

A présent, le regard de Julia ne quittait plus le visage de son fils.

— ... Un simple petit voyage à Marseille..., ricanait Ludivine qui ne dominait plus ses nerfs. Un petit voyage de rien du tout... et il reviendra avec le billet du bateau dans sa poche !

Frédéric marcha sur elle et lui saisit brutalement le poignet.

— Vas-tu te taire ?

— ... Mais défends-toi donc ! Dis que je mens ! Répète-le, que je suis folle. Qu'est-ce que tu attends ? Qu'est-ce qui t'en empêche ?...

— Ainsi, c'est vrai... articula Julia, la voix détimbrée.

Au fond d'elle-même, elle avait toujours su que cela pouvait arriver : « Oui, avec Frédéric... » Elle gardait son calme entre ces deux furieux dressés l'un contre l'autre, se mesurant comme des adversaires. Mais jamais elle n'avait été plus pitoyablement menue, toute ramassée au creux de son fauteuil.

Lâchant sa femme, Frédéric vint auprès d'elle.

— Maman, pardonnez-moi ! Maman chérie, je suis désolé. Vous devez bien comprendre... Pour rien au monde, je n'aurais voulu que vous l'appreniez de cette façon. C'est seulement... Voyez-vous, je ne peux pas laisser Hubert tout seul dans ce pétrin...

— Non, bien sûr ! coupa Ludivine avec un rire âpre. Ni Hubert, ni les Boers. Même si c'est leur faute... Qui leur a dit de se mettre en guerre ? Qui a demandé à Hubert d'aller là-bas faire l'imbécile ?... Personne ? Mais ça n'est pas une raison. C'est tout de même une affaire d'hommes... Une bonne guerre, ça fait tellement plaisir ! Un joli passe-temps qu'on n'a pas tous les jours... La permission de se tirer dessus. On n'a même pas besoin de savoir pourquoi... Hubert, le bon droit, les opprimés, et Dieu sait quoi ?... Des excuses, il n'y a que ça. Dix, cent, mille, on peut en trouver !... L'« Honneur ». Et le « Devoir ».

Elle semblait cracher les mots.

— ... Ils ont inventé ça. Ils en ont fait une religion. Et les femmes sont assez bêtes pour y croire. Mais je ne veux pas, moi — sa voix se cassa — je ne veux pas que tu partes... Frédéric, écoute-moi, je ne t'ai pas épousé pour que tu t'en ailles faire la guerre. Je ne veux pas trembler, je ne veux pas me passer de toi et compter les jours... je ne veux pas...

— Tais-toi, je t'en prie... dit Frédéric avec lassitude.

Julia caressait les cheveux de son fils agenouillé contre elle.

— Mon petit, tu ne peux pas faire ça. Ici aussi, on a besoin de toi.

— Pas si Ludivine veut être raisonnable. Elle peut faire marcher Mogador, vous le savez bien.

Il répondait à sa mère, sans paraître voir Ludivine.

Hors d'elle-même, contournant le fauteuil de la vieille dame, elle marcha vers lui.

— Et me tuer au travail, n'est-ce pas ?

Une sorte de haine froide l'envahissait. Il était trop cruel, trop égoïste...

— ... Pour que tu puisses aller te distraire à dresser des embuscades, et te cacher, et jouer au soldat... Exactement comme Christine et le petit Royer jouent aux Indiens. Et pendant ce temps, je courrai de Mogador à la Gloriette, de la Gloriette à Mogador, et il me faudra encore m'occuper de tes enfants et...

— Quant à cela, ma chère, interrompit-il, sarcastique, en se relevant, je ne pense pas que tu aies jamais pris beaucoup de peine pour les élever. On ne peut pas dire que tu sois exactement ce qui s'appelle une tendre mère. Adrienne pourra peut-être continuer à s'en tirer sans toi...

Il la tenait durement sous le froid de son regard.

— Non ? Tu ne penses pas ? Tu ne...

— Assez ! ordonna Julia, tranchante. Vous avez dit chacun, ce soir, une somme fabuleuse de bêtises. Je trouve que ça suffit comme ça. Quel gâchis ! On se croirait à l'office ! Vraiment, tous deux, vous ne me ménagez guère.

— Je n'en puis plus, Mère, il est odieux... Je ne...

— Monte chez toi, Ludivine, tu as besoin de te remettre, ma petite. Je vais t'expédier Philo. Elle te fera prendre un de mes calmants. Il faut que tu te reposes.

Elle se dressa péniblement.

— Où diable est passée Adrienne ?... Toi, Frédéric, aide-moi à regagner ma chambre.

Anéantie, Ludivine obéit. Dépassés la colère et le désespoir, elle entrait dans une sorte de coma. A travers l'épaisseur opaque et molle qui l'enveloppait, effondrée devant sa table à coiffer, elle perçut comme atténués, les bruits de la lente ascension de sa belle-mère. Un dernier instinct lucide, en elle, s'opiniâtrait à guetter absurdement la résonance des pas, le craquement des marches et celui de la rampe, sans que son esprit pût aller au-delà de ces perceptions.

Au bout d'un moment, Philo entra, suivie d'Eugénie. La vieille camériste prit le commandement. Eugénie exécutait ses ordres brefs avec une célérité qui eût stupéfié sa maîtresse, eût-elle été en état d'y porter attention.

En quelques minutes, sans savoir comment, Ludivine se trouva prête pour la nuit, déshabillée, étendue entre ses draps bien tirés, bien bordés. La rude face qui se penchait au-dessus d'elle, ressemblait à l'une de ces pommes jaunes d'hiver, que l'on met en fruitier pour les manger, toutes ratatinées, jusqu'à Pâques.

— Madame a dit de vous en donner deux cuillères.

Docile, elle avala la potion écœurante et le bol de tisane, à petites gorgées.

— Monsieur est avec elle ?

— Oui. Ils sont en train à parler tous les deux.

Philo rumina un instant.

— ... Et même, je trouve que ça n'est pas bon du tout pour Madame de se déranger comme ça à cette heure.

Sa hargne semblait impliquer la culpabilité de tout l'univers responsable. — Si demain elle nous fait une crise...

Demain... Quelle importance ? Il n'y aurait pas de « demain ». Ce soir, le monde s'était écroulé. Philo pouvait bien déverser son humeur grondeuse. Ludivine avait distancé tout ça. — Qu'ils se débrouillent... — « Ils » englobait jusqu'à Frédéric... Ce qu'il lui fallait, ce dont elle avait besoin, c'était seulement de voir s'obscurcir, s'enfoncer jusqu'aux ténèbres, cette nuit grise où elle avait sombré.

Frédéric partit pour Marseille.

— J'ai tout essayé, ma fille. Tu le connais : quand il veut quelque chose... Presque toute la nuit, nous l'avons passée à discuter. Il m'a écoutée autant que je l'ai désiré, sans m'interrompre. Il a convenu de tout ce dont j'ai voulu le faire convenir... Il s'est excusé, il m'a cajolée... Enfin, tu sais ce qu'il peut faire.

Julia soupira :

— ... Un mur. Un mur rembourré. On n'a aucune prise. Il prétend que c'est l'affaire de six mois, peut-être moins... que les gens sont mécontents, en Angleterre ; que l'opinion est contraire à la guerre ; que cette politique fait tous les jours des ennemis à Chamberlain ; qu'il y a eu des interpellations au Parlement ; que, si l'on peut aider les Boers à tenir jusqu'au changement de ministère... A son avis, ça ne peut pas aller plus loin que le printemps. Il pense que, certainement, Hubert et lui seront de retour pour la moisson, et que, jusque-là, tu peux très bien faire face ici, et à la Gloriette.

Ludivine haussa les épaules.

— Je suppose qu'il me garantit tout cela ? Et aussi qu'il passera au travers des balles. Et qu'il ne sera pas pendu, comme tant d'autres, si les Anglais le prennent à se mêler de ce qui ne le regarde pas... Rappelez-vous les semaines que nous avons vécues lorsque...

Elle se mordit le poing.

— ... Et encore, Hubert, lui, ce n'est pas pareil ! — Non, non ! Hubert ? Mais qu'était-ce que la vie d'Hubert, à côté de... — Après tout, qu'il se fasse tuer si ça lui chante, continua-t-elle, cruellement. Quand je pense... Tout est de sa faute ! S'il était resté là, jamais l'idée de cette folie ne serait venue à Frédéric. Naturellement, il est seul, Hubert... qu'est-ce que ça lui fait ? Il est libre. Mais Frédéric !... Frédéric est à moi. Il n'a pas le droit... Oh ! Mère, Mère, c'est épouvantable ! Mais il ne pense donc pas un peu, rien qu'un peu, à moi ? Je croyais qu'il m'aimait... Je ne veux pas... Je ne supporterai pas qu'il parte, je ne pourrai pas endurer...

Il n'y avait rien à répondre. La lèvre de Julia tremblait imperceptiblement. — Cette petite qui disposait ainsi de ses fils à elle... qui disait de l'un : « Il est mien », qui se figurait l'avoir acheté au prix de sa seule passion... Il lui restait à apprendre qu'aucun amour, jamais, ne l'emporte, lorsque s'éveille chez un homme le goût du danger.

Le maître de Mogador revint satisfait de son voyage, et chargé de cadeaux pour toute la maison. A présent que le pas difficile était franchi et qu'il tenait la certitude de s'embarquer trois semaines plus tard, il se sentait enclin à toutes les concessions. Pour Ludivine, il avait pillé les meilleurs faiseurs de Marseille. Il lui rapportait un corsage en mousseline des Indes travaillé de jours et de petits plis, un grand peigne de nuque orné de cabochons d'or et d'émaux translucides, une ceinture corselet en peau verte brodée de chardons en perles, et, dans un immense carton qui avait dû, pourtant, lui être un embarras considérable, un tricorne Louis XV en velours noir, garni d'une longue « pleureuse » ivoire ; un chapeau « de Paris » qui portait la griffe de Virot.

Ludivine reçut sans plaisir ces présents expiatoires. Morne, elle leur jeta un coup d'œil, remercia, et enjoignit à Eugénie de les ranger.

— Tu dois être ravissante, avec ce chapeau... insinua Frédéric, tentateur. Essaye-le, mon cœur.

Elle se coiffa du tricorne. Il lui allait, en effet, à la perfection.

— Je le mettrai pour t'accompagner au quai, dit-elle amèrement, à son mari qui l'enlaçait.

Les Royer vinrent passer un dimanche, avec leurs enfants. Le docteur grisonnait déjà, aux tempes. Son lorgnon ne le quittait plus guère. Elise, elle, était toujours aussi fraîche, aussi rougissante : « Vous êtes une jeune fille mariée », lui déclarait Frédéric. Elle portait dans ses bras la petite Henriette, née au mois de mars.

— Ma pauvre, pauvre chérie... Si vous saviez comme je pense à vous ! Ce doit être si dur, malgré votre courage. Et Frédéric... Oh ! je l'admire tellement ! Vincent dit que ce sont les hommes comme lui qui sont le sel de notre race.

Ludivine écoutait et se laissait envelopper par la tendresse de son amie, avec un orgueilleux chagrin sans larmes. « Certes, il était d'une autre trempe... Frédéric, son beau Frédéric... Quel cavalier, quel valseur, possédait son allure ? Quel gandin... même parmi les coureurs de jupons, savait comme lui, d'un regard, effleurer les femmes et leur faire baisser les yeux, sans rien vouloir d'elles ? Qui, de tous ces maris et ces jeunes gens empressés à plastronner autour de Ludivine, eût été capable de s'arracher à son amour pour aller se battre ? »

« Cette Elise, entre son époux déjà vieux et ses enfants à moucher, à laver... Que savait-elle de la passion ?... Oui, mais leur visite finie, ils rentreraient ensemble dans leur bourgeoise petite maison, et ils auraient encore bien des soirs et des soirs tous pareils, tous tranquilles. »

« ... Une vie où rien n'arrive... sinon la vieillesse, et

ce long sommeil, là-bas, loin... Il semblait à Ludivine qu'elle eût peut-être aimé ce calme bonheur bien réglé, qui la laissait naguère dédaigneuse... »

Les jours s'en allaient, l'un après l'autre.

— De cette façon, tu vois, avait calculé Frédéric, en rentrant, les vendanges seront faites, et le vin en tonneaux ; je pourrai partir bien tranquille. Tu n'auras pas grand mal.

Maintenant, on mettait en cave les derniers fûts.

Plus qu'une semaine. Plus que six jours. Plus que cinq. Une fausse insouciance animait Mogador, entretenue par les nombreuses visites qu'il fallait bien accepter de recevoir. C'était le même défilé que l'on avait vu un an auparavant, pour Hubert. Le même... et combien différent, aux yeux de Ludivine !...

Les derniers jours, pourtant, ils se retrouvèrent seuls. Frédéric, au bord de l'arrachement douloureux, se dépouillait subitement de sa réserve, devenait un amoureux expansif, presque soumis, tel qu'elle avait autrefois rêvé de le voir.

— Ma petite reine, souris-moi. Je veux emporter de toi un souvenir si beau qu'il puisse m'accompagner partout, jusqu'à mon retour.

Assise sur la causeuse, elle le contemplait ardemment, à genoux contre elle, les bras enserrant sa robe.

— ... Quelle jolie taille tu as ! Juste comme celle d'une jeune fille. Où avez-vous mis vos cinq enfants, Madame ? Et tes yeux, laisse-moi bien regarder tes yeux — Aujourd'hui, ils sont d'un beau violet profond...

Ludivine approchait son visage suppliant.

— Je t'en prie, mon amour, ne pars pas...

Il baisait ses mains, ses cheveux, ses paupières.

— Mais je ne pars pas. Je suis là, tu vois bien. Tu me gardes. Tu le sais, que je t'appartiens... Ecoute-moi : chaque nuit, où que je sois, je reviendrai dans notre chambre ; je serai près de toi quand tu t'endormiras, je te le promets. Mais je ne veux pas que tu pleures.

Se relevant, il la prenait contre sa poitrine, la ployait sous lui, déchirée de douceur et de peine.

Tous deux firent de longues promenades à cheval. Frédéric s'arrangeait pour demeurer auprès de sa femme, presque continuellement. Chaque jour comptait dorénavant. Quatre jours, plus que quatre jours devant soi. Ludivine vivait agrippée au fil du temps. La valise était dans leur chambre. Victor y entassait déjà « les choses dont Monsieur aura besoin là-bas ». Frédéric devait emmener avec lui *Obéron*.

— Ce soir, nous sortirons, si tu veux, mon cœur. Je prendrai *Phœbus*. Il faut le distraire un peu, avant mon départ. Le pauvre vieux, je lui dois bien ça... Tu te souviens, quand nous venions te voir, chez les Daubenois ? Et le jour du mariage ? Au fond, je me demande si tu m'as jamais pardonné... Allons, tu peux bien me le dire, maintenant... Oui ? Non ?

Ludivine était sur la pente des larmes. Il s'en aperçut et brusqua sa sortie.

— ... Attends-moi. Deux mots au baïle, et je reviens te prendre. Je voudrais aller jusqu'au tombeau du Croisé. Nous rentrerons en faisant le grand tour, avant le déjeuner.

Le tombeau du Croisé était une vieille dalle à demi enfouie sous un massif de lauriers-tin, tout au fond du parc. La pierre était couverte d'une inscription latine presque effacée, indéchiffrable. Amélia, la jeune morte qui avait aimé les contes tristes, avant d'en devenir un, prétendait autrefois qu'était enterré là un chevalier tombé en chemin, à son retour de Palestine, avant d'avoir revu sa Dame. Elle s'enroulait dans des voiles, se drapait d'un châle : « Je suis sa Dame et je vais mourir de douleur sur sa tombe. » Les enfants, subjugués, portaient sa traîne avec révérence.

— Elle avait douze ans, tu comprends ? Henri, neuf ; et moi quatre. Adrienne était un bébé. — Un jour, Frédéric lui avait raconté tout cela, qui faisait partie de la légende d'Amélia, entretenue par les siens.

Pour des yeux étrangers, l'endroit n'était qu'un coin abandonné, humide, jonché de feuilles pourrissantes. Ludivine ne l'aimait pas.

— Non, refusa-t-elle. Vas-y si tu veux. Tu me retrouveras ici, ensuite.

— Bon. Je ne serai pas long.

Il n'insistait pas. Manifestement, cela répondait à son désir secret. Elle s'assit près de la fenêtre, et commença d'attendre.

Au-dehors, il faisait un tiède soleil d'automne. A peine jauni çà et là, le parc était d'une exquise mélancolie, si discrète..

Attendre... Dans quelques jours, la vie ne serait plus que cela... — A chaque minute écoulée, je me demanderai : « Où est-il ? Que fait-il ? Vit-il encore ? » Et peut-être, une fois, il y aura un instant précis où... Dieu !... Est-ce qu'on peut supporter cela ? Est-ce qu'on ne devient pas folle ? Frédéric... Si jamais... — Elle en perdait la respiration. — Je ne peux pas... Je ne peux pas ! A aucun prix. Il ne faut pas qu'il parte !

— Qu'est-ce qu'il y a ? Tu ne te sens pas bien ?

S'il croyait cela, est-ce que ça pourrait empêcher... ? Si j'étais malade ? Si je... Mais non, rien. — Il le lui avait dit : le souvenir de la roubine... on ne recommence pas un coup déjà joué.

Se dominant, elle parvint à sourire. Ils s'embrassèrent.

— J'ai demandé les chevaux pour deux heures, dit Frédéric en descendant pour le déjeuner.

Comme Adrienne versait le café, Victor vint prévenir son maître que Ranguis et Tonin étaient dans le bureau, demandant à le voir d'urgence.

Frédéric avala rapidement le contenu de sa tasse, se brûla, grommela quelques récriminations, et sortit en hâte, abandonnant sa blague à tabac, son couteau, et sa pipe qu'il avait commencé de débourrer.

Au bout d'un instant, Ludivine se leva et se mit à marcher à travers le salon. Silencieuse, absorbée dans ses préoccupations, elle prenait un journal, le déposait, maniait un bibelot, inconsciente, en proie à une terrible nervosité.

Julia suivait des yeux avec pitié le manège de sa belle-fille. Une tension brutale contractait ce visage, jusqu'à l'enlaidir. Les os de la mâchoire faisaient une dure saillie... « Comme elle a maigri ! Que va-t-elle devenir sans lui ? » On pouvait tout attendre de Ludivine, le meilleur comme le pire, calculait la vieille dame. Qui savait vers quel parti la rejetterait cette absence ?... Un abandon si stupide, si cruellement impardonnable... Cinq enfants, et cette jeune femme qu'il aimait... « *Ton bonheur, Frédéric, penses-y bien.* »

« *Quelquefois, le bonheur, ça ne suffit pas, vous savez Maman...* » A d'autres, ça aurait suffi. Son père... quand il l'avait fallu, il avait pris son fusil et son sac, avec cette résignation qui, d'avance, semblait prévoir... Mais lui... ce besoin de renverser les dés, avec cette désinvolture de seigneur... — Il y aurait peut-être eu quelque chose à dire... à tenter... autre chose, qui eût pu réussir... Quoi ?

Julia se sentait lasse.

« Je suis trop vieille pour ce qui arrive... »

— Tu sors, ma fille ? demanda-t-elle à Ludivine qui se glissait hors de la pièce.

— Je vais un instant dans ma chambre, Mère. Si Frédéric revenait, voulez-vous le prier de m'attendre ici ? Je ne fais que monter et descendre...

Dans le hall, Ludivine s'arrêta pour écouter. La grande maison était calme. Elle longea le couloir, passa devant le bureau... A travers la porte, lui parvint un bruit de voix. Les trois hommes discutaient avec animation. La jeune femme atteignit la porte du fond qui donnait sur la cour, derrière l'office, et l'ouvrit sans bruit. Dehors, elle prit sa course.

Dix minutes après, elle était de retour dans le salon. Julia se taisait, perdue dans ses pensées, et ne releva même pas la tête. Adrienne avait repris son éternel ouvrage. Ludivine tourna un peu autour du guéridon où demeurait encore la plateau du café, et revint s'asseoir à sa place, près de la fenêtre. Haletante, elle respirait à la dérobée, les yeux fixés désespérément sur la tasse que Frédéric avait laissée sans achever de la boire.

— Ma pauvre chérie, je suis navré, c'est comme un fait exprès, s'excusa-t-il, en revenant. Toujours cette vieille rengaine du barrage. Ils ont encore découvert une fissure. Et une belle, paraît-il. Tonin prétend que ça ne résisterait pas à la première neige. Il faut aller voir ça tout de suite. Viens-tu ? Nous déciderons sur place. Tonin et Ranguis sont repartis. Nous les rejoindrons là-bas. Il est presque trois heures. Les chevaux doivent attendre depuis longtemps.

— Non, dit lentement Ludivine. Je crois que je vais rester ici. Tu vois, je ne suis pas prête, je te retarderais...

Pas prête ! Et il avait été entendu qu'ils sortaient à deux heures... Frédéric la considéra d'un air de reproche. Mais devant sa pâleur, il se sentit inquiet.

— C'est vrai que tu as bien mauvaise mine depuis ce matin.

Il lui caressa la tempe.

— ... Tant pis, j'y vais seul. Repose-toi. Je vais me dépêcher. Il n'y en a pas pour trois quarts d'heure. Je galoperai à l'aller et au retour. Et après ça, tu me garderas, n'est-ce pas ? Nous ferons ce que tu voudras. Accompagne-moi jusqu'au perron, veux-tu ?

Elle se leva avec effort. Frédéric glissa les bras autour de sa taille et la soutint, la soulevant presque.

— ... A tout à l'heure, Maman.

— Bon Dieu, qu'il fait beau ! s'exclama-t-il, dehors. Dommage que tu ne viennes pas. Nous aurions pu pousser ensuite jusqu'au village ou à Barbegal.

— Quel chemin prends-tu ?

— Oh ! je vais couper par les terres, pour aller plus vite. Tu ne veux pas venir jusqu'à l'écurie ? Pour dire bonjour à *Phœbus*... Non, c'est vrai, pas de chapeau, pas d'ombrelle... Nous nous gâterions le teint !

Il rit doucement. Ludivine ne broncha pas sur la taquinerie.

— Et bien, je te laisse. Je serai là vers quatre heures.

Se penchant, il mit un baiser sur le front posé contre son épaule, et s'éloigna à longues foulées souples, en sifflant un air de chasse.

Ludivine le suivit des yeux jusqu'à ce qu'il eût tourné le coin de la maison.

Lorsqu'elle rentra dans la salon, Julia fut saisie devant l'altération de son visage.

— Tu n'es pas malade ?

— Moi ?

Ludivine parut se troubler.

— Malade ? Pourquoi... malade ?

Sans répondre, la vieille dame se mit à examiner sa bru. L'acuité de ce regard brûlait les joues de Ludivine.

— ... Où est Adrienne ? questionna-t-elle, pour rompre les chiens.

— Auprès des jumeaux, je crois. Elle est montée, après toi. Tu lui veux quelque chose ?

— Non, rien.

Le silence retomba entre les deux femmes.

Ludivine s'assit lourdement. Un tic nerveux crispait le coin de sa bouche.

Sa belle-mère s'éventait à petits coups, sans paraître la surveiller. De minute en minute, l'atmosphère s'épaississait.

— As-tu vu la *Revue des deux mondes* ? Le numéro qui est arrivé hier ?

— Quoi donc, Mère ? demanda la jeune femme, avec l'accent de quelqu'un qui rêve.

— ... *La Revue des deux mondes* ?...

— Ah ! oui ? Non... dit Ludivine, vaguement.

Julia n'insista pas. Une inquiétude sournoise grandissait en elle. Quelque chose se passait. Un péril inconnu, redoutable, s'était insinué... Il cheminait à présent dans leur vie de tous les jours, déjà si précaire, depuis que le départ de Frédéric était au bout... Quelque chose qu'elle ignorait, et que connaissait sa belle-fille...

Des pas pressés firent crier le gravier devant le perron.

D'un bond, Ludivine fut à la fenêtre, les traits décomposés.

— Eh bien, qu'y a-t-il ? cria presque Julia.

— Rien. C'est mademoiselle Louise qui rentre.

A nouveau, ce fut le silence.

Le pendule sonna la demie de trois heures.

L'institutrice ressortit, emmenant les petites filles. Toutes trois portaient un mantelet bleu pâle et une charlotte garnie de coques de rubans. Christine donnait la main à sa sœur aînée. — Un autre monde, où rien ne se passait... où l'on voyait des fillettes sortir en promenade, avec un faux air de sagesse... — Là-bas, au bout de l'allée d'honneur, le petit groupe s'éloignait, accompagné d'un rai de soleil.

L'air de la pièce avait consistance de l'ouate. Dans ce vide compact, Ludivine, commençait d'avoir froid. Elle se détourna de la fenêtre et fit quelques pas.

— Où vas-tu ?

— Je ne sais pas. Je sors...

Elle paraissait égarée.

— Reste ici.

— Mais...

Cabrée, d'un coup, Ludivine se calma : « La mère de Frédéric... » Un instant, elles se regardèrent. La jeune femme se rassit sans mot dire.

Une éternité s'écoula. Le pendule avait avancé de cinq minutes... — Il y avait un petit bruit insupportable. — Les poings serrés sur son corsage, Ludivine s'acharnait à l'étouffer... — Il grandissait, il emplissait tout le salon... N'importe qui devait l'entendre... — La vieille Julia s'aperçut que sa belle-fille claquait des dents. Elle-même arrachait machinalement, à petits coups, les paillettes de jais de son éventail...

Il était presque quatre heures, lorsqu'on le ramena.

Ludivine et Julia virent, de loin, approcher l'inquiétant cortège. *Phœbus* suivait, attaché par la bride derrière la charrette grinçante entourée d'hommes.

Avec un gémissement de bête, Ludivine s'élança... Un rauque gémissement qu'on eût dit sorti de son ventre...

— Attends-moi ! appela Julia.

Elle courait et n'entendait plus.

Les cheveux de Frédéric étaient souillés de sang et de terre. On avait lavé son visage où des traînées rouges coulaient à nouveau le long de la tempe. Ce grand corps qu'elle n'avait jamais vu malade, gisait sur un matelas posé à même la paille de la ridelle, avec un aspect abandonné, dans une inertie affreusement sinistre.

— Il a dû perdre les sens en route, Madame, expliquait Tonin. On a eu beau faire doucement... C'est quand on l'a mis là-dessus, tout à l'heure, qu'il a gueulé un bon coup ! Faut pas vous chavirer, il va revenir.

Elle palpait les traits, la poitrine, les flancs du blessé, avec des yeux de folle. A nouveau, elle eut cette plainte animale.

Frédéric ouvrit les yeux.

— Ce n'est rien, chérie, n'aie pas peur. C'est ma jambe... La gauche... Bon Dieu, que je souffre !...

Dans son visage, la peau, tirée, semblait s'être subitement plaquée sur les os. Les lèvres étaient d'un blanc violacé.

A son tour, Julia se pencha sur lui, soutenue par Adrienne.

— Mon petit !

Il tenta un sourire, vite changé en rictus.

— Une sacrée chute, Maman ! Je ne sais pas comment j'ai fait... Sûrement une jambe cassée...

Pour cassée, elle l'est, opinait, une heure plus tard,

le docteur Lapierre, maniant avec d'infinies précautions le membre tuméfié où se dessinait une sorte de saillie perceptible au milieu de l'énorme ecchymose.

La palpation soigneuse arrachait au blessé des grondements fauves, mal réprimés. Le médecin acheva de placer deux attelles de fortune.

— Là, ça ira provisoirement.

Il se redressa, passa une main complaisante sur ses cheveux blancs taillés « à la Bressan », effila les pointes cirées de sa moustache encore grise... « Vous avez l'air d'un demi-solde, Docteur, lui avait dit un jour la vieille madame Vernet, avec cette intonation mi-figue, mi-raisin... »

— Une belle fracture spiroïde des deux os, mon cher ami, bien franche, bien caractérisée. Vous avez tout de même eu de la chance...

Frédéric lui jeta un regard meurtrier...

— Une aubaine, autrement dit !...

Le vieil homme rit sans se troubler.

— En ce qui me concerne, ça, oui... sans l'ombre d'un doute. La revanche de la médecine. Imaginez un peu que je n'aie eu jusqu'ici que des clients comme vous, dans le pays. Il ne me restait plus qu'à plier ma tente, ou à me mettre à l'étude de l'agriculture.

Il enfila la redingote et les manchettes dont il s'était débarrassé avant d'entreprendre l'examen.

— ... Non, non, mon cher, plaisanterie à part... continua-t-il, devant le menton féroce de son patient, je crois pouvoir conclure que vous vous en tirez relativement à bon compte : rien au crâne ; la plaie du cuir chevelu sera cicatrisée dans quinze jours. Les contusions de l'épaule ne comptent pas. En somme, il n'y a que cette jambe ; et je ne prévois aucune complication. Tout ira bien, vous verrez. Une immobilité de quelques semaines et vous en serez quitte.

— ... Allons, Madame, dit-il à Ludivine, droite au chevet du lit, c'est vous qu'il faudrait soigner, je crois bien, après cette émotion. Vous êtes blanche comme les draps.

— Ma pauvre petite, je t'ai fait peur ?

A tâtons, Frédéric prit une main glacée qui pendait le long de la jupe, et en appliqua la paume sur son front, au bord du pansement.

— ... Tu es fraîche. Ça fait du bien.

Ludivine détourna les yeux de cette tête bandée où les joues, un peu trop rouges, à présent, accusaient de soudaines crispations grimaçantes. Elle sentit, comme une caresse tacite, s'accentuer sur sa main la pression de celle de Frédéric. Comme ce front semblait chaud...

— Elle a été si forte, docteur, disait la voix d'Adrienne. Depuis que les hommes ont monté mon frère ici, c'est elle qui a tout fait, sans accepter une aide.

Adrienne... Elle était donc là ?... Et Mère aussi, là-bas, au fond, dans son fauteuil... — Ludivine découvrait leur présence. Jusqu'alors, elle avait agi comme avec des œillères, isolée de tout ce qui n'était pas, devant elle, ce corps qu'on lui avait rapporté, ce corps effrayant et précieux, épouvantablement reconquis.

— Je vais chercher le nécessaire pour opérer la réduction, ce soir même. Puis-je donner les instructions à Philo, pour qu'on fasse les préparatifs, pendant ce temps, Madame ?

Le médecin s'adressait à Julia Vernet.

— Bien entendu, Docteur. Je vous l'appelle.

— Il me faudra aussi quelqu'un pour m'assister, tout à l'heure. Mademoiselle Adrienne, peut-être ?

— Moi, dit Ludivine, aussitôt.

— Non, ma chère enfant. Vous êtes lasse, éprouvée... Il faut...

— Moi et personne d'autre, répéta-t-elle, les lèvres dures.

— Allons, allons, ce n'est pas raisonnable, mon petit. Vous...

— Laissez-la donc faire ce qu'elle veut, Docteur, coupa Julia, avec une sécheresse inattendue.

Le vieux praticien s'inclina.

— Parfait, Madame.

Ces gens de Mogador... Depuis le temps qu'il en voyait naître et mourir... On ne pouvait pas leur reprocher de se dépenser en démonstrations. Madame Vernet avait toujours été comme ça : attirante et impossible. — « Et la jeune marche sur ses traces. Elle ne déparera pas la famille. »

21

La Sandrine, depuis la veille, ne comptait plus les répétitions de son récit.

— ... Et alors, moussu Frédéric arrive au galop en haut des oliviers. Il prend son élan pour sauter la murette, et tout d'un coup, Sainte Mère ! le temps d'un éclair, je le vois qui dégringole par côté, que j'en reste saisie. De suite après, je pousse un cri... mais un cri !... et vous pensez si je cours.

» ... Le pauvre, couvert de sang, il était. Assommé. Il remuait pas seulement. Je l'essuie avec mon jupon — pourquoi mon mouchoir, il était beaucoup sale —, il ouvre les yeux, il bouge un peu, le voilà qui se met à gémir. Je savais plus quoi faire. « Tu es bien brave, Sandrine », il me dit, « mais je pourrai jamais me relever. Aide-moi à me mettre un peu mieux, et cours chercher ton frère et Tonin. Ils doivent être à m'attendre au barrage. » En parlant, il se retournait, et le voilà qui devient si blanc, avec une grimace, que j'ai cru qu'il me passait entre les bras...

Un auditoire sans cesse renouvelé frémissait, compatissait, s'exclamait, tel le chœur antique. Accoudés au manche de leur outil, les hommes écoutaient un moment, puis s'en allaient, secouant la tête. Leurs épouse, un coin du tablier relevé sur le ventre, suspendues aux lèvres de l'aède improvisé, en oubliaient la tâche quotidienne et les apprêts du repas.

La belle fille, très fière, continuait :

— ... Et ce matin, la vieille maîtresse m'a fait venir. Dans sa chambre, elle m'a reçue. Il a fallu tout que je lui raconte. Elle m'en a posé, des questions !... Et mademoiselle Adrienne était là. Et elle m'a dit : « Sûrement ma belle-sœur voudra vous entendre aussi. Mais, pour le moment, elle ne peut pas. Elle ne quitte pas son mari. » J'ai demandé comment il va. « Pas très bien », elle m'a fait. « Il souffre beaucoup. Il a eu une mauvaise nuit. Il a la jambe cassée, vous savez... »

Durant les deux premiers jours, Frédéric, que la douleur rendait fiévreux, se comporta en malade suffisamment docile. Son unique exigence concernait la présence continuelle de sa femme. Ludivine s'y soumettait avec un âpre bonheur, ne dormant pas, mangeant à peine, bien que l'état du blessé ne fût nullement inquiétant, aux dires du docteur Lapierre, et de Vincent Royer accouru pour le voir.

La souffrance persistait, très vive. Mais l'enflure de la jambe avait disparu. Dès le lendemain soir, on put procéder à la mise en place d'une gouttière plâtrée immobilisant le membre jusqu'à la cuisse.

— En voilà pour quelques petites semaines, dit le médecin, se débarrassant du tablier de cuisine emprunté à Berthe.

— Si longtemps ?

Ludivine sentit l'irritation de son mari.

— Mais qu'est-ce que vous vous figurez, mon pauvre ami ? Une fracture est une fracture. Il faut tout de même donner au Bon Dieu le temps de faire ses raccommodages.

Les traits de Frédéric laissaient percer tout autre chose que de la résignation chrétienne.

Ludivine posa la main sur ce poing refermé qui froissait le drap, tandis que le docteur poursuivait ses exhortations à la patience. Radouci à ce contact, le chef de Mogador serra longuement les doigts de sa femme.

Adrienne reconduisit le vieillard.

— Cette nuit, je veux que tu te reposes, chérie, dit Frédéric, après leur départ. Tu entends. J'y tiens absolument. Je suis honteux de la vie que je te fais mener depuis quarante-huit heures. N'est-ce pas, Maman ?... Il faut qu'elle dorme.

Il prenait à témoin sa mère, penchée sur lui pour l'embrasser.

— Oui, dit Julia à sa bru, d'un ton indéfinissable. Oui, maintenant, je crois tu pcux dormir tranquillc.

Par-dessus le blessé, le regard de Ludivine, ivre de fatigue, d'incertitude, et de défi, chercha celui de sa belle-mère. Celle-ci, le dos tourné, se dirigeait vers la porte.

Peu après, Adrienne revint pour emmener la jeune femme.

— Allons, viens, Philo a fait ton lit à côté.

— Va vite, mon amour, dit Frédéric. Je te promets d'appeler si ça ne va pas.

Elle se laissa entraîner. Subitement, elle éprouvait avec intensité le besoin de quitter cette pièce, de respirer à fond un air vif, d'oublier tout...

— Quel temps fait-il, dehors ?

Interloquée, Adrienne la dévisagea.

— Je voudrais... Je ne sais pas... Je voudrais aller me promener. J'étouffe... Je t'en prie, ouvre seulement les volets !...

Une nuit profonde d'automne glaçait le ciel noir. Les branches du grand cèdre avançaient sournoisement dans les ténèbres. L'autre matin, avant le déjeuner... Elle s'était assise dessous, dans l'ombre de midi. Il y avait... Oh ! Dieu !... il y avait de cela des siècles. C'était un autre temps, dans une existence encore facile. Depuis... Depuis, elle était sortie du salon avec, dans son cerveau, la chose en marche, et la vie s'était accélérée comme une machine folle.

« *Vous l'avez échappé belle.* » C'était la voix du docteur qui avait dit cela. « *Quand on voit la plaie de la tête... Tête dure, n'est-ce pas, Madame ?...* » Oui, dure !... — Cet air qu'il sifflait tranquillement, en s'éloignant, tandis qu'elle le regardait disparaître... Et il aurait pu... Ah !... — Tout son corps, rétracté, refusait l'hypothèse, et l'image qui s'imposait. « Frédéric, si vivant, si beau ! »

Elle s'écroula sur l'appui de la fenêtre, dans une effrayante marée de sanglots.

Adrienne, maternelle, la prit dans ses bras.

— Ma petite, ma pauvre petite... Cela te fait du bien. Pleure encore. Viens, allonge-toi. Je vais t'aider à te déshabiller.

Peu à peu, Ludivine cessa de sangloter. Les larmes semblaient la laver ; elles effaçaient le cauchemar. Les draps avaient une fraîcheur apaisante. La veilleuse distillait une lueur douce. Plus rien à craindre. Frédéric était là, dans leur lit, de l'autre côté du couloir. Prisonnier de sa souffrance. Mais à elle, bien à elle. Reconquis sur la peur, l'absence, le danger... En fin de compte, elle triomphait. — Demain... — Avec l'intrépide espérance des forts, elle recommençait à penser : « Demain. » — Demain, elle saurait si bien le soigner, elle l'entourerait de tant de prévenances, elle accepterait si joyeusement son impatience, ses rebuffades, son amertume, s'il en avait...

Adrienne, en toilette de nuit, lui apporta un verre d'eau de fleur d'oranger.

— Tu verras, ma chérie, il va guérir très vite. Et, au fond, nous pouvons remercier Dieu d'avoir empêché qu'il nous quitte.

Muette, Ludivine sentait monter en elle une sorte de grand rire sauvage : « Dieu !... »

Le sommeil fondit sur elle et l'emporta dans un trou noir.

Le lendemain, reposée, elle entra dans leur chambre, toute légère dans son déshabillé de batiste floconneuse et de dentelles.

Frédéric lança vers sa femme un coup d'œil hargneux.

— Peste ! inutile de te demander des nouvelles de ta nuit.

— Mais la tienne, mon amour ?

— Saumâtre. Je n'ai pas fermé l'œil. On me tenaille les chairs avec des pinces de feu, on me tord les muscles, on m'enfonce des pointes dans les os... Ah ! les distractions ne me font pas faute, je t'assure !... Ce que je ne parviens pas à comprendre, c'est ce qui a pu m'arriver. Il faut que ce soient les sangles qui aient cédé. Comment ? Ça, je me le demande... Je les ai resserrées moi-même, comme d'habitude. A-t-on rapporté ma selle ?...

— Je ne sais pas, dit-elle, pâle tout d'un coup. Je ne t'ai pas quitté.

— C'est vrai.

Il l’attira doucement près de lui.

— Ma jolie petite femme ! C’est bon, tu sais, quand on est un paquet de pansements qui sent la maladie, d’avoir bien à soi quelque chose d’aussi joli à regarder. Une vraie fraîcheur.

— Ecoute, Frédéric, chuchota-t-elle, penchée sur lui, je voudrais que tu me croies : si je pouvais avoir mal à ta place...

L’élan de tendresse qui accueillit cette déclaration, un peu trop impulsif, s’acheva en une grimace additionnée d’un juron contenu.

— ... Tu ne trouverais pas ça réjouissant du tout, mon cœur, affirma-t-il, en manière de conclusion, guettant encore les ondes de la douleur qui s’achevait en lui.

Victor entra, portant un plateau.

— Le petit déjeuner de Monsieur. Est-ce que Monsieur a faim ?

Sa large figure majestueuse et toute son épaisse personne arboraient un air engageant.

— Oh ! oh ! remarqua Frédéric, touché, Berthe a bien fait les choses.

En fait, il y avait de quoi tenter l’appétit le plus difficile, et rassasier un quarteron d’affamés.

— ... Il faut que je tâche d’y faire honneur, c’est bien le moins.

Malgré sa bonne volonté, il ne réussit à avaler que peu de chose. Redressé sur son lit par les soins de Ludivine, les reins et l’épaule calés par des oreillers, il promenait autour de lui un œil mélancolique.

Son regard se fixa sur la valise béante dans un coin de la chambre. A travers l’affolement qui avait secoué la maison entière, elle était demeurée là, à demi pleine, dérisoire symbole d’une aventure avortée.

— Victor, vous m'enlèverez ça d'ici, souffla Ludivine.

Un discret hochement de tête affligé l'assura de la compréhension du solennel et sensible majordome.

Une ruée imprévue vint heureusement couper court aux sombres méditations du blessé. Dans une bousculade véhémente, Christine, Anne et Isabelle se précipitèrent, arrêtées net, au spectacle de ce père inattendu, casqué de gaze blanche.

Adrienne suivait, portant Dominique, l'impétueux François accroché à sa jupe.

— Mes oiseaux..., sourit Frédéric, soudain détendu.

La matinée passa très vite. Après le départ des enfants, les soins et la toilette conduisirent le blessé jusqu'à la venue du médecin. Celui-ci sortait de la chambre de Julia.

— Je viens d'examiner madame Vernet. Elle est étonnante. La façon dont elle a supporté ces émotions... Son cœur est presque normal, oui, vraiment, beaucoup mieux qu'il n'a jamais été depuis longtemps.

— Oh ! dit Frédéric, orgueilleusement, ma mère est admirable. C'est l'unique femme au monde dont j'aurais pu rester, toute une vie, démesurément amoureux... excepté toi, bien entendu, mon cœur... glissa-t-il à Ludivine.

La jeune femme demeura sérieuse. Penser à Julia lui était, à ce moment, une gêne qu'elle repoussait de toutes ses forces. Pour la première fois depuis son arrivée dans cette maison, leur alliance dénouée, elle se sentait entièrement solitaire dans son camp, avec une charge sur les épaules... la plus pesante qu'elle eût jamais eue à porter. Elle s'apercevait combien, jusqu'alors, à chaque période difficile, sa belle-mère avait été présente, à sa manière détournée, toujours efficace... Cette fois, il allait falloir apprendre à garder seule le fardeau. Machinalement, elle redressa le dos... Après tout, elle s'en était tirée. Quoi qu'il arrivât par la suite, rien ne lui serait jamais demandé qui lui fût plus pénible. Le chemin par où elle était passée rendait désormais toutes les routes accessibles.

Frédéric et le vieux médecin causaient ensemble. Le docteur Royer arriva en coup de vent.

— Cinq minutes, et je continue ma tournée.

— Ces jeunes..., le plaisanta son confrère. Vous aurez beau faire, allez, la mort va toujours plus vite à la course.

— Bah ! dit doucement Vincent Royer, elle a, plus souvent qu'on ne l'imagine, des charités de petite sœur.

— Toujours, mon cher ami, toujours, croyez-moi. Mais il est convenu de ne pas le dire.

— Je crois bien, vous autres surtout ! intervint Frédéric, crûment, vous gâcheriez la profession. Mieux vaut retenir les gens dans cette vallée de larmes, avec des purges, des saignées et des clystères... sans compter les gouttières en plâtre, ajouta-t-il, rancunier.

— Exactement, conclut Vincent Royer. N'oubliez pas que c'est ici-bas que le paradis s'achète.

Alors, pensait Ludivine, le mari d'Elise n'aurait vraiment pas payé sa part bien cher... Enfer, paradis... des mots ! L'un comme l'autre importait peu. Heureuse ou malheureuse, pourvu que je le sois avec Frédéric...

Midi sonnant, les trois hommes discutaient encore. Profitant de l'animation qui régnait autour du malade, Ludivine était allée s'habiller. Elle revint sans qu'un d'eux eût prêté attention à cette éclipse. — La manie qu'ils avaient tous de ces spéculations dans le vide, à perte de vue... Et ils prétendaient que leurs femmes étaient bavardes...

— Je vous enverrai Elise, demain, promit Vincent Royer, en prenant congé.

— J'en serai heureuse. Comment le trouvez-vous ?

— Aussi bien que possible.

Il lui sourit d'un air rassurant.

— ... Il me semble que ses crampes musculaires diminuent de fréquence. Elles paraissent aussi moins violentes. La grande affaire, voyez-vous, c'est le temps. Il lui faudra apprendre la patience. A vous de l'aider. Après tout... vous ne devez pas être fâchée de le garder ici, n'est-ce pas ? Oui... c'était dur, pour vous, ce départ... Mais il est tellement déçu, et mortifié... C'est aujourd'hui qu'il devait s'embarquer, je crois ?

— Non, demain. Il vous en a parlé ?

— A peine. C'est justement cela. On sent que son esprit travaille. J'aurais mieux aimé... vous comprenez ?

Ludivine approuva de la tête.

— ... Enfin, vous saurez bien le distraire...

Il lui donna une encourageante poignée de main, avant de sauter dans son cabriolet.

La jeune femme le regarda tourner devant le perron. Un dernier petit signe d'amitié, et la voiture s'éloigna vers la grille : « Ce Vincent... Il n'était pas exactement un homme du monde. Il ne vous baisait pas le poignet avec une aisance délicate. Il n'était ni très galant ni très empressé... » Mais Ludivine découvrait qu'on pouvait se sentir étrangement en confiance auprès de lui, et plus solide, et plus légère, et, quoi qu'il dît, mystérieusement réconfortée.

Après le déjeuner, commença une série de visites. Les Vernet recevaient les marques de sympathie de tout le voisinage. Les gazettes locales avaient donné le récit de l'accident. On télégraphia de Tourvieille. Victor montait au blessé lettres, télégrammes, et cartes de visite. Frédéric causa longuement avec son ami Caussade, accouru d'Avignon. Un peu plus tard, Léon Vernet arriva de la Sarrazine : tous, là-bas, étaient bouleversés. Il ne repartit que le lendemain. Frédéric, cette nuit-là, avait dormi six heures consécutives, grâce à une potion calmante. Réveillé, il plaisanta avec son cousin.

L'existence s'organisait autour de son lit. Un cérémonial d'habitudes s'instaurait. Les enfants, multipliant leurs incursions, transformaient volontiers la pièce en terrain de jeux. Frédéric conseillait, arbitrait, participait, du haut de ses oreillers, s'amusant presque autant qu'eux.

— Tout ce tapage va te fatiguer, mon chéri...

— Encore cinq minutes...

L'heure passait. Mademoiselle Louise venait, timidement, reprendre possession de ses élèves. Le blessé suivait des yeux la sortie houleuse de la petite bande.

— ... A ce soir, mes chéris. Vous reviendrez un moment avant de vous coucher.

— ... Si vous êtes sages ! ajoutait Ludivine.

Elle-même était presque continuellement auprès de son mari, attachée à ne laisser s'ouvrir aucune brèche par où les pensées eussent pu s'échapper.

La visite d'Elise occupa une bonne partie de l'après-midi. Frédéric adorait la taquiner.

— Juste pour vous voir rosir, ma chère Elise.

Avec elle, il abandonnait cette attitude, faite d'un respect délibérement exagéré dans ses formes, qui s'aiguisait d'une coquetterie très cavalière :

— Tu es à gifler, avec les femmes, lui avait dit un jour Ludivine, au cours d'un entretien qui fleurait le soufre.

— C'est pour cela qu'elles m'aiment.

L'évidence donnait raison à ce cynisme. Gracieux, il

avait ajouté : Belle méthode pour les rendre indulgentes à l'intérêt que te portent messieurs leurs maris.

Un frémissement au bout des doigts, Ludivine, à ce moment-là, eût volontiers vengé l'espèce.

Mais, pour Elise, le système de conquête était mis de côté. Auprès d'elle, Frédéric se montrait toujours enjoué, gentil, affectueux, simple, d'humeur facile...

— Quel délicieux mari vous avez, chérie, disait naïvement la jeune femme à son amie.

Que faire, sinon acquiescer ?

Tous trois goûtèrent ensemble. Elise versait le lait, beurrait les tranches de brioche. Ludivine tournait la cuillère dans la tasse, faisant fondre le sucre, choisissait une grappe d'un raisin engageant, pelait une poire parfaite... Servi comme un potentat, Frédéric se laissait faire, en riant.

Elise rentra chez elle très tard. Elle aussi avait maintenant son boguet, attelé d'un joli poney.

— Que vont manger mes petits, si je ne suis pas là ? Henriette refusera sûrement sa bouillie.

— A bientôt, Elise. Revenez vite, chérie !

Le soir, très tôt, Frédéric déclara qu'il était las et qu'il voulait dormir. La veille, Eugénie avait dressé un lit pour sa maîtresse, dans la salle de bains. Ludivine se coucha peu après.

Sans savoir pourquoi, elle se sentait exténuée. Et il fallait qu'elle se levât de bonne heure, le lendemain, pour aller à la Gloriette... « Maintenant, il serait sur la mer... » Elle écouta la respiration égale qui lui parvenait par la porte ouverte. Vint un instant où elle n'entendit plus rien.

Le lendemain matin, dès l'aube, elle quittait Mogador en voiture, accompagnée de Ranguis.

— ... De toute façon, je serai rentrée de bonne

heure, vous comprenez ?... Oui, il va bien. Je l'ai laissé encore endormi. Un bon sommeil calme... Vous me donnerez votre avis, là-bas. J'ai l'impression que ce jardinier me roule. Ou bien alors, il est incapablc. L'un ne vaut pas mieux que l'autre. A mon sens, un voleur connaissant son métier serait encore préférable. J'y trouverais davantage mon compte. De toute manière, je le mets à la porte. Mais je veux d'abord savoir de quoi il retourne.

Le soleil se levait. Un soleil orange, rond, et nu, à travers des traînées gris acier, dans le ciel blanc.

— On va voir ça. Un vrai temps de Toussaint, ce matin. C'est la semaine...

Le baïle de Mogador tira une pipe de sa poche.

— ... Vous permettez, Madame ? Ça réchauffe !

— Bien sûr.

— Et autrement, pour le barrage ?

— Voilà ce que nous allons faire : vous demanderez le devis à Combas, immédiatement. En même temps... disons... demain matin, je vais avec vous et Tonin me rendre compte. Il faut que, le semaine prochaine, on puisse commencer.

Une maîtresse petite femme, tout de même... se disait une fois de plus Ranguis, les yeux à demi clos, tétant sa bouffarde.

Vers dix heures et demie, ils étaient de retour. Laissant à son compagnon le soin d'emmener la voiture jusqu'à l'écurie, Ludivine sauta à terre devant le perron.

— Je suis gelée, dit-elle à sa camériste, qui l'aidait à se défaire de son manteau. Monsieur ne m'a pas réclamée ?

— Non, Madame..., répondit la lente Eugénie.

Déjà, sa maîtresse avait gravi la moitié de l'escalier.

Hors d'haleine, Ludivine ouvrit la porte de la chambre.

— C'est toi ? appela Frédéric, assis dans ses coussins. Viens donc voir ça.

Devant lui, sur la couverture, était posée la selle.

Elle avança jusqu'au bord du lit, avec cette démarche qu'on a dans les rêves.

— ... Tiens, là, regarde. — Sa découverte l'absorbait. — Qu'est-ce que tu en dis ?

Ludivine se pencha sur les sangles intactes.

— C'est le cuir qui a cédé ?

— Cédé ?... Joliment !... Les deux boucles à la fois ?

La colère montait dans sa voix.

— ... Et cette coupure, hein ? Ce n'est pas usé, ça, ce n'est pas mâché. Coupé, bel et bien, ma petite ! Si je pouvais mettre la main sur le salaud qui... Tailladé au couteau. Tu vois ? Ça tenait juste assez pour que j'aie le temps de me lancer avant que tout craque.

Dans la face blêmie de Ludivine, les prunelles énormes et noires étaient un feu pétrifié.

Frédéric se méprit :

— ... Allons, voyons, ne t'affole pas. Le coup est raté, je m'en tire. On n'aura pas ma carcasse comme ça, je te le jure ! Attends seulement que je sois remis...

Y avait-il donc encore un espoir... ? C'était fou qu'il pût croire...

— Tu sais bien que tu n'as pas d'ennemis... se surprit-elle à lui dire. Qui donc, en elle, parlait à sa place comme pour la perdre ?...

— Pas d'ennemis ?

L'objection parut enfantine à Frédéric.

— ... Tu crois ça ? C'est à voir. On a toujours des ennemis. Dans Fontfresque, et à Mogador, Cartelier, ce voyou, qui... et Frasse le cadet, jeté dehors avec la promesse d'une correction si jamais... Et aussi Guigue ?... Oui, Guigue surtout. Mais cette histoire-là, évidemment, il ne pouvait pas s'en confesser à sa femme...

Tout à ses réflexions, il allongea le bras vers le mur, à la recherche du gland de sonnette.

— Qu'est-ce que tu vas faire ?

Le timbre de cette voix le fit sursauter.

— Dire qu'on m'envoie Florent tout de suite. De toute manière, il est responsable. S'il n'est pas fichu de vérifier une selle, ni de savoir ce qui se passe dans son écurie... Je te réponds qu'il va m'entendre !... D'autre part, je veux l'interroger. Il vaudra mieux que tu nous laisses, mon cœur. C'est une affaire entre hommes.

La terre se dérobait. Une seconde, Ludivine eut la sensation que toute la pièce vacillait au bord d'un précipice. Puis, les choses reprirent leur place. Elle respira un air curieusement figé, ouvrit la bouche, et s'entendit prononcer brutalement :

— Laisse Florent tranquille. Il n'a rien à voir dans tout ça.

Stupéfait, il la regarda.

— Qu'est-ce qui te prend ? Qu'est-ce que tu en sais ?

— C'est moi qui l'ai fait.

— Quoi ?

Il la contemplait bouche bée. Il ne réagissait pas. Visiblement la chose n'était pas entrée en lui.

— C'est moi, je te dis !

La rage du désespoir s'emparait de Ludivine.

— ... Inutile d'accuser Florent ou qui que ce soit. J'ai pris ton couteau, je suis allée à l'écurie en passant par-derrière, et je l'ai fait. Pendant que vous étiez dans le bureau. Parce que je ne voulais pas que tu partes, que je ne... Frédéric !

Epouvantée, elle recula jusqu'au pied du lit.

Le meurtre dans les yeux, à demi soulevé sur ses poignets, il semblait prêt à bondir sur elle.

— ... Frédéric ! Ne bouge pas... ta jambe !... Je t'en supplie, tu vas...

— Tu... c'était toi ! Tu m'as fait ça !

— Je n'ai pas cru... Je ne savais pas... Oh ! mon amour, j'étais folle, je voulais seulement te garder...

Il retomba contre les coussins. On eût dit qu'il venait de fournir une terrible course. Une sorte de sifflement entrecoupé montait de sa poitrine, s'échappait de ses dents serrées... Le regard angoissé, suppliant, de Ludivine rencontra la haine jaillie des yeux gris, dans un reflet de lame.

— Garce !

— Frédéric !...

Son intonation était méconnaissable. Une matité la creusait, lui donnait un son déchirant.

— Sors d'ici ! Va-t'en !

— Frédéric, tu ne veux pas...

— Ne plus te voir, voilà ce que je veux !... Ne plus savoir que tu existes... Je regrette que tu ne m'aies pas tué. Monstrueuse... tu es monstrueuse !

— Mais je t'aime ! Frédéric, tu ne comprends donc pas ? Je t'aime.

Cramponnée au bateau du lit, elle tendait vers lui sa figure où coulaient des larmes qu'elle ne sentait pas.

— Tu mens. Est-ce que ça s'appelle de l'amour, ça ?... C'est toi que tu aimes. Toi, et rien que toi... Le dernier des pauvres bougres a quelque chose à donner, quand il aime. Un chien aime : on reçoit de lui un dévouement, une affection désintéressée. Mais toi ! Tu es féroce. Qu'est-ce qui t'importe sauf ce qu'on te donne ? Tu marcherais sur des cadavres, pour obtenir ce que tu veux. Et ça ne te suffit jamais. — Il ricana. — Tu as aimé que je t'aime, ça, oui... Tu as eu du plaisir à être avec moi. J'étais ton bien. Annexé à tes propriétés. Si tu avais pu m'attacher à tes jupes, hein ?... Me promener comme un roquet de manchon, au bout d'une chaîne. Et m'ouvrir le cerveau pour y écrire ton nom et le vider de tout le reste ?... Tu m'aimais ? Tu m'adorais ? Oui, n'est-ce pas ? Mais il a suffi que je te demande la permission de m'éloigner de toi, pendant quelques mois, pour aller faire mon travail d'homme, simplement, comme mon frère, comme tant d'autres... ça, jamais ! Plutôt me faire casser la figure, t'arranger pour me rendre infirme... Ah ! ça ne pèse pas lourd, dans tes mains, la vie de l'homme que tu aimes !

— Tais-toi, tais-toi ! au nom du ciel... Je ne puis plus... Je ne peux pas supporter de t'entendre dire ça...

D'un coup de poing, il envoya la selle au milieu de la chambre.

— Ah ! tu ne peux pas... Mais tu as pu supporter de me voir revenir sur un brancard !

Il n'y avait jamais eu de brancard. Mais Frédéric n'était pas en état de s'arrêter à un détail aussi négligeable. Hors de lui, les tempes gonflées par une fureur forcenée, dans son immobilité impuissante, il déchiquetait le beau drap d'apparat, au retour de dentelles, que Philo devait, plus tard, ravauder, retailler pour les lits d'enfant, la mort dans l'âme devant un tel massacre.

— ... Et de m'entendre gueuler de souffrance, ça ne t'a pas gênée, pour me tenir la main, pendant qu'on me triturait cette jambe. Tu l'as joué tranquillement, ton rôle d'épouse affligée. Et moi qui... Imbécile !... Ah ! tu ne peux pas supporter ce que je te dis ? Fichtre, quelle sensibilité !... Dix ans, que j'aurais dû te le dire... si je ne t'avais pas traitée comme une reine, si j'avais renâclé devant tes caprices d'enfant gâtée, si je m'étais conduit en mari, en bon mari bien terre à terre, au lieu de t'aimer comme une maîtresse. Nous n'en serions pas, peut-être, là où nous en sommes.

Quelque chose, en Ludivine, pantelait sous les coups, la rendait incapable d'une défense... « Ce qu'il disait... ces horribles reproches, injustes, cruels... Leur ronde n'avait pas fini de tourner dans sa tête. Elle ne faisait que commencer. — Ah ! Dieu, ne peut-on revenir en arrière ? Ne peut-il se faire qu'il n'ait rien dit, que je n'aie pas avoué, que tout soit comme avant ?... — Avant... Il y avait quelques minutes. »

— Frédéric, se plaignit-elle, tais-toi...

Et, cette fois, la plainte le fit taire.

— ... Ce n'est pas vrai, tu veux me le faire croire, que, tout ce temps où nous avons vécu côte à côte, tu pouvais penser cela de moi, et m'embrasser, me prendre contre toi... Mon amour, dis que ce n'est pas vrai... que tu cherches seulement à me faire mal ?...

Haussant les épaules, il se détourna de ce regard qui demandait grâce.

— Crois ce que tu veux. Si tu savais combien je m'en fiche. Tu m'as conduit à un point... j'en ai la nausée. Quand je pense que j'aurais pu épouser une femme bonne, douce, tranquille, qui eût été aussi une mère, une vraie... Sans Adrienne, mes enfants seraient de petits abandonnés...

» ... Et ma mère...

Un paroxysme de fureur le secoua, réveillant une crampe douloureuse dans la jambe. Le contre coup se traduisit par une contraction grinçante des mâchoires.

— ... Ma mère, qu'est-ce que tu en faisais de ma mère, au cas où l'on t'eût ramené un mort ? Dieu merci, pour toi, ce n'était pas un drame irréparable : jolie, encore très jeune, une cour d'amoureux sous la main... Pardieu, tu aurais fait une fringante veuve !... Quitte à reporter sur un autre l'exclusivité de cette passion fougueuse, n'est-ce pas, ma toute belle ? Mais elle, ma pauvre mère, si fragile, avec son vieux cœur malade, qui en a tant vu, déjà... Il aurait encore fallu...

— Ah ! ça, dit Julia, petite silhouette étroite et noire sur le seuil, qu'est-ce qui se passe ? Tu vas te donner la fièvre, grand niais, à faire tout ce tintamarre. Ludivine, tu ne peux donc pas...

Son regard tomba sur sa bru, effleura la selle jetée sur le tapis. — « Ah !... » fit-elle seulement. — Revint à son fils...

Refermant la porte, elle s'avança, appuyée sur la canne qui, à présent, ne la quittait guère.

Sous l'effet de la surprise, Frédéric se taisait.

— ... Avance-moi le fauteuil, veux-tu, petite ? Là, merci.

Ludivine se laissa tomber sur une chauffeuse basse, de l'autre côté du lit.

Dans la bergère, Julia s'installait avec la méthode et le soin d'un soldat qui prend position pour la bataille.

— ... Et bien ? questionna-t-elle, enfin.

Un silence lui répondit.

Impatientée, elle reprit :

— Est-ce que par hasard j'aurais opéré le miracle des Gorgones ? Vous voilà tous deux changés en pierres. Tu avais pourtant de la voix et du souffle, mon garçon, il y a une minute.

Ludivine releva la tête et dévisagea son mari avec un désespoir ardent. La brûlure saline des pleurs séchait au coin de ses paupières.

— Maman... si vous saviez ! C'est tellement...

Il fit un geste de découragement.

— ... Je ne peux pas... Je vous assure. J'aurais honte d'en parler. Je vous en prie, ne me demandez rien.

— Alors, c'est moi qui vais le dire !

— Tais-toi ! ordonna Frédéric. Tu n'en as donc pas assez fait comme ça ?

Ludivine ne parut pas l'entendre.

— Voilà...

Le regard fiévreux, elle fit face à sa belle-mère.

— ... C'est moi qui l'ai fait tomber. J'ai scié le cuir des sangles avec son couteau.

Le visage de Julia était un masque immobile.

— ... Je n'ai pas pensé qu'il pouvait en mourir, ni qu'il souffrirait, ni rien de tout ça. C'était seulement pour ne pas qu'il s'en aille. Il n'y avait plus que cela qui comptait. C'est en le voyant s'éloigner que j'ai commencé d'avoir peur, et après, tout le temps jusqu'à ce que...

Elle frissonna.

— ... Je me sentais devenir folle... Tout ce qu'il m'a dit, tout à l'heure, ça ne m'a pas fait à moitié aussi mal, bien que... ce soit...

Elle ne put finir sa phrase.

Impénétrable, la vieille dame écoutait avec attention.

Avec un regain d'énergie, Ludivine, se retournant vers son mari, soutint l'hostilité de cette face durcie.

... Ecoute moi, Frédéric, je n'ai demandé, je n'ai attendu que toi au monde, depuis le jour où tu es venu me chercher. Tu étais mon mari, j'en avais le droit, il me semble ! Et qu'est-ce que tu m'as apporté ? Des soucis, de la peine, des enfants que je ne désirais pas... et ce n'est pas drôle, les mois de grossesse, et les douleurs pour accoucher. Je les acceptais, je recommençais, pour te donner le fils que tu voulais... Mais toi... une vraie parole d'amour qui m'aurait une fois donné la certitude, quand l'ai-je obtenue ? Est-ce ma faute si je suis restée sur ma faim ?

— Assez, assez, assez ! cria Frédéric, excédé. Je ne

veux pas entendre tes reproches. Il fallait me les faire quand j'étais debout, si tu croyais en avoir à...

Devant le regard acéré de sa mère, il s'interrompit brusquement.

— ... En définitive, ajouta-t-il, plus calme, avec une espèce de cruauté froide, je me demande ce que nous faisons ensemble.

— Ce que...

Elle joignait les mains avec une telle force, que les os craquèrent, saillirent, blancs, sous la peau.

— ... Mais ça m'est égal d'être heureuse ! Tu n'as pas compris que je ne peux pas me passer de toi ?

— Et tu m'en as pourtant administré une sacrée preuve, hein ?

Son rire forcé, méprisant, fouetta le sang de Ludivine.

— Tais-toi, Frédéric. — Le ton de Julia était sévère.

A nouveau, la jeune femme se tourna vers elle.

— Je vous remercie, Mère, de m'avoir permis de me défendre. Mais voyez-vous, ça m'est égal qu'on me comprenne ou non, si lui ne me comprend pas. Cette nuit, j'ai dormi, et la nuit d'avant et la précédente aussi. Je me disais : « Maintenant, il serait à Marseille... Maintenant, nous nous séparerions... » Ainsi de suite. Et je le sentais là. Une paix, un soulagement... après je ne sais combien de jours... Ce que j'ai risqué était assez terrible pour que je puisse me passer de n'importe quelle approbation. Je l'ai fait parce qu'il m'y a poussée... Il m'a jeté les enfants à la tête, mais lui, il les abandonnait sans hésiter, en même temps que moi, pour les mots, une lubie, le simple plaisir d'aller courir l'aventure... Et le danger auquel je l'ai exposé, il ose en parler ! Le voilà devenu tout d'un coup bien ménager de sa précieuse vie... Mais, là-bas, est-ce que les Anglais avaient une raison spéciale pour faire leur guerre en épargnant Frédéric Vernet ? Parce qu'il avait promis de revenir, à sa mère, à sa femme ? Ils sont quelques-uns, comme ça, pourtant, je suppose, pour qui ça n'est pas entré en compte au moment de régler l'addition... Et les Anglais, « aussi », peut-être, ont des femmes et des mères... Demandez donc à celui d'Hubert ce qu'il en pense ; et combien il y en a, chez eux, qui pleurent, chaque matin, sur les listes des journaux... Qu'il le veuille ou non, il est sauvé, lui. Et moi, je respire. Dieu sait que j'ai payé le prix. Autant que lui, quoi qu'il en pense... Et il peut me le faire payer encore plus cher. Il n'y avait que ce moyen. Il fallait le faire. Je ne le regrette pas. Je ne lui en demanderai pas pardon...

— Garce, garce !

Il la giflait avec les mots, les poings fiévreusement crispés sur le drap en lambeaux, tout le buste bandé pour une impossible détente. Leurs regards croisés flambèrent. Ludivine ne baissa pas le sien.

— ... Je te le ferai regretter ! Chaque jour de ta vie, tu le regretteras, de m'avoir empêché de partir...

— Ça m'est égal, cria-t-elle, je te garde !

— Ah ! tu crois ?

Frédéric écumait, captif bel et bien, dans ce lit, ces coussins, et ce plâtre.

— ... Vous l'entendez, Maman ?... Je te... Démon, va !...

— Elle a bien fait ! jeta âprement Julia.

Tous deux, saisis, la regardèrent, muets devant l'expression de ce vieux visage.

— ... Elle a bien fait, redit-elle. Ton père, en 70... ton père, quand il est parti, crois-tu que je n'ai pas, moi aussi... ? Il était si plein de vie, si fort !... Le soir où il a décroché son fusil... Il y a des nuits où j'en rêve encore, et je retrouve ma peur et mon chagrin intacts.

Ah ! ce soir-là... Philo aussi s'en souvient... C'était son mari à elle, qui a fait la valise ; et ils sont partis tous les trois, le mien, le sien, et son aîné, le seul qui lui restait. Le petit avait dix-huit ans, les hommes plus de quarante-cinq. Ils disaient : « Ça va si mal. Il faut que le monde s'y mette. »

» ... C'est par le petit que ça a commencé. A Beaune-la-Rolande, en novembre. Deux mois jour pour jour, qu'ils avaient quitté la maison... Ton père, c'est au Mans qu'il a reçu ce coup de baïonnette ; avant de tomber, il l'avait rendu, et bien rendu. Ernest l'a traîné à un pan de mur. Cent fois ton père m'a raconté l'histoire. Je la sais par cœur : « *Il a pris mes cartouches en me disant : "Bougez pas, Monsieur. J'en démolis quelques-uns pour faire le compte, et je reviens vous chercher." Les obus tombaient comme s'il en pleuvait. Pauvre gars, il n'est jamais revenu.* »

» ... C'est le mien qui est rentré, tout seul, au printemps, encore bien pâle et bien maigre... Mais j'étais contente à en avoir honte devant Philo. Je me cachais d'elle, pour respirer. Je pensais : « Je vais le soigner tant et si bien... ce n'est rien, il en est retourné, il a échappé. » Pauvre sotte ! La guerre, ça ne lâche pas les hommes comme ça. Elle l'avait marqué lui aussi, mon Rodolphe. Peut-être qu'Ernest le savait, après tout : « *Je viens vous chercher.* » Mais moi, pouvais-je me douter de ça ? J'étais au monde pour être sa femme, comme celle-là est la tienne, je l'aimais autant qu'elle t'aime... Et lui, était né pour vivre à mes côtés, et peiner sur ce domaine. Dieu ne lui réclamait rien d'autre. Trois ans... Il a mis trois ans pour se résoudre à me le prendre !

— Maman..., dit Frédéric.

Pâle, Ludivine se taisait.

— Je vous avais, toi, Henri, Amélia, Adrienne ; et

Hubert, si petit... Tous, vous étiez mes petits. Dieu m'est témoin que je vous ai chéris. Mais... comment te dire ?... J'aurais pu vous perdre tous, et m'en consoler sur sa poitrine.

» Nous étions heureux. Heureux, tu m'entends, mon Frédéric ? On vit sans y penser. Et l'on ne sait qu'après ce que ça représente. Le bonheur, c'est toujours du passé... »

La vieille dame s'était levée ; elle vint jusqu'au lit et posa sa main desséchée, encore belle de forme, sur l'épaule valide de son fils.

— Maman, que je vous plains..., murmura-t-il, prenant cette main dans la sienne.

Julia toussa un long moment, et pendant tout le temps que dura cette quinte, son fils la contempla sans mot dire, avec des yeux pleins de vénération inquiète.

Calmée, elle lui sourit et caressa les boucles de cheveux en désordre, échappées des bandelettes de toile.

— Vous autres, les garçons, vous parlez toujours du devoir, de l'honneur, du sacrifice... Mais ce que ça veut dire, nous sommes seules à le savoir. Et vous ne savez pas non plus ce que vous laissez derrière, une fois passé la porte de la maison.

» Ton père, lui, c'était pour nous, pour le pays... C'était les nôtres qu'il rejoignait. On ne peut pas dire « Non » et rester en arrière, quand on voit son propre sol envahi, et ceux de la même race se faire tuer audedans des frontières. Je l'ai laissé partir comme je le devais, pour tout ce qu'il avait à défendre, côte à côte avec les maris des autres femmes...

» Mais toi, qu'est-ce qui te réclamait, là-bas ? Ta seule tâche à remplir, elle est ici, auprès des tiens. Qui te demande autre chose ? S'en aller se battre, ça peut être amusant, et, mourir, ce n'est sûrement pas si difficile, quand l'appel vous parvient tout d'un coup. En somme, ce n'est pas bien malin d'être un héros.

» Mon petit, moi j'ai commencé à mourir le jour où j'ai vu ton père disparaître peu à peu, parmi toutes ces têtes penchées, dans la fumée du train, en gare d'Avignon. Et depuis, cela dure ; et quelquefois je suis bien fatiguée. Ludivine s'est défendue, elle vous a défendus tous les deux. Comme elle a pu. Je ne lui en ferai pas de reproche. Je te le répète, il m'arrive de regretter de n'avoir pas eu, autrefois, cet égoïsme, ou ce courage... Quelle que soit ta décision, tu nous jugeras ensemble.

Elle se tourna vers sa bru, arrêta un instant, sur ce visage glacé de larmes, la chaleur de son regard clair...

— Allons, ma fille, accompagne-moi. Il y a bien des années que je n'avais prononcé autant de paroles, et jamais sur ce sujet. Je voudrais n'avoir pas eu à le faire. Viens, donne-moi ton bras.

22

Frédéric céda. Lentement, avec des sursauts de rage, de brusques retours de rancune, des périodes sombres d'abattement, des paroxysmes d'agressivité, il admit auprès de lui la présence de sa femme.

Quelques phrases, outre celles que nécessitaient les soins ou le décorum à garder, s'échangèrent de temps à autre, rogues de son côté, dépourvues d'intonation du côté de Ludivine.

Patiente, recherchant le bien-être matériel du blessé, elle apportait toute sa volonté à s'effacer à l'extrême. Un effacement sans humilité, qui n'implorait pas, ne tentait pas de suggérer la pitié.

La dignité de cette attitude forçait les sentiments de Frédéric, dans ses bons jours. Une heure de détente semblait rouvrir tous les chemins. Mais Ludivine avait appris à ne pas se leurrer de ces espoirs fugaces, réduits à néant par l'heure suivante.

Les jours passaient, courts et ternes, entre les longues nuits désertes de sommeil.

On ôta les pansements de la tête. Par-dessus la plaie refermée, les boucles aux reflets dorés foisonnèrent, cachant la cicatrice. Les contusions de l'épaule n'étaient plus même un souvenir.

Les visites abondèrent. Malgré l'expédition échouée dans le port, Frédéric demeurait le héros des belles. Un héros amoindri et pâle, dont l'humeur difficile réveillait chez certaines d'angéliques velléités de consolatrices.

Vincent Royer qui venait souvent, entre ses courses d'un malade à l'autre, s'en amusait.

— Comment se porte l'intéressant blessé ?

Frédéric grognait son mépris inintelligible pour « ces perruches », et réclamait Elise, la seule qui pût apporter autour d'elle un peu de calme et d'innocente fraîcheur.

En présence de tous, Ludivine soutenait son personnage sans défaillance et recevait le flot des témoignages de sympathie.

— Comédienne !... lui jeta un jour Frédéric, ricanant, comme elle venait de reconduire les Arnal.

Elle leva sur lui, une seconde, l'éclat violet de ses prunelles volontairement inexpressives, et se détourna pour remettre de l'ordre dans la pièce.

« Que pense-t-elle ?... Où en est-elle ?... » Malgré lui, cette énigme tourmentait Frédéric. Quoi qu'elle eût fait, quel que fût le poison des griefs qu'il remâchait, il y avait en elle quelque chose qui jamais ne le laisserait indifférent.

Certains jours, à la voir aller et venir, à l'aise dans

ses mouvements, un déferlement de haine le soulevait, tandis qu'il promenait la main sur le roide appareil plâtré qui faisait de lui un impotent... « Un gibier de chaise longue », marmonnait-il, serrant les dents. Il accumulait alors, cruellement, les duretés, les paroles brutales, les sarcasmes, capables d'amener les larmes sur cette figure impassible. En vain. Ce fut, dans ces jours de misère, la seule complaisance que Ludivine, attentive à ses désirs, lui refusa.

Bouillonnant de fureur intérieure, il s'imaginait parfois la détester. Mais, quittait-elle la chambre un moment, aussitôt, dépaysé, en lutte contre lui-même, il se mettait à l'attendre, guettant le bruit des portes, les pas dans le couloir, les craquements dans l'escalier...

Novembre s'écoula, bourbeux et rapide, dans sa monotonie.

La première semaine de décembre, Ludivine s'absenta pour aller choisir les étrennes de chacun.

A son retour, Frédéric eut sur son lit l'amoncellement de cadeaux dévolus aux hôtes de tout âge, si nombreux, que l'on allait recevoir. Les enfants éloignés sous un prétexte, non sans peine — « Pourquoi c'est que vous nous voulez pas, aujourd'hui ? » s'insurgeait Anne, tandis que François, cramponné aux draps de son père, défendait la possession de son fief —, tous deux les examinèrent, l'un après l'autre.

Ludivine avait rapporté pour ses filles : *Le Trésor de Madeleine* et *le Château des Merveilles*. Frédéric voulut les parcourir. Il se plongea ensuite dans les *Mésaventures du Savant Cosinus* et l'*Histoire de l'Invalide à la Tête de Bois*, destinés à Numa et au petit Laurent. Repris par sa vieille habitude, il lui communiquait les passages cocasses :

— Dis donc, écoute ça...

Il leur arriva de rire de bon cœur ensemble.

Depuis peu, le docteur Lapierre avait remplacé la haute gouttière par un plâtre qui ne montait que jusqu'au genou. La chair libérée était blafarde et flasque. Frédéric le constatait piteusement, et mesurait l'amaigrissement au centimètre.

— Ce n'est rien, le consola le vieux docteur. Encore un peu de patience... d'ici quelques semaines, nous nous occuperons de vous refaire du muscle.

Noël vint et se passa sans trop d'amertume. Tous les enfants avaient mis leurs souliers devant la cheminée de la chambre. Numa, Agnès, et leur petit frère Lucien, participèrent à l'invasion, avec Marguerite, la fille d'Emilie, et les deux aînés de Léon : Laurent et Antoinette. Leurs cris de joie à l'entour du lit, occupèrent la matinée. A midi, Edmond et Georges vinrent chercher leur cousin, pour le porter dans la salle à manger. Toute la famille était rassemblée. A la table des petits, la dynastie de Mogador, renforcée du lignage de Tourvieille, de Paris, et de la Sarrazine, menait un tapage malaisément endigué par l'institutrice.

Au milieu de ce petit royaume, Frédéric, objet de toutes les attentions, glissait insensiblement vers un état d'âme euphorique. On fêta sa convalescence, on porta des toasts à son rétablissement.

Assise au bord de la chaise longue, Ludivine lui tendait une flûte de champagne. Vêtue d'un crissant taffetas violet broché de fleurettes d'or, sa tête fine émergeant de la guimpe montante au jabot de dentelles fermé par un camée, elle éclipsait de son éclat sombre le charme d'Emilie, le rayonnement un peu passé de Caroline, l'exquise joliesse de Blanche, et jusqu'à la splendeur imperceptiblement menacée de Laure.

Frédéric but, et demeura la main posée sur l'épaule de sa femme.

Ce soir-là, pour la première fois depuis ces deux

longs mois — tant de jours et de semaines —, dans le grand lit reconquis, lovée contre lui, Ludivine écouta longtemps vibrer la joie dans sa poitrine, tandis qu'il reposait, la joue parmi les cheveux noirs dénoués.

Le quinze janvier, le docteur Lapierre vint enlever le plâtre. Frédéric avait vécu les derniers jours, tendu vers cette date. Il dut s'apercevoir que tout n'était pas dit, loin de là. Le plus pénible commençait. La première séance de mobilisation de sa jambe fit perler la sueur à son visage contracté. Opiniâtrement, il continua. Ludivine sentait son cœur lui faire mal, lorsque entrant à l'improviste, elle le surprenait, défaillant de l'effort, les traits tendus en un spasme douloureux.

Une lettre d'Hubert parvint à Mogador. Il était dans le Magaliesberg, aux confins du Béchuanaland. Il chantait victoire : « *... Une charge mémorable, dans les passes du col de Springhaam, De la Rey et le président Steijn en tête... Nous leur avons passé sur le ventre...* »

Julia lut et relut cette lettre, et l'enferma dans son secrétaire sans en souffler mot à son fils.

En Angleterre, la reine Victoria venait de mourir. Le monde entier s'inclinait devant la disparition de la vieille souveraine. « *... Minée par le chagrin de cette guerre qu'elle n'a pas voulue* », proclamait la presse boérophile...

Les Afrikanders rebelles avaient envahi Le Cap. Le Cabinet Roseberry paraissait en difficultés. On prêtait à Edouard VII l'intention d'intervenir en faveur de la paix.

— ... Qu'ils la signent... que ça finisse !... grondait Ludivine, qui voyait se rapprocher la guérison de Frédéric.

— ... Si mon frérot pouvait rentrer bientôt... — A

cette pensée, une flamme rose montait aux pommettes d'Adrienne, la parant d'une fugitive beauté.

Julia se taisait, les lunettes posées sur son journal.

A l'étage au-dessus, on entendait le pas méconnaissable de Frédéric, lent, hésitant, ponctué par la canne dont il s'aidait. Sa jambe légèrement raccourcie reprenait difficilement un peu de souplesse. Chaque mouvement de l'articulation raidie lui arrachait une brève crispation des mâchoires. Anémié par la longue claustration et l'immobilité, il s'impatientait de ne pas voir ses forces lui revenir...

Au bras de Ludivine, il fit sa première promenade le long des lauriers-tin. L'allée, fleurie comme un chemin de fête, exhalait ses parfums un peu âcres vers le ciel indiciblement bleu.

Frédéric soupira.

— Une bonne course à cheval, avec ce temps...

Sa femme le détourna de ce sujet brûlant :

— Tu sais que le rousseau se marie...

— Gustave ?... Non ?...

— La dame de son cœur m'a fait ses confidences, ce matin.

Il riait, incrédule.

— Qu'est-ce que c'est que cette histoire ?

Le matin même, en effet, tout en agrafant la robe de sa maîtresse, Eugénie, cramoisie, avait entamé les aveux.

— ... Mais, voyons, tu es folle ? Le garçon d'écurie ? C'est lui, ton amoureux ?... Mais il vient juste de rentrer du service ! Il a... voyons... vingt-trois ans ?...

— Vingt-quatre.

— Mais il en paraît dix-huit ! Et toi qui en as vingt-huit...

— Vingt-sept.

La figure de la fiancée évoquait irrésistiblement une

tomate. — Une « pomme d'amour », décrivit Ludivine, « bien mûre !... ».

— C'est égal... Trois ans de moins...

— Il m'aime.

— Ah oui ?...

La jeune femme avait maîtrisé une envie de rire.

— Alors, épouse-le, ma fille, tu fais bien. Je t'aiderai à t'établir.

Frédéric écoutait avec amusement le récit coloré qu'elle mimait.

— Mais oui, bien sûr. Il faut payer la noce. Et constituer une petite dot à Eugénie.

Reprise d'hilarité, Ludivine arracha un rameau blanc de fleurs et le respira.

— Te représentes-tu le couple ? Ce gringalet roux avec cette mafflue... D'ici quelques années, elle aura l'air d'être sa mère...

— Bah ! dit Frédéric, quelle importance ? De toute façon, il la trompera.

Suffoquée, elle laissa tomber son ombrelle.

— Il...

Avec effort, il essayait de se baisser. Ludivine le prévint et se releva lestement, malgré le busc du corset.

— Je m'excuse, ma chère, de te l'avoir laissé ramasser.

Le ton se nuançait d'amertume.

Ludivine n'y prit pas garde.

« ... Il la trompera... » Avec quelle tranquillité il parlait de ça... Comme d'une chose toute naturelle. — Dirait-on pas que c'est inéluctable ?... Comme si tous les maris... Il est vrai que... Non, Gustave, Eugénie... Evidemment, conclut-elle, pour ces gens-là, ce n'est pas pareil.

On était déjà au début de mars, lorsque Frédéric put aller et venir sans trop de peine. Encore souffrait-il chaque soir de sa cheville que les marches un peu prolongées faisaient enfler. Il éprouvait aussi une fatigue douloureuse à se tenir debout un certain temps. Cependant, son état s'améliorait de jour en jour.

Son humeur, par contre, semblait faire des progrès inverses. La rudesse des premiers temps lui était revenue. Il s'enfermait fréquemment dans un mutisme que Ludivine n'osait pas rompre, craignant de perdre le précaire avantage acquis. Obéissant à son intuition, elle reprit sa politique d'effacement, le laissant arpenter seul le parc, en des promenades de plus en plus longues, que ne décourageaient ni le mistral glacé, ni le mauvais temps brusquement revenu.

Un soir où Frédéric rentrait, le visage fouetté de pluie, les vêtements humides, les pieds boueux, n'ayant rencontré personne dans le hall, il trouva les trois femmes réunies au salon, dans un silence oppressant. Leurs traits se distinguaient à peine, dans la pénombre, en dehors du halo de la lampe fumeuse dont personne ne semblait s'être soucié d'arranger la mèche.

— Bonsoir, dit-il, brièvement.

— Frédéric..., commença Ludivine.

Se baissant pour embrasser sa mère, il s'aperçut qu'elle pleurait.

— Maman ! Qu'y a-t-il ?

Un sanglot d'Adrienne creva dans l'ombre, mal étouffé par son mouchoir.

« ... Hubert !... »

— Non, non !... cria Ludivine, ce n'est pas... C'est Edmond... Edmond et le mari d'Emilie.

Avec un soulagement affreux, il se laissa tomber sur le sofa.

« ... Pas Hubert, non, pas lui... »

Un instant, il fut incapable de ressentir autre chose. « Hubert... Grand Dieu... Hubert était vivant ! »

Son regard glissa sur sa femme venue s'asseoir à ses pieds.

— Edmond..., murmura-t-il... Mon Dieu, comment est-ce arrivé ?

— Noyé... Ils se sont noyés tous les deux, dans la baie du Havre, en essayant ce canot à moteur qu'ils avaient construit. Emilie ramène les corps. On les enterrera ici...

... Edmond... qui l'avait porté, pour Noël, avec des rires, des plaisanteries... Edmond et la cour de récréation où ils se retrouvaient, chez les Pères, au collège d'Avignon... Edmond, l'élève appliqué... Edmond et le grand jeu magnifique inventé tout au long de lointaines vacances, parmi les fourrés de la Sarrazine... Edmond et les bateaux gréés de papier qu'ils lançaient autrefois ensemble, sur la roubine... et c'était un bateau, à présent, qui l'avait tué...

Ecrasé de chagrin, il demeurait muet, sa main caressant machinalement celle de Ludivine.

Dans le silence, le petit bruit des pleurs d'Adrienne continuait, coupé de hoquets...

— Pauvre Emilie, articula Frédéric. Son mari et son frère... Il faut aller là-bas ce soir...

— Victor achève ton sac. Le mien est prêt. Adrienne va rester avec Mère. Elle nous rejoindra pour l'enterrement. J'ai commandé la voiture.

— Tu montes avec moi ? Il faut que je me change. Nous partirons dans dix minutes.

Dans leur chambre, impulsivement, il la serra entre ses bras.

Ils rentrèrent à Mogador au bout d'une semaine, emmenant avec eux Emilie et Caroline. Elles s'arrêtèrent quelques jours, avant de repartir pour Paris où

Emilie avait laissé sa fille. Amaigrie et blême, la veuve de Julien de Clarens portait son malheur avec une suprême dignité. Caroline ne la quittait guère. La jeune fille avait pris le deuil. Une sorte de paix glacée semblait avoir taillé dans le marbre ses traits jadis si rieurs, si mobiles.

— Pauvre Caroline...

Julia secouait la tête : « Pas si pauvre... » Bien que Ludivine ne pût le comprendre, ce mort qui n'avait jamais été à elle, enfin elle l'atteignait, elle en prenait possession. Où il était maintenant, Dieu le tenait dans sa main, à l'abri. Et nulle ne le disputerait désormais à celle qui l'avait aimé en vain. Naguère hors de sa portée, à présent, il ne pouvait plus être rejoint que par son amour...

L'aubépine, houspillée par le vent d'est, neigeait sur les chemins. Les pâquerettes, les sauges, et les boutons-d'or naissaient au revers des fossés.

Frédéric n'y tint plus.

— Prépare-moi *Obéron*, dit-il à Florent, un matin où il était venu rôder à l'écurie.

Se mettre en selle ne fut pas précisément une opération commode. En présence de Florent et de Gustave, éblouis par un tel déploiement incantatoire, Frédéric jura et sacra à faire tressaillir les puissances infernales, avant de se décider, pour en finir, à monter à revers.

Quelques minutes plus tard, Ludivine et Adrienne accourues au bruit, sur le perron, le virent passer au galop le long des noisetiers, et disparaître dans la direction de l'allée des pins.

— Regarde-le ! s'exclamait Adrienne, en extase.

Ludivine haussa les épaules.

— Au train où il y va, s'il ne s'est pas rompu le cou,

il va se précipiter aux « *Chargeurs Réunis* » en rentrant.

— Oh !... tu crois que... ?

— Je crois qu'il me rendra folle ! jeta Ludivine, exaspérée.

Des larmes de crainte et de rage lui venaient aux yeux.

Aucun de ces sombres pronostics ne parut cependant devoir se réaliser. Le chef de Mogador fit une rentrée triomphale sur son domaine. Auprès de l'aire, cette apparition coupa le souffle à Tonin qui tenait ses assises, entouré d'une douzaine de tâcherons et de laboureurs.

— Ah, bon Dieu de bois !... Ah, crénom !...

Dans sa joie, le brave Tonin, ordinairement assez éloquent, ne parvenait pas à en dire davantage.

On se bousculait pour serrer la main de Frédéric, sans souci des écarts d'*Obéron*. Des filles de Fontfresque éparpillées à cueillir des narcisses dans un pré, accoururent tourner autour du grand cheval avec des exclamations et des mines aguichantes...

Chez le baïle, l'arrivée du maître, déboulant en trombe, fit sortir toute la famille sur la porte, dans un beau vacarme de bienvenue.

— O Ranguis, qu'est-ce que tu as fait de ta cadette ? C'est la Sandrine que je viens voir. Je lui dois bien une visite...

La femme de Ranguis s'avança.

— O moussu Frédéric, de sûr, elle va bien regretter. Elle passe trois jours en Arles, chez ma sœur de Trinquetaille.

La maigre Célina au type gitan comme sa mère, le caressait des yeux. Il lui sourit complaisamment.

— Alors, ma belle, bientôt « en famille » ?

Les mains aux hanches, elle tendit avec orgueil la

jupe d'indienne sur son ventre alourdi, montrant d'un rire ses dents superbes.

— Bientôt.

— Compliments à ton homme. Un fils, pour le premier !

— On l'appellera Frédéric, lança la Célina, hardiment.

— Tope ! c'est dit. J'en serai parrain. Choisis-moi seulement une jolie commère. — Il fit exécuter une volte à *Obéron*. — Je reviendrai. A demain, Ranguis, je t'attends dans mon bureau.

Il ne rentra qu'à l'heure du déjeuner, joyeux et fourbu. La séance qui eut lieu, cependant, sur le terre-plein, devant l'écurie, lorsqu'il fallut mettre pied à terre, brève mais véhémente, dut effacer dans la mémoire de ses deux écuyers jusqu'au souvenir même de celle du matin.

Toute son allégresse tombée, après s'être changé, il entra en retard dans la salle à manger et se dirigea vers sa place en silence, tandis que Victor passait les hors-d'œuvre.

— Fini... je suis fini, dit-il à sa mère qui s'informait de la promenade. Avez vous jamais vu un cavalier qu'il faut aider à descendre de sa bête ?

— Allons, allons, mon petit, c'est l'affaire de quelques jours.

— Ou de quelques mois, ricana-t-il. Allez, Maman, je commence à les connaître, ces fiches de consolation. Mais après tout, mieux vaut me garder là, infirme. C'est ce que tout le monde pense, ici. Même vous, n'est-ce pas ?

Sans répondre, Julia toisa de bas en haut son fils arrêté devant elle, debout, frémissant de rancœur amère.

Un instant, l'air agressif, il soutint ce regard. Puis il perdit contenance.

— Je vous demande pardon, Maman. Je suis...

— Parlons d'autre chose, interrompit-elle, froidement.

Adrienne s'absorbait dans son assiette, intangible dans sa volonté d'ignorer le débat.

Raidie sur sa chaise, Ludivine n'avait pas bronché.

Les semaines s'écoulèrent. Le calme s'était rétabli. Il semblait que le Transvaal, pour les habitants de Mogador, eût été rayé des atlas et du monde. Les rares billets d'Hubert passaient de mains en mains, sans susciter de commentaires.

Les enfants grandissaient, Isabelle suivait le catéchisme au village. Tranquille et appliquée, elle pouvait soudain devenir intraitable, en face d'un reproche maladroit ou d'une injustice. Son institutrice disait pourtant n'avoir jamais eu d'élève plus docile. Cette intelligence prompte, cette précocité, jointe à la droiture de l'enfant, faisaient présager une jeune fille remarquable, aux yeux de la bonne mademoiselle Louise.

Evaporée, fantasque, nonchalante, Anne était loin, tout comme Christine, de donner autant de satisfactions. Les farces de l'une, les emportements de l'autre, mettaient dans la maison un désordre fréquent. D'un point de vue éducatif, Mademoiselle eût encore préféré le caractère coléreux de Christine : il laissait place à des moments de répit où l'on parvenait à reprendre le dessus. « Oui, à y bien réfléchir... Mais Anne ne vous laissait pas souvent faire ces réflexions. Elle vous ensorcelait... Faiblesse ridicule, déplorable, néfaste : on ne pouvait s'empêcher de lui pardonner. »

Les jumeaux, eux, étaient des bébés de trois ans et

demi, qui se ressemblaient peu. François, petit seigneur fier de sa force, exerçait son prestige très conscient sur Dominique, fluette, sensible, timide et douce avec tous.

— Tu serais la petite princesse malheureuse..., décrétait Anne, dans ses jeux. — Moi, je serais le chevalier, j'arriverais sur mon cheval. — Toi, tu serais les Sarrazins.

Christine, méfiante, entrait avec circonspection dans la peau de ce personnage innombrable.

— ... Nous nous battrions, et je délivrerais la princesse. Alors, je la ramènerais à la reine pour recevoir la récompense.

L'esprit idéaliste de la fille de Ludivine reposait sur un certain fonds de sens pratique... La reine, c'était Isabelle dont le droit d'aînesse consacrait la suprématie, aux yeux de ses cadets.

Le jeu commençait, promptement brouillé par l'intervention, fiée au hasard, de François, vexé d'être tenu à l'écart :

— Toi, tu ne sais pas jouer.

Le sort de la bataille inclinait vers les Sarrazins, soutenus par l'appoint de ce jeune courage. Isabelle, toujours prompte à secourir son arrogant favori, la mêlée devenait aussitôt générale autour de la « Princesse » tiraillée de toutes parts, proche des larmes, mais stoïque, et dédaignant d'appeler Mademoiselle à son aide.

Ce n'étaient pas là, certes, amusements d'enfants sages et de fillettes correctement élevées. L'institutrice ne se privait pas de le dire. Mais, le moyen d'y remédier, lorsque père, mère, et grand-mère ne faisaient qu'en rire ?

— Exactement comme Amélia et nous..., jubilait Frédéric.

De fait, les petites puisaient leurs inspirations aux

mêmes sources, dans la vieille bibliothèque enfantine de Mogador.

— Laissez-les donc faire, ajoutait Julia, indulgente.

Il fallait bien ronger son frein. Seule, mademoiselle Vernet eût été un appui. Faible appui. Tous les raffinements de l'éducation prodiguée recouvraient mal, de leur fragile vernis, ces natures ardentes...

L'été s'épanouit. Frédéric courait les champs du matin au soir. Occupée à la Gloriette, sa femme vivait moins proche de lui.

Un jour, rentrée de bonne heure, elle eut le brusque regret de ce temps où tous deux, côte à côte, s'en allaient à cheval dans la dure terre jaune, le long des vignes de Mogador. L'heure des prouesses équestres était bien passée. Les grossesses, les soucis du domaine, et, depuis deux ans, cette lourde charge qu'était la Gloriette entre ses mains, avaient relégué avec bien d'autres songeries ses ambitions de cavalière... « Demain, nous aurons plus de temps... » « Demain, si Frédéric est libre... » « Demain. » A force de dire « demain », la vie passe. On se sert du cabriolet, on va et vient, on donne des ordres, on s'occupe de mille choses... Et un beau soir, tout pareil à tant d'autres qui furent riches des mêmes couleurs et de la même paix, on s'aperçoit que les tendres promenades, les flâneries enlacées, les baisers échangés sous les oliviers, se sont enfuis avec les saisons disparues, sans qu'on les ait vus s'échapper.

Le soleil s'abaissait vers la cime des Alpilles. Vêtue de son amazone tirée des profondeurs de la garde-robe, Ludivine s'en alla faire seller *Miranda*. La jument, vieillie, avait un peu perdu de sa belle allure, mais sa maîtresse ne s'en souciait guère.

Je vais faire le grand tour : les terres, le barrage,

l'étang, la roubine. En passant par les fermes... — Peut-être, en chemin, rencontrerait-elle Frédéric. — J'aurais dû demander où il est allé, regrettait-elle, en descendant l'allée d'orangers vers la grille, pour gagner les champs par le sous-bois.

Elle eut plaisir à revoir la propriété. Allons, Frédéric avait bien repris goût à sa tenue. Les vignes, les olivettes, les longues raies de cultures, bien irriguées malgré la sécheresse, les mûriers travaillés au pied, proclamaient l'administration attentive du maître.

Les fermiers, étonnés, la saluèrent au passage. On la renseigna : « Moussu Vernet était passé par là, une heure auparavant. Il allait vers le barrage. »

« Il y a trop longtemps, je ne le rattraperai pas », se dit-elle. Pourtant, elle poussa *Miranda* sur le sentier de rocaille ravinée qui montait vers le boqueteau de pins couronnant la colline.

Vert sombre sur l'horizon blanchi de chaleur, la masse des arbres offrait son ombre attirante. Pas un souffle d'air entre les branches immobiles. Le cri sans fin des cigales avait cessé de frapper l'oreille. Le choc des sabots de *Miranda* se répercutait dans les pierres.

Un hennissement sortit du bois. La jument pointait les oreilles.

— Tu as entendu, hein ? Allons, va ! l'encouragea sa maîtresse.

Elle atteignait la crête. Tracé entre les pins, le sentier dévalait vers le barrage en pente raide. Ludivine l'entreprit précautionneusement, retenant sa bête.

D'en bas, mêlé à la rumeur de la cascade, le hennissement d'*Obéron* lui parvint de nouveau, plus proche. Presque aussitôt, monta un bruit de voix, coupé net par un rire aigu de fille.

Tout son sang reflué au cœur, Ludivine écouta, guettant, dans le silence retombé.

« ... Qui est avec lui ?... qu'est-ce que... ? non, ce n'est pas possible. Mais alors... » — Pourquoi se taisaient-ils ?...

Brutalement, elle talonna *Miranda*, et rendit la main. La jument bondit dans une dégringolade de cailloux.

Le pied crispé dans l'étrier, repoussant la peur d'une chute, Ludivine parvint au bout de l'interminable descente. Le grondement de l'eau dominait tous les bruits. Nulle trace de Frédéric. Elle inspecta les taillis de la rive ; en vain. Lentement, elle longea le bord, sur l'herbe courte, parvint de l'autre côté, prit le chemin pour remonter...

Au premier détour, elle rejoignit la cadette de Ranguis qui s'en allait sans hâte, balançant la taille, de sa foulée précise et onduleuse de « caraque »[1].

La fille, se retournant, eut l'air surpris.

— Et adieu, Madame, c'est vous ?

— Bonjour Sandrine. C'est toi qui riais si fort, tout à l'heure ? Je t'ai entendue de là-haut.

La « Ranguisse » rougit, malgré son assurance, sous les yeux durs qui la détaillaient.

— Tu pourras dire à ta mère de repasser ta jupe.

La jeune femme éperonna sa jument, laissant derrière elle la Sandrine, un peu inquiète, défroisser de son mieux, à grandes tapes, le calicot fripé de ses cotillons poissés de résine.

A la tombée du soir, la fraîcheur surprit Ludivine près de l'étang. Assise à l'abri de la roselière, elle était là depuis une heure ou deux, peut-être, son cheval attaché à un tronc d'arbre mort.

Mille petits faits sans importance lui revenaient à l'esprit. Insignifiants en eux-mêmes, ils éclairaient à présent d'un sens nouveau la conduite de Frédéric.

---

1. *Caraque* : Bohémien ou bohémienne, en provençal.

Jamais, depuis des années, elle n'avait arrêté sa pensée sur la possibilité d'une trahison de son mari... Vieille histoire que l'histoire de Laure... Sa confiance, un instant effritée, lui était revenue, solide, appuyée sur les plus apparents témoignages de cet amour sans démonstrations auquel Frédéric l'avait habituée.

Et tout ce temps, peut-être, il avait couru la fille, lui revenant sali de mensonges et de basses aventures. Il y en avait tant, sur Mogador et au village, de ces sans-vergogne, folles de leurs vingt ans, toujours prêtes à se jeter au cou de l'homme ! La Sandrine n'en avait pas dix-huit, et, déjà... On parlait sur elle, dans Fontfresque : le fils Ricard, le petit Canterel, Jacques Rouvier...

Et c'était avec ça qu'il... Frédéric, son beau Frédéric à elle... — Sa fierté refusait d'y croire.

A quelques pas, paisible, *Miranda* s'ébrouait dans les vaguelettes de la rive, au milieu d'un essaim d'arabis.

Lasse jusqu'à l'écœurement, Ludivine se leva, passa les rênes à son bras, et s'en fut à la recherche d'un talus pour se remettre en selle.

Frédéric attendait son retour sur le perron.

— Où diable étais-tu passée ? Je commençais à m'inquiéter.

— J'ai fait le tour, dit-elle, vaguement. Je ne me doutais pas de l'heure.

Il lui donna un baiser d'une chaleur inaccoutumée sans qu'elle songeât à le lui rendre.

— Qu'est-ce qu'il y a ? Fatiguée ?

Ah !... ce supplice, de ne pas savoir...

— Un peu... Et toi ? Où étais-tu ? J'avais pensé te rencontrer. Je t'ai cherché...

— Bah ! comme toujours. Il m'a fallu courir partout, voir les uns et les autres... Je suis éreinté. Je n'ai pas eu une minute.

Ils montèrent. Frédéric tenait sa femme par la taille. Elle fermait les yeux, se laissant conduire... « Comme une aveugle », pensait-elle, dans un abandon amer.

Des jours durant, elle chercha des preuves, questionnant, tendant des pièges, fouillant les vêtements, acharnée, avec le dégoût d'elle-même. Un soir où Frédéric l'embrassait, glissant la main comme par jeu, dans la poche de sa veste de cheval, elle ramena quelques fleurs de lavande.

— Où as-tu ramassé ça ? Tu me le donnes ?

Il fit un geste d'indifférence.

Seule dans sa chambre, elle regarda longtemps les brins parfumés, avant de les jeter, les examinant avec une attention misérable, comme s'ils eussent pu lui livrer leur secret.

Le dernier dimanche de septembre, ils allèrent à Nîmes. Depuis quelques années, les « toros » d'Arles ne suffisaient plus à Frédéric. Il avait pris l'habitude de ce déplacement de deux jours, pour assister à la « course à mort » des vendanges.

Ludivine, elle aussi, aimait la grande foule des arènes, l'atmosphère de fête, le fourmillement humain sur les vieilles pierres, le cri des marchands d'éventails, d'ombrelles, de journaux, de croquants, et d'eau fraîche, le ciel violemment bleu sur le rond brûlant de sable jaune, le cérémonial du paseo, les costumes étincelants, les capes d'apparat lancées vers les gradins.

Son mari lui avait enseigné les finesses du jeu de cape et de muleta, les lois de la pique et du coup d'épée. Tous deux vibraient du même plaisir profondément sensuel, au spectacle de Belmonte, ou de Joselito, se profilant devant le taureau, armé de la mince lame à la pointe courbée ; ou bien, talons joints, pieds cloués au sol, la muleta traînant sur le morillo du fauve, posément engagé dans une arabesque serrée de « naturelles » magistrales, parmi les « olé, olé ! » comme un lent et puissant ressac, sorti de vingt mille poitrines, épousant le rythme des passes du matador.

Plusieurs jours à l'avance, ils entraient ensemble dans une sorte de transe, guettant le soleil, discutant le cartel, supputant la noblesse du bétail sur la réputation de sa ganaderia... Julia et Adrienne assistaient, l'une narquoise, l'autre horrifiée, à ces symptômes de ce que Frédéric appelait : « la fièvre tauromachique ».

Cette année-là, le mauvais temps gâcha la course. Le jour suivant, dans le cirque à moitié rempli, le spectacle reprit sous des averses intermittentes, et se termina dans une ambiance de désastre.

De retour à Mogador, le lendemain soir, Ludivine, enrhumée depuis le dimanche, se sentit fiévreuse. Elle dut se mettre au lit.

Frédéric écourta ses journées au-dehors pour lui tenir compagnie. Elle toussait sans cesse, exagérant ses quintes pour le puéril plaisir de le voir anxieux. Plusieurs jours durant, entre cataplasmes et sirop de Tolu, elle se berça de la douceur de cette présence.

Puis elle entra en convalescence. Blanche, Elise à nouveau enceinte, Irène Lallier, Lucile du Roveret, Léontine Arnal, les anciennes amies de pension : Augusta Pouzol et Hermance Antonetti, et la jeune femme d'Alfred Raynal, toute nouvelle épousée, vinrent la voir. On papotait ferme, autour du sofa où se tenait Ludivine, enveloppée dans une douillette robe de chambre...

Frédéric reprit la clé des champs.

Guérie, il fallut rendre ces visites. Le deuil des cousins terminé, Ludivine n'était pas fâchée de rentrer un peu dans le monde. Elle revint d'un voyage à Paris, généreusement proposé par Frédéric, nantie d'un arsenal vestimentaire « dernier cri » : jupons de soie ornés de volants et de bouffettes, mignon corset droit de chez Vertus sœurs, blousons de lingerie, amples jupes de drap fin, petit boléro ajusté garni de passementeries, boas, fanfreluches et grand chapeau Gainsborough empanaché de plumes...

— ... De quoi révolutionner le royaume d'Arles et le comtat des Papes, évalua Frédéric, ironique mais intéressé.

Il tournait autour d'elle, le jour où, pour la première fois, elle revêtit ces nouveautés ; sans se faire prier, il accepta de l'accompagner.

Ludivine était radieuse, en gravissant à son bras les degrés du perron, à la Cantarelle, chez les Roveret. Lucile leur fit un accueil charmant, complimenta Frédéric sur la toilette de sa femme, s'informa du voyage à Paris, de leurs projets pour l'hiver... Elle espérait les voir souvent à ses réceptions... — Alphonse du Roveret, s'emparant du bras de son ami, insista pour le lui faire promettre, et l'obtint.

Lorsqu'au moment du départ, allant rejoindre sa femme pour prendre congé, le maître de Mogador traversa le salon de cette démarche nouvelle, un peu raide, que lui avait laissée sa fracture, plus d'un tendre regard féminin suivit son sillage, avec une pitié rêveuse qui ne demandait qu'à s'employer.

Dès lors, Ludivine connut pour de bon la jalousie dans toutes ses affres. Chaque réunion, chez elle ou chez les autres, devint une épreuve qu'il fallait affronter, souriante et parée, en redoutant que Frédéric ne fît de sévères comparaisons. Elle coquetait par habitude, surveillant à la dérobée le groupe brillant qui entourait son mari. Mordue de mille inquiétudes, elle le voyait parfois s'isoler près d'une fenêtre avec une rivale, ou quitter la salle à sa suite.

Les femmes venaient à Frédéric avant même qu'il eût paru les désirer. Respect nonchalant, indifférence, ironie, dureté caressante, exigences brusquées, ardeurs subites suivies d'éloignement, composaient l'irritant mélange dont il usait à leur égard, tout naturellement, avec une sorte d'ingénuité détachée qui en achevait le charme. L'aventure manquée, faisant de lui le héros enchaîné, avait parachevé l'auréole. Tentées de le vaincre, elles s'approchaient, déjà vaincues.

On chuchota des noms, des détails.

Devant l'impassibilité de Ludivine, les bavardages s'enhardirent. Certaines bonnes âmes s'y complaisaient, d'ailleurs. Les coquetteries de la jeune femme ne lui avaient pas laissé beaucoup d'amies. Celles que ses triomphes avaient trop souvent lésées se firent un malin plaisir de la renseigner. Elle apprit que son mari s'était montré à Tarascon en compagnie de Jenny Laincel, la femme de l'avoué.

— En effet, ma bonne, je me souviens que Frédéric m'en a parlé. — Elle souriait aimablement à sa doucereuse informatrice.

Ce jour-là, en rentrant, à bout de courage, elle ne put se tenir de le dire à Frédéric.

Aux premiers mots, il l'arrêta, sur la défensive.

— Madame Laincel ? Mais parfaitement. Je l'ai rencontrée et accompagnée à la pâtisserie.

... Pourquoi non, après tout ? Sans doute n'y avait-il rien d'autre. — Ainsi cherchait-elle à se rassurer. — « Elles sont toutes après lui comme des mouches sur de la crème. Je sais ce qu'il pense. Il les méprise. Il l'a dit cent fois... » — Il n'y avait pas de douceur, pas même de correction véritable dans la manière dont il les traitait...

Treize mois, déjà, qu'on l'avait rapporté inerte, couvert de terre et de sang... « *Je te le ferai regretter. Tous les jours de ta vie...* » Non, cela non. Quoi qu'il fît, elle ne regretterait pas. Il était là, remis, et la menace écartée. Tant pis s'il usait contre elle de cette sécurité où elle avait voulu le garder. — Ludivine pouvait se sentir le cœur corrodé par toutes ces larmes qu'elle s'empêchait de verser pour qu'il ne lui vît pas des paupières rougies : il était là, il s'endormait, la nuit, entre ses bras... Et, Dieu !... même si... s'il pensait à d'autres, c'était elle qui le tenait, c'était vers elle qu'il revenait, chaque soir, malgré tout !

Quelque temps, cette pensée lui rendit des forces pour lutter. Elle fut, avec lui, d'une coquetterie de jeune mariée. Frédéric ne semblait pas y prêter attention. Rapidement, elle se lassa.

Souvent, dans leurs longues soirées en tête à tête, tandis qu'il lisait sous la lampe, elle restait à le contempler avec une fixité qui, à la longue, obligeait son mari à relever le front. Devant son air interrogateur, un jour, elle commença :

— Frédéric... « Tout plutôt que continuer dans ce doute... » Frédéric...

— Mon cœur ?

« *Mon cœur* »... Il se retranchait derrière la vieille formule familière, avec cette voix, cette inflexion dont il connaissait le pouvoir.

Toute dignité abolie, elle mendia :

— Prends-moi contre toi, je t'en prie.

D'un geste indulgent, il l'attira vers lui.

— Qu'est-ce qu'il y a ? Envie de nous faire gâter ?

Pelotonnée, les yeux mouillés, sans force, elle murmurait comme une prière :

— Embrasse-moi. Mieux. Plus fort... Dis-moi que tu m'aimes. Dis-moi... Non, rien. — Elle fermait les yeux.

Remué devant l'expression de ce visage sans regard,

Frédéric l'embrassa, la cajola, réprimant un remords qui se changeait en agacement. — Bien sûr, il l'aimait... Mais les femmes font toujours de telles montagnes d'une taupinière...

— Mais oui, bien sûr. Ma pauvre enfant, que tu es compliquée !...

Il était plus commode de mordre cette bouche, de dégrafer ce col... Les explications en restaient là...

Les fêtes passèrent, tristes de tant d'absences autour de la longue table. Julien de Clarens et Edmond s'y étaient assis, l'année précédente, au milieu de tous. Julia n'eût pas osé inviter ceux de la Sarrazine à venir revoir leurs places vides.

Les Raoul Vernet étaient priés dans la famille de Laure. Georges et Caroline restèrent à Paris. La chaise d'Hubert, aussi, demeurait inoccupée. On était sans nouvelles de lui depuis près de deux mois.

Admis à la table des grandes personnes, les enfants ne retirèrent que peu de plaisir de cette faveur attendue. Une contrainte pesait sur leurs aînés. Christine, surexcitée par les solennités de la journée, fut insupportable. Sur une vive contestation avec François, le repas finit par des pleurs, et la menace, puis l'octroi d'une fessée à chacun des deux belligérants par Ludivine, à bout de mansuétude. Adrienne emporta son neveu hurlant, tandis que Victor remettait à la grosse Mathilde sa jeune maîtresse étranglée de fureur.

Une quinzaine plus tard, par un glacial après-midi de neige, Ludivine, enveloppée de fourrures, sortit de la maison après le repas. Elle avait besoin de ce froid comme d'un anesthésique, sur ses tempes brûlantes... Son mari, parti le matin, de bonne heure, pour Tarascon, avait envoyé dire par le voiturier qu'il ne rentrerait pas pour déjeuner, qu'on ne l'attendît pas avant le soir.

Durant tout le repas, elle avait fait des prodiges pour dissimuler, devant sa belle-mère et Adrienne. Elle n'était pas certaine d'avoir réussi, en face du regard pénétrant de Julia.

— Vraiment, je ne comprends pas que Frédéric...

Etonnante réflexion échappée à la discrète Adrienne...

Un bref éclair de colère avait flambé dans les prunelles de la vieille dame, devant cette maladresse.

— Tu n'as pas besoin de comprendre. Est-ce toi, par hasard, qui diriges Mogador ?

Sous la rudesse de la semonce, la pauvre Adrienne avait baissé le nez.

— Il aura été retenu par ce bon Daubenois..., continua Julia, négligemment, tournée vers sa bru.

— Vous croyez, Mère ? C'est bien possible.

Elle savait que ça ne l'était guère... — Où est-il ? Avec qui ? Que fait-il ? Il en avait bien pour une heure... deux, au plus. Qui a-t-il retrouvé ?... Etait-ce prémédité ?

Elle dépassa la grille, continua jusqu'à la grande route, prit à droite, machinalement, le chemin pour aller à sa rencontre...

Noire et sale, verglacée sur les bords, la route était vide à perte de vue. De chaque côté, mal recouverts d'une neige sans épaisseur laissant voir des plaques de terre pelée, les champs avaient un aspect d'abandon qui navrait le regard. Un corbeau voletait sur le ciel incolore. Ludivine marchait lentement, s'efforçant de chasser les pensées dont l'assaut n'avait pas de cesse.

« Comment peut-il... S'il m'aimait encore un peu... Pourtant, il y a des moments... hier soir encore... On dit que c'est Marceline Chabert, à présent. Dimanche, il était bien près d'elle, sur le canapé du fond... » Marceline Chabert, la sœur de Marquet-Rageac... — Autrefois, Frédéric... Presque dix ans... « Il ne voyait que moi alors... » Qu'il s'en prît aujourd'hui à cette Marceline, c'était... Ah !...

Ludivine avala une gorgée d'amertume. Le froid la pénétrait peu à peu, malgré ses fourrures. Elle frissonna, et, renonçant à continuer, revint sur ses pas pour rentrer à la maison.

Elle avait parcouru près de la moitié de la grande allée, lorsqu'un bruit de roues la fit se retourner. Une voiture de ville débouchait dans le chemin conduisant à la propriété. Qui donc pouvait venir de Tarascon ? Ce n'était pas l'heure des visites...

« Frédéric... Il est arrivé quelque chose... »

Ludivine se précipita. Le fiacre s'arrêtait au portail. De loin, interdite, elle vit descendre quelqu'un coiffé d'un large feutre et enveloppé dans une cape brune, semblable à celle des bergers de Mogador.

Elle arriva près de la grille pour voir la voiture faire demi-tour. Le visiteur poussait la petite porte de côté, sans sonner, en familier. Il aperçut la silhouette emmitoufflée, dressée devant lui, la figure en partie cachée par un voile recouvrant le chapeau, noué sous le menton... et, s'arrêtant, prononça comme dans un rêve absurde :

— Mon Dieu, c'est vous, Ludivine !

— Oh !... Ce n'est pas... pas possible..., bégaya-t-elle. Hubert !

Il posa l'espèce de sac informe qu'il tenait, jeta son feutre à terre d'un revers du poignet, prit la main gantée de la jeune femme, sortie du manchon toute tiède, la porta à sa joue...

— Je suis donc encore reconnaissable ? Dieu, que

c'est bon de vous revoir, Ludivine ! Vous êtes là comme une fée, comme si vraiment vous m'attendiez...

Il avait l'air émerveillé.

— Mère, Adrienne, les enfants, Frédéric... Ils vont tous bien ?

Incapable de répondre, elle le considérait avec une sorte de stupeur incrédule.

— Hubert ! Mais d'où sortez-vous ? Comment êtes-vous arrivé ? Pourquoi n'avez-vous pas écrit ? Nous étions tous inquiets... Mère va être folle ! Venez vite, donnez-moi le bras...

Il lui sourit, hésitant.

— C'est que... je ne peux pas, pardonnez-moi. Je n'en ai qu'un de libre, pour le moment.

Ecartant sa cape, il lui montra son bras droit en écharpe.

— A vrai dire, je sors de l'hôpital. Ou plutôt, j'en suis sorti, il y a six semaines. J'espérais être ici pour le Jour de l'An. Mais je n'ai pas eu de paquebot. Je voulais vous faire la surprise à tous. Je comptais m'arrêter à Marseille, acheter quelques nippes, me rendre présentable... Mais ça a été plus fort que moi. Sentir la maison si près... J'ai sauté dans le premier train. J'étais fou, sur la route, depuis Tarascon. Je ne peux pas imaginer que je suis arrivé, que je vous parle, que c'est vous qui êtes là...

Revenue peu à peu de son effarement, Ludivine l'examinait.

— Blessé... Pauvre Hubert, vous êtes blessé...

— Oh ! ce n'est rien, dit-il insouciant. J'en ai vu d'autres. Seulement, la plaie s'est un peu envenimée.

Tous deux s'étaient mis en marche. Hubert avait repris son affreux sac de toile jaunâtre. Ludivine tenait le feutre gris en piteux état.

Où était l'élégant Hubert, toujours tiré à quatre épingles ?

— C'est tout votre bagage ?

— Mais oui.

Il rit.

— C'est vrai que je suis un peu miteux. Que voulez-vous ? On ne se promène pas dans le Veld en jaquette. A Lourenço-Marquez, j'ai trouvé un caboteur qui partait le jour même. Je l'ai pris. Trente-huit jours de voyage. Avec des escales dans tous les coins de la côte. Partout où il y avait trois cocotiers et dix cases nègres autour... Allons, avouez que je vous fais honte ? Vous me ferez passer par l'entrée des domestiques.

Rieur, bronzé, mâle, un peu vieilli, sa ressemblance avec Frédéric s'accusait.

— J'en ai bien envie... Si Mère nous apercevait, du salon... Il faut la préparer.

Ils atteignirent la cour de l'office sans avoir rencontré personne. La jeune femme ouvrit la porte [illegible] entrer son beau-frère. Berthe, poussant un cri, l[illegible] soupière qu'elle était en train d'essuyer. Au [illegible] Victor, se retournant, courroucé, demeura une sec[illegible] changé en statue. Gustave, béatement installé a[illegible] Eugénie sur ses genoux, se leva d'un bond, au ri[illegible] de faire choir son épouse. La fille de cuisi[illegible] bêtement. Mathilde, bouche bée, bayait de[illegible]nt l'apparition. Une femme de chambre, engagée depuis peu pour seconder Philo vieillissante, contemplait, ahurie, cette scène incompréhensible. Seule, Philo, qui se reposait dans sa chambre, manquait à la réception.

Laissant le voyageur, joyeux, ému, serrer des mains et répondre aux bienvenues, au milieu du hourvari qui succédait à l'ébahissement, Ludivine s'en fut prévenir sa belle-mère.

— Attendez-moi ici, je reviens vous chercher.

— Ne soyez pas longue, pria le jeune homme.

— Entendu.

Lorsqu'elle rouvrit la porte du salon, il était derrière.

— Maman !

— Mon petit..., dit Julia, dans un souffle.

Déjà, elle l'avait contre elle, enfermé entre ses bras.

23

— Vous ne pouvez pas savoir, mon cher ami, l'héroïsme, l'astuce, la ténacité de ces gens. Tout ce qu'on peut vous en dire, ici, en Europe, est encore loin de la vérité. Songez que voilà plus de vingt-sept mois qu'ils tiennent, mal armés, mal vêtus, mal nourris, à trente mille paysans contre deux cent mille soldats de métier, bien équipés. Savez-vous ce que c'est que Dewett ! Un fermier de l'Orange, large, trapu, avec l'air d'un gros [illegible]ustre... Et ce grand diable de Botha ? un paysan. Et le [illegible]ieux Kronjé ? un paysan. Et De la Rey, malgré sa [illegible]gure fine et ses allures d'aristocrate ? un paysan... [illegible]ais des paysans qui savent se battre, et n'ont pas peur [illegible]e [illegible]urir. Tant et si bien que c'est la mort qui recule.

» A [illegible]hainchu, Dewett est passé au galop avec tout [illegible] comma[illegible]o à travers les lignes anglaises, derrière un troupeau de [illegible]ufs qu'il avait fait barder de torches enflammées : une véritable colonne de feu ! Hein, qu'est-ce que vous en dites ?

» ... Et cet été, en juillet, le coup de Willowmore !... Et l'an dernier, à Bronkhorstpruit, où il a fait huit cents prisonniers sans perdre un homme !... Et le camp d'Irène, pris d'assaut ! Et Tabak's Berg ! Et lorsque De la Rey a monté l'affaire de Nitral's Nek... Celle-là, j'y étais. Imaginez une nuit...

Vincent Royer grimaçait devant le bras enflé d'Hubert. Il interrompit net le lyrique péan.

— Ont-ils dû vous en laisser, des saletés, là-dedans !

— Dame, mon vieux, nous n'avions pas précisément des installations sanitaires tout confort.

Le médecin entreprit de débrider largement la plaie suppurante, mal refermée. Hubert grinçait des dents.

— Là, ça va y être. Regardez-moi ça. Et quoi, encore ? Où diable ont-ils appris leur métier, là-bas ? Sur le patient, je parirais... Laissez-moi vous désinfecter ça bien à fond, et ensuite, je vous fais un de ces jolis pansements...

Depuis quelques mois, le docteur Lapierre ayant pris sa retraite, le mari d'Elise venait à Mogador en praticien.

Il examina les cicatrices du jeune homme. Une éraflure à l'omoplate...

— ... La fièvre durant quarante-huit heures, et cinquante kilomètres à cheval le troisième jour, pour me remettre, riait Hubert. A la halte, Jahard et Roos m'ont descendu. J'étais mort. Un frère, Jahard. Ils l'ont eu... Prisonnier ou... Dieu sait !

— Et ça ?

Le médecin désignait un profond sillon au flanc gauche, près des côtes.

— Ah ! ça, c'est sur la Modder. Du sérieux, hein, Docteur ? Trois mois et demi, évacuation, extraction — j'avais gardé la balle. Je l'ai perdue depuis — hôpital, bon lit, convalescence... C'était encore le temps où nous avions nos aises. Ah ! ce jour-là... Je croyais bien y rester, quand Lepeltakheeft m'a ramassé. J'ai fait ma prière et mon acte de contrition... Lepeltakheeft... sans lui... Et je ne l'ai jamais revu.

Un instant absorbé, il revint à son interlocuteur au prix d'un effort visible, et continua, mélancolique :

— Finalement, je m'en suis tiré. Mais c'est mon pauvre *Ménélik*... Enfin... Au moins est-il mort sur le coup. Ah ! Docteur, c'est que j'en ai tant vu, de ces pauvres chevaux, en train d'agoniser au pied des kopjes, ou le long des rails, après une attaque... Vous savez, les cartouches, parfois, c'est plus précieux que l'or ; on ne peut pas se permettre d'en détourner une, même pour aider une brave bête à crever plus proprement.

Il soupira.

— Sale histoire, la guerre, mon vieux Docteur... Si les civils avaient la moindre idée de ce que c'est, on ne se battrait plus...

» J'ai connu des Anglais, à l'hôpital de Pretoria. Un lieutenant irlandais très bien : il m'avait promis d'écrire à la maison, et il l'a fait... Et puis des Ecossais, de ceux de Methuen, qui avaient fait Maggersfontein. Et deux lanciers, du 9e lanciers, que les nôtres ont anéanti à Graspan ; on les avait ramassés sous un tas de leurs camarades... De bons garçons, tous... Et un, tout jeunet, vingt ans, peut-être, qui est mort dans le lit à côté du mien. Nous ne savions pas d'où il venait. Toute une nuit, il est resté à appeler quelqu'un, un nom...

» Entre blessés, on se rendait des services ; on jouait aux dames ; on était ensemble comme des amis... Il y en a qui m'ont montré des photographies... Quand il a fallu abandonner Pretoria, lors de l'avance des leurs, nous les avons laissés. Moi, je repartais, guéri. Ils m'ont serré la main, ils m'ont souhaité bonne chance. Et peut-être, sans le savoir, ai-je tiré sur l'un d'eux, par la suite.

Il semblait que l'on pût tout dire au docteur Royer...

Sa manière d'écouter, avec cet air qui paraissait avoir compris d'avance... Auprès de lui, Hubert se déchargeait de ce qu'il n'eût jamais avoué dans ses lettres.

— ... Vous comprenez, Docteur, je ne pouvais pas écrire ça à ma mère. Si je m'étais fait tuer, il valait mieux, tout de même qu'elle pût croire que c'était pour quelque chose !

— Mais c'était pour quelque chose !

Vincent Royer s'insurgeait.

— Je vous écoutais, tout à l'heure, parler de vos compagnons, de vos chefs... Allons donc, il y avait autre chose que ce que vous dites !

Le visage d'Hubert s'éclaira.

— Peut-être... oui, sûrement. Quelque chose de magnifique même. Mais, à la fin, je ne le sentais plus que par intermittence, dans l'action, lorsque le danger était là pour nous tous ensemble... qu'il n'y avait plus à réfléchir.

— Exactement, sourit Vincent Royer. Voyez Shakespeare.

— Shakespeare ?

Hubert n'avait jamais fait un brillant lycéen. Shakespeare était, pour lui, un mauvais souvenir de sa rhétorique.

— Oui, *Hamlet*, rappelez-vous : *C'est ainsi que la pensée fait des lâches de nous tous...*

— Et la sentimentalité donc !... Voyez-vous, c'est plutôt l'histoire du *Soldat de Marsala*. Depuis que j'avais fait connaissance avec les adversaires, je n'arrivais plus à me battre « contre quelqu'un », mais seulement pour aider les autres. Cela vous enlève pas mal de l'esprit d'offensive.

Le docteur Royer considéra longuement ce combattant désabusé.

— Quel secours vous auriez apporté à votre belle-sœur, l'an passé, si vous étiez venu raconter cela devant Frédéric !...

L'air interrogateur du jeune homme le surprit.

— Mais... comment, vous n'étiez donc pas au courant ?

— Au courant de quoi ? Je ne comprends pas. Bon Dieu, mon cher ami, vous figurez-vous que je recevais des nouvelles ? A peine si je trouvais le moyen d'en faire passer de temps à autre. Et c'était bien le plus pénible. Parfois, je me demandais : « Qui sait si ma mère ?... » J'aurais fait n'importe quoi pour savoir comment tout allait ici. Qu'y a-t-il eu ? Je sais que mon frère s'est cassé la jambe en tombant de cheval, et voilà tout.

— Oui, justement, à la veille de son départ. Et ça l'a profondément démoralisé. Votre belle-sœur, elle-même, pouvait à peine l'approcher. Elle a connu de durs moments.

— Mais... quel départ ?

— Voilà : il voulait aller vous rejoindre, pour se battre à vos côtés, et...

— Quoi ? Me... — Les yeux d'Hubert s'écarquillaient de stupeur. — Quelle folie !... Et Mogador ? Et les enfants ? Et Ludivine ?...

Ses prunelles flambèrent. — Ludivine... son frère avait à lui Ludivine, et...

— L'imbécile ! apprécia-t-il, crûment.

Une note de rancune faisait trembler sa voix.

L'infection se résorba lentement. La blessure guérissait. Une raideur musculaire subsistait encore, à peine gênante, sauf pour épauler une carabine.

— C'est bon, décida Hubert, philosophe, je ne chasserai plus.

La famille enregistra sans commentaires cette déclaration incroyable. Depuis son retour, le jeune homme n'avait cessé d'étonner son entourage. Il sortait peu et ne faisait plus guère autre chose que lire. La chasse comme les mondanités semblaient avoir perdu pour lui tout attrait.

Vainement, Ludivine, glorieuse du héros, insistait-elle pour l'entraîner aux réunions où elle se rendait avec son mari.

— Non, vraiment, Ludivine, ne me demandez pas cela. C'est au-dessus de mon courage. Je sais trop bien pourquoi l'on m'invite. Et je n'ai aucune envie de monnayer mes souvenirs de guerre à l'usage de vos belles amies. Pendant des mois, nous avons été, là-bas, une troupe errante, déguenillée, des compagnons qui souffraient et se battaient ensemble, couverts de vermine. Ça ne servira pas à des effets de salon.

Le jour où il sut qu'une réception devait avoir lieu, le lendemain, à Mogador, il prit le train pour Avignon, où il demeura quarante-huit heures. Julia riait encore, plusieurs jours après, de la furieuse déception de sa bru, et de celle, à peine plus discrète, de ses hôtes.

A regret, devant cet entêtement, la jeune femme abandonna la partie. Hubert était bien changé...

Jadis, sur un mot d'elle...

Humiliée, elle examinait dans la glace son visage un peu creusé, où les yeux qui paraissaient plus grands, lançaient leurs feux violets étincelants. — Vingt-huit ans, déjà... Pourtant Alphonse du Roveret et Gaston Béraud la trouvaient joliment à leur goût. Et le beau lieutenant de Montfrein... — Une conquête que toutes les autres m'envient... Elle soupirait. Qu'importaient ces victoires dont Frédéric n'avait pas l'air de se soucier ?...

Hubert eut avec elle une longue conversation, touchant la Gloriette.

— Si vous vouliez encore me la céder, je crois que cela me rendrait service.

Son sentiment était que cela rendrait service à sa belle-sœur.

Quelques jours avaient suffi à le convaincre qu'elle n'était pas heureuse. Visiblement, elle se dévorait de rage impuissante, devant les écarts de conduite que son mari dissimulait à peine. Des échos amplifiés en parvenaient jusqu'à Mogador, rapportés du village aux écuries, entre hommes, avec une complaisance gaillarde.

L'esprit surmené, vivant sur ses nerfs, Ludivine courait les routes à un train vertigineux entre Mogador et sa propriété, bousculait Adrienne et les enfants, en rentrant, essayait des robes et des coiffures nouvelles, guettait les retours de son mari dans une folie d'impatience, quitte à lui faire subir, hors de propos, des scènes d'une violence maladroite auxquelles Frédéric coupait court avec lassitude :

— Tu es impossible, ma chère. La vie, ici, devient infernale.

Le cœur serré, Hubert assistait à cette débâcle. « Il fallait que Ludivine lui laissât la Gloriette. Elle en avait obtenu un rendement admirable, mais c'était épuisant, pour elle. Elle y perdait le temps et les forces qu'elle eût pu employer à ressaisir Frédéric. Libre de ses mouvements, il n'était pas douteux qu'elle n'y parvînt rapidement... » Hubert eût tout donné de sa part en ce monde pour ne plus voir, sur le visage qu'il aimait, cette expression désespérée et dure qu'il lui était arrivé d'y surprendre.

— Donnez-moi la Gloriette, Ludivine. Vous y serez toujours reçue en maîtresse, lorsqu'il vous plaira d'y venir. Mais, voyez-vous, il faut que je me trouve une occupation. Je ne suis plus d'un âge à traîner sans rien faire, et j'aimerais avoir ce domaine.

Elle accepta volontiers. L'affaire se conclut avec Frédéric. Maître Daubenois dressa l'acte dépossédant Ludivine du principal de ses biens paraphernaux. Le remploi consistait en une première hypothèque sur Mogador, prise au nom de la jeune femme, pour le tiers de sa valeur. Elle avait si bien administré son héritage que l'estimation fit apparaître une petite soulte à la charge d'Hubert.

Au retour de chez le notaire, Ludivine s'en alla promener dans les terres. Bien labourés, les sillons noirs et nus s'étendaient comme une immense promesse. Quel que fût l'attachement né en elle pour la Gloriette, elle ne regrettait pas la vente. Cette année-là et les prochaines, la terre de Mogador allait travailler doublement pour Frédéric et elle. Depuis douze ans, des fibres invisibles s'étaient tissées qui la liaient à ce sol dont chaque aspect lui était familier.

Désormais, pensait-elle, avec un gonflement de cœur triomphal, tout est à nous pour les deux tiers. Restait Adrienne. « Mais Adrienne... Bah ! sa part reviendra plus tard aux enfants », réfléchit-elle, en retournant vers la maison où le doux crépuscule de cette soirée d'avant-printemps mettait aux vitres des reflets de perle.

Il fallut installer Hubert à la Gloriette. Il désirait rendre la maison de maître habitable, pour y coucher à l'occasion, et même y séjourner quelque temps si l'envie lui en prenait.

— Au fond, maintenant, je ne suis plus qu'un invité, à Mogador, plaisantait-il. Un jour ou l'autre, vous n'auriez qu'à vouloir vous débarrasser de moi...

Ludivine faisait avec lui de fréquents voyages, pour le mettre au courant de l'exploitation. Elle ordonna un nettoyage d'envergure dans toute la demeure. Lorsque les pièces furent prêtes, on vida les greniers. Elle prit plaisir à replacer chaque meuble, chaque bibelot, dans l'ordre de jadis, selon les souvenirs de la vieille gardienne qui avait connu les fastes anciens.

— Là, dit-elle à Hubert, le jour où tout fut terminé, là, vous voici le successeur de grand-mère Félicité. J'espère que vous dormirez bien, sous ses courtines.

Elle arrangeait des narcisses dans un vase d'opaline.

Assis dans une vieille bergère Empire tendue d'une soierie jaune passée, Hubert admirait la grâce de ses gestes vifs.

Des quelques livres qu'il avait apportés, l'un traînait, ouvert, sur le guéridon ; l'odeur des fleurs semblait palpiter dans la pièce. Le chapeau garni de roses que Ludivine avait ôté en arrivant, pour évoluer plus à son aise, était posé sur la méridienne...

« Tout aurait pu être ainsi. Notre maison... Celle que j'aurais habitée avec elle... Nous rentrerions d'une course à la ville. Je la verrais aller et venir dans notre chambre, sourire en se recoiffant devant le miroir. Nous parlerions de mille choses simples et, le soir venu, elle aurait, pour moi seul, ce geste de tirer les rideaux entre la nuit et nous... »

— Et bien, à quoi rêvez-vous ?... Hubert ! Où étiez-vous parti, encore ?

Loin, ah ! si loin, vers un pays qu'il n'atteindrait jamais ; dont le désir l'avait poursuivi sans relâche à l'autre bout de la terre ; et il savait à présent que ce désir, rien désormais ne l'en délivrerait.

Sur la route qui surplombe le Rhône, les grenadiers étaient en fleurs. Lorsqu'ils revenaient vers Mogador, à la tombée du jour, ils avaient devant eux l'Alpille mauve où les derniers reflets du soleil sur les crêtes érigeaient un instant des villes fabuleuses.

Laissant son beau-frère tenir les guides, Ludivine oubliait pour un moment ses tourments et sa peine, enveloppée par la douceur de l'heure.

Depuis plusieurs semaines, tout était terminé dans la maison d'Hubert. Mais il trouvait toujours quelque prétexte pour obtenir qu'elle l'accompagnât.

— Vous qui en avez l'habitude, Ludivine, vous devriez venir voir la femme du baïle pour...

Sans se faire prier, elle allait mettre son chapeau.

Pourquoi serait-elle restée ? N'importe quoi, tout valait mieux que demeurer à la maison, livrée à ses pensées, dans la solitude de son attente. La compagnie d'Hubert abrégeait les heures...

Julia les regardait partir, derrière les fenêtres du salon. Sa fille la surprenait, perdue dans des méditations moroses dont elle sortait abruptement :

— Où est Frédéric, aujourd'hui ?

— Frédéric ?

— Oui. Naturellement, tu n'en sais rien. Ma pauvre fille, tu dors toute droite, Mogador pourrait s'écrouler sous tes pieds avant que...

Haussant les épaules, elle mordit ses lèvres et n'acheva pas.

Mais Mogador ne donnait aucun signe de ruine, bien au contraire, pensait Adrienne. — L'année s'annonçait exceptionnelle. Frédéric s'absentait moins souvent qu'il ne l'avait fait durant les mois écoulés. Il paraissait revenir à l'existence normale et, sans doute, Mère y était bien pour quelque chose. Adrienne se rappelait certain soir où les bribes d'un dialogue assez vif l'avaient arrêtée devant la porte de la chambre maternelle, alors qu'elle allait y frapper.

— ... Des racontars, des cancans !... Vraiment, Maman, je vous assure... Comme si vous ne connaissiez pas les gens. Il n'y a pas pour deux sous de vrai...

La voix de Frédéric, irritée, à peine contenue...

Elle avait rebroussé chemin.

Somme toute, les choses s'étaient arrangées, depuis. Mais comme Mère devenait nerveuse !... Jamais, pourtant, elle ne s'était mieux portée. La dernière crise remontait à l'automne. Encore avait-elle été bénigne...

Adrienne s'assit, prit sur ses genoux son métier à dentelles. Le cliquetis agile des bobines de buis éleva sa petite chanson industrieuse.

— Ludivine m'a dit que vous aviez rencontré Charles Guillermin et sa femme, dimanche dernier ?

Au supplice, Adrienne rougit, malgré qu'elle en eût.

— En effet, elle est charmante.

— Ludivine prétend qu'elle a l'air souffreteux.

— Peut-être un peu. Je ne sais pas... Elle a dit devant nous que la naissance de son bébé l'avait beaucoup fatiguée.

— Ils en ont deux, n'est-ce pas ?

— Je crois...

Jusqu'à quand Mère allait-elle continuer à lui faire répéter des renseignements qu'elle connaissait parfaitement ? Réprimant sa révolte, Adrienne baissa la tête sur ses fuseaux.

La vieille dame, les narines retroussées, comme un chat en colère, épia sa victime quelques secondes.

Puis, découragée devant cette résignation, déposa les armes et se renferma dans le silence.

Soulagée, Adrienne respira discrètement.

Un tapage de voix enfantines se rapprochait, dans le vestibule.

Chaque jour, vers quatre heures, mademoiselle Louise opérait son entrée, escortant ses trois jeunes élèves. Un peu plus tard, la grosse Mathilde amenait les jumeaux.

La pièce se transformait en volière. Les petites filles

entouraient « Tatie », la harcelaient de questions, embrouillaient son ouvrage. François escaladait le fauteuil de sa grand-mère ; Dominique réclamait une histoire.

— Une qui fait bien peur, appuyait son frère.

« Mamé » en connaissait de véritablement horrifiques, qui vous faisaient plonger sous les draps, la nuit, lorsqu'on se les remémorait.

Isabelle, Anne et Christine rejoignaient leurs cadets. L'auditoire s'agglutinait à la robe de Julia, suspendu à sa parole.

Mademoiselle Louise, que les goûts pervers de ses élèves jetaient toujours dans un abîme, allait s'asseoir auprès d'Adrienne. Toutes deux entreprenaient, à voix basse, une conversation fréquemment dominée par les cris de délices terrifiés que poussaient Anne et Christine.

Cela durait parfois jusqu'au retour de Ludivine. Son apparition faisait accourir vers elle une piaillante volée.

— Encore là, mes poussins ?

Elle distribuait un peu au hasard les baisers et les petites tapes, sur les cuisses fermes, les joues fraîches... écoutait un instant les discours assez flous de maître François, et les renvoyait avec la promesse d'aller assister à leur repas.

— ... Avec oncle Hubert ? demandait Isabelle.

— Et Papa ?

— Oui, s'il ne rentre pas trop tard.

Nul n'insistait, parmi la petite bande. Il y avait avec Papa un pacte tacite, qu'aucune des parties n'eût transgressé. L'avoir près de soi au dîner ne constituait, après tout, qu'un agrément supplémentaire. Mais ce n'était pas là qu'on l'attendait.

Frédéric montait chaque soir embrasser ses enfants déjà couchés. Avec lui, la révolution et l'anarchie entrant dans la grande pièce, en chassaient l'institutrice démoralisée. La porte refermée derrière elle, la chambre appareillait, bateau-corsaire lancé sur une mer devenue folle, vers les grèves où tout peut arriver.

Assis sur le lit de son fils, imperturbable, convaincu, prestigieux, commandant l'action, Frédéric conduisait sa troupe aventurière à travers périls et merveilles avec sa nonchalante sûreté d'enchanteur, et l'amenait aux portes du sommeil, exténuée d'émotions et de plaisir.

Lorsqu'il redescendait rejoindre les autres, Ludivine surprenait, avec un amour jaloux, le rire inexprimablement enfantin illuminant encore ses traits.

— Je me demande ce que vous pouvez bien fabriquer là-haut, depuis une demi-heure.

— De la fausse monnaie, ma chère, disait-il taquin.

En un sens, c'était vrai.

Il s'installait dans la grande bergère, où Ludivine venait le rejoindre. Les yeux mi-clos, les jambes étendues, il savourait sa pipe, sans mot dire, caressant distraitement les cheveux de sa femme.

Au bout d'un moment, lasse de ce mutisme, comme un mur, qu'il mettait entre eux, « A quoi pense-t-il ? A qui ?... Que prépare-t-il encore ?... », Ludivine s'arrachait de lui sans qu'il la retînt.

Ce soir-là, elle s'approcha d'Hubert ostensiblement plongé dans un livre.

— Que lisez-vous, Hubert ? Est-ce bien ?

Sa voix résonnait dans le calme de la pièce, aux oreilles de tous ces rêveurs éveillés.

— Laisse-le donc tranquille, voyons !... Hubert, ne te laisse pas faire. Il lui faut toujours quelqu'un qui s'occupe d'elle. Aucun respect pour la liberté des autres !...

Un regard noir de défi s'opposa à la réprimande. La liberté ! On savait ce qu'il faisait de la sienne...

— Je ne lui en laisse que trop...

C'était aussi l'opinion d'Hubert. Sans répondre à son frère, il se tourna vers Ludivine.

— Ce sont des vers... De Verhaeren. Je ne connaissais pas. Un poète belge. Tenez, mettez-vous là. — Il approchait un fauteuil. — Ecoutez :

Le vaisseau clair
avait des mâts et des agrès si fins
et des drapeaux si bellement incarnadins
qu'on eût dit un jardin
qui s'en allait en mer...

— Joli ! apprécia Frédéric, séduit.

Son frère eut un imperceptible mouvement d'impatience.

— Qu'en pensez-vous, Ludivine ?

— Très bien, dit-elle, doucement.

Elle lui souriait. Et son sourire aussi, évoquait un jardin, les fleurs mouillées d'un jardin d'avril, au soleil.

— Oui, murmura Adrienne, ça me plaît, à moi aussi.

— La suite ? réclama Frédéric.

Hubert lança le livre à son aîné, avec une brusquerie mal réprimée :

— La suite, tu la liras si tu veux. Moi, je vais me coucher. Bonsoir, tous.

Il sortit sans regarder personne, au milieu d'un silence stupéfait.

— Mon Dieu, qu'est-ce qu'il a ? demanda plaintivement Adrienne.

— Bah ! c'est son affaire, émit Frédéric, retournant à ses rêveries personnelles.

Ludivine lui lança un coup d'œil chargé d'une sorte de haine.

Il faisait beau, il faisait chaud. Les parfums du parc, où dominaient roses et tilleuls, embaumaient les nuits. Les rainettes demandaient de l'eau, au fond des citernes.

Le soir du premier juin, Hubert revint bouleversé, de Fontfresque. La paix était faite au Transvaal. Le président Schalk Burger l'avait signée, et avec lui, Dewett, Botha, De la Rey, tous !... Steijn seul... « Si c'est pour ça que nous avons combattu... » Tant de prouesses, tant d'efforts et de souffrances, tant de compagnons morts inutilement... Koch, Piet Koch, le ventre ouvert à Colenso, et Roos, volatilisé par un obus ; et du Mazert, tombé à Elandsfontein, et Marstron, et Villebois-Mareuil, et Potschefhorst, et Le Gall, et tant d'autres...

La route solitaire, ombragée de platanes, se peuplait, pour Hubert, de tous les fantômes du Veld, plus pitoyables, dans leurs hardes sanglantes, à la lumière tranquille de ce soleil qui se couchait sur les champs en ordre.

Ludivine, qui rentrait d'une visite chez Edmée Raynal, à Saint-Ange, rencontra son beau-frère à l'orée du chemin conduisant à la propriété.

— Hubert ! Au nom du ciel, qu'y a-t-il ?

Les yeux du jeune homme débordaient de larmes de rage.

— ... Qu'est-ce qui vous met dans cet état ? Est-ce... la nouvelle ?

— Ah ! vous savez ?

— Bien sûr... On ne parlait que de ça, à Saint-Ange, quand je suis arrivée. J'ai pensé à vous.

Elle marchait, appuyée au bras d'Hubert, laissant traîner un peu son ombrelle fermée.

— Ne rentrons pas tout de suite, je vous en prie. Je ne pourrais pas supporter les autres.

Il sentit la pression légère de sa main, à travers l'étoffe.

— Où voulez-vous aller ?

— N'importe où... dans le parc.

— Mais..., objecta-t-elle, hésitante, il est déjà tard, on va nous attendre.

— Rien qu'un moment, donnez-moi un moment. Tenez, allons nous asseoir dans le salon de verdure.

Ils entrèrent sous le couvert.

— Comme il fait tiède, ce soir. Sentez-vous l'odeur des feuilles ?

— Oui, dit-il amèrement, un temps pour être heureux. Et que faut-il pour l'être ? Demandez-le aux dupes qui pourrissent sous la terre qu'ils ont défendue.

— Hubert !...

Assise sur la margelle de la noria, elle levait vers lui des yeux emplis d'un reproche affectueux.

Hubert se pencha, prit les doigts émergeant des mitaines de dentelle, et les approcha de ses lèvres.

Pardon, ma chèrc, jc dois vous paraître odieux.

Ludivine regardait la tête brune inclinée sur sa main. Frédéric était loin, à cette heure. Elle ne voulait pas savoir où ; il ne fallait pas y penser... Elle sentait cette crispation du cœur toute proche... Non, non, ne pas y penser. Ou alors, il y aurait tant de larmes, tant et tant... Mais pour cet homme, du moins, courbé devant elle, elle représentait seule le secours et la consolation.

Sa main gauche effleura les cheveux d'Hubert.

— Pauvre, pauvre Hubert...

Se redressant, il lui prit les poignets avec une dévotion passionnée.

— Dieu ! vos mains... douces, fraîches... Comme je les aime !... Là-bas, quand j'avais la fièvre, si vous saviez comme je les ai désirées... Je voudrais les sentir sur mon front. Je vous en prie, Ludivine, accordez-le-moi.

— Que vous êtes enfant, sourit-elle, en se dégantant. Là, voilà. Pas si douces, pas si fraîches. Allons, avouez-le !

Hubert pressait les paumes nues sur son visage.

— Merveilleuses, murmura-t-il la voix rauque. — La brûlure d'une source vive... On boirait sa mort à grandes gorgées dans ces mains-là... Non, laissez-les-moi ! J'en ai besoin, ce soir, je vous jure... Ludivine, j'ai besoin de vous, de votre douceur. Ne soyez pas... Oh, Ludivine, Ludivine...

Il s'était laissé glisser aux pieds de la jeune femme.

— Hubert, vous êtes fou.

Elle tenta de se lever. Il l'entoura de ses bras, sans violence.

— Ne bougez pas. Oui, je suis fou. Mais n'ayez pas peur, Ludivine, je ne veux pas que vous ayez peur auprès de moi. Gardez-moi seulement ainsi, je n'en demande pas davantage. Laissez-moi poser ma tête... Là, comme ça... dans le parfum de votre robe.

« Cela n'avait pas de sens. Un rêve absurde. Elle allait s'éveiller... Le ciel était bleu pâle entre les branches... Si Frédéric... Mais tout cela était bien égal à Frédéric !... Edmée Raynal... qu'est-ce donc qu'avait dit Edmée Raynal, tout à l'heure ? “Votre beau-frère...” Hubert se conduisait comme un enfant... Le dîner... Il faudrait aller dîner... Sortir de là... Une situation ridicule... »

... Ce visage dont elle percevait la chaleur contre son genou, à travers les jupes... cette main caressant avec fièvre le dos de sa main... cette bouche frémissante appuyée dans sa paume...

— Hubert, je vous en conjure, cessez ce jeu.

— Ce n'est pas un jeu, et vous le savez.

— Jamais je ne vous pardonnerai.

— Vous n'avez pas à me pardonner. D'ailleurs, demain vous aurez oublié. Ludivine, songez que je n'aurai rien eu de vous, que ce mouvement de compassion, tout à l'heure... et vous n'avez pas à en rougir. Personne au monde, aucune femme n'en rougirait.

» ... Nous allons rentrer, ce sera fini. Mais vous savez que je vous aime, depuis toujours, depuis que je vous connais. Laissez-moi, quelques instants seulement, auprès de vous, tout près... Laissez-moi votre main, comme si... Ah Dieu, Dieu ! vous ne savez pas comme c'est déchirant, comme c'est affreux...

Si, oh si, elle le savait ! — Pour la première fois, devant cette souffrance pareille à la sienne, elle se sentait prise d'une vraie pitié, grave, chaude, fraternelle.

— Hubert...

— Dites-le encore. Avec cette voix... Personne ne l'a jamais dit comme vous. J'adore votre voix. Elle peut être si dure, parfois ; et, tout d'un coup si douce, toute douce... presque un baiser.

— Hubert, vous n'avez pas le droit, taisez-vous ! Je ne peux pas vous écouter.

Il rit âprement.

— Pourquoi donc ? Parce que vous êtes la femme de mon frère ? Je ne l'oublie pas. Je suis parti à cause de ça...

Ludivine tressaillit. « Ainsi, c'était pour elle... Il l'aimait à ce point... Et pendant ce temps, Frédéric, lui... Quelle dérision... Pourquoi la vie s'arrangeait-elle si mal ? Pourquoi Frédéric ne l'aimait-il pas de cette façon ? Pourquoi n'était-ce pas Hubert qu'elle aimait ?... Un tel gâchis !... »

— ... Bien la peine, n'est-ce pas ? ricana-t-il.

Elle eut un soupir désespéré, presque un sanglot.

— ... Ludivine ! non, non, ne pleurez pas Ludivine ! Je ne peux pas supporter de vous voir souffrir. Est-ce que mon amour ne peut rien pour vous ?

Incapable de parler, elle secoua la tête.

— ... Ludivine, regardez-moi, ma douce. Laissez-moi vous aimer, et être à vous, et vous le dire. C'est votre bonheur que je désire, pas le mien. Et votre paix. Si je ne puis vous aider, mettez au moins votre tête contre mon épaule. Je vous jure que je ne...

— Cher Hubert...

Une confuse tendresse l'envahissait, mélancolique, et pourtant apaisante.

— ... Allons, venez, on doit se demander où nous sommes ; le soir commence à tomber. Je vous en prie, nous ne parlerons jamais plus de ces choses. Promettez-moi...

Debout, elle rassemblait son sac, ses mitaines. Hubert se leva, lui reprit les mains, ardemment.

— Je ne peux pas vous le promettre. Je vous aime, je vous aime... Permettez-moi seulement de vous le dire, pour me délivrer un peu. Si vous saviez comme je vous respecte... Mais je suis possédé de vous.

— Taisez-vous..., ordonna-t-elle, dans un souffle, avec tant de douceur qu'il ferma les yeux.

Lentement, elle se dégagea, prit ses affaires. Hubert la suivait d'un regard un peu ivre.

Ils marchèrent l'un derrière l'autre, à quelques pas de distance, jusqu'à la grande allée. Parvenue près d'un oranger, Ludivine se retourna, l'attendit, et lui prit le bras.

— Savez-vous que votre ami Alfred vous réclame ? Pourquoi ne fréquentez-vous plus chez eux ?

Il se rappelait l'émoi de la jeune femme, et la voix qu'elle avait eue là-bas, dans le sous-bois. Comme elle était vite redevenue calme, maîtresse d'elle-même...

— Je ne sais pas. Rien à lui dire... Bizarre de penser qu'il est marié...

Elle insista :

— Vous aviez tant de goûts communs. Je suis certaine que vous en retrouveriez. Tenez, aujourd'hui, Alfred a déclamé des poèmes. Il les dit très bien, vous savez. Du Maeterlinck, du Gustave Kahn. La plupart des gens ouvraient des yeux...

— Gustave Kahn..., répéta-t-il, pensif. Il y a un lied... Vous l'a-t-il récité ?...

J'ai gardé ma face loyale
Mon manteau et mon épée
Mon âme, mon âme, ma sœur, qu'en as-tu fait ?

Ils arrivaient devant la maison. Adrienne descendit les marches du perron à leur rencontre.

Ludivine lui sourit, de loin, et ne répondit pas...

24

La pente était raide. Hubert y glissa, sans souci du gouffre, ne voyant plus, au long des journées, que la conquête de quelques instants, de quelques joies, pour s'en repaître : tête-à-tête dans le parc, où Ludivine, évitant l'ombre des taillis, se promenait cependant volontiers avec lui, vers la roseraie, ou autour des parterres ; matins brillants où elle venait à la Gloriette ; conversations banales, enrichies pour lui de ce trouble qui faisait parfois ciller la jeune femme, devant la passion follement exprimée par les regards dont il la caressait ; mains qu'elle lui abandonnait... Il apportait à les embrasser, ces mains, une telle ferveur sensuelle...

Inconsciente du péril, sûre d'elle-même, Ludivine se laissait porter sur ces vagues brûlantes, trop semblables à celles qui l'avaient si souvent roulée entre les bras de Frédéric, avant que la jalousie n'eût insinué sa lame glacée au creux de leurs étreintes.

La sincérité avec laquelle Hubert s'abandonnait devenait, sans qu'il l'eût voulu, son arme la plus efficace.

Il ne quittait plus Ludivine. Pour elle, il accepta des invitations refusées jusqu'alors. On vit la jeune femme, aux soirées des environs, entre son mari et son beau-frère. Et c'était ce dernier qui l'escortait le plus souvent.

Le premier élan d'accueil une fois passé, lorsqu'il fut avéré que le superbe parti que constituait « *ce jeune héros de retour au foyer* » ne manifestait aucun goût pour le mariage, aucun empressement auprès des jeunes filles auxquelles il avait jadis conté fleurette ; lorsque les plus jolis tendrons eurent, à leur tour, hypocritement déployé leurs grâces bleues et roses, sans qu'il eût même paru y prendre garde, on ne tarda pas à en chuchoter la remarque.

Ces gens de Mogador, inattaquables jusqu'alors, devenaient le point de mire de l'attention malveillante. Ils portaient avec eux le scandale en puissance. Un parfum de soufre et de fagot les accompagnait, qui faisait frémir le nez des douairières.

Le jour où, pour la première fois, Hubert reçut ses amis à la Gloriette, sa belle-sœur fit les honneurs.

— ... En vraie maîtresse de maison ! décocha fielleusement à Frédéric, Marceline Chabert, se départant à cette occasion de la stupidité attribuée jadis à Marceline Marquet-Rageac par Ludivine.

Frédéric, qui promenait la jeune femme à son bras, était loin de penser à mal.

— Eh bien, c'est un peu ça, en réalité, expliqua-t-il,

candidement. La Gloriette lui appartenait. Elle l'a cédée à mon frère. Un arrangement de famille.

— Je vois..., dit la belle Marceline, d'un ton significatif.

Etonné, Frédéric haussa les sourcils.

— Vous voyez quoi, ma chère ?

— Mais... rien de particulier. Allons, continua-t-elle, câline, pour effacer sa bévue... Venez-vous ? Qu'y a-t-il par là ? Oh, le charmant pavillon ! Comme c'est romantique !

Elle serra le bras de son cavalier.

— ... Entrons un moment, voulez-vous ?

Il ne parut pas entendre. Au vrai, il s'ennuyait.

— Frédéric !... insista-t-elle, avec langueur. Le visage levé vers lui comme une invite, elle esquissait des lèvres le mouvement d'un baiser.

— Perdez-vous la tête ? la rabroua-t-il, sèchement. N'importe qui peut nous voir.

— Oh, mon ami, comme vous me parlez ! Une femme qui s'abandonne est bien malheureuse... Il y a quelques mois, vous n'auriez pas dit cela.

— Sans doute ne m'en auriez-vous pas donné l'occasion.

« Au diable, ces femelles ! Voilà la pénitence de coucher avec une sotte. » — A combien avait-elle déjà raconté ça, avant lui ? Et toutes, toutes, les mêmes : des manières, du vice... ni cœur ni cervelle ! Mais ne pouvaient-elles se taire, et se tenir à leur place, en dehors des moments où... Bon Dieu, celle-là était lassante, malgré son profil arlésien et son corps agréable. Il en avait assez... — La sagesse s'offrait à lui comme un havre. — C'était bien la dernière fois... Ludivine n'aurait plus à lui faire de reproches. — « Ma femme !... » La sienne. Si différente... — Pauvre petite !...

Il s'en voulait de tout son cœur.

Marceline se méprit devant la honte et l'attendrissement inscrit sur son visage :

— Allons, grand méchant affreux, venez implorer votre pardon. On vous l'accordera peut-être.

Il lui lança un regard sans bienveillance.

— Excusez-moi, ma chère amie, mais je ne trouve ni le moment, ni le lieu particulièrement bien choisis pour ce genre d'effusion. Il peut m'arriver de manquer à ce que je dois à ma femme, mais cela ne m'empêche pas de la respecter. Il est étrange que vous n'ayez pas, de votre côté, les mêmes sentiments. Pour ma part, je ne saurais, à quelques pas...

— Charmant scrupule qui vous honore !...

Marceline Chabert était blême.

— Dommage que tout le monde n'en ait pas de pareils, chez les Vernet...

— Ah bah ?...

Il la dévisageait en riant. — « Est-ce que, par hasard, Hubert, ce cachotier... Quelle bonne histoire allait-il apprendre ?... »

— Et pourquoi donc, ma belle ?

Devant cette gaieté, l'exaspération de Marceline atteignit ses dernières limites.

— Parce que...

Elle hésita une seconde, jeta, pour s'encourager, un coup d'œil vers l'allée, au tournant de laquelle apparaissait un groupe.

— ... Parce que cela vous eût évité d'être ridiculisé par votre frère.

Un instant foudroyé, il blêmit à son tour. Ses mâchoires craquèrent.

— Vous osez... !

Dans ses yeux gris montait un orage inquiétant.

Rien moins que rassurée, la jeune femme le prévint.

— Tenez-vous... du monde.

D'un effort, il se maîtrisa et sourit.

— Ma chère Marceline, à un homme, je renfoncerais la calomnie dans la gorge. Mais vous êtes une femme. Une ravissante femme, à qui j'ai beaucoup d'obligations et de gratitude. Ceci met votre époux hors de cause. La décence interdit d'étriper, par-dessus le marché, un honnête garçon envers qui l'on s'est déjà mis un certain nombre de fois dans son tort. Dieu me garde, à l'avenir, de lui faire la moindre injure. Permettez-moi de vous ramener vers lui.

— Je vous en prie, ne vous donnez pas cette peine, dit Marceline Chabert, encore tremblante.

Elle éleva la voix :

— Monsieur Arnaud me rendra ce service.

— Volontiers. Quel service, Madame ? s'empressa l'interpellé.

Frédéric s'inclina respectueusement.

— Je vous laisse, chère amie. Aussi bien vous entendrez-vous tous deux à merveille, sans doute.

A grands pas, il se dirigea vers la maison. Les tempes battantes, il sentait s'élargir en lui les ondes d'un furieux dégoût : « Salir Ludivine... Ses poings se crispaient dans ses poches... — Garce !... Il n'y a qu'une catin, pour oser inventer... Ludivine qui, jamais... — Non, il ne lui en parlerait même pas... Trop bas, trop ignoble... Il n'arrêterait pas sa pensée... — Ludivine et Hubert ! — Mieux valait oublier. Hubert, le petit frère... — Ridiculisé par... Nom de Dieu ! »

Il s'arrêta pour respirer. L'air lui manquait. Avec difficulté, il recomposa son maintien. — Que l'on pût colporter cette infamie... « Mieux vaut qu'ils ignorent... Je casse la tête du premier qui... »

De loin, en arrivant, il les vit ensemble, assis sous les lauriers. Brusquement, sa poitrine se contracta : « Si maintenant je ne peux plus... Absurde !... »

Ils devisaient avec tranquillité. Non loin d'eux, d'autres couples poursuivaient leurs conversations particulières. Nulle contrainte, nulle gêne, à sa vue. Il s'avança, avec la sensation qu'il savait erronée, d'avoir tous les yeux braqués sur lui.

— Te voilà ? dit Ludivine. Où étais-tu passé ? Viens t'asseoir ici un moment. Tu vas voir comme il fait bon...

Hubert se leva, lui offrit sa place.

— Non, non, garde-la. Je vais prendre le fauteuil de rotin.

— Restez donc, Hubert, vous savez bien qu'il aime ses aises.

Frédéric grimaça un sourire dont personne ne parut remarquer le manque de naturel.

Un silence s'établit entre eux.

A quelques pas, Edmée Raynal continuait un entretien animé avec Pierre Lallier. Irène s'éloignait avec Félix Lapeyre. Assis sur les marches de la terrasse, Caussade et du Roveret semblaient engagés dans une discussion sérieuse, tandis qu'à l'autre bout de la banquette, accoté au vase d'hortensias, Vincent Royer tenait tête, en riant, à Marguerite Béraud, Hermance Antonetti, et Augusta Pouzol, trois amies de couvent de sa femme.

— De quoi parliez-vous ? demanda Frédéric.

— Mon Dieu...

Ludivine eut l'air de chercher...

— ... De tout et de rien. As-tu fait le tour ? Qu'est-ce que tu en penses ? rien de comparable à Mogador, naturellement, mais les terres sont belles, n'est-ce pas ? Cette culture maraîchère donne de beaux bénéfices. Demande un peu à ton frère. Hubert, vous devriez lui montrer les silos à blé.

Du groupe des jeunes femmes, s'éleva la voix d'Augusta :

— Ludivine, vous souvenez-vous de ces vacances où vous êtes restée quelque temps à la maison ? Bonne Vierge, quel démon de coquetterie vous étiez ! Le pauvre cœur de Gilbert... Il en a raté son baccalauréat, cette année-là. Papa menaçait de le faire engager...

Ludivine souriait. Tout ce vieux passé...

— Et bien, et vous ?... dit-elle, les rejoignant. Rappelez-vous le cousin d'Hermance...

Vincent écoutait avec amusement.

— En somme, vous aviez chacune votre petit roman adapté de Georges Ohnet ! Allons, soyez gentilles, dévoilez-moi celui de ma femme.

— Oh ! vous, dit Marguerite, vous avez épousé l'incarnation de la Vertu.

— Si la vertu emprunte ces traits, lança, de loin, Caussade, j'en suis un adepte.

Ludivine fit la moue.

— Un édifiant disciple !...

Les jeunes femmes éclatèrent de rire.

Demeurés seuls, les deux frères se taisaient. Hubert se leva.

— Tu viens ?

L'invitation était formulée sans enthousiasme.

Mais Frédéric saisit la balle au bond.

— Allons, dit-il, passant le bras autour de l'épaule de son cadet.

Hubert subit, imperceptiblement rétracté, ce geste d'affection fraternelle.

Ils s'éloignèrent ensemble.

L'inquiétude était née. Frédéric se débattait contre son attaque incessante. Engageant toutes les forces de sa volonté dans cette lutte, il se contraignait pour n'en rien laisser deviner.

Ludivine continuait à se faire accompagner de son beau-frère, dans toutes ses sorties. Bien loin de lui en demander compte, Frédéric semblait leur offrir, de lui-même, les occasions de fréquents tête-à-tête. Ayant fini par le remarquer, Hubert attribuait ce manège au désir que pouvait avoir son frère de s'assurer plus de liberté dans ses frasques. Malheureux du chagrin que cette conduite causait à Ludivine, plein, à l'égard de Frédéric, d'une réprobation qui tournait peu à peu au mépris, voire à la colère, il n'en profitait pas moins des avantages que la situation lui présentait.

Pendant ce temps, incapable désormais de prendre le moindre intérêt aux femmes des autres, Frédéric mettait son point d'honneur à paraître ne pas s'occuper de la sienne.

Désœuvré, l'esprit agité de questions insolubles, loyalement résolu à les ignorer, et guettant les indices à son corps défendant, il traversait les tourments de l'enfer, à l'insu de tous.

Ne sachant plus comment échapper à l'obsession grandissante, il revint aux chevaux, entreprit le dressage de deux jeunes poulains dont l'un se révélait difficile, et reprit l'habitude des longues courses, bien au-delà des limites du domaine, jusqu'à l'Alpille. Il rentrait, chaque soir, à des heures tardives, après avoir traîné dans les fermes, où les filles, déçues, tournaient vainement autour de lui, ne recueillant plus la moindre réponse à leurs avances.

La raison de ce changement demeura incompréhensible à Ludivine. La rupture avec Marceline Chabert ne faisait aucun doute. Après un bref soulagement d'orgueil : « Le voilà retourné à ses vachères... » pensa-t-elle, désabusée. L'existence n'en devenait pas, pour cela, plus agréable.

Elle inclina bientôt à penser que les choses n'avaient fait qu'empirer. Frédéric se montrait sombre, irritable, injuste, querelleur...

Hubert et lui s'adressaient à peine la parole, hors de la présence de leur mère.

Tout le monde s'accordait tacitement pour une hypocrite comédie devant la vieille dame. Mais Ludivine se demandait jusqu'à quel point sa belle-mère était dupe : « Comme elle vieillit, ces temps-ci », remarquait-elle... La fatigue était visible dans les yeux clairs, moins brillants, plus pâles qu'autrefois.

La fatigue !... « Dieu sait que moi aussi... » Elle s'examinait anxieusement dans le miroir, presque étonnée de s'y trouver encore si jolie. « Ah, si Frédéric... » Mais Frédéric ne la regardait plus... Il semblait prendre un plaisir pervers à l'humilier, à la mettre hors d' Eût-il voulu provoquer sa haine... « Non, se disait il n'agirait pas autrement... »

Depuis quelques jours, Julia avait une pénib rechute d'asthme, et ne quittait pas sa chambre, m la chaleur. Adrienne, mobilisée pour la soign devenue invisible.

On approchait du quinze août. Dan la grande maison aux volets à demi fermés, ré ait le lourd silence des après-midi d'été. L'étag des enfants, même, demeurait muet, déserté, sitôt après la sieste, par ses petits occupants égaillés dans le parc.

Seule au salon, Ludivine ressassait d'amères pensées. La porte ouverte, Hubert vit son regard se poser sur lui, vaguement.

— Ludivine, ne restez pas là, toute seule. Prenez

votre ombrelle et sortons. On manque d'air, ici. Et puis, cette pénombre... Non, voyons... Venez un moment, sous les chênes. A quatre heures, je retourne à la Gloriette.

Elle le suivit au-dehors.

Un souffle de brise passait, par instants, sous les arbres. Ils atteignirent un creux, au pied d'une butte que les enfants appelaient « la montagnette ». Le foisonnement vert d'un buisson de chèvrefeuille, accroché à la pente, apportait une note d'imaginaire fraîcheur.

Hubert ôta sa veste, et l'étendit sur l'herbe maigre.

— Mettez-vous là, vous serez bien.

Elle lui sourit au travers de sa mélancolie, et se laissa glisser à terre, sans rien dire.

Cette obéissance passive, si loin de la vivacité habituelle de la jeune femme, serra le cœur d'Hubert.

Appuyé au tronc d'un chêne, mâchonnant une herbe, il contemplait avec un amour déchirant la jolie tête inclinée de côté, comme sous le fardeau de sa peine.

— Ludivine.

Elle parut sortir d'un rêve.

— Oui ?

— Que faut-il faire pour vous distraire ? Je me sens malheureux de vous voir ainsi.

Elle dit, très bas :

— Je n'en peux plus. Vraiment, je crois que je n'en peux plus. Vous avez vu, à midi...

Hubert serra les poings à ce souvenir : « Une brute, une brute cruelle... »

— ... Je ne sais même plus à quel propos... Il paraissait de bonne humeur, en se mettant à table, et puis, tout d'un coup... Quelquefois, j'ai l'impression que c'est ma présence, seule, qui l'excite contre moi.

Jamais elle n'avait laissé percer pareille détresse. Hubert se taisait, bouleversé.

— Je ne peux plus... je ne peux plus...

La même plainte revenait aux lèvres de Ludivine, avec un accent indiciblement enfantin, quelque chose de sans défense, qui faisait mal à entendre.

Elle leva vers son beau-frère des yeux embués :

— ... Il est pire qu'à l'époque de son accident. Oh Dieu ! Je m'étais dit : « qu'il ne parte pas, que je le garde, seulement, et, quoi qu'il fasse, rien ne me pèsera à supporter ». On croit cela, mais ce n'est pas vrai. Le courage... on s'épuise, Hubert, si vous saviez !

Se laissant tomber à genoux auprès d'elle, il s'empara de ses mains, les couvrit de baisers...

A présent, les larmes débordaient.

— Mon amour, ma douce, ne pleurez pas...

Il l'entoura de ses bras, lui prit la tête et l'appuya contre sa poitrine.

— Je ne peux plus continuer. Jamais... jamais je ne pourrai, Hubert, j'ai tellement mal...

Elle était une toute petite fille qu'il berçait.

— ... Je voudrais m'endormir... et ne plus rien savoir de lui, jamais. Que ce soit comme s'il n'avait jamais existé...

— Ma chérie, ne pleurez plus. Que voulez-vous que je fasse ?

Ludivine s'essuya les yeux et dit âprement, sans l'entendre :

— Il y a des moments où je le hais.

Elle réfléchit, retourna l'idée en rond, l'examina avec fixité.

— ... Je crois que j'en arrive à le haïr. Si je pouvais m'en détacher, à la fin...

Hubert la regardait sans rien dire, envahi d'un confus espoir, trop fabuleux.

— ... Quand je pense qu'il faudra recommencer ce soir, tout à l'heure...

Elle se remit à sangloter... des sanglots nerveux, saccadés, exténuants.

Très loin, on entendait des rires, des appels d'enfants.

— Ludivine... un mot, et je vous emmène !... Oh ma chérie, voulez-vous ? Je vous en prie, répondez-moi. A la Gloriette, à Tarascon, à Paris, où vous voudrez... Nous quitterons Mogador. Même si je ne dois plus jamais y revenir... Ludivine !... Pourvu que vous m'aimiez un peu... Que vous m'acceptiez seulement près de vous... Chérie, dites que vous m'aimerez...

Il tenait entre ses mains le visage mouillé, rougi de larmes qu'elle ne songeait pas à lui dérober.

— ... Regardez-moi, donnez-moi vos yeux... Oh ! mon amour, mon amour...

Insensiblement, il se penchait. Ludivine, à demi inconsciente, sentait son haleine la frôler.

Il prit ses lèvres avec une douceur exigeante, et l'embrassa profondément. Elle ne se défendit pas.

Haletant, il émergea d'un abîme émerveillé, reprit son souffle, et la contempla.

Les yeux clos, elle était comme une morte, entre ses bras. Il l'emprisonna au creux de son épaule et, courbé sur elle, se remit à l'embrasser. Il entrecoupait ses baisers de chuchotements passionnés :

— Ludivine, ma douceur... vos lèvres... J'en ai rêvé comme un misérable... Des nuits, des années... Mon amour, donnez-les-moi encore... Je suis fou... vous me rendez fou... Votre bouche... le goût de votre bouche...

Il la sentait s'éveiller, palpiter sous la sienne. Avec lenteur, il accentua sa caresse, comme pour boire ce gémissement rauque et doux qui montait de la gorge de

Ludivine... et soudain, affolé de bonheur, ivre, victorieux, s'aperçut qu'elle lui rendait son baiser.

Une seconde incalculable coula.

Puis, brusquement, Hubert revint à lui, avec la sensation d'une présence toute proche. Machinalement, il regarda autour d'eux. Rien ne remuait. Le silence était intact.

Ludivine poussa une plainte étouffée :

— Hubert ! oh Hubert... Mon Dieu !... et se débattit un peu dans l'étreinte du jeune homme.

Il rit tendrement de sa faiblesse.

— Chut, mon amour, ne bougez pas. N'êtes-vous pas bien, là ?

Sa bouche errait dans les boucles noires luisantes, aspirant, près des tempes, ce parfum d'héliotrope, si familier...

Ludivine rouvrit ses yeux un peu hagards, et les referma, comme épouvantée.

— ... Reposez-vous. Je vous tiens, je vous garde... Personne ne vous enlèvera à moi.

Un instant encore, elle demeura inerte. Puis, d'un élan subit, s'arrachant de lui, elle se releva et, prenant ses jupes à deux mains, s'enfuit, trébuchante, vers la maison.

Hubert la regarda courir sans essayer de la poursuivre. Qu'importait, à présent ? Son cœur cognait à grands coups essoufflants. D'un geste machinal, il promena les doigts sur ses lèvres, comme étonné de les retrouver semblables. Humides et brûlantes, elles gardaient encore la saveur de cette bouche comme un fruit exquisement mordu... Une marée grondante de joie entrait en lui.

Lointaine, pareille à un cri d'oiseau moqueur, retentit la voix d'Anne :

— Isabelle !... où es-tu ? I-sa-belle ! Belle, belle, belle...

Hubert se mit debout, ramassa sa veste froissée et, la jetant sur son épaule, se dirigea vers les écuries.

Sous l'œil ahuri de Florent, il sella lui-même *Sigurd* le nouveau cheval dont Frédéric avait commencé le dressage, sauta dessus et, maîtrisant brutalement ses cabrades sauvages, le lança au galop dans l'allée d'honneur. Le jardinier, qui bayait près du portail, eut juste le temps d'ouvrir pour laisser passer l'ouragan.

— Le diable m'emporte s'il va loin de cette allure, maugréa-t-il, en refermant la grille. Manque pas de fossés, au bord de la route, ni d'arbres, pour se casser le cou.

A son retour, vers huit heures et demie, après être passé chez sa mère, ému comme un adolescent à la pensée de revoir sa belle-sœur, Hubert entra dans la salle à manger.

Adrienne s'y trouvait seule. Dominant son impatience, il s'assit. Peu après, Frédéric vint les rejoindre, l'air rogue, la parole brève.

— Inutile d'attendre Ludivine, elle ne descendra pas. Fais servir, Adrienne.

— Elle n'est pas... ?

— Non.

— Faut-il lui faire monter quelque chose ?

— Reste tranquille. Eugénie s'en occupera.

Le repas commença dans une atmosphère oppressante. Les rares paroles échangées semblaient surnager dans le vide. Adrienne faisait tous ses efforts pour maintenir à ce dîner une allure normale, sans atteindre à un résultat notable.

Frédéric s'informa de sa mère. Il n'avait pas eu le temps d'aller la voir, en rentrant.

— Elle respire beaucoup mieux. La journée a été bonne. Je crois qu'elle descendra demain.

— J'entrerai un moment, en allant chez les enfants, tout à l'heure.

Estimant suffisant cet apport à la conversation, il se referma dans son mutisme.

Impressionné par ce silence de chapelle, Victor, par un mimétisme inconscient, prenait des allures de sacristain servant une messe basse.

Sitôt le dessert achevé, Adrienne, à bout de résistance annonça qu'elle remontait chez elle, et souhaita le bonsoir à ses frères. Ils la suivirent des yeux, d'un même mouvement, jusqu'à ce que la porte se fût refermée.

Gêné par leur présence inusitée, Victor achevait de desservir. Toute sa replète personne exprimait la réprobation devant cette lubie incongrue.

— Les lampes sont allumées dans le salon, Monsieur, crut-il devoir rappeler à son maître.

— Ça va bien. Va les éteindre, si tu veux, et fichenous la paix.

Victor sortit avec dignité.

Hubert attira une chaise près de la fenêtre, et s'assit à califourchon, croisant les bras sur le dossier.

Frédéric bourrait sa pipe avec des gestes lents, sans le quitter des yeux. Leurs regards se heurtèrent dans un éclair de dagues, et, liés, s'affrontèrent durant une interminable minute. Sans détourner le sien, Frédéric se fouilla posément, prit ses allumettes, en fit craquer une, l'approcha entre ses mains...

Les muscles du visage de son frère se tendaient durement, faisant grimacer les coins de la bouche.

— Où est Ludivine ?

Frédéric souffla sur l'allumette, sans se presser, aspira une bouffée...

— Dans sa chambre.

— Qu'est-ce qu'elle a ?

Le jeune homme sentait son sang-froid l'abandonner, devant ce calme provocant.

— Peste ! C'est un interrogatoire, on dirait...

— Je te demande ce qu'elle a.

Se dressant, il repoussa violemment sa chaise qui faillit tomber.

— Fais attention, tu vas la casser, l'avertit Frédéric, plus maître de lui, à mesure que son cadet perdait la tête.

Il se leva, à son tour, et se rapprocha. Sa froideur était celle du chasseur sur une trace... Il retira la pipe de sa bouche :

— ... Ce qu'elle a ?... Et si « moi » je te le demandais ?...

Hubert avala sa salive, et respira longuement. Eh bien, on y était, après tout... on allait, une bonne fois...

— A ta disposition. Mais d'abord, j'exige de savoir...

— Tu exiges ?... A propos de ma femme ?...

Epaule contre épaule, ils s'observaient de tout près, échangeant leurs paroles comme des balles.

Hubert enfonça les mains dans ses poches.

— Oui.

— Salaud ! je te...

La voix de Frédéric était basse, méconnaissable. La main crispée sur le fourneau de sa pipe, il se brûlait, sans y prendre garde.

— Nous réglerons ça tout à l'heure. Commence par avouer.

— Avouer ?

Hubert ricana.

— ... Je voudrais bien savoir de quoi je me cacherais. T'es-tu caché le moins du monde ? Tu l'as trompée, tu l'as bafouée, tu l'as piétinée à plaisir. Je te conseille de te taire. Pour ce qui est du scandale, c'est toi qui l'as apporté dans cette maison. Son unique tort, à elle, c'est d'avoir eu trop de patience. Trop fière... Tout le pays est au courant, les gens en ont fait des gorges chaudes... Et elle n'a rien dit ! Elle t'aimait, et tu le savais. Ça ne t'empêchait pas d'en profiter. Au contraire... Des intrigues de palefrenier... Tu as perdu le droit de...

— Tais-toi !

Par un miracle de volonté, ils parvenaient à ne pas se jeter l'un sur l'autre.

— Depuis combien de temps est-elle ta maîtresse ?

— Ma... ?... et tu crois... — Hubert s'étranglait. — Tu crois que, si elle l'était, je l'aurais laissée une nuit de plus dans ton lit ?

Assommé par la détente nerveuse, son frère le considéra d'un air vague.

— Tu ne... elle n'est pas... ?

— Pas encore, précisa Hubert, les yeux gonflés de haine. Mais, bon Dieu ! je me demande en quoi ça t'importe !

Frédéric s'essuyait machinalement le front du revers de la main. Sa respiration était précipitée. Arrachant son col, il se dirigea vers la fenêtre ouverte sur la nuit tranquille, appuya sa tempe contre le carreau, cherchant la fraîcheur...

Son frère le rejoignit.

— Je lui ai parlé cet après-midi, si tu veux le savoir.

Muet, Frédéric le dévisagea avec mépris. Le jeune homme continuait :

— ... Je l'ai tenue entre mes bras, je l'ai...

— Assez ! Va-t'en !

— Tu n'aimes pas entendre ça, hein ?... Oui, je m'en vais. Mais pas seul. Tu ne t'imagines pas que je vais te la laisser ? Je l'emmène.

— Non, vraiment ?

Frédéric retrouvait comme une arme le ton sarcastique.

Cinglée, la colère d'Hubert s'accrut d'autant.

— Je l'emmène. Que ça te plaise ou non. Nous partirons tous les deux, demain matin. Je le lui ai proposé, je te dis. Elle me suivra. Elle est à bout, elle consent à me suivre. Je te dis qu'elle te hait... Aujourd'hui même, j'aurais pu...

— Tu crois ça ? Imbécile !

D'un trait, Hubert lui sauta à la gorge. A moitié suffoqué, il riposta par un coup de poing en plein corps. Atteint au creux des côtes, Hubert se plia en deux. Frédéric se jeta sur lui. Ils se saisirent. Dans un corps à corps étroit, ils cognaient sauvagement l'un sur l'autre, au hasard, à grands coups haineux. Déjà, la bouche de Frédéric saignait. Sa veste de tussor léger était en lambeaux, la chemise déchirée d'Hubert ne tenait plus guère que par une épaule.

Se dégageant, il empoigna la chaise à sa portée, et la lança de toutes ses forces. Frédéric l'évita de justesse, et bondit, acculant son frère au bord de la table sur laquelle il le renversa. Le maintenant par les cheveux, il se mit à lui marteler la tête que chaque coup faisait sonner contre le bois.

D'un tour de reins forcené, Hubert parvint à se ramasser. Repoussant Frédéric, il rompit de quelques pas pour s'élancer à son tour, et fonça, tête baissée.

Frédéric chancela sous le choc, respiration coupée, et recula jusqu'au mur. Son adversaire, prenant l'avantage, lui décochait un orage de coups. Enfin, il parvint à ceinturer le jeune homme.

A nouveau, dans un enlacement meurtrier, ils atteignirent la table, la contournèrent... Le poing de Frédéric, mal dirigé, fit basculer la grosse lampe à pétrole ; elle s'abattit avec fracas.

La lutte continua dans l'obscurité. Hubert heurta le tabouret de Julia, perdit l'équilibre et tomba à la renverse, entraînant son frère. Tous deux roulèrent l'un sur l'autre, inextricablement mêlés.

Ils se battaient sans un mot, avec une furie silencieuse, animale...

La porte s'ouvrit. Un rai de lumière glissa, s'élargit.

Ludivine entra, portant une lampe. Elle effleura du regard, inquiète, le désordre de la pièce, aperçut à terre leur masse confuse, étouffa un cri...

— Mon Dieu !

Frédéric se redressait, haletant.

Avec épouvante, elle considéra son visage couvert de sueur et de sang, ses vêtements en loques. D'un revers du poignet, il rejeta en arrière ses cheveux dont les boucles en désordre lui pendaient sur les yeux, essuya sa bouche dans le creux de sa main.

— C'est toi ? Tu arrives bien.

Du menton, il lui désignait Hubert, à terre, sans mouvement.

Posant la lampe sur le coin du buffet, elle se pencha.

Les yeux chargés d'angoisse, Frédéric, tendu dans une immobilité frémissante, guettait ce qu'elle allait faire.

— Oh, Dieu ! Hubert... Elle joignit les mains et les porta devant sa bouche, dans une sorte d'horreur pétrifiée.

Au son de sa voix, le jeune homme revenait à lui. Il se souleva sur les poignets.

Ludivine parut vouloir se baisser vers lui.

— Laissez, dit-il, ce n'est rien. Je puis me relever.

Il le fit péniblement. La chevalière de Frédéric lui avait ouvert une estafilade vers la tempe. Le sang l'aveuglait. Un caillot noirâtre était coagulé sous sa narine. Il s'accota contre le bord de la table.

Les prunelles dilatées de Ludivine erraient de l'un à l'autre, au milieu d'un silence profond. Pâle, la figure encadrée de tresses noires, perdue dans les plis de son peignoir clair, toute droite, dans le faible halo de la lampe qui l'éclairait par-derrière, elle était, entre eux, comme une fantasmagorie de la nuit.

Frédéric, la contemplant d'un regard dévoré, savait que, jamais plus, quoi qu'il advînt, cette frêle image ne cesserait de peser lourd sur son cœur, si c'était la dernière qui dût lui rester d'elle, avant que...

— Il s'en va.

Sa voix hachée avait un accent bref et dur.

— ... Tu es libre de le suivre.

— Frédéric !

Toute sa vie, Hubert devait se rappeler ce cri affolé, ce cri implacable...

— ... Non, non Frédéric !

Elle tendit les mains dans le vieux geste d'amour et de supplication venu du fond des âges.

Déjà, à son appel, Frédéric avait bondi. Avec un fauve grondement de triomphe, il la saisit, et l'emporta contre sa poitrine.

Vacillant, Hubert était remonté dans sa chambre. Lavé, rhabillé, il passa le reste de la nuit à marcher à travers la pièce.

... Une douce nuit d'août, semée d'étoiles filantes par tout le ciel, où le « chemin de Saint-Jacques » étendait sa longue traînée dorée et phosphorescente. — Une nuit pour aimer, pour espérer, pour...

Hubert croyait n'avoir plus que haine et rage dans le cœur, et, tout à coup, s'aperçut qu'il pleurait.

Il avait préparé son sac de voyage. A l'aube, il le prit, jeta un dernier regard autour de lui, et sortit.

Au fond du couloir, la porte des enfants s'entr'ouvrit doucement. Isabelle, pieds nus, dans sa longue chemise, surgit sur le palier.

— Où vas-tu ?

Il posa son sac, se baissa, et la regarda longuement.

— Je pars, Sabel.

— Pour longtemps ?

— Très...

Les yeux sombres de la petite fille se fixèrent sur son visage qui portait des traces de la lutte.

— Je comprends.

— Mais non, tu ne peux pas comprendre.

Il l'attirait à lui.

— Laisse-moi, dit-elle, se rejetant en arrière. Elle ajouta : J'ai onze ans, aujourd'hui.

— C'est vrai.

Il essaya de sourire.

— ... Au fait, j'ai un cadeau pour toi. Il est resté dans ma chambre. Viens, que je te le donne.

La petite boîte était dans son armoire. Il la lui tendit. L'enfant la tourna dans ses mains sans l'ouvrir, et leva la tête vers lui.

— Hier, je m'étais cachée pour lire, à la montagnette...

— Ah...

Tous deux se dévisagèrent un instant. Hubert détourna son regard.

— ... Ecoute, Sabel, tu ne dois pas t'imaginer... Il faudrait que je t'explique, mais c'est... Ah ! je n'ai plus le temps, et c'est trop difficile..., acheva-t-il découragé. Maintenant, il faut encore que je voie ta grand-mère.

Elle hochait la tête, avec un air de grande personne, et, tout à coup, éclata en sanglots.

— Ne t'en va pas, je t'en prie... ne t'en va pas !

Elle nouait les bras autour de son cou.

— ... Je ne veux pas que tu t'en ailles...

Désespéré, il se mordit les lèvres.

— Il faut. Je ne peux plus rester. Allons, quittons-nous, ma petite chérie. Tiens, prends mon mouchoir, et ne pleure plus, on va t'entendre. Là, maintenant, laisse-moi partir.

L'enfant se laissa embrasser. Morne, elle l'accompagna jusqu'à l'escalier, le regarda descendre les marches...

A mi-chemin, il se retourna encore une fois.

— Adieu, mon Sabel.

— Je la déteste, chuchota-t-elle, penchée entre les barreaux de la rampe.

DEUXIEME PARTIE

1

Au mois de février 1908, la « Serpollet » de Charles Guillermin s'arrêtait chaque jour à Mogador, devant le perron.

Enorme, dans son paletot de caracul noir, il descendait de la voiture, frottant ses mains gantées de cuir fourré. La saison demeurait vraiment froide. Sa corpulence d'emprunt, son visage congestionné par les rafales coupantes du mistral, lui donnaient un curieux air de reître.

Dans le vestibule de la maison, les jumeaux, toujours à traîner par là lorsqu'ils avaient pu échapper à leur institutrice, l'examinaient avec un intérêt dénué de toute discrétion, pendant qu'il remettait casquette, lunettes et gants de chauffeur à Victor, et se débarrassait de sa carapace de poils. On parlait beaucoup, chez les enfants, du « fiancé de Tatie » et de l'événement qui venait de se décider.

Anne et Christine en rêvaient toute la semaine, dans leur couvent de la Visitation, où l'une achevait, tandis que l'autre commençait les trois années d'internat fixées par leur mère, pour parfaire leur éducation.

Lorsqu'il en avait été question, pour Isabelle, en

octobre 1903, la jeune femme avait dû soutenir une lutte serrée contre Frédéric. Elle avait finalement triomphé, avec l'aide de Julia.

Mais, le samedi soir, Victor allait chercher en voiture ses jeunes maîtresses qu'il ramenait le lundi matin. Frédéric n'avait cédé qu'à cette condition.

— Jamais je n'obtiendrai de Mère Magdeleine-de-la-Croix... On voit bien que tu ne la connais pas... regimbait alors Ludivine, retrouvant son état d'âme de pensionnaire...

Mais la religieuse, devenue Supérieure, paraissait avoir perdu de sa sévérité ; et les filles de Ludivine Peyrissac s'étaient vu accorder la faveur demandée par leur mère.

Chaque dimanche, Christine questionnait sans fin la future mariée.

— Tu auras une belle robe ? Avec une traîne ?... Longue comment ?... Et un voile brodé ?...

Ayant fait sa première communion l'année précédente, elle estimait posséder une compétence particulière sur ces questions de toilettes...

Adrienne éprouvait une certaine difficulté à faire comprendre à ses nièces qu'elle se contenterait d'une petite traîne de ville, et d'une voilette blanche posée sur son chapeau. — Les conventions sont les conventions, certes ; et tous les voisins, de Peyrolières à Tarascon, et d'Arles à Maillane, chanteraient un fameux concert, si mademoiselle Vernet, de Mogador, se mariait autrement qu'en blanc. Mais tout de même...

Tout de même, à quarante-deux ans, lorsqu'on épouse un veuf de cinquante et un, déjà pourvu de famille... — Adrienne rêvait. Son appétit maternel s'était déjà emparé des deux petits que la mort de Marie Guillermin avait laissés orphelins, quatre ans auparavant.

Leur père les amenait parfois jouer à Mogador, depuis que le hasard d'un marché conclu avec Frédéric avait renoué entre eux les relations. Peut-être, sans leur présence, eût-elle encore tergiversé. Mais ces enfants doux et sages avaient conquis le cœur de la tendre Adrienne. Les sept ans et demi de Claire, les six ans du petit Maxime avaient été, bien qu'il ne s'en doutât guère, les meilleurs arguments du veuf intimidé. Dès les premières ouvertures de Charles, rougissante, elle avait répondu à sa mère qui lui transmettait la nouvelle démarche de son ancien prétendant :

— C'est entendu, Mère, je serai sa femme.

Julia demeurait encore confondue de cette vivacité.

Les fiançailles avaient eu lieu le dernier dimanche de janvier, dans une intimité extrêmement réduite. Léon et Blanche, venus avec l'oncle Constant, de la Sarrazine qu'ils habitaient seuls, à présent, depuis la mort de tante Sophie, prise d'un refroidissement au sortir de la messe, au début du glacial hiver de 1905... Raoul et Laure, représentant la branche cadette de la dynastie Vernet, composaient, avec la sœur et le beau-frère du fiancé, toute l'assistance, outre ceux de Mogador.

Depuis, la maison vivait dans l'excitation. Isabelle, qui allait atteindre ses dix-sept ans dans le courant de l'été, devait, pour la cérémonie, étrenner sa première robe « vraiment longue ». Anne pâlissait de jalousie, et supputait le temps qui lui restait avant qu'elle pût obtenir ce privilège. Quinze ans était cependant l'âge consacré pour les grandes amours...

— Voyons, Maman : Juliette, et Mireille, et... et... — Son érudition se bornant là : — et toutes les autres..., ajouta-t-elle, audacieusement, croyez-vous qu'elles se promenaient en jupes courtes ? Mais personne ne les aurait seulement regardées !

Ludivine souriait, amusée. Anne était la langue dorée de la famille, comme disait son père... Mais, regardées... ses filles avaient tout le temps de l'être.

— ... Et vous, Maman chérie, insista l'éloquente jeune personne, si Papa vous avait rencontrée...

Intéressé par la démonstration, Frédéric s'approcha :

— Eh bien, à ton avis, qu'est-ce qui serait arrivé ?

Anne se mordit les lèvres. Bien difficile à imaginer. Comment ses parents eussent-ils pu passer l'un à côté de l'autre sans qu'arrivât... ce qui était arrivé ? On ne pouvait pas se représenter l'un sans l'autre. Impossible que Papa ait jamais pu aimer une autre femme que Maman. — Elle est encore si merveilleusement jolie... — Pas un détail de son élégance ou de ses manières qu'Anne, fière de posséder, seule de tous, les mêmes yeux violets, ne s'attachât à copier.

Pour Frédéric, son admiration était éperdue, romanesque, nourrie de toute la passion qu'elle voyait sa mère lui témoigner. Etre à son tour enlevée à cheval, le jour de ses noces, par un jeune époux qui ressemblât en tous points à son père, constituait l'idéal de ses rêves.

Pour l'instant, ce père prestigieux, campé devant elle, la détaillait avec son séduisant sourire saupoudré d'ironie.

— ... Eh bien ?

— Eh bien, Papa, supposez que vous êtes un tout petit, petit peu plus jeune... oh ! à peine, vous savez ! et que... oh ! enfin... si vous n'étiez pas marié, est-ce que vous me remarqueriez ?

— Fichtre, je crois bien ! siffla-t-il, avec conviction.

Consolée, Anne qui n'avait pas encore appris à rougir, s'en alla, rayonnante.

— Frédéric !...

— Mon cœur ?

— Si, maintenant, tu te mets à lui faire la cour... Elle va devenir insupportable.

— Tu crois ?

Il regardait s'éloigner Anne, légèrement penaud.

— Mais c'est qu'elle est... rudement bien ! acheva-t-il, plein d'un orgueil candide.

Ludivine glissa son bras sous le sien. Fût-ce même sur ses filles, elle n'aimait pas qu'il arrêtât trop longtemps son intérêt sur quiconque...

Frédéric serra doucement contre lui la petite main quêteuse.

« ... Jalouse !... »

Le mariage était pour avril. Ludivine prit les préparatifs en main, au grand soulagement de sa belle-sœur. Elle emmena la fiancée commander ses toilettes en Avignon, décida de l'ordonnance du repas de noces, engagea le personnel nécessaire ; dressa les listes d'invités, organisa les détails du cortège... Il avait été entendu que l'on se limiterait aux parents et à quelques rares amis. Mais la seule parenté, dans un clan aussi ramifié, représentait déjà une suite considérable. La jeune génération, en particulier, abondamment fournie en cousins et cousines, offrait un véritable casse-tête.

— Avec qui me mettrez-vous, Maman ? vint un jour câlinement s'enquérir François.

Ludivine demeura interdite. A la vérité, le problème ne s'était pas présenté à son esprit.

— Eh bien, mais... je ne sais pas encore, mon chéri. Avec Claire Guillermin, par exemple ; ou Henriette... — Les enfants d'Elise étaient aussi invités — ou ta cousine Antoinette.

— J'aimerais mieux Antoinette. Les autres sont trop petites, vous comprenez ?

Réprimant un sourire, sa mère l'assura qu'elle comprenait toute l'importance...

Il s'en fut, les mains dans les poches, satisfait du résultat de sa négociation, tandis que Ludivine, avec un soupir, ajoutait en fin de liste un projet de protocole pour cette miniature de société.

L'œuvre enfin achevée, elle vint l'apporter à sa belle-mère.

Julia chaussa ses lunettes, entreprit une lecture attentive, puis, méthodiquement, replia la feuille, la posa sur ses genoux, avec une tranquillité parfaite.

— Et Hubert ? Qu'en fais-tu ?

— Hubert ?

Ludivine sursauta, tandis que ses joues s'empourpraient violemment.

— Mais... comment, Mère ? Je ne comprends pas.

— Est-ce que je parle chinois ? Je te demande quelle est la place d'Hubert, dans tout cela.

Ludivine était sur des charbons.

La première fois, certes, qu'elle voyait Mère manquer à ce point de tact...

L'hiver qui avait suivi le départ du jeune homme, la santé de Julia avait donné de telles inquiétudes que, sur le conseil du docteur Royer, Frédéric avait dû se résoudre à faire prévenir son frère. Depuis, Hubert était revenu de loin en loin, à de rares occasions, embrasser sa mère et passer une heure avec elle. Averti à l'avance, Frédéric s'arrangeait pour rendre toute rencontre impossible. Ludivine non plus, ne tenait pas à revoir son beau-frère. Il y avait entre eux un souvenir qu'elle parvenait assez bien à oublier. Encore fallait-il qu'il ne vînt pas désagréablement le lui rappeler par sa présence. Et Frédéric...

— Mais Mère, Frédéric n'acceptera jamais...

— Tu me l'enverras, ce soir.

« Oh Dieu ! Dieu !... quand tout allait si bien ! Une existence si paisible... » Une crispation douloureuse durcit les traits de la jeune femme. Elle se détourna sans répondre.

— ... Ludivine !

— Mère ?

— Tu m'as comprise ?

— Oui.

« Oui, oui, oui ! J'ai très bien compris, pensait-elle, exaspérée, ça va recommencer. Et, avec ces énergumènes, sait-on jamais où les choses s'arrêteront ? »

— Tu lui diras seulement que je veux lui parler.

— Pour cela, oui...

Si Mère avait décidé de tout casser, elle la laisserait faire l'omelette toute seule. Mais ça n'était pas une consolation.

— Allons, ma chère, n'oublie pas que tu ne m'as guère consultée avant de faire tes sottises. Mais... (les prunelles de Julia s'éclaircirent) c'est de mon fils, après tout, qu'il s'agit. Penses-y avant de te cabrer.

Ludivine étouffa sa révolte. De bonne foi, il lui fallait en convenir, jamais, dans les jours difficiles, la vieille dame ne lui avait manqué. Fidèle à leur alliance, Julia l'était demeurée même au lendemain de cette nuit de cauchemar où son fils cadet avait été pesé aux cruelles balances, et négligemment rejeté. Sa bru n'avait jamais eu à souffrir d'elle la moindre parole de blâme qui pût la troubler dans son amour reconquis. Ludivine se sentait forcée de le reconnaître.

— C'est vrai, Mère, pardonnez-moi, admit-elle, avec cette loyauté de race que Julia aimait à retrouver en elle.

Le soir même, Frédéric frappait chez sa mère.

Ils eurent ensemble un entretien de plus d'une heure à la suite duquel le maître de Mogador sortit de la pièce, très calme, et vint retrouver sa femme au salon, comme si rien ne s'était passé.

Refoulant sa curiosité, Ludivine remercia le Seigneur en son particulier, et n'ouvrit pas la bouche.

La soirée s'acheva dans la sérénité, Adrienne brodant l'ultime mouchoir de son trousseau, sa belle-sœur lisant, Frédéric taquinant ses filles, en vacances pour le Mardi-Gras.

La semaine s'écoula.

Un soir, rentré assez tard, Frédéric trouva la famille rassemblée dans la salle à manger, l'attendant. Il s'assit à sa place accoutumée, entre Ludivine et Isabelle.

Prompte à démêler sur ce visage le reflet d'une émotion inhabituelle, la jeune femme le regardait à la dérobée, et s'inquiétait, en lui voyant au coin des lèvres un pli léger, imperceptible à tout autre qu'elle.

« Qu'a-t-il... Que peut-il bien avoir ?... » Non qu'il parût triste ou de mauvaise humeur. « Au contraire, on le dirait plutôt... »

Rêveur, il laissait la conversation se dérouler à l'entour.

Charles était venu, comme d'habitude : « — Ses roses, ce matin étaient splendides. Les enfants se sont amusés ensemble. Dominique aime beaucoup Claire, n'est-ce pas, Mademoiselle ?... — Charles nous laissera ces petits, pendant le voyage de noces. Ils seront moins dépaysés qu'à Beaucaire, où sa sœur habite un vieil hôtel lugubre, sans même un coin de jardin. — A notre retour, il veut changer de voiture. On lui a parlé des “De Dion”. Il paraît qu'elles sont beaucoup plus confortables. »

— Il faudra que je me décide à en acheter une aussi.

Le bas-bout de la table réagit avec enthousiasme à cette déclaration, en dépit des efforts de l'institutrice.

Imperturbable parmi la sensation causée, Frédéric continuait :

— ... Oui, j'ai vu celle de mon frère. Il me l'a fait essayer cet après-midi... A propos, Adrienne, Hubert vous attend, Charles et toi, à la Gloriette. Vous ferez bien d'y aller sans tarder.

— Mais... Mais... commença-t-elle, au milieu du silence abasourdi des « grandes personnes ».

— Mais oui, bien sûr ! trancha Julia, tout de suite parée, dont les yeux, attachés sur son fils aîné, brillaient de tendresse.

Elle arrêta d'un geste impatient les paroles sur les lèvres de sa fille.

— ... Tu te feras chaperonner par la sœur de Charles, si tu crains tant que ça pour ta réputation.

A la dérobée, Ludivine leva les yeux vers son mari. Ainsi, la paix était faite. Tous deux s'étaient revus. Sur elle seule demeurait désormais, comme une gêne invisible, le poids de toute l'histoire.

Comme il avait bien pris et accompli sa décision, en dehors d'elle... Une obscure rancune lui venait, mélangée d'humiliation, luttant avec l'allégement de voir se dénouer ses inquiétudes...

Dans la brume verte entourant les arbres du parc, les bourgeons éclataient tous à la fois. Les routes se couvraient d'une ombre fine, sous les platanes aux tendres feuilles cirées. Une douceur parfumée traînait encore sur les champs d'amandiers défleuris ; de petits doigts verts s'ouvraient en bouquets, à la place des corolles légères envolées dans le vent qui portait le printemps. Pâques était là.

Adrienne fit de longs pèlerinages aux parterres qu'elle ne retrouverait plus qu'en visiteuse.

— La tonnelle du Cigalier, là-haut, en plein midi,

de la montagne, quand vous la verrez toute couverte de roses... promettait Charles, qui pressentait ses regrets.

Mais quelles roses, jamais... quelles fleurs, eussent-elles germé dans les contrées célestes, remplaceraient celles du parc où elle avait, jadis, joué avec ses frères ; où jeune fille, elle avait attendu jours sur jours, une année après l'autre, longtemps, longtemps, celui qui n'était pas venu ?

Du moins les traits de son fiancé s'éclairaient-ils d'une bonté toute simple, reflétée dans la franchise du regard.

Arrêtée devant les pivoines doubles dont on venait de biner le pied, elle souriait, un peu perdue en elle-même, avec un attendrissement touché de mélancolie.

— Quand elles fleuriront, tu seras loin. Même les iris...

Oui, à peine verrait-elle commencer la sombre marée violente tachée d'or, qui déferlait, en avril, avec une richesse royale, en bordures épaisses autour des corbeilles.

— Il doit y en avoir aussi au Cigalier, répondit-elle doucement.

Isabelle lui jeta un coup d'œil chargé de reproches.

— Pourquoi t'en vas-tu ? Quel besoin de nous laisser ? Si je comprenais seulement pourquoi tu nous quittes...

Adrienne protesta, indulgente :

— Mais voyons, je me marie. C'est le sort naturel, pour les filles, de tout quitter en se mariant. Toi aussi, un jour...

Isabelle serra les lèvres.

— Moi, je ne me marierai pas.

— Combien de petites filles ont dit ça, pour, ensuite...

— Mais moi, je le pense.

« Sa mère, exactement. Ludivine, lorsqu'on la contrarie... » pensait Adrienne, amusée.

— ... Allons nous asseoir.

La jeune fille entraîna sa tante vers le banc, près de la serre.

— ... Vois-tu, Tatie, je ne crois pas à l'amour. Ce que l'on appelle ainsi...

Elle eut une triste petite moue.

— ... Il n'y a pas d'amour, dans le monde. Seulement un égoïsme affreux...

Isabelle promenait autour d'elle son regard brun, brillant et grave.

— Si l'on devait m'aimer, j'exigerais tellement... Je voudrais que ce soit si haut, si absolument...

Adrienne s'assit, riant de bon cœur devant cette inconséquence.

— Et cela, ce n'est pas de l'égoïsme ?

Isabelle planta ses yeux dans les siens.

— Je sais ce que je suis prête à donner. Pourquoi demanderais-je moins ?

Adrienne baissa la tête sur ses pensées : « Et tous ceux qui étaient prêts, eux aussi, à donner... et à qui rien n'a été demandé... N'est-ce pas encore la pire détresse ?... Dieu fasse que cette enfant ne la connaisse jamais... Si j'étais morte sans que personne m'eût aimée... »

Elle se représenta chaudement la bonne figure de Charles, un peu grasse, marquée de rides plus claires. Sa part à elle... Il s'agissait bien de marchander...

— ... Mais d'ailleurs... — Isabelle traçait sur le sol, du bout de son ombrelle, un dessin informe — ... personne ne m'apportera rien en échange, qui vaille...

— Ma petite fille...

— Non, Tatie, je sais ce que je dis. Il y a une conspiration des gens, pour vous faire croire... Parce que, si l'on savait, peut-être, on pourrait se défendre, chercher... Mais, tiens : tous ces amoureux, dont Anne a la tête farcie, remarque-les. Qu'est-ce qui arrive ? Les poètes ont si bien senti que ce n'était pas vrai, ce qu'ils racontaient, ou que ça ne pourrait pas durer longtemps... Ils se dépêchent toujours de les faire mourir jeunes, avant que ce ne soit fini.

Elle renversa la tête sur son cou.

— ... Ah !... je voudrais quelque chose qui ne finit pas... Je ne peux pas supporter l'idée que ça finisse... ou alors, ce n'est pas la peine de commencer.

— Isabelle, voyons... Isabelle...

La voix d'Adrienne était grondeuse et tendre.

— ... Comme tu es chimérique, mon petit !

De plus dangereuses chimères que celles d'Anne, Anne, la légère, la folle, que contenteraient, quelque jour, une fine moustache, une jolie tournure, un choix de phrases habiles... Mais celle-ci, avec son aride passion de grandeur... Ce cœur brûlant qui ne transigerait pas... Si pareille à sa mère et si dissemblable... Non, celle-ci n'accepterait pas, ne céderait rien... Un soupir gonfla la poitrine d'Adrienne. Dix-sept ans, et ce beau visage, que les hommes aimeraient...

— ... Que Dieu te protège, ma pauvre chérie. Je suis inquiète quand je te vois dressée, toute seule contre ton avenir.

De ses difficiles nièces, Isabelle avait toujours été la plus difficile. Et pourtant... Pourtant, il y avait en elle...

Avec une tendresse enfantine, la jeune fille se laissa aller contre l'épaule de sa tante.

— Je sais que tu m'aimes, Tatie, bien que je sois méchante, et que je t'aie souvent fait de la peine. Quand tu seras partie au Cigalier, je me sentirai perdue, dans cette maison.

— Ma chérie, allons !...

Adrienne, alarmée, voyait trembler les beaux cils noirs au bord des paupières baissées.

— Comment peux-tu dire cela ?... Avec tes parents et...

— Papa ? Mais Papa préfère les autres. Et il préfère sa femme à tout le monde.

— Mais non, que tu es sotte ! Il vous aime tout autant...

— Ça ne me suffit pas, dit farouchement Isabelle... J'ai besoin d'être préférée.

Sa tante demeurait interdite. Cherchant en vain une réponse, elle se leva.

Un nuage passait sur le soleil. Dépouillé de sa gloire, le jardin frissonnait dans la brise encore fraîche.

— Rentrons...

— Tu as froid ?

— Oui.

Elle mentait avec gêne, sachant qu'Isabelle ne la croyait pas.

La jeune fille suivit, chantonnant, comme par bravade, une petite chanson dont l'air joyeux contrastait avec l'inflexion amère de sa bouche.

Le remords fondit sur Adrienne. — Cette petite, si profondément secrète, avec ses chagrins inconnaissables, un instant dévoilés dans un élan vite désavoué... Que, du moins, elle n'allât pas se figurer, encore... — Elle s'arrêta :

— Viens vite me donner le bras, ma chérie.

Isabelle s'avança avec lenteur.

Elles rentrèrent à petits pas, échangeant d'insignifiants propos. Dans le hall, la rebelle s'échappa.

Lorsqu'elle ouvrit la porte de la chambre qu'elle partageait avec Anne, sa cadette la reçut avec des vociférations :

— Enfin !... Depuis le temps !... Les robes ! Les

robes sont arrivées ! La mienne va bien. Maman a dit que tu passes la tienne, pour qu'elle puisse voir. Elle est chez elle, qui t'attend. Dépêche-toi ! Dépêche-toi !... Papa veut te voir aussi.

Dix-sept ans, si désabusés soient-ils, ne restent pas insensibles à une robe neuve. Isabelle était déjà en jupon court et cache-corset. Anne servit complaisamment de camériste. La toilette était d'un bleu turquoise, doux au visage, garni de petites roses en bouquets. La jupe tombait jusqu'à terre, esquissant un gracieux mouvement de traîne.

— Tu en as de la chance... une robe qui cache les jambes !... — Anne admirait, envieuse.

Elle alla chercher ses sœurs, tandis qu'Isabelle s'examinait dans la glace, avec un détachement qui manquait de sincérité.

Christine et Dominique apportèrent le tribut de leur admiration prodigue de cris. François, qui avait suivi, paraissait très impressionné.

— On dirait que tu as grandi, remarqua-t-il, plein de révérence.

Isabelle se mit en marche pour aller trouver sa mère. A la suite, le cortège des thuriféraires s'engouffra chez Ludivine.

— Oh ! Oh ! une vraie petite dame ! apprécia Frédéric, assis en équilibre au coin de la table à coiffer, tout près de sa femme.

— Voyons... Tourne-toi. Pas si vite. Encore... Oui, pas mal... C'est vrai que cela te vieillit.

Ludivine soupira.

— Enfin... tu peux te le permettre...

La mimique de Frédéric marquait clairement son approbation charmée.

— Un baiser, mon petit cœur...

La jeune fille s'approcha, embrassa son père, se pencha vers sa mère... Ludivine lui caressa la joue.

— Tu es contente ? Va vite te montrer à ta grand-mère.

Tous deux regardèrent en souriant le défilé se reformer vers le couloir. Ils demeurèrent seuls.

— Délicieuse... Un air de reine... *Ma bienvenue au jour me rit dans tous les yeux.*

— Je t'en prie, dit Ludivine, avec un soupçon d'agacement, un peu de modestie !

— Mais, chérie, elle te ressemble... triompha-t-il, adroitement.

Vint un jour où Adrienne quitta Mogador, en robe de drap amazone blanc, coiffée d'un grand chapeau blanc garni d'aigrettes, une grappe de lilas blanc au corsage, pour se rendre à la petite église de Fontfresque, et en ressortit au bras de Charles Guillermin.

Ce fut un beau mariage. Frédéric conduisit l'épousée à l'autel. Son maintien fut d'une gravité irréprochable. Si, devant le village massé tout entier, à la sortie, comme dix-huit ans auparavant, une lueur de gaieté vint, un instant, jouer sur ses traits au souvenir des péripéties du sien, Ludivine, qui suivait dans le cortège, au bras de maître Bresson — le beau-frère de Charles — ne put en vérifier le soupçon.

Trop affaiblie pour se déplacer, Julia avait attendu ses invités à Mogador, dans la compagnie de son frère Constant.

Le repas de noces, commencé avec la lenteur un peu gourmée qui convenait, s'anima dès le rôti.

Ludivine était satisfaite devant cette réussite, dont elle se sentait responsable. Pour la première fois, depuis sa venue dans la maison, elle agissait véritablement en hôtesse.

Dans l'après-midi, elle s'approcha de Julia que venait de quitter une parente surannée et complimenteuse.

— Qu'en dites-vous, Mère ? Tout s'est bien passé, n'est-ce pas ?

La vieille dame hocha la tête, malicieusement.

— Assez bien. Je vois que je puis mourir tranquille.

— Je tâcherai de vous ordonner un beau repas de funérailles, lui glissa sa bru, avec un grand sérieux.

— Hé ! hé ! Plus important qu'il n'y paraît, ma fille, pour le bon renom d'une famille.

Toutes deux se souriaient, en un accord profond.

— Les deux conjurés ourdissent leur trame... dit Numa Vernet, venant s'asseoir auprès d'elles.

Julia s'épanouit. Elle aimait la jeunesse. L'aîné de ses petits-neveux, vif, spirituel, séduisant, pourvu de l'attrait particulier de ses cheveux d'or fauve, et bien connu pour sa tête chaude, était l'un de ses préférés.

— Ma cousine, déclara-t-il à Ludivine, vous êtes vraiment la plus jolie de vos filles.

Elle se leva, effleurant au passage la tête bouclée d'une tape affectueuse.

— Flatteur ! Voyez-vous cela, Mère, comme nous savons parler aux femmes ?...

Le soir, après dîner, on dansa. Les couples, trop nombreux, se pressaient dans le grand salon. Ludivine fit ouvrir à deux battants les portes sur le hall. Bientôt, il s'anima du tournoiement soyeux des longues jupes.

A l'affût, au tournant de l'escalier, les enfants emplissaient leurs yeux de la fête. Ils se désignaient, de loin, les grandes filles : Isabelle, Agnès, dansant avec leurs cavaliers. Anne, elle aussi, malgré ses jupes courtes, tenait brillamment sa place, et profitait de l'inattention de sa mère pour enfreindre les défenses, et demeurer mêlée à ses aînés.

N'y tenant plus, Marguerite de Clarens et Maurice Royer s'essayèrent à une scottish, sur le palier du premier étage. Christine vint les rejoindre, entraînant son cousin Laurent. Gracieux, dans leur gaucherie, tous quatre s'élançaient, glissaient, tournaient... Lucien, le plus jeune des enfants de Raoul, les contemplait avec envie.

— Viens, dansons... supplia Henriette Royer, s'approchant de François.

Il la repoussa sans douceur.

— Laisse-moi. J'aime mieux Antoinette.

La petite fille s'en alla, les joues un peu tremblantes.

Claire Guillermin, pinçant de chaque main les bords de sa petite robe, sautillait un pas dans le couloir : un oiseau, prêt à s'envoler.

Edouard Royer et le petit Maxime, lourds de gâteaux et d'amusements, s'étaient endormis sur une marche, la tête sur leurs genoux relevés.

Vers onze heures, Elise, à la recherche de sa progéniture, découvrit Dominique réfugiée dans un coin du vestibule, les yeux pleins de larmes.

— Mon tout petit, qu'est-ce qu'il y a ?... Qu'est-ce qu'on t'a fait ?

— Rien, rien du tout...

L'enfant reniflait, et, soudain, fondit en pleurs.

— Doux Jésus ! murmura Elise, désemparée.

Elle attira sa filleule auprès d'elle, la berça...

— ... Qu'est-ce que... C'est parce que tante Adrienne s'en va ?

Dominique hoqueta dans son cou.

— Pour ça aussi...

Et pleura plus fort.

— Mais pourquoi donc, d'abord ? insista doucement Elise, inquiète du secret de cette peine. Dis-le-moi, à moi seule, ma chérie...

— Parce que parce que ça... a passé... si vite. Et demain... tout sera fini...

Elise se tut : « *Demain, tout sera fini.* » Pauvre petite fille qui découvrait cela. Elle la serra contre elle...

Tout le monde dansait encore, à la première heure du matin, lorsque Hubert monta prendre congé de sa mère : « Je t'attendrai, mon petit. Tu sais que je ne dors plus guère, et avec cette musique, en bas... »

Sur le palier, il hésita, luttant contre son démon intérieur.

La veille, il avait couché au village, avec Charles et ses cousins... — A quoi bon remuer les cendres ?... Dangereux, il ne faut pas... tu souffriras... soufflait la raison. Mère doit attendre...

Sans l'écouter, il reprit l'escalier, parvint au second, retrouva sous ses pieds, familiers malgré les six années d'absence, les creux du dallage usé, tout le long du couloir, et reconnut le grincement du bouton, à la porte de sa chambre.

Une petite lampe brûlait sur le coin de la cheminée. La pièce était transformée en vestiaire. Sur le lit, le guéridon, et les sièges, on avait entassé chapeaux, écharpes, sorties de bal, manteaux et huit-reflets.

Hubert en rejeta une pile, au hasard, et prit le fauteuil.

Le désordre travestissait la chambre. On y respirait cet air confiné des endroits clos où le jour ne pénètre pas.

Là, il avait vécu ses années heureuses. De là, il était parti pour la caserne, d'abord ; puis, pour l'Afrique ; puis... Puis pour la solitude empoisonnée de souvenirs, hantée d'un désespoir dont le goût âcre était encore dans sa gorge...

Il poussa un lourd soupir, se leva et fit quelque pas... s'en aperçut... « Comme la nuit où... » Il rit durement de lui-même.

Pourtant, tout s'était bien passé. Il avait tant attendu, la souhaitant et la redoutant tout ensemble, la minute où il se retrouverait en face de Ludivine ; que la réalité de l'entrevue lui avait paru facile, en regard des imaginations qu'il s'était forgées.

Deux ou trois phrases banales de bienvenue, un regard calme, posé sur lui sans affectation...

— ... Je vais vous confier à votre nièce... Isabelle !...

Mais c'était Anne qu'il avait vu s'avancer.

— Elle sort à l'instant, avec Agnès. Venez avec moi, oncle Hubert.

Sabel, autrefois, le tutoyait. Mais...

Pendue à son bras, Anne babillait, faisait sa coquette, avec cette grâce, trop reconnaissable...

Isabelle, où était Isabelle ?... L'avait-elle fui exprès ? En deux jours, il n'avait pu réussir à la joindre seule.

Deux jours où chaque pas, dans la maison, et dans le parc, faisait se lever des fantômes de joies appartenant à un temps évanoui... Vie d'autrefois, ardente, folle ; paysages d'un bonheur entrevu ; Isabelle, fraîcheur et silence... et Mogador, ce paradis perdu, tant regretté.

« Bah, se dit-il, qu'importe ? Dans deux heures, je serai de retour là-bas. »

Seul sur la terrasse, dans le frisson de l'aube levée derrière la Montagnette de Frigolet. Seul, de nouveau, avec cette image sans merci qu'il remportait pour nourrir son amour et sa haine.

Il descendit lentement chez sa mère.

— Comme tu viens tard ! Je craignais que tu ne sois reparti.

— Pas sans vous voir, Maman.

Hubert vint s'asseoir au bord du lit.

Sa mère le dévisageait avec avidité.

— Jusqu'à quand, maintenant ?

— Bientôt, promit-il, prenant la vieille main entre les siennes.

— Que fais-tu, là-bas ? Es-tu satisfait ?

— Oui, dit-il, évasif. Tout marche bien. Je n'ai pas grand mal, d'ailleurs. Ça pourrait continuer aussi bien sans moi.

Il se tut, un instant.

Julia lui souriait de ce sourire venu, à travers les ans, du fond de sa jeunesse ; étonnante parure intacte qui sommeillait dans un tiroir plein de robes fanées...

— ... J'ai reçu une lettre de Patrick O'Donnell. Il commandait une compagnie de lanciers, aux Indes. Vous savez, Maman, il a fait une belle campagne à la frontière afghane, et reçu une blessure pour laquelle on l'a décoré du D.S.O. Quelque chose comme notre Légion d'honneur. Avec un congé de convalescence de six mois. Il s'embarque ces jours-ci, et m'invite chez lui, en Irlande. Je crois que j'irai, à l'automne.

Julia étouffa un soupir.

— Partir, toujours partir... cette vie de vagabond...

— ... Oh ! un mois ou deux, seulement. Là ou ailleurs... Mais ça me fera plaisir de revoir O'Donnell. Toutes nos vieilles conversations, à Pretoria... Et cinq ans déjà, depuis son passage ici et...

— Marie-toi, dit Julia.

Il la considéra, stupéfait.

— Mais, Maman...

— Non, écoute-moi : je voudrais te savoir en paix, avec un foyer, des enfants autour de toi. Une femme te fixerait. Ce n'est pas une existence que la tienne. Tais-toi, ne dis rien. Je suis vieille, mon petit... je puis, d'un jour à l'autre... Ne me laisse pas m'en aller avec cette inquiétude, ce regret... et le chagrin de me dire que, peut-être, j'aurais pu, si j'avais su t'aider mieux que ça... Tu n'aurais pas été sacrifié, tu ne...

— Maman !... Maman chérie, non, ne dites pas... N'allez pas croire...

Hubert l'entourait de ses bras, avec un amour tout simple qui, soudain, balayait le reste.

— Marie-toi.

— Je vous promets d'y penser, Maman.

Il ferma les yeux, avec lassitude.

— ... Oui, je le ferai.

Les traits de Julia s'illuminèrent.

Son fils lui prit les mains, et, se courbant, y enfouit son visage, comme pour le lui dérober.

— Je le ferai. Mais pas tout de suite. Laissez-moi encore un peu de temps...

2

Frédéric et Ludivine firent un voyage à Paris, pour visiter la Décennale de l'Automobile qui se tenait au Grand Palais.

Brillamment organisé, envahi de la cohue la plus « smart », le Salon présentait toutes les marques connues au monde, dans une orgie de lumières électriques, de draperies et de plantes vertes. Ludivine regretta cependant qu'on n'y donnât point, comme l'année précédente, de ces fêtes de nuit dont l'écho était allé jusqu'au fond de la province. Une rétrospective des voitures l'amusa. En si peu de temps, les progrès étaient tels que, déjà, le « teuf-teuf » de 98 prêtait à rire.

Frédéric s'intéressait à la mécanique. Passionné de détails, il se faisait initier, demandait des précisions...

A l'hôtel, et durant les repas, Ludivine le laissait discourir cylindres, chevaux-vapeurs, reprises... et bâillait discrètement à l'ouïe des avantages du moteur sans soupape, cette révélation de l'année... A l'exposition, les voitures de course, que les vendeurs appelaient « runabouts de sport » le fascinaient. Il s'informait de leurs possibilités de vitesse, et rêvait sur les chiffres.

— ... Du cent cinquante... te représentes-tu ? Ce doit être...

Reconnaissant cette expression tendue — air absent et mâchoires brutales — que le désir ou la tentation plaquaient sur ses traits, Ludivine commençait à se sentir mal à l'aise.

— Tu ne veux tout de même pas... ? Mon chéri, qu'est-ce que tu ferais d'un engin pareil ? demanda-t-elle, sur le ton de la plaisanterie.

Frédéric lui jeta un rapide coup d'œil qui se déroba devant l'anxiété voilée de l'interrogation.

— Non, naturellement.

Pour finir, il commanda un châssis « Panhard-Levassor » 4 cylindres 100 × 140. « Soit une puissance de 40 chevaux », traduisit-il à sa femme. Et choisit, parmi les modèles de carrosserie, un double phaéton torpedo équipé d'un pare-brise, et de phares à l'acétylène.

— Le type même de la belle voiture de tourisme, rapide, souple, perfectionnée, confortable... opina le vendeur, avec componction. Madame en sera sûrement satisfaite.

Ludivine respira. Elle avait un moment craint le pire, de la part de son fantasque mari. Si elle avait dû rentrer à Mogador, pour le voir, bientôt, s'élancer sur les routes, au volant d'un bolide d'enfer...

Le fiacre les menait à la gare. — Dieu merci, Frédéric avait résisté à sa visible envie ! Il se calmait, devenait raisonnable... — La main de Ludivine alla chercher la sienne, l'ouvrit, s'y blottit. Refermant les doigts, il la serra, d'une chaude pression. Un cahot précipita la jeune femme contre son épaule. Elle y demeura.

Quelques jours avant la Noël, Frédéric fut avisé que sa voiture était prête. Il décida qu'il irait la chercher, une fois les fêtes passées.

— Je resterai là-bas une huitaine, le temps d'apprendre à m'en servir et d'obtenir le brevet de conduite, de façon à pouvoir la mener, ensuite, jusqu'ici. Cela me fera un excellent apprentissage. Hubert pourrait m'accompagner. Je lui en parlerai.

Ainsi mise hors de cause, Ludivine étouffa son amertume. L'expérience lui avait appris qu'il fallait laisser un peu de jeu aux liens dorés dans lesquels elle s'efforçait de garrotter son mari. « S'il a envie de cette escapade, mieux vaut céder là-dessus. » Elle tâcherait de le faire de bonne grâce. La compagnie d'Hubert, sa pratique de l'automobile, constituaient, d'ailleurs, des gages rassurants.

La question se discuta pendant le repas de Noël. Ayant accédé au désir de sa mère, Hubert y participait, assis entre les nouveaux mariés. Il fut entendu que les deux frères partiraient sitôt après le Jour de l'An.

Côte à côte, penchés sur le bureau de Frédéric, où s'étalait une carte routière, ils bâtissaient leur voyage, étape par étape.

Au salon, à table, partout où il se trouvait quelqu'un pour l'écouter, le maître de Mogador accrochait la conversation sur ce thème. Son plaisir, qu'il ne songeait pas à dissimuler, avait quelque chose d'enfantin. Désarmée, malgré une ombre de rancœur, Ludivine, le regardant, se prenait à sourire.

Tournée vers elle, à la dérobée, Hubert surprenait ce sourire, s'y égratignait comme sur une pointe.

Leurs relations étaient complexes. Irréprochablement courtoises, elles n'en conservaient pas moins, de la part de Ludivine, une sorte de lourdeur dans l'aisance, de sa part à lui, une tension perçant sous la brièveté qu'il maintenait à leurs contacts.

Seul, entre eux, Frédéric demeurait parfaitement naturel. Rassuré une fois pour toutes, il agissait comme s'il eût voulu effacer sa victoire. Devant la désinvolture de son attitude, sa femme en venait à s'interroger. Avec un léger dépit mêlé d'humiliation, elle finit par conclure à sa sincérité : Il y avait en lui une telle faculté d'oubli... En somme, l'accord paraissait bien s'être signé sur son dos, à elle. Dans cette paix rétablie, elle perdait la dévotion dont Hubert l'avait si longtemps entourée : « M'aime-t-il encore ? » Elle eût bien voulu le savoir. Ne fût-ce que pour retrouver intact son pouvoir de jadis. Mais le jeune homme demeurait impénétrable.

Adrienne et Charles regagnèrent le Cigalier. Le surlendemain, Frédéric partit pour Paris, rejoint par Hubert à la gare de Tarascon.

Son absence se prolongea. Surmontant son horreur pour toute correspondance, il envoyait à sa femme de courts billets assez fréquents, où l'exorde et la conclusion, en deux phrases tendres, encadraient des détails fastidieux touchant le sport automobile.

De toute évidence, Frédéric se donnait à sa nouvelle passion, avec cette conviction enthousiaste, si spontanée qu'elle semblait transfigurer d'un charme tout ce à quoi elle s'attachait. Trop certain, au fond de lui-même, qu'elles n'épuiseraient pas sa vie, il se lançait de l'une à l'autre, plein de l'ardeur d'un enfant qui joue, et se sait maître du jeu. Ainsi le goût de l'action recouvrait-il, durant des périodes plus ou moins longues, ce scepticisme du perpétuel spectateur qui était au fond de son caractère.

Ludivine avait appris à ne plus s'étonner de ces volte-face, sinon à s'en faire une philosophie.

Lorsqu'il était là, d'ailleurs, souvent fermée au sens de ses discours, elle s'attendrissait à la clarté de son visage, à la chaleur de son intonation, même s'il lui dévidait une kyrielle de mots techniques dépourvus pour elle du moindre intérêt. Mais la magie ne passait pas dans son écriture...

Elle soupirait et comptait les jours, en parcourant avec agacement les comptes rendus dont il remplissait ses missives : Hubert et lui allaient à Montlhéry assister à des essais. Ils avaient vu Nazzaro et Lautenschlager, fait la connaissance de Boillot, dîné avec lui et Fernand Charron...

Certes, ce défilé de noms évoquant les dieux d'un culte inconnu, laissait Ludivine indifférente. Que Frédéric rentrât, au plus tôt, avec ou sans la voiture, était tout ce qui importait.

Le retour à Mogador fut triomphal. Il arriva seul, un dimanche matin, deux heures plus tôt qu'on ne l'espérait, ayant déposé son frère à la Gloriette.

Au bruit des roues et du moteur, les jumeaux s'étaient rués hors de la maison.

La voiture vint stopper au bas du perron. Les freins crièrent. Frédéric, sautant sur le gravier, fut aussitôt assailli, embrassé, tiraillé, au milieu des exclamations.

Arrêtée en haut des marches, Ludivine souriait, un

peu jalouse. Il l'aperçut, se débarrassa de la troupe bruyante, et grimpa quatre à quatre...

— Mon amour, que tu es belle !

Il la contemplait avec ravissement, une étincelle dans ses yeux gris.

Ludivine, se laissant aller contre lui, pensait que cette minute-là payait les longues journées de l'attente.

Frédéric l'entraîna vers le vestibule.

— ... Mère va bien ?... Un voyage idéal... — Isabelle, dis à Victor de venir prendre mes bagages. — Nous le referons ensemble, tu verras... Dis-moi que je t'ai manqué.

Comme s'il ne le savait pas !

— ... Pas un accroc... Nous avons fait des moyennes splendides... — François, ne touche à rien sans moi !... — Couché au hasard dans des auberges de village. Tu aurais aimé cela. Rien de neuf, ici ?

Sa voix résonnait comme un signal de joie. Les domestiques accouraient. La maison, pourtant peuplée, semblait s'éveiller sous ses pas d'une léthargie que tout le vacarme des enfants n'avait pu dissiper, des jours durant. Il se penchait sur sa femme, le bras passé autour de sa taille, la soulevait, riant à ses filles, groupées autour d'eux...

« Comment ai-je pu tenir ?... » se demandait Ludivine.

A présent, il lui paraissait n'avoir pas vécu, depuis son départ.

Elle posait les doigts sur la tempe où le châtain doré s'éclaircissait d'un peu de blanc, effleurait lentement, légèrement, les creux de sa joue, la moustache blonde, la fossette si jeune adoucissant le menton carré.

Lui, d'ordinaire réfractaire à ces caresses possessives, se laissait faire sans protester, tout au bonheur de la revoir.

L'après-midi, toute la famille s'entassa dans l'automobile, pour une promenade à Tarascon. Julia, derrière la fenêtre, assista au départ. Il faisait beau. Frédéric avait baissé la capote. Assis entre père et mère, François se prenait pour un conquérant. Plein d'un orgueil dominateur, il regardait devant lui fuir la route et s'évanouir les voitures à chevaux dépassées.

— Plus vite, Papa, encore plus vite, s'il vous plaît !

Enveloppée d'un voile, les paupières à demi closes, Ludivine s'abandonnait à la joie de se sentir confiée à cette adresse et cette force.

Derrière eux, les voix indistinctes des jeunes filles lançaient un carillon de rires vers le ciel d'hiver profond et pur.

Ce printemps-là, à Mogador comme par toute la Provence, il ne fut bruit que des grandes fêtes qui devaient marquer le cinquantenaire de *Mireille*, et l'inauguration de la statue de Mistral, en Arles, à la fin de mai.

Plusieurs mois à l'avance, l'antique capitale du soleil devenait le point de mire d'un peuple fier de la gloire que l'on allait y consacrer.

Au cours des réunions, on se communiquait le détail du programme, arrêté dans ses grandes lignes depuis l'automne précédent. Déjà, l'on parlait de ce bal, où le costume des filles d'Arles devait être à l'honneur. — C'est absolument certain, ma chère. Je le tiens de Jeanne de Flandrésy elle-même.

— J'ai eu l'occasion de rencontrer Marie-Thérèse de Chevigné chez des amis communs. Elle m'a confié que...

Car c'étaient les belles jeunes femmes, les félibresses de cette cour d'amour tenue pour le « Maître de Maillane », qui avaient pris dans leurs mains le sceptre et l'anneau, et lui préparaient son apothéose.

De vieilles demeures rouvriraient large leurs portes et leurs volets souvent clos. Des Arlésiennes envolées depuis de longues années à la suite d'un époux, reviendraient, pour ces jours de fastes, habiter les murs de leur passé de jeunes filles...

Les Vernet étaient invités chez les parents d'Estelle Jonquéras, qui devait elle-même venir de Paris, arrivant de Norvège.

— Revoir Estelle, quel plaisir !... Je me demande si elle aura beaucoup changé. La dernière fois, elle était encore éblouissante. Quand j'y pense... Nous avons si souvent joué ensemble, et nous nous tutoyions. Je crois que mon frère Henri a été vraiment très amoureux d'elle. L'avons-nous taquinée là-dessus, Georges et moi !... Et maintenant... Madame l'Ambassadrice... Est-ce qu'il va falloir lui dire : « Votre Excellence » ?

Attendri, il souriait à son enfance.

« ... Chère petite Estelle... »

Ces réminiscences laissaient Ludivine indifférente. La question n'était pas là. Il fallait se préparer, décider des costumes, rentrer en possession des richesses de grand-mère Félicité, entassées au fond des coffres de cyprès, soustraites à la poussière et au temps, dans les greniers de la Gloriette.

Frédéric transmit la requête à son frère.

— Dis-lui qu'elle vienne prendre elle-même tout ce qu'elle voudra. Je m'en vais pour quelque temps, en Camargue. La maison est à elle. Amène-la. Je donnerai des ordres avant de partir.

— Tu vas à Tourvieille ?

— Non, chez le Pouly [1], à la Tour de Valat.

---

1. *Pouly* : famille de toreros français originaire d'Arles, « Bresillon » était le surnom du second d'entre eux.

Frédéric devint rêveur.

— Ah, « Bresillon » t'a invité ? Chançard !... J'ai toujours eu envie de passer quelques jours à sa manade.

Hubert haussa imperceptiblement les épaules. — Cet inconscient, qui avait tout, et toujours envie du reste...

— Si ça te tente... Il y a de la place, là-bas... « Bresillon », tu le connais, il ne fera pas de manières pour te recevoir.

Frédéric hésitait, fortement alléché.

— Comment y vas-tu ? Avec la « De Dion » ?

— Eh bien, à vrai dire, je me demandais... Si je prenais l'autre ? Qu'en penses-tu ? Sur la sansouïre... Un terrain rêvé pour des essais de vitesse... On m'a parlé d'une épreuve au kilomètre lancé, à Salon. Nous pourrions peut-être...

— Bon Dieu ! jubila Frédéric, pour une idée, c'en est une fameuse !... Emmène le joujou, et compte sur moi. Le temps que tu aies trouvé une piste convenable, je te rejoins.

A quelques jours de là, Ludivine et ses filles revinrent, chargées des trésors de la Gloriette : raides soieries anciennes dont les plis se cassaient dans un bruit frissonnant comme un frôlement d'ailes... vieux brocarts somptueux, « cambrasines » [1] de blonde, ou d'aérienne mousseline, de quoi reconstituer plusieurs costumes d'Arlésienne, dont un du dix-huitième siècle.

Anne pensait qu'elle allait en rêver. C'était elle qui devait le revêtir. La jupe courte, et les cheveux arrangés en boucles, convenaient mieux à une toute

1. *Cambrasino* : la coiffe blanche autour de laquelle s'enroule ou se noue le ruban de tête, en velours.

jeune fille. La joie de faire ses débuts à ce bal, qui promettait d'être un événement, compensait le regret de ne pas y porter une traîne comme celles de sa mère et d'Isabelle.

Dans la voiture qui les ramenait avec leur butin, toutes trois se livrèrent avec délectation à leurs projets de coquetterie.

Les trouvailles déballées sous les yeux de Julia, Anne, dansante, ne pouvant se tenir d'essayer, l'une après l'autre, chaque pièce de costume, l'excitation monta encore, et domina tout le repas. Frédéric, à la veillée, en eut les oreilles rebattues.

Patient, il fumait sa pipe, et donnait sans se faire prier tous les signes d'admiration voulus, l'esprit ailleurs, sa valise faite, et son départ fixé au lendemain matin.

— ... Juste quelques jours, mon cœur... avait-il dit. Pendant ce temps, vous résoudrez toutes vos histoires de couturières.

Allons, il fallait bien lui passer ce caprice.

— ... Mais j'aurais aimé aller voir les taureaux avec toi.

— Moi aussi.

Il serrait contre lui la taille encore si mince...

— ... Mais vraiment, ce n'est pas ta place. Nous serons entre hommes. Un milieu plutôt rude... Je resterai absent le moins longtemps possible, ajouta-t-il, hypocritement.

Pourquoi les hommes sont-ils si férus de se retrouver « entre eux » ? songeait Ludivine. Pour sa part, elle n'avait jamais pris grand plaisir à la société des autres femmes. Même Elise... Eh oui, c'était agréable de se détendre auprès d'elle, dans sa douceur, sa tranquillité, son amitié sûre, sans jalousie, quelques heures durant, de temps à autre... Mais s'il avait fallu vivre une existence à parler de toutes ces choses simples et quotidiennes dont elle faisait son horizon, et à intervenir sans cesse dans les ennuis des gens — comme si chacun n'était pas au monde pour se débrouiller !... — Ah Dieu... Non, même Elise n'offrait que des ressources restreintes. Quant aux autres... Leurs robes, leurs domestiques, leurs enfants et les malheurs de leurs bonnes amies... Ludivine connaissait la ritournelle. Et, pour l'intérêt qu'offraient les couplets...

— Ne t'attarde pas, mon chéri, je t'en prie. Ne me laisse pas plus d'un dimanche, seule.

— Je te le promets.

Il trouva le moyen de tenir parole, et revint au bout de huit jours, la lèvre fleurie d'un sourire de miel, prodigue d'attentions particulièrement caressantes.

Ludivine l'accueillit, comme Pénélope Ulysse, sans poser de questions trop indiscrètes sur l'emploi de ce temps passé loin d'elle. En fait, les occupations ne lui avaient pas fait faute. A deux reprises, elle s'était rendue en Avignon, avec les enfants...

Outre les fêtes d'Arles, il s'agissait de prévoir la première communion des jumeaux, pour le mois de juin, et d'habiller toute la famille en conséquence.

Julia trouvait extravagante cette façon de mélanger dans leurs apprêts les cérémonies païennes et religieuses, et ne se privait pas de le dire.

— Comment veux-tu que ces enfants aillent dénicher Dieu, au milieu d'une pareille foire ?

Ludivine se mordait la joue, impatiemment. — Mère se montrait quelquefois un peu bigote, en prenant de l'âge. Dieu était là en permanence. Mais, des réjouissances comme celles qui s'annonçaient, il n'y en aurait pas deux fois...

Elles débutèrent le 29 mai, au soir, par une « pégoulade » : les Lices, où s'écrasait une foule surexcitée, virent passer, entre leur double rangée de micocouliers, les gardians à cheval conduits par « le Marquis », dans la lueur rougeoyante des torches de résine qu'ils portaient, et des lanternes balancées au bout de longs roseaux, parmi les fanfares, les cris, les applaudissements, et les tourbillons de poussière blanche.

Le lendemain, samedi, veille de Pentecôte, tandis que, du matin au soir, les badauds se pressaient à la porte du Museon Arlaten offert par Mistral à la ville ; aux Alyscamps où se déroulaient les jeux d'aiguillettes et de bagues, avec un concours de farandole ; puis, sur les Lices, aux courses gardianes de chevaux montés à cru, en attendant le feu d'artifice sur le Rhône, pour terminer la journée... bien des jouvencelles émues à la pensée de leur première apparition mondaine, bien des belles, venues d'Avignon, de Maussane, d'Eygalières, de Barbentane, de Beaucaire ou de Saint-Rémy, s'apprêtaient pour ce fameux bal Mireille, bouquet vivant de toute la fleur du pays provençal, qui devait demeurer mémorable, de nombreuses années écoulées, dans le souvenir de celles qui le composèrent, et de ceux qui purent en contempler la féerie.

Dans la salle des Folies-Arlésiennes, la plus grande que l'on eût pu trouver, tant bien que mal décorée d'étoffes drapées et de girandoles d'ampoules électriques, sa laideur disparaissant sous le flot éclatant des merveilles étalées, toutes les grandes familles de la province étaient venues, les hommes en frac, les femmes dans des costumes pour la plupart authentiques, jalousement conservés en héritage, qui exhalaient la poésie d'un passé ressuscité pour quelques heures, dans le doux froissement de vieilles soies aux tons exquis, étincelantes de bijoux anciens.

Les coiffes « à plechoun », « à grandes ganses », « à la chanoinesse », à « bouts », « à la cardeline », enfermant de purs profils dans leurs transparences médiévales, donnaient aux visages de jeunes filles une gravité délicieusement adoucie par les cheveux bouclés de chaque côté, « à la recouleto ».

Anne était ainsi, ravissante dans ce costume, le buste pris dans un « droulet »[1] de moire verte à fines rayures roses, aux pans doublés de satin glacé rose, ouvert sur une robe à grands ramages. A la ceinture de son tablier de « pisé »[2], s'attachaient les ciseaux d'or, au bout de leur chaîne. Une broche antique fermait le décolleté de sa « moudesto »[3], brodée de fleurs. Rieuse et fière, elle jouait de ses prunelles violettes avec une fraîche coquetterie qui, déjà, n'avait plus rien à apprendre, toute à la joie de voir les jeunes gens se disputer son carnet de danses.

— Comme elle vous ressemble, ma chère... constatait Raoul auprès de Ludivine. Non de traits, certes. Mais dans toute sa manière d'être... C'est vous, lorsque je vous ai connue. Il y a si peu de temps me semble-t-il... Regardez, elle a la moitié des garçons d'Arles autour d'elle.

Ludivine souriait, avec un soupçon de regret.

— Eh ! oui. Hier, c'était moi. Aujourd'hui...

— Aujourd'hui, c'est encore vous. Allons, ma belle cousine, ne boudez pas votre miroir, vous auriez mauvaise grâce... Et n'essayez pas de me faire oublier que j'ai eu grand-peine à obtenir cette danse, de haute

---

1. *Droulet* : sorte de petite veste extrêmement courte sur la poitrine et ajustée, terminée derrière par deux grands pans. — Une des pièces principales du costume arlésien jusque vers le milieu du XIXe siècle.

2. *Pisé* : cotonnade ancienne.

3. *Moudesto* : équivalent du français « modestie » (devant de corsage dissimulant le décolleté).

lutte... ajouta-t-il, en s'inclinant, au son de l'orchestre qui reprenait.

Elle se leva, rassemblant sa traîne, dans un mouvement qui, de la hanche au genou, la sculptait étroitement dans sa jupe. Raoul l'emmena. Ils entrèrent dans la ronde des couples.

— ... Chaque détail de votre mise paraît avoir été inventé pour faire ressortir vos attraits. Je vous regardais, tout à l'heure...

Elle baissa les paupières, sans répondre.

— Cristi ! tu es royale, là-dedans... avait dit Frédéric avant de partir, lorsque entrant dans la chambre, il l'avait vue prête. Il s'était mis à tourner lentement autour d'elle, faisant claquer sa langue, reculant un peu pour envisager la silhouette.

Moulée dans l'« èse »[1] noire à manchettes de dentelle, la jeune femme portait une jupe et un fichu de brocart bouton-d'or. Les plis du fichu ouvert sur la « chapelle »[2] de gaze blanche, retenus derrière par une épingle d'or, découvraient « en cabane » la nuque onduleuse, donnant aux lèvres l'envie d'en éprouver la souple tiédeur. Sur la masse alanguie de ses cheveux coiffés en doubles bandeaux découvrant les lobes d'oreilles, le ruban de velours noir gaufré s'enroulait autour de la mousseline blanche, piqué devant de deux trous d'ombre, sobre et léger diadème, plus noble qu'aucune couronne.

Frédéric était demeuré un long moment rêveur, à la détailler.

— Est-ce bien ? — Elle le savait déjà, mais...

---

1. *Ese* : corsage arlésien de coupe particulière, très ajustée. L'èse est toujours noire, sauf pour les costumes de grande cérémonie, tandis que le fichu et la jupe sont d'une même étoffe.

2. La *chapelle* est un second fichu de gaze blanche plissée qui dépasse sous le premier, autour du décolleté, sur la poitrine.

— Je ne connais aucune toilette qui donne une telle sensation d'harmonie, d'élégance suprême. Une perfection de lignes... La pureté antique...

Il réfléchissait.

— ... C'est comme... tiens, comme la Maison Carrée, à Nîmes..., la découpure d'un fronton de marbre sous le soleil... Ou certains gestes du matador, aux Arènes. On éprouve une joie lisse, ronde, inattaquable... J'imagine ainsi celle du mathématicien devant un problème réussi... Une sorte d'exactitude sacrée. Tu comprends ce que... ?

Il aurait pu parler jusqu'au lendemain. Ludivine ne retiendrait que cette gravité presque religieuse de sa voix et de son regard... Elle lui avait tendu ses mains aux poignets alourdis des bracelets d'or sous la frange des malines, frémissante de le sentir, penché, y appuyer un long baiser silencieux.

Après cela, elle avait pu supporter généreusement de le voir complimenter Estelle Jonquéras en mauve rosé, portant la coiffe gansée de dentelles, comme Isabelle.

La richesse de la parure — « èse » du même tissu que la jupe, en satin bleu pâle broché d'argent, fichu de malines crème — faisait de la jeune fille une femme. Ludivine, inspectant ses filles, en reçut, comme un choc, la révélation qui devait la poursuivre toute la soirée.

— As-tu vu ?... Isabelle... avait-elle demandé à son mari, au cours d'une valse dansée ensemble.

— Oui bien. Une beauté, hein ? Mais aussi, pense donc, mon cœur, à son âge, tu étais mariée... et même mère de famille.

Quelle étrange chose... Sournoisement, la vie avait travaillé à côté d'elle, et lui présentait soudain une tâche achevée. Sa fille, cette mince personne plus grande qu'elle, droite, un peu dédaigneuse, qui toisait les hommes de la hauteur de son sourire...

Les coquetteries d'Anne n'étaient encore qu'amusants enfantillages. Mais celle-là se détachait, prenait sa place en face de l'avenir.

Et tous ces jeunes gens aussi, enfants d'hier, auxquels Ludivine n'avait jamais pris garde... Grandis, ils étaient autour d'Isabelle, avec d'autres plus vieux, qui, naguère, rougissaient de plaisir quand la jeune femme leur accordait une contre-danse. Beaucoup d'entre eux, ce soir, s'étaient inscrits à la fois sur leurs deux carnets...

La mazurka finissait. Etonné de son long silence, Raoul la reconduisit à sa place. Les jeunes filles vinrent la rejoindre avec leurs cavaliers. D'autres danseurs arrivèrent. Un groupe brillant se formait autour d'elles.

Frédéric, heureux, les regardait de loin, en causant avec Sabrier, Louis Marion, et son beau-frère Charles.

Anne avait pris sa mère par la taille. Toutes deux riaient du même rire aux compliments éclos de toutes parts.

— Deux sœurs dont on ne sait laquelle est l'aînée... affirmait Marcel Bellanger.

— Original !... glissa Isabelle, derrière l'éventail, à l'oreille du jeune Reyne qui s'attachait à ses pas depuis le début de la soirée.

— Pas très... je vous l'accorde. Mais juste, pour une fois. Votre mère est une enchanteresse créature, d'un charme... d'une jeunesse...

— N'est-ce pas ?

L'âcreté de sa voix surprit le jeune homme. Démonté, voulant rompre les chiens, il demanda :

— Puis-je vous prier de venir prendre un rafraîchissement au buffet ?

Isabelle se leva. Ils traversèrent la salle, saluant à

chaque pas des gens de connaissance. Dans l'embrasure de la porte, ils rencontrèrent Adrienne, toute rajeunie dans un velours bleu saphir qui lui donnait un teint, et mettait en valeur la nuance de ses cheveux.

— Ma petite chérie, je ne t'avais pas encore vue. Comme tu es belle !...

— Et toi, Tatie !

— Où est ta mère ? Je la cherche depuis un moment pour lui dire...

— Là-bas... Tiens, près de la première colonne. Elle est en train de faire main basse sur les cavaliers de ma sœur.

— Oh ! ma petite...

Isabelle était déjà loin. Suffoquée, scandalisée, sa tante la vit se perdre dans la foule, au bras de Fernand Reyne.

Au-dehors, le mistral s'était levé. Par intervalles, on l'entendait secouer, avec de longs hurlements sifflants, les portes donnant sur le jardin.

Mais la salle était un autre jardin, bien abrité, fleuri de lumières, de couleurs et de musique. Après une courte apparition, le poète l'avait déjà quittée. Un autre poète demeurait : une femme, petite, vêtue de clair, dont on ne voyait que les yeux, immenses, entourée de « Parisiens », s'intéressant aux particularités des costumes.

— La comtesse Mathieu de Noailles, répondit, à l'interrogation de Frédéric, Estelle Jonquéras qui l'avait rencontrée à Paris. — C'est le marquis de Vogüé qui l'accompagne.

Jenny Lanicel, extrêmement décolletée, déployait les batteries de sa séduction, assez vainement, semblait-il, pour Philippe de Barcarin.

Blanche Vernet passait, avec le procureur général d'Avignon. Le maire d'Arles, Jean Granaud, escortait galamment madame Vallandri qui devait chanter *Mireille* à la représentation du lendemain. La reine du Félibrige et la poétesse Marie de Sormiou s'entretenaient avec le député de Marseille, Jules-Charles Roux. La cantatrice Emma Calvé, venue, elle aussi, de Paris, déplorait son accoutrement d'Arlésienne d'opéra-comique.

— Vraiment, je suis navrée, je me sens ridicule, disait-elle à Elise Royer qui la consolait gentiment, et lui donnait des indications pour ses futurs costumes.

— Avez-vous vu la petite Royer ? Là-bas à gauche, en faille gris tourterelle... Pas mal, n'est-ce pas ?

— Charmante. Mais je vous préfère... murmurait Maître Marquet-Rageac, moins pourvu de cheveux qu'autrefois, mais tout aussi coureur de jupons — un « pistachier... » disait pittoresquement la voix populaire — à Laure Vernet, fauve et nacrée dans son velours noir.

Elle lui frappa sur les doigts d'un coup d'éventail.

— André, voyons... N'oubliez pas que j'ai une fille fiancée à votre neveu.

— Mais, ma belle amie, pourquoi n'aurions-nous pas, justement, l'esprit de famille ?

— Incorrigible... sourit Laure, point fâchée.

Agnès et Isabelle faisaient la quête, avec leurs cavaliers, Henri Fauvelly et Jean Arnal.

— Hubert n'est pas venu ? demanda Caussade aux Guillermin.

Adrienne secoua la tête.

— Il a dit que ça ne l'amusait pas. Il devient assez casanier.

Elle se tourna vers le sous-préfet d'Arles qui s'avançait pour la saluer.

— Dites donc, reprit Caussade, entraînant Guillermin à l'écart, qu'y a-t-il de vrai dans tout ce que l'on raconte ? Des gens prétendent qu'on a vu Hubert dans une voiture de course, et qu'il prend part à des meetings, avec Frédéric. Ce n'est pas que cela m'étonne, mais j'aimerais savoir au juste...

Le bon Charles paraissait au supplice.

— ... Allons, de vous à moi... insista Caussade.

— Entre nous... heu... je crois que c'est vrai. Pour tout dire, je crois que c'est Frédéric qui en a eu l'idée. Ils l'ont achetée ensemble. Seulement, il tient à ce que la chose ne s'ébruite pas. Sa femme n'en sait rien, ma belle-mère non plus. Même Adrienne... Vous comprenez, elle adore ses frères... Inutile de lui donner du souci.

Romain Caussade émit un léger sifflement.

— J'ai comme une idée qu'elles ne tarderont guère à l'apprendre. L'histoire fait le tour du pays. J'imagine que ça fera du vilain, à Mogador.

Charles eut un geste d'impuissance navrée. Belle-mère et belle-sœur l'impressionnaient fortement, bien qu'il fît maintenant partie de la famille.

Les yeux des deux hommes se dirigèrent vers Ludivine.

— Avec qui cause-t-elle, en ce moment ? Vous connaissez ? Belle tête de condottière...

— Ma foi, Frédéric nous l'a présenté tout à l'heure. Marquis de Cantano... Caténo... Un nom de ce genre.

— Cattanéo ? L'aviateur ?

— Oui, peut-être. C'est ça. Un aviateur, vous dites ?

— Mais, mon vieux, d'où sortez-vous ? On a parlé de lui dans les journaux. Où diable Frédéric ?... Est-ce que, par hasard, l'animal...

— Oh non, voyons... vous n'allez pas croire... ? souffla Charles Guillermin, atterré devant la perspective offerte.

— Pas croire ?... Lorsqu'il s'agit des Vernet, ces

diable-à-quatre ? Mon ami, si vous connaissiez Frédéric comme je le connais, depuis le collège que nous...

Il s'interrompit : Adrienne revenait vers eux.

— ... Ma chère amie, je disais justement à votre mari mon intention de venir vous faire une visite au Cigalier.

— C'est cela, nous vous attendons. Vous verrez comme on est bien là-haut... dit-elle.

Charles passa le bras de sa femme sous le sien, et l'emmena avec précaution, comme s'il eût voulu l'éloigner des catastrophes invisibles suspendues par un fil au-dessus des Vernet.

Le lendemain matin, tandis que Ludivine se reposait, Frédéric, douché et rasé de frais, fier de se sentir dispos, conduisit ses filles infatigables à l'inauguration de la statue de Mistral.

Ils revinrent à midi passé, las et affamés. Ludivine était encore à sa toilette.

— C'était beau ? s'informa-t-elle en bâillant.

— Admirable : on s'écrasait. Il y a eu quatorze discours, poèmes, ou allocutions. Je les ai comptés. Les assistants ont fait preuve d'une endurance remarquable. On a cravaté notre Mistral de rouge, après une petite chanson de Charloun. Là-dessus, fleurs, embrassades, émotion, « Coupo Santo... ». Deux ou trois jolies personnes se sont pressées contre moi, en se haussant sur leurs pointes pour mieux voir.

Ludivine rit de bon cœur à l'audition de ce compte rendu.

— Et la statue ?

— La statue ? Eh bien, elle doit être à peu près seule, à l'heure qu'il est, après la cohue de ce matin, et j'espère qu'elle en prend son parti. Elle a l'air de sortir tout droit de l'hôtel du Nord, et d'attendre un fiacre pour se rendre à la gare. On cherche la valise à ses pieds. A part ça, c'est très ressemblant... Les petites sont ravies. On a lancé des fleurs sur Mistral, et Anne en a reçu une dans son corsage. Je me demande si c'est bien exactement ce qu'on peut appeler une erreur de tir. En tout cas, elle l'a conservée.

— Petite masque !...

Ludivine s'étira.

— ... Moi, j'ai bien dormi et...

— Et tu vas te dépêcher de t'habiller pour que tout le monde puisse déjeuner. Il n'y a que toi qui ne sois pas prête, j'ai rencontré Estelle dans l'escalier. Je meurs de faim, les Jonquéras aussi, sûrement. Et je te préviens que tes filles n'ont pas l'intention de rater une note de l'ouverture, cet après-midi... Heureusement que le vent est tombé, dis donc, il paraît qu'il a emporté les décors, cette nuit.

On dut en effet jouer *Mireille* tout entier dans les lambeaux seuls rescapés du « Mas des Micocoules ». Mais les vingt mille spectateurs qui s'entassaient sur les gradins et dans la piste des Arènes n'en virent pas leur plaisir diminué pour si peu. Isabelle et Anne, pour leur part, se déclarèrent enchantées.

Après avoir assisté, le dernier jour, de la loge du maire, à une grande capea conduite par le Pouly, suivie d'une ferrade, elles rentrèrent à Mogador, le mercredi matin, dans un état d'euphorie qui touchait à l'ivresse.

Christine et Dominique se jetèrent sur elles, assoiffées de récits qu'Anne ne leur marchanda pas. Intarissable, elle subjuguait Christine, sa confidente particulière, sous une avalanche descriptive aussi colorée qu'indéniablement brouillonne.

Isabelle laissa paraître un sourire plein d'une intolérable supériorité devant ce flux de paroles. Sa cadette, offensée, abandonnant la chambre en désordre, traversa le cabinet de toilette commun, et passa dans celle des plus jeunes, pour continuer à l'abri des verrous le mémorial de ses jours de grandeur.

Isabelle secouait le bouton de porte.

— Viens d'abord ranger tes affaires ! Tu en as mis jusque sur mon lit. Tous les sièges sont embarrassés. C'est un peu fort ! On ne sait pas où se tourner...

— Laisse-la crier, conseilla Christine. Elle nous assomme. C'est insupportable, à la fin !

Seul, un silence olympien lui répondit. A plat ventre sur un des lits, appuyées sur leurs coudes, Anne et Christine se regardaient, étouffant leur gaieté.

— Idiote ! lança Isabelle, avant de renoncer, pour la jubilation des deux complices.

— Pauvre Sabel, dit Dominique. Vous êtes méchantes...

— Méchantes ? Eh bien, ma fille, va la retrouver. Tu l'aideras à faire son ménage. — Christine la prit par le bras : — Allez, ouste !

— Non, non, Christine ! Laisse-moi écouter... se débattit la benjamine, au désespoir.

En vain. Une poigne violente la traîna jusqu'à la porte, la poussa dehors...

— Et d'abord, ça ne regarde pas les enfants !

Le battant claqua. La serrure grinça précipitamment. Christine revint vers le lit.

— Anne ! Anne... suppliait la voix lamentable, je t'en prie, dis-lui de me laisser rentrer...

Détachée des vaines contingences, Anne, rêveuse, souriait à quelque agréable vision intérieure.

— Alors ?... Raconte. Tu es sûre que c'est de lui ? Tu l'as gardée ? Fais-la-moi voir...

Dans le couloir, Isabelle consolait la petite fille.

3

Anne chanta des romances. Bon gré, mal gré, Mogador l'entendit, tout le long des journées, lancer aux échos :

Un jour, un beau Valet de Cœur,
Amoureux comme un capitaine,
Apporte à la reine une fleur
Cueillie au bord de la fontaine...

Certains jours, dès son lever, en faisant sa toilette, elle entonnait sur un timbre arrogant :

Enfant aux airs d'impératrice,
Colombe au regard de faucon,
Tu me hais, mais c'est mon caprice
De me poster sous ton balcon.

Ce début prometteur était suivi d'une merveilleuse accumulation d'hyperboles, lancées à pleine voix. Chacun, du haut en bas de la maison, était à même d'en apprécier la saveur selon sa propre sensibilité poétique.

... Plante au moins un clou dans ta porte,
Pour que j'y accroche mon cœur !

suggérait finalement l'amoureux à sa rétive bien-aimée. Sur cette invite d'une opportunité discutable, le vieux dallage de tomettes résonnait d'un talon martelant l'air andalou, avec une grâce insolente de danseuse.

— Assez, assez ! oh, Dieu, assez !... criait Isabelle, qui ne parvenait plus à garder la mesure de *Quand l'amour meurt...* sur son piano.

Frédéric s'étranglait de rire dans l'escalier.

Mais, le plus souvent, Anne pinçait la corde mélancolique et langoureuse :

Beau capitaine au doux langage,
M'aimeras-tu toujours, toujours ?...
En France, en France, on est souvent volage,
Mais en Espagne, on sait mourir d'amour.

Agacée, sa mère faisait la grimace.

— Ecoutez-la se gargariser de sirop... Quel répertoire ! Cette petite a un mauvais goût... Je ne sais pas, moi... de mon temps nous étions moins sottes.

— Bah ! dit la vieille Julia, c'est aussi ce que je pensais quand j'avais ton âge. Ça lui passera.

C'était l'été, un bel été paisible et chaud. Les jumeaux firent leur première communion, assistés d'un grand concours de famille.

On recevait d'ailleurs beaucoup, à Mogador : de nouveaux amis, introduits par Frédéric, qui ne ressemblaient parfois que d'assez loin à des hommes du monde, mais dont les journaux de Paris citaient les noms. Ils dînaient à la maison, paraissaient intimidés devant Ludivine et sa belle-mère, regardaient peu les jeunes filles, buvaient à peine, et dépêchaient le contenu de leur assiette, en discutant de balivernes hermétiques : temps record, moyenne kilométrique, poids du châssis, alésage et autres, avec le maître de céans.

— Ils me rappellent François, jouant avec son train mécanique... disait Ludivine, après leur départ, la mâchoire douloureuse de bâillements retenus.

La plupart ne reparaissaient guère. Mais Frédéric en ramenait toujours de nouveaux, à la suite de ces rapides déplacements dont il avait pris l'habitude.

Deux ou trois fois dans le mois, il annonçait son intention d'aller suivre une course, ou assister à des essais :

— Quarante-huit heures, mon cœur. Viens si tu veux... Mais je crains que ce ne soit beaucoup de fatigue, et tu risques fort de t'ennuyer.

C'était aussi l'opinion de Ludivine.

Elle l'avait une fois suivi, à Nice, alléchée par la perspective de connaître la ville, et s'était bien juré de ne pas recommencer : une journée entière de voyage, enveloppée dans des voiles, affublée d'un cache-poussière, sur une inconfortable banquette, tressautant durement à toutes les irrégularités de la route... Le lendemain, mal reposée, les reins meurtris, elle s'était traînée jusqu'à la course, sur l'insistance de Frédéric. Elle avait souri du bout des lèvres à une quantité de gens qui semblaient bien connaître son mari, et les saluaient tous deux, sans qu'il prît la peine de les lui présenter... Elle avait manqué s'évanouir au milieu d'une bousculade survenue dans un moment où il l'avait laissée seule... Pour finir, elle avait entrevu un spectacle ridiculement court et dénué de tout intérêt.

Le soir, brisée, ses jambes la portant à peine, il ne lui était resté que la force de regagner l'hôtel ; Frédéric avait fait servir un repas dans leur chambre.

— ... En amoureux, mon cœur...

Mais cette attention n'avait que momentanément ramené un sourire sur les traits tirés de Ludivine. Et c'était un taciturne bloc de courbatures, qu'il avait ramené à Mogador, le soir du troisième jour, après un retour où vent, poussière et pluie, avaient tenu à jouer un rôle, comme pour parachever le fiasco.

Certes non, elle ne recommencerait pas. Si Frédéric trouvait son amusement dans ces équipées, libre à lui de continuer. Ses absences, d'ailleurs fort courtes, étaient compensées par tant de gentillesse... — Il faut bien passer quelque chose à un homme. D'autres chassent, pêchent... — Il avait eu autrefois de moins innocentes distractions.

Ludivine s'habituait à le voir partir, seul, en voiture.

— Je vais prendre Hubert. Je serai là demain soir. — Ou après-demain... Cela dépendait.

— Bonne route. Amusez-vous bien !

Il ne la quittait jamais sans l'avoir embrassée avec une tendresse qui semblait câlinement demander pardon.

De ce moment, elle se mettait à l'attendre : « Quand Frédéric sera là... — Je raconterai cela à Frédéric... — Nous verrons ce qu'en pensera ton père... — Victor, vous direz à Berthe de tenir quelque chose de frais, à boire, pour le retour de Monsieur... Non, gardez la daube pour demain, c'est un plat qu'il aime... »

Il advenait qu'il y eût un télégramme : « *En panne de carburateur. Ne rentrerai que demain.* » Mais ces déceptions étaient rares. Frédéric se montrait, généralement, exact.

Lorsqu'il demeurait à la maison, certains de ses récents amis, devenus des familiers, y séjournaient fréquemment. Ce Cattanéo, entre autres, aviateur, voyageur, aventurier de grande race et commensal raffiné, qui savait, sans rien perdre de son auréole, tourner les pages d'Isabelle, au piano..., ou jouer avec François aux boucaniers de l'île de la Tortue...

Il y avait encore Revel, que l'Alpe avait rendu célèbre, et qui rêvait d'attacher à son nom la gloire de forcer l'Himalaya... Et Louis Gattencourt, qui connaissait la forêt équatoriale, et se laissait aller, de temps à autre, à faire le récit d'une de ses chasses au Congo belge... Et le poète José d'Arbaud qui, parfois, abandonnant ses taureaux de Camargue pour monter jusqu'à Maillane, s'arrêtait à Mogador, en chemin.

Ces hommes portaient sur eux les clés souveraines

qui ouvrent tous les royaumes. Mogador s'épanouissait pour les recevoir.

Jamais Ludivine n'avait autant aimé le parc. Les paons, sur la pelouse, ouvraient au soleil leurs grandes traînes précieuses. Les futaies immobiles laissaient la lumière dorée percer, comme par jeu, leurs profondeurs. Les longs crépuscules s'alourdissaient sur la roubine. La hulotte, réveillée par la nuit, lançait son cri dans les branches du grand cèdre ensorcelé, captif du miroir d'eau où trempait son reflet noir. Le parfum des roses ouvertes glissait mystérieusement le long des allées, jusqu'au triangle magique découpé contre la maison par la pleine lune de juillet.

Mais, que le maître du domaine restât ou non chez lui, chaque dimanche, une théorie de visiteurs envahissait la demeure. Numa Vernet qui faisait son service militaire à Tarascon, était un hôte assidu. Comme sa belle-mère, Ludivine avait un faible pour lui. Affectueusement accueilli, il arrivait escorté de son inséparable Gaspard de Barcarin. Les deux Camarguais exilés paraissaient se retrouver à leur aise dans l'atmosphère de Mogador.

Alban Marquet-Rageac — le fils du docteur — Jean Arnal, Francis Lallier et leurs sœurs ; les neveux des Guillermin : Louis et Auguste Bresson ; Jacques, Armand et Richard du Roveret, étaient aussi des fidèles.

Un peu plus tard, vers quatre heures, à la tombée de la chaleur, débarquaient les Royer, puis Charles et Adrienne, avec les enfants. Fréquemment, les Pouzol venaient avec les leurs ; l'aînée, Félicienne, était l'amie de cœur d'Anne.

Les Antonetti, les Arnal, les du Roveret, les Lallier, les rejoignaient souvent, amenant leurs cadets.

Cela faisait, à l'heure du goûter, un tumulte lointain

de cris d'enfants dans le parc, une volée de rires de jeunes filles sur la pelouse... et, dans la clairière des chênes, un murmure de conversations « plus sérieuses », autour de la vieille noria.

Sur le soir, on rentrait au salon. Irène Lallier s'asseyait au piano.

Cette toute petite femme effacée derrière son mari et ses quatre enfants, prenait possession de l'instrument, avec une sorte de timidité, en caressait un instant les touches, esquissait un trille, une gamme... Et soudain, comme si quelque frénétique génie se fût emparé d'elle, un air gai, échevelé, fou, polka ou gigue, jailli de ses doigts, faisait accourir les jeunes gens.

Fauteuils et guéridons prestement repoussés, la grande pièce voyait fleurir un essaim tourbillonnant de jupes en corolles. Les quadrilles succédaient aux polkas, les valses aux quadrilles. Valses tziganes, valses viennoises, valses lentes, dont certains cavaliers se risquaient à murmurer le refrain comme un aveu, en respirant les cheveux de leur danseuse.

Je t'ai rencontrée, simplement...

Ludivine, par jeu, invitait le docteur Royer.

— Mais, ma chère amie... mais voyons... mais je danse si mal !... protestait Vincent Royer, éperdu.

On le harcelait.

— Vous ne pouvez pas refuser. C'est impossible... Allons, Vincent... Un affront... Les désirs d'une jolie femme...

Il se résignait, épongeant son front.

— Vous l'aurez voulu.

Derrière eux, riant encore, d'autres couples entraient dans le cercle. Les générations, mêlées, s'amusaient d'un même cœur. Puis, venait le reflux de cette marée. Il commençait insensiblement : Angeline Marquet-

Rageac avait chaud ; Louis Bresson la conduisait respirer au-dehors ; Juliette Arnal, la tête lourde d'avoir valsé, sortait avec Jacques du Roveret... Félicienne et Anne s'éclipsaient, suivies de leurs danseurs... Bientôt, les aînés se retrouvaient seuls. Ils continuaient encore un peu, et se découvraient fatigués.

Le soir descendait avec une lenteur enveloppante. On entendait la cloche de Fontfresque lancer sa note longue dans le ciel infiniment clair.

— Huit heures, déjà ?... Mon Dieu !...

Embrassades, adieux... le départ commençait. Les Guillermin et les Royer restaient à dîner. Numa et Gaspard aussi, quand tous deux avaient quartier libre. La soirée se prolongeait. Elise chantait, puis accompagnait Anne, sur la prière des jeunes gens.

— Elle sait de fort jolies romances... insinuait Frédéric, pince-sans-rire. Au fait, chante-nous donc... tu sais bien, cet air espagnol ?...

Le regard d'Isabelle luisait d'ironie vengeresse.

Mais Anne chantait la chanson de *Grisélidis* :

En Avignon, pays d'amour...

ou celle de *Fortunio*, avec une langueur voilée d'une subtile touche de malice qui désarmait la taquinerie paternelle, cependant que Gaspard de Barcarin en oubliait de tourner les pages.

La voix d'Isabelle, plus grave, plus belle, ne détenait pas ce pouvoir d'enchantement aérien.

— Oh toi, disait sa sœur, tu es faite pour donner envie de pleurer.

Et Anne, pensait Gaspard, était faite pour donner envie d'aimer. Elle évoquait la rosée du matin sur l'herbe, le rire du rossignol aux nuits d'amour, le parfum d'une haie d'églantiers respiré dans les ténèbres, toutes les choses suaves, légères, brillantes, cristallines de la terre. Titania, Mab, Ariel, Miranda, Rosalinde, Puck, Hermia, étaient les noms qui lui convenaient.

Numa, qui ne voyait pas absolument sa cousine sous le même angle, encourageait néanmoins son ami, tout en se demandant comment pouvait bien faire quiconque ayant une fois rencontré Félicienne Pouzol, pour passer en ce monde sans l'idolâtrer.

Mais Félicienne se montrait cruelle, et préférait Jean Arnal qui ne la regardait pas. Numa portait gaillardement sur ses épaules de jeune athlète le poids d'un amour passionné autant que malheureux, tandis que son ami, faible devant un tel bonheur, recevait d'Anne, tout au long de ces journées enivrantes passées à Mogador, mille témoignages d'un sentiment partagé.

Chaque dimanche soir, tout en pédalant vers la caserne, le magnanime Numa, refoulant ses chagrins, écoutait Gaspard lancer vers la voûte épaisse et noire des platanes, de triomphantes cantilènes :

— Tu as vu sa robe, aujourd'hui ?... De la couleur de ses yeux. Ah ! mon ami, ses yeux...

Thème inépuisable qui les menait bon train jusqu'à Tarascon.

— Qu'attends-tu pour te déclarer ? demandait Numa, quand son compagnon, à bout de vocabulaire ou de souffle, lui laissait enfin placer une parole. Moi, à ta place... Quand on se sent aimé...

Un soupir éloquent ponctuait d'une allusion personnelle cet argument de première grandeur.

Déjà, ils roulaient dans la ville, en butte à la traîtrise des pavés pointus. Les bâtiments se dessinaient, plus opaques, sur le noir de la nuit. Quelque part, chez un bourgeois endormi, une pendule sonnait, désobligeamment en avance. Il fallait se hâter de remiser les bicyclettes dans le petit café proche, où les deux jeunes gens avaient une chambre, enfiler avec précipitation l'uniforme abandonné, et prendre le pas de course pour être à l'heure au quartier.

Pendant ce temps, Anne glissait dans le sommeil, en repassant dans sa tête chaque mot, chaque regard, chaque circonstance de la journée, après avoir, en cachette de sa sœur, posé ses lèvres sur les pétales séchés de la rose blanche à l'abri dans son paroissien.

Les 4 et 5 septembre, devait avoir lieu le meeting annuel du Mont Ventoux. Organisée par l'Automobile-Club du Vaucluse, l'épreuve était la plus cotée dans toute la région... Frédéric s'y intéressait particulièrement. Une semaine avant, il prévint Ludivine que son frère et lui allaient reconnaître le parcours, pour assister à la course du meilleur endroit. Il semblait d'ailleurs ne pas tenir en place, ces derniers temps.

— Je me demande quel plaisir il peut trouver à ces expéditions, par une chaleur pareille... disait Ludivine à sa belle-mère.

Le ton n'était pas exempt de rancune. Ces absences multipliées finissaient par être insupportables : trois jours chez le Pouly, deux jours au Cailar — que diable pouvait-il avoir à faire au Cailar ? — Un voyage à Marseille pour se commander des vêtements...

« Dirait-on pas qu'il n'y a plus de tailleurs convenables en Avignon ! » — Un autre voyage pour aller essayer... Et toujours annoncés à la dernière minute... Si bien que Ludivine ne pouvait même pas y participer ! Et maintenant cette lubie de se rendre à Bédoin... Vraiment, il commençait à exagérer !

— On ne te voit plus qu'avec une valise à la main, remarqua-t-elle avec aigreur.

Mais Frédéric, traitant son humeur à la légère, la prenait par la taille, lui chatouillait le menton ou la nuque...

— C'est si bon de partir en pensant que je te retrouverai au retour, chère épouse de mon âme...

Un coup d'œil tendre, un baiser appuyé, accompagnaient la plaisanterie, l'enrubannaient avec une pointe de sentiment authentique.

« Le voilà qui s'en tire encore par une pirouette », suggérait sourdement l'esprit critique à Ludivine. Mais elle se laissait désarmer, et savourait le goût de sa défaite, en le regardant s'éloigner de son pas un peu raidi depuis la chute, mais qui semblait toujours faire sienne la terre qui le portait.

Ce fut ce dimanche-là, en l'absence du maître de Mogador, que Gaspard de Barcarin, seul avec Anne au fond du parc, rassemblant son courage, posa sa main sur une main laissée à sa portée.

La jeune fille était assise sur l'antique dalle du « tombeau du Croisé » jonchée des grains bleu corbeau de lauriers-tin. Du soleil égaré entre l'épaisseur des branches mettait un poudroiement d'or sur ses cheveux couleur de châtaigne. Une cigale, dans le cyprès, tressait un rauque sortilège qui tombait sur eux.

— Anne...

Elle leva vers le jeune homme ses yeux où ruisselaient pour lui tous les lacs des légendes.

— ... Anne... Pourriez-vous accepter un jour, de quitter ce pays et tous les vôtres pour me suivre ?

Il s'arrêta un instant, la respiration suspendue, et ajouta :

— ... Si vous me refusez, je n'aurai plus envie de vivre.

Anne, la tête inclinée, demeura sans mot dire. Ses cils baissés battaient comme de douces ailes. Sa main tremblait un peu, dans celle qui l'emprisonnait.

— ... Anne, c'est oui, n'est-ce pas ? Dites-le que je l'entende...

Un genou posé sur la pierre, il se penchait vers la joue exquisement empourprée.

— Oui, murmura Anne, d'une faible voix à peine distincte.

Gaspard ébloui, la prit dans ses bras sans rencontrer de résistance.

Un long moment, la tête de la jeune fille reposa sur son épaule.

— Demain, j'écrirai à mes parents...

— ... Et demain, il va écrire à ses parents.

Christine ouvrait tout grands ses yeux d'où le sommeil avait fui, tandis que sa sœur, assise en tailleur sur le coin du lit, lui chuchotait ces émouvantes nouvelles.

— Eh bien, ma petite !...

— Nous vivrons d'abord à Paris, et puis après, lorsqu'il sera attaché d'ambassade ou consul, peut-être à Rome, ou à Madrid, ou à Londres...

Un conte de fées, se déroulant au futur.

— Naturellement, nous reviendrons à Mogador chaque année.

— Que vont dire Papa et Maman ?

— Que veux-tu qu'ils disent ? répliqua Anne, superbe d'assurance. Nous nous aimons.

— Quelle chance tu as !... répétait Christine.

A travers la nuit, la cloche du village lança douze coups, repris en grêle sourdine par la pendulette de la cheminée.

Isabelle ouvrit la porte, sa brosse à cheveux à la main, avec un sans-gêne discret d'apparition.

— Tu viens, Anne ? Qu'est-ce que vous êtes en train de raconter à des heures pareilles ?

— Rien, rien...

Jalouse de son rôle de confidente, Christine arborait un air méfiant.

Blessée, Isabelle haussa les épaules et, tournant les talons, rentra dans le cabinet de toilette.

Anne glissa du lit jusqu'à terre, reprit la lampe qu'elle avait posée au chevet de sa sœur, mit un doigt sur sa bouche avec un sourire de malice, et quitta la chambre, emportant avec elle les fantasmagories découpées autour de sa silhouette par la lumière basse.

A regret, Christine se renfonça entre ses draps.

Dans le lit voisin, Dominique poursuivait avec la sérénité de l'innocence ses songes ininterrompus.

Frédéric rentra le lendemain matin, de bonne heure. Il gara sa voiture en sifflant un petit air allègre, et grimpa réveiller sa femme. Ludivine ouvrit les yeux sous les baisers qui tombaient comme pluie.

— Je n'ai pas pu revenir hier soir. Il y a eu un genre de banquet improvisé. Du champagne... Les amis ont insisté... J'ai bien pensé que tu ne serais pas inquiète...

Inquiète, non. Mais fâchée d'avoir dû chercher, dans le lit solitaire, un sommeil lent à venir. — Bah ! à quoi bon se le rappeler ? Puisqu'il était là, délicieusement là...

— Bien amusé ?

— Pas mal. Une bonne course. Il y a de fameux virages. Celui de Saint-Estève, au kilomètre 6... Bon Dieu !... C'est là que nous étions placés, Hubert et moi, se hâta-t-il d'expliquer.

Ces détails importaient peu à Ludivine.

— Tu as déjeuné ?

— Oui, avant de partir. Mais...

Il fit claquer ses mâchoires.

— Attends, dit-elle, riant de lui voir cette allure de loup. Je sonne Eugénie.

Il s'attabla devant le plateau que la femme de chambre avait posé au bord du lit.

Assise contre les oreillers, Ludivine prenait plaisir à regarder disparaître les rôties craquantes qu'elle lui présentait toutes beurrées. Elle-même mangeait peu. Son mari, ayant raclé les parois du beurrier, et léché la cuillère du confiturier vide, ne laissa dans le plat que des miettes. Il fit ensuite un sort au chocolat, et consentit à se déclarer rassasié.

— ... Bien que tout cela ne vaille pas deux œufs et une tranche de jambon, conclut-il, en étirant béatement ses jambes. Et ici, quoi de neuf ? Bon dimanche ?

— Comme d'habitude : ta sœur et Charles, Numa, Gaspard, Elise et Vincent, les garçons de Lucile, les petits Marquet-Rageac, les Lallier, les Arnal, les Pouzol... Au fait, tu n'as pas rencontré les Béraud et les Antonetti ? Augusta m'a dit qu'ils étaient aussi à la course, tous ensemble.

— N... non, dit Frédéric rembruni. Mais, tu sais, il y avait tant de monde...

Il se leva.

— ... Allons, je vais voir si Tonin a fait mettre la cuve en état.

Soucieux, il s'en alla trouver le contremaître. « Les Béraud, les Antonetti... Au diable ! Les voir au plus tôt, et obtenir... Si jamais Ludivine... J'irai ce soir. »

A quatre heures, il s'habilla, fit sortir la « Panhard »...

— Une course à Tarascon. Je rentrerai tôt.

Il venait de partir lorsqu'une grande automobile arrivant du côté de Saint-Rémy, s'engagea dans l'allée de Mogador.

Des hommes en tenue de sport en surgirent, dans un

choc de portières, escaladèrent les degrés du perron, bousculèrent Victor accouru, lui réclamant son maître, avec une cordialité vulgaire...

— Vernet, nous voulons Vernet !...

— Où se cache-t-il ?

— Pas de boniments, mon vieux ! Où est-il, le triomphateur ?

— Nous voulons le voir...

Ce tapage insolite se répercutait dans le hall. Au centre du remous, Victor éprouvait les impressions d'un naufrage.

Ludivine qui sortait de chez sa belle-mère, accompagnant le docteur Royer, en eut, du haut de l'escalier, le spectacle surprenant.

— Que se passe-t-il ? Victor, qui sont ces messieurs ?

Au son de cette voix claire nuancée d'irritation, les visiteurs, levant la tête, se découvrirent, subitement calmés.

Ludivine descendit les marches. L'un d'eux, un interminable gaillard blond, vint à sa rencontre, la casquette à la main.

— Excusez-nous, Madame. Vous êtes sans doute madame Vernet ? Nous sommes des amis de votre mari. Nous assistions hier à la course, et nous avons fêté ensemble sa victoire. Nous nous sommes quittés tard dans la nuit. Tout à l'heure, en déjeunant à Châteaurenard, nous avons décidé de passer par ici, pour le rejoindre et continuer la fête ce soir, à Tarascon, avant de regagner Nice.

Interdite, Ludivine promenait son regard de l'escouade à son porte-parole, tandis que les cinq hommes la dévisageaient avec un intérêt évident.

— Mais... voyons... Je ne comprends pas. Victor,

voulez-vous faire entrer ? Messieurs, je vous en prie... Vous m'excusez, Vincent ?

— Faites, faites, ma chère amie, je me sauve.

Vincent Royer lui serra la main et regagna son cabriolet en hâte. Au passage il jeta un coup d'œil furieux sur l'automobile arrêtée. Le char du Destin... — Et Frédéric qui n'était pas là pour parer le coup !... D'ici quelques minutes, sa femme allait être au fait de ce que tous leurs amis s'entendaient pour lui cacher depuis plusieurs mois... « Si on pouvait le prévenir... Si je savais seulement où le prendre... »

Navré de son impuissance, il fouetta son cheval avec une rudesse inaccoutumée, et s'éloigna, fuyant l'imminence du désastre.

Au salon, la horde, installée sur les canapés et dans les fauteuils Louis XIV, perdait quelque peu de son assurance. Des présentations faites tant bien que mal, il ressortait que ces gens étaient des journalistes sportifs, un garagiste niçois, un courtier en huiles, et un professionnel de courses d'automobiles.

— Mais je ne saisis pas bien, Messieurs. De quelle victoire parlez-vous ?

— Eh parbleu ! de la sienne, Madame... Son record d'hier, dit le saint Jean Chrysostome de l'assemblée.

« *La sienne* » ? Il semblait à Ludivine que des pans entiers de nuages s'écartaient pour lui dévoiler l'abîme des mystères infernaux.

— ... Elle en vaut la peine, je vous fiche mon billet... Demandez seulement à celui-ci s'il aurait pu faire mieux.

— Pour ça, Madame...

— Et il s'y connaît, reprit le bouillant chantre de Frédéric. Il court pour « Lorraine-Dietrich ».

— ... Dans les circuits internationaux, vous savez, appuya le garagiste.

— Ce qui est vrai est vrai, affirma le champion. Que demain, Vernet veuille passer professionnel... Je vous le garantis, n'importe quelle firme l'engagera.

— Vraiment, Monsieur ?

Ludivine souriait avec une gracieuse urbanité. « Dieu tout-puissant ! » gémissait au tréfonds d'elle-même son ange gardien défaillant sous la rudesse du choc.

Ainsi, Frédéric l'avait jouée, et de quelle façon ! La colère dissipa brusquement une partie de sa stupeur atterrée. Un feu inquiétant montait dans ses prunelles assombries.

« Belle carrosserie, mais, pour sûr, pas commode à conduire. Doit falloir être ferme au volant... » appréciait en aparté le moins bavard des deux journalistes.

Sur l'ordre de sa maîtresse, Victor apporta du vermouth, de l'absinthe, des biscuits, des carafes d'eau glacée.

Ludivine se leva, servit ses hôtes.

— Vous allez rester avec nous jusqu'à demain. Si, si, je vous en prie. Mon mari ne vous pardonnerait pas un refus. Victor, vous préviendrez à la cuisine, n'est-ce pas ?... Il ne tardera pas et sera si heureux de vous voir. Une bonne surprise... Ainsi, vous disiez, cette course ?...

— Impeccable ! lança le courtier en huiles. — Et il parut fort satisfait du mot. — Impeccable...

— Je vous dis que je n'aurais pas mieux fait ! — Le champion récupérait le dé. Une façon de prendre les virages à la corde... De la belle ouvrage.

— Ah oui ! le virage de Saint-Estève..., murmura Ludivine dont le cerveau travaillait avec des bouillonnements de laves volcaniques.

Le géant blond eut un bon rire.

— Il vous en a parlé, hein ? Un sacré tournant. Si

vous aviez vu ça !... Il fallait entendre les cris des spectateurs...

— Encore un peu d'absinthe ? Non ? Vraiment ?... Alors, du vermouth, peut-être ?... insistait Ludivine, serrant son sourire entre ses lèvres.

Peu à peu, les cinq hommes se retrouvaient à leur aise. La maison était sympathique, à tout prendre, l'accueil agréable... la femme mieux que jolie... Elle riait avec eux, et les écoutait avec intérêt, sans leur imposer les jacasseries de son sexe. Une dame, aucun doute là-dessus. Mais une dame qui ne faisait pas de manières, et paraissait comprendre les choses.

— Sacré Vernet ! Excusez, Madame, mais c'est quelqu'un, votre mari. Vous avez de quoi en être fière. Un homme, et un sacré bon compagnon ! Ça fait une belle paire, lui et son frère.

— Hubert ?

Au fait, il participait à cette affaire. Ludivine serra les dents. « Qui sait jusqu'à quel point il ne l'a pas poussé ?... » Sa rancune se détournait en soupçons sur le machiavélisme de son beau-frère.

— Oui. Je l'ai vu conduire, au Mont Boron... Oh ! il n'a pas peur, lui non plus... On peut même dire qu'il fonce. Mais, vous voyez, c'est la souplesse qui lui manque. Un rien. Une machine, c'est exactement comme une femme. Votre mari, lui...

Le garagiste s'arrêta court, conscient d'avoir failli dire une énormité à cette dame « si bien ». — Enfin... il fait corps avec, vous comprenez ? acheva-t-il, gêné.

— Oui.

Un hochement de tête accompagnait cette approbation laconique. — Bien sûr, c'était cela. Les femmes... voilà donc par quoi il les avait remplacées... « Et moi qui... ! »

Flattés du silence apparemment attentif de leur

hôtesse, les visiteurs lui narraient des incidents, des anecdotes de courses, et se coupaient, les uns aux autres, la parole, dans leur ardeur à lui expliquer un détail...

Frédéric rentra vers six heures, tranquille sur le résultat de ses démarches.

Intrigué par le bruit des voix, il se dirigea vers le salon, ouvrit la porte, et demeura médusé...

Son apparition déchaîna un hourvari.

— Voilà le vainqueur !... — Enfin !... — Ce Vernet... — Ah ! mon bon vieux, quelle course !... Nous disions à madame Vernet...

L'expression peinte sur la face du « vainqueur » évoquait de fort loin la joie du triomphe.

Serrant des mains, porté par les exclamations, il s'avança jusqu'à Ludivine, la dévisageant avec inquiétude.

Impassible, une lueur d'ironie au fond de ses yeux qui soutenaient l'examen, elle le laissa approcher et lui tendit son front avec un calme qui parut à Frédéric plus menaçant de demeurer indéchiffrable.

— Puisque te voilà, je te laisse un instant à tes amis. Quelques ordres à donner. Ils nous font le plaisir de rester, ce soir. Mère est un peu lasse, et ne descendra pas. Mais tous les enfants dîneront avec nous. Après tout, n'est-ce pas ? Il n'est que juste de fêter, ici aussi, ta victoire. Vous permettez, Messieurs ?

Tous inclinèrent la tête pour répondre à son sourire.

— Nom de Dieu ! grinça, dans un souffle, Frédéric assommé, tandis que ses hôtes, manifestement séduits, suivaient du regard la sortie de sa femme.

Assise dans la grande bergère de sa chambre, Ludivine rongeait son frein. Elle avait quitté la salle à manger de bonne heure, peu après les enfants, laissant les hommes attardés autour de la table, continuer entre eux une soirée à laquelle les alcools et le champagne absorbés commençaient à donner du ton.

Eugénie, survenue pour déshabiller sa maîtresse, s'était vue renvoyer :

— Va te coucher. Je me passerai de toi. Ne t'inquiète pas...

Depuis, Ludivine était là, dans ce fauteuil, et le temps coulait. Un bruit de conversations et de rires lui parvenait par les fenêtres ouvertes ; sa colère y puisait un surcroît d'aliment. Dans cette joyeuse rumeur, Frédéric jouait sa partie. Durant tout le repas, elle s'était maîtrisée par un effort tel qu'elle en ressentait une douleur physique. Mais son mari, une fois surmontée la surprise de se voir découvert, avait perdu de vue, sans aucun doute, sa situation de délinquant. Parfaitement à son aise, il avait fait les honneurs de la table avec son entrain habituel, escamotant sa contrition avec le souvenir même de ses torts.

« S'il se figure en être quitte. »

Ludivine mordait son poing.

« Une telle duperie... si soigneusement ourdie... Et depuis combien de temps ? Trois mois... Six mois, peut-être... Sans doute tout le pays était-il plus ou moins au courant... Comme on doit rire... Tous ces jours où je l'attendais sans me douter, et lui qui... S'il avait eu un accident... Ce Fournier dont ils parlaient tout à l'heure, tombé à l'eau... Où donc déjà ? Ah oui !... Bologne... du 170 à l'heure... Dieu !... On aurait pu me le rapporter blessé, ou bien... Avant même que j'aie su... Ne jamais pouvoir vivre en paix auprès de lui... Se demander à chaque instant ce qu'il peut être en train d'inventer, encore, contre le bonheur quotidien... Une fatigue... Une terrible fatigue... »

Tout à coup, elle se sentait vieille.

En bas, il y eut un remue-ménage de chaises. Horripilée, elle ferma la fenêtre. Vainement. Le bruit venait maintenant du vestibule : « Ils montent. »

Elle se retourna une fois de plus vers la pendule, d'un mouvement devenu machinal. La lampe, basse, éclairait à peine : « Deux heures, bientôt. Deux heures... »

A tous ses griefs venait s'ajouter celui-là. La fureur mettait des ondes flamboyantes devant ses yeux. Depuis longtemps, son mouchoir finement lacéré n'était plus que lambeaux épars à ses pieds.

Ils montaient l'escalier, n'en finissaient pas... « A une heure pareille... Ils vont réveiller toute la maison. » Les voix et les pas gagnaient l'étage supérieur. « Il a dû les accompagner jusqu'à leurs chambres. » Ses ongles s'en prenaient à la dentelle de son corsage.

Frédéric ouvrit avec précaution, posa sa lampe sur la commode ; étonné de trouver de la lumière, il aperçut le lit intact, fit du regard le tour de la pièce, et, découvrant sa femme immobile dans le fauteuil, s'approcha.

— Encore debout ?...

Il se penchait.

— Mon cœur...

Une gifle claqua magistralement dans le silence, lancée à toute volée.

Ebahi, Frédéric se redressa. Un instant, il considéra cette face à demi perdue dans la pénombre, où les yeux éclataient, noirs comme des coulées de poix brûlante. Caressant lentement sa joue, il dit, l'air rêveur, un pli de sourire au coin des lèvres :

— Quel poignet !...

L'exaspération de Ludivine explosa devant ce sourire.

— Ça te fait rire ? Tu es content ? Tu es fier de toi, peut-être ?... Espèce de...

Elle s'étranglait.

— ... Lâche, menteur, ça t'amuse ?

Il lui immobilisa les bras avec fermeté.

— Non, non, pas spécialement. Loin de là, même, je te jure. Je sais que tu as le droit de m'en vouloir. J'ai mal agi, je le reconnais. Mais je craignais de te sentir en souci à cause de moi si je...

— Vraiment ?...

Ludivine ricana.

— Laisse-moi te dire... Je pensais que tu t'inquiéterais. Je savais que tu n'aimerais pas à me voir courir un risque. Oh ! il n'est pas grand, je t'assure. C'est à peine si on peut en parler. Pratiquement, il n'existe pas. De petites compétitions d'amateurs... rien de sérieux. Mais, tu comprends, je te connais, et... Ma chérie, voyons, tu as été si bien, toute la soirée... Pourquoi veux-tu tout gâcher, à présent ?

— Et tu croyais que j'allais accepter comme ça...

— Ludivine...

Il tendait vers elle son visage, avec une douceur gauche, presque timide, dans son désir d'apaisement.

Aveuglée de fureur, Ludivine, se raidissant, échappa, d'un brusque mouvement, à sa poigne relâchée.

— Pas de comédies inutiles ! J'ai des questions à te poser.

Tout son élan tombé, il s'écarta, prit une chaise, croisa les bras...

— Allons-y, puisque ça ne peut pas attendre à demain.

Ludivine vit rouge. Elle bondit, griffes dehors.

— Oh ! je te...

Parant l'attaque, il la maintint à nouveau, et dit avec froideur :

— Reste tranquille. Une démonstration suffit.

De lui-même, il la lâcha.

Respirant à grands coups précipités, elle fit quelques pas à travers la chambre.

Frédéric se taisait, la suivant des yeux.

Elle revint près de lui, le dévisagea de tout près, et dit, sombrement :

— Si tu savais à quel point je peux te haïr, parfois. C'est infernal de vivre auprès de toi. Quoi que j'aie pu avoir à me reprocher, tu me l'auras fait payer.

Elle médita un moment.

— ... Oui... Un bon prix !...

Frédéric ne répliquait rien. Elle reprit :

— ... Mais pourquoi est-ce toi que j'ai aimé ? N'importe qui m'aurait rendue plus heureuse. Pourquoi ? Pourquoi toi ?... C'est comme une maladie que j'aurais prise. Une lèpre ! Pire que l'autre...

— Et comme chacun sait, tu es un ange !... persifla Frédéric, à bout de longanimité. Crois-tu qu'il existe un autre homme dans le monde entier, un seul, qui, te connaissant telle que tu es, accepterait de passer son existence auprès de toi, de subir tes colères, et ton amour ?... Ton amour ! Parlons-en !... L'amour du boa constrictor... Tu m'étouffes, tu me dévores. Il faut toujours se débattre pour respirer. Mais, Bon Dieu ! j'ai besoin de vivre, de faire quelque chose... Je suis un homme ! pas un canari en cage... Tu ne finiras donc jamais par le comprendre ?

C'était lui, à présent, qui arpentait à grands pas la pièce, bousculant les sièges au passage.

Appuyée au guéridon, ses paumes fiévreuses collées contre la fraîcheur du marbre, Ludivine écoutait, reconnaissant le son presque oublié de ces accusations. Certes, la chambre avait été le théâtre de bien des querelles. La plupart avaient glissé sur la mémoire de la jeune femme, comme de l'eau sur la feuille cirée du magnolia. Mais ces reproches-là, vieux reproches, étaient autrefois tombés sur son cœur, en gouttes corrosives, et, cette nuit, elle sentait à nouveau se creuser la blessure.

Frédéric se dirigea vers la porte.

— Où vas-tu ?

L'âpre interrogation avait jailli, malgré elle.

— En bas. Dehors, respirer... N'importe où, pourvu que tu n'y sois pas !... jeta-t-il excédé.

— Frédéric...

L'accent était tel que Frédéric fit demi-tour. Une seconde, ils se regardèrent. Honteux, il se précipita contre elle, l'entoura de ses bras...

— Pardonne-moi. Je suis une brute ! Ludivine, mon petit... Oublions tout cela...

Elle n'en pouvait plus. Sa poitrine allait éclater. Elle joignit dessus ses mains crispées.

— Va-t'en, va-t'en donc...

— C'est toi qui me renvoies ? s'étonna-t-il, doucement, relevant sa tête enfouie dans la robe de sa femme, en un si confiant abandon, qu'elle se sentit vaguement coupable, tout d'un coup.

— Oui... Descends un moment. Cela ira mieux ensuite.

— Mon amour, je suis à toi uniquement, tu sais ? Dis-moi que tu ne m'en veux pas.

Il couvrait de baisers les mains de Ludivine qu'il avait reprises, les appuyant sur son visage...

— Va... va...

Frédéric obéit.

Seule, elle écouta son sang reprendre peu à peu un rythme normal : « A toi uniquement... Je suis à toi... » C'était vrai, elle le savait. Les femmes ne comptaient plus. Frédéric s'était éloigné de ces médiocres aventures, et elle avait cru pouvoir se rassurer. Elle s'était endormie sur la partie gagnée...

Mais aux Vernet, il fallait un but violent et fort. Oui, sans doute, « de quoi être fière », comme avaient dit ces gens... Batailler, conquérir, dompter, empoigner l'existence à pleines mains, courir tous les risques... voilà ce que réclamait leur nature. Voilà ce qu'avait réclamé la sienne à elle aussi, et le ciel l'avait comblée d'un seul coup, bien des années auparavant, en lui envoyant cet amour, comme un combat perpétuel à soutenir, qui jamais ne la laisserait en paix dans cette vie.

Frédéric ne faisait que suivre sa pente. A quoi servait d'avoir voulu l'en détourner ? « Si je l'empêche de continuer, il trouvera autre chose... »

Ludivine sentait s'évanouir sa colère, à se le représenter, avec son rire, sa force, sa candide dissimulation d'enfant et son regard qui tombait de haut sur les êtres et les choses.

Un jour, peut-être, ils reposeraient pour de bon l'un contre l'autre, dans la longue nuit au parfum de terre, sous le lierre et les lauriers-roses, et la pierre tachée de mousse grise scellée sur eux. — « Si le repos commence alors... » Peut-être enfin, le tiendrait-elle. Jusque-là... Il fallait accepter de craindre, puisque cela faisait partie de la lutte.

4

Une autre année commença. Dans tous les coins de Mogador, on rencontrait Anne et Gaspard, tout occupés d'eux-mêmes, promenant leur enivrement, leur chuchotis, leurs regards joints, à travers les autres, sans paraître les voir.

De toute évidence, ils voyageaient dans la quatrième dimension, en de tièdes contrées où n'abordaient ni le vent glacé, ni la pluie, ni la boue des routes terrestres, ni le silence épais de la neige alourdie sur les pelouses.

Les débuts de Gaspard dans la diplomatie ne retenaient guère le jeune homme à son poste. Sa présence était fort inégalement répartie entre Fontfresque, Paris, et les wagons-lits de la compagnie P.L.M. Frédéric en faisait des plaisanteries sans fin avec sa mère et Ludivine.

Julia, rajeunie au contact de cette jeunesse, donnait volontiers asile et chaperonnage aux amoureux. Parmi ses quatre petites-filles, la vieille dame avait toujours éprouvé un léger faible à l'égard de la cadette, dont l'esprit malicieux l'enchantait. L'adoration évidente de Gaspard pour sa fiancée, sa fougue retenue, son charme romantique de tout jeune homme follement épris, éveillaient en elle des résonances lointaines, qu'elle écoutait, penchée, avec, dans ses yeux pâlis par l'âge, une petite lumière dansante, couleur des printemps d'autrefois.

Les sentiments de Ludivine étaient plus complexes. Le manège des jeunes gens l'amusait et l'agaçait à la fois. Par moments, au spectacle qu'ils lui offraient, une cruelle mélancolie l'envahissait. Leur couple matérialisait pour elle la fuite de ces années qui commençaient à s'échapper comme de l'eau puisée entre ses doigts serrés.

Elle avait eu, jadis, cette démarche du bonheur, enfantine, bondissante ; cette confiance toute neuve en ses propres forces ; cette certitude ingénue d'avoir le sort de son côté — à d'autres ses chausse-trappes, son mauvais vouloir !... — Alors, la vie avait paru attendre Ludivine Peyrissac au bord de la route, telle une cité livrée au conquérant, ses clés d'or posées sur un carreau de velours.

A présent, Ludivine eût voulu dire à sa fille : « Attention, ne t'y trompe pas, Dieu sait quels pièges... » Mais, pleine d'un sentiment de supériorité à peine dissimulé, Anne arborait un outrecuidant sourire. « Tant pis pour qui n'a pas su remporter la victoire » disait clairement toute son attitude. « Moi, je saurai. » Elle aimait, elle était aimée. Un chemin de Paradis ouvrait pour elle son mystère. Il eût été vain de le lui dépeindre caillouteux, et coupé de ronces.

— Elle verra ça...

— Eh bien oui, ma fille, elle le verra. Elle n'est au monde que pour l'apprendre. N'est-ce pas ce que tu as fait, toi aussi ?

Oui. Et maintenant, c'était à d'autres... Son tour unique, son tour à elle, Ludivine... déjà il était passé.

Mariage, fiançailles, et ce premier baiser dans l'allée derrière la maison, et ce premier regard de Frédéric, là-bas chez les Daubenois... Toutes ces choses qui sont une, qui n'arrivent qu'une fois... C'était, ah !... c'était il y a vingt ans. « Je me souviens si bien de tout... la robe que je portais, le parfum de la tonnelle, ce petit bruit du jet d'eau que l'on entendait pendant le dîner, par la fenêtre ouverte... » Et jamais, jamais plus, de tout cela, rien ne lui serait rendu. Jours passés, qui furent vivants, maintenant morts entre les morts... Chanson qu'Elise fredonnait, cet été-là :

Je voudrais que la rose
Fût encore au rosier...

Mais le rosier a refleuri de nouvelles roses. Et, seule, Ludivine Peyrissac, cette morte, ne les cueillera plus.

Un visage qui, certains matins, paraît un peu moins lisse... l'esquisse d'une ride au coin de la paupière...

« On n'est pas vieille à trente-six ans. » Ludivine se savait toujours belle. Mais il y avait bien autre chose : cette sagesse insipide que le chagrin vous a comptée mesure par mesure, fardeau acquis au long de chaque étape ; cette sagesse sans pardon qui, sitôt à l'avance, vous oblige à regarder en face le temps où la fin viendra...

Frédéric, lui, s'était ménagé des refuges multiples. L'action, le risque, les amitiés, lui apportaient leur aide, jointe à sa fantaisie propre.

— Mourir n'a aucune importance. L'ennuyeux est que l'on cesse de vivre, avait-il dit, un jour, en riant, à Louis Gattencourt qui lui narrait les émotions d'une de ses chasses.

En compensation, il semblait prendre à tâche d'accumuler dix vies dans la sienne.

Cependant, fier de sa « couronne de fille », comme il disait, il voyait sans plaisir un des fleurons prêt à se détacher. D'accord avec Philippe de Barcarin, il avait fixé au mariage un délai d'un an :

— Ils sont si jeunes, tous les deux... De nos jours, on ne se marie plus aussi vite...

Si encore c'eût été Isabelle... On avait tout le temps, pour elle aussi, bien entendu. Pourtant, l'indifférence avec laquelle elle traitait ses amoureux ne laissait pas d'être un peu inquiétante.

Mais Anne... Anne, le rire de la maison...

Cependant, la date se rapprochait insensiblement. Le printemps avait joué son éphémère personnage. Dans la buée bleue des jours de chaleur, le parc retentissait à nouveau d'appels rieurs lancés à travers les allées, et les taillis gardaient l'écho de tous les murmures tendrement échangés.

Jeunes gens, jeunes filles, poursuivaient l'éternelle

et décevante ronde. « *Entrez dans la danse...* » Ardents, ils y entraient, s'y jetaient l'un après l'autre...

Christine, cette année-là, regardait venir son tour. Ni belle, ni même vraiment jolie...

— Mais bien pire..., disait Frédéric à sa femme. Je m'y connais, tu verras : les garçons seront à ses genoux.

D'elle, on ne voyait d'abord que l'éclat des yeux gris, clairs et froids comme des reflets d'épée, dans son mince visage allongé, au menton un peu lourd, au grand front carré encadré par des boucles noires. Il fallait se forcer à détailler les traits pour s'apercevoir que le nez manquait de finesse, que la bouche, ouverte sur des dents aiguës et très blanches, était trop grande, trop fortement dessinée, que l'expression en était dure et sensuelle à la fois... Elancée comme ses sœurs, elle n'avait, dans sa démarche, ni la noblesse d'Isabelle, ni la légèreté d'Anne, mais quelque chose de la hautaine souplesse des félins.

« Les trois Majestés » disait Frédéric... Des trois, l'une avait déjà reconnu son destin. C'était l'année, la seule année où elles s'offriraient ainsi, en bouquet, au regard orgueilleux de leur père. Déjà, Gaspard avait surgi, ouvrait ses mains... Anne volait vers lui, tendant les siennes...

Isabelle les voyait disparaître dans le sous-bois, enlacés, à l'invite du premier sentier. Alanguie, à son insu, par leur exemple, elle laissait Jean Arnal marcher dans son ombre, écarter pour elle les branches basses, lui cueillir des mûres aux ronces des haies, et parfois, choisir la mélodie qu'il la priait de chanter. — C'est lui que tu aimes ? Dis-le-moi, Sabel. Tu peux bien me l'avouer, à moi, questionnait Anne, le soir, dans leur chambre où les fleurs envoyées chaque jour par Gaspard mettaient la fête de leur blancheur.

— Est-ce que je sais ? J'ai pitié de lui parce qu'il m'aime, plus que Francis ou Auguste ; parce qu'il est capable d'en souffrir terriblement, alors que les autres se consoleront toujours. Mais Jean, lui... Etre un grand bonheur pour quelqu'un... Cela vaudrait peut-être la peine...

— Oui, mais toi ?

— Moi ?

Isabelle hésita devant l'interrogation obsédante qu'elle retrouvait aux lèvres de sa sœur.

— ... Moi ?... Eh bien, peut-être est-ce dans l'oubli de soi, justement, que l'on trouve le seul amour qui vous comble.

Anne pensait qu'elle n'avait jamais rien entendu d'aussi stupide.

— Tu veux dire que tu te sacrifierais, en épousant n'importe qui pour lui faire plaisir, et que tu serais heureuse de cette façon ?... Mais l'amour, voyons... L'amour... Ce n'est pourtant pas...

— Et qu'est-ce que c'est ? Qu'est-ce que tu y connais, d'abord ?... Si je te dis que, tout ce que tu imagines, ça n'existe pas...

— Ça n'ex... Eh bien, ma petite !...

Anne suffoquait.

— ... Mais tu es folle ! Eh bien, alors !... Et Gaspard et moi ! et Papa et Maman ?

— Laisse-moi tranquille ! cria Isabelle, violente. Papa et Maman ! Si c'est cela, l'amour que tu te représentes, ce n'est pas moi qui... Allez, bonsoir, conclut-elle abruptement, en soufflant la lampe.

— ... Crois-tu ? disait, le lendemain, Anne à Christine, en lui rapportant la conversation.

— Ça ne m'étonne pas. Tu ne t'es donc jamais avisée qu'elle détestait Maman ? Ma parole, elle en est jalouse.

— Oh !... protesta Anne, choquée. Tu exagères. Comment veux-tu ?...

— Je t'assure qu'elle est jalouse. De tout le monde. Mais surtout de Maman. Tu n'as pas remarqué sa figure, quelquefois, quand Papa et Maman s'embrassent devant nous ? Observe-la.

— Non, non...

— Mais si. Tu verras. Elle est méchante, orgueilleuse, calculatrice... Tu verras, tu verras... Elle se moque bien de Jean !... Elle fait tout pour le rendre amoureux fou, et malheureux comme les pierres. Ensuite, elle dira qu'elle condescend à l'épouser, et tout le monde tombera à genoux pour la remercier, bien qu'il soit plus beau et plus intelligent que tous les autres, et... — Un petit sanglot étrangla sa voix. — ... et mille fois trop bon pour elle...

— Christine !... Mais... tu l'...

Elle s'enfuit en faisant claquer la porte.

— Et toi, tu es aussi bête que... que...

Anne se sentait vaciller sous le poids de ces intéressantes révélations. Un moment, accoudée à l'appui de la fenêtre, elle en suivit les aperçus.

Dominique entra, portant respectueusement une enveloppe.

— Tu étais là ? J'ai d'abord frappé dans ta chambre.

Anne se retourna.

— Pour moi ? Donne vite.

Elle saisit la lettre d'un geste avide.

— Dis ? C'est de Gaspard ? demanda la fillette.

— Naturellement. Laisse-moi lire.

Lorsqu'elle eut terminé, elle glissa l'épître dans son corsage.

Dominique la considérait avec une attention recueillie.

— Tu l'aimes !

Incapable d'exprimer congrûment avec des mots, l'immensité de cet amour, Anne sourit d'un air extatique. Puis ayant caressé les cheveux de sa jeune sœur, elle s'en fut, en chantonnant « *Fascination* ».

Le premier juillet, Frédéric et Ludivine quittèrent Mogador pour aller assister au meeting d'aviation qui devait se tenir en Champagne, durant toute la semaine, du 3 au 10. Les épreuves et le nombre d'appareils mis en ligne en faisaient une manifestation d'une importance inusitée. En outre, leur ami Cattanéo était parmi les aviateurs engagés.

Peu de temps auparavant, Champel avait traversé Paris, longeant la Seine sur son biplan, parmi les clameurs de la foule juchée sur les toits pour mieux voir. Les journaux avaient relaté l'événement.

Depuis plusieurs jours, Frédéric accusait une certaine surexcitation. Monoplans « Antoinette » ou « Blériot », biplans « Sommer ». « Farman », « Bréguet » et autres, prenaient une place prépondérante dans sa conversation.

Ludivine était curieuse de voir évoluer ces machines volantes dont elle avait tant entendu parler. En outre, toujours sur le qui-vive au sujet de son remuant époux, elle espérait que sa présence mettrait un frein aux impulsions possibles de Frédéric.

De fait, il se tint étonnamment tranquille à côté d'elle, toute la semaine, joyeux, disert, charmant compagnon, plein de prévenances. Cattanéo leur avait présenté ses amis. Ils dînaient presque chaque soir avec lui, en compagnie de René Labouchère, Edouard Nieuport, Delétang et Léon Morane.

Le dernier jour, comme ils regardaient les quinze aéroplanes voler au-dessus d'eux, dans le ciel plus pesant, moins purement bleu que le ciel provençal,

Ludivine ne put se tenir de poser à son mari la question qui lui brûlait les lèvres :

— Tu n'aimerais pas essayer ?...

Sa main caressait, légère, la manche de Frédéric.

Il abaissa la tête, détournant son regard vers elle, et la considéra de biais, durant une seconde.

— J'ai essayé... Plusieurs fois. Cattanéo m'a fait monter.

Il la surveillait, sans en avoir l'air.

Elle avala sa salive, se raidit, et dit seulement :

— Ce doit être...

— Oh, magnifique ! enchaîna-t-il. L'instant où l'appareil prend de la hauteur... Tu roulais sur l'herbe et, tout d'un coup, il y a du vide au-dessous de toi... Ni le cheval ni la voiture n'offrent rien qui approche ce sentiment de puissance formidable qui te gagne à sentir la terre, en bas, dominée, abandonnée...

Ludivine contemplait avec un amour tendu ce visage, où passait comme le reflet d'une ivresse dont elle n'était pas la cause. Toute leur vie, il la quitterait, pour aller chevaucher une aventure dangereuse. Mais c'était vers elle, pourtant, qu'il reviendrait ensuite, allègre et fatigué... vers ses bras, pour s'y reposer, un peu de temps, encore un peu de temps avant de repartir... Elle appuya davantage sa main imperceptiblement tremblante, comme si cela eût pu le retenir.

Frédéric inclina vers elle ce sourire qui la faisait, depuis des années, sa prisonnière. Leurs yeux se rencontrèrent.

— Je m'en doutais, tu sais ?... murmura-t-elle.

Le rire apparut franchement au creux des joues de Frédéric.

— C'est bien pour ça que je te l'ai dit.

Là-haut, les moteurs ronflaient, s'emparaient de l'espace... Un monoplan descendit, vira au bout du champ, parut hésiter un instant et se posa avec des soubresauts sautillants.

Mais Ludivine ne les voyait plus.

— Raté... dit Frédéric, qui le suivait des yeux. Mauvais atterrissage. Ils appellent ça : « Faire la bergeronnette »... Ah ! voilà le Blériot de Cattanéo qui va reprendre l'air, encore une fois. Viens, je voudrais le voir décoller.

Accrochée à son bras, Ludivine le suivit avec difficulté. Les petits souliers découverts gênaient sa marche ; les hauts talons se tordaient sur les cailloux et les mottes de terre. Elle trébucha, se retint à son mari...

— Holà, qu'y a-t-il ? Je vais trop vite ? Oh mon cœur, c'est vrai, j'aurais dû penser... Je suis impardonnable ! — Ludivine se mordait les lèvres, en faisant jouer l'articulation de sa cheville endolorie... — Attends, je vais t'aider.

Sans nul souci des assistants, il la prit par la taille.

— Là, ça va mieux, comme cela ?

Son étreinte la soulevait presque, la plaquait contre lui, ferme, chaude, sûre, et si tendre... Un havre de grâce...

— Très bien, mon chéri. Dépêchons-nous, dit-elle.

Le mariage d'Anne eut lieu au début du mois de septembre, entouré d'un faste tel que les gens du pays n'en virent jamais le pareil. Longtemps après, jeunes filles ou jeunes femmes qui y assistèrent, devenues mères et grand-mères, devaient encore se souvenir : « Au mariage d'Anne Vernet... », et les enfants, interdits, attentifs comme à l'ouïe d'un conte de fées, voyaient se lever devant eux la vision de l'éblouissant cortège.

A la sortie de l'église, Anne, irréelle comme une sirène, parmi l'écume de son voile, dans une étroite robe princesse toute scintillante de jais blanc, dont la traîne partant des épaules, allait s'élargissant en lourd manteau de cour, passa, avec son jeune époux, sous la voûte de tridents dressée par les compagnons de Gaspard de Barcarin, à cheval sur leurs camargues blancs.

Derrière eux, le défilé d'invités remplissait toute la nef.

L'assistance villageoise supputa que la mariée devait avoir atteint Mogador bien avant que les derniers couples fussent remontés en voiture, sur la place.

Le soir, tandis que le bal se déroulait devant la maison, sur la pelouse où Frédéric avait fait monter une sorte d'immense tente parquetée, ouverte sur les côtés, Gaspard et Anne partirent pour Capri, où ils devaient passer le temps de la « lune de miel ».

Les réjouissances se poursuivirent le lendemain... Mais déjà, il y avait dans l'atmosphère, mêlée de lassitude, un peu de cette angoisse obscure qui veille à la fin d'un beau jour, et monte sous le soleil encore tiède, et chuchote à qui se défend de l'entendre que la fête est finie, que tout va bientôt cesser d'être vrai.

Les invités rentrés chez eux, des ouvriers revinrent. Les jours suivants, on entendit déclouer, démolir... L'office demeurait une ruche active où s'empilaient argenterie, vaisselle, nappes et serviettes à nettoyer. François et Dominique, le cœur barbouillé de sucreries, picoraient encore, par acquit de conscience, un reste de petits fours dans les assiettes qui traînaient. On rangeait, on balayait, on ôtait des rallonges ou des tréteaux, on enlevait des chaises, on rapportait les tapis et les meubles... Victor s'affairait en chef, d'une pièce à l'autre, suivi de Philo qui détenait les clés des bahuts et des armoires.

Puis, peu à peu, Mogador retomba dans le calme, plus calme, après tant d'agitations.

L'automne était pluvieux et froid. Julia se tenait blottie dans son fauteuil, au coin de l'âtre où l'on allumait de grandes flambées. Cette année-là, elle se portait assez bien. Cependant, Adrienne, qui venait chaque dimanche, prétendait la voir s'amenuiser d'une semaine à l'autre.

— Maman devient diaphane. Je me demande... Qu'en dit le docteur Royer ?

Ludivine haussait les épaules.

— Mais rien, ma chère. Que veux-tu ? c'est l'âge. « Bien sûr, Mère n'était plus comme autrefois. On ne pouvait demander à une femme de soixante-seize ans de garder l'aspect d'une jouvencelle. » Mais le souffle de vie qui semblait, en Julia, toujours prêt à s'éteindre, gagnant un jour sur l'autre, la menait, somme toute, depuis vingt ans et plus.

— ... Ne t'inquiète donc pas pour Mère. Elle me fait penser à cet olivier qu'il y a en haut de la colline, vers la murette. Il est noir et desséché. Les gelées d'hiver l'ont creusé jusqu'au pied ; on le dirait prêt à tomber au premier mistral... Mais il tient bon depuis des saisons, et il porte ses feuilles et ses olives aussi bien que les autres.

Tout de même... — Seule, elle laissait la crainte la gagner, se surprenait à scruter les rides inscrites sur cette face vieillie que lui livraient parfois des brèves somnolences bercées au crépitement sifflant des bûches.

« Mère, Mère... » Il fallait se retenir de l'appeler, en la trouvant tout d'un coup hors de défense, à la merci de la visite qu'on ne voit pas. Ludivine croyait sentir l'approche de la main froide qui glacerait un jour ces paupières prises au piège de leur nuit.

Sournoisement, elle déplaçait un tabouret, refermait un livre avec bruit, ou le laissait tomber.

Julia sursautait, relevait la tête...

— J'ai dormi ?

— Je ne sais pas. Je n'ai pas fait attention. Pas longtemps, en tout cas.

— Où est Frédéric ?

— A Tarascon. Il avait rendez-vous avec Hubert, vous savez bien ?

— Et Isabelle ? — Julia voulait toujours savoir, à présent, ce que faisait chacun. Comme si, par quelque alchimie, la vie des autres eût pu transfuser un peu de vigueur à la sienne.

— Isabelle et Christine sont chez les Arnal. C'est l'anniversaire de Juliette. Leur père les reprendra ce soir en passant.

— Bonne famille, ces Arnal... — Les yeux de la vieille dame pétillaient. — Ancienne. Du côté de Léontine aussi. Sa mère était une fille Gazagnon, d'Arles... J'aime assez ce garçon. Il n'est pas bête. Un beau type d'homme, avec ça. Solide, franc d'allures et de langage.

— Evidemment...

Ludivine soupira. Les mérites de Jean Arnal avaient été bien des fois évalués, entre Frédéric et elle, depuis qu'on voyait le jeune homme se poser en prétendant de l'aînée de leurs filles. Isabelle paraissait lui accorder une certaine préférence, autant qu'on en pouvait juger...

— ... Mais avec Isabelle... Vous savez bien comment elle est, Mère. J'ai parfois l'impression de voir vivre une étrangère, au milieu de nous...

Une étrangère au milieu des siens. Une étrangère dans le monde. Et celui où l'on se réfugie est peuplé de rêves tristes, de bonheurs incertains, de joies qui passent. Et les chansons d'amour chantent l'amour perdu ; et l'on pense à celui que l'on ne connaîtra jamais. On est venue sur terre, comme quelqu'un qui, déjà, n'avait plus rien à attendre. Le coup s'est joué d'avance, et les dés sont pipés. Que reste-t-il, sinon de faire orgueilleusement abandon de soi ?...

L'ombre du crépuscule terne, sur la terrasse où le vent bouscule les feuilles sèches dans un tourbillonnant froissement poussiéreux... Cette voix altérée... Ces yeux qui implorent...

— Isabelle, Isabelle... Je n'en puis plus de vous aimer...

Masque douloureux que sculpte sur ces traits l'ardeur d'une jeune passion.

— ... Est-ce que jamais vous ne... ?

— Jean...

Il frissonna au contact de ces doigts posés sur sa main. Son profil net se détachait encore sur la nuit envahissante.

— ... Vous pourrez parler à mon père. S'il le veut bien, je vous épouserai.

Elle l'eut soudain courbé vers elle, chancelant sous le poids merveilleux de la promesse.

— Isabelle !... Isabelle... — Il ne savait plus que répéter son nom. Doucement, avec un geste presque craintif devant ce bonheur subit, il l'étreignit.

Isabelle sentit, à travers l'étoffe, ce cœur d'homme contre sa joue. Les bras de Jean, resserrés autour d'elle, la tenaient comme une proie encore prête à s'échapper.

5

Après les fêtes de fin d'année, Hubert prolongea son séjour à Mogador. Anne et Gaspard venaient de rentrer d'Italie. On les avait attendus pour célébrer les fiançailles d'Isabelle. Le jeune couple semblait marcher dans la traînée lumineuse d'un pollen d'astres.

— Regardez-les. Nous avons l'air d'époux rangés, à côté d'eux, remarquait Jean Arnal, une imperceptible pointe d'envie dans l'intonation.

Isabelle considérait le spectacle avec des yeux différents.

— Vous ne les trouvez pas légèrement nigauds ? Ils manquent un peu de pudeur, pour des gens mariés.

— Mais ils sont si charmants !...

La jeune fille leva vers son fiancé la profondeur de ses prunelles brunes où passait une ombre d'inquiétude :

— N'êtes-vous pas heureux, Jean ?

Il prit ses mains, les embrassa avec ferveur...

— Mon cher amour, je suis l'homme le plus heureux de la terre. Mais vous me permettez si rarement de le proclamer...

Isabelle rit un peu.

— Non, non, je ne vous imagine pas dans ce rôle. Passe pour ma sœur, d'enferrer ce pauvre Gaspard sous les roses. Anne a toujours été un elfe, ou un « trêve »[1] égaré en plein jour. Mais moi, j'épouserai un homme, pas un chevalier ensorcelé. Je n'aimerais pas du tout qu'un jour, vous veniez me demander compte de votre âme immortelle.

Elle rit encore, et ajouta :

— ... Non, le mariage, c'est bien autre chose...

Jean la contemplait de tous ses yeux.

— Isabelle, savez-vous ?... Il y a tant de gravité en vous, que parfois, cela m'effraie. Je me mets à dénom-

1. Un trêve est une apparition de la nuit. Cf. Mistral (*Mireille*, la mort d'Ourrias).

brer toutes mes insuffisances, quand vous prenez cet air de petit juge...

Hubert entrait dans le salon. A la vue des jeunes gens, il esquissa un discret mouvement de retraite. Mais son futur neveu, élevant la voix, l'attira au cœur du débat.

— ... Un petit juge austère, impitoyable... n'est-ce pas, Monsieur ? Voilà ce qu'elle est. Terriblement infaillible, parmi toutes nos faiblesses.

Hubert s'assit sur le bras d'un fauteuil.

— Je le crains, dit-il, pensif. Tu es dure, Sabel. Une dureté de pierre précieuse... Tu ne te laisses pas entamer. Mais aussi, méfie-toi de ne vivre que devant des apparences. Il faut plus d'indulgence, pour aller au-delà.

La jeune fille s'approcha.

— Croyez-vous, oncle Hubert ?...

Il y avait dans ses paroles une vibration que, seul, il pouvait discerner.

Sans répondre, il lui saisit le poignet d'un geste affectueux, et l'attira auprès de lui, dans le fauteuil.

Jean Arnal, derrière le piano, cherchait de la musique.

— Prenez garde ! C'est la sacro-sainte bergère de Maman, vous savez ?

Hubert la dévisagea longuement. Sous le feu triste de ce regard, Isabelle abaissa le sien.

— Ma petite fille... murmura-t-il, très bas. — Il sentait se crisper la main enfermée dans la sienne. — Va... dit-il, la libérant. Va nous jouer quelque chose. Je crois que Jean a choisi.

Il la regarda s'asseoir au piano. Le jeune homme disposait la partition. Beaux tous deux, ils formaient un couple admirable. Seraient-ils heureux ? Isabelle... pauvre cœur désenchanté, pour qui l'amour et la trahison demeuraient à jamais mêlés en un même visage vénéneux, tels que ses yeux d'enfant les avaient jadis entrevus.

« ... Par ma faute, et par celle de... »

Même en pensée, il se défendit de prononcer le nom. Mais le passé revenait, le pressant de toutes parts, dans un assaut insidieux.

Peu à peu, las d'y trouver une affreuse nourriture, il était parvenu à le repousser ; il avait cru s'en rendre maître... Mais avec quelques mots, Isabelle venait d'ouvrir grande une brèche par laquelle s'engouffraient les souvenirs : lumière de ce jour d'été, couleur du ciel et des chênes, parfum d'une robe respiré de si près, tiédeur mouillée d'un visage sous ses lèvres... ivresse de la minute où il avait pensé triompher... et jusqu'à ce cri, comme le rire d'un geai, venu de loin, qu'il avait capté presque à son insu :

« *I-sa-belle, belle, belle, belle...* »

Ce menuet de Mozart que jouait Isabelle, était d'une grâce déchirante. Un désespoir courtoisement dissimulé sous un sourire de bonne compagnie...

Accoudé devant le piano, Jean Arnal rêvait, les yeux perdus. Pouvait-il rêver d'avenir ou de joie sur ces notes qui disaient que tout est vain, vain l'espoir, vain le temps qui passe, et vains tous les regrets dont nous nous consumons ?

« Tout à l'heure, je monterai voir Mère. Ce soir, lorsqu'elle sera seule, je lui dirai... Mère, le seul refuge... Elle vieillit ; elle se sépare de nous, peu à peu. Un jour... A elle aussi, il faudra dire adieu. » Imaginer vide la vaste chambre emplie, depuis plus de cinquante ans, par cette vie... « Tous, nous l'avons usée. Nous lui avons alourdi sans pitié le fardeau qu'il faut porter. Le sien fait de tous les nôtres... »

A présent, Isabelle chantait. — Cette belle voix

grave, un peu rauque, par instants, et comme brisée dans la douceur... Un lied qu'il aimait...

Et s'il revenait, un jour,
Que faut-il lui dire ?
Dites-lui qu'on l'attendit
Jusqu'à s'en mourir.

Demandes, réponses résignées, dont Hubert connaissait le déroulement. « Maeterlinck... Comme elle le chante... Une femme pour qui ce retour fut toute la prière... Où est-il, celui-là que quelqu'un attendit "jusqu'à s'en mourir ?" Cela vaudrait la peine, alors, de revenir. Race de Peer Gynt, pourquoi est-il parti, ce voyageur qui tarde ? Quels pays, quelles femmes de rencontre ?... A-t-il connu, lui aussi, à l'autre bout de la terre, les espaces du Vaal et de l'Orange où tombaient hommes et chevaux, horriblement figés dans une éternité soudaine, en des postures misérables, parmi le sang caillé et les débris de mitraille ? Désert du Veld, désert de Crau et de Camargue, désert de la mer et des routes, au milieu des contrées traversées, désert d'un amour condamné, désert des jours de la Gloriette... toute une vie aride, où les puits d'eau fraîche furent des mirages... »

Et s'il m'interroge encor
Sans me reconnaître ?
Parlez-lui comme une sœur :
Il souffre peut-être.

Les bribes de sa pensée s'entrelaçaient au chant, en étiraient le sens, se l'appropriaient... « Une sœur. Une sœur aux mains apaisantes posées sur vos paupières... Elle trouverait des mots dont la tendresse vous laisserait un instant consolé. »

Et s'il demande où vous êtes.
Que faut-il répondre ?
Donnez-lui mon anneau d'or
Sans rien lui répondre.

L'anneau de Mère, plat, qui glissait de son doigt amaigri. Longtemps, elle avait porté celui de Père. Hubert se rappelait leur double éclat qui l'attirait, dans sa petite enfance. A présent, craignant de le perdre, elle le conservait sous sa guimpe, suspendu à une chaînette d'or. Le seul bijou qu'elle se permît, depuis des années... Mère, dans sa stricte robe noire...

Et s'il veut savoir pourquoi
La salle est déserte ?
Montrez-lui la lampe éteinte
Et la porte ouverte...

S'il devait, un jour, venir ainsi, à Mogador, et interroger toutes choses pour leur arracher la même inconcevable réponse... « Mère, oh Mère, que deviendrai-je sans vous ?... La lampe éteinte... La porte ouverte... Dieu ! »

Et s'il m'interroge alors
Sur la dernière heure ?

continuait Isabelle, la voix assourdie, à peine timbrée : quelqu'un au bord du secret...

Dites-lui que j'ai souri
De peur qu'il ne pleure...

Dans son chant passait ce sourire exquis, tremblant, dressé au-dessus du néant, comme une petite flamme pure, comme la lucarne éclairée d'une maison perdue dans une forêt de ténèbres : le sourire de Julia.

La jeune fille se tut. Le piano vibrait encore. Penché,

Jean mit un baiser furtif sur les cheveux de sa fiancée. Elle se leva, s'appuyant à lui. Tous deux vinrent à Hubert qui demeurait silencieux.

— Elle l'a chanté divinement, n'est-ce pas, Monsieur ?

— Oui...

Il caressait le bras de sa nièce.

— ... Merci, ma chérie.

Isabelle se baissa, tendit son front.

Pouvait-elle se douter à quel point elle ressemblait à sa mère, lorsqu'un soupçon de plaisir s'allumait ainsi sur ses traits ?... Sans doute n'eût-elle pas aimé qu'on le lui rappelât. Il n'était que de les voir toutes deux ensemble... « Si elle a pardonné, c'est à moi seul... » Les yeux à demi clos, il l'embrassa, remâchant cette pensée au goût de revanche.

La jeune fille se redressa. Jean se tenait à côté d'elle, entourant d'un bras ses épaules. Rapprochés, ils souriaient à Hubert. Il les admira. Il y avait dans le garçon la force sûre, la franchise d'un arbre. Et Isabelle... — Un grand trésor.

Avait-il donc parlé tout haut ?

— Je le sais bien, Monsieur, dit Jean. Et j'essaierai d'en être digne.

— J'en suis sûr.

Hubert se leva pour sortir. Il se jugeait de trop, malgré leur amitié. Auprès du bonheur, il ne retrouvait pas sa place.

— ... Je vais aller jusqu'à Saint-Ange avant que la nuit tombe... Je pense que je dînerai chez les Raynal. Veux-tu prévenir qu'on ne m'attende pas ?...

Dans un moment, le salon serait envahi ; Ludivine allait descendre. Ce soir, fût-ce au milieu de tous les autres, il sentait qu'il ne pourrait pas endurer de la voir.

Au-dehors, l'air était glacial. Il emplit ses poumons

de ce froid coupant, et se dirigea vers la grille. L'allée d'honneur, dépouillée par l'hiver, le regardait passer comme un étranger.

A Saint-Ange, la soirée se prolongea. Il faisait bon, chez les Raynal, autour du feu où ils n'étaient que trois. La jeune femme cousait un col de guipure sur un costume de velours, pour son fils. Le petit Noël, aux cheveux blonds et bouclés de fille, ressemblait à un enfant de livres de prix.

— Edmée consulte les gravures du *Petit Lord Fauntleroy* en guise de journaux de modes, plaisantait son mari.

Absorbée dans son ouvrage, elle ne levait pas les yeux.

Les deux amis pouvaient parler chasse, poésie, chevaux, automobile tout à leur aise. Respectueuse de leur conversation, Mme Raynal se taisait auprès d'eux. Elle était de la race de ces femmes qui, naguère, au mas, après avoir servi les valets assemblés à la longue table autour du maître, mangeaient debout, derrière lui, au coin de la cheminée.

Hubert les quitta vers onze heures. A Mogador, les volets du salon laissaient passer un fil de lumière sur la façade lourdement campée sur le noir de la nuit. Tout le monde était là, sans doute. Du hall, il perçut le bruit confus de la conversation ; le rire d'Anne fusa ; la voix joyeuse de Jean Arnal lança une exclamation... Une autre voix trop connue s'élevait à son tour, dominant la gaieté générale...

Hubert monta directement chez sa mère.

— Bonsoir, Maman... Peut-on... ?

Seule brûlait la veilleuse. La forme accotée contre les oreillers, se distinguait à peine, au fond de l'alcôve.

— Entre, entre, dit Julia, et raconte-moi un peu ce

qui se passe en bas. Ils n'ont cessé de rire, toute la soirée.

— Je n'en ai aucune idée, avoua-t-il. Je reviens à l'instant de Saint-Ange.

— C'est vrai. Philo m'a dit que tu n'assistais pas au dîner.

Depuis plusieurs années, la vieille dame avait renoncé à descendre pour le repas du soir. On lui portait un léger plateau vers sept heures. Mais, désireuse de se tenir au courant, aussitôt installée dans son lit, elle expédiait son âme damnée au rapport, auprès de Victor. Le butin occupait ensuite les longues heures d'insomnie qu'il lui fallait épuiser, et celles du réveil matinal. Tandis qu'alentour, Mogador reposait encore, les deux femmes, l'une soutenant l'autre et l'aidant à sa lente toilette, épiloguaient ensemble sur les menus événements de la veille et leurs répercussions probables. Oubliées toutes deux par le temps, au seuil d'un monde qui n'était plus le leur, elles l'envisageaient avec une curiosité volontiers méprisante, le mesurant à l'aune de leur passé.

Traversant la pièce, Hubert vint s'asseoir au bord du lit, à sa place habituelle.

— Ton frère était là, tout à l'heure.

Les visites de Frédéric, aussi fréquentes, se situaient plus tôt ; généralement après le dîner.

— Oui ?

— Nous parlions d'Isabelle. Il se demande... Sais-tu qu'elle ne désire pas se marier tout de suite ? Pas avant l'an prochain... Frédéric trouve qu'elle n'est vraiment pas pressée... Son fiancé l'approuve, par délicatesse. Mais je ne suis pas sûre qu'il ait raison. Un peu plus de poigne le servirait auprès d'Isabelle. De mon temps, les hommes connaissaient mieux leur métier avec les chevaux et les femmes. Jamais ton père, ni même ton frère n'auraient toléré... Cette petite aurait besoin de sentir le mors. Si Jean n'y prend pas garde, elle fera de lui l'invité dans son propre ménage. Mauvaise affaire pour tous deux...

Hubert prit la vieille main impatiente dont les ongles faisaient crisser le drap.

— Laissez-la faire. Ne vous inquiétez pas, Mère. Vous savez bien qu'elle n'est pas légère. Elle réfléchit, elle cherche... Mais personne ici ne semble jamais vouloir essayer de la comprendre...

— Il n'y a que toi, probablement, souligna Julia, agacée.

— Peut-être, en effet...

Hubert médita.

— ... Oui, nous nous comprenons, elle et moi.

Si les circonstances avaient été différentes, peut-être... oui, peut-être aurait-il pu, lentement, venir à bout de cette âme inquiète, repliée sur ses blessures... et, lui aussi, trouver sa propre paix auprès de tant de pureté.

En elle s'incarnait une Ludivine plus proche, au cœur accessible. Une Ludivine qui eût pu lui rendre amour pour amour... — Jamais Ludivine n'avait été pour lui. Mais Isabelle...

Subitement, il découvrait cette évidence : c'était Isabelle qu'il eût dû rencontrer. Qu'elle existât, et lui fût seulement montrée, comme une révélation de son destin manqué, était trop cruel... Une terrible erreur de calcul, un décalage dans les additions de Dieu...

Julia suivait avec intensité le remous des pensées sur les traits de son fils.

— Mère, Mère... comprenez-moi. Vous savez tout de moi. Et, Grand Dieu ! je ne veux pas dire que je l'aime... Ce n'est pas cela. Mais... Elle aurait pu... être ma chance unique.

— Mon petit...

Julia caressait avec une précautionneuse douceur le pauvre visage défait. Ses doigts s'attardèrent au long de la joue creusée d'un pli d'amertume.

— ... Mon petit... nous ne sommes pas là pour vivre, penses-y, mais pour préparer notre mort. A mon âge, on sait enfin cela. Même si, avant, on a refusé de l'admettre. Crois-moi, toutes les souffrances servent. Le Bon Dieu fait ses comptes avec nous comme il l'entend. Ne te tourmente pas, tout se résoudra plus tard, ailleurs...

Hubert eut un geste las.

— N'en parlons plus, Maman. De toute façon, j'ai épuisé mes possibilités de passion depuis des siècles, jusqu'aux dernières réserves. Vous pouvez être tranquille là-dessus. J'étais venu vous voir pour vous dire autre chose. Au sujet d'une vieille promesse... J'y ai bien réfléchi, ces temps derniers, et jusqu'à cet après-midi. Je me suis décidé à vous la tenir.

Singulièrement vif, le regard pénétrant que Julia fixait sur lui paraissait s'attacher aux mots sur ses lèvres.

— ... Je vais me marier. Si vous le permettez, avant peu, je vous amènerai votre nouvelle fille.

La vieille Julia eut ce sourire que ses fils aimaient.

— Qui est-ce ?

— La sœur d'un propriétaire des environs de Nîmes avec qui je suis en relation. Elle s'appelle Madeleine Brun. Ils habitent un mas, près d'Aigues-Vives. Ce sont des gens honorables.

— Elle te plaît ?

— Suffisamment. Encore jeunette. Vingt, ou vingt et un ans. Assez jolie pour vous plaire à vous, Maman. Douce et simple. Réservée, timide... un peu le genre d'Elise Royer, en brune... — Il y a un autre frère qui fait le commerce des laines. C'est lui, d'abord, que j'ai connu. Et un autre, encore, qui est vicaire à la cathédrale de Nîmes.

— Tant mieux. Des Nîmois... Je craignais un peu qu'ils ne fussent protestants. Oh, ce n'est pas que... Mais enfin, je préfère, pour les enfants que vous aurez... Y a-t-il longtemps que tu la connais ?

— Presque deux ans. Je ne lui avais jamais prêté grande attention. Cet été, un jour, je suis passé au mas, en revenant de Lunel. Son frère était absent. Elle l'a envoyé prévenir. Il faisait chaud. J'étais un peu las. J'avais soif. Elle est allée chercher de l'eau au puits pour me verser le pastis. Quand je l'ai vue rentrer dans la salle, avec ce grand soleil du dehors, et sa gargoulette qui suintait encore de fraîcheur... Elle portait une robe d'indienne à fleurs, un peu fanée... Je me suis dit que, celle-là, peut-être, je pourrais l'épouser.

— Oui, je comprends... Et... elle ?

Hubert haussa les épaules.

— Elle m'aime, dit-il, comme à regret, baissant la tête.

— Tu lui as parlé... ?

— De rien. J'y pensais seulement. Je n'étais pas encore décidé. Je vous l'ai dit, c'est cet après-midi... Cela vous fera plaisir, n'est-ce pas, Mère ?

Julia contempla son fils avec un amour profond.

— Certes ! Le plus immense plaisir. Et... mon petit, j'espère...

Elle eut comme une hésitation. « Son garçon à elle, son garçon qu'elle connaissait si bien... Combien de filles lui avaient tourné autour ! Et certaines, disait-on, en avaient perdu leur sagesse avec leur peine... Hubert avait beau demeurer secret sur ses aventures, il se chuchotait dans le pays que la Gloriette n'était pas précisément une retraite de premier communiant. Le bruit courait d'histoires scabreuses dont Arles et Avignon avaient été le théâtre. D'aucuns disaient même qu'à Nîmes, voire à Montpellier... »

— ... Cette jeune fille, j'espère que tu la rendras heureuse.

Il releva le front et regarda sa mère en face.

— C'est mon intention, Maman.

Un matin de mars, Hubert vint présenter sa fiancée à Mogador. Dieudonné Brun, l'aîné des frères, les accompagnait, avec l'abbé qu'on avait pris au passage, à Nîmes.

La curiosité plus ou moins discrète de tous les membres de la famille rassemblés dans le salon se braquait sur la jeune fille.

Troublée, elle subit gauchement l'épreuve, malgré le solide soutien que lui apportait le bras d'Hubert. Un peu endimanchée dans sa robe, elle en avait conscience ; son malaise s'accentua devant l'élégance de la dame à l'air gracieux et dominateur qui s'avançait à sa rencontre.

— Je vous présente Madeleine Brun, ma fiancée, prononça Hubert, d'un ton bref qu'elle ne lui connaissait pas. Ma chère Madeleine, voici la femme de mon frère, Ludivine Vernet. Et voici ma sœur Adrienne, et son mari Charles Guillermin, et mon frère Frédéric... continua-t-il rapidement, sans laisser à sa belle-sœur le temps de placer une phrase d'accueil.

— Nous sommes tous heureux de vous connaître, dit Frédéric, avec un sourire encourageant. Hubert nous donne une bien charmante petite sœur.

Conquise, Madeleine lui rendit timidement son sourire.

Les frères Brun attendaient, considérant la scène d'un œil attendri. Hubert se tourna vers eux.

— Dieudonné Brun, l'abbé Paul Brun, ma belle-sœur, Madame Vernet ; ma sœur...

Ludivine en profita pour s'emparer de la jeune fille. Elle tenait à établir dès le premier instant sa suzeraineté bienveillante aux yeux de tous.

— Venez, que je vous présente mes filles. Une si jeune tante sera, pour elles, une sœur de plus... Et François, maintenant, l'insupportable prince héritier... Anne et Gaspard viendront pour le mariage. Hubert a dû vous dire qu'ils habitent Paris. Ceux-ci sont à Charles et Adrienne : Claire et Maxime.

Le cerveau de Madeleine devenait un coquillage creux, bruissant des rumeurs de la mer. Du regard, elle chercha désespérément Hubert parmi tout ce cercle de gens...

— ... A présent, il faut que je vous mène chez Mère. Elle vous attend.

Au pied de l'escalier, Madeleine s'arrêta.

— Oh je vous en prie, donnez-moi un instant pour...

— Allons, ce n'est rien.

Ludivine considéra la fiancée avec amusement. « Cette fille mal fagotée, avec son air de biche poursuivie... Non vraiment, comment Hubert... ? Une vraie petite paysanne... » Son amour-propre, atteint par l'annonce de ce mariage imprévu, se rassérénait à l'examen de la rivale qu'il lui donnait. « Un coup de tête absurde. Il ne peut pas l'aimer. De jolis yeux, des traits passables, un corps élancé, d'accord. Mais aucun chic, pas le moindre usage... Une gentille petite oie... » conclut-elle charitablement.

Satisfaite, elle inclinait à une bonne grâce protectrice. Elle enlaça la taille de Madeleine :

— ... Montons, et ne vous laissez pas impressionner. Avec Mère, voyez-vous, tout le secret est là, justement. Auprès d'elle, on gagne toujours à dire et à faire ce qu'on veut.

Les traits de la jeune fille se détendirent.

— Comme vous êtes bonne !

— Bonne ?...

Ludivine dévisagea sa future belle-sœur.

— ... Eh bien, à la vérité, pas tant que cela. Vous vous en apercevrez vite, rectifia-t-elle, prise d'un accès de franchise devant cette spontanéité confiante... — Mais, en tout cas, je ferai tout mon possible pour que nous soyons amies.

— Je vous remercie, murmura Madeleine, avec un touchant accent de reconnaissance.

Elles atteignaient la porte de la chambre. Ludivine frappa.

— Entrez, dit la voix de Julia.

— Voici la fiancée, Mère.

Madeleine s'avançait, dominant son émotion, les lèvres entr'ouvertes sur un franc sourire.

— ... Je l'ai avertie que vous étiez un peu ogresse. Ménagez-la, cependant. Elle est encore toute bouleversée d'avoir passé la revue, en bas.

La vieille dame se mit à rire.

— Ne t'inquiète pas. Venez, mon enfant, nous allons faire connaissance. Ludivine, tu diras à Hubert de monter nous rejoindre, dans un moment.

Les Brun passèrent la nuit à Mogador. Hubert les reconduisit le lendemain jusqu'à Aigues-Vives, après leur avoir fait visiter la Gloriette.

— Eh bien, que pensez-vous de ma famille ?

— Je l'aimerai, promit Madeleine avec élan. Je crois que je l'aime déjà. Tout le monde a été si gentil. Votre mère, surtout. Jamais je n'oublierai l'accueil qu'elle m'a fait. Et tous, d'ailleurs : votre sœur, votre frère..., et sa femme... Quelle belle personne ! Comme ils doivent être heureux.

— Oui, dit Hubert, laconique.

— Elle m'a dit qu'elle voulait être mon amie.

— Ah oui ?...

Il jeta un coup d'œil lourd de pitié attendrie sur l'innocente.

Amies ? Cela non par exemple ! Il saurait bien... Voir les deux femmes l'une près de l'autre lui avait été un supplice, durant toute la journée de la veille.

Ils s'épousèrent en juin, à Nîmes. Hubert avait insisté pour que l'on réduisît au strict minimum toutes les cérémonies mondaines. Les Brun se trouvaient un peu gênés, dans ce milieu plus brillant que le leur. Ils ne soulevèrent aucune objection.

Seuls, les proches parents assistèrent au mariage.

Après la solitude parisienne du voyage de noces, Hubert ramena la jeune femme à la Gloriette, et, négligeant l'obligatoire « tournée de visites », au grand dépit d'un voisinage curieux, s'y enferma pour commencer avec elle un chapitre nouveau de son existence.

6

Depuis trois mois, les événements du Maroc évoquaient l'ombre de la guerre. Le pays vivait dans une fièvre latente.

— Vous y croyez, vous ?...

Non, naturellement, on n'y croyait pas, mais...

— Il reste un compte ouvert qu'il faudra bien régler un jour, bon gré mal gré, disait Frédéric. Seulement, ce sera dur. Depuis quarante ans, nous leur en manifestons l'intention arrêtée, tout en demeurant les mains dans les poches, pendant qu'eux, là-bas, graissent leurs fusils et retroussent leurs manches...

Il rêvassait un moment.

— ... C'est égal, j'aimerais bien que ce fût pendant que je puis encore tenir convenablement ma partie.

Ludivine l'écoutait avec exaspération. « Jamais, jamais, il ne commencera de se tenir un peu tranquille ! Enfin, grâce au ciel, les gens ne sont tout de même pas tous aussi bêtes. On n'en viendra certainement pas là... » Anne écrivait d'ailleurs des lettres rassurantes, fondées sur l'opinion du monde diplomatique. Et Gaspard, lorsqu'ils étaient venus pour le mariage, avait affirmé qu'aux Affaires étrangères, on savait de source sûre que les choses allaient s'arranger sur un compromis...

L'été commençait. Un long collier de jours brûlants, entrelacés de belles nuits veloutées et scintillantes...

Isabelle allait atteindre ses vingt ans. Frédéric décida d'organiser une fête. Il restait cinq semaines pour les préparatifs.

— Dix fois le temps qu'il faut, mon cœur. D'ailleurs je t'aiderai tant que tu voudras. Et les petites aussi. Elles ne demanderont pas mieux, tu penses... Je te conduirai en voiture partout où tu auras affaire. Je serai ton aide de camp. Nous irons à Marseille, si tu en as besoin. Mais il faut que ce soit réussi. Je veux un beau feu d'artifice, et des illuminations dans le parc ; et le meilleur orchestre, et un souper, et... enfin, une belle fête ! Après tout, Isabelle est ma fille aînée, et ça ne lui arrivera plus, d'avoir vingt ans. L'année prochaine, elle sera mariée...

Mise au courant, Isabelle rougit d'émotion et de plaisir ; Frédéric l'eut un moment nichée au creux de son épaule, redevenue presque enfant. Un bras autour de son cou, elle l'embrassait :

— Bien vrai, Papa, vous avez imaginé tout cela pour moi ? Oh Papa, Papa chéri !...

Frédéric, heureux, tout en tirant sur sa pipe, caressa les beaux cheveux sombres où jouait la lumière.

— Contente ?...

Dans le couloir, un pas léger se rapprochait, rythmé par le claquement sec des talons sur les dalles.

La jeune fille, se redressant, offrit un long sourire secret à son père.

Ludivine entra.

— Ah, Sabel, tu étais là ? Alors, es-tu contente ?

— Mais oui, Mère, je vous remercie.

Elle s'approcha, tendit son front où Ludivine mit un baiser.

— Maintenant, va vite t'apprêter. Nous commencerons la liste des invitations avant le déjeuner. Il faut les envoyer le plus tôt possible.

Dès lors, Mogador entra dans une période d'affairement joyeux.

Gagnée par l'ambiance, Julia s'intéressait aux projets. Rappelant ses souvenirs de fêtes anciennes, elle donnait des conseils, et se faisait tenir au courant des moindres détails d'organisation.

Promu officier d'ordonnance, Jean Arnal venait chaque matin, prendre les ordres de Ludivine. Il passait le plus clair de ses journées en courses de toutes sortes et ne marchandait pas sa peine pour satisfaire son chef d'état-major.

La date se rapprochait. Les toilettes, prêtes, avaient été livrées. Christine rêvait tout le long du jour, sur la sienne. Anne et Gaspard arrivèrent de Paris. Tout le monde promettait d'être là. Hubert, même, avait accepté, pour sa femme et lui...

La veille, Frédéric fit essayer les illuminations. A la nuit tombée, les massifs virent éclore d'énormes fleurs rougeoyantes. Tendu entre les arbres, un chemin de lanternes multicolores semblait s'aller perdre très loin, au bout des allées solitaires mystérieusement étirées jusqu'aux lisières du temps.

Julia sortit, au bras de son fils, et fit quelques pas vers l'orée du sous-bois, dans l'allée d'orangers étincelante de clartés.

— Oui, c'est bien, concéda-t-elle. Une dernière fois, j'aurai revu Mogador tel qu'il fut, certains soirs, du vivant de ton père.

— Vous le verrez encore plus beau, lorsque nous célébrerons les vingt ans de François..., et les tiens, ma toute petite, ajouta-t-il, souriant avec tendresse à la dernière de ses filles.

Dominique l'écoutait, ravie. Discrète et frêle, on l'oubliait toujours.

— Ne t'avance pas trop. — Julia eut son petit rire. — ... Dieu a, lui aussi, son mot à dire. Où serai-je d'ici là ?...

— Bah, ce n'est pas loin. Vous verrez, Maman, vous verrez !

Maître dans son royaume, Frédéric, la joie sur les lèvres, commandait au destin.

Appuyée sur lui, s'avançait l'aïeule, pesant de l'autre main sur l'épaule de François. Devant eux, marchaient les fiancés et le jeune couple. Christine et Dominique entouraient leur mère, en un groupe gracieux.

Tous, ils se tenaient auprès de lui, comme des rejets vigoureux à l'entour de l'arbre. Et Mogador était à lui seul depuis avril, la part d'Adrienne achevée de rembourser.

Le lendemain matin, vers midi, Isabelle cherchait fébrilement son porte-aiguilles par toute la chambre.

— C'est Christine qui te l'a pris, la renseigna François qui s'était faufilé par la porte entr'ouverte.

— J'ai entendu hier Nique dire : « Tiens, tu as le porte-aiguilles d'Isabelle ! »

— J'aurais dû m'en douter. Une vraie pie voleuse... Tout ce qu'on perd se retrouve dans sa chambre.

Isabelle était agacée. Une guigne, cette dentelle décousue à son jupon... Juste au moment de se mettre à table !

— Veux-tu que j'aille te le chercher ? offrit François, complaisamment.

— Oui, tu seras... ou plutôt non. Il vaut mieux que ce soit moi. Dieu sait où elle l'aura mis et, si tu fourrages dans ses affaires, elle poussera des cris d'orfraie. Et puis, écoute, sauve-toi d'ici, et demande pour moi, à Victor, d'attendre un peu avant d'annoncer le déjeuner.

— Compris, ma fille, promit François. Et il enfourcha négligemment la rampe, pour descendre.

Isabelle entra chez ses sœurs. Entr'ouverte, la table à ouvrage de Christine étala son désordre chaotique aux yeux de la jeune fille : « Quel fouillis !... Comment peut-on ?... Si seulement je trouvais une aiguille... » soupira-t-elle.

Les tiroirs, l'un après l'autre, livraient leurs reliques fantaisistes : il y avait des noyaux d'abricot troués en sifflets, des fleurs séchées, un bonhomme en mie de pain durcie, des boules de cyprès, trois grosses agates, des plumes de faisan, un marron sculpté, des cartes postales, plusieurs paires de ciseaux : « Ah, ceux que je croyais perdus... », une incroyable quantité de bouts d'allumettes brûlées, de rubans fanés, de bobines de fil embrouillées... mais pas d'aiguilles, ni de porte-aiguilles...

« Où peut-elle bien l'avoir fourré ? »

Au fond du dernier tiroir, Isabelle découvrit, dans une boîte, un gant d'homme dépareillé : « Mais... c'est à Jean ! Mon Dieu... mais c'est le gant qu'il a cherché partout, le mois dernier !... »

Jamais elle n'eût imaginé sa sœur capable d'une plaisanterie aussi stupide... Elle prit le gant. Dessous, il y avait un mouchoir froissé marqué *J.A.*, d'où se dégageait un reste de parfum de lavande ; une cigarette à demi fumée, une photographie de Jean découpée soigneusement, comme pour l'isoler du groupe parmi lequel il avait été pris.

« Mon Dieu... »

Interdite, Isabelle considérait le trésor de sa sœur.

« Est-ce possible ? Christine... »

Elle réunit les objets, les remit en place, referma le tiroir et s'assit devant la petite table...

« Christine... » C'était donc cela ?...

Le visage dans ses mains, elle réfléchissait, retrouvait dans sa mémoire les rebuffades, les paroles amères... cette dureté qu'avait parfois le regard de Christine... son incompréhensible hostilité qui s'expliquait enfin.

Quelqu'un qui souffrait pour Jean ; pour qui le jeune homme était... ce qu'il aurait dû être pour elle. Et c'était sa sœur.

Isabelle se leva pour regagner sa chambre.

« Qu'elle ne sache pas... Son secret... »

Malgré le grand soleil de midi, une ombre noire était entrée dans la pièce, qui changeait la couleur du jour : « Ce jupon... » Et tous les autres qui l'attendaient en bas, pour la fêter... et Christine...

Le plus court était d'en changer ! « Non, décida-t-elle, en dénouant les attaches, non, ce n'est pas vrai, elle ne l'aime pas. Elle est comme Mère : c'est ce qui ne lui appartient pas qu'elle a envie de prendre. Juste pour s'amuser. »

Le gant, le mouchoir..., tout le contenu de la boîte disait le contraire. « Et quand bien même... C'est de l'enfantillage, ça lui passera. » Enfantillage... A quinze ans et demi... Isabelle le savait bien, qu'on n'est plus un enfant, que ce n'était pas cela. « D'ailleurs, un enfant aussi, souffre. Durement. » Elle en savait quelque chose.

L'appel du déjeuner la fit sursauter. En bas, Victor perdait patience. A moins que ce ne fût Berthe, craignant pour ses sauces, ou son rôti... : « Mon Dieu, il faut descendre ! » — Elle acheva rapidement de se rhabiller. — Descendre, il lui fallait descendre les retrouver, tous... s'asseoir à côté de Jean, en évitant le regard de sa sœur...

Tôt dans l'après-midi, les Guillermin arrivèrent. Peu après, ce furent ceux de la Sarrazine, puis les Raoul Vernet avec leurs enfants, et les sœurs de Gaspard ; et, presque en même temps qu'eux, Hubert et Madeleine.

Au dîner, la salle à manger offrit un coup d'œil imposant. Au milieu du brouhaha des congratulations, Isabelle avait retrouvé son calme.

Le repas expédié aussi rapidement que le permettait la révérence due aux choses de la table, chacun monta se préparer. A dix heures, sur le perron, Ludivine et Frédéric accueillaient leurs premiers invités.

La nuit achevait doucement de descendre sur le parc où des clartés s'allumaient entre les feuilles. Les bosquets se peuplaient de robes légères, passant comme des traînées de vapeur parmi les fûts noirs des arbres. La lueur rougeâtre des lampions filtrait à travers les fourrés, transfigurant le sous-bois obscur. Une nuit d'été... Du côté de l'allée des pins demeurée sombre, la lune se levait avec lenteur sur la roubine. A travers la dentelle aiguilleuse des branches, on la voyait monter, mal arrondie, comme un gros caillou clair dans le ciel aux profondeurs de lac.

— Oh ! mon ami, que c'est beau !... Que c'est beau, ce Mogador ! disait Madeleine. Si tu pouvais savoir quelle impression extraordinaire me donne cette promenade...

Hubert serra doucement le bras de sa jeune femme. Il se sentait incapable de lui répondre.

Elle ajouta, tout bas :

— ... Je suis heureuse de la faire seule avec toi.

— Moi aussi, ma chère petite.

L'ombre cachait son visage.

— ... Tu n'as pas envie de retourner danser ?

— Oh ! non, non !... Je connais si peu de monde... expliqua-t-elle, comme pour s'excuser de sa vivacité. Mais toi... si tu préfères rejoindre tes amis... je ne voudrais pas...

— Je n'en ai nul désir.

Sa voix avait une âpreté qui surprit Madeleine.

— ... Viens, reprit-il, allons nous asseoir un moment par là. C'était mon coin favori, dans mon enfance.

Le vieux verger était blanc de lune. On eût dit qu'il avait neigé. Mais l'air sentait la prune mûre. Une chaleur montait de la terre. Au mépris de sa tenue de soirée, Hubert se jeta sur l'herbe sèche.

— ... Voilà mon domaine. Là, j'ai été heureux, il y a bien des années.

Quel son étrange avait, ce soir, chacune de ses paroles...

— Mon ami, est-ce que tu regrettes ?... On est si bien, aussi, à la Gloriette, même si c'est moins beau.

— On est bien partout, auprès de toi. Mais ne reste pas debout comme ça...

Perplexe, Madeleine considérait son mari allongé sur le sol.

— Mais... ma robe ?

— Ménagère, va...

Il eut un rire taquin.

— ... Madeleine, Madeleine, votre vrai nom est : Marthe... ne t'inquiète pas, nous en achèterons une autre. Allons, assieds-toi.

Relevant sa jupe, elle obéit, précautionneusement.

— ... Donne ta main. Sur mon front. Là, comme ça. Elle est fraîche.

Ils se turent, un long moment. Madeleine prolongeait la caressante pression de ses doigts.

Hubert pouvait donc être différent, si différent du mari un peu taciturne, aux gestes d'affection mesurés qui laissaient entre eux une distance...

— ... S'il y avait eu la guerre, je serais parti.

Elle l'écoutait sans bouger, sans répondre... Pourquoi disait-il cela ?

— ... Tu serais demeurée seule, à m'attendre. Longtemps. Tout le temps qu'il aurait fallu. Oui ? Non ?

Quelle question ! Madeleine était stupéfaite.

— Mais qu'est-ce que j'aurais pu faire d'autre ?

« Sage, fidèle, patiente, douce. »

— ... Comme Solveig...

— Solveig ? — Elle ne savait pas qui était Solveig. Elle n'avait pas lu les auteurs où il puisait ses comparaisons insolites. Elle était une jeune fille de village, encore émerveillée de l'avoir vu venir un jour, lui demander de le suivre. « Moi, entre toutes les autres... » Il était difficile à comprendre. Mais cette nuit-là paraissait lever les barrières, et la tendresse d'Hubert lui parlait tout à coup de plus près que les mots.

Il posa sa tête dans les plis de la robe, s'installa commodément, comme s'il eût voulu dormir...

— C'est une image qui m'a poursuivi longtemps.

L'ombre d'un poirier chenu s'allongeait derrière eux. Elle les atteignit, enveloppa leurs silhouettes...

Au loin, on entendait la musique du bal.

Les danses se succédaient, à la lumière des girandoles. Les grandes robes d'organdi et de mousseline s'envolaient dans la valse...

Les « trois Majestés », Isabelle blanche, Anne verte, Christine rose, passaient d'un cavalier à l'autre.

Entre deux excursions au buffet, François rejoignait Dominique blottie dans la pénombre, sous le cèdre. Tous deux regardaient, de loin, danser leurs sœurs éblouissantes.

Frédéric avait dit :

— Jusqu'après le feu d'artifice, c'est entendu, je vous permets.

Ils le virent jaillir derrière la pelouse, délivrer ses féeries, et les multiplier, éclater vers le ciel en cataractes d'astres, s'épanouir en bouquets de soleils ruisselants... Et se retrouvèrent alors, dans la noirceur revenue, pleins du regret de Cendrillon, les douze coups sonnés.

On complimentait Ludivine et son mari :

— Une fête magnifique, ma chère amie... — Une réussite absolument parfaite... — Ce bal est plein d'un tel entrain... — Tant de jeunesse, tant de jolies filles... D'ailleurs, elles abondent, dans la famille. Et les vôtres sont les roses de la gerbe.

Frédéric se rengorgeait sans pudeur. Lorsqu'il s'agissait de ses filles, nulle hyperbole ne choquait son sens, pourtant aigu, du ridicule.

— Oui, n'est-ce pas, elles sont belles ? appuyait-il, ingénument.

Ludivine se mordait les lèvres : « Tous nos amis doivent se moquer de lui. » Mais le voisinage n'était qu'indulgence complaisante pour cette faiblesse bien connue de Frédéric Vernet.

A part elle, Ludivine ressentait le même orgueil. Toute la fleur des héritières du pays était là, ce soir. Et certes, ses petites cousines, les sœurs de Jean et celles de Gaspard, Mireille du Roveret, Félicienne Pouzol, les deux petites Antonetti, et la cadette des Marquet-Rageac, pour ne parler que des plus en vue, étaient mieux que plaisantes à regarder. Mais les siennes...

— C'est vrai, chérie, elles sont magnifiques... chuchota, près d'elle, la voix d'Elise. Je suivais des yeux Christine, à l'instant. La voici tout à fait jeune fille. Sa robe l'a transformée d'un seul coup.

Ludivine hocha la tête.

— Oui, prête à réclamer son tour, elle aussi... Et nous que devenons-nous, dans tout cela ? Elles nous poussent, pour prendre la place...

— Mais c'est si beau, de les regarder vivre.

— Oui...

Elise en parlait à son aise. Son aîné n'avait que seize ans, pas même... Et un garçon... Les garçons restent enfants si longtemps... ils ne vous bousculent pas avec la même impertinence... Elise, elle, pouvait encore passer pour une jeune femme. « Bien qu'elle ait un an de plus que moi... Mais quand on a déjà une fille mariée... »

— A quand les noces d'Isabelle ?

— Dans le courant de l'hiver. La date n'est pas encore fixée. Ce sera pour janvier ou février, je pense. Après les fêtes. A propos, savez-vous que notre bonne

Laure ne va pas tarder à devenir grand-mère ? Agnès attend un bébé pour la fin janvier, justement.

— Oh ! vraiment ? Comme Mme Vernet doit être heureuse !

— Au fait, je ne le lui ai pas demandé... dit Ludivine, avec ironie.

Sur la pelouse, on achevait de dresser les tables pour le souper. Victor s'approcha de sa maîtresse pour prendre les derniers ordres, avant de commencer à placer les convives.

Derrière la maison, dans le rond-point des lauriers-tin, Jean attendait sa fiancée, rêvant, la cigarette aux lèvres. Un éclair rose passa entre les massifs. Il reconnut la robe.

— Christine ?

La petite s'arrêta, regardant autour d'elle.

— Qui m'appelle ?

— Chris-ti-ne... modula-t-il, par jeu.

Elle s'avançait, avec cette souplesse impérieuse dans la démarche, qu'elle tenait de son père, à la lueur des grosses lanternes rondes qu'un peu de brise faisait danser.

— Oh ! c'est vous ?

Sa voix avait changé.

— C'est seulement moi. Je regrette de vous décevoir, se moqua Jean. Vous espériez mieux ? Quelqu'un que vos premières armes ont mis hors de combat, ce soir, jeune beauté ?... cela ne m'étonnerait pas. Vous en imposez, dans ces atours...

Les traits de Christine se crispèrent. Elle n'admettait guère la plaisanterie, celle de Jean moins encore que tout autre, sur un tel sujet.

— Si c'est là tout ce que vous aviez à me dire, vous auriez pu vous dispenser de m'arrêter.

— Vous avouez qu'on vous attend ! Allons, qui est-ce ? Je vous promets de garder la confidence. Dites-le-moi, ou bien je vous retiens prisonnière, menaça-t-il, lui prenant le poignet.

Christine se débattit vigoureusement. Jean riait de tout son cœur.

— Lâchez-moi !

— Non, ma chère petite sœur.

— Je ne suis pas votre sœur.

— Si, vous l'êtes. Ou presque. J'ai le droit de...

— Je vous dis que non !

Elle lui donna une secousse d'une telle violence qu'il lâcha prise, craignant de lui faire mal.

— ... Je vous défends de me traiter comme une gamine. Vous n'êtes rien, ici. Et, pour moi, vous ne serez jamais rien. Il n'y a rien de commun entre vous et moi. Vous... vous vous croyez irrésistible, et vous êtes tout simplement ridicule, avec votre figure d'homme heureux !

Abasourdi, Jean la considérait d'un œil effaré.

— Ma petite, qu'y a-t-il ? Que vous ai-je fait ?...

Les prunelles pâles de Christine se plantèrent dans les siennes avec une fixité mauvaise. Puis il les vit un instant vaciller... Brusquement, elle se détourna et s'enfuit.

A quelques pas, appuyée contre un cyprès qui la dissimulait, Isabelle demeurait immobile.

« Si je le rejoins maintenant... Mieux vaut lui laisser le temps de se remettre. Il pourrait croire... J'aurais l'air de les avoir espionnés... »

La voix furieuse de sa sœur l'avait retenue aux abords du massif, clouée sur place. Une phrase : « *Votre figure d'homme heureux...* » Pauvre Christine !... se pouvait-il que Jean n'eût pas compris ? Mais cette joie, cet orgueil de fiancé qu'il laissait voir, trop volontiers... C'était cela ! Elle la tenait, la raison de cet éloignement grandissant, en elle, contre lequel il lui fallait s'efforcer de lutter, depuis plusieurs mois... « Je ne suis pas généreuse. Mon Dieu, j'ai honte de moi ! Ce bonheur... je croyais vouloir le lui donner... Et je ne supporte pas même... Je le vois bien, jamais je ne supporterai... »

« Mon Dieu... oh, mon Dieu ! Mais que suis-je donc ? »

Il est cruel de découvrir en soi ce nid de serpents, caché, lorsqu'on ne se soutient qu'avec sa propre estime. La clé du placard de Barbe-Bleue... Désespérée, Isabelle se faisait horreur.

Silencieusement, elle s'éloigna vers la pelouse où continuait la fête.

Au souper, ils se retrouvèrent. Les yeux brillants du jeune homme, ses traits portant l'empreinte d'une légère surexcitation, lui donnaient cet air d'assurance épanouie qui faisait, d'instinct, se rétracter Isabelle.

Comme le bal reprenait, elle lui échappa. Amusé, au début, de ce qu'il prenait pour une tactique de coquetterie, tellement imprévue chez sa fiancée, Jean qui s'était d'abord prêté à la poursuite, commençait de s'impatienter.

Les étoiles avaient pâli lorsqu'il parvint à la rejoindre sous les chênes. En se voyant seule avec lui, Isabelle étouffa un soupir anxieux.

— Enfin, je vous tiens, chérie ! N'avez-vous pas honte de m'abandonner de la sorte ? Une nuit pareille...

— Ecoutez, une valse... c'est une valse, qui commence. Allons danser.

— Non pas, non pas !... Venez par là, protesta-t-il, l'entraînant plus loin sous les arbres, vers l'ombre.

La jeune fille eut un recul cabré.

— Non, non, pas par là !... pas maintenant !...

Voyons, Jean, ajouta-t-elle, avec un effort pour sourire, aujourd'hui, je me dois à tout le monde.

— Et tout le monde vous approche, sauf moi. Allons, cessez d'être méchante, dit-il, moitié riant, moitié fâché. Je vous ai attendue vainement, avant le souper ; et je n'ai retiré de ma faction qu'un entretien avec votre petite sœur que j'ai trouvée plutôt nerveuse. Avouez que, pour un fiancé, il pourrait y avoir de plus douces récompenses.

La tenant solidement par la main comme s'il eût craint de la voir à nouveau disparaître, il la guidait au hasard, vers la « montagnette ».

Isabelle se laissait conduire, passive, à présent, dominée par le sentiment d'une fatalité. Là était la scène apprêtée pour elle, d'avance. Jadis, fillette, la veille même de son anniversaire, elle y avait vu se jouer le prologue. A présent, le moment venu, c'était Jean, lui-même, qui l'y ramenait, mû par quelle force maléfique ? vers l'endroit marqué pour le dénouement de cette courte pièce : leur drame à tous deux, en ce monde...

Ils gravirent la petite butte que la lune changeait en un paysage du fond des mers. Les mousselines plissées de la robe d'Isabelle qui la vêtaient comme une figurine grecque, s'accrochaient au roncier envahissant le passage.

Jean s'arrêta, pour les détacher.

— Laissez...

Elle tira. L'étoffe vint avec un petit craquement. « Une robe qu'elle ne remettrait plus... »

— ... Il y a un banc, à gauche, sous l'althéa.

Ils s'assirent côte à côte.

— C'est charmant, ce vieil arbre tout fleuri. Comment n'y sommes-nous jamais venus ?

— Quand j'étais petite, j'aimais à me cacher ici pour lire.

En étendant la main, n'allait-elle pas rencontrer à portée, oublié sur le banc, *la Roche aux mouettes*, ou *les Fredaines de Mitaize* ?... Hélas !...

« ... Mais depuis... »

— Chérie... murmura Jean, je voudrais vous sentir encore petite ; un tout petit enfant, dans mes bras...

Il la prit par la taille et l'attira vers lui ; Isabelle se raidissait.

— Jean... non, non, Jean... Ecoutez-moi !

— Ma farouche, quand cesserez-vous de vous défendre ?

Il la tenait. La jeune fille sentait, tout près, son souffle un peu précipité.

— ... Mon amour, le jour où vous serez ma femme...

Elle repoussa de ses paumes le visage haletant qui se penchait sur elle.

— Je ne serai jamais votre femme.

— Isabelle !

Il lui saisit brutalement les poignets.

— ... Isabelle, qu'est-ce que...

Ses yeux dilatés, luisants, se fixaient sur elle.

Autour d'eux, la nuit était d'un calme admirable.

— Je vous demande pardon, dit-elle, humblement.

— Mais... Chérie, ce n'est pas vrai ? C'est un jeu, n'est-ce pas ? Vous ne vouliez pas vraiment dire... ? Isabelle, répondez-moi ! Dites quelque chose ! Vous voyez bien que vous me rendez fou !

Il broyait ses mains dans les siennes ; il lui faisait mal... Isabelle retint une plainte : « Je le mérite, mon Dieu, je le mérite. S'il voulait me tuer, je ne me défendrais pas. »

Mais il la relâcha, avec un sanglot étranglé.

— Vous ne m'aimez pas. C'est cela, n'est-ce pas ? Allons, dites-le : vous ne m'avez jamais aimé.

— Non, avoua-t-elle, baissant la tête.

Il se tut, anéanti.

Là-bas, l'orchestre jouait le *Quadrille des Lanciers*. Ils l'avaient dansé ensemble, l'année précédente, chez Jean. La musique venait les rejoindre, les assaillait de souvenirs.

— Pourtant, vous m'avez accepté. Rappelez-vous... Quand je n'osais pas l'espérer... Vous m'avez engagé votre parole... librement.

Sa voix avait un accent suppliant.

Ecrasée de regret, la jeune fille demeurait les yeux attachés au sol, dans sa posture de coupable, sans essayer de se défendre.

— ... Répondez-moi. Pourquoi ? Si vous ne m'aimiez pas... Ce n'est pas... Ce n'était tout de même pas pour vous jouer de moi, et me faire souffrir ? Isabelle ?

— J'avais pensé... je voulais vous rendre heureux, dit-elle, presque à voix basse. Je croyais que cela pourrait me suffire. Mais... oh ! Jean, laissez-moi partir !

— Il y en a un autre ? C'est un autre que vous voulez ? Qui ? Qui est-ce ? Dites-moi qui !... Je veux savoir, je l'exige !

— Jean !

Il s'aperçut qu'il lui tordait les poignets.

— Pardon. Je vous martyrise. Ayez pitié de moi, qui est-ce ?

— Personne, Jean. Qu'allez-vous croire ? C'est absurde. Pourquoi aimerais-je quelqu'un ?

— Oui, pourquoi, en effet ! ricana-t-il, amèrement.

Isabelle releva la tête et le regarda en face.

— J'étais sincère, en promettant de vous épouser. Mais aujourd'hui, j'ai découvert mon erreur. Maintenant je sais que je ne puis rien pour vous. Votre présence heureuse, la joie que vous pourriez montrer, me seraient à charge. Je n'aime pas à vous voir gai, seulement gai, comprenez-vous ? Je n'aime pas le bonheur : il a un visage d'impureté... quelque chose d'équivoque... Vous appartenir ?... Jamais je ne pourrais...

Jean l'écoutait avec une attention stupéfiante. Finalement, ses traits s'illuminèrent.

— Ma chérie, quelle folie ! Ce n'est que cela ? Ce sont ces scrupules de jeune fille ?... Mais je vous...

Il n'avait pas compris. « Mon Dieu ! » Isabelle se sentait lasse, vidée de toute sa force.

— Si vous m'aimiez véritablement, dit-elle, morne, c'est alors que vous me laisseriez aller, comme je le souhaite. Je vous demande cette preuve.

Le jeune homme s'était laissé glisser sur l'herbe. Il l'entourait de ses bras, froissant les blancheurs de la robe.

— Isabelle ! Mais je ne peux pas ! Vous parlez comme une enfant. Je suis un homme, un homme normal. Je vous désire autant que je vous aime. Et je vous aime si passionnément... Petite fille que vous êtes, l'amour est fait aussi de désir.

— Pas pour moi, jeta-t-elle, rudement. Je connais le désir, il est hideux.

Elle s'était dressée dans un mouvement impulsif pour se dégager. La lune, basse dans le ciel, éclairait presque horizontalement le dessous de l'arbre, baignant la silhouette et les traits de la jeune fille d'une clarté minérale.

D'un bond, Jean se releva.

— Je ne vous laisserai pas m'échapper pour de folles raisons !...

Soudain courbé sur elle, il l'enlaça dans un geste brusque qui la surprit hors de ses gardes.

— ... Je vous ai embrassée, Isabelle, ne l'oubliez

pas ! Je vous ai senti frémir, parfois, entre mes bras, tout orgueilleuse que vous êtes...

Il défendait sa part menacée, pied à pied, avec un acharnement qui ne reculerait plus devant aucun argument.

— ... Je ne vous délierai pas, m'entendez-vous ?

Il se pencha sur cette face blême, où les yeux agrandis le regardaient sans paraître le voir.

— ... Vous êtes ma fiancée, et vous le resterez. Rappelez-vous, ces baisers... Je vous en donnerai d'autres. C'est votre orgueil qui se révolte, à cette idée. Seulement votre orgueil ! Mais moi, je veux...

Rassemblant ses forces, Isabelle le repoussa, sans violence. Il y avait en elle un détachement qui, d'un coup, le laissa désarmé.

— Non, Jean.

Honteux de sa brutalité, il se tint devant la jeune fille, muet, les larmes lui brouillant les yeux. Isabelle ferma les siens.

— ... Où j'irai, mon orgueil ne pourra pas me suivre. Même si ce que vous dites est vrai.

— Ma chérie, implora-t-il, regardez-moi.

Elle lui tendit ses mains.

— Jean, laissez-moi libre... Accordez-moi ce que je vous demande, je vous en supplie.

— Comment voulez-vous ?... cria-t-il, dans un sursaut de désespoir. Je ne peux pas !... je ne peux pas.

— Jean...

Allait-elle se servir encore, contre lui, de cette voix, de ce regard qu'il aimait ?...

— Assez ! Taisez-vous... Je ne peux pas. Je ne veux plus vous entendre. C'est inhumain. Vous êtes affreuse, vous êtes... Ah !...

Il s'enfuit, dévalant au hasard la colline. Longtemps, la jeune fille écouta le son inégal de ce pas sur la terre durcie, et le gravier des allées. Il s'éloigna, décrut, se perdit enfin... Là-bas, sur la « montagnette » tapie contre l'horizon où le jour se préparait, Isabelle, aux aguets, croyait le percevoir encore...

Un à un, les lampions s'éteignaient. Le parc s'enfonçait dans une obscurité grisâtre qui n'était plus de la nuit. Les invités prenaient congé.

Isabelle contourna lentement la pelouse piétinée...

Eviter les adieux... Rentrer sans voir personne, ne pas avoir à parler, à sourire... « La fête est finie. » Elle avait franchi la barrière, dépassé le tournant. Les autres devenaient des ombres...

Au coin de la maison, Christine se dressa devant elle.

— Te voilà tout de même ! D'où viens-tu ? Tout le monde s'en va. On t'a cherchée.

Isabelle eut un geste d'indifférence.

— Laisse-moi passer.

Sa cadette la dévisageait.

— J'ai vu Jean, dit-elle, brusquement.

Elle s'arrêta, guettant une réponse.

Isabelle demeurait muette.

— ... Il est parti comme un fou... insista la petite. — Ce mutisme, cet air évasif l'exaspéraient. — Vous vous êtes disputés ? Que lui as-tu dit ? Qu'est-ce qui l'a mis dans cet état ? Tu lui as fait du mal.

Elle ne questionnait plus, elle accusait, tendue, vibrante de ressentiment, au bord de la haine.

— ... A quoi es-tu bonne ? sinon à ça ? Pourquoi l'as-tu pris, alors ?

La jeune fille se pencha, scrutant ces traits enflammés, ces yeux secs, couleur d'orage, et sourit avec un dédain mélancolique :

— Tu as ta chance. Je lui ai rendu sa parole.

— Tu... tu as... tu as fait ça ? bégaya Christine, en

proie à une stupéfaction confusément mélangée de fureur et de joie.

— Laisse-moi passer, maintenant... dit Isabelle.

Elle l'écartait avec un calme qui parut insultant à la petite.

— Ne me touche pas !... Ne me touche pas, ou je te...

Devant le haussement d'épaules de sa sœur, elle tourna les talons, et reprit sa course.

Isabelle la suivit du regard. Ce n'était donc pas encore fini pour cette nuit ? De toute évidence, Christine se précipitait chez leur mère. La jeune fille vit se dérouler par avance la scène qui allait venir. Son corps lui pesait. Elle le traînait comme une pierre. Elle eût aimé l'abandonner. « S'il faut discuter de nouveau... » Pourtant, elle reprit son chemin, regagna sa chambre...

La blancheur des draps entr'ouverts éclairait vaguement la pénombre grise de l'aube proche. Isabelle imagina Mathilde allant et venant, la veille au soir, pendant la fête, préparant le lit, les vêtements de nuit, avec sa placidité rituelle... Exténuée, la jeune fille laissait flotter son esprit... « Bonne vieille Mathilde, lourdaude, moustachue, naïve... Penser à elle était reposant. Combien de matins et de soirs usés à la même besogne, avec les mêmes gestes quotidiens... Que ferait-elle, Mathilde, plus tard, en Paradis, si elle n'avait plus de couvertures à défaire, de draps à ranger, bien pliés, dans les armoires... de lingeries à recoudre, de robinets à astiquer ? s'il n'existait pas, là-haut, une catégorie d'anges subalternes parmi lesquels elle pût prendre place, pour régner sur le tripoli, la lessive et les boules de bleu ?... »

Tâcheron à Mogador, et razzeteur dans les courses libres du dimanche, son mari était mort, peu avant la naissance d'Isabelle, dans une arène de village délimitée par les charrettes, un soir d'été ou le cocardier cherchait l'homme.

Son petit enfant, mort, lui aussi...

— ... Et après, Mathilde, après ?... questionnaient autrefois les fillettes.

— Après ? Rien. — Vingt ans...

Qu'y eût-il eu ? Les joues molles s'étaient ridées, les cheveux grisonnaient, tordus en un maigre chignon : « Quelques années de plus que ma mère... »

— Que me raconte ta sœur ? — Ludivine portait encore sa robe de Liberty parme. Une touffe de roses pourpres achevait de se faner au décolleté du corsage, contre la chaleur dorée de la peau.

Surprise à rêvasser, Isabelle détaillait cette apparition, sans souffler mot.

Sa mère s'impatienta :

— ... Eh bien ? Vas-tu me dire ?... Ce n'est pas vrai, je pense ?

— C'est vrai.

Respirant une grande gorgée, elle accepta la lutte.

— ... J'ai dit à Jean que je ne l'épouserai pas.

— Non ? Qu'est-ce que c'est quc cc capricc ? Es-tu folle ?

Ludivine s'assit nerveusement, s'éventant avec son mouchoir de dentelles.

La jeune fille considérait sa mère avec une sorte d'aversion.

— Je ne crois pas. — Elle se contraignit à expliquer posément : — Je me suis simplement aperçue qu'il n'était pas en mon pouvoir de le rendre heureux, et que notre mariage serait une erreur.

Ludivine écarquillait ses yeux.

— Qu'est-ce que tu viens me chanter là ? Le rendre heureux !... Est-ce qu'on sait cela d'avance ?... Tu le veux ou tu ne le veux pas. Et il est entendu que tu le veux, depuis des mois. Du moins, je ne pense pas que tu puisses prétendre que nous t'avons forcé la main ?

Elle sentait sa colère croître...

— ... Dieu sait la patience que nous avons eue, ton père et moi !... et si nous t'avons laissé réfléchir et décider à ta guise !... Mais enfin, tu l'as choisi, tu lui as promis de l'épouser, c'est une chose conclue avec les Arnal, tout le pays attend ce mariage, et c'est maintenant que tu... Veux-tu seulement me dire si tu as pensé à tout ça ?

— J'y ai pensé. Mais cela ne peut pas entrer en question. L'opinion des autres...

Le pied de Ludivine martelait le sol avec rage : « Bien une Vernet, celle-là aussi !... Un mépris du scandale qui frisait la provocation. »

— Vraiment, Mademoiselle ? Et celle de Jean ? Au fait, je serais curieuse de la connaître. Est-il prêt au sacrifice ?

Atteinte douloureusement, malgré qu'elle en eût, Isabelle baissa la tête.

— ... Car enfin, il y a Jean, aussi. J'ose espérer que tu t'en souviens ? Il t'aime ce garçon... N'importe qui peut voir comme il est entiché de toi. Dieu sait pourquoi, car tu ne le mérites guère... Il t'aime, c'est un fait... Et tu n'as pas le droit de lui causer une déception pareille ! Il faut que tu sois entièrement dépourvue de cœur, pour lui jouer un tour de cette force !... Son amour devrait te faire honte, te...

— Ne me parlez pas d'amour ! cria Isabelle soudain violente. Ne m'en parlez pas ! Je ne veux pas en discuter avec vous !

Ludivine se leva d'un trait.

— Tu oses ?... Est-ce une façon de me répondre ?

Frémissante, sa petite tête impérieuse rejetée en

arrière, elle dardait sur sa fille l'éclat acéré de ses prunelles que la fureur noircissait.

Isabelle était demeurée assise. Son silence, le raidissement de ses traits, son immobilité même, devenaient un défi.

— ... Tu vas me faire des excuses, immédiatement !

Frédéric entra.

— Bon Dieu, que se passe-t-il ? On vous entend d'en bas. Ludivine, ce n'est vraiment pas une heure... — Il bâilla. — Je tombe de sommeil. Quoi que tu aies à lui dire, il me semble que cela peut attendre. Non ?

— Voire !

Ludivine ricana.

— ... Si, dans quelques heures, les Arnal te tombent dessus, comme c'est probable, il serait bon qu'avant, tu saches pourquoi.

— Les Arnal ?

Ebahi, il referma la porte, et s'avança.

— ... Que me racontes-tu ?

— Demande-le à ta fille.

— Sabel ?

Jetant les yeux sur elle, Frédéric la vit, rigide, l'air épuisé mais résolu.

— ... Mon petit, qu'y a-t-il ? C'est donc si grave ?

Il alla s'asseoir auprès d'elle, sur la causeuse.

— ... Allons, dis-moi cela.

— Père, oh ! Père...

Dans la voix de la jeune fille, tremblait un tourment tel que Frédéric s'inquiéta.

— Ma petite fille, qu'est-ce qu'on t'a fait ?

— Ce qu'on lui a fait ? s'interposa Ludivine, hors d'elle, demande plutôt ce qu'elle a fait, dans quelle position elle nous a mis... et de quel front elle me tient tête, par-dessus le marché !... Veux-tu que je te dise ? Elle vient de renvoyer Jean, tout simplement. Comme un domestique congédié. Sans l'ombre d'une raison raisonnable. Parce que, tout bien considéré, il ne constitue pas le type d'homme qu'elle se sent apte à rendre heureux... Et elle m'interdit, ou peu s'en faut, de me mêler de ses affaires !

Sous le coup de la stupeur, Frédéric écoutait, observant sa fille, avec une consternation attentive.

— Isabelle !... reprocha-t-il, doucement.

— ... Jamais les Arnal ne nous pardonneront cet affront. Et qui sait ce que l'on va dire ? Ce que les gens vont pouvoir inventer... En tout cas, il est certain qu'elle restera fille. Je ne vois pas qui serait assez bête pour se poser en prétendant, après une histoire pareille. Nous pourrons même nous estimer heureux si sa conduite ne porte pas tort à ses sœurs.

Frédéric, sourcils froncés, réfléchissait, cherchant à reconstituer la cause de cet éclat déroutant. Il eût fallu sévir contre Isabelle, lui faire honte de sa conduite, obtenir qu'elle la reniât... Tout au moins, tenter de tirer d'elle une explication sérieuse, convaincante, un argument de poids qui pût la justifier. Tout ce qu'avait dit sa femme n'était que trop vraisemblable... Et Jean, qu'il s'était habitué à considérer, déjà, comme l'un des siens... Il revoyait le jeune homme, joyeux, empressé, confiant... « Pauvre Jean... Comment Isabelle avait-elle pu... ? » Mais quelque chose, en elle, le dissuadait de le lui reprocher... quelque chose qui demandait grâce.

— Tu as bien tout envisagé ?... la peine de Jean, le mal que tu causes ?...

— Oui, Père.

— Tu es certaine que tu ne peux pas l'épouser ?

— Oui. — Il fallait lire la réponse, au mouvement de ses lèvres.

Ludivine les considérait avec une exaspération croissante sans pouvoir articuler une parole.

— Tu ne regretteras jamais ? Tu en es sûre ? Ce n'est pas un coup de tête sur un malentendu passager ?

Isabelle secoua la tête. Elle semblait à bout de forces.

Un instant, Frédéric demeura silencieux.

— ... C'est bien. Je ne te contraindrai pas, ma petite fille...

— Frédéric !

Il ne parut pas entendre. Les yeux fermés, il essayait de pénétrer les sentiments de sa fille, de « se mettre à sa place », en pensée... « Sa toute-petite, câline et secrète... Si l'on pouvait savoir... »

Isabelle sentit la main aux longs doigts déliés emprisonner la sienne.

— Mais enfin, que veux-tu faire ?

— Entrer au couvent, Père, si vous le permettez.

Il demeura sans voix, stupéfait et désolé.

— Elle est complètement folle ! éclata Ludivine.

— Tais-toi ! Ce n'est pas de cette façon... reprocha-t-il, sévèrement.

Incapable de se contenir davantage, Ludivine, outrée, marcha vers la porte et sortit, en faisant claquer le battant, sans qu'il l'en empêchât.

— Pourquoi, Sabel ?

— C'est ma place, Père. La seule vie qui me convienne...

Elle chancelait de fatigue.

Frédéric l'attira, prit sa tête avec une tendresse infinie, l'appuya contre lui.

— Une vie stérile... Tu es une enfant, tu ignores de quoi tu parles. Tu as peur des réalités de l'amour.

— Non, Papa : de ses limites.

Blottie au creux de la large épaule, elle osait expliquer.

— ... J'en ai trop à donner. Dieu est seul à pouvoir

mesurer mon amour, et l'accepter tout entier, et me le rendre... Ma folie, c'est d'avoir tant tardé à le comprendre.

Pensif, Frédéric l'observait. « Comme elle ressemble à sa mère, par moments... » Il se retint de le lui dire. Elles venaient de se heurter. Ludivine s'était emportée contre elle...

— Mais l'amour d'un homme et d'une femme, l'un pour l'autre, n'est-ce pas beau ? Qu'importe ce qui le traverse, les faiblesses, les insuffisances, les incompréhensions, même les fautes... Rien, tu m'entends, ma toute-petite, rien de tout cela ne l'entame. Au contraire, il s'enrichit, à chaque épreuve... Dis, ne crois-tu pas que cela vaut la peine qu'on en vive ?

— Le mien se suffira seul. Je le veux bien au-delà du bonheur ou des peines. J'en ferai un feu, pour que tout y brûle, en moi, et autour de moi...

Quel mal si fort habitait le cœur de cette petite fille, hier encore penchée sur un livre de contes, pour lui arracher ce cri romantique, dont il eût été impardonnable de sourire ? — Frédéric resserra son étreinte autour de sa fille, avant de questionner, à côté de ce qu'il eût voulu savoir :

— Mais la tâche qui t'attendait ? Les enfants qu'il faut avoir, la vie à transmettre ?... C'est à tout cela que tu veux te soustraire ? L'obéissance dans le rang, pour tous les soldats d'une armée... Et toi, que je sais courageuse et forte, et sage... C'est toi qui désertes ?

Il s'interrompit, caressant les cheveux qu'il sentait doux, sous sa main. Ce visage aux traits tirés lui faisait mal de pitié.

Isabelle se taisait. Il reprit :

— ... N'importe quel travail d'un vivant est une prière efficace, s'il s'accomplit dans le cadre où Dieu l'a voulu. Un pied de vigne bien soigné, un meuble solidement construit, un bel enfant mis au monde, c'est aussi un acte de foi.

— Bien sûr, Papa chéri, vous avez raison. Mais c'est moi qui ne suis pas à ma place. Et tant que je ne m'y trouverai pas, je ne puis servir à rien de bon, ni être en paix. Si Dieu veut que je sois inutile pour les yeux des autres, et brillante seulement pour lui, comme un cierge allumé dans une chapelle...

Ils parlèrent longtemps, à voix presque basse, serrés l'un contre l'autre. Le jour naissait autour de Mogador. Il envahissait la chambre par les fentes des persiennes. La lumière devint rose. Un rai de soleil glissa...

Isabelle demeurait inflexible.

— Je ne peux pas accepter. Je ne peux pas te laisser faire, conclut son père. Réfléchis, tu le comprendras. Je verrai les Arnal, je te le promets. Mais ne me demande rien d'autre.

7

La maison n'était plus la même. D'abord curieux d'observer les caractères de cette perturbation, François et Dominique prirent bientôt le parti de gagner le parc, à la fin des repas, sitôt avalée la dernière bouchée.

Maman présentait une figure irritée qui s'humanisait à grand-peine devant les attentions enjôleuses de son fils. Papa se montrait d'une extrême gentillesse distraite. Sur lui aussi les boutades et confidences habituelles perdaient étonnamment tout effet. Il demeurait silencieux et, parfois, regardait Isabelle avec tristesse, Isabelle aux paupières rougies et gonflées, les yeux fixés droit devant elle, touchant à peine à son assiette...

Personne ne réagissait plus aux éclats railleurs de

« Mamé ». Tante Adrienne et la marraine de Dominique venaient en visite comme s'il y eût quelqu'un de malade. Même le docteur Royer avait un air de catastrophe...

Les jumeaux tinrent conciliabule, assis sur le « tombeau du Croisé ».

— Qu'est-ce que tu crois, toi ? Sûrement, Jean lui a fait quelque chose.

— Ça s'arrangera, opina François, sûr de son fait. Les filles, vous êtes toutes pareilles, à faire des drames pour un rien.

— Un rien !... Comment peux-tu savoir ?

— Je connais Jean, tout de même.

Dominique leva ses yeux songeurs.

— C'est vrai. — Puisque François s'en portait garant... — Tu crois que Christine sait ce qu'il y a ?

— Va le lui demander, ironisa-t-il.

Christine était inabordable, depuis la fête.

— Non, non, pas moi, bien sûr. Mais je croyais que, peut-être, avec toi...

Il haussa les épaules.

— Rien à faire. Un vrai porc-épic.

La fillette hésita...

Humilié d'avoir dû confesser les limites de sa puissance, son frère fourrageait avec un bâton dans le tas de feuilles mortes recouvrant à moitié la dalle vétuste. Un cloporte sortit d'une fente de la pierre. François s'intéressa du coin de l'œil à ses évolutions.

— Hier, de nouveau...

Elle se décidait lentement à partager son secret.

— ... Pendant que tu étais à ta leçon, chez monsieur le Curé... il est venu. Elle n'a pas voulu le voir.

Instantanément, François oublia son cloporte.

— Comment as-tu appris ça ?

— Voilà... — Dominique rougit. — Il est ressorti

presque tout de suite, avec Papa. Ils sont allés s'asseoir au salon de verdure. J'étais dans le sous-bois, pas très loin. J'entendais leurs voix ; de temps en temps, je comprenais des mots, des bouts de phrase... De Jean surtout. Il a dit : « La revoir, seulement la revoir encore une fois... Pourquoi me refuse-t-elle ça ?... » Papa le tenait par l'épaule. Il lui a parlé longtemps. Jean s'est mis à pleurer. C'était terrible, tu sais. Je n'osais plus bouger. J'avais du chagrin pour lui. Sûrement, si Sabel l'avait vu dans un état pareil, elle lui aurait pardonné n'importe quoi. Je me demande ce qu'il a bien pu lui faire...

François réfléchissait.

— Attends : Maurice Royer doit venir ce soir. S'il amène Henriette, je la questionnerai. Il est possible qu'elle ait entendu ta marraine en parler, chez eux.

— Mais je l'ai vue hier, Henriette. Elle ne m'a rien dit.

— Qu'est-ce que ça prouve ? Moi, ce n'est pas pareil.

— Evidemment, reconnut Dominique.

Un matin, au réveil, Mathilde trouva déserte la chambre de sa jeune maîtresse. Affolée, tremblant sur ses jambes, elle courut porter au chef de Mogador l'enveloppe placée en évidence sur l'oreiller intact.

Frédéric effectua rapidement une enquête dans la maison. La jeune fille avait dû partir au début de la nuit, par la porte de service, et faire à pied les dix kilomètres jusqu'à Tarascon. Elle n'avait emporté qu'un nécessaire de voyage — le cadeau de son père, au dernier Noël.

A la gare, on ne put fournir aucun renseignement. Le trafic, cette nuit-là, avait été intense. Les gens rentraient chez eux, après les fêtes et le « pont » du 15 août. Des trains avaient été bissés, celui de Marseille triplé...

Le cœur serré, Frédéric imaginait sa fille, errant sur un quai brumeux, dans la nuit, parmi l'indifférence bruyante de la foule.

Trois jours après, une lettre arriva, qu'il lut devant sa mère et sa femme : Isabelle avait trouvé asile chez les Bénédictines, aux environs de Montpellier. Elle suppliait qu'on l'y laissât.

— Eh bien, c'en est fait, nous aurons donc une sainte dans la famille, dit Julia, avec ce petit rire fêlé qu'elle avait parfois.

Il résonna désagréablement aux oreilles de sa bru.

— Plus souvent !... Pour faire ses folies, elle attendra d'être majeure, et, d'ici là, ça lui aura passé. Où est l'indicateur ? Je vais prévenir Eugénie de faire ma valise.

Frédéric la regarda avec une sorte de pitié. — Il l'aimait ; il savait qu'il n'aurait pu se passer d'elle : ses yeux violets, sa fierté, son goût de la vie, son opiniâtreté, son esprit entier et positif, son sens pratique, sa vivacité, son égoïsme, son dur courage, et cet amour si fidèle, qu'il avait parfois trouvé lourd à porter, comme un manteau de roi, sur ses épaules... Certes oui, il l'aimait ; il n'avait jamais aimé qu'elle entre tant de femmes rencontrées. Elle lui était nécessaire comme à la terre le soleil et la pluie. Mais...

— Bon Dieu ! Il y a des choses... Tu ne les comprendras donc jamais ?

Suffoquée, Ludivine ouvrit de grands yeux.

— Mais...

— Non ! Je connais ton point de vue. Tu ne nous l'as pas caché, depuis dix jours. D'ailleurs, moi non plus, je... Et pourtant, je savais que c'était en vain. Nous avons traqué cette enfant, jusqu'à lui rendre la vie impossible. Nous sommes responsables de sa fuite. Elle a trouvé un abri, elle est en sûreté, ça suffit. On ne la tourmentera pas davantage. Il faut la laisser tranquille, maintenant. N'est-ce pas votre avis, Mère ?

Julia approuva du menton.

— En effet.

— Mais, voyons, toute sa vie, elle regrettera...

— Je n'en suis pas si sûr.

— Frédéric...

Il hocha la tête avec mélancolie.

— Tu ne l'as pas très bien connue, ta petite fille. — « Peut-être pas assez aimée, non plus. Ce n'était pas la faute de Ludivine : il n'y avait guère eu place que pour lui, dans ce cœur une fois donné. Et il eût fallu tellement aimer Isabelle... » — Elle te ressemblait trop !

Il l'attira contre lui.

Déjà, dans sa tendresse, Ludivine se retrouvait, oubliant regrets et colère.

— ... Dans quelques jours, nous irons là-bas, tous les deux, l'embrasser. Tu devrais le lui écrire tout de suite... veux-tu ? Nous porterons la lettre à Tarascon. Elle la recevra plus vite... Je vais faire sortir la voiture.

— Si vous déjeuniez seuls, en ville ?... conseilla la vieille dame.

Ludivine interrogea son mari du regard.

— Pourquoi pas ? Une bonne idée, ça, Maman. Va te préparer, mon cœur, et ne me fais pas trop attendre.

— Une toute petite demi-heure, promit-elle, légère, en s'en allant.

Demeuré seul avec sa mère, Frédéric fit quelques pas dans la chambre, prit, sur un guéridon, le vieil album des portraits de famille, l'ouvrit, le feuilleta machinalement, le referma...

— Vous non plus, Maman, vous n'espérez pas qu'elle revienne ?

Honteux de sa faiblesse, il posait sa question le dos tourné.

— Non, dit Julia, calmement. Je sais que je ne la reverrai jamais plus en cette vie.

Frédéric se mordit les lèvres, déchiré d'une douleur sourde, au tintement de ce « jamais plus ».

— Sans cesse, je pense à ce départ en pleine nuit, toute seule sur la route. Toute seule pour quitter la maison. Abandonnée à elle-même comme une petite pauvresse. Nous étions dans nos lits, bien tranquilles, et, pendant ce temps, elle se sauvait sans que personne...

— Mais non, l'interrompit doucement sa mère, quel besoin de te monter la tête ? Il faut donc que je te le dise : elle est entrée pour m'embrasser, en descendant.

Au couvent, Isabelle... Isabelle dans le costume drôlement vieillot des postulantes... Isabelle novice, sous la guimpe et le voile brillants de blancheur empesée... Puis, professe, revêtue du grand manteau où disparaît sa silhouette... Les mois de claustration ont encore affiné ce masque grave où la paix paraît enfin descendue.

Frédéric scrutait le visage de sa fille à travers les barreaux de la clôture. Entre eux, tremblait une tendresse qui n'avait plus rien à dire.

Muette, elle aussi, Ludivine attendait. Cette salle de parloir, vaste, claire, nue, où chaque pas faisait craquer le parquet de chêne luisant, vous dépouillait terriblement de vous-même. Les hautes fenêtres aux vitres closes malgré la saison, donnaient sur un coin de jardin, où le chant d'un oiseau semblait surnaturel. Et cette grille... cette grille, ah !... Depuis bientôt deux ans qu'ils venaient chaque mois, jamais Ludivine n'avait pu s'habituer...

— Maman...

— Oui ?

Depuis combien d'années n'avait-elle plus entendu sa fille aînée dire : « Maman » ?... Tout ce temps-là, elle ne s'en était pas aperçue, et, soudain, la découverte la frappait. Elle s'approcha davantage.

— ... Oui ?

— Je voudrais que vous me disiez si vraiment, tout au fond, vous m'avez pardonné.

— Bien sûr, ma petite fille, articula-t-elle, bouleversée.

La figure d'Isabelle s'illumina.

« Lorsqu'elle avait sept à huit ans, elle souriait ainsi... » pensa Frédéric, qui les observait toutes les deux.

— Si vous saviez comme vous me rendez heureuse...

Impulsivement, Ludivine tendit son visage, offrit ses mains, entre les barreaux.

Isabelle recula un peu.

— Je ne peux pas, Maman. La règle... vous savez bien ?

Devant la déception de sa mère, elle ajouta :

— ... Mais c'est pareil, tout pareil... Comme si je l'avais reçu...

Attristée, Ludivine secoua la tête. Certes non, ce n'était pas pareil. Il fallait Isabelle, pour se contenter avec de telles balivernes...

Celle-là partie pour toujours ; Anne au loin, avec Gaspard ; François chez les Jésuites d'Avignon ; Dominique pensionnaire, comme naguère ses aînées... La maison résonnait vide, certains jours, à présent.

— Que fait Christine ?

— Que veux-tu qu'elle fasse ? Le cheval, les amies,

les réunions du voisinage... Elle s'est encore allongée. On lui donnerait vingt ans. Il y a toujours cinquante garçons autour d'elle, mais elle leur tient la dragée haute.

— Et...

Isabelle hésitait. Son regard alla de l'un à l'autre, timide.

— ... Et Jean, comment va-t-il ?

Ce fut Frédéric qui répondit.

— Il ne vient plus guère. L'aînée de ses sœurs est mariée avec Auguste Bresson... Il a passé tout l'hiver à Aix.

— Est-il...

— Consolé ? C'est cela que tu veux savoir ?

Isabelle acquiesça d'un mouvement du menton.

— ... Ma foi, on peut le supposer. C'est difficile à dire avec certitude. En tout cas, je crois qu'il se remet. Ses sœurs racontent qu'il est beaucoup sorti, ces derniers mois. On parle d'une possibilité de mariage avec une jeune Aixoise, une héritière, belle, de bonne famille, fille unique, charmante en tous points, dit-on...

Perplexe, Ludivine écoutait. « Pourquoi diable faire état de ce vague commérage, dépourvu de fondement ?... Veut-il essayer de la rendre jalouse ?... »

— C'est une bonne nouvelle, Papa. J'espère qu'il sera heureux. Je l'ai tellement demandé à Dieu...

Une cloche sonnait.

Comme si quelque chose l'eût rappelée ailleurs, elle les quitta, sur un baiser envoyé du bout des doigts avec une sorte de hâte, parut s'effacer, rentrer dans le noir de la clôture.

Demeurés seuls dans le parloir, ses parents cherchaient encore cette lumière qu'avaient mise, un moment, son visage et ses mains, dans la pénombre, derrière la grille.

Ils se sentaient oppressés par cette atmosphère de sérénité immense, irrespirable, comme l'air trop pur des sommets.

— Elle paraît heureuse, soupira Frédéric, passant le bras de sa femme sous le sien. Allons, viens...

Le portail franchi, la fournaise de l'après-midi d'été les attendait. Un instant éblouie, Ludivine cligna des yeux, s'ébroua, ouvrit son ombrelle, et reprit le bras de Frédéric.

Ils revinrent lentement jusqu'à la voiture. Un grand silence était descendu sur eux, les enveloppait ensemble. L'air était brûlant, la réverbération aveuglante. Pas une feuille ne remuait, aux platanes de l'allée. La cloche du couvent se remit à sonner, calmement, à coups mesurés et clairs qui tombaient dans l'éternité.

— La paix de Dieu..., murmura Frédéric, rêveur. Sans doute Sabel a-t-elle trouvé le secret.

Ludivine haussa les épaules, pleine de doute.

— Je pense qu'il ne vaut pas pour grand monde. Si l'on m'enfermait huit jours là-dedans... Non, non !... Et j'ai fait l'expérience plus jeune qu'elle.

Frédéric mettait l'automobile en marche. Il rit, taquin.

— Beaucoup trop jeune. C'est probablement ce qui a coupé les ailes à ta vocation... Mais, vois-tu, reprit-il, après un silence, il m'arrive quelquefois de croire que, moi aussi, j'aurais pu...

— Toi ! Oh, mon chéri !... Mais tu es bien le dernier... Toi qui ne tiens pas en place... qui sautes sur tout ce qui passe à ta portée en fait d'occasions... à qui il faudrait dix existences pour une !... — Frédéric au monastère, l'idée était trop comique...

— Je sais bien, dit Frédéric, et pourtant...

Enroulée dans ses voiles protecteurs, Ludivine

détaillait de tout près, avec amour, ce profil découpé sur le fond changeant de la route.

— Allons, sois sérieux... D'ailleurs, ajouta-t-elle, tournée vers lui, dans un sourire dont il aimait la malice, tu sais bien que nous devions nous rencontrer dans le siècle, et vivre ensemble, pour la mutuelle expiation de nos péchés.

Il se pencha vers elle.

— Avoue-le donc, je suis un mari désastreux, un vrai « caraque »...

— Désastreux, oui... et bien pis ! Mais bien mieux, aussi, à tes heures... Et puis, désastreux ou pas...

— ... Tu recommencerais ? Et moi aussi !... dix fois, cent fois, si c'était à refaire.

Il ponctuait énergiquement l'affirmation de grands coups du plat de la main sur le volant.

Une carriole déboucha d'un petit chemin, à leur droite.

— Attention ! avertit Ludivine. Là, devant toi...

Tout en contournant l'obstacle avec une précision de virtuose, Frédéric se moqua :

— Comment, Madame, auriez-vous peur, par hasard ? Avec moi ?

Non, Ludivine n'avait pas peur. Confiée à lui, elle eût, à son côté, coulé jusqu'au néant, un défi sur les lèvres.

On atteignait le faubourg de la ville. La voiture prit la rampe de l'Esplanade. Un rayon doré descendait obliquement sur les arbres. Mais la chaleur, aussi dense, devenait étouffante, resserrée entre les maisons.

— Si tu veux, proposa Frédéric, je t'emmène jusqu'à Palavas, ce soir. Nous dînerons au bord de la mer, sur la terrasse du casino. Les étangs sont magnifiques, en arrivant, au crépuscule.

Les yeux de Ludivine brillèrent.

— Rentrons à l'hôtel. Je vais mettre ma robe neuve.

— C'est cela, fais-toi belle. J'ai envie d'être fier de toi. Tu prendras aussi un manteau pour le retour. Le temps peut changer, cette nuit...

Des flâneurs encombraient la place de la Comédie. Il y avait de la musique à la terrasse des cafés. Les eaux de la fontaine jaillissaient avec un bruit frais. Le soleil achevait sa journée dans un poudroiement lumineux. La vie était douce, paisible... Il paraissait simple, tout à coup, si simple d'être heureux...

Mogador préparait les vendanges. Encore un bel été fini dont on allait recueillir le fruit. La vigne étendait ses entrelacs maculés de sulfate, où pendait le raisin lourd et serré. Souvent, le soir, Frédéric et Ludivine se promenaient entre les rangées de ceps, soupesant les grappes, évaluant la récolte.

A la nuit tombante, ils reprenaient sans hâte le chemin de la maison. Au milieu de l'allée de pins, ils voyaient venir à leur rencontre François, toujours affamé.

— Nous arrivons, mon chéri ; va devant, prévenir... disait Ludivine.

François repartait au galop.

Un moment, encore un moment seuls, tous deux, dans la vieille allée familière...

Un matin, Frédéric s'habilla de bonne heure pour aller à la ville.

— Il me faudra pas mal de temps. Le bourrelier, le maréchal-ferrant, le vétérinaire pour la vache de Ranguis.

Il établissait la liste de ses courses.

— Il te faudra aussi pousser jusqu'à la Gloriette pour savoir où en sont les choses. Mère n'y tient plus.

La femme d'Hubert attendait son premier enfant d'un jour à l'autre.

— C'est vrai... j'espère que Madeleine va nous faire un beau garçon. Bon, c'est entendu, j'irai voir un peu.

— Mais tu seras là pour midi ?

— Oui, diable... largement ! A tantôt, mon cœur.

— A tout à l'heure. Dépêche-toi.

Assise à sa coiffeuse, elle se poudrait. Le peignoir de pongée avait glissé, découvrant l'épaule. Frédéric se pencha, y appuya ses lèvres, savourant le plaisir de la sentir frissonnante sous le baiser.

Elle se retourna, le prit par le cou. Ils s'embrassèrent. Ludivine devait se souvenir, plus tard, de ce baiser, et de ce salut pour rire, talons joints, geste militaire, qu'il lui lança, dans l'encadrement de la porte, avant de disparaître...

Tous les gestes, tous les mots de ce matin-là, pareils à tant d'autres, de tant d'autres matins écoulés... Le petit déjeuner, leurs menues discussions, leurs rires, le juron de Frédéric pestant contre les jumelles de ses manchettes, ses commentaires sur la plus récente « bonne histoire » de Fontfresque rapportée la veille par Tonin, qui la tenait de sa femme... Désormais, il lui faudrait se les rappeler, jour après jour, tout le long du temps vide, pour s'en repaître et s'en désespérer, bien qu'elle ne le sût pas encore.

Il faisait beau et chaud. La maison recommençait sa vie quotidienne. La verte odeur du parc entrait par la fenêtre. Le ciel était d'un bleu exquis, tout lavé par les pluies d'équinoxe. Un oiseau jonglait avec des trilles, dans le pin le plus proche. Dominique sortait, un livre sous le bras ; puis François, suivi de son chien...

— En retard, il me semble... Monsieur le Curé va s'impatienter.

Le garçon leva la tête, et lança vers sa mère, d'un

mouvement séduisant, la rose d'automne à peine ouverte dont il avait orné la boutonnière de sa veste.

— Il aura tort, Maman chérie-belle-jolie... Il nous reste bien suffisamment de temps devant nous jusqu'au jour du Jugement...

— Mais pas tellement jusqu'à celui de ton bachot, paresseux !... protesta Ludivine, gagnée par le rire, en respirant le présent de son fils.

— Bah !... dit-il, avec une superbe indifférence.

Tout Frédéric !...

Le tourniquet, au milieu de la pelouse, éparpillait en l'air les fils cristallins de gouttelettes jouant dans la lumière du soleil. L'écharpe de Christine, oubliée la veille au soir, traînait sur le banc, au bord du miroir d'eau. La corbeille de pétunias s'en donnait à cœur joie de fleurir, d'éclater de couleurs, ondulante dans la brise matinale. François s'éloignait d'un pas nonchalant vers la grille. Il rentrerait bientôt, quelques heures plus tard, pour le repas de midi. Dominique aussi, rentrerait, et Christine, de sa promenade à cheval, et Frédéric, dans sa voiture...

Mais Frédéric... non, Frédéric ne rentrerait plus jamais. Le rendez-vous qui le pressait, ce matin-là, n'était pas inscrit sur sa liste, mais, déjà, cet appel de la voix inconnue l'avait surpris en chemin.

Un enfant qui traverse en courant la route déserte et vient se jeter presque sous les roues, le hurlement d'une femme, un brutal coup de freins, un pneu qui éclate, et l'arbre, là, tout proche, où la présence invisible attendait Frédéric Vernet...

— Non, non, Madame, il n'est pas mort. Il a rouvert les yeux, et il a dit : « Le petit ? »... Tout de suite, vous voyez ?... Le petit, il a rien, un vrai miracle. Mais la mère est comme une folle ; elle pleure et elle peut plus parler.

L'homme emmenait Ludivine sur sa carriole lancée à toute allure. A peine percevait-elle le sens des paroles.

« Frédéric... où est-il ? Où est-il ?... » Aller auprès de lui était tout ce qui importait. Le rejoindre, le reprendre, le tenir... le tenir si serré que nul n'osât... pas même...

La mort, Ludivine connaissait son visage, elle l'avait vue s'approcher, suscitée par elle-même, et menacer en face, derrière les vitres du salon, un jour d'automne vieux de douze ans. Elle n'avait pas peur. Elle se rassemblait pour la bataille : « Frédéric, j'arrive, attends-moi, je suis là... »

— Le docteur ? questionna-t-elle, les dents serrées.

— On y est allé, Madame, en même temps que moi chez vous. De sûr, le Louiset l'aura ramené. N'ayez crainte.

Il eût voulu consoler, encourager, cet homme, et la fixité des yeux sans larmes de Ludivine, sa voix dure, hachée... son incuriosité de tous les détails matériels, dont il était prêt à faire le récit, le décontenançaient.

— Plus vite, plus vite, allons !...

Il fouettait sa bête.

— C'est là, dit-il en arrivant.

La voiture, écrasée contre le platane, barrait la route, en partie. A quelques pas, sur le revers du fossé, une large tache avait aggloméré la poussière. Ludivine ne la vit pas.

On avait transporté Frédéric à la ferme. Des hommes se tenaient à l'entrée de la chambre. Devant madame Vernet, muets, tête nue, ils s'écartèrent. Elle ne vit personne.

— Frédéric !

Elle dévorait du regard, avec une terreur incrédule, ce gisant aux traits émaciés dont la peau livide laissait transparaître les os. Sur le grand front luisant de sueur, des boucles de cheveux demeuraient collées. D'un doigt craintif, délicatement, elle les repoussa.

— ... Mon pauvre amour, tu as chaud...

Mais non... les tempes étaient presque fraîches. Il ne parut pas l'entendre. Les paupières fermées, il ne bougeait pas. Sa respiration était irrégulière, bruyante...

Le docteur Royer s'avança.

Ludivine leva les yeux vers lui :

— Il dort. Vincent, dites, est-ce grave ?

Il la regarda longuement sans prononcer une parole. Puis :

— Les hommes m'ont raconté... commença-t-il. Lorsqu'ils l'ont étendu sur ce lit, il a seulement réclamé : « Ma femme » ? On lui a dit : « Elle vient. » « Ah bon ! » Et il a soupiré, avant de refermer les yeux, comme quelqu'un de soulagé.

« Ma femme... » Ludivine reporta son regard sur le blessé.

— Je suis là, mon amour, je suis là...

Avec des larmes de douceur, elle le contemplait de toutes ses forces concentrées, le tirait à elle, l'enfermait à l'abri de sa passion, s'y barricadait avec lui contre le mal, la peur, la souffrance...

Subitement, par une faille, l'idée jaillit, la transperça :

— Vincent ! Pourquoi me racontez-vous ça au lieu de... ? Qu'est-ce qu'il a ? Où est-il blessé ? Qu'est-ce que... Je veux voir, faites-moi voir !

Elle saisit la couverture.

La main du docteur Royer se posa sur son poignet.

— Il ne souffre pas, laissez-le. Je lui ai fait une piqûre.

— Mais je...

Hagarde, elle entendit, la tête bourdonnante, les explications qu'il précipitait.

— ... C'est le volant, vous comprenez. Il a été projeté contre le volant. Je suis arrivé presque tout de suite, dix minutes après, tout au plus. Il avait déjà perdu connaissance. C'est ce...

Il hésita, cherchant ses mots.

— ... Cette... contusion... Le thorax... Il y a eu hémorragie interne. Il va s'endormir doucement.

Les yeux énormes de Ludivine, braqués sur lui, s'embrasaient d'un feu noir inhumain. Des yeux de bête prise au piège, qui se débat, et voit venir le traqueur.

« Eh bien, quoi ? s'endormir, il va seulement dormir... »

— Vincent ! vous ne voulez pas dire... ? Il ne va pas... ? Répondez-moi, mais répondez-moi donc !

Elle savait, elle avait compris, et elle questionnait avec l'espoir désespéré, misérable, de tricher, de forcer les cartes.

Le silence de Vincent Royer lui répondit.

— ... Vincent...

La voix de Ludivine n'était plus qu'un cri râpeux arrêté sur la bouche desséchée.

Il eût voulu pouvoir donner le coup de grâce ; que ce fût fini, que cette femme n'eût plus à saigner sous la torture...

— ... Vincent... Mais pas encore ?... pas tout de suite ? Me quitter... il ne peut pas me quitter, pas comme ça. Il va se réveiller... Ce n'est pas... ? Il va me parler ? Une fois, dites, encore une fois ?

Elle griffait avec ses ongles les revers de la jaquette du médecin.

Il la prit contre lui et, continuant de se taire, cacha

sur sa poitrine la figure à l'expression insoutenable, dans un mouvement instinctif de protection.

Mais Ludivine se rejeta vers son mari, avec une violence retenue par un effort que mesura la pitié angoissée du docteur Royer.

— Frédéric, Frédéric...

Penchée sur lui, elle l'appelait sourdement.

— ... Frédéric, c'est moi, je suis là, tu m'entends ?

Elle prit la main inerte, moite... la serra, l'ouvrit, y enfouit son visage... En vain. « Ah Dieu, ainsi... sans un signe, sans... » Elle promenait ses doigts sur le drap, le long de ce corps, remontait vers le cou, s'y attardait... dessinait les contours, les moindres traits de cette face insensible à la frémissante caresse, s'interrompait pour essuyer, à chaque seconde, obstinément, le front où la sueur glacée perlait sans cesse...

A demi couchée sur le lit, elle glissa son bras sous la nuque mouillée, couvrit de baisers, avec une avidité de maniaque, la joue, les tempes battantes, la bouche où suintait par instants un peu de salive rosâtre et de sang. Visage contre visage, elle haletait avec lui.

Frédéric eut, soudain, quelques spasmes nerveux entrecoupés de grands hoquets.

Ce bruit gargouillant qui montait à présent de sa gorge...

— Vincent ? Je vous en supplie, pas ça !... Je ne peux pas entendre ce bruit ! il y a bien quelque chose à faire pour...

Brusquement, elle s'aperçut qu'on ne l'entendait plus.

Muette, elle écouta, écouta sans fin. La tête fière s'alourdissait, entre ses mains, prenait une pesanteur molle. Les paupières closes se soulevèrent, découvrant les prunelles grises qui regardaient ailleurs.

— ... Frédéric...

Ludivine l'appelait encore, tout bas, comme on interroge.

Mais il n'avait jamais aimé à répondre et, cette fois encore, la dernière, il se dérobait, s'en allait sans un mot... avec seulement, sur ses lèvres entr'ouvertes, ce sourire d'enfant — si, du moins, elle avait su enfin le déchiffrer... —, ce même sourire des jours révolus, éclos dans la mort, mystérieusement, comme une promesse.

8

La veille, le matin même, il avait dit : « Nous ferons... nous irons..., cette semaine..., dans quelque temps..., après les vendanges..., l'été prochain..., quand François sera plus âgé..., quand nous aurons marié tous les enfants... quand... » Une longue route, encore, devant soi, qui traversait de riants paysages...

Mais il n'était plus là. Qu'importait ce qui restait à parcourir ? Le monde s'était éteint. Il faisait sombre. La couleur du temps, la force du soleil, la lumière verte des arbres, l'odeur de miel de la campagne, il les avait emportées.

Ludivine, errant d'une pièce à l'autre, frissonnait dans ses vêtements de fin lainage noir et de crêpe, comme quelqu'un qui s'enfonce dans des grottes humides, brusquement, au sortir de la grande chaleur de midi.

Tous l'entouraient. La tendresse anxieuse de ses enfants montait une garde parfois malhabile. Oublieux de leur propre peine, ils se sentaient écrasés du poids de la sienne.

— Je me demande comment elle a pu lui survivre..., disait, à Gaspard, Anne qui avait appris la vie et l'amour dans les livres où l'on meurt à meilleur compte.

— Maman, puis-je rester un moment avec vous ?

— Comment avez-vous dormi ? Etes-vous reposée ?

— Belle-chérie, laissez-moi vous accompagner...

Leurs attentions l'excédaient. Elle n'avait pas besoin d'eux... Ils lui parlaient de mille riens, soucieux de la distraire. Elle répondait au hasard, sans écouter.

Opiniâtrement, dans sa tête, elle revenait à la minute qui avait décidé, reconstituait l'accident, cherchait un moyen, un élément quelconque qui eût changé la solution : « Peut-être s'il avait sauté... ou simplement glissé sur la banquette, ou... Il faudrait des freins qui bloquent net, instantanément, sans danger. Cela doit bien exister... En faire mettre... Si cela lui arrive de nouveau, il... » Mais il n'y avait plus de voiture... et rien n'arriverait plus à Frédéric.

Elle revenait à la réalité, retrouvait la chose accomplie, inexorable : « C'est déjà passé. On ne peut plus rien... Mon Dieu, mon Dieu, rendez-le-moi, il faut me le rendre, vous devez bien pouvoir... » Après tout, c'était ce Dieu qui a ressuscité Lazare... Mais Dieu ne manifestait d'aucune manière qu'il eût entendu Ludivine Vernet.

Seule dans sa chambre, aux heures de la nuit sourde, elle criait ce cri sans voix que crie la chair sous le couteau. Acre, épaisse comme un sang empoisonné, la douleur s'enflait en elle, crevait en sanglots épuisants, sans que son cœur en fût soulagé.

Où était-il ? Où était-il ?... — Les premiers jours, elle les avait traversés en somnambule, faisant ce qu'il fallait faire, au milieu d'un effarant défilé de parents et d'amis.

Les amis de Frédéric... Tous avaient rapporté à sa

femme ce que, jadis, il avait réservé de lui-même pour le leur donner. Et il était encore là, entre elle et eux, tout proche ; jusqu'au cimetière, il avait été là. On n'avait pas le temps de penser, on « continuait », comme une machine sur sa lancée.

Depuis, Ludivine découvrait l'absence. C'étaient les choses qui la lui révélaient. L'un après l'autre, les objets familiers, abandonnés par leur maître, posaient leur interrogation déchirante qu'elle méditait silencieusement, avec cette expression qui faisait mal à voir, sur son visage.

Adrienne et Charles insistèrent pour l'emmener quelque temps au Cigalier.

— Viens, je t'en prie, ma chérie. Les petits te distrairont... Tu respireras l'air de la montagne. Et puis nous parlerons de lui, nous le pleurerons ensemble.

Elle refusa immédiatement.

Adrienne pouvait bien s'en retourner chez elle pour pleurer son frère, entre son mari et ses beaux enfants... — Ce chagrin résigné, bourgeois, convenable jusque dans sa désolation, ces abondantes larmes sans violence qu'elle versait avec facilité, devant tous, horripilaient Ludivine, crispée dans l'affreuse sécheresse de son désespoir.

« Pleurer... » — Est-ce que je pleure, moi ?

Si seulement elle l'avait pu...

Tonin, Ranguis étaient venus. Ils demandaient des ordres, espérant obtenir qu'elle prît des décisions.

— Oui... non... ce que vous voudrez... Voyez monsieur Hubert.

A quoi était bon Hubert, sinon à s'occuper de ces questions-là ?... Pourtant, comme il ressemblait à son frère !... Une déchirante douceur, de le regarder... S'il l'eût permis, peut-être eût-elle enfin pleuré, sur cette épaule... Mais Hubert était devenu un étranger glacé dont il n'y avait rien à attendre.

Madeleine, elle, lui offrait, avec un sourire mouillé, son futur petit garçon.

— Nous l'appellerons Frédéric, si vous le permettez, Ludivine.

— Comme vous voudrez.

Frédéric ! Il n'y avait qu'un Frédéric. En quoi ce bébé eût-il pu l'intéresser ?

Les Royer venaient presque quotidiennement, tantôt l'un, tantôt l'autre, jamais ensemble.

— Comment oserais-je prendre ton bras pour partir, ou même seulement te regarder, mon ami, en sa présence ? Serrée sur son bonheur, Elise en avait honte, devant son amie.

Vincent Royer s'inquiétait en médecin de l'état de Ludivine. En quinze jours, elle était devenue méconnaissable. L'ossature de ses traits saillait sous la peau tendue. Son teint était terreux, ses yeux, enfoncés dans le cerne des paupières, demeuraient fixes et fiévreux. Elle sortait de son mutisme par intermittence ; ses gestes et sa voix étaient courts, saccadés. Elle arpentait la maison avec une sorte d'égarement.

— Vous ne pouvez pas continuer à vous laisser aller de la sorte, Ludivine. Vous avez été d'un courage extraordinaire. Maintenant, il faut accepter, il faut vivre...

Elle haussait les épaules avec dérision : « Vivre, c'est commode... quand on vous a ôté un organe essentiel... »

— Vincent en parle à son aise. Il a tout ce qu'il faut, lui, pour vivre. Mais moi ! moi...

Elle s'exaspérait, de souffrir.

— ... Moi, Mère... c'est comme si quelque chose m'empêchait de respirer. J'étouffe... Tellement qu'il me semble toujours que je ne vais pas pouvoir tenir une minute de plus !...

Julia hocha sa vieille face ravagée.

— Oui... on ne vit plus. On dure.

Elle savait cela, elle ; et ce que représentent, gagnés l'un sur l'autre, les mornes jours de cet interminable travail de patience que commençait sa belle-fille... « Le seul remède, c'est de penser aux autres... » Elle considérait le front buté où la détresse creusait ses plis. « La seule aide... Mais Dieu ne l'a pas mise à sa portée. »

L'hiver vint et s'écoula. Après les vacances de Noël, François n'avait plus quitté Mogador.

— Que voulez-vous que je fasse d'un diplôme, Belle-chérie ? Je ne tiens pas à devenir savant. Ma vie, ce sera Mogador. Je n'ai qu'à mettre mes pas dans ceux de mon père. J'apprendrai de vous ce qu'il m'aurait appris.

Julia avait soutenu le garçon, pressentant que lui seul parviendrait à détourner sa mère de l'obsession de cette vaine recherche où elle tâtonnait, prisonnière aveugle et sourde, absente parmi les siens.

Combien de fois la vieille dame avait-elle déposé son propre chagrin pour se pencher vers la forme sombre accroupie sur un pouf devant la cheminée, les mains ouvertes traînant sur sa robe, pareilles à des oiseaux morts...

— Sors un peu, ma fille. Il fait soleil, au-dehors...

— Demain, Mère.

Ludivine paraissait s'absorber dans les jeux de la flamme. Mais un tison échappé pouvait rouler hors du garde-feu, jusque sur le tapis, sans qu'elle s'en aperçût. Victor entrait-il pour remettre des bûches, sa maîtresse se relevait, s'en allait vers la fenêtre, appuyer son front contre la vitre. Elle regardait le jardin nu, pris dans le gel, et restait là, aux aguets.

... Mais, sur le fond de ce paysage immuable, la voiture attendue ne franchirait plus la grille refermée ; nul grand cavalier n'apparaîtrait à l'orée des chênes, entre les noisetiers, laissant les branches fouetter sa haute stature... Morts, *Phœbus* et *Obéron*... morte, *Miranda*... *Sigurd* vieillissait à l'écurie ; et les enfants montaient d'autres chevaux dont Ludivine oubliait parfois les noms.

Les arbres s'enveloppaient d'une brume de froid. Le jour baissait. C'était l'heure où l'on rentre. Mais le pas connu ne ferait pas crier les cailloux devant le perron.

Elle se retournait vers l'intérieur du salon envahi par les ombres de la nuit tombante et les reflets que le feu mettait çà et là, sur le luisant d'un meuble.

Tout y était demeuré semblable. Mais Frédéric n'y pénétrait pas. Ni ce soir, ni jamais plus... « Jamais plus... », on se le répète, on croit le savoir... un instant on défaille horriblement de cette certitude... et puis, on recommence d'attendre... Elle allait se jeter dans la grande bergère où, si souvent, ils avaient tenu ensemble. Un mouchoir sur sa bouche étouffait la plainte impossible.

Julia somnolait sur son tricot : « Qu'elle dorme, qu'elle dorme, pauvre Mère !... Mais moi, mon amour, le sens-tu que je brûle, que j'ai mal dans ma poitrine, de quelque chose qui me tord le cœur et le ronge... que je t'appelle au fond de moi, à chaque minute ? et je t'appellerai tant qu'il faudra bien, à la fin, que tu reviennes... »

On n'entendait même plus, dans cette torpeur de la maison, résonner un éclat de voix, ou un rire des jeunes filles.

Chacune avait sa chambre, à présent.

Enfermée dans la sienne, Christine, relisant le faire-part des noces de Jean Arnal, déchirait des photographies, se sentait vieille, et méprisait la longue existence qu'il faudrait vivre.

Dominique lisait ; et parfois, au-dessus de la page, se dessinaient les traits de son cousin Numa qu'elle n'avait plus revu depuis la mort de son père : « Papa, mon Papa chéri... comment puis-je penser à quelqu'un d'autre ?... » Elle se jugeait dénaturée. — Mais le jour de l'enterrement de Frédéric, ce jour de larmes et de ténèbres, était aussi le jour où Numa, pour la première fois, lui avait parlé comme à une grande personne.

— Il ne faut pas pleurer. Si l'on pouvait choisir, je ne voudrais pas d'autre vie que celle qu'il a menée... ni d'autre mort. C'était un « seigneur ». Il a goûté à tout. Tu sais si je l'admirais, si je l'aimais... Mais je ne le plains pas. On ne peut pas, on ne doit pas le plaindre. C'est ta mère, seule... Pauvre cousine...

Un Numa étonnamment rapproché de « la petite Dominique »... L'été précédent, encore, lorsqu'il s'occupait d'elle, c'était pour lui prendre le menton, et la plaisanter sur ses nattes, tandis qu'elle baissait la tête, chagrine, gênée de ses mains, embarrassée, honteuse d'elle-même. « Jamais il ne me regardera comme on regarde une femme... Et d'ailleurs, je le sais bien, que je ne suis pas belle... » Cette magnifique Félicienne, qu'il avait aimée en pure perte, pendant deux ans... et maintenant, on disait qu'il « faisait la fête »... Dominique soupirait.

Aux dernières courses d'Arles, François lui avait désigné, en passant, une grande fille à l'air insolent, admirablement déshabillée dans une robe qu'on eût dit cousue sur son corps.

— Tu vois, c'est Stéphanie, la maîtresse de Numa.

— Ah ? de...

Stéphanie, Hedwige, Titine — la plus belle —, Céleste, Margarideto, et leurs sœurs disputaient entre elles, au pesage, un âpre tournoi de « chic » tapageur. Assez fier de se montrer renseigné, François, qui les connaissait toutes de vue, lui chuchotait leurs noms et celui de leurs possesseurs du moment. Mais Dominique n'écoutait plus...

Le soir, de retour à Mogador, elle s'était longuement examinée devant sa glace, sans plaisir. — « Pas laide, si on veut. Pas jolie, non plus... »

Elle se trompait : entre ses trois sœurs éclatantes, elle était jolie, comme peut l'être un brin de jasmin égaré parmi les roses et les tubéreuses.

Ses yeux clairs très doux, sa bouche grave et son petit nez Angellier, à les bien regarder, étaient exquis. Ses cheveux presque blonds, trop longs et trop épais pour être coiffés autrement qu'en deux grosses tresses, encadraient un visage rond, au dessin encore flou, sous la frange souvent ébouriffée, accentuant son aspect d'écolière. — « Peut-être... avec un chignon et de la poudre... » De la poudre surtout, pour dissimuler cette rougeur incoercible qui lui montait aux joues pour un rien, faisant, par un effet de contraste, reluire son menton et le bout de son nez...

— Sais-tu à quoi tu me fais penser ? avait dit Numa, un jour qu'elle crayonnait près de lui, avec application, muette, toute mal à l'aise sous son regard.

— A une azerolle, une « pommette de la Saint-Jean » : rouge au-dehors, verte au-dedans.

Bien sûr : une baie de buisson, sauvage, aigrelette, farineuse, toute en noyau, que l'on cueille pour s'amuser. Pas un vrai fruit. — Jamais azerolle n'avait été plus rouge que la figure de la pauvre Dominique, sous ce douteux compliment.

Et de longs bras, de longues jambes maigres, dont elle ne savait que faire. Une maladresse, un manque d'assurance... dans cette famille où chacun parlait haut...

« Elle n'oserait pas dire que son âme est sienne, si quelqu'un venait la lui réclamer avec un tant soit peu d'arrogance... » déclarait naguère Frédéric, plein d'une tendre moquerie, à l'adresse de sa benjamine. « Ma violette timide »...

Mais la monnaie des moqueries de Papa se soldait toujours avec des baisers. Et le manque s'en faisait sentir à présent.

Maman... On adorait Maman, de loin ; on la révérait, on ne l'approchait pas. Ou si rarement... Sa vie n'était plus au milieu de tous. Où s'en allait-elle, à la recherche du compagnon perdu ?... Vers ce coin de route, peut-être, où Dominique ne pouvait passer sans que le souvenir cruel lui embuât les yeux... ou bien dans un autre Mogador tout pareil et plus beau, où demeurait vivant, au creux des saisons anciennes, un amour intact, préservé...

Ce bonheur d'autrefois, si haut, si parfait... — Dominique se complaisait à l'évoquer, et rêvait, s'exaltait, en faisait pour elle seule le conte sans fin : « Maman, Maman, si vous le permettiez, que l'on vînt avec vous... Si vous vouliez nous raconter... Ce cavalier qui vous emportait si fièrement, au galop, le jour de vos noces... vous deviez être si belle, entre ses bras, dans vos voiles, et si heureuse... et comme ce devait être merveilleux d'aimer Papa, et d'en être aimée... et quelle chance extraordinaire vous a été donnée, à tous deux, de vous rencontrer... »

Parfois, à la courte veillée qui réunissait la famille après le repas du soir, Ludivine, assise dans la bergère, rencontrait le regard de sa fille, passionnément levé vers le sien. D'un mouvement machinal, elle caressait l'épaule blottie contre sa jupe, souriait un instant...

— Tu es bien mal installée, ma petite fille. Tu vas te voûter...

— Maman chérie...

Devant les yeux implorants, Ludivine n'insistait pas. « Une douce petite présence, sans pesanteur... » Elle s'enfuyait de nouveau, à l'abri de ce mur de silence qui la dérobait depuis des jours...

Tout à l'heure, elle monterait, après un baiser aux enfants.

— Bonsoir, mon François... Oui, je suis un peu lasse... Non, non, rien du tout, ne vous inquiétez pas, mes petits... Dominique, ne t'attarde pas trop. Toi, Christine, tu éteindras les lampes, avant d'aller dormir.

Tous trois épiaient, après son départ :

— Chut, écoute.

— Elle entre chez elle.

— Non, attends...

Ils entendaient marcher au-dessus de leur tête.

— Elle est chez Mamé.

Presque chaque nuit, incapable de supporter de sang-froid l'épreuve de sa chambre déserte, Ludivine frappait à la porte de sa belle-mère.

Julia l'attendait, à demi cachée — si maigre — dans la rondeur des oreillers qui la soutenaient.

Ces deux femmes ensemble refaisaient la même étape, inlassablement. Chacune d'elles était la seule sur qui l'autre pût s'appuyer.

— Vous vous rappelez, Mère, le jour où il...

Julia se rappelait toujours. Son Frédéric... Les derniers vingt ans de sa vie s'étaient usés à le regarder vivre. Pour lui, pour sa paix, elle avait laissé s'accomplir le sacrifice de son autre fils : « Envers Hubert, j'ai été une mauvaise mère. A cause de celui-là. A le contempler, j'en devenais orgueilleuse. Est-ce pour cela, mon Dieu, que vous avez voulu me le prendre ?

Mon beau Frédéric... Si vieille, il me fallait encore voir ça... » La gorge débordante d'amertume, Julia acceptait douloureusement, et priait à voix basse...

Mais le chagrin de Ludivine était d'une autre sorte.

— Mère, Mère... Il me le faut. Je n'en puis plus. Qu'est-ce que je vais faire ?... Je suis jeune, moi. Je ne peux pas passer sans lui cette longue vie qu'il me reste...

Elle envisageait cette impossibilité dont elle sentait autour d'elle l'épouvante opaque, et répétait :

« ... Qu'est-ce que je vais faire ?... Frédéric... Oh Dieu, Frédéric !... »

— Ma fille...

Quel secours apporter à cette forcenée qui marchait au hasard à travers la chambre ?

Ainsi, parfois, dans la corrida, le fauve se débat en courant, à travers l'arène, contre l'épée plantée à fond dans la blessure d'une mauvaise estocade.

Dans le salon, François et ses sœurs écoutaient ce pas.

— Que fait-elle ? Pourquoi est-ce que Mamé ne l'envoie pas se reposer ? Elle finira par tomber malade...

Il se levait :

— ... J'y vais.

— François ! Tu es fou !

— Non, non, je t'en prie !...

Dominique s'accrochait à son frère.

Il cédait. Au fond de lui-même, il ne se sentait pas de taille. Cette pièce calfeutrée, là-haut, se séparait de la maison nocturne, glissait en équilibre sur les frontières de la mort. Etaient-elles deux seulement, derrière la porte close ? Ou celui qu'elles appelaient, répondant à l'incantation, venait-il, dans l'ombre d'un rideau, dans le tain trouble d'un miroir, partager un moment leur veille ?

Vaguement oppressés d'un effroi mystérieux, les jeunes gens regagnaient ensemble leurs chambres, retenant leur souffle pour longer le couloir.

Beaucoup plus tard, Ludivine quittait sa belle-mère. Saoule de désespoir et de sanglots, vidée de sensibilité, elle pouvait enfin s'aller jeter entre ses draps, pour un lourd sommeil sans rêves.

Un matin de février, très tôt, sans s'être annoncée, Anne débarqua seule à la maison.

Le mistral soufflait en tempête dans un ciel inhabité. La voyageuse n'eut pas un coup d'œil pour le parc malmené par les rafales qui hurlaient dans les massifs éclaircis.

Tandis que Victor, inférieur à lui-même devant l'imprévu, demeurait planté au milieu du vestibule, parmi les valises, après avoir réglé le cocher qui venait d'amener madame de Barcarin, elle grimpa l'escalier en courant, et frappa chez sa mère.

Ludivine achevait de s'habiller, aidée d'Eugénie. Stupéfaite, elle vit sa fille sur le seuil, en toilette de voyage, enveloppée dans ses voiles de deuil un peu fripés par la nuit en chemin de fer.

— Mon Dieu, ma chérie, c'est toi ? Pourquoi n'as-tu pas prévenu ? Tu es seule ? Que vous arrive-t-il ?

Anne se précipita.

— Maman !... Maman...

Elle semblait incapable d'en dire davantage. Quelqu'un au bout de sa course...

Sa mère la détailla d'un œil investigateur, tout en l'embrassant.

— As-tu déjeuné ? Non ?... Eugénie, descends tout

de suite demander à Berthe quelque chose de chaud. Que préfères-tu, Anne ? Du chocolat, du café au lait ?

— Peu importe...

— Bon. Alors, ce qu'il y aura...

— Avec des toasts, Maman, s'il vous plaît..., réclama faiblement Anne.

— Oui... Des tartines, traduisit-elle. Du beurre, de la confiture... Grillées, les tartines, n'oublie pas. Dépêche-toi, tu le monteras quand ce sera prêt.

L'ancienne Ludivine se réveillait.

— Oui, Madame.

Galvanisée, Eugénie mit une rare promptitude à lui obéir.

— Viens t'asseoir devant le feu. Ote ton chapeau. Ton manteau... Donne... Eh bien, qu'est-ce que c'est ?

Anne claquait des dents.

— Mets-toi là, dans ce fauteuil, chauffe-toi... Et dis-moi en deux mots ce qu'il y a.

— Maman... si vous saviez... Gaspard...

Elle se tut, et baissa la tête, roulant convulsivement son mouchoir entre ses paumes, dans un geste machinal.

— Eh bien quoi, « Gaspard » ?... Il n'est pas malade, j'imagine ? Tu ne serais pas ici, dans ce cas. Allons, dis vite, avant qu'Eugénie ne remonte.

— J'ai quitté Gaspard. Il m'a... Oh, Maman, je suis si malheureuse !... J'ai trouvé une lettre... C'est si...

— Oui. — Ludivine hocha le menton. — Je m'en suis doutée, en te voyant.

Les pleurs débordaient comme une eau vive, coulaient sur les joues de la jeune femme.

— Quand je l'ai lue, ah !... D'abord, je ne croyais pas... je ne comprenais pas ce que je lisais. Ce n'est qu'à la fin... C'est comme un coup que j'ai reçu...

— Oui.

Ludivine écoutait avec attention. — Un coup, par où la douleur s'engouffre à grosses larmes bouillonnantes, dans un grondement sourd, avec des cloches lointaines... Elle se rappelait..., une très vieille sensation, cet engloutissement, cette asphyxie... Et bizarrement, deux vers lui revenaient, du fond de sa mémoire :

Je suis ce roi des anciens temps
dont la cité dort sous la mer...

Deux vers de ce poème, jadis si souvent sur les lèvres d'Hubert.

— J'ai cru que je devenais folle. J'ai pleuré tout l'après-midi, sur mon lit. Et puis j'ai pensé qu'il allait rentrer et... non, je ne pouvais pas endurer la pensée de le revoir. Alors, j'ai fait mes valises et je suis partie à la gare. Il y avait un train presque tout de suite. Pas de couchettes. Mais ça m'était égal. J'ai marché dans le couloir, une partie de la nuit... Maman chérie, j'ai si mal... — Elle suffoquait. — Si vous saviez... Je voudrais être morte.

Le pas lourd de la femme de chambre faisait crier les marches de l'escalier.

— Tu vas commencer par déjeuner, décida Ludivine. Je suppose que tu n'as rien pris, pendant le voyage, ni avant de partir ?

Anne, que des sanglots étranglaient, secoua la tête.

— ... Ensuite, tu iras t'étendre, un moment. Nous avons le temps d'aviser. Allons, essuie tes yeux. Inutile d'alimenter les bavardages de l'office.

Elle se détourna vers Eugénie qui entrait.

— ... Pose ça là, et va vite préparer la chambre et bassiner le lit... Allons, dit-elle, revenant à la jeune femme, bois tandis que c'est chaud.

Anne but une gorgée, prit la tartine toute prête que

lui tendait sa mère et mordit dedans, avec un jeune appétit que le chagrin n'entamait pas.

« Ma petite fille... » Quelque chose s'attendrissait en Ludivine : « Ma pauvre petite fille... » Elle caressa des yeux les boucles folles du chignon en désordre, la silhouette éplorée, toute menue dans le grand fauteuil. « Si son père la voyait... Le noir lui va bien, à elle... Ce nigaud de Gaspard. Le voilà bien avancé. Il doit être au désespoir, maintenant, lui aussi. Ça lui apprendra... »

Elle ne lui en voulait pas vraiment. Elle savait ce que valent ces trahisons... « Comme ils sont jeunes... Deux enfants mariés. Anne qui a tout juste vingt ans... Pour elle, ce n'est que le commencement. »

Elle prit un autre toast, le beurra, le recouvrit de confiture...

— Tiens...

Anne levait vers sa mère une figure défaite, où l'insomnie, la fièvre, le déchirement, traçaient leurs marques.

— ... Mange donc, mon petit... insista Ludivine.

9

Ludivine regardait sa fille regimber désespérément sous l'épreuve dont elle-même se rappelait l'amertume. Tant d'autres l'avaient connue avant elle, tant d'autres la connaîtraient encore, quand le nom de Ludivine Vernet ne serait plus même un souvenir pour personne...

Elle eût voulu pouvoir dire à la jeune femme : « Ce n'est rien. Je sais. Cela passera. »

A quoi bon ? Il fallait que l'enfant apprît toute seule...

— Ne me parlez pas de lui, Maman, je vous en prie.

Je ne peux pas lui pardonner... Je le hais, à présent. Il a tout sali, tout... Si je vous faisais lire cette lettre...

Cette lettre... Anne l'avait emportée. Sans doute s'empoisonnait-elle, chaque nuit, à la relire. — Envahie de compassion, Ludivine scrutait le pâle petit visage fait pour les rires et le bonheur, défiguré par la détresse.

Elle quittait la pièce en soupirant, et se faisait conduire à Tarascon où Gaspard accouru malgré sa défense, dès qu'il avait su la fugitive à Mogador, se morfondait dans une chambre d'hôtel, dans l'attente d'un pardon qui s'annonçait difficile à obtenir.

— Ne veut-elle pas m'entendre ? Je vous le jure, je ne suis pas coupable... du moins, pas tellement... C'est une vieille histoire, finie depuis longtemps. Nous n'étions pas mariés. Une frasque de garçon. Une passade... Vous comprenez ?

Ludivine écoutait, sans interrompre, avec une curieuse patience qu'elle n'eût jamais cru posséder.

— ... Cette... cette personne m'a relancé. Je me suis laissé entraîner sottement, par une espèce de pitié... Un instant d'aberration... Tout de suite, j'ai regretté. Je me suis juré de ne plus... Elle m'a écrit. Je croyais bien avoir déchiré cette lettre... C'est une fatalité, vous le voyez. Mais je n'ai jamais cessé d'aimer Anne. Je ne vis pas, sans elle. Parlez-lui... Dites-lui... Expliquez-lui bien, je vous en conjure...

Ludivine considérait ce grand jeune homme agenouillé contre elle, pleurant à gros hoquets, comme un enfant, la tête cachée dans les plis de sa robe noire.

« ... Frédéric, une fois... » Elle lui avait vu la même attitude. Mais les boucles qu'elle caressait maintenant d'un geste machinal étaient brunes, et les supplications s'adressaient à sa fille, à travers elle : « Hors jeu. » Désormais, il n'y avait plus de querelle qui pût les jeter l'un contre l'autre, elle et lui... « Frédéric, mon amour, les vois-tu, ces deux, qui ont pris notre place ?... » Elle était passée de l'autre côté, avec lui... Un instant, elle ressentit cette paix qui engourdit de sa miséricorde les cœurs vidés de larmes. Une miraculeuse accalmie, préfigurant la rémission dernière...

— Allons, relevez-vous. Je ferai de mon mieux. Espérez.

Son regard errait sur les bouquets fanés de la tapisserie.

— ... Mais ne venez pas à Mogador avant que je ne vous le fasse dire. Et ne vous montrez pas en ville. C'est préférable, pour les gens... François vous portera des nouvelles. D'ailleurs, je reviendrai.

— Que vous êtes bonne !

Gaspard lui baisait les mains.

Ludivine haussa les épaules. Bonne ou mauvaise, elle était bien au-delà.

— Non. Mais j'espère que cela vous servira de leçon, et que...

— J'adore Anne. Vous le savez bien, n'est-ce pas, puisque vous consentez à me venir en aide ?

— Oui... moi, je le sais..., dit Ludivine, lentement. Mais l'important est qu'« elle » le sache. Toujours. A tous moments. C'est ce qu'il vous faut comprendre, et ne pas oublier... Qu'elle le sache ! Vous m'entendez, Gaspard ?

... « Qu'elle le sache... Frédéric, tu m'entends ? Oh Frédéric... »

— Je vous promets..., commença Gaspard.

Puis il s'arrêta, percevant qu'elle écoutait ailleurs, autre chose que ses paroles.

François devint estafette. Le rôle lui plaisait. Chaque jour, galopant sur la route, malgré les gifles coupantes du mistral, il apportait à son beau-frère encouragement et consolation. Les confidences de Gaspard lui entr'ouvraient, avant sa saison, le pays mystérieux de la peine d'amour. Il s'enflammait, compatissait, prenait parti, jugeant sans indulgence l'obstination de sa sœur.

A Mogador, la situation semblait devoir s'éterniser. Ramassée sur son ressentiment, Anne opposait un front buté aux conseils apaisants de sa mère et de sa grand-mère. Ludivine commençait à se lasser devant le maigre résultat de sa diplomatie.

— Elle se figure être la première..., disait-elle, avec humeur.

— Non, Maman, je ne suis pas si sotte. Je sais que beaucoup d'hommes... Mais Gaspard et moi, ce n'était pas pareil !

— Naturellement.

Ce n'était jamais « pareil ». Pour soi, et pour les autres... Un vieux reste d'ironie luisait au fond des prunelles décolorées de Julia.

Ludivine se taisait.

— Il a tout gâché, voyez-vous... Maintenant, c'est fini. Et nous étions si heureux... Comment voulez-vous que je lui pardonne ?

— Vétilles... vétilles que tout cela, enfant, dit la vieille dame. Un geste léger de la main semblait rejeter négligemment le drame conjugal de sa petite-fille.

Anne se cabra, le cœur gros.

— Vous êtes trop âgée, Mamé, vous ne pouvez plus comprendre. Mais vous, Maman, vous que Papa a tellement adorée... qu'auriez-vous fait, si...

La lèvre un peu mordue, Ludivine demeurait muette, sentant sur elle le regard de Julia, aigu sous les paupières baissées.

Elle se souvenait : tant de nuits blanches visitées de soupçons, où les heures tombaient une à une, creusant un aride puits de chagrin..., une soif si desséchante, une flamme si vorace, où vingt ans et plus s'étaient consumés. Vingt ans... dans la quête d'une certitude qui ne fût pas défaillante, d'une joie qui ne fût pas fugitive, d'une possession au-delà de toutes les possessions charnelles, qui la laissât enfin rassasiée.

Malentendus, silences, doutes, fautes, griefs, colères, regrets, angoisses, larmes... Au bout du compte, un amour... Un amour humain. Elle en vivait encore ; et, la nuit, les mains posées sur sa poitrine oppressée, elle s'imaginait en mourir lentement.

Mais les enfants avaient bâti la légende. A leurs yeux, Frédéric et elle-même se tenaient droits, taillés d'un seul jet, raidis dans leur personnage, comme des amants de vitrail.

— Ma pauvre petite...

Comment expliquer cela ? Sans doute Frédéric l'eût-il pu. Il avait toujours su parler aux enfants... Mais elle... — Son impuissance lui faisait douloureusement honte.

Au bout de huit jours, elle s'absenta pour aller voir sa fille aînée. Pour la première fois, elle effectuait seule ce voyage à Montpellier. François la conduisit à la gare, l'installa dans le train...

— J'aurais tant voulu vous accompagner, Belle-Chérie. Ne restez pas trop longtemps. Après-demain soir, n'est-ce pas ? Mardi, au plus tard. Sinon nous serions inquiets.

— Oui, oui...

Elle répondait, l'esprit ailleurs, dans ses souvenirs, retournant vers cette ville étalée sur ses places, toute chaude d'été, alanguie dans un lent plaisir de vivre : « ... le restaurant où nous avons déjeuné plusieurs fois ; le café, sur la place de la Comédie, le jardin de l'Esplanade qui sentait la terre arrosée ; le marché où nous avons acheté des fleurs, un matin, en passant... » Ces roses « de pays », encore en boutons, aux tiges courtes, frais cueillies, frustes, serrées en touffe maladroite, qui avaient tenté Frédéric : « Vois donc ces coloris et cet air dru... Tiens, respire, elles sont toutes fermées sur leur parfum... Mets-les à ta ceinture, mon cœur, elles s'ouvriront. »

Ce n'était plus le temps des roses. L'hiver était là. Ludivine se retrouvait, étrangère, dans les rues balayées de vent, parmi la foule pressée. Le ciel demeurait immuablement bleu, au-dessus des toits de tuiles rondes. Mais il n'y avait plus de douceur, plus d'espoir... et, de tous ces visages qui venaient à sa rencontre, aucun, dût-elle marcher jusqu'au bout des chemins, aucun ne serait plus celui qu'elle s'acharnait à désirer comme la source où elle eût pu rafraîchir la brûlure de ses yeux, secs depuis si longtemps.

Si elle devait se débattre ainsi, dans un monde qui n'était plus ressemblant... « Que cela finisse, que je meure, que je descende dans la terre... que je ne ressente plus rien. Que je ne sache plus si je t'ai aimé. Que je sois avec toi, de nouveau, ou que j'ignore que tu es mort, moi aussi morte que toi... Frédéric, entends-moi ! Où que tu sois, ne me laisse pas parmi ces gens... » Elle ferma les yeux ; les rouvrit.

A quelques mètres, un passant la dévisageait avec intérêt : démarche allègre, fine moustache noire conquérante, vêtements bien coupés, canne à pommeau d'argent...

Ils se croisèrent. Ludivine le haït d'être un vivant.

A Mogador, François, ayant embrassé la cause de Gaspard, s'abstenait de toute allusion à l'affaire. L'absence de sa mère lui donnait le sentiment d'être un chef. Bien qu'à cette période de l'année, la gestion du domaine laissât de longs loisirs, il parcourait les champs à cheval, prenant son rôle au sérieux, entrait chez la baïle, s'arrêtait chez Tonin, s'informait de tout et de tous, comme il l'avait vu faire à son père.

Ses sœurs se distrayaient comme elles le pouvaient. Dominique dessinait, reproduisant à l'infini la même tête virile, à l'expression rieuse, un peu faunesque, bouclée comme un marbre grec. Elle rêvait sur la feuille, la déchirait, recommençait...

Christine s'enfermait, des heures durant, pour tenir son « journal ».

A son étage, d'où elle ne descendait plus, Grand-mère, de jour en jour plus perdue dans son éternel fauteuil, semblait retenir de l'ombre autour d'elle.

Dans cette maison silencieuse, désertée de l'écho des rires de jadis, où chacun vivait à présent à l'écart, Anne commença de se trouver solitaire, dans son désespoir qu'elle avait érigé comme une tour. Sans cesse, elle imaginait des scènes pathétiques : son mari, survenant, se jetait à ses pieds, pour implorer l'absolution. — Il entrerait... « Anne, c'est moi. Je ne pouvais plus... reviens, je t'en supplie... » « Non, Gaspard, allez-vous-en. Je ne vous en veux pas, mais vous avez brisé notre vie. » — Elle souriait dans le vague. Un sourire digne et déclinant... un vrai sourire préraphaélite... Dante Gabriel Rossetti l'eût volontiers pris pour modèle... Et Gaspard, à le voir, en eût été probablement plongé dans les affres d'un remords mille fois plus poignant.

Mais Gaspard n'apparaissait pas. Fidèle à la consigne laissée par sa belle-mère, quoiqu'il lui en coûtât, il se cantonnait dans une attente dont la discrétion laissait sa jeune épouse mortifiée et perplexe.

Bien sûr, elle avait refusé de le voir. Bien sûr, il n'était pas question qu'elle pût lui pardonner. N'empêche qu'il était incroyable, et affreusement irritant, que ne se produisit aucune tentative pour forcer la porte et demander merci.

Lasse de ressasser indéfiniment ses pensées, elle rechercha Christine, son ancienne confidente.

La jeune fille écrivait dans sa chambre.

La pièce avait bien changé, depuis l'époque où Anne la partageait avec Isabelle. Disparus, les lits jumeaux drapés de mousseline, les vases fleuris, les fanfreluches...

— Ma petite, on dirait une chambre de garçon...

De fait, c'était un désordre de journaux, de cravaches, de livres empilés, de papiers épars, de vêtements en tas... Les murs disparaissaient sous des reproductions de sites célèbres et de statues antiques, fixées par des punaises, sans le moindre souci d'un effet d'ensemble. Une assez bonne copie d'un portrait du Bronzino, la *Lucrezia Panciatichi*, trônait face à la porte ; la Florentine, dressée sur le velours rouge de la robe, laissait peser sur chaque visiteur son cruel regard hautain et triste. Un ami de Frédéric l'avait rapportée d'Italie :

— Evidemment, votre fille est brune, mais ne retrouvez-vous pas une ressemblance ? Dans l'expression, surtout...

Flattée, Christine avait revendiqué la possession de la toile.

Assise devant le secrétaire, elle accueillit sa sœur avec désinvolture.

— Assieds-toi. Où tu voudras... Mais ne dérange rien.

Au milieu de ce chaos, l'injonction était effarante.

Anne s'assit avec précaution sur un coin de canapé envahi par plusieurs tomes d'encyclopédie.

— ... Veux-tu fumer ? J'ai ce qu'il faut.

— Dieu, non ! s'exclama Anne, emplie d'horreur. Mais toi... tu fumes ?...

— Quelquefois. Quand j'ai mes nerfs.

Elle referma d'un geste sec le cahier ouvert devant elle.

— Tu devrais essayer, je t'assure.

— Non, non !

Christine rit.

— Tu as tort. La cigarette, c'est excellent... C'est François qui me les donne.

La jeune femme laissait errer son regard à travers la pièce.

— Je pense au jour où je suis partie d'ici pour me marier avec Gaspard...

— Fichue bêtise..., apprécia sa sœur, sans détour.

Anne soupira.

— Oui. Isabelle a été plus sage. « Madame l'Abbesse », comme tu l'appelais... Tu te souviens ? Pauvre sœur !... J'en viens à l'envier... Dieu sait, pourtant, si nous avons blâmé sa conduite. Gaspard disait...

— Oh ! elle !... interrompit durement Christine, c'est autre chose !... Elle est tellement orgueilleuse... il n'y a que Dieu qui lui a paru assez bon !

— Non, voyons... Ne dis pas cela. Si tu savais... Ces choses-là... Il faut comprendre. Comme tu tranches !

Coupante, froide... un morceau de silex. On ne pouvait en espérer le moindre élan apitoyé, pensait Anne.

— ... Que devient Jean Arnal ? hasarda-t-elle, doucement.

— Je n'en sais rien. Cela t'intéresse ?

— Non... enfin... comme ça...

Mieux valait renoncer. Anne bâilla un peu, se leva, regarda les gravures accrochées...

— Oh ! le Ponte Vecchio !... Nous avons visité toutes les boutiques, quand nous sommes passés à Florence, au retour de Capri ; Gaspard m'y avait acheté des colliers de corail taillé, et des boucles d'oreilles en mosaïque.

— Ah oui ?

— Un soir, nous nous sommes accoudés au parapet, juste à cet endroit, tiens. Nous regardions couler l'Arno, et Gaspard m'a fait remarquer...

Christine leva un visage ironique.

— Ma pauvre fille, y a-t-il quelque chose au monde que Gaspard t'ait laissé à dire, à faire, ou à penser toute seule ? Je voudrais bien le savoir ; et aussi ce que tu attends pour aller le retrouver, ce phénix !...

— Christine ! — La jeune femme rougit de colère. — Tu es sotte et méchante. Ça, tu le sauras, maintenant, en tout cas !...

— Et qui te dit que je ne le savais pas ?

Christine jeta sur sa sœur un regard dont la raillerie laissait percer tant d'amertume qu'Anne se sentit désarmée.

— Allons, ça va bien. Assez de chicanes.

Pour se donner une contenance, elle arrangeait ses cheveux devant la glace.

— Veux-tu un peigne ? offrit Christine, capitulant à son tour.

Elle se dérangea, rapporta du cabinet de toilette ce gage de conciliation.

— Merci, mon chou..., dit Anne, qui n'en avait pas besoin.

Elle le prit, et défit ses épingles, laissant crouler les torsades dorées...

— Il n'y a pas à dire... tu as des cheveux qui ne sont pas mal...

« Quels cheveux tu as, mon amour, ma princesse, ma fée... »

C'était Gaspard qui... Anne en retint de justesse sur

ses lèvres le malencontreux rappel, et se mit à réédifier sa coiffure. Elle piquait son chignon, le consolidait, avec une lenteur désœuvrée...

— Oh !... soupira-t-elle, je voudrais que Maman fût de retour...

Ludivine rentra le lendemain soir. Elle avait télégraphié l'heure de son arrivée. A la descente du train, elle découvrit les quatre jeunes gens groupés sur le quai. Ses traits tirés de lassitude se détendirent.

— Maman... là !

Ils se précipitèrent.

— Mes chéris, vous êtes tous venus... Une émotion lui serrait un peu la gorge.

— Maman...

— L'on s'ennuyait de vous...

— Nous étions si impatients...

Christine voulut s'emparer du sac de voyage. Ses sœurs le lui disputèrent. On les regardait. François s'en aperçut, non sans plaisir. Malgré leurs vêtements de deuil, elles formaient avec Ludivine un groupe remarquable.

— Allons, les filles, cessez vos histoires et sortons. Belle-chérie, votre sac... Là. Prenez mon bras, vous devez être fatiguée.

Ils se mirent en marche. François souriait à sa mère avec fierté. Au milieu d'eux, elle s'avançait, portée par cet amour qu'ils mettaient sous ses pieds, sans le lui marchander.

Leurs questions s'entrecroisaient.

— Avez-vous fait bon voyage ?

— Comment avez-vous trouvé Sabel ?

— Vous l'avez embrassée pour nous ?...

— Lui avez-vous raconté... ? murmura Anne.

Ludivine répondait à tous, un peu au hasard.

Devant la gare, Victor attendait auprès de l'attelage restauré depuis la mort de Frédéric. Sa face digne, couperosée par l'âge, arborait un large sourire d'accueil.

— Bonsoir, mon bon Victor.

Ce prix qu'ils semblaient tous attacher à son retour... Une étrange chaleur venait à Ludivine. Elle avait l'impression de les voir de près, pour la première fois. « Jusqu'ici, Frédéric... » Elle n'avait jamais vu les êtres et les choses qu'à travers Frédéric. Le monde entier avait été une toile de fond sur laquelle lui seul évoluait, allait, venait, tenant toute la scène.

Assise à côté d'elle, Anne serrait sa main. En face, Christine et Dominique encadraient leur frère.

« ... Mon fils... ce garçon déjà jeune homme. Si beau, si extraordinairement semblable à son père. Ces yeux gris, ce rire, ces manières... » Tout, en lui, rappelait Frédéric. Elle le contemplait sans pouvoir détacher ses yeux de lui.

— Mamé n'est pas très bien, depuis hier soir. Elle a mal dormi la nuit dernière, et la journée a été plutôt mauvaise.

Ludivine revint subitement à la conversation.

— Que dis-tu, Anne ? Grand-mère ?... Mais, rien de sérieux ?...

— Non, non, certainement pas. Elle nous a dit de ne pas nous inquiéter. D'ailleurs, c'est la même chose tous les ans, vous savez bien.

— Oui...

On arrivait. François l'aida à mettre pied à terre.

— Je monte la voir, tout de suite. Vous demanderez à Berthe de me préparer...

— Tout est prêt. Le dîner vous attend. J'ai donné les ordres, annonça Anne.

— Merci, ma chérie. Mais je veux seulement un peu de bouillon très chaud. Tu enverras Eugène me le porter là-haut. Bonsoir, mes petits. Je suis exténuée. Nous bavarderons demain.

Elle les embrassa longuement, l'un après l'autre.

Une lampe éclairait faiblement la chambre.

— C'est toi, ma fille ?

— Oui, Mère. On me dit que vous êtes souffrante ?

Ludivine s'avançait vers les blancheurs de l'alcôve, à peine distinctes dans la pénombre.

— Bah ! Un peu d'oppression. J'ai pris mes gouttes, ce ne sera rien. Je me suis mise au lit de bonne heure, et j'ai dit à Philo de baisser la lampe. La lumière me fatiguait. J'espère dormir, cette nuit... Et toi ? Remonte la mèche, et viens ici, que je te voie. Ce voyage s'est bien passé ? Quelles nouvelles d'Isabelle ?

— Bonnes. — Ludivine s'assit au chevet de sa belle-mère. — Si on peut appeler ça... Elle est paisible, et se dit heureuse. Elle prie pour son père, m'a-t-elle dit. Et pour nous tous. Elle brode, elle chante à la chapelle... Quand on pense...

Elle s'arrêta pour Eugénie qui entrait :

— ... Il est chaud ? Bon, merci. Donne.

Elle prit le bol sur le plateau, but à gorgées hâtives, se brûlant un peu... — Ne reste pas là, plantée, va plutôt défaire ma valise et mon nécessaire. — Et le posa d'un geste coléreux sur le coin du guéridon.

— ... Oui, quand je pense... Ce parloir... ces barreaux... et ma fille, là derrière !... Jamais je ne m'y ferai.

Elle se leva, fit quelques pas dans la chambre, se rassit...

— ... Vraiment, je ne comprends pas que Frédéric et vous l'ayez soutenue. Il fallait la marier. A l'heure actuelle, elle serait mère de famille, et...

— Ou de retour au nid, avec du plomb dans l'aile,

comme sa sœur... Mais Anne a la carcasse bien plus résistante, malgré les apparences, et le plumage glissant. Je ne suis pas en peine pour elle. Sa petite histoire s'arrangera. Tandis qu'Isabelle... C'était une cible pour tous les coups. Je crois que Dieu a eu pitié, lorsqu'il lui a fait signe.

— Non, Mère, je ne peux pas admettre...

— Je le sais bien. Tu n'as jamais rien compris à tes enfants. Adrienne, Philo, Mathilde, n'importe qui t'en remontrerait sur eux.

Hérissée, Ludivine chercha une réponse. Mais les paroles de la vieille dame faisaient un bizarre écho à ses propres pensées de la soirée. « Rien compris »... Elle ne comprenait pas même, à cette heure, pourquoi ils l'aimaient d'une telle tendresse qu'elle sentait confusément imméritée.

— C'est possible... céda-t-elle. Si vous croyez... N'en parlons plus. Aussi bien la chose est accomplie. Mais cette visite m'a serré le cœur.

— Oui... La prochaine fois, tu feras mieux de laisser les enfants aller avec toi. Allons, embrasse-moi, et va te reposer, maintenant. Tu n'en peux plus, cela se voit.

Ludivine pénétra chez elle. Eugénie était là :

— J'ai bassiné le lit, et j'ai mis un « moine » au fond, Madame.

— Tu as bien fait. Merci. Je suis glacée.

Elle fit rapidement sa toilette, s'allongea entre les draps tiédis, repoussa du pied la bouillotte brûlante, soupira, étendit le bras vers la place vide... « ... Ah Dieu ! », avala une gorgée amère...

— Bonsoir, Madame.

— Bonsoir...., marmonna-t-elle, déjà très loin.

Eugénie emporta la lampe. Les ombres dansantes de

la flamme reculèrent, s'évanouirent... La nuit opaque enveloppa Ludivine.

Elle avait coulé dans un sommeil de bête. Puis elle entra dans une maison inconnue. Il y avait un long couloir avec, au bout, une porte fermée. Un couloir très ordinaire. Derrière la porte l'attendait Frédéric. Elle le savait sans le moindre doute. Elle sentait sa présence proche, tout comme s'il l'eût appelée. Il fallait seulement parcourir le couloir, faire les quelques pas que cela représentait. C'était d'une facilité enfantine. Mais, inexplicablement, elle n'y parvenait pas. Tout son élan tendait vers lui : « Je vais le voir... tout de suite... Frédéric... » Elle avançait, se dépêchait, et se retrouvait au même endroit : « Mais il faut... c'est Frédéric... » Peine perdue. Derrière elle, des coups sourds traversaient la muraille : « Mon amour, vite, vite, je viens ! » Pourquoi tapait-on si fort, de grands coups hostiles ? Et maintenant, il faisait noir. Un noir dense, où plongeaient en vain ses yeux grands ouverts. Les coups continuaient, frappés à sa porte.

Un fil de lumière glissa, s'agrandit... Philo apparut sur le seuil, accoutrée d'un jupon et d'une camisole passés sur ses vêtements de nuit.

— Madame, c'est Madame qui ne va pas. J'ai préféré venir vous appeler.

Ludivine se frotta les yeux.

— Je viens. Qu'est-ce qu'elle ressent ?

— Voilà, ça fait un bon moment qu'elle peut plus respirer. Elle s'étouffe. Tout à l'heure, elle voulait me faire ouvrir la fenêtre. Vous pensez, avec cette température...

Une angoisse pinça le cœur de Ludivine. Elle rejeta ses couvertures et sauta à bas du lit, grelottante.

— Quelle heure est-il ?

— Cinq heures bien passées.

Elle avait dormi tout ce temps ! Il lui paraissait qu'elle venait à peine de se coucher.

— Retournez auprès d'elle. Je vous suis.

Quelques minutes après, elle entrait chez sa belle-mère :

— Eh bien, Maman, cela ne va pas ?

Incapable de répondre, Julia secoua la tête. Elle cherchait sa respiration. Un sifflement haletant montait de sa poitrine. Dans son visage cyanosé par l'effort, les yeux se révulsaient par instants. Au bout d'un moment, pourtant, elle parut se calmer un peu.

Ludivine lui tenait la main.

— Je vais envoyer chercher Vincent, dit-elle.

— Mais non. Qu'y fera-t-il ? Laisse-le achever sa nuit tranquille. Tu vois bien, je suis mieux. Va donc te recoucher.

Mais Ludivine n'avait plus envie de dormir.

Le docteur Royer vint à la première heure. Il examina soigneusement la malade, approuva ce qui avait été fait en l'attendant, lança une plaisanterie, et prit congé.

Ludivine l'accompagna.

— Que pensez-vous ? C'est sa crise ordinaire, n'est-ce pas ?

Elle semblait vouloir l'affirmer avec une assurance d'emprunt, comme pour déjouer une manœuvre ennemie.

Vincent Royer tira sur ses manchettes, regarda ses mains...

— Non, pas exactement.

Il manipula nerveusement sa chaîne de montre.

— ... Je la trouve très affaiblie. Le cœur tape. L'essoufflement prend un caractère symptomatique...

— Vincent...

Il rencontra ses yeux chargés de crainte.

— Si j'étais vous, je préviendrais rapidement Hubert et madame Guillermin.

Les lèvres blanches, Ludivine demanda :

— Aujourd'hui même ? Vous envisagez ?

Le médecin hocha la tête.

— Cela peut durer encore plusieurs jours. Pourtant... Cette dyspnée qui s'aggrave...

— Bien.

Elle se redressa, affermit ses épaules d'un mouvement presque masculin. Un dur rictus crispait sa mâchoire.

— Ma pauvre amie... J'aurais donné n'importe quoi au monde pour ne pas avoir à vous dire cela...

Elle pétrit de ses doigts tremblants la main qu'il lui tendait.

— Ça ne fait rien, Vincent. Il vaut mieux que ce soit vous.

Tous deux se regardèrent en silence. Il y avait entre eux le souvenir de cette chambre de ferme, où, six mois plus tôt, Ludivine avait affronté le pire, avec lui à son côté.

Elle ajouta pesamment : « S'il me faut encore supporter cela... »

La vieille suzeraine de Mogador s'en allait à son tour. D'heure en heure, on pouvait suivre sur elle le travail préparatoire de la mort.

Calée par les oreillers qu'il fallait remonter sans cesse, elle cherchait l'air à grand effort, dans un halètement continu dont l'intensité augmentait.

Ludivine voyait se teinter de taches roses le mouchoir où la malade étouffait sa toux, sans pouvoir parler.

Assis au bord de l'alcôve, à quelques pas du lit, Hubert assistait, comme un prisonnier dans les chaînes, au combat que livrait sa mère. Ses yeux brûlants demeuraient attachés à cette face dont le mal retaillait les contours, creusant, fouillant, émaciant sans répit, sculpteur impitoyable.

Au chevet, Adrienne et Ludivine se relayaient.

— Patience, Maman. Le docteur Royer va venir. Il vous soulagera certainement.

Le faux optimisme de sa belle-sœur exaspérait Ludivine. Elle restait muette, sombre statue raidie, à suivre le bruit de la respiration de Julia.

Il paraissait emplir toute la chambre. Durant des instants interminables, on n'entendait plus rien d'autre que ce raclement heurté, irrégulier, affreux... Puis, quelqu'un ouvrait la porte, se glissait dans la pièce, et l'on percevait alors les cris du tout petit enfant que Madeleine essayait d'endormir dans la chambre voisine.

Revenu vers midi, Vincent Royer décida une saignée.

— Ce que je craignais ce matin, murmura-t-il à Ludivine qui l'aidait à préparer ses instruments dans le cabinet de toilette.

— Alors, cette saignée ?

Elle tenait sur sa main ouverte les petits outils étincelants qu'il choisissait à mesure. A côté d'eux, sur un réchaud à alcool, une bouilloire pleine d'eau commençait à chanter.

Le médecin haussa les épaules.

— Il faut tout tenter. Mais...

L'intervention amena cependant un résultat immédiat.

— Là, vous vous sentez mieux, n'est-ce pas ? Dans

un moment, tout ira bien, vous verrez. Je vais vous faire deux petites piqûres...

Julia considéra ce visage attentif penché sur elle. Une ombre de sourire naquit au coin de ses lèvres gercées.

— Allons donc, mon bon Vincent... — Elle respira pour continuer. — Assez de médecines. Dieu n'a plus besoin qu'on l'aide.

Le docteur Royer demeura silencieux, pris de court devant cette ironie de grande dame.

— Maman... Maman, je vous en supplie...

Elle vit le regard torturé de son fils, et s'inclina un peu... avec une tendresse indulgente.

— Mais oui, mon petit...

D'elle-même, elle tendit son bras à l'aiguille de Vincent Royer.

L'après-midi s'écoula.

Une paix infinie était sur Julia. Successivement, elle s'entretint avec chacun, après avoir reçu la visite du curé de Fontfresque.

— Pourquoi vous fatiguer ainsi, Mère ?

Julia étendit sur le drap sa vieille main, à la rencontre de celle de sa bru.

— Je profite des permissions que m'accorde ce répit, ma fille. Il est bon de faire ses adieux, lorsqu'on part en voyage.

— Mère !... Mais ce n'est pas vrai ! Quelle idée avez-vous ? Des centaines de gens ont été administrés et ne s'en portent pas plus mal ! Vous voyez bien que la crise est passée, que...

— Ludivine, tais-toi ! interrompit la vieille dame, avec un peu de son ancienne impatience.

Elle poursuivit, plus doucement :

— Crois-tu donc que j'aie besoin qu'on me dissimule la chose ?... Mais je l'ai sue avant toi, avant vous tous... Je l'ai sentie venir.

— Non ! non ! cria presque Ludivine, avec une violence soudaine. Non, ne dites pas... Je vous en supplie, vous n'allez pas... Oh ! Mère, Mère, sans vous...

Elle se jeta contre le lit, comme une enfant à bout de frayeur et de peine, qui cache son visage pour se plaindre.

Julia caressa les cheveux serrés en un lourd chignon strict, sur la nuque.

— Il faut me donner congé, ma petite.

La voix, hachée par les reprises du souffle trop court, chuchotait, adoucie, dépouillée de son accent caustique.

— ... Tu as été une bonne fille. Et nous avons fait un long chemin ensemble, toi et moi. Maintenant, ce sont les autres qui m'attendent, et, bientôt, je serai de nouveau avec eux. Est-ce que ça vaut la peine que tu pleures ?

Elle considéra un instant la forme courbée, repliée, noire sur le drap éclatant... effleura de la main les épaules tressautantes...

— ... Une si vieille fatigue, songe donc, quand on en voit le bout...

Victor frappa.

— Madame, c'est monsieur Angellier, avec monsieur Léon Vernet...

Ludivine se redressa, essuya sa figure mouillée...

— Oui ? Merci, Victor.

Une fatigue... Et le bout de la sienne n'était pas encore venu...

— ... Faut-il les faire monter tout de suite, Mère ?

— Mon frère, oui. Mon frère d'abord.

— J'y vais.

Le regard de Julia la suivit jusqu'à la porte, vif, et clair, empli d'approbation.

Sur le soir, l'essoufflement reprit ; d'un instant à l'autre, il augmentait avec une accélération presque foudroyante. La vieille dame menait une lutte cruelle. A nouveau, le masque de l'asphyxie plaquait étroitement sur son visage. Prises dans le brouillard inconnu, les prunelles sombraient...

On attendait le docteur Royer qui devait revenir vers six heures. François partit à sa recherche pour le hâter.

Mais avant qu'il eût pu être là, Julia Vernet, sa journée enfin achevée, avait passé le seuil de l'ombre et du repos.

Le désarroi et la désolation suivirent, répandus à travers la maison. Adrienne pleurait sur l'épaule de son mari... Dominique et Christine serrées contre leur frère... Anne dans les bras de Gaspard refermés sur elle...

Aidée de servantes en larmes, Ludivine allait et venait, faisant ce qu'il y avait à faire : « Il faut toujours quelqu'un qui le fasse. Quelqu'un qui tienne bon, lorsque tous... Mais que ce soit moi, maintenant... » Le temps était passé où elle eût pu recevoir de l'aide, et partager son chagrin avec quelqu'un. A présent, il lui fallait traîner seule la charge, ensemble la sienne et celle des autres. Et, par moments, ce poids — ah Dieu ! — était intolérable.

— Ludivine, puis-je faire quelque chose pour vous ? Je ne sais pas vous exprimer... Mais... Nous l'aimions, Elise et moi. Et vous...

Oui, celui-là comprenait. Compatissant, il évaluait la mesure exacte, et sa poignée de main était bonne et sûre. Mais ce n'était que Vincent Royer.

— Oui, je le sais, Vincent. Merci... merci... Mais partez, mon ami. Nous ne vous avons que trop accaparé, aujourd'hui. D'autres malades doivent vous attendre.

Dans la chambre où l'on avait achevé la toilette de la morte, Hubert, revenu près du lit, mordant son poing, contemplait avidement la face de sa mère.

D'une impulsion, Ludivine le rejoignit.

— Hubert...

C'était vers lui qu'il fallait aller. Eux deux pouvaient pleurer Mère ensemble.

— ... Hubert ! répéta-t-elle, joignant les mains.

Il tressaillit et abaissa sur elle son visage aride.

Un instant, leurs yeux se rencontrèrent. Elle espéra un geste, un élan.

Mais Hubert détourna la tête sans répondre, vers Madeleine qui entrait.

En traversant le palier, les doigts crispés sur sa poitrine — ce cœur qui lui faisait si mal, si mal... — Ludivine faillit heurter, dans la pénombre, un paquet informe de jupons et de sanglots, tassé sur le canapé du couloir.

— Philo !

Levant vers madame Frédéric un regard incertain, délavé par les larmes, la vieille domestique esquissa un mouvement pour se lever.

Ludivine mit sa main sur le dos voûté, pesa dessus avec insistance :

— ... Non, restez là, ne bougez pas.

Et s'assit lourdement auprès d'elle.

10

Escortée de tout un peuple, la vieille Julia Vernet avait quitté son domaine par un temps gris d'hiver. La lente promenade du dernier cérémonial s'était accomplie sur la route coupée de flaques d'eau où se reflétait le ciel bas.

Maintenant, la chaleur s'alourdissait sur les moissons. L'air brûlait. Le pas des chevaux soulevait en nuages la poussière molle des chemins. Les cigales attaquaient interminablement le temps, de leur petite scie régulière.

Chaque soir, François rentrait las et radieux de sa journée passée en vagabondages à travers Mogador. On le voyait partout : à cheval, courant de l'étang au barrage... sous les mûriers où l'on cueillait la feuille, plaisantant avec les filles qui le hélaient, juchées sur leurs échelles... arrêté le long des sillons, devant l'épaisseur immobile des épis, ou la promesse des vignes... dans les prés, au milieu des tâcherons, torse nu, une fourche à la main... à la ferme, buvant avec les hommes rassemblés après le travail. Tous lui faisaient accueil. Jeune roi enivré de la conquête de sa terre, il revenait, gardant aux lèvres ce goût de victoire.

Ludivine l'attendait souvent, assise à l'ombre du cèdre, un livre qu'elle ne feuilletait guère ouvert sur ses genoux.

Un fracas galopant de sabots... Il surgissait au détour de l'allée, sous le berceau vert des noisetiers, sautait en voltige à bas de sa monture devant le perron, et, jetant la bride au valet, s'élançait vers la pelouse.

Ludivine le regardait approcher. Si grand, large d'épaules, déjà viril... Et cette démarche inimitable... A contre-jour, la silhouette dressée sur le fond des arbres en évoquait étrangement une autre. « Frédéric... » Un instant, la vie recommençait. Tendue, dans une vibration défaillante du cœur, elle voyait venir l'impossible retour.

Le jeune homme accourait, se pressait contre elle...

— Bonsoir, Belle-chérie ! Quelle chaleur !... Etes-vous bien là ? Qu'avez-vous fait, cet après-midi ? Intéressant, ce livre ?... Moi, je n'en puis plus. Je vais me laver. Un petit baiser, si vous n'avez pas peur de vous salir... J'étais avec le baïle. Au fait, il viendra demain vous parler, pour la dernière coupe. — Perché sur le bras du fauteuil d'osier, il câlinait sa mère, lui prenait les mains, les embrassait, jouait avec...

Ludivine le laissait faire, enfoncée dans sa sombre passion, guettant un geste, une intonation, un jeu d'ombre sur ces traits adolescents, qui ramenât à nouveau l'illusion fugace.

— ... Si vous voyiez le blé !... Je soupesais les épis par plaisir, tout à l'heure. Nous dépasserons de loin la récolte de l'an dernier. Si mon père pouvait voir...

Il s'arrêta, confus.

— Oui, dit laconiquement Ludivine.

Depuis la mort de sa belle-mère, elle décourageait quiconque se risquait à une allusion : Frédéric était à elle seule. Elle l'avait repris, et le portait caché au plus fermé de son cœur. Une plaie lancinante qu'elle sentait saigner sans bruit...

— Belle-chérie !... quémanda François, éperdu devant ce regard fixe, un sourire, donnez-moi un sourire, ou, tenez, seulement une petite tape amicale... Allons... quelque chose de gentil... Mon salaire de la journée !

Il s'était laissé tomber aux pieds de Ludivine et se serrait contre sa robe, assis par terre, avec des gaucheries caressantes de jeune animal. Dans l'entrebâillement de sa chemise ouverte, la peau luisait, ensoleillée. De ce corps montait une joie sensuelle, gonflée de force et de vie.

Attirée, Ludivine se pencha, glissa la main par l'échancrure... Ses doigts errèrent un moment, flattant l'épaule douce, polie, comme huilée. François ronronnait de béatitude, la tête posée sur les genoux de sa mère.

Les yeux clos, Ludivine reconnaissait cette chaleur d'homme, et ce parfum mêlé de cuir, d'eau de Cologne, de sueur et de tabac. Vieux parfum...

— Tu as fumé.

Il rit.

— Si peu !... Et puis, qu'est-ce que ça peut bien faire ?

Oui. Qu'est-ce que ça pouvait bien faire ? La vie durant, on n'avait guère vu Frédéric sans une pipe ou une cigarette...

— Après tout, si tu y tiens...

Les boucles châtain clair emmêlées posaient un reflet brillant au creux de sa robe noire.

— ... Alors, vraiment, il est beau, ce blé ? Demain, nous irons le voir ensemble.

D'un bond, François fut sur ses pieds.

— Demain ? Bien vrai ? Vous viendrez avec moi ? Oh ! Chérie, que je suis content ! Vous verrez comme votre Mogador est beau, en ce moment... Je commanderai les chevaux pour deux heures, n'est-ce pas ? Non ? C'est trop tôt ! Trois heures, alors ?... Lequel allez-vous monter ? *Démone* ne connaît que Christine... Si vous preniez *Azraël* ? ... moi, je pourrais...

Ludivine souriait.

— Pourquoi pas *Démone*, justement ? J'en serais quitte pour lui apprendre à me connaître.

— Oui, oui ! Oh, Maman, faites-le !... — Il cinglait ses bottes de coups de cravache frénétiques, ne se tenant plus de jubilation. — Nous allons bien nous amuser, tous les deux. Bon sang, quand je vais dire ça aux filles !...

Ludivine se leva.

— Je rentre avec toi. Je me demande où peut bien

être passée mon amazone noire. Il faut qu'Eugénie s'occupe tout de suite de la retrouver.

Ils s'en allèrent le lendemain, après le déjeuner, François dans la botte de sa mère, prêt à intervenir en cas de rébellion grave de la jument. Mais Ludivine menait sa bête d'une poigne ferme. Après quelques velléités capricieuses durement châtiées, *Démone* se le tint pour dit, et ne broncha plus.

Les chemins demeuraient les mêmes, un peu plus ravinés, peut-être, un peu plus chevelus de ronces... Sur le ciel bleu pâle embué de chaleur, les mêmes oliviers se détachaient comme des arbres plantés pour l'éternité. Le verdoiement touffu des vignes en pleine floraison couvrait la même vieille terre. Le même soleil flambait sur les récoltes de l'année. Et l'ombre portée qui les précédait, interminable, comme ils allaient sous ce soleil, était aussi toute pareille...

Ranguis, lui non plus, ne changeait pas. Sa vieille face recuite s'était marquée trente ans auparavant d'un réseau de rides plus claires que le temps n'avait plus eu qu'à approfondir. Il s'avança au-devant des cavaliers.

— O Madame ! Vous êtes venue ? Quel plaisir... depuis si longtemps... Moi qui allais juste partir vous consulter... Mais entrez un moment vous remettre ; ma femme vous offrira la liqueur. Elle l'a réussie, cette année, demandez à Moussu François !

— Fameuse !... acquiesça François.

Elle entra. Comme autrefois. Elle remettait ses pas dans les traces anciennes, étonnée au fond d'elle-même que ce ne fût pas plus difficile. Elle ne ressentait pas cette douleur suppliciante à laquelle elle s'était attendue, mais seulement une mélancolie presque apaisée. Pour la première fois, depuis dix mois, elle entrevoyait la possibilité de « continuer ».

Du regard, elle chercha son fils. Adossé à l'embrasure de la fenêtre, il causait avec Ranguis.

— Qu'es galant, aqueù droulo ! marmonna la femme du baïle. Semblo tout lou paùro Moussu [1].

Ludivine hocha la tête.

François s'avança pour déposer son verre à liqueur sur la table.

— Belle-chérie, vous n'avez pas lu les journaux, ce matin. Ranguis est en train de me raconter : il se passe des drames. L'archiduc d'Autriche a été assassiné hier avec sa femme, en Bosnie. Déjà, le matin, il y avait eu un attentat manqué, une bombe... Ce sont des Serbes, bien entendu...

— Ah oui ? dit vaguement Ludivine.

La Bosnie était loin. Elle n'avait qu'une idée très approximative de son emplacement géographique et des peuples qui l'habitaient. Quant à l'archiduc... Un Habsbourg disparaissant tragiquement après tant d'autres...

— Que veux-tu ? ce sont les risques du métier.

Ranguis s'approchait à son tour.

— Oui, Madame, comme vous dites. Mais, de sûr, cette histoire-là va encore faire du vilain. Du diable s'ils ne recommencent pas tous à se battre, là-bas, après ça...

Elle haussa les épaules avec indifférence.

— C'est probable. Dans les Balkans, ça ne finit que pour recommencer. On n'obtiendra jamais de ces gens-là qu'ils se tiennent tranquilles. Ils se détestent tous depuis si longtemps... ils ne doivent même plus savoir pourquoi. C'est entré dans l'instinct, chez eux. Il n'y a pas de pire haine que celle-là.

— Oui... et ça fera encore des récoltes détruites, et

1. Qu'il est charmant, ce petit !... Tout le pauvre Monsieur.

des morts avant leur temps, conclut Ranguis, ramenant à l'essentiel la leçon de ce point de vue philosophique... Et à propos, Madame, qu'est-ce que nous faisons, pour ce fourrage ?

Le repas du soir fut plus animé qu'à l'ordinaire. Une lettre d'Italie était arrivée au courrier. Ludivine en fit le résumé aux jeunes gens :

— Anne dit que Rome est impossible en cette saison. On y avale toute la poussière des siècles. L'ambassadeur et sa femme sont déjà partis pour Sorrente, et presque tout le personnel a suivi. Anne et Gaspard sont d'ailleurs invités à y passer toutes les fins de semaine. Une villa splendide, sur la corniche, avec une petite plage privée au bas des rochers, et la vue sur Capri, la baie de Naples, le Vésuve... Un enchantement, d'après Anne. L'ambassadrice a insisté pour la garder, mais elle ne veut pas laisser Gaspard. Et, comme il est le plus jeune secrétaire... Enfin, il aura bientôt son congé. D'ici un mois, six semaines au plus, ils seront là. Gaspard espère faire l'ouverture en Camargue. Ils débarqueront ici directement, avant de se rendre à Fiélouse.

Rome... Sorrente... Les jeunes filles rêvaient à leur sœur lancée parmi les prestiges du vaste monde. A Sorrente, songeait Christine, on devait respirer l'amour avec la brise, mélangé au parfum des orangers et de la mer... — Et Rome... la ville où vont les cloches en pèlerinage... Dominique se rappelait l'émerveillement de son enfance, en face de ce grand mystère, et comment elle avait imaginé, un beau Jeudi-Saint où le vent de printemps, passé sur les reposoirs, semblait vouloir l'inviter à le suivre, qu'en partant le lendemain, de bonne heure, avec François, et en marchant de toutes leurs jambes jusqu'au bout de la longue, longue route de Peyrolières, ils arriveraient sûrement, au coucher du soleil, à l'entrée de la Ville Eternelle...

Mais François, mis au courant, avait déclaré qu'il valait mieux attendre que leur tirelire fût pleine, et s'en aller plutôt en Amérique. Lui-même pouvait se débrouiller comme mousse, mais, pour « Nique », il lui faudrait payer sa place sur le bateau...

Cependant, il y avait à Fontfresque une attirante boutique où l'on vendait, à côté de denrées comestibles, de papiers tue-mouches, d'espadrilles et de balais, des sucres d'orge multicolores, des bâtons de zan, des ciseaux en guimauve rose, des cornets surprise, des agates irisées et des images d'Epinal... De tentation en tentation, les fonds dilapidés avaient fait rejeter le voyage d'Amérique au rang des grandes aventures avortées.

De Rome, il n'avait plus été question. Mais, des années plus tard, Dominique, explorant son magasin de regrets, avait retrouvé intact celui-là... et Rome demeurait pour elle, au bout des chemins, l'endroit où le ciel rejoint la terre...

Les belles journées de juillet commencèrent, Ludivine montait fréquemment à cheval avec François. Il arrivait que Christine les accompagnât. Mais, le plus souvent, tous deux sortaient ensemble, après le repas, le bras du garçon passé autour de l'épaule de sa mère qu'il dominait de sa haute taille.

— On dirait qu'il veut lui remplacer le pauvre Monsieur, à Madame..., commentait Victor, pour l'attendrissement de l'office.

François, comme son père, était marqué du signe : l'amitié de chacun, bêtes et gens, s'offrait sur son passage. Etendant la main, il recueillait sans effort ce tribut, avec une bonne grâce familière, noble et charmante. Aussi bien cette domination s'exerçait-elle sur ses sœurs. Les pires emportements de Christine cédaient souvent devant lui. Cajolée, plaisantée, circonvenue, elle en oubliait ses rancunes. Quant à Dominique, elle adorait religieusement les faits et dits de son frère jumeau.

Ludivine reprenait intérêt à l'exploitation du domaine. Les habitudes se renouèrent. Ranguis et Tonin revinrent, comme jadis, tenir conseil dans le petit bureau. Ils s'installaient autour de la « maîtresse », tiraient leur pipe, sur son invite... La pièce retrouvait son odeur de tabagie. Assis sur le coin du vieux sofa que les bottes de Frédéric avaient élimé jusqu'à la corde, François suivait la discussion, lançait son mot, de temps à autre.

Sa mère tournait alors vers lui un visage attentif.

— Vraiment, c'est aussi ton avis, mon chéri ? Eh bien ! alors, nous pourrions peut-être...

Les hommes approuvaient de la tête.

— ... En tout cas, retournons d'abord nous rendre mieux compte. Les chevaux sont-ils prêts, François ?...

Le soir, lasse de la dépense de ses journées, elle s'endormait généralement d'un sommeil où les rêves n'avaient plus de part.

La moisson était finie, le blé parti au moulin. On soufrait à nouveau les vignes. Les derniers coquelicots s'effeuillaient au revers des fossés à sec, dans les chemins brûlés de soleil. Ranguis, Tonin, François ramenaient du village des nouvelles évoquant les possibilités de guerre, sur lesquelles ils épiloguaient, des heures durant.

« La guerre... »

Ludivine haussait les épaules. Toujours la même rengaine. Ça recommençait comme trois ans auparavant. La guerre était en passe de devenir un thème d'été pour les journaux, aussi usagé que celui du serpent de mer !... Il fallait être bien naïf pour s'en inquiéter. En quoi diable les querelles serbes nous regardaient-elles ? Il n'y avait pas de bon sens à s'occuper de ces histoires-là. D'ailleurs, le voyage de Poincaré et de Viviani démontrait bien qu'il n'existait pas de menace sérieuse. Fêtes à Peterhof, à Saint-Petersbourg, revues à Krasnoië-Selo, réceptions à Stockholm... Dieu merci, on avait l'air de prendre du bon temps, là-bas...

Le 25 juillet au soir, une dépêche parvint à Mogador, annonçant l'arrivée du ménage de Barcarin pour le lendemain même. La maison s'empressa. Ludivine fit préparer la chambre, donna des ordres spéciaux à Berthe pour les menus de la journée. Les jeunes gens disputèrent à qui irait chercher le couple à la gare. Ludivine dut trancher le débat.

— François ira seul avec Victor. Vous savez bien que votre sœur voyage toujours avec un extravagant arroi de bagages. Laissez-lui de la place pour les entasser dans la voiture. Vous aurez tout loisir, ici, de lui prodiguer les embrassades, avant d'en revenir à vos vieilles prises de bec.

— Oh Maman !... protesta Dominique.

François lui dédia une petite grimace de consolation et, pirouettant, quitta le terrain sans abuser de son triomphe.

Ludivine réfléchissait :

— Je pense que nous pourrions avoir Numa pour quelques jours. Cela ferait certainement plaisir à Gaspard. Bien sûr, il n'est pas question de recevoir, cet été. Mais Numa, ce n'est pas pareil : un cousin... Tu lui écriras pour l'inviter, Christine.

Penchée sur un vase de roses, la benjamine en rectifiait la disposition d'un doigt tremblant.

Elle se fait, constata Ludivine qui la regardait. Ce soir, elle est même jolie.

Christine émergea de sa rêverie personnelle :

— Oui, Maman.

— Fais-le tout de suite, sinon tu l'oublieras, je te connais... Allons, mes petites, à demain. Je suis lasse, je monte. Ne veillez pas trop tard. Bonne nuit, mes chéries.

La matinée s'avançait. Les voyageurs se faisaient attendre.

— Nous aurions eu le temps d'aller à la messe, regrettait Dominique.

Pour une messe manquée... Sa sœur haussa les épaules.

— Mais aussi, qui pouvait prévoir ?

— Je me demande ce qu'ils font !...

Elle piétinait.

— Le train aura eu du retard, dit Ludivine.

Elle ne se sentait pas impatiente : « Quoi qu'il arrivât, il n'arriverait plus rien, pensait-elle, à quoi son cœur fût passionnément attaché. Le retour de sa fille était un événement heureux. Rien de plus. »

— ... Ne vous agitez pas comme ça, toutes deux. Vous me donnez mal à la tête...

— Les voilà ! Les voilà, j'entends la voiture !

Dominique se précipita hors du salon.

L'équipage s'arrêtait devant la pelouse.

Tous s'embrassèrent. Ludivine inspecta sa fille d'un coup d'œil. Elle s'était épanouie, ces derniers six mois. Allons, l'Italie paraissait lui convenir...

— Ce voyage, Maman chérie, quelle épreuve !... Un train bondé... une chaleur... des arrêts interminables, à la douane, d'abord, puis dans toutes les gares... Epouvantable !... Nous ne devions venir que la semaine prochaine, mais Gaspard a eu son congé brusquement avancé. Croyez-vous ? Il est arrivé avant-hier, à midi, m'annonçant que nous partions le lendemain...

— Je vous laisse Anne, et je repars ce soir pour Paris.

— Mais... comment ?

Etonnée, Ludivine se retourna vers son gendre.

— Il faut que je sois demain au Quai d'Orsay. Je dois voir Philippe Berthelot dans la matinée. Je pense être de retour mardi.

— Bon.

Le regard inquisiteur de Ludivine ne quittait pas Gaspard. Il y avait en lui comme une gêne indéfinissable... Elle reconnaissait cette attitude dégagée de l'homme qui cache quelque chose, et s'étonnait qu'Anne ne s'en aperçût pas.

Dans l'après-midi, tandis que la jeune femme s'occupait, avec la camériste, de refaire le sac de voyage de Gaspard, Ludivine prit son gendre à part.

— Dites-moi, qu'y a-t-il ?

Devant la question abruptement posée, il hésita, semblant peser sa réponse.

Ludivine voyait le jeu des muscles de sa mâchoire. Muet, il regardait à terre.

— ... Allons, Gaspard ?...

Ils étaient assis dans le salon de verdure. La torpeur d'un dimanche d'été radieux et torride tombait sur chaque feuille du sous-bois. Le cri incessant des cigales ne frappait même plus l'oreille habituée. Un froissement d'ailes proche traversa ce silence, et se perdit vers les branches hautes.

Relevant son regard, Gaspard le planta, avec une sorte d'effort, dans celui de sa belle-mère.

— C'est la guerre.

— La guerre ? qu'est-ce que vous dites ? Non, voyons... ce n'est pas possible !

Il haussa les épaules dans un geste de découragement.

— Malheureusement si... Elle est désormais inévitable. Je vous en prie, ceci entre nous. Je n'en ai pas informé Anne. Elle l'apprendra bien assez tôt... Les chancelleries allemande et autrichienne sont d'accord, les états-majors prêts... rien ne les fera reculer. Il ne reste pas une chance minime d'échapper au conflit. Dans quelques jours, huit... dix... peut-être... quinze au plus, l'Europe sera à feu et à sang.

— Mais pourtant... voyons... cette conférence que vient de proposer Edward Grey ?

— Rien... trancha Gaspard. — On se battra.

Ludivine serra les mains sur son cœur, et ferma les yeux.

« Pas François, Dieu soit loué. Il n'ira pas. Il n'a pas l'âge... »

Elle se jetait sur cette certitude avec une féroce avidité. « Les autres... Eh bien tant pis, que les autres y aillent... eux et leurs enfants... Mais pas le mien ! Le mien n'ira pas !... » Après tout, les événements ne l'atteindraient guère...

— Mais vous, Gaspard ?

— Je pars le second jour.

— Pauvre Anne...

— Oui... Ce sera dur de la laisser.

Il soupira.

— ... Mais enfin, espérons que ce ne sera pas long ! Avec les Russes à nos côtés... Et, vraisemblablement, l'Angleterre devra prendre parti. Oh, nous sommes sûrs de vaincre, c'est l'affaire de quelques mois... Mais il faut les mater un bon coup. Ils l'auront voulu.

Gaspard serrait les poings.

— ... On va donc la leur reprendre, notre Alsace-Lorraine ! Nous leur ferons payer Reichshoffen et Sedan, je vous jure ! et tant d'autres humiliations avec !...

Un instant, il demeura silencieux. Puis il reprit, plus calme :

— ... Non, voyez-vous, ce qui m'accable en ce moment, outre la perspective de me séparer d'Anne, c'est le poids de cette certitude qu'il faut taire, seul au milieu de gens qui en sont encore à l'espoir d'y échapper...

— Oui, articula Ludivine. Je comprends...

En elle éclatait en leitmotiv, au rythme de ses tempes bourdonnantes, le soulagement sauvage de se sentir, quoi qu'il advînt, hors d'atteinte : « Pas François !... Pas François !... »

11

Ils s'en allaient tous, les beaux jeunes gens du voisinage, qui, naguère, durant les dimanches d'un autre été, avaient rempli de leurs présences le parc et la maison.

Plusieurs jours durant, on les vit à Mogador, pour de brefs adieux. Ils baisaient les mains de Ludivine et d'Anne..., souriaient avec gravité aux jeunes filles : « Ecrivez-nous, mes belles. A bientôt. Nous reviendrons » et demandaient la permission de les embrasser. Raffinant sur leur courtoisie habituelle, par coquetterie, malgré eux, néanmoins, ils laissaient percer une sorte de détachement. Encore sur le versant facile d'un monde qu'ils abandonnaient, leur vue plongeait plus loin, vers l'immense anonymat en képis rouge, où demain, ils allaient se confondre.

Gaspard, les trois frères du Roveret étaient déjà partis. Numa et son beau-frère Henri Fauvelly avaient suivi, avec Alban Marquet-Rageac, Fernand Reyne, Marcel Bellanger, et tant d'autres...

On avait vu passer aussi ceux de l'autre génération : Georges Vernet, Léon, les frères Brun...

Accompagné de sa femme, Hubert était venu embrasser son filleul et les petites. Elles avaient pleuré.

— Si Madeleine veut rester parmi nous, durant votre absence... avait proposé Ludivine, par acquit de conscience.

— Je vous en remercie, mais je ne pense pas qu'elle le désire.

La politesse d'Hubert envers sa belle-sœur demeurait glacée.

— Non, oh non !... Merci Ludivine. Vous êtes bonne d'avoir eu cette pensée... mais, voyez-vous, nous l'attendrons à la Gloriette, son fils et moi, jusqu'à ce qu'il rentre. C'est à la maison que je me sentirai le plus près de lui. Ailleurs, je n'aurais pas de courage... — Le regard de Madeleine avait un doux éclat humide. Elle se serrait contre son mari.

— Oui... Evidemment...

Ludivine considéra le couple. Cette jeune femme qui allait entrer toute vive dans l'infernale anxiété dont elle-même avait autrefois subi les premières tortures... « Pauvre petite... Si Frédéric... » Oui, s'il eût été encore là... Un frisson la parcourut. Mais, pour Frédéric, il n'y avait plus rien à craindre. Elle pouvait dormir. Quoi qu'il arrivât, il ne s'arracherait pas, un matin, pour courir vers la vie dangereuse, de ce lit où leurs chaleurs s'étaient mêlées tant de nuits... Quand bien même le grondement de la bataille fût venu jusqu'à Mogador... quand le canon eût tonné depuis les frontières jusqu'à ébranler l'Alpille... Frédéric fût demeuré captif de la terre tranquille où il dormait maintenant.

Cela ne faisait plus si mal, dans la dérive des jours de ce début de guerre, de se le représenter, avec ses longues mains magnifiques, son visage aux paupières scellées, sa lèvre entrouverte sur le brillant blanc d'un vague sourire, son grand corps détendu, étroitement allongé dans le calme, gardé de toute embûche, au cœur d'un si profond repos...

A présent, la maison reprenait sa somnolence mélancolique. Anne écrivait chaque jour à Gaspard, attaché comme lieutenant à l'état-major du 15ᵉ corps.

On savait qu'il prenait part à l'offensive de Lorraine. François courait tous les matins aux renseignements chez son ami Robert, le fils du colonel Antonetti, ou chez Maurice Royer, dont le père s'apprêtait à rejoindre Marseille.

On arrivait à la fin d'août. Les nouvelles étaient mauvaises. Les noms de Liège, Louvain, Dinant, Bruxelles avaient mis de l'inquiétude dans les esprits. En Lorraine, les premiers succès obtenus se changeaient en échecs. A partir du 20 août, Sarrebourg, Morhange, Charleroi ouvraient la porte à l'invasion. Depuis le 24, l'armée entière était en retraite ; l'ennemi descendait en vainqueur vers Paris, déferlant par les plaines du Nord et de la Champagne.

Une carte de France couvrait un panneau de la chambre de François. Anne montait, le cœur serré, suivre dessus les progrès de l'armée allemande. Son mari était quelque part, sur un point précis de ce tracé, reculant, se battant — ou peut-être... qui pouvait savoir ?... n'était-il pas déjà blessé, ou... ? Une sorte de vertige la prenait, à cette idée... un haut-le-corps frémissant qui la laissait sans forces.

Un jour, peu après la victoire de Joffre sur la Marne,

une longue lettre de Gaspard arriva enfin. Un beau jour couleur d'ambre, où l'air sentait le miel autour de Mogador... Ludivine, François et les jeunes filles s'étaient groupés, après le déjeuner, à l'ombre des lauriers-tin, autour d'Anne qui leur lisait des passages de la lettre.

Ludivine écoutait distraitement, l'esprit préoccupé des problèmes que posait, pour les vendanges proches, le défaut de main-d'œuvre masculine. Gaspard allait bien ; il avait traversé sans accrocs les péripéties de l'offensive et de la retraite... C'était là tout ce qui importait... Tout à l'heure, il faudrait voir Ranguis, savoir si l'on pouvait compter sur les filles Ribière... « Elles sont solides et dures au travail comme des hommes... »

François vivait par la pensée le triomphe éphémère de cette entrée en Alsace-Lorraine, que retraçait son beau-frère : « *... Mais nous y reviendrons sous peu, et pour de bon, cette fois, ayez confiance !...* » disait Gaspard. Certes, certes ! « ... Ah, si je pouvais !... » Le sang du garçon brûlait. « Avoir l'âge... pouvoir se battre... » Dans sa tête passaient le vent héroïque des drapeaux déployés et la musique des clairons rythmant la charge de l'attaque.

Christine se taisait. Et Dominique, un reflet luisant au fond des yeux, se répétait tout bas, pour elle seule, quelques lignes concernant son cousin : « *Je l'ai retrouvé à Dieuze, au cours d'une mission de liaison. Cela chauffait, dans le coin. Son peloton rentrait d'une reconnaissance. Nous avons parlé de vous tous. Nous nous rencontrerons fréquemment, sans nul doute : son escadron est ici, en cantonnement, depuis hier.* »

La jeune fille revoyait Numa, au moment du départ, dans son bel uniforme rouge et bleu de maréchal des logis de hussards. Il avait embrassé tour à tour chacune d'elles. Un court instant, Dominique s'était sentie pressée contre les durs boutons du dolman ; le bras de son cousin enserrait ses épaules, et la soyeuse moustache fauve avait effleuré la joue au contour encore enfantin. « Lorsqu'il reviendra, qui sait ?... »

— Quelle belle journée, n'est-ce pas, Maman chérie ? murmura-t-elle.

— Oui, vraiment. Un temps béni pour la vigne. S'il ne pleut pas d'ici la vendange, l'année sera bonne. Si seulement nous pouvions avoir assez de filles pour faire le travail... Allons, je vais trouver le baïle. François... eh bien, François ! Viens-tu ?...

Elle se leva, ramassa sans hâte la traîne de sa jupe d'amazone, savourant un reste de paresse...

« Oui, une belle journée... »

Une belle journée du bout de l'été, lumineuse, pure, aérée, riante, qui enveloppait Mogador comme une muraille protectrice... Mais loin, sous le même ciel, pourtant... dans la même lumière, à chaque infime fraction de seconde, des hommes mouraient atrocement, parmi les champs détruits, les arbres calcinés, les cratères d'obus, les décombres, le fer, le feu, la sueur et le sang d'une terre d'apocalypse.

Ce n'était pas à eux que songeait Ludivine, silencieuse, laissant *Démone* avancer à sa guise sous le bruisselis balancé des cimes de l'allée des pins :

« ... Un an, dans quelques jours... » Un an qu'il était parti, celui qui, jadis, comme en se jouant, une fois pour toutes, avait tracé autour d'elle le cercle magique. « L'an passé, nous étions ensemble, sous ces branches. Je m'appuyais à son bras ; il se penchait vers moi en parlant ; j'entends sa voix ; il répondait à mes paroles... Plus jamais... plus jamais rien de lui dans cette vie... oh Dieu, Dieu !... Mais ce soleil, cette brise, cet horizon, si je ne puis plus les partager avec lui... s'il ne peut plus les posséder, en tirer sa joie... si vous les lui avez volés, à qui seront-ils ? »

Douleur intolérable qui revenait, comme un sournois coup de couteau... Elle mordit désespérément sa lèvre.

— Belle-chérie, qu'y a-t-il ? Vous ne dites rien ?

La voix de son fils la fit sursauter.

Poussant *Azraël*, il se rapprochait :

— Qu'avez-vous ?

D'un effort, elle se ressaisit.

— Rien, mon François. Que veux-tu que j'aie ?

Ce fut l'automne, puis l'hiver. Des nouvelles leur parvenaient des uns et des autres : Gaspard et Numa étaient en Argonne, Hubert aussi ; le docteur Royer sur la Meuse, avec un bataillon de territoriaux où servait Georges Vernet ; Camille Béraud dans la Somme, les frères Bresson et Richard du Roveret dans l'Aisne. Caussade aux environs de Paris ; Jean Arnal en Belgique. Blessé, Francis Lallier était venu en congé de convalescence.

La guerre apportait peu de changement à la vie de Mogador.

Cependant, Anne et Christine faisaient leur apprentissage d'infirmières à l'hôpital militaire de Tarascon. Chaque matin, la voiture d'Edmée Raynal passait les prendre pour les emmener à leur service. Elles rentraient tard, mangeaient rapidement, et montaient chez elles pour se mettre à écrire. Anne envoyait tous les jours un billet à son mari. Quant à Christine, elle entretenait de multiples correspondances : Camille, Armand du Roveret, Francis, Louis Bresson... Mais les lettres les plus fréquentes venaient d'Alban Marquet-Rageac.

Déjà, Anne et Dominique aiguillonnaient leur sœur avec des allusions plus ou moins discrètes.

Ludivine, elle-même, lui en fit la remarque :

— Il me semble qu'Alban t'écrit bien souvent.

— Vous trouvez, Maman ? — On ne démontait pas si aisément la jeune fille. — Je ne m'en étais pas aperçue. Faut-il lui dire d'espacer ?

Agacée, sa mère haussa les épaules.

— Dieu non ! Fais à ta guise, ma petite. A des garçons qui se battent, on peut passer l'envie d'une détente épistolaire. Mais je ne vous croyais pas si particulièrement liés.

— Non, pas particulièrement, en effet.

Le ton de Christine était évasif et froid.

— ... Je suppose qu'il s'ennuie, voilà tout.

Elle effectua une sortie impeccable sous les regards dubitatifs de la famille.

— Vous voilà proprement battue, Belle-chérie, constata François.

Allongé sur le tapis, devant le feu de bûches, il jouait avec ses chiens.

— ... Pour ce qui touche à ses affaires, elle se cadenasse comme une huître. Vous ébrécheriez une lame de canif sur ses écailles.

Anne s'avança d'un air enjôleur vers sa mère.

— Maman, il y a quelque chose que nous devrions faire. Tout le monde le fait, en ville, et aux environs. On manque de place, à l'hôpital, pour les convalescents, vous savez ? Et, ici, il y a tant de chambres inoccupées... Nous pourrions en accueillir plusieurs...

— Tu es folle ? Comment veux-tu... ?

La jeune femme ne se troubla pas.

— Pas du tout, Maman chérie. Ecoutez-moi : cela vous surprend parce que vous vivez en dehors de tout ce qui se passe. Mais tous nos amis ont des blessés chez eux. Tante Madeleine en a, à la Gloriette, et Madame Raynal, à Saint-Ange. Madame Royer a déjà donné sa chambre, et elle est en train d'organiser sa maison autrement, pour en avoir plusieurs. C'est elle qui m'a conseillé de vous en parler. Elle pense que cela vous distraira.

Ah, c'était Elise... ?

— Riche idée !... dit François, enthousiasmé. Et c'est vrai, j'ai aperçu Henriette, l'autre matin, au village : elle était à bicyclette, et elle m'a crié qu'elle ne pouvait pas s'arrêter parce qu'on attendait deux soldats chez elle. Elle était dans tous ses états.

— En tout cas, reprit Anne, cramponnée au fil de son discours, c'est un devoir, à l'heure actuelle... et les blessés seraient si bien, à Mogador !... Oh chérie, je sais que vous ne voulez recevoir personne, mais il ne s'agit pas de réceptions. Vous n'allez pas refuser de donner un peu de bien-être à ceux qui nous défendent ? Si Gaspard était blessé, je serais heureuse de le savoir dans une maison confortable, un peu en famille... Dominique pourrait s'occuper d'eux, les distraire, les promener dans le parc...

— Oui, oh oui, je voudrais tant... pria Dominique.

— Bien sûr, vous n'allez pas dire non. Vous savez que Papa l'aurait fait tout de suite...

« Langue dorée », disait autrefois Frédéric de sa cadette. Ludivine soupira.

« Oui... sans doute l'aurait-il fait... »

Elle regarda ses deux filles suspendues à la réponse escomptée.

François se remit sur ses pieds, et vint, en deux enjambées, se planter devant le groupe. Il souriait. « Un sourire si semblable... » Il mettait dans la balance ce sourire que Ludivine recevait jusqu'au fond de sa poitrine...

— Eh bien, dit-elle, c'est entendu. On aménagera les chambres du second, et la chambre à coucher du premier.

— Il y a bien aussi... — Anne hésita. — Je me demande... Est-ce que nous ne pourrions pas avoir celle de Mamé ?

La grande chambre de Julia, la plus belle de la maison, demeurait close. Tant de la vieille présence était encore presque palpable entre ces murs qu'elle avait habités pendant plus d'un demi-siècle... Ludivine y entrait parfois, le soir, et s'asseyait un moment, comme elle l'avait fait si souvent au cours des derniers mois, après la mort de Frédéric.

Elle ferma les yeux pour laisser se recomposer la frêle silhouette noire, le visage railleur et sagace au coup d'œil acéré... « Mère... »

— Celle de votre grand-mère !

— Oh donnez-la aussi ! Je suis sûre que c'est ce que Mamé souhaiterait.

— Peut-être... Je verrai.

Ludivine, elle, n'en était pas très sûre. Les enfants ignoraient encore l'étrange exigence des ombres...

« ... J'y réfléchirai. »

Il y eut des hôtes dans toutes les chambres disponibles, dans celle de Julia même, au bout de quelque temps. Des jeunes gens qui s'appuyaient au bras de Dominique pour refaire leurs premiers pas ; et des hommes mûrs qui caressaient doucement ses tresses enroulées en macarons, en disant : « Mes filles, à moi... » Ils montraient des photographies, des lettres, et rêvaient un peu.

François avait fait amitié avec tous. Il les écoutait sans fin, parler du front, des tranchées, des attaques..., demandant toujours des détails, des explications.

Ludivine, que la question du domaine absorbait, ne rencontrait guère ses hôtes, au cours des journées. L'exploitation des terres se compliquait de l'absence des tâcherons, et de maintes difficultés matérielles touchant l'outillage et les engrais. La réquisition s'en prenait aux chevaux, aux fourrages... Il fallait lutter, réclamer son droit, courir à Tarascon, de bureaux en bureaux, discuter, amadouer, céder sur certains points pour obtenir sur d'autres.

— Vous devriez racheter une automobile, Belle-chérie, ce serait tellement plus commode... Je vous conduirais partout, et vous mettriez dix fois moins de temps...

Mais les arguments de François, comme ses câlineries, se heurtaient sur ce point à un mur infranchissable.

Une automobile ? Non, il n'y aurait plus d'automobile à Mogador...

— ... Du moins, je ne veux pas voir cela. Le jour où tu seras le maître, tu en auras une, si tu veux... Jusque-là... Inutile d'insister.

Morfondu, François regardait partir sa mère dans la vieille voiture menée par Victor : « Pourquoi pas le chariot mérovingien, pendant qu'on y était ?... Maman se montrait vraiment un peu irritante sur cette question. Pauvre jolie Maman si courageuse... Après tout, c'était une femme, il fallait lui en tenir compte. » Il se rassérénait, incapable d'en vouloir longtemps à l'objet de son culte, pour une imperfection trop naturelle.

Les veillées réunissaient, au salon, la famille au complet, et les plus valides parmi les convalescents. Ludivine parlait peu, et laissait Anne accomplir les devoirs de la maîtresse de maison, et diriger la conversation à sa place.

Un soir, un jeune lieutenant s'approcha du piano fermé, feuilleta un moment les partitions dans le casier, et se tourna vers Ludivine.

— Madame, soyez bonne, jouez-nous un peu de

Beethoven. Nous avons été si privés de musique... Ce serait une joie immense de vous entendre...

Elle secoua la tête.

— Je ne joue pas. Du moins, il y a si longtemps... Mes doigts sont rouillés. D'ailleurs, je n'ai jamais été une exécutante convenable. Tout cela appartenait à ma fille aînée qui est entrée au couvent... Je crains même que le piano ne soit désaccordé. Personne ne l'a touché depuis que... — Ludivine serrait son mouchoir dans ses mains réunies sur ses genoux — ... depuis des mois, acheva-t-elle, brièvement.

— Excusez-moi, Madame.

Le lieutenant Borel avait pâli de confusion. Cette femme si jeune encore, à la voir au milieu de ses grands enfants, comme une sœur, avec ses traits lisses, son teint de fruit, ses yeux éclatants, et sa démarche souveraine, on oubliait trop aisément qu'elle était une veuve en deuil, malgré la robe noire à peine égayée d'une guimpe blanche.

Une gêne tomba sur l'assistance.

— Mais je vous en prie, lieutenant, si vous-même... ou quelqu'un de vous, Messieurs... reprit-elle, se tournant vers ses hôtes, avec cette grâce irrésistible où passait à son insu un peu de l'ancienne coquetterie des jours heureux. ... voulait essayer de s'en servir, nous en éprouverions tous le même plaisir.

Le cercle demeurait hésitant, malgré l'encouragement contenu dans le sourire dont elle l'interrogeait. Il y eut un court silence.

Puis, le capitaine Etcheverry, se dressant lourdement : « A vos ordres, Madame », prit sa béquille posée à côté de lui et boitilla vers le piano.

Dès lors, les soirées s'animèrent. Régulièrement, on fit de la musique. Des talents se découvrirent parmi les hôtes. Anne chantait souvent, accompagnée par l'un ou l'autre. Une intimité se créait. La maison, le parc se reprenaient à vivre.

Devant le spectacle familier qu'offrait cette résurrection, Ludivine imaginait le retour du maître. Lui seul manquait encore, dans son royaume repeuplé. Elle fermait les yeux : « En les rouvrant, je vais le voir là, dans l'embrasure de la porte... Ou bien c'est qu'il est dehors, sous les chênes, ou dans la roseraie, avec un ami... » Elle entendait la note claire de son rire, tel qu'il allait sonner tout à l'heure... Parfois, entrant dans une pièce, elle avait l'impression qu'elle allait l'y trouver...

Au mois de juin, un télégramme apprit à Anne que son mari, grièvement blessé au cours d'une mission en première ligne, était évacué sur l'hôpital de Fontainebleau.

Le jour même, la jeune femme partit, dans une voiture sanitaire qui remontait sur Paris.

Ludivine pensait la suivre le lendemain, et lui apporter des vêtements et du linge de rechange, car dans sa hâte, Anne n'avait pris que son nécessaire de voyage, et un léger sac, contenant le strict minimum.

Au matin, elle donnait des ordres à Eugénie au sujet des bagages, lorsque Mathilde fit irruption : on venait de trouver Philo morte dans son lit.

La vieille camériste s'était refusée à quitter Mogador malgré les sollicitations d'Adrienne qui eût aimé la prendre chez elle.

— Je suis trop vieille pour me transporter ailleurs. J'ai pris racine. Je resterai dans la maison de ma maîtresse, tant que madame Frédéric ne me dira pas de m'en aller.

Ludivine n'y songeait pas. Terres, bêtes et gens, Mogador était un bloc. Philo en faisait partie. Le fait qu'elle ne rendît plus de services à personne importait peu. L'antagonisme passé ne comptait pas davantage.

Il fallut surseoir au départ jusqu'après l'enterrement.

A la tête de tous ceux du domaine, Ludivine et François conduisirent la vieille servante jusqu'au cimetière du village. On descendit Philo dans la terre nue, pour l'y laisser dormir, à quelques pas du tombeau des Vernet.

Des cyprès et des lauriers-roses encadraient la dalle envahie de mousse grisâtre. Accotée au mur de l'enclos, la croix funéraire disparaissait en partie sous le lierre. Les inscriptions très anciennes ne se découvraient plus. Celle d'Henri Vernet, encore visible, avait blanchi. On la distinguait mal, creusée dans la pierre. Déjà pâlissait le nom de Frédéric Vernet... — Seul, celui de Mère luisait, encore noir, sous le soleil de ce nouvel été...

Mais tous, où fallait-il les chercher ? Ne restait-il d'eux que ces corps entassés, qui achevaient de se défaire, en bas, dans le silence épais du caveau ? Ou bien, à l'écart de la foule des autres, son amour l'attendait-il préservé pour elle, dans une des demeures de l'éternité ? — Ludivine ne savait pas si elle croyait en Dieu. Toute sa vie, agrippée à ses richesses terrestres, elle s'était assez bien passée de lui. Et même alors, encore, ce n'était pas de Dieu qu'elle ressentait le besoin, un besoin exigeant comme la faim et la soif... « Frédéric, Frédéric seul... » Mais elle songeait qu'un jour, terme ou commencement, son nom aussi viendrait s'ajouter à la suite ; et que c'était dans l'ordre. « Une bonne chose... » Elle n'en éprouvait ni crainte ni regret : « ... S'il est encore quelque part, à ce moment-là, je le rejoindrai. Sinon... nous dormirons ensemble. »

A quelques pas, dans l'allée, inquiet de ce mutisme détaché d'eux, François se concertait du regard avec ses sœurs. Il vint doucement passer le bras de Ludivine sous le sien.

— Il faut rentrer, Maman chérie. Allons, venez...

Une lettre d'Anne les attendait : Gaspard avait essuyé une rafale de mitrailleuse. Une balle dans le poumon, une au bras, une dans le cou. Les médecins pensaient pouvoir répondre de lui : « *Inutile que vous fassiez cet affreux voyage, Maman. Je suis installée auprès de lui, dans l'hôpital même, grâce à la complaisance du major, et ma belle-mère a pu trouver avec mille difficultés une petite chambre dans la ville, chez des particuliers. Envoyez-moi seulement des affaires. Je vous tiendrai au courant...* »

Ludivine accéda au désir de sa fille, avec le soulagement de n'avoir pas à quitter Mogador, au milieu des foins et de la moisson.

Gaspard se remit plus rapidement qu'on ne l'eût espéré. Six semaines plus tard, amaigri, décoloré, encore sans forces, soutenu par Anne et Angèle de Barcarin, il débarquait en congé de convalescence. Son père et ses sœurs, prévenus, étaient à Mogador depuis la veille.

Il faisait chaud. Des buées blanches tremblaient sur l'horizon. Le soleil était là chaque jour, exact et sûr. Les nuits, courtes, somptueuses, regorgeaient d'astres et d'étoiles filantes.

Un an de guerre... Mais pour ceux qui renaissaient, rescapés à travers les pays de la fièvre, des confins où l'ombre s'étend, le grand massacre s'estompait, perdait ses couleurs d'embrasement. Dans le cadre de Mogador, encore insoucieux des lendemains terribles, ils réduisaient les souvenirs échangés à des histoires de camaraderie, d'audace, ou d'astuce.

Instinctivement, tous traçaient de leurs souffrances misérables, de leurs héroïsmes quotidiens, de leurs détresses, de leurs découragements solitaires, une épopée tragi-comique, adaptée à cet auditoire de jolies femmes, de jeunes filles, et de gamins éperdus d'admiration.

« Les marais de Saint-Gond, Montdement, Troyon, Dixmude, les Eparges, le Bois-Brûlé, l'Hartmanswillerkopf, Neuville-Saint-Vaast, Ablain, Souchez... Là-bas, l'on vivait et l'on mourait en homme. Là-bas, on devenait un héros, là-bas, il y avait de grands coups à donner, de grandes choses à faire... Là-bas, et là-bas seulement... » François s'exaltait en silence.

En octobre, Maurice Royer et Laurent Vernet partirent à leur tour, avec le deuxième contingent de la classe quinze. Ayant reçu l'autorisation de son père, Robert Antonetti devança l'appel.

François accompagna son cousin et ses amis à la gare.

Blanche, comme Elise, avait reculé devant la perspective d'adieux en public. Les quatre jeunes gens se trouvèrent seuls sur le quai parmi la bousculade.

— Eh bien, voilà... ça y est, on y va...

L'attente de l'action leur gonflait le cœur. Il n'y avait plus rien à dire. Quelque chose s'était mis en marche, qui commençait à les emporter...

Le train arrivait. François les vit s'élancer vers le plus proche wagon. Ils s'empilèrent dans le couloir bondé, coude à coude avec des inconnus qui leur ressemblaient. A travers la glace, ils lui firent de grands signes d'amitié. Le cœur gros, François les leur rendait avec des gestes pauvres, et se sentait abandonné, exclu... Maurice, à demi détourné, plaisantait déjà avec un voisin.

Le convoi s'ébranla lentement parmi les chants et les cris. Par la portière enfin abaissée, ils lui tendirent leurs mains.

— Au revoir. A bientôt... On les aura ! Viens nous rejoindre... Au revoir, vieux François.

— Au revoir, les amis. Pour sûr ! Attendez un peu... Dans quatre mois j'ai l'âge... Tâchez de ne pas en finir d'ici là...

12

Mogador vivait une période de calme. Affecté à l'état-major de la place de Paris, Gaspard avait rejoint son poste, emmenant Anne. On n'hébergeait, pour le moment, que deux convalescents. Encore ne quittaient-ils pas leur chambre...

Ludivine faisait les comptes des vendanges dans le petit bureau, en compagnie de François, lorsque Christine entra.

— Maman, pouvez-vous m'accorder un peu de temps ? Je voudrais vous parler.

— Un instant, que j'en finisse... Nous disions combien, François ?...

Elle se replongea dans ses calculs, tandis que la jeune fille allait s'asseoir sur le sofa.

— ... Là... Eh bien ! ce n'est vraiment pas mal pour une année de guerre.

Satisfaite, elle se retourna vers sa fille.

— ... Alors, que veux-tu ?

Les yeux de Christine, lourds de signification, se portèrent vers son frère, perché sur le bras du fauteuil maternel.

L'ignorant résolument, François ne bougea pas plus que le dieu Therme.

— ... Alors ?... répéta Ludivine, avec un étonnement nuancé d'impatience.

— J'attends que François sorte.

— Oh oh !... Allons, François, tu as entendu ?

— Très bien.

Mortifié, il battit en retraite avec une lenteur méprisante.

— ... A tout à l'heure, Belle-chérie, je vais faire seller les chevaux, pendant ce temps.

Il attendit une heure, et plus... De guerre lasse, intrigué, il s'en revint aux nouvelles.

— Madame et Mademoiselle sont toujours dans le bureau, le renseigna Victor. Madame ne veut pas qu'on la dérange. Quand je suis allé porter le courrier, Madame m'a répondu : « Ça va bien, tout à l'heure », avec un air... un air... enfin...

— Hum... je vois.

Que se passait-il ? Dominique, peut-être...

Il se mit à la recherche de sa sœur.

Mais Dominique, questionnée, ne put que formuler des hypothèses.

— Une histoire à l'hôpital ? Mais je n'imagine pas ce que Maman pourrait y faire. Et d'ailleurs, Christine n'y est pas allée, ce matin. C'est son jour de congé...

— Mais qu'est-ce que diable... ?

La bombe éclata le soir, au salon, après un repas où l'air avait paru chargé d'électricité.

— Au fait, commença Ludivine, s'adressant aux jumeaux, il n'y a pas de temps à perdre pour vous communiquer une bonne nouvelle.

La sécheresse de sa voix laissait percer des vibrations de colère.

— ... Votre sœur se marie ces jours-ci. Ou tout comme : dans le courant du mois prochain. Avec Alban Marquet-Rageac, paraît-il. Il arrivera incessamment, fera sa demande le jour même, l'épousera durant sa permission, et l'emmènera comme infirmière à son ambulance, en fait de voyage de noces... Je suppose que je dois remercier Christine d'avoir songé à me prévenir. C'est un détail qu'elle eût pu négliger, après tout, en réglant ses affaires...

Bouche bée, François et Dominique écoutaient sans réagir.

— Maman, je vous en prie... vous savez bien que...

— Oui, c'est entendu, il te faut mon consentement. Et, en réalité, je ne vois pas bien comment je te le refuserais. Alban est un bon parti, la famille est honorable... Si vous avez envie de vous marier, vous pouvez le faire sans attendre la fin de la guerre, bien que... dans tout cela, on ne sait jamais qui vit ni qui meurt, et je trouve imprudent de te lier...

— Maman !... cria Christine.

Elle ajouta, avec une lassitude douloureuse :

— ... Vous m'avez déjà dit tout cela, cet après-midi...

— Oui. Et je te le répète. C'est mon droit, je pense ? C'est même mon devoir. Maintenant, ceci posé, tu épouseras ton Alban si tu persistes, comme je n'en doute pas. Je te connais, tu me ferais un coup de tête qui mettrait les choses au pire.

Elle se tut un moment, plongée dans ses pensées, et soupira :

— ... Je n'ai pas beaucoup de chance, avec mes filles.

— Maman chérie !... protesta timidement Dominique.

François lançait des regards de réprobation à sa sœur aînée.

Muette, la bouche serrée, ses yeux gris traversés d'éclairs, Christine soutenait sa défensive.

Ludivine se leva et se mit à marcher de long en large, ne pouvant plus contenir son irritation nerveuse.

— Je ne te reproche pas d'être absurde, de te jeter dans ce mariage bâclé sans bien savoir seulement si tu aimes... Naturellement, tu crois en savoir là-dessus plus que quiconque, et tout ce que je pourrais t'objecter... Mais après tout, si c'est ta chance que tu crois jouer... Non, ce qui est impardonnable, ce que je déteste en toi, c'est cette dissimulation, cette défiance à mon égard, toute cette affaire menée en dehors de moi jusqu'à sa conclusion... Voilà le fait d'une fille aimante, et j'ai vraiment de quoi me féliciter, n'est-ce pas ? Veux-tu que je te dise ? Personnelle, renfermée, sèche, orgueilleuse, avare de toi... voilà ce que tu es !... Grand bien lui fasse, à ce pauvre Alban ! Tu lui apporteras pas mal de déboires, ma petite !

Debout, en face de sa fille, elle la regardait durement :

— ... En ce qui me concerne, je crois qu'il serait vain d'attendre le plus petit mot de regret... le moindre élan ?... Tant pis, n'en parlons plus. Bonsoir, mes enfants. Je vous laisse. Vous pourrez congratuler votre sœur.

Sur le claquement de la porte :

— Ecoute, Christine... commença François, indigné, Maman a raison ; je me demande comment tu as le cœur...

— Laisse-la, conseilla tout bas Dominique. Tu vois bien qu'elle va pleurer si on...

Christine leva vers son frère un visage enflammé où les paupières retenaient à grand-peine des larmes débordantes.

— Imbécile ! Mêle-toi... Et puis, assez ! Laisse-moi passer !...

Elle sortit en trombe, grimpa quatre à quatre l'escalier, s'arrêta devant la porte de sa mère...

Une fente de lumière passait dessous. Christine hésita, avança la main... La voix de Ludivine lui parvint ; puis celle d'Eugénie, qui répondait. — Impossible : « Maman, je voudrais vous... » « Maman chérie, je ne puis pas... » « Maman, si vous saviez comme... » Impossible à dire !

Un sanglot lui montait à la gorge. Elle serra son mouchoir sur sa bouche, se sauva dans sa chambre, tourna la clé, et mit le verrou, avant d'aller s'abattre sur l'oreiller du lit ouvert.

Le mariage eut lieu en novembre, sans apparat d'aucune sorte. L'après-midi même, les nouveaux époux partirent pour Lyon où ils devaient passer deux jours avant de gagner Bar-le-Duc.

Le temps était gris et pesant. Ludivine accompagna le jeune couple jusqu'au bas du perron où la voiture attendait. Alban vérifia les bagages. Toutes deux le regardaient faire sans rien dire : le mutisme des derniers instants où, déjà, le départ creuse son lit de silence...

Christine cherchait éperdument les mots qui eussent pu la relier à sa mère, et briser cette froideur pleine de rancune qui les séparait depuis des jours...

— Maman...

— Oui ?

La voix de Ludivine, neutre, ne contenait aucun encouragement.

— Je voulais vous...

Alban revenait vers elles :

— Là, tout est paré. Nous pouvons y aller.

Christine ravala ses paroles dans une grande gorgée au goût de sel.

Dominique et François s'avançaient, précédant Adrienne et Charles, Madeleine, et les parents d'Alban. Des baisers s'échangèrent.

— Le temps menace. Il faudrait partir avant la pluie, conseilla le docteur Marquet-Rageac.

Il faisait triste. Une clarté trouble flottait sous le ciel sombre. Un mauvais vent s'était levé, balayant la poussière en tourbillons, au ras du sol. Christine suivit du regard la course d'une feuille sèche. — Où étaient la fête fastueuse des noces d'Anne, le bal sur la pelouse, les rires, les robes légères, la foule des invités, et Père... et Jean Arnal, si beau, ce jour-là, dans l'habit de cérémonie, qui n'avait d'yeux que pour Isabelle ?...

— Allons, Christine... insista son mari.

Elle lui sourit et monta en voiture.

Au bout de l'allée d'orangers, la grille béait, ouverte à deux battants, sur un long chemin inconnu où Alban, désormais, l'entraînait à sa suite.

— Bon voyage ! Adieu ! Ecrivez vite. A bientôt...

Derrière eux, les voix se confondirent dans le ronflement du moteur. Les yeux fixés sur son compagnon, Christine ne se retourna pas.

Ludivine remonta lentement les marches du perron, à la suite des invités.

Quelqu'un remarqua :

— Il fera nuit de bonne heure, ce soir. Regardez comme le ciel est noir, au-dessus de l'allée des pins, du côté de la roubine.

La roubine... Ludivine se rappelait cette journée toute semblable, vieille de vingt ans, où Frédéric l'avait repêchée... l'eau jaune bourbeuse, le courant violent, le visage angoissé et furieux penché sur elle, les bras qui la soulevaient... et les longues semaines de maladie, ensuite, la fièvre, la toux épuisante, la dure naissance de Christine... Elle s'en allait aujourd'hui sous le même ciel bas, oppressant... cette fille des orages...

— Rentrons vite, ma chérie, dit Adrienne, voilà la pluie.

Les premières gouttes s'écrasaient sur la terre fumante.

A la Noël, le ménage de Barcarin vint faire ses adieux. Gaspard, désormais inapte au service actif, avait été rendu à la diplomatie. Après un court passage au Quai d'Orsay, il avait reçu sa nomination de secrétaire d'ambassade à New York. Anne et lui devaient s'embarquer au Havre, sur un paquebot américain, dès le début de janvier.

Après leur visite, la maison reprit le cours de sa somnolence. Il n'y avait plus de convalescents dans les chambres d'amis. Depuis le départ de Christine, Ludivine s'était débarrassée d'une obligation dont le poids fût désormais retombé sur elle.

— La charge de Mogador suffit à ma peine, avait-elle dit à Elise, d'un ton agressif qui semblait vouloir prévenir toute objection.

Mais Elise n'en avait fait aucune. Partagée entre ses multiples tâches, tremblant pour son mari et son fils, elle ne prenait pas le loisir de juger son amie.

Presque chaque après-midi, Dominique se rendait à Barbegal. Dans la maison des Royer, elle trouvait à se rendre utile auprès d'Henriette qui secondait sa mère.

Désœuvré, un jour, François rejoignit les jeunes filles. Accueilli par le sourire heureux d'Henriette et les démonstrations amicales des blessés, il prit l'habitude de revenir.

Depuis plusieurs semaines, sa sœur et lui avaient atteint leurs dix-huit ans. L'événement était passé presque inaperçu. On ne fêtait plus aucun anniversaire, à Mogador, depuis la mort de Frédéric. Celui-là, pourtant, eût dû marquer une date et l'aboutissement d'un espoir, pour le garçon. Il l'avait regardé arriver avec impatience ; seul, il avait compté les jours. Cent fois, il s'était préparé à l'entrevue : « Belle-chérie, il faut que je vous parle. Une décision prise... Je suis sûr que vous m'approuverez... Mon devoir... Comme mon père désirerait me le voir faire... Vous qui êtes si brave, vous ne pouvez pas... Ce que font mes amis... » Les arguments étaient là, bien rangés en ordre de bataille, dans sa tête... Loin de Ludivine, il décidait : « Après le déjeuner, en prenant le café... » « Ce soir, quand nous serons seuls... » « Demain matin, en l'accompagnant à la ferme... » La présence de sa mère refrénait ses velléités.

Ce visage si souvent morne, qui s'éclairait à sa vue, François ne se sentait pas le courage de lui ôter ce rare sourire : « ... Pas ce matin, elle est préoccupée... — Pas ce soir, elle a l'air trop lasse... » Les jours s'écoulaient.

Autour d'eux, des familles étaient dans l'anxiété ; d'autres prenaient le deuil : le cadet de Tonin, Camille Béraud, Fernand Reyne ne reviendraient jamais. On était sans nouvelles de Francis Lallier. Jacques du Roveret était prisonnier, Richard blessé. Blessé aussi Georges Vernet. Et Henri Fauvelly, le mari d'Agnès, rentrait à Tourvieille, amputé d'une jambe.

— ... Et ce n'est pas fini ! prophétisait Ludivine, avec une sorte d'âpre rancune qui englobait indistinctement tous les participants de « cette guerre ». — Qui sait ce que nous verrons encore ?... On se demande jusqu'à quand ça va durer...

Non, ce n'était pas fini. On avait besoin de tous les bras et de tous les courages, là-haut, pour défendre, disputer, regagner pouce à pouce, la terre martyrisée...

— Il faut que j'y aille... il le faut, comprends-tu ? Ton frère et tous les amis y sont... répétait François à Henriette, sa confidente. Cette fois, c'est dit. Ce soir, je parlerai à Maman.

Ils étaient seuls, tous deux, cet après-midi-là, dans le

petit salon d'Elise, assis côte à côte sur le canapé. L'ombre d'avant la nuit commençait à s'étendre. François tisonnait avec des gestes trop brusques, le feu qu'ils avaient laissé tomber.

La jeune fille serra craintivement ses paumes l'une contre l'autre.

— François, si tu pars, toi aussi... — Les doux yeux bleus tournés vers lui se brouillaient. — Oh François, ce... sera...

— Bête, je reviendrai...

— Bien sûr, mais...

Henriette appuya son front sur l'épaule de son ami.

— ... Oh mon Dieu, comment pourrai-je le supporter ? Toi...

Un sanglot court coupa sa plainte.

— Henriette... là, là mon chou...

Il la berçait.

— ... Tu ne vas pas pleurer... Henriette !... Mais tu... est-ce que tu... Henriette, dis ?

Eperdu, François souleva de force la tête qu'elle dérobait contre lui.

— ... Hiette, réponds-moi !... Laisse-moi te voir...

Il la vit et souffla :

— ... Oh ! depuis quand ?...

Elle était pâle avec deux taches roses ; elle était ébouriffée ; elle tremblait un peu ; ses cils abaissés faisaient sur les joues une ombre fragile, toute battante.

— Depuis toujours, je crois bien ; depuis que je suis née. Je pensais que tu le savais.

— Que je... ? oh non, Hiette...

Sa voix, mal assurée, avait une inflexion douce et rauque à la fois.

Elle osa relever les yeux vers lui.

Ceux de François s'attachaient à elle, dilatés, étincelant de leur feu clair, dans le reste de jour indécis. Il la dévisageait avec cet étonnement de l'enfance devant le miracle de Noël.

— Tu me regardes... dit Henriette. Comme si c'était la première fois.

Et c'était la première fois. Il avait vécu, des années durant, près d'un petit compagnon tyrannisé, tarabusté, qui courait moins vite, travaillait mieux, avait d'encombrantes nattes, pleurait parfois et, dans tous les jeux, figurait toujours, à son corps défendant, le personnage sans panache dont les autres n'avaient pas voulu.

Ce temps-là était passé, sans que l'on sût bien comment. Envolé. Perdu. Cela faisait déjà plusieurs étés que François retrouvait, sur un coin ou un autre des terres, de jolies filles dont la vertu n'en était plus à un assaut près. Les plaisanteries échangées, au hasard des rencontres, menaient promptement au plaisir léger des caresses mêlées de rires.

Il connaissait son rôle auprès des donzelles, sans l'avoir jamais appris. « Aco es de naïssenço... » [1] soupiraient, indulgentes, les mères qui, jadis, dans leur brève saison de joie, avaient une fois vu venir à elles à travers les lavandes ou sous les pins du barrage, ce grand cavalier aux larges épaules, dont les yeux gris luisaient comme un péril délicieux, sous l'ombre du feutre à la gardiane : « Es tout soun païre... » [2]

Mais ce visage de l'amour, si grave, un peu triste, soudain révélé, le laissait ébloui et gauche.

Ce long corps fin et frêle, plié avec une grâce très pure, ces prunelles couleur de source, ces mèches, dont l'or plus pâle allumait des clartés dans la masse des cheveux châtains... cette tendresse, ces rougeurs, ce

---

1. « C'est de naissance ».
2. « Tout son père ».

cœur donné... il les découvrait à l'instant seulement, et s'émerveillait de sa découverte.

— Henriette...

Il l'attira dans son bras, au creux de l'épaule, et renversa vers lui la tête sans défense.

— ... Moi aussi, je... je t'aime.

— Oh...

Le bonheur la frappait en pleine figure. Elle abaissa les paupières sous le poids de ce choc.

François buvait ardemment ce triomphe qui ne ressemblait à aucun autre. Quelque chose mourait et renaissait en lui tandis qu'il se penchait sur cette face de victime.

— Ma chérie douce...

Elle rouvrit les yeux.

— François.

Un murmure défaillant, à peine monté de ses lèvres...

François se pencha davantage.

Il rentra transformé à Mogador. Le soir même, il abordait sa mère.

— Belle-chérie, il y a longtemps que je désire vous parler. Je m'en veux d'avoir tant tardé. Ecoutez-moi : j'ai atteint l'âge où l'on peut servir. Mes amis sont déjà partis. Je veux aller au feu, moi aussi, faire mes preuves d'homme, et ensuite...

— Quoi ?

Les pincettes que tenait Ludivine, échappées de ses mains, glissèrent sur le devant du foyer, dans un fracas métallique.

— ... Qu'as-tu dit ? J'ai mal compris !

Sa voix au timbre subitement discordant n'interrogeait pas : elle imposait la réponse.

— Non, vous...

Impressionné en face du visage méconnaissable que sa mère lui présentait, François vint s'asseoir tout près d'elle, sur le bras du fauteuil. Enlaçant son épaule, il glissa la joue contre celle de Ludivine :

— ... Maman, dites, vous ne supporteriez pas que votre fils soit un lâche ? Il faut...

— Un lâche !...

Une passion sauvage, primitive, éclatait dans son cri : « ... Un lâche... Je me moque bien... » — Elle se rejeta en arrière, lui saisit le poignet avec une brutalité qui fit presque mal au jeune homme, et planta ses yeux dans les siens :

— Tu n'iras pas ! Tu m'entends ?... Tu n'iras pas ! Jamais ! Je te défends de me parler de ça.

— Maman, il n'est pas possible que...

— Assez ! Je te dis : assez !

Ses prunelles dardées sur François le fascinaient de leur feu noir jaillissant.

Il s'insurgea encore, serrant les dents :

— Mais enfin...

— Non !

Un « non » d'acier tranchant, comme un coup de hache.

Dominique entrait. Elle vit la pâleur contractée de son frère parcouru d'un frémissement furieux, comme un cheval que le mors fait renâcler. Silencieusement, elle se faufila jusqu'au fauteuil qui faisait face à celui de sa mère, de l'autre côté de la cheminée.

Ludivine eut un coup d'œil distrait vers la jeune fille. Son regard revint à François, s'efforçant au calme, le domina, prolongea l'emprise...

Ce fut lui qui baissa le sien.

— ... Qu'il n'en soit plus question, conclut-elle, le laissant aller. Demain, tiens-toi prêt à huit heures. J'ai besoin de toi. Tu m'accompagneras à Saint-Rémy.

— Bien, Maman. Bonsoir.

— Bonsoir.

Elle le suivit des yeux jusqu'à la porte. Pour la première fois, il montait chez lui sans l'embrasser.

Dominique demeurait muette, cherchant à deviner l'origine de la scène.

— ... Eh bien, quoi de nouveau ? s'enquit Ludivine. Qu'as-tu fait, aujourd'hui ?

La vie de tous les jours, que rien ne menace. La vie qui ne s'était pas interrompue... Le fil égal qui continuait à se dévider...

Sa fille fit un effort pour répondre.

— ... Pas grand-chose, Maman chérie. Marraine m'a emmenée à Tarascon, pour des courses. Nous avons rencontré madame Pouzol. Elle a reçu hier des nouvelles...

L'air absent, Ludivine examinait comme une chose détachée d'elle sa main gauche encore cramponnée au bord de l'accoudoir. Le dessin bleu des veines s'accusait en relief sous la peau exsangue, tirée à craquer sur la saillie anormale des phalanges. Au bout d'un moment, elle la ramena au creux de sa robe et, d'un geste machinal, se mit à la frotter contre l'autre.

En ce printemps de 1916, la mort menait sa vendange folle autour de Verdun. Les nouvelles douloureuses se succédaient : Albert de Barcarin, l'oncle de Gaspard, grièvement blessé à Louvemont ; blessés aussi, le capitaine Pouzol, et Paul Chabert, l'avoué de Tarascon... et le fils Combaluzier, et le cadet des Guigue, de Fontfresque... Auguste Bresson porté disparu au bois des Caures, Romain Caussade tué au Mort-Homme, Louis Gattencourt sous Douaumont...

Caussade, Gattencourt... Des amis de Frédéric. De

ceux qui avaient connu les temps heureux. A qui l'on pouvait dire : « Vous souvenez-vous ?... »

— Tous... ils y passeront tous ! prophétisait Ludivine avec une sombre complaisance.

François se gardait de répondre. Muet, il avalait rapidement son café, se levait...

— Tu sors déjà ?

— Oui. A moins que vous n'ayez spécialement besoin de moi ?...

— Non. Va...

Il disparaissait parfois des journées entières, sans offrir d'explications.

La fierté de Ludivine se refusait à lui en demander. Finies, les longues courses de compagnie, la tâche accomplie en commun, la présence attentive qui, les deux dernières années durant, avait refait d'elle, peu à peu, une vivante.

Sans doute courait-il la fille ? Les cotillons à trousser ne manquaient pas, dans le village. Tout recommence. Son père, autrefois, avait usé du même remède, pour apaiser la même déception.

Mais François... Que François pût se salir à son tour, dans ces mêmes amours de rencontre... — Elle serrait les poings, en proie à une sorte de jalousie où le tourment ancien rejoignait la blessure toute fraîche. — Mais c'était la rançon... Il y a toujours une rançon. Ludivine savait cela, à présent. Elle avalait une gorgée de salive amère, allait s'asseoir seule, au bureau, et prenait le livre de comptes...

Ce fut par Elise, incidemment, qu'elle apprit que son fils fréquentait avec assiduité la maison de Barbegal.

— ... Mais vraiment, vous ne le saviez pas ?...

Elise s'effarait.

— ... Chérie, je suis désolée. Jamais je n'aurais cru... Bien sûr, nous nous voyons si rarement, à présent, vous avec Mogador... moi avec les malades, l'hôpital, et tous ces comités, toutes ces réunions où il faut aller, dès qu'on veut essayer d'être un peu utile... du temps perdu, bien souvent... Mais je pensais que... d'autant plus que François me paraît... Enfin... je ne voudrais pas...

— Bon Dieu ! Mais quoi donc ? lança brutalement Ludivine impatientée, au nom du Ciel, Elise, qu'est-ce qui vous prend ? Dites ce que vous avez à dire !...

Elise rougit.

— Ludivine ! reprocha-t-elle.

— C'est bon, chérie. Je n'ai pas voulu vous brusquer. C'est ma manière, vous le savez bien ? Depuis le temps, vous pourriez être habituée... Mais voyons, parlez. Qu'est-ce que François... ?

Elise demeurait gênée.

— C'est difficile à dire. J'ai l'impression... qu'il pourrait y avoir... quelque chose, entre lui et Henriette, et...

— Quoi ?

Ludivine s'ébahit.

— ... Allons donc, ce sont des enfants !

— Peut-être. Mais François porte beaucoup plus que son âge, et Henriette a juste celui que vous aviez quand vous avez épousé Frédéric.

Encore sous le coup de la stupeur, Ludivine hochait la tête.

— ... Quoi qu'il en soit, poursuivit plus fermement Elise, je croyais que ces visites avaient votre assentiment. Voyez-vous, Ludivine, je ne voudrais pour rien au monde que vous puissiez m'accuser d'avoir encouragé une intrigue, à votre insu. Henriette n'aura qu'une dot très modeste, et François peut prétendre aux plus brillants partis. Si vous...

— Il n'est pas question de cela...

Ludivine réfléchissait. François amoureux pour tout de bon... son fils amenant une femme à la maison, et réclamant place pour elle... — Ludivine n'y avait jamais pensé. — ... une femme qui passerait la première dans son cœur : sa femme. Qu'il tiendrait chaque nuit entre ses bras, comme jadis Frédéric et elle... Elle eut mal à l'imaginer.

« Cette petite Henriette... Pourtant... S'il la veut... s'il l'aime... Grand Dieu ! mais alors... » Comment n'y avait-elle pas songé tout de suite ?... Mais alors, il ne penserait plus à la guerre ! « Ah, pourvu que... Si vraiment... Henriette ? Pourquoi pas Henriette ? » Mieux valait elle qu'une autre : jolie, bien élevée, gentille, avec une vivacité d'esprit assez plaisante... Une charmante petite. « Si elle peut le retenir, elle... »

— Ecoutez-moi Elise. Etes-vous certaine ?

— Certaine ? Non. Ce n'est qu'une impression. Mais je suis sûre que j'obtiendrai les confidences d'Henriette. Et vous-même pourrez interroger François.

Ludivine mordit imperceptiblement sa joue... Interroger François. Naguère, c'eût été si facile. Mais la confiance, l'amitié, entre eux... leur douce intimité... qu'était devenu tout cela ? Ce François qu'on voulait lui prendre, elle l'avait déjà perdu.

— Les garçons ont leurs secrets, dit-elle, évasivement. S'il préfère garder celui-là, envers moi, encore quelque temps, quelle importance ?... Ne soyez pas en peine, Elise. Mon fils est libre de son choix, et Henriette, plus que toute autre, sera la bienvenue, le jour où il voudra me l'amener.

Un peu plus tard, pensive, elle suivit des yeux son amie qui s'éloignait à bicyclette, dans l'allée d'orangers.

Elise... La fille d'Elise entrerait à Mogador. Un beau

jour pour la vieille Mme Daubenois... « Sa revanche, en somme... Au bout du compte, elle se sera donc tout de même alliée aux Vernet. » Un sourire l'effleura : « *Ma petite-fille, madame Vernet...* » La notairesse en aurait plein la bouche. Ludivine croyait l'entendre... Pour elle-même, elle répéta : « Madame Vernet... Henriette Vernet... la femme de mon fils..., qui gouvernera ici un jour. Quand moi, je n'y serai plus... »

Elle essaya de se représenter ce Mogador où tout continuerait sans elle... peuplé d'autres enfants qui grandiraient à leur tour, lentement, et si vite, pendant des années, longtemps après qu'elle aurait disparu. Dépossédée de tout, alors, où serait-elle ?

Un instant, elle eut peur de cette ombre noire prête à l'engloutir. En elle, montait un refus de tout l'être, et cet appel au secours : « Frédéric !... » N'y aurait-il plus jamais nulle part le sûr refuge de sa poitrine ?

« Ce printemps 90, où tu m'embrassais... et ma robe de mariée qui était si jolie... »

« Frédéric, Frédéric !... Oh ! Dieu, comme c'est court !... Comme tout est vite passé... »

Elle serra les dents sur un gémissement, et respira avec force : si la réponse qui ne vient jamais était inscrite au creux de cette terre collante et noire qui le lui avait pris, à la fin, descendue près de lui, allongée contre lui, elle la trouverait.

— Vous m'attendiez, Belle-Chérie ? J'espère que vous n'étiez pas trop inquiète ?

Elle sursauta. Devant elle, François ouvrait le portillon à côté de la grille.

— D'où sors-tu ? Je ne t'ai pas vu arriver.

Il s'égaya.

— Moi qui vous croyais dans les transes !

— Quelle heure est-il donc ? Ludivine émergeait à la réalité.

— Suffisamment tard. Le dîner doit attendre depuis plus d'une heure. Je pensais, en vous voyant, que vous étiez venue à ma rencontre. J'ai crevé, à la descente des Baux, en plein Val d'Enfer. Et rien pour réparer, naturellement. Il a fallu revenir à pied jusqu'à Saint-Rémy.

— Tu étais seul ?

— Non. Avec Henriette. Je l'ai raccompagnée à Barbegal pour m'excuser auprès de madame Royer. Mais elle n'était pas encore rentrée.

— Ah !...

Il avait pris le bras de sa mère, et menait sa bicyclette d'une main, en maugréant.

— ... Ce sale engin... Et même pas une bête convenable pour monter, à l'écurie. Quelle misère !... Si mon père revenait...

— A qui la faute, si la réquisition nous prend tout ? demanda calmement Ludivine.

— Evidemment, riposta-t-il. Si j'étais à ma place normale, en ce moment, je ne pâtirais pas du manque de chevaux.

Ludivine ne releva pas le gant. Ils marchèrent en silence jusqu'à la maison, plongés chacun dans ses propres pensées.

Dans le vestibule, Victor attendait.

— On est venu de la Gloriette, apporter un mot de mademoiselle Dominique.

Ludivine prit la lettre, et l'ouvrit en passant à table. Son fils la vit changer de figure.

— Votre oncle Hubert est blessé. On l'a évacué sur Vannes. Madeleine a reçu le télégramme ce matin, vers midi. Elle a pris le premier train. Ta sœur va rester là-bas jusqu'à son retour pour s'occuper du petit.

Atterré, François écoutait, sans interrompre, ces nouvelles que sa mère énonçait d'une voix volontairement dépouillée d'intonation.

— C'est... grave ? articula-t-il.

— Elle ne le dit pas. Sans doute ne le sait-on pas encore. Espérons que non.

Le silence tomba entre eux. Ils achevèrent leur repas.

Ludivine se leva.

— Madame...

Victor retirait la chaise derrière sa maîtresse.

— ... Si Madame permet, je voudrais lui dire...

— Oui. Quoi donc ?

— L'homme qui a porté la lettre nous a dit la mauvaise nouvelle. Berthe et moi, nous avons bien de la peine. Mais nous avons confiance pour monsieur Hubert. Il s'en tirera bien encore cette fois...

Ses bajoues molles et ridées tremblotaient d'émotion.

Ludivine posa sa main sur l'épaule du vieux maître d'hôtel.

— Je le crois aussi.

Elle lui souriait avec amitié.

— ... Merci, Victor.

La soirée était douce. Il commençait à faire chaud. Les beaux jours tout proches... Ludivine alla s'accouder à la fenêtre du salon.

Elle ne pouvait détacher sa pensée de la lettre reçue. Entre elle et les profondeurs vertes du parc étalées sous ses yeux, se dressait l'image de son beau-frère étendu, souffrant, sur un de ces lits de fer étroits comme elle en avait vu à l'hôpital de Tarascon... Elle se rappelait aussi ces convois, sur le quai de la gare, ces corps posés sur des civières... « Blessé... » : la chair suppurante, les pansements souillés, la fièvre, les gémissements, l'odeur abominable de sang corrompu, de sueur, et de sanie...

Pauvre Hubert... Elle eût aimé poser les mains sur son front... Des mots qu'il avait dits autrefois... — Elle les avait longtemps oubliés ; mais, ce soir, ils remontaient à sa mémoire... « *On boirait sa mort dans ces mains-là...* »

Ah ! vie ou mort... lui donner à boire. Etre encore, pour quelqu'un, cette source des joies et des peines... « Hubert qui m'aimait tellement... » Si Hubert éprouvait le désir de sa présence...

Mais Hubert avait Madeleine.

L'été revenait. Son corps lui faisait mal... Et François aussi, s'était éloigné d'elle.

Le soir traînait, n'en finissait plus... Un rayon de soleil persistait, bas, à travers les arbres, illuminant le dessous des feuilles. L'allée d'honneur, dans un poudroiement d'or, s'en allait vers on ne savait quelle gloire...

— Comme la nuit est longue à venir... — Il y avait dans la voix de Ludivine une sorte de plainte.

— Voulez-vous que nous sortions un peu ? Il fait si bon, ce soir... Venez, allons nous asseoir sous le cèdre.

Elle se laissa entraîner.

Muets, ils demeuraient sur le banc, l'un près de l'autre, ne trouvant rien à se dire. Ils avaient eu, naguère, des silences, où ils se rejoignaient plus étroitement. Mais à présent, chacun se sentait emprisonné dans le sien.

« Est-ce à Henriette qu'il pense ? » Une jalousie aiguë traversa le cœur de Ludivine : « François, mon petit. A moi... Tirer de lui un élan, à n'importe quel prix... Que ce soit encore à moi qu'il doive sa joie... qu'il m'en remercie, et mette sa joue contre la mienne... » Avec cette tendresse caressante, presque amoureuse, dont il l'entourait, si peu de temps auparavant...

— François ?

Il se tourna vers elle... — Son père, lorsqu'on le prenait ainsi, à l'improviste, au milieu de ses réflexions, avait le même air de défense brusquée... — Elle se raidit pour continuer :

— ... Je pensais à ce que nous disions tout à l'heure, à propos de cette bicyclette... C'est vrai... d'un jour à l'autre, on nous prendra jusqu'au dernier cheval. Et si nous ne pouvons plus atteler... — Que c'était dur à dire !...

Il attendait sans broncher. Ludivine lança d'un trait :

— ... Je me suis décidée à racheter une automobile. Dès demain, il faudra que nous allions voir ensemble. — A la dérobée, elle surveillait son fils. La surprise paraissait le laisser sans voix. Mais elle voyait l'allégresse monter et envahir ses traits. Elle ajouta, avec un détachement voulu : — Je pense que tu sauras vite la conduire.

Subitement déchaîné, François se jeta sur ses mains, lcs cmbrassa...

— Une voiture ! Belle-chérie, que je vous aime ! Que vous êtes « chic » !... Vous me la laisserez choisir ?

Elle inclina la tête.

— Mais oui.

Le cœur allégé, soudain, elle le regardait exulter et rire.

François se penchait sur elle, la bousculait avec des baisers prodigués au hasard...

— Dès que je l'aurai, nous irons... je vous mènerai...

Il bâtissait déjà des projets, la berçant câlinement contre son épaule.

— ... Oh ! chérie, chérie que vous êtes...

Ludivine leva les yeux vers lui et le contempla sans rien dire, longtemps, dévastée d'une joie ivre de larmes, à l'étroit dans sa poitrine : sur ce visage estompé peu à peu par la nuit envahissante, ses yeux brouillés voyaient étinceler clair, gagnant sur l'ombre, le sourire de Frédéric.

13

Encore mal remis de sa blessure, Hubert venait de rentrer à la Gloriette. Sa guerre, à lui, était finie. « Il faudra de longs mois de soins et de précautions », avaient dit les médecins. Décoré, plusieurs fois cité à l'ordre de la division de Castelnau, dont faisait partie son escadron, le capitaine Vernet, quitte envers sa patrie, était rendu à la vie civile.

Etendu sur une chaise longue, jour après jour, à l'ombre des lauriers, silencieux, fumant sa pipe, il regardait le soleil tourner sur la montagne de Frigolet. De temps à autre, Madeleine sortait de la maison :

— Tu n'as besoin de rien, mon ami ?

— Non... — Il faisait signe que non, de la tête, en caressant d'une petite tape la joue inclinée vers lui. — Non, il n'avait besoin de rien. Aucun besoin, aucun désir. Une épaisseur de vide opaque l'entourait, au sein de laquelle il flottait, sans joie ni tristesse, comme anesthésié, depuis son excursion aux portes de la mort.

Un enfant de trois ans jouait non loin de lui, sur la terrasse. — Son enfant... ce petit Frédéric tranquille et doux, que l'on n'entendait guère... Il ne parvenait pas à s'y intéresser.

— « Déri... » appela Madeleine, viens montrer à Papa comme tu sais bien lire.

Docilement, le petit alla chercher son abécédaire, s'approcha, ânonna quelques lettres...

— Très bien, parfait. Cela suffit. Embrasse-moi.

Dressé sur la pointe des pieds, l'enfant lui donna un baiser rapide, et courut se jeter dans les jupes de sa mère. Madeleine le serra contre elle, les yeux fixés sur Hubert :

— Va vite jouer, mon petit roi. Il ne faut pas fatiguer ton père.

— Avec toi, Maman !...

— Si tu veux. Mais alors, rien qu'un petit moment...

Tourné le coin de la terrasse, leurs rires mêlés parvinrent à Hubert. Une subtile pointe de jalousie l'effleura.

« Comme ils s'entendent... » Amoureuse timide, Madeleine était mère avec passion. « Bah ! c'est normal. Pauvre petite, il n'y a pas tant d'agrément à vivre à mon côté... » Une affection sans chaleur, un manque d'élans, un caractère de plus en plus taciturne... Il s'en rendait compte. « Au fond, c'est heureux qu'elle ait eu cet enfant. Pour ce que je lui donne !... »

Hubert étalait ses comptcs.

Il n'avait plus rien à donner. Exubérance, enthousiasme, goût de vivre, puissance d'aimer... une autre lui avait tout pris, des années auparavant, tout, entre ses mains rapaces, pour le rejeter avec insouciance et le laisser cruellement dépouillé.

Plus rien à donner. Plus même ce simulacre sur lequel il avait voulu se bâtir un refuge. La guerre avait achevé l'ouvrage, emporté ce dernier rempart comme le reste. Il demeurait à se souvenir de lui-même. Et sa jeunesse s'était enfuie.

Ludivine... ce nom, si longtemps planté en lui comme une flèche frémissante... à présent, le prononcer ne faisait plus se lever aucune image. L'engourdissement était venu. Bien tard. De tant d'amour, que restait-il, si même la haine... ?

La haine, cette compagne si fidèle, si quotidienne, nourrie durant quinze ans... elle le quittait à son tour, le laissant seulement un peu plus dépourvu. — Quand je l'ai vue, hier, gravir cet escalier...

La veille, accompagnée de François, Ludivine avait fait sa visite au convalescent. — Un oiseau triste, une hirondelle... dans sa robe de crêpe qui la dessinait singulièrement amenuisée. Le visage, émacié lui aussi, paraissait jaune, sous le chapeau de deuil qui l'engonçait, cachant les cheveux, éteignant les yeux.

— Vous, Ludivine ?... Bonjour...

— Eh bien ! Hubert, vous nous avez donné de l'inquiétude. Comment êtes-vous, à présent ?

Elle s'était assise auprès de lui, dans le fauteuil d'osier vite avancé par Madeleine.

— Bien. Parfaitement bien. Guéri, ou peu s'en faut. Je vous remercie de vous être dérangée.

Ni rancœur, ni colère. Même pas d'ironie.

La conversation traînait, une fois dites les nouvelles des uns et des autres. François, heureusement, s'en était emparé.

Cette impétuosité et ce nonchaloir tout ensemble, cet esprit curieux, cette aisance suprême à se mettre dans la familiarité de chacun...

Madeleine elle-même riait avec lui sans contrainte, indulgente, conquise, ainsi que, jadis, tant de femmes...

— Comme il me rappelle mon frère !

— Oui, n'est-ce pas ?

La voix de Ludivine, si nette, s'était soudain un peu cassée.

« Elle n'a pas cessé de le regretter. Elle doit pleurer encore. » Ni rancœur, ni colère ; ni pitié non plus. Une lucidité qui se détachait pour juger.

François réclamait des détails.

— ... Et ta blessure... raconte ?

Hubert haussa les épaules.

— Rien d'héroïque. Ne te monte pas la tête. J'assurais un service d'ordre sur la voie Verdun-Bar-le-Duc, avec mon peloton. L'artillerie pilonnait dur, surtout depuis quelques jours. Une « marmite » a éclaté pas loin. Un éclat dans le ventre. Ça n'est pas compliqué.

La voie Verdun-Bar-le-Duc... Les muscles du visage de François se tendaient.

— C'était beau, d'être là. Bon Dieu, si je...

Son oncle eut un vague sourire désabusé.

— Moins beau de se retrouver par terre, la tripaille dehors, comme un cheval de picador.

Ludivine lissait les plis de son gant, sans rien dire, avec une application intense.

— Evidemment, mais...

Elle se leva, coupant la réplique de son fils.

— Madeleine, ma chère, je crois qu'il se fait tard ? Nous allons partir.

François, assis dans l'herbe, se mit debout pour la suivre.

— Je reviendrai, Parrain. Tu me raconteras, n'est-ce pas ?

Il revint. Hubert entendait la voiture haleter vaillamment, en escaladant la côte pierreuse. Le bruit du moteur se rapprochait, et cessait net. Une portière claquée... quelques secondes plus tard, le jeune homme débouchait en courant sur la terrasse, parmi les gambades de ses deux chiens de berger, postérité lointaine de *David*... — ce vieux *David*, que Frédéric était parti enterrer, seul, sans un mot, le matin où il l'avait trouvé mort : une mort sans secousses, après une longue vie de bon chien. Personne n'avait su ce qu'il en avait fait, et il était revenu avec un air à décourager toutes les questions... Un quart de siècle de cela... calculait Hubert.

— Ici, *Nahum*, couché !... Et toi aussi, *Habakuk*, grand idiot...

Les descendants du compagnon de Frédéric portaient comme ils pouvaient les noms de vieux prophètes terribles. Un aspect hirsute, et des manières peu policées justifiaient, dans une certaine mesure, ces patronymes inattendus. Ludivine s'était gendarmée :

— C'est ridicule. Est-ce qu'on appelle une bête d'un nom pareil ?

François s'était contenté de rire. — Mais pourquoi pas ? ça leur va très bien. Voyons, Belle-Chérie, ce ne sont pas des chiens de salon... — Ils étaient précisément vautrés à ses pieds, sur le grand tapis du salon, à ce moment-là. Mais sa mère, agacée, avait haussé les épaules, sans lui en faire la remarque : « ... Tellement Vernet, ce goût de scandaliser, pour l'amusement de voir les gens aux prises avec le défi qu'on leur jetait au nez... Jamais elle n'avait pu s'y faire... »

Hubert souriait à la grande silhouette juvénile qui paraissait déplacer du soleil autour d'elle.

— Te voilà ?

— Oui. Encore moi. Juste pour une demi-heure, aujourd'hui.

François se jetait à terre, sur l'herbe roussie de ce mois de juillet.

— ... Tu m'as entendu monter ? Ça ronflait, hein ? Bonne machine... Dis donc, j'ai pris le virage, en bas... Tu aurais vu ça !... Ah, si je pouvais conduire en course, comme Papa et toi !... J'ai reçu un mot de Laurent, ce matin. Il est à Souilly. C'est là que tu étais, hein ? Dis-moi, l'autre jour, quand tu m'expliquais le mouvement de Sarrail, en 15...

Sa mère le voyait rentrer avec ce masque absent et tendu, dont elle avait déchiffré la menace, si longtemps auparavant, sur un autre visage.

— Tu n'étais pas à Barbegal, aujourd'hui ?

— Si... c'est-à-dire... Voilà : j'ai conduit Dominique et Henriette à Tarascon, où elles devaient rejoindre madame Royer. De là, je suis monté passer une heure à la Gloriette.

Bien entendu. Même s'il l'eût voulu cacher, c'était inscrit sur sa figure. Cela ne pouvait plus durer. Il la rendrait folle. Ludivine médita un instant. L'instinct possessif, en elle, se rebellait âprement contre le parti à prendre. Elle le prit, pourtant.

— Au sujet d'Henriette, n'as-tu rien à me dire ?...

Elle vit se troubler l'eau claire des yeux de son fils.

— Mais... je ne comprends pas.

Mal à l'aise, il enfonçait les mains dans ses poches.

— Vraiment ?

Le ton de sa mère devint sarcastique.

— ... Mon pauvre François, je me serai trompée...

Il rougit d'un seul coup, et se jeta contre elle.

— Belle-chérie, épargnez-moi. Je me sens complètement ridicule. Comment avez-vous deviné ? Vous n'êtes pas fâchée ?

Un attendrissement venait à Ludivine, devant ce désarroi d'enfant pris sur le fait. Elle caressa les mains qu'il posait sur sa robe, agenouillé devant elle.

— Fâchée... ? De quoi donc, au juste ? De ta dissimulation ou de ton choix ?

— Ho !... De mon choix !... s'exclama-t-il redressé. Il n'y a pas une fille, parmi toutes celles que vous connaissez...

— D'accord.

François se rasséréna.

« Comme il la défendrait, cette petite ! Il l'aime... »

Le goût de cette certitude... « Eh bien, du moins le retiendra-t-elle... »

— ... Mais alors, qu'attends-tu ?

— Je ne sais pas... — Au fait, c'était vrai, qu'attendait-il ? Les entrevues quotidiennes, les baisers échangés aux heures de solitude que leur ménageait la complicité tacite de sa sœur lui avaient suffi, jusqu'alors. Cet amour si différent de tant de banales aventures dont les gestes, toujours semblables, le laissaient déjà blasé... cet amour vrai, merveilleusement offert, il s'en approchait encore, après presque quatre mois, avec des précautions émues, devant tant de candeur et d'abandon mêlés.

— ... Je n'étais pas pressé que tout le monde sût... Et puis, je craignais... — Il tenta d'expliquer : — ... de n'être pas pris au sérieux... par vous, par ses parents... C'est que vous êtes terrible, parfois, Belle-chérie...

La naïve remarque de son fils atteignit Ludivine. Son cœur se contracta. Si François, lui aussi, pouvait penser cela... — Elle prit sur elle pour sourire.

— Nigaud...

Soulagé, maintenant, le jeune homme la regardait avec un amour tout rempli de confiance, attendant la décision qu'elle allait prendre.

— ... Nous irons demain faire la demande. Il faut vous fiancer au plus vite pour arrêter les commérages qui doivent déjà circuler grand train.

L'année s'achevait. Le grand calme blanc de la neige recouvrait Mogador.

Henriette venait parfois passer la journée. Ludivine accueillait de son mieux sa future belle-fille. Mais l'atmosphère de la maison dépeuplée demeurait pesante, malgré le mouvement apporté par François ; et les fiancés préféraient se rejoindre à Barbegal.

Numa vint en permission, orné de la croix de guerre et des galons de lieutenant, gagnés dans l'offensive de la Somme.

— ... A Dampierre. Un endroit champêtre... Tu peux croire que ça bardait, mon fils... dit-il à François.

Son cousin enviait cette allure de « poilu », et cette prestance, dans les guenilles décolorées où le doré tout neuf éclatait sur les manches...

Ludivine insista pour le garder :

— ... Au moins jusqu'à demain !

— Je ne peux pas. Vraiment pas. Pensez à ma mère qui m'attend. Elle n'est pas très bien portante, depuis quelques mois. Je me dois à elle... Je reviendrai vous voir...

— Eh bien soit, soupira Ludivine.

Elle ajouta, par acquit de conscience :

Porte lui mes compliments, avec mes bons vœux.

Numa s'inclina sur sa main, serra celle de François, embrassa sans façons sa future cousine...

Dominique attendait son tour.

— Viens-tu me faire un brin de conduite, Niké ?... Au fait, tu sais ce que cela veut dire, Niké, en grec ?... Allons, accompagne-moi jusqu'au chemin, ma petite victoire...

Elle courut chercher un manteau, jeta une écharpe sur sa tête...

— Me voilà.

Son cœur bondissait à lui faire mal. « Ce tête-à-tête... Mon Dieu, faites qu'il m'aime, faites qu'il me le dise ! Mon Dieu, écoutez-moi !... Oh, ce serait... » Muette, elle s'avançait à côté du jeune homme, perdue dans sa prière.

— Tu n'es pas bavarde, lui reprocha Numa, taquin.

— Cela t'ennuie beaucoup de faire ces quelques pas avec moi ?

— Non ! Oh non !...

Dans son trouble, elle glissa sur le sol verglacé.

Il la retint.

— Prends mon bras.

La jeune fille avança une main presque craintive.

— ... Là, appuie-toi. Maintenant, si c'est moi qui fais un faux pas, nous tomberons ensemble...

Dieu ! qu'elle aimait ce sourire !

Il redevint sérieux :

— ... Comment vit-on, ici, à présent ? Ta mère a une pauvre figure. Et la maison ressemble au château de la Belle-au-Bois-Dormant. Est-ce que je me trompe ?

Dominique secoua la tête.

— Non... Mais la Belle-au-Bois attendait le prince, et je suppose qu'elle devait faire des rêves d'une jolie couleur. Maman, elle, n'attend plus rien. Pauvre Maman... Et, de nous tous, c'est à qui lui fera de la peine, ou lui donnera du souci...

— Ce n'est rien, dit Numa. Au contraire... C'est tout ce qui lui reste pour vivre... D'ailleurs, ajouta-t-il, ce n'est pas toi qui dois lui en donner beaucoup ?

— Oh ! moi... Je compte si peu.

Numa l'examina d'un œil amusé.

— Si peu, en vérité ?

La jeune fille perdait contenance, sous le regard de son cousin. Elle remonta nerveusement l'écharpe qui s'obstinait à glisser de sa tête. La détresse l'envahissait : « Qu'est-ce que je fais là ? Il me traite comme une enfant, il... » Elle eût voulu avoir le courage de le prendre de haut, avec lui, comme elle l'avait vu faire à ses sœurs... Mais non... — L'allée d'honneur s'allongeait démesurément entre les buis enneigés, sous le ciel blanc terne. « Si, du moins, nous étions au bout, je le quitterais, ce serait fini... » Fini d'espérer en vain, fini d'être tremblante, suspendue à ce visage, à chaque parole de cette bouche... Quand il n'était pas là, elle le recréait plus proche...

— Tu te moques de moi !...

— Mais non : je te regarde... Sauvageonne !... Pourquoi ne t'arranges-tu pas mieux ? Des cheveux pareils... en faire des tortillons de boulanger !... C'est un crime. A Paris, les femmes se coiffent flou, lâche, avec des effets de masse au-dessus de la nuque... Un mouvement délicieux...

Confuse, ravie, peinée, inquiète, Dominique perdait pied, sous l'afflux des sentiments divers suscités en elle, qui s'y bousculaient.

— Tu es allé à Paris ? demanda-t-elle seulement.

Il dit, d'un ton léger :

— Mais oui. C'est mon chemin. Entre deux gares...

Etait-ce en taxi-auto, d'une gare à l'autre, qu'il avait étudié la coiffure des femmes ? — Elle se mordit les lèvres.

— Je me coiffe comme il me plaît.

— C'est un tort... apprécia Numa, imperturbable. A ton âge, on se coiffe comme il plaît aux hommes. Anne ou Christine ne t'ont pas appris ça ?

Dominique serra la bouche, sans répondre. — La grille était là, atteinte, enfin...

— Je vais rentrer.

— Déjà ? — Son cousin la dévisagea. — Tu es bien pressée. Enfin... comme tu voudras.

Bien sûr, cela lui était égal...

Il posa sa valise :

— ... A bientôt, ma sagesse... Je te reverrai avant de partir. Allons, le baiser d'adieu...

La jeune fille tendit sa joue.

— ... Non. Toi, embrasse-moi. Mieux que ça... Niké...

Il resserrait son bras autour de la taille si mince. Son visage se rapprochait, devenait grand comme l'univers, il emplissait les yeux de Dominique...

— ... Niké, es-tu vraiment une si petite fille ?

Ce souffle qui, frôlant l'oreille à demi cachée sous les cheveux, glissait sur la joue, avec une vertigineuse lenteur...

— ... Petite... toute petite...

Dans un chuchotement, il atteignit la bouche de Dominique.

Immobile, les yeux grands ouverts, noyés d'une extase défaillante, elle pesait contre sa poitrine comme une grande poupée molle. — Il n'y avait rien eu au monde, avant ce baiser. Il n'y aurait rien après...

Numa la repoussa doucement. Elle se tint debout, vacillant un peu : la flamme d'une bougie livrée aux jeux de l'air qui passe...

— ... Niké... vite, laisse-moi partir.

Dominique ne disait rien. Elle le regardait avec une intensité éperdue, attendant sans savoir...

Le jeune homme ouvrit la grille, passa de l'autre côté...

— Numa !

Il souriait. Ses lèvres jointes esquissèrent le mouvement d'un baiser.

Au bout de quelques pas, il se retourna, lui fit une petite grimace moqueuse :

— ... Et n'oublie pas, pour ta coiffure...

La ronde des permissionnaires tournait. Arriva Robert Antonetti, et, deux jours après, Maurice Royer. François reconnaissait mal ses amis. Leur univers était ailleurs... Ils se tenaient du côté de ceux qui meurent ;

et cette mort des autres les entourait, à ses yeux, d'une invisible barrière. Leurs moindres mots sonnaient, pour lui, comme de l'histoire.

Eux, pourtant, disaient leur plaisir de le revoir, et semblaient trouver tout naturel qu'il fût demeuré là.

— Evidemment, ta mère n'a plus guère que toi comme appui. Ta place est auprès d'elle...

C'étaient eux qui le consolaient.

François recevait, rongeant son frein, cette absolution qu'ils lui donnaient, et ces démonstrations d'amitié dont ils n'étaient pas avares, Maurice surtout :

— Vrai, mon petit vieux, ça me fait plaisir que ce soit toi qui épouses Henriette. C'est une brave fille, ma sœur...

— Attends-nous, seulement, pour les noces. On te rapportera un souvenir de Berlin, le jour où on aura reconduit chez eux tous ces vieux poteaux en vert-de-gris, comme disait Jules... Tu te rappelles, Jules, eh Maurice ?

— Si je me rappelle !... Tu penses ! Un type pareil... Dans le civil, il tenait un bistrot à la Villette, expliqua Maurice à leur ami. Un petit bougre tout rondouillard... Des histoires, il t'en aurait raconté pendant huit jours d'affilée... « *J'connais la vie, moi, p'tit frère. On m'la fait pas...* » C'était son mot, tu comprends ? On l'entendait toujours répéter ça...

Ils repartaient dans leurs souvenirs.

— Et qu'est-ce que... ?

— Nettoyé. A l'attaque de Berny. Nous étions côte à côte. Il a fait : « Ah dis donc !... » avec une drôle de voix, en tournant sur lui-même, et il est tombé, le nez par terre.

Mort, cet inconnu : Jules, avec son argot, et ses manières populaires... Mais Jules se tenait encore auprès de deux copains, et d'autres avec lui, une foule... Et eux deux marchaient avec la cohorte, grandis et isolés dans cette ombre que cela faisait, devant François envieux, qui les regardait passer.

— Hiette, comprends-moi : il faut que j'y aille ! Non, ne pleure pas, ne pleure pas, ma chérie, je t'en prie ! Je me perds, ici. Chaque jour je me méprise un peu plus, de ne pas savoir m'arracher de toi, et de ma mère. Pendant que tous les autres font ce qu'ils doivent ! J'en crève à petit feu. Je ne peux plus vivre dans cette honte !... Toi-même, tu finirais par cesser de m'aimer...

Cesser de l'aimer ? Ah, elle savait bien, elle... Mais... — Elle joignit autour du cou de François ses mains tremblantes.

— S'il est nécessaire que tu t'en ailles, pour ta paix, il faudra bien que je le supporte.

— Ma chérie douce !...

Il embrassait ses paupières mouillées, avec une sorte de dévotion.

— ... Tu verras... ce bonheur, quand je reviendrai. Ma Hiette, tu seras fière, dis ?

— Oui, oui...

Accrochée à lui, renversant la tête, elle le contemplait, ravalant ses pleurs pour lui offrir un fragile sourire.

Restait à convaincre Ludivine. Par tous les moyens, le jeune homme s'y employa.

Un dur bastion. Insistances, prières, câlineries, arguments coléreux..., rien ne semblait avoir prise sur elle. François y épuisait sa patience depuis un grand mois, apparemment sans autre résultat que de sentir devenue irrespirable l'atmosphère de Mogador.

— Non ! Non !... c'est inutile. Tu ne partiras pas. Grâce à Dieu, tu n'as pas l'âge, encore ! Et d'ici là...

Elle pétrissait son mouchoir...

— ... Quand je pense qu'en septembre, on aurait pu signer la paix !... Mais non : Monsieur Briand n'était pas de cet avis. « Déshonorante... Humiliante... » — Son ricanement sec fit bondir le cœur de François. — Il faut croire qu'il n'a personne dans les tranchées, lui... En tout cas, qu'ils continuent, si ça les amuse. Mais moi, je te garde ! Que ça te plaise ou non, tu resteras ici.

Elle défendrait son bien toute seule, puisque Henriette n'avait pas su ! La niaise !...

Cependant, François ne lui laissait pas de répit. A chaque repas, la discussion reprenait, pour se poursuivre au salon. Ce n'était plus la timide tentative que Ludivine avait écrasée, un an auparavant. Elle trouvait en face d'elle une volonté tenace, arrêtée sur la décision prise, qui multipliait ses attaques avec une continuité épuisante à subir.

— Et ta fiancée, si c'est ainsi que tu tiens à elle...

— Vous ne comprenez pas, Maman.

— Non, en effet. — Ludivine ricanait : ce ricanement qui exaspérait son fils... — Je ne comprends pas. Et... elle accepte, elle ?

— Oui, elle m'aime assez pour me comprendre ! jeta cruellement François.

— Ah, elle... Et moi, alors ! Moi... — Un cri chargé de fureur et d'angoisse. — Moi, est-ce que je ne t'aime pas ?

Le jeune homme haussa les épaules avec lassitude.

— Vous m'aimez pour vous, pas pour moi.

— Assez ! Sors d'ici ! Tu es odieux !... Je ne sais pas comment tu oses... !

François eut un mouvement pour s'élancer :

— Chérie, je vous en supplie... balbutia-t-il, repentant.

L'expression de sa mère le cloua sur place.

— Assez, j'ai dit : assez ! Laisse-moi. Va-t'en.

La porte refermée, Ludivine retomba sur la causeuse, encore vibrante, comme un arc soudain détendu. « *Vous m'aimez pour vous, pas pour moi...* » Le père, avant le fils, avait dit cela, ou quelque chose de semblable, qui frappait avec la même horrible précision...

Une heure plus tard, quand Victor vint annoncer : « Madame Royer », Ludivine était encore assise à la même place, la tête penchée, les mains ouvertes posées sur ses genoux, absorbée dans une absence douloureuse.

Elle se leva pour accueillir Elise, et fit effort pour sourire.

Son amie la dévisageait avec pitié.

— Non, pas de café, merci. Je l'ai pris à la maison. Je vous en prie, chérie, ne dérangez pas Victor. Je n'ai que quelques instants. Il faut que je sois à Tarascon avant quatre heures. Je voulais... Je suis venue vous voir... C'est au sujet de François. Oui... Il est arrivé bouleversé, tout à l'heure, et m'a priée de venir vous parler.

— Vraiment ?

Ludivine se redressa, une étincelle allumée dans ses prunelles.

— ... Je suppose qu'il vous a demandé de me présenter ses excuses ?

— Ses excuses... Oui, bien sûr. Il est au désespoir de vous avoir causé de la peine. Il s'imagine que vous ne voudrez pas lui pardonner...

Elle s'arrêta, attendant...

Ludivine mordait son mouchoir sans rien dire.

Elise entreprit de continuer.

— ... J'ai promis aussi que je tâcherais de vous faire comprendre... Ce n'était pas facile.

Etouffant un soupir, Elise scruta quelques instants ces traits contractés...

— Chérie, vous ne pouvez pas continuer cette lutte, cela vous tue, et ne vous mènera à rien. Il n'est pas pour rien le fils de Frédéric...

Elle revoyait le jeune homme, marchant à grands pas, dans son salon, avec la rage d'un fauve prisonnier. « Un embusqué !... Ma mère fait de moi un embusqué ! N'importe qui peut me cracher ça en pleine figure. Je ne le supporterai pas plus longtemps. Je préférerais me sauver comme un voleur... »

— ... Vous ne l'empêcherez pas. Oui, c'est dur, pour nous, quand il faut vivre dans cette peur quotidienne. Je sais ce que c'est. Et pour vous, ma pauvre chérie, qui avez déjà tant souffert... Mais vous ne pourrez pas l'empêcher. Et, au fond de vous-même, vous savez bien qu'il a raison, et que...

— Non, Elise !... C'est vous qui venez me dire cela ? Etes-vous folle ? Vous dont il va épouser la fille...

Un tremblement la parcourait. Elle se leva, et alla s'appuyer contre le rebord de la cheminée, au risque de brûler sa robe.

— ... Vous voudriez que je le laisse s'engager ?...

Elise hocha doucement la tête.

— Henriette consent. C'est elle qui...

— Ne me parlez pas d'Henriette ! Je le lui avais donné pour qu'elle me le gardât. A quoi est-elle bonne, si elle n'est même pas capable... Et il l'aime ! Oh Dieu, Dieu ! Mais moi, à sa place... !

Elle s'exaspérait de son impuissance.

— Ludivine, allons, vous n'êtes plus vous-même ! Calmez-vous...

— Me calmer ?

Elle virevolta avec une telle brusquerie que le volant

de sa robe effleura les flammes. Elise, droite sur son fauteuil, étouffa un léger cri.

— ... Me calmer... Mais oui, naturellement ! C'est tout simple ! J'ai mis cinq enfants au monde. Et l'une est au couvent, une autre en Amérique, une autre dans l'Est, à deux pas du front... et maintenant mon fils, mon fils unique, tout ce qui me reste de Frédéric... lui aussi, il faut que je le perde ! Vous êtes tous ligués pour me l'enlever. Vous le soutenez contre moi, vous l'encouragez... C'est moi qui ai tort de vouloir le garder en sûreté, de ne rêver que son bonheur...

Sa voix devenait discordante. Celle d'Elise reprit, avec une douce fermeté :

— Son bonheur ?... N'invoquez pas cela. François ne sera pas heureux ici, tant que...

La porte s'ouvrit.

— J'ai pensé que c'était une lâcheté de vous laisser batailler seule, pour moi, auprès de ma mère, dit François, s'avançant, l'air résolu. Il vint se placer, debout, à côté du fauteuil d'Elise.

Ludivine blêmit. Ses yeux flambèrent.

— François, mon petit, reprocha Elise, tu n'aurais pas dû...

— Laissez, Elise. Ce n'est pas la peine.

Elise devait ne jamais oublier ce masque cendreux où la bouche se tordait brutalement sur des paroles sifflantes.

Immobile, comme fasciné, François regardait sa mère marcher sur lui.

Elle s'arrêta à quelques pas, le dévisagea avec un désespoir mêlé d'une sorte de haine...

— Tu veux partir ? — Son accent était méconnaissable. — Eh bien ! pars, tu es libre.

— Maman ! Maman chérie...

Avec une froide violence, elle s'arracha aux bras que

le jeune homme nouait autour d'elle, l'écarta, atteignit la porte...

— ... Maman...

Elle ne se retourna pas.

— ... Maman !... haleta encore François.

Ludivine avait quitté la pièce.

François demeurait foudroyé. Le regard de madame Royer, embué de tristesse, s'attachait à lui. Il s'écroula contre elle, le visage dans sa robe.

Maternelle, Elise caressait d'une main apaisante l'épaule secouée, dont les sanglots se calmaient peu à peu.

Il partit quelques jours plus tard pour Valréas où devait s'accomplir la période d'instruction. Trois mois après, dirigé sur l'Est, il arrivait à Sainte-Menehould. Dominique et Henriette, seules, l'avaient accompagné à la gare.

— Maman pardonnera, ne t'inquiète pas. A ton retour, tout sera oublié.

— Pauvre Belle-chérie... Distrais-la, Nique. Occupe-toi d'elle. Ne la laisse pas seule. Elle a tellement besoin d'être aimée.

Henriette ne disait rien. Serrée contre son fiancé qui la tenait par la taille, elle levait vers lui son petit visage courageux, crispé dans un sourire brillant de larmes.

Il se pencha.

— Ma petite douce, ne crains rien, je reviendrai vite. Ce ne sera pas long. Maintenant que l'Amérique s'y met... Parions que nous serons tous réunis à Mogador pour le baptême du bébé de Christine. Ce sera drôle d'avoir un neveu ou une nièce, hein, Nique ?... Mais qu'est-ce qui te prend ? Ça te fait pleurer ? Bécasse, va ! Tu verras un peu ceux que nous aurons, Hiette et moi...

Il monta en ligne vers la mi-juillet. Une longue lettre tendre l'apprit à Ludivine. Cette lettre devait demeurer sans réponse.

Mais François n'eut pas le temps de s'en chagriner : le 20 août, au matin, l'armée Guillaumat prenait l'offensive sur les deux rives de la Meuse. Au nord de Cumières en ruine, dans un petit bois où le torride soleil de midi soulignait durement la misère des arbres sans feuilles, dressés noirs sur le ciel, l'aspirant Vernet et cinq hommes de sa compagnie tombèrent sous le feu brusquement déclenché d'une mitrailleuse allemande.

Le « mortuaire » parvint à Fontfresque dans les premiers jours de septembre. Le maire, consterné, alla revêtir sa jaquette réservée aux cérémonies — celle-là même qui avait servi pour les mariages des « Demoiselles Vernet » — et se mit en route, arrêté à chaque pas par des villageois apitoyés, qui demandaient des détails : « C'est pas possible. Un si beau "drôle"[1], si "galant"[2], si "brave"[3], que tout le monde l'aimait !... »

Sur la place de l'église, se sentant incapable de porter seul le faix de la visite, il entra chez le curé.

— François Vernet ? Mon Dieu, qu'est-ce que vous dites ? François...

Le vieil homme laissait monter ses larmes.

« Le petit François... C'était hier le catéchisme, hier les leçons de latin... »

— Oui, ça leur fait trop de malheur. Quand ça se met sur une famille, ça n'arrête plus.

L'abbé réfléchissait.

— Seigneur Jésus ! Comment madame Vernet va-t-elle supporter cette nouvelle épreuve ?... Je vous

1. Drôle : garçon.
2. Galant : charmant, séduisant.
3. Brave : gentil.

accompagne, monsieur Allègre, il faut y aller tout de suite. Qu'elle ne l'apprenne pas à l'improviste, par quelqu'un du village...

Ludivine travaillait dans le bureau lorsque Victor, bouleversé, introduisit les deux vieillards. D'un coup, elle fut droite. Ses yeux agrandis et fixes allèrent un instant de l'un à l'autre, avec une terrible acuité.

— Mon fils ?... souffla-t-elle, presque indistinctement.

La gorge serrée, Allègre lança un coup d'œil de détresse vers son compagnon.

Le prêtre fit un effort pour commencer :

— Madame...

— Il est... mort ?

— Madame...

— Mais répondez-moi ! cria-t-elle, avec une violence inattendue.

Ils se turent. Un silence terrible s'établit entre eux trois.

— Madame Vernet, je peux pas vous dire la peine que ça me fait..., entreprit le maire. Puis, il renonça.

Cette femme, devant eux, ne les voyait plus, n'entendait plus rien. Une statue. Aucune sympathie ne pouvait l'approcher. Les deux hommes demeuraient embarrassés de leur pitié inutile.

L'abbé Bersot tenta de lui prendre la main.

— Ma chère fille, ne restez pas ainsi, debout. Laissez-moi vous...

Emergeant de ses ténèbres, Ludivine le regarda avec hébétude.

— Dix-neuf ans. Il a eu dix-neuf ans, au mois de février...

Le menton du vieux prêtre tremblait. Il secoua la tête.

— Dieu vous envoie une lourde croix. Mais il vous donnera la force...

Elle ne répondit pas.

Dans le silence, le maire sortit de son portefeuille le papier reçu, et le déposa sur le coin du bureau, presque furtivement.

— Merci, Allègre.

La voix saccadée, rêche, sans nuances, les surprit.

— Et vous aussi, monsieur le Curé. Je vous remercie tous deux. Maintenant, je ne vous retiendrai pas davantage. Excusez-moi. Je vais vous faire reconduire.

Au-dehors, les deux hommes retrouvèrent avec une espèce d'étonnement le ciel ruisselant de lumière, le chant des cigales, les fleurs un peu penchées au bord de la pelouse, sous la grande chaleur. C'était l'été. Un moment, ils venaient de l'oublier.

14

Ludivine se terrait dans sa chambre. Refusant de recevoir quiconque, fût-ce sa fille, elle vivait dans une prostration qui ne tenait plus compte du temps.

— Que fait Madame ? Mange-t-elle, au moins ? questionnait Adrienne, accourue.

Eugénie reniflait.

— A peine. Hier au soir, un peu. Mais ce matin, elle n'a pas touché au plateau.

— Je veux la voir, Tatie, je veux la voir..., répétait Dominique, entre ses sanglots. Je veux aller près d'elle. Il me l'avait confiée, en partant...

— C'est pas possible, Mademoiselle. « Personne », elle a dit comme ça, Madame : « Personne, tu entends ? »

— Mais que fait-elle ? s'inquiétait Adrienne, berçant contre elle la pauvre Dominique.

— Rien. Des moments, elle marche ; des moments, elle reste assise, sans bouger. Cette nuit, elle s'est pas couchée...

Ludivine s'obstinait dans une vaine poursuite, à la recherche de ce sentier inconnu, où l'avait à son tour distancée François. Elle lisait et relisait la lettre du capitaine Bordenave : « *Le matin même, il m'a dit : Mon capitaine, je suis content. Il fait un vrai temps de victoire. Ma parole, on dirait le ciel de chez moi. C'est bon signe. Vous allez voir ça... on les aura !* » « *Nous l'avons confié à cette terre que son sacrifice nous a aidés à reconquérir, et qui restera nôtre. Vous retrouverez facilement l'endroit. C'est à la corne sud d'un petit bois touchant le bois de Cumières, qu'on appelle le bois des Corbeaux...* »

Le bois des Corbeaux... le nom faisait lever de sinistres images. Ludivine frissonnait, croyant voir un envol d'ailes noires interposé devant le jour : « François, François... » Un gémissement sortait de sa poitrine. « Un an de lutte, pour lui jeter, à la fin, cette permission d'aller mourir... Ah !... » Elle enfonçait le poing dans sa bouche pour ne pas hurler.

Huit jours s'étaient à peine écoulés lorsque lui parvinrent à la fois un télégramme et une lettre d'Alban Marquet-Rageac.

Le télégramme disait : « *Christine décédée, d'une septicémie foudroyante.* » La lettre, antérieure, expliquait comment, à la suite d'une chute à bicyclette dans un trou d'obus, une nuit d'alerte où elle gagnait son poste, la jeune femme, transportée à l'hôpital, avait enduré quarante-huit heures de souffrances, et avorté, enfin, tout danger paraissant désormais écarté.

Ce nouveau coup laissa Ludivine sans réactions. Elle

baignait dans les eaux de mort, affleurant à peine la surface, comme une algue parmi d'autres algues immobiles. Et c'étaient les vivants qui s'éloignaient d'elle, à la dérive des courants.

Charles Guillermin dut s'occuper des démarches pour faire ramener le corps de Christine jusqu'au cimetière de Fontfresque.

Ludivine n'assista pas à la cérémonie, pas plus qu'elle n'avait assisté au service funèbre célébré pour François. La foule d'amis accourus, les parents eux-mêmes s'en retournèrent sans avoir pu lui présenter leurs condoléances... Seul le vieil oncle Constant obtint une courte entrevue, de laquelle il sortit, tiraillant sa moustache blanche d'un geste désolé.

Lorsque tout fut rentré dans le morne arrondi de calme qui suit les agitations autour d'un deuil, Dominique, demeurée seule, vit apparaître sa mère, à l'heure du déjeuner. Elle se leva pour l'embrasser, avec une certaine timidité. Ludivine lui rendit son baiser, déplia sa serviette...

— Victor...

Le repas s'écoula rapidement, coupé de quelques rares paroles. Les efforts de la jeune fille se paralysaient devant la raideur absente de Ludivine.

Au salon, cependant, lorsque le vieux maître d'hôtel eut laissé les deux femmes seules devant le plateau servi, Dominique osa venir s'asseoir sur la causeuse à côté de sa mère. Elle versa le café, le sucra, tourna la cuillère...

— Tenez, Maman chérie, il faut boire tout de suite, vous qui l'aimez bien chaud...

Ludivine posa sur elle un long regard mal réveillé, prit la tasse, but d'un trait, et la reposa en silence.

— ... Encore un peu, Maman ? demanda Dominique, la gorge contractée. A nouveau, elle vit les yeux de sa mère se fixer sur elle.

— Tu as mauvaise mine. Es-tu sortie, ces jours-ci ? Non ? Cela se voit. Pourquoi ne vas-tu plus à Barbegal ? Il faut y retourner.

Dominique rassembla son courage :

— Justement, il y a Henriette qui...

— Henriette ?... murmura Ludivine. — Au fait, comment est-elle ?

— Oh Maman... elle fait mal à voir, si vous saviez... Elle qui était si gaie... Elle voudrait...

Dominique hésitait.

— ... Elle est venue me demander si vous pourriez la voir, un de ces jours...

Ludivine eut une sorte de haut-le-corps.

— Non ! Non !...

Vivement, elle ajouta :

— ... Pas encore... Plus tard... Mais va chez elle, cela te fera du bien.

Elle passait un doigt distrait sur l'épais chignon arrondi en coque soyeuse au-dessus de la nuque, nimbant de reflets clairs la tête de sa fille.

— Maman chérie... je voudrais tant que vous me gardiez auprès de vous, au lieu de rester seule comme vous le faites !

— Seule ?...

L'ombre dérisoire d'un sourire traversa les traits de Ludivine sans éclairer les yeux tournés vers leur vision intérieure.

« ... Quand est-on seul... ? »

Elle mit un baiser sur la tempe de Dominique, et se leva pour regagner sa chambre.

— ... Non, va ma toute petite, va chez ta marraine.

Mogador glissa vers l'automne, s'enfonça doucement dans l'hiver...

Ludivine traînait un rhume depuis le jour de la Toussaint où une averse glaciale l'avait surprise au cimetière. Assise devant le feu, il lui arrivait de grelotter. Frileusement, elle tendait les mains vers la flamme, approchait ses pieds des tisons jusqu'à roussir le bout de ses chaussures et le bas de sa jupe.

— On gèle ici. Apporte donc une autre bûche. Et fais-moi passer le soufflet.

— Oui, Madame.

Eugénie alimentait le brasier.

— Ça fait pourtant un beau feu, qui ronfle..., soupira-t-elle, en se relevant, la figure écarlate, rôtie à la réverbération.

Sa maîtresse ne répondit pas : « Un beau feu... » Mais peut-être n'y avait-il plus aucun feu capable de la réchauffer... Elle serrait son châle sur ses épaules.

L'un des chiens de François, qu'elle gardait à présent auprès d'elle, étalé contre les chenets, grogna, du fond de son sommeil morose. Les bûches sifflaient, crépitaient, craquaient, s'éparpillaient en étincelles, sous le tisonnier, dans le silence de la pièce envahie d'une ombre rougeâtre, aux approches du crépuscule.

Une journée passée, une de plus... sans qu'elle sût comment. Trop de regrets, certains sournois comme des remords, lui tenaient âprement compagnie. Durcie, à la face de son entourage, dans un raidissement qui repoussait toute approche, elle s'abandonnait, durant ses longues heures solitaires, à l'affreuse volupté d'un désespoir qui dépassait les larmes.

François et Christine, en mourant, avaient refoulé Frédéric plus loin dans l'absence. Ses traits s'estompaient. Les photographies trop contemplées perdaient ce reste de vie qu'elles avaient longtemps retenu. Des nuits entières, Ludivine, acharnée, cherchait à retrouver une intonation, un geste... Implorant le secours des choses, elle relisait ces lettres si courtes, si retenues dans leur expansion, qu'il lui avait jadis écrites... explorait des tiroirs pour retrouver des cravates, une pipe, un couteau, une blague à tabac dont le caoutchouc s'était collé... tirait d'un rayon de l'armoire des vêtements qui n'exhalaient plus l'odeur vivante, familière, mais seulement celle des vieilles étoffes renfermées ; et leurs plis anciens, faits au corps, avaient disparu. « Comme c'est peu, ce qu'on laisse... » Impuissante, elle assistait à cette seconde mort de Frédéric, en elle.

Plus rien de lui, à présent, sinon ce vide, comme une prison, comme un puits de noirceur, où il la laissait ; ce manque de lui vertigineusement consommé...

Et les ombres de ses enfants en allés sans pardon lui étaient amères...

Peu à peu, elle se déchargea sur Dominique des tâches qui l'avaient absorbée :

— ... Vous demanderez à Mademoiselle... Dites-leur de voir ma fille. Elle s'en occupera...

Domestiques et fournisseurs connaissaient la réponse. Ils se le tinrent pour dit. Tonin et Ranguis, eux-mêmes, prirent insensiblement l'habitude de s'adresser à la jeune fille.

Dominique ne possédait pas le sens pratique infaillible de sa mère, mais les enseignements que lui prodiguaient le baïle et le contremaître tombaient sur une intelligence intuitive, une rectitude de caractère et un ardent désir de se dépenser utilement, qui l'aidaient à résoudre bien des questions délicates.

Elle se considérait comme responsable de sa mère et du domaine. C'était là le legs de François...

Pour pouvoir se rendre aisément à Tarascon, où l'appelaient sans cesse des formalités à régler de bureaux en bureaux, elle apprit à conduire l'automobile.

Rougissante, sans se départir de sa douceur, elle défendait contre tout empiétement les droits de Mogador, menacés par les réquisitions : « Du fourrage ? Oui, elle livrerait du fourrage... Mais pas plus qu'il n'était possible de le faire sans nuire aux besoins de l'exploitation... » On s'inclinait devant la dignité de cette jeune fille en deuil qui ne rusait pas, n'ergotait pas, ne cherchait pas même à se servir de moyens féminins pour se débattre, ou obtenir son dû.

Lorsqu'elle travaillait à la maison, dans le bureau, il advenait que Ludivine entrât, au cours d'une de ces incursions silencieuses qui la menaient parfois d'une pièce à l'autre, apparemment sans but.

— Continue, ne te dérange pas...

Elle s'assit sur le coin du sofa et promena ses doigts sur le bord, là où les bottes de Frédéric avaient râpé la peluche.

Dominique reprit ses comptes, évitant de se retourner. Elle avait appris à respecter le mutisme de sa mère.

Au bout d'un moment, celle-ci se rapprocha :

— Tu es satisfaite ? Ça marche ?

— Oui, Maman chérie. Voulez-vous voir ?

Ludivine repoussa le registre offert.

— Non, non... Je suis sûre que tout va très bien, continua-t-elle, grattant machinalement sur le tapis vert une tache d'encre vieille de vingt ans.

— J'ai eu gain de cause, pour les chevaux..., annonça Dominique avec une timide fierté.

Ludivine se pencha sur le visage levé vers elle, le scruta longuement, l'embrassa...

Blottie contre sa mère, la jeune fille se laissait aller, avec un sourire d'une tendresse enfantine.

— ... Je vous aime, Maman, vous savez...

Hochant la tête, Ludivine ne parut pas entendre. Elle poursuivait sa pensée avec fixité :

« Toi aussi, tu lui ressembles, par instants... Oui, c'est vrai... Tes yeux sont exactement de la même couleur... »

Aux environs de Noël, Dominique se rendit à Montpellier, pour voir sa sœur.

— Je l'ai trouvée dans une paix merveilleuse, raconta-t-elle, au retour, à sa mère. Nous avons beaucoup parlé de vous. Sabel voudrait tant vous voir !... Elle prie pour vous continuellement... Nous avons pleuré ensemble en pensant à François et à Christine. Mais, comment vous dire, Maman ?... c'étaient des larmes qui n'étaient pas tristes. Je les devinais là, tous, entre nous, tout près... Vous auriez dû venir. Je suis sûre que cela vous aurait fait le même effet. Sabel dit qu'elle ne se sent pas du tout séparée d'eux...

Peut-être Isabelle était-elle déjà morte à demi. Les religieuses ont si peu de corps... — Mais Ludivine traînait le sien, las, douloureux, pesant. Et la foi... : « Une recette pour l'autre monde... » Son esprit épuisé refusait ce mirage ; elle n'avait que faire d'une promesse. C'était dans cette vie qu'elle se consumait de soif, et toutes les sources du Paradis ne lui donneraient pas une goutte d'eau à boire...

— Si vous vouliez, nous irions ensemble, aux premiers beaux jours.

— Oui, c'est cela, promit vaguement Ludivine. — Aux beaux jours.

Les beaux jours... Ils allaient revenir. On devinait l'approche de leur cortège, en ce mois de février qui sentait bon le vent des collines passé sur le thym nouveau, et l'air bleu fleuri d'amandiers, pur comme un matin d'Annonciation.

Un après-midi, comme Victor venait de servir le café, Ludivine parut s'éveiller de sa longue nuit opaque :

— Il fait soleil, aujourd'hui, découvrit-elle, le front contre la vitre.

Dominique lisait le communiqué. Elle leva la tête. Depuis plusieurs jours, le temps était magnifique et sa mère, jusqu'alors, n'avait pas semblé s'en apercevoir.

— Mais oui, Maman. Un beau soleil... Vous devriez vous promener un peu. Si vous saviez comme l'air est chaud, dehors !... Ce matin, j'avais quitté ma jaquette.

Ludivine méditait.

— Oui... Je crois que je vais sortir, murmura-t-elle.

Sa fille la regardait, joyeusement étonnée.

— ... Y a-t-il un cheval que je puisse monter ?

Dominique se rembrunit.

— Aucun. Vous savez bien qu'on nous a tout pris. Et j'ai eu tant de mal, cet hiver, à sauver les bêtes de trait...

— C'est bon, j'irai à pied.

— Vous ne voulez pas que je vous mène en voiture ?

— Non, non, refusa précipitamment Ludivine... « La voiture de François... » Elle reprit, caressant la joue de la jeune fille : — Cela me dégourdira, de marcher un peu.

Au-dehors, la douceur de l'atmosphère la surprit. Elle jetait un regard neuf sur le parc où le vert persistant des buis emprisonnait les fourrés éclaircis, saccagés par le mistral. Les orangers étaient à l'abri dans la serre. Dépouillée de sa parure, la grande allée paraissait plus large encore. Un oiseau voletait à la cime d'un pin. Ludivine entra dans le sous-bois.

A chaque pas, un souvenir l'accueillait, la menait plus loin, vers un autre, l'enveloppant d'une émotion dont la mélancolie cessait pour un instant d'être douloureuse. Vingt-huit ans de sa vie avaient passé, sous ces fûtaies toujours pareilles... Elle les retrouvait, ces années, bruissant autour d'elle, dans le souffle frais qui montait du sol encore humide et la faisait légèrement frissonner. Là, toute jeune femme, elle s'était appuyée, offrant sa bouche aux baisers de Frédéric ; plus loin, ils avaient ri ensemble ; là, elle avait soupiré contre lui, d'un désir du cœur, irrassasiable ; là, il lui avait dit, un jour, des paroles dures... mais là, aussi, elle l'avait eu assis à ses pieds, la figure levée vers elle, tout éclairée de ce sourire plein de fossettes qu'elle chérissait : « *Qu'il fait bon se reposer près de toi, mon cœur !... Vaille que vaille, tous deux, nous faisons quand même un attelage bien couplé...* »

Oui, il y avait eu un jour où il était là, à cette place, exactement..., vrai, présent de tout son corps, avec sa voix que Ludivine pouvait entendre, sa voix vivante, et son rire... un jour où il ne fallait que se pencher un peu pour assouvir ce besoin de le toucher, et relire au fond de ses yeux les mots qu'il venait de dire...

Là, plus loin, sous les chênes, c'était Hubert qui... — Mais se rappeler cela ne la gênait plus. Le compte de Frédéric demeurait largement débiteur, dans sa balance : tant de fautes, elle les lui avait pardonnées..., et jusqu'à cette mort impardonnable dans laquelle il s'était perdu...

Elle arrivait à l'orée du parc. Déshabituée de la marche, elle percevait en elle l'éveil de la fatigue. Pourtant, elle continua sans hésiter. Il lui fallait tout revoir : les terres, le barrage, l'étang, la roubine, l'allée des pins... « Si je me sens trop lasse, je me reposerai de temps à autre... »

Au sortir des arbres, la chaleur du soleil rayonnait sur les champs. Ludivine ôta son manteau et le mit sur son bras. En passant, elle le laissa chez la femme de Tonin, assise à tricoter sur le pas de sa porte en compagnie de sa petite-fille, et repartit, coupant court aux exclamations de bienvenue :

— Louisette n'aura qu'à le rapporter à la maison.

Allégée, elle marcha mieux.

Le paysage d'oliviers, de vignes, de prés et de sillons ombragés de rideaux de cyprès qu'elle connaissait si bien s'étendait autour d'elle. Pour la première fois, peut-être, elle le contemplait sans supputer les récoltes futures. Simplement, elle le laissait entrer dans ses yeux, le recueillant en elle, comme un bonheur retrouvé : « L'an dernier... » Ah ! il ne fallait pas penser à l'an dernier..., ni à ce départ taciturne de Christine, désormais sans retour..., ni à ces vingt ans que François n'atteindrait jamais... La fête dont avait rêvé autrefois Frédéric... Non, non, ne pas y penser... Mais seulement marcher, malgré ce point d'oppression au côté, marcher, gravir encore une fois le sentier rocailleux du barrage, continuer, revoir chaque arbre, chaque tournant, s'en remplir le cœur...

Elle rencontra le soir dans le creux, vers l'étang. La lumière commençait à peine à changer ; le ciel était toujours doré au-dessus des crêtes. Mais l'ombre cheminait déjà, au fond, dans la vallée. Le temps fraîchissait. Ludivine regarda sa montre. Quatre heures, seulement... Non, l'hiver n'avait pas abdiqué, encore... « Je n'aurais pas dû laisser mon manteau. » Il lui sembla que de l'eau glacée coulait entre ses épaules. « Bah !... en marchant plus vite... »

En arrivant à l'allée des pins, elle était presque en nage. Chaque pas lui coûtait un effort. Ses jambes raidies la portaient à peine. Il était près de cinq heures lorsqu'elle atteignit la maison.

Victor était sur le perron, l'air inquiet, guettant son retour.

— Madame n'a pas eu froid ? Eugénie se faisait un sang d'encre, depuis qu'on a rapporté le manteau. Si on avait su de quel côté...

— Non, dit Ludivine, je n'ai pas froid. Grand Dieu, non ! Mais je suis anéantie de fatigue.

— Bonne promenade, Maman chérie ? demanda Dominique, le soir, en rentrant. Comme vous avez l'air lasse !

A demi étendue dans son fauteuil, Ludivine, les yeux clos, les mains abandonnées, laissait aller sa tête à la renverse sur le rebord du dossier.

— J'ai presque fait le tour de Mogador.

— Oh !...

La jeune fille demeurait sans voix.

— ... Mais pourquoi ?...

— Je ne sais pas, dit Ludivine, sincère. Une envie qui m'a prise...

Le lendemain, au déjeuner, elle se plaignit de sa nuit.

— J'étais si courbatue que je n'ai pu dormir.

Elle toussait un peu. A la veillée, Dominique s'inquiéta de la rougeur de ses pommettes :

— Je suis sûre que vous avez pris froid.

— C'est possible... Bah ! quelques jours à la chambre...

Le temps, d'ailleurs, s'était remis à la gelée. Levé dans la nuit, le mistral traînait de nouveau ses longs hurlements à travers le ciel. Ludivine reprit sa place frileuse, au coin du foyer. De temps en temps, des frissons la secouaient. Elle retomba dans la torpeur fiévreuse des mois écoulés, coupée par des accès de toux. Eugénie, en l'habillant, remarquait :

— Madame flotte dans ses robes.

Cependant, elle mangeait comme à l'ordinaire, et Dominique, habituée à ce mince appétit, et leurrée d'ailleurs par la teinte rose de ses joues, ne s'apercevait de rien :

— Toujours ce rhume, Maman ?

— Toujours...

— Vous devriez me laisser vous poser quelques ventouses. Je sais comment on s'y prend : j'ai vu faire Marraine. Voulez-vous ?

— Mais non. Pour quoi faire ? Ça passera avec le printemps. Ce n'est pas grand-chose.

Au vrai, elle se complaisait dans cet état à demi léthargique. Les journées s'écoulaient, emplies d'une rêverie sans fin où des images de son passé transfiguré prenaient toute la place.

Permissionnaire, le bras en écharpe, Numa survint à l'improviste.

— Voulez-vous de moi jusqu'à demain, ma cousine ?

— Bien sûr.

Elle l'examina durant quelques secondes.

— ... Blessé ? Mon pauvre garçon... Ce n'est donc pas encore fini, cette guerre !...

— Fini ?...

Numa haussa une épaule.

— Moins que jamais. Si les pourparlers de la Russie aboutissent, nous serons dans de jolis draps. A moins que l'aide américaine ne se multiplie, je crains bien que le « vieux Dieu des batailles », du haut de son Walhalla, ne nous en prépare encore de cruelles.

— Est-ce que Laurent va rentrer à la Sarrazine ?

— Oui... Gazé... Les toubibs ont laissé peu d'espoir à tante Blanche.

— Pauvre Blanche..., soupira Ludivine, distraitement. Quelle horreur que ces gaz !... Je crois que le petit Royer est mal en point, lui aussi. Sa mère est venue me voir l'autre jour. Elle est désolée... Eh bien, c'est entendu, nous te gardons. Mathilde va te préparer ta chambre. Dominique est au village. Elle ne va pas tarder. Tu devrais aller à sa rencontre. Tu la trouveras sûrement sur la route, ou bien à la mairie.

Toute conversation lui pesait. Elle avait hâte de s'enfuir à nouveau vers l'endroit solitaire où ses fantômes lui faisaient signe, dans un demi-jour apaisant.

Les deux jeunes gens passèrent la soirée ensemble. Le lendemain matin, Dominique accompagna son cousin en voiture jusqu'à Tarascon.

Numa, fumant sa pipe, détaillait sans mot dire le profil encadré de bandeaux flous lumineux, sous la toque de crêpe.

Gênée par ce mutisme, elle tourna vers lui son regard incertain, un peu inquiet. « Son air de biche... » songeait Numa.

— Pourquoi ne me dis-tu rien ?

— Je pense, expliqua-t-il, gravement.

— A quoi donc ?

Il ôta la pipe de sa bouche, et, de sa main valide, la tapota contre le rebord de la portière pour la vider.

— A des tas de choses. A la vie que tu mènes, à la femme que tu es en train de devenir... A ce que cette guerre nous laissera de jeunesse, à nous autres hommes...

— Comme te voilà grave, sourit-elle.

— Je pensais aussi à notre adieu de l'an dernier. L'as-tu oublié, toi ?

Dominique rougit violemment. C'était, depuis la

veille, la première allusion qu'il faisait... Elle avait attendu, le cœur battant, espérant et désespérant... — Il n'avait pas même paru remarquer sa coiffure.

— Je suppose que cela valait mieux...

Une interrogation timide tremblait dans sa voix.

Numa considéra longuement son bras bandé. Une ride creusait le front lisse sous les cheveux qui le casquaient de cuivre.

— Probablement... dit-il, enfin.

Les mains de la jeune fille serrèrent le volant.

— Bien entendu. Mais cela n'avait aucune importance. J'ai tout de suite compris que c'était pour plaisanter.

— Hum... oui...

Le silence tomba entre eux. Ils roulèrent jusqu'aux premières maisons de Tarascon.

— Voilà, nous y sommes... murmura Dominique, en tournant sur le « cours ».

— Niké... prononça soudain Numa.

Un enrouement subit le prit. Il se racla la gorge pour continuer.

— ... Niké... quand je serai remonté en ligne... tu m'écriras ?...

— Mais...

Un confus espoir affluait en elle ! Lui écrire...

— Allons, insista-t-il, d'un ton railleur, tu peux bien le faire ; une petite lettre de temps en temps... Pour réconforter le pauvre poilu en proie au cafard, et lui donner des nouvelles du pays...

Elle arrêtait sa voiture au pied de la gare.

— ... Promis ?

— Si cela peut te faire plaisir...

Sautant à terre, il fit le tour de l'automobile et vint s'accouder devant elle.

— Tu es un ange, Niké.

Un instant, clignant des yeux, il la regarda derrière ses cils.

— ... Maintenant, quittons-nous ici. Les quais sont odieux, avec tout leur tohu-bohu. A bientôt, mon petit...

Il la prit par l'épaule...

Deux vieilles dames traversaient la rue droit sur eux, avec l'impudente curiosité de l'âge.

— ... Les dames Bourgarel... Elles sont alliées à ton beau-frère, souffla Dominique.

Tous deux saluèrent en même temps. Numa les suivit des yeux, en remettant son képi. Le mouvement l'avait éloigné de sa cousine.

A quelques pas, l'une des curieuses se retourna sur l'éclair d'un face-à-main.

— Oh ! oh ! remarqua Numa, les lèvres retroussées sur un demi-sourire, tu es bien gardée... Pas de danger que je puisse faire l'imbécile, aujourd'hui !

Ce sourire hermétique d'un marbre de Praxitèle...

Dominique rêvait éveillée, à le contempler. Sans qu'elle en eût conscience, ses paupières s'embuaient.

Le jeune homme s'aperçut de son trouble :

— ... Niké, allons... Il faut que je te quitte.

Il l'embrassa rapidement sur les deux joues.

— ... Au revoir. Pense à ta promesse !

Il hésita, ouvrit la bouche comme pour ajouter quelque chose, et, brusquement, s'en alla.

Ivre d'une espérance folle, Dominique le regardait s'éloigner. « Il allait me dire... Oh, mon Dieu !... Il va se retourner, il va... »

Mais il franchit le seuil de la gare et disparut au fond du couloir vers l'escalier.

En rentrant à Mogador, Dominique trouva la maison sens dessus dessous.

— Madame qui vient de se trouver mal !... lui cria Mathilde, aux cent coups, du haut de l'escalier.

— Où, où donc ? Où est-elle ?...

— Là-haut, dans sa chambre...

On avait étendu Ludivine sur le canapé, la courtepointe du lit hâtivement jetée sur elle. Un coussin soutenait sa tête.

— Maman !... Qu'y a-t-il ?...

Dominique, anxieuse, découvrait la pâleur de ce visage, si pâle, si émacié, tout à coup, parmi les grands cheveux noirs défaits serpentant tout autour.

— Je ne sais pas... Ce n'est rien...

Cette voix faible, cette main brûlante et moite qui semblait fondre entre les siennes...

Involontairement, la jeune fille frémit.

— Madame était en train à se peigner, raconta Eugénie. Moi, je cherchais son corsage à plis dans la garde-robe. J'ai entendu un bruit, et, en entrant, je l'ai trouvée par terre...

Ludivine se remettait peu à peu.

— Je ne sais pas comment c'est arrivé, dit-elle. J'ai senti quelque chose me remonter dans la gorge... je n'ai eu que le temps de mettre mon mouchoir à ma bouche avant de tomber comme dans un trou... Au fait, où est-il, mon mouchoir ?

— Il doit être par là...

Eugénie se baissa entre le tabouret et la coiffeuse.

— ... Voilà, je le tiens... Oh ! Madame !

Elle ramenait au bout de ses doigts une chose barbouillée de rouge...

— ... On dirait...

— Donne ! dit Ludivine brutalement.

Avec dégoût, elle prit le mouchoir dans sa main ouverte, examinant, les yeux dilatés, le tissu raidi où les taches viraient déjà au noirâtre.

Longtemps, elle demeura muette.

Il y avait un silence affreux dans la chambre.

— Maman... articula Dominique. Un tremblement s'était emparé d'elle. Ses dents s'entrechoquaient. — Ça ne signifie rien. Ce n'est pas... grave.

Sa voix s'érailla sur le mot.

— ... Certainement pas...

Ludivine leva son regard fixe vers l'enfant effrayée. « Lorsqu'elle était petite, si on la couchait seule, dans une pièce sans lumière... Pauvre Dominique... »

— Non... bien sûr... N'aie pas peur.

Depuis peu, Adrienne accourue sur l'appel de sa nièce, avait pris la maison en main.

En quelques semaines, la maladie de Ludivine avait fait de rapides progrès. Le médecin de Tarascon qui la soignait n'avait pas dissimulé ses craintes :

— Son état est inquiétant, et, malheureusement, il n'y a pas grand-chose à faire. Je ne puis vous cacher qu'il faut s'attendre... Oh ! cela peut durer encore. Mais enfin...

Ses forces déclinaient d'un jour à l'autre. A présent, elle gardait le lit.

— Ouvre les rideaux tout grand, Eugénie. Je n'en ai plus pour si longtemps à voir le soleil.

Elle étendait sur le drap ses mains d'une matité presque transparente, et les considérait, pensive : — Bientôt, refroidies, elles s'allongeraient enfermées dans l'immobilité et la nuit. — Aucun regret... — Elle n'avait plus envie de vivre. Surmonté le premier choc de la révélation, elle acceptait avec une indifférence amère de quitter un monde où ses biens les plus nécessaires l'avaient déjà quittée.

Sur sa demande, Hubert vint, un après-midi. Elle désirait lui confier Dominique et le domaine.

— Elle est si jeune, encore... Et elle va se trouver bien seule, dans cette grande maison. Il vous faudra l'aider, Hubert. Mogador est une lourde charge. Elle s'y est mise avec pas mal de courage... Mais il lui arrivera d'avoir besoin d'un coup d'épaule...

Enfoncé dans un fauteuil, au pied du lit, il la laissait parler, hochant vaguement la tête, sans bien entendre le sens de ses paroles. Dans l'ombre de l'alcôve, doucement fardée par la lumière filtrant à travers le taffetas rose des rideaux, Ludivine lui offrait le miracle de son visage lisse et doré comme autrefois ; et ses yeux, les yeux violets qu'il avait tant aimés, brillaient de leur sombre gel miroitant de gemmes.

— ... M'écoutez-vous, Hubert ?

Son ancienne voix, impatiente...

— Je vous écoute.

Il se disait que, dans peu de temps — quelques jours, quelques semaines ? — cette voix disparaîtrait de la musique du monde ; où qu'il allât désormais, pour la regretter ou la maudire, il l'évoquerait en vain... que cette bouche qu'il avait tenue une fois sous sa bouche, merveilleusement vivante et chaude, s'emplirait de l'horrible vide du tombeau... que ces yeux s'éteindraient comme des étoiles disparues, et qu'il lui faudrait continuer à vivre, avec ce souvenir et ces pensées...

Ludivine..., il l'avait crue retirée de lui, laissant se cicatriser la blessure. Mais non... En face d'elle, torturé, il sentait à nouveau le couteau entrer dans sa poitrine... et la douleur lui faisait serrer les mâchoires.

Elle le dévisageait avec curiosité.

— Je vous disais... Ah ça... à quoi pensez-vous donc ? Hubert, eh bien ?... Pourquoi prenez-vous cet air sauvage ?

— Moi ? — Il y avait une sorte d'égarement en lui.

— Oui... Voyons, je vous demande votre appui pour Dominique. Puis-je y compter ?

— Mon appui ?...

Hubert revenait péniblement à la question.

— ... Mais oui. A quoi bon le demander ? La fille de mon frère... Et Mogador...

Ludivine jouait avec les dentelles de son poignet.

— Ne le ferez-vous pas un peu pour moi aussi ?

Quelque chose comme un soupir monta de la poitrine d'Hubert. Elle continua :

— ... Je sais, vous m'en avez beaucoup voulu... N'est-ce pas ? Avouez-le...

Les poings de son beau-frère se crispaient l'un contre l'autre. Il les ouvrit et se mit à regarder les paumes étalées comme si elles ne lui appartenaient pas.

— C'est vrai..., dit-il enfin, lentement. Je n'ai pas pu vous pardonner.

Ludivine épiait avec intérêt la contraction de ces traits qu'il tentait de lui dérober.

— Mais maintenant, tout ça est si vieux et... vous savez que je vais mourir. Maintenant, Hubert, me pardonnez-vous ? Dites ? Regardez-moi...

Son inflexion était douce, presque caressante... Le souffle d'un été lointain.

Hubert l'écoutait vibrer en lui.

— Maintenant ?...

Relevant le front, il lui jeta un coup d'œil d'une intensité dévorante.

La tête un peu penchée, Ludivine lui souriait légèrement, comme jadis...

Un long moment, il la contempla en silence. Son regard brûlant criait le désespoir et la passion. Ludivine en ressentait la flamme sur elle. Cette chaleur perdue depuis si longtemps...

Une lueur monta au fond de ses prunelles qu'il reconnut soudain...

D'un bond, il se dressa, repoussant le fauteuil derrière lui d'un coup de pied :

— ... Ni maintenant ni jamais ! gronda-t-il, affolé de fureur. Jamais, entendez-vous ? Morte ou vive... — Il s'approcha du lit, empoigna le montant avec une violence telle qu'il y eut un craquement. — Jamais !...

Sa voix rauque martelait le mot.

Ludivine haussa les épaules, et, muette, tourna sa tête de côté sur l'oreiller.

— ... D'ailleurs... — Il eut un rire d'une amertume affreuse. — Ce n'est pas ça qui vous intéresse. Mon pardon !... Vous vous moquez bien de ça !... Mais de quoi êtes-vous donc faite ?... Quinze ans, plus de quinze ans que vous avez empoisonné ma vie !... et ça ne vous suffit pas, il vous faut encore vous assurer avant de...

— Assez ! Vous êtes ridicule. Et vous vous conduisez comme...

— Ridicule ?

Hubert ricana.

— ... Et après ? J'ai vécu avec le ridicule. Il me colle à la peau. Ridicule de vous avoir aimée comme un imbécile, oui... je ne voyais que vous, je me serais mis sous vos pieds... Bon Dieu, je serais mort pour vous si vous me l'aviez demandé ! Vous le saviez hein ? Vous deviez bien vous amuser à me bafouer, tout en vous servant de moi ?...

— Vous êtes fou..., articula Ludivine. Sous sa froideur dédaigneuse frémissait une colère contenue.

— Quand j'y pense !...

Il se mordait les poings, hors de lui, ivre de rancœur exaspérée.

— ... Votre égoïsme impitoyable, vos calculs, votre

vanité de coquette... Une coquette, pas plus... voilà ce que vous étiez... Et cette infernale habileté pour me ramener à vous, dès que je tentais de vous échapper !...

— Assez, Hubert ! Vous...

— La somme de souffrance et d'humiliations que je vous dois !... Et ce mépris de moi-même, et ce dégoût de vivre... Vous m'avez séparé des miens, vous m'avez chassé de Mogador... Tout, vous m'avez tout enlevé ! Vous vous êtes promenée en moi comme une torche. Quand vous serez sous la terre, vous ne serez pas plus pauvre que moi... ni plus déserte. J'ai une femme, un fils... et je suis seul, sans une once d'amour à leur donner. Etes-vous satisfaite ?... Non, je ne me tairai pas ! Vous pouvez me regarder, avec vos yeux... Dire qu'en ce moment même vous recommencez vos manèges !... Vous pardonner ? Bon Dieu, non !... Qu'il vous pardonnc, Lui, s'il lc peut ! Mais je...

Un sanglot coléreux lui brisa la voix.

— ... Je souhaite que non ! Moi, vous m'aurez damné !...

Il approchait d'elle son visage décomposé comme celui d'un meurtrier.

— ... Je vous hais. Encore plus que je ne vous aimais. Depuis des années, je vous hais. Et je vous l'aurai dit, enfin !... Je vous hais, Ludivine, je vous...

— Comment osez-vous ? éclata Ludivine. — Redressée contre ses oreillers, elle dardait sur Hubert un regard flambant de rage. — En fin de compte, qu'avez-vous à dire ? Qu'attendiez-vous de moi ? Quand vous ai-je promis quelque chose ? J'étais la femme de votre frère. Cela seul aurait dû vous faire taire ! Est-ce ma faute, si vous m'avez aimée ? D'autres que vous l'ont fait sans songer à me l'imputer en crime, que je sache ?... Et si je...

— D'autres que moi ? Qui vous a aimée comme moi ? Frédéric, lui-même...

— Taisez-vous ! Ne parlez pas de Frédéric ! Je vous défends... — Les paroles sifflaient dans sa gorge. — Si vous osez toucher à lui...

— Mon frère... — Il se pencha, grimaçant, attentif, pareil au tireur qui ajuste son coup :

— ... Ne vous abritez pas derrière mon frère. Vous figurez-vous, par hasard, l'avoir aimé ?... Moi, je sais ce que c'est que l'amour. Pas vous. Vous n'avez jamais aimé que vous-même. Je vous connais, à présent !

— Frédéric... — Atteinte, elle cria d'une voix basse :

— J'ai aimé Frédéric de toutes mes forces !

— Non, affirma Hubert, implacable.

Ludivine ferma les yeux. De vieilles, très vieilles larmes s'égouttaient sur son cœur.

— Je l'ai aimé comme j'ai pu... Autant que j'ai pu... Vous n'avez pas le droit de dire...

Une quinte de toux l'interrompit. Les doigts agrippés au drap qu'elle ramenait convulsivement sur sa poitrine, elle demeura haletante. La fièvre de ses artères tapait à grands coups sous sa tempe.

Hubert la couvait d'un regard tout empli d'une angoisse désespérée où l'amour et la haine se rejoignaient dans une lutte inextricable.

Ludivine reprit péniblement haleine.

— Quand je serai morte, dit-elle, avec rancune, vous vous rappellerez ce que vous avez osé dire. Et j'espère que le souvenir vous fera verser des larmes de sang. Je ne sais pas où je serai alors, mais, à mon tour, n'attendez pas que je vous pardonne !...

Il enfonça les poings dans ses poches, et rit douloureusement.

— Oh ! je sais bien. Vous emporterez toujours la

victoire. Mais après tout, que ferais-je de votre pardon ? Vous m'avez mis bien au-delà... Non, vous...

— Allez-vous-en ! Cela suffit...

Ludivine renversa la tête sur l'oreiller. Ses pommettes ardentes mettaient deux taches rouges sur la pâleur de la peau.

Hubert ne bougea pas. Tout contre le bord du lit, il la regardait avidement, comme s'il eût pu arracher d'elle le secret de ce pouvoir qu'elle détenait toujours.

— Ludivine... — D'une main machinale, il froissait à poignée le rideau de l'alcôve.

Elle ne parut pas entendre, mais tira le gland de la sonnette.

— ... Ecoutez-moi !... — L'accent suppliait, déchirant.

— Non ! Allez-vous-en !... Laissez-moi tranquille..., prononça-t-elle, la bouche dure.

— Oh ! gémit Hubert. Vous me damnez... Que Dieu vous...

— Vous l'avez déjà dit.

Un pli de sourire tordait méchamment le coin de sa lèvre.

Tenaillé d'une souffrance intolérable, il se pencha, lui saisit le poignet :

— Ludivine, au nom du ciel, vous ne pouvez pas...

Un coup léger fut frappé à la porte.

— Entrez ! cria Ludivine, dégageant son bras.

Hubert se rejeta en arrière.

— Vous voulez quelque chose, Maman chérie ? Il m'a semblé entendre votre sonnette.

— Oui... Veux-tu arranger mes oreillers ?

La jeune fille s'avança.

— ... Je viens de régler quelques questions avec ton oncle. Il est entendu qu'il s'occupera de toi. Maintenant, je me sens un peu fatiguée. Je voudrais me reposer. Je vous prie de m'excuser, Hubert.

Sans répondre, il se détourna, et, précipitamment, quitta la chambre.

— Qu'a-t-il donc ? demanda Dominique stupéfaite.

— Rien. Nous avons remué de vieilles histoires... Tire les rideaux, je vais dormir un peu.

Elle soupira et ajouta :

— ... Il faudrait bien aussi que je voie monsieur le Curé... Tu l'enverras chercher demain.

— Oui, Maman... Vous ne voulez rien d'autre ?...

— ... Non, ça va bien ; je suis là, dit-elle à Eugénie qui entrait.

— ... Rien d'autre, vraiment ?

— Non, ma petite fille. Embrasse-moi... Et maintenant, sauve-toi vite.

Elle roula un instant sa nuque sur l'oreiller, creusant sa place, et murmura, avec lassitude :

— ... Oui. Je crois que je vais dormir.

Dès qu'elle fut seule, cependant, les échos des paroles d'Hubert l'assaillirent. « ... *Pas aimé Frédéric...* »

La tête lui faisait mal. Sa respiration devenait courte, légèrement sifflante. Un sel cuisant mettait une brûlure sous ses paupières closes. Sa poitrine gonflée était une pierre pesante au milieu de son corps.

« *Pas aimé Frédéric...* »

Elle tâta la place froide à son côté : « Frédéric, mon amour... » Un goût épais et fade emplit sa bouche, l'étouffant un peu... La chambre reculait, doucement, d'abord, puis à une vitesse accrue, vertigineuse. Des pans de nuées blanches et grises s'entr'ouvraient devant Ludivine, se dressaient, tournoyaient, s'écroulaient en fumées. Il ne restait, là-bas, que ce bout de ciel tout bleu d'un matin de vacances qui rapetissait si vite, si vite... et quelque chose qu'il fallait dire à Elise... quelque chose qu'elle avait oublié de lui dire, ce matin-là, trente années auparavant...

A présent, il faisait très sombre, et Ludivine demeurait seule, perdue, sans courage, et sans espoir... Seule, toute seule, depuis tant de jours : « Frédéric, oh ! Frédéric !... »

Lointaine, lointaine, enveloppée dans des épaisseurs de silence, à travers des murailles de silence, elle perçut la voix familière :

— Mon cœur !...

Puis, elle entra dans la vallée qui descend vers le dernier fleuve.

15

Dominique franchit le seuil de la salle à manger. Au bout de la longue table, Victor avait dressé son couvert solitaire. De chaque côté, les chaises s'alignaient aux places naguères occupées, désormais vides. Le premier soir de cette série de soirs qui l'attendait, avec le silence pour convive... Depuis la veille, Hubert et Madeleine étaient rentrés à la Gloriette. Adrienne venait de partir.

— Viens chez nous, ma petite chérie... Au moins pour quelque temps !... Tu ne vas pas rester seule ici...

— Mais si, Tatie. Il faut... Si je partais, à présent, je n'aurais plus le courage de rentrer. Mieux vaut que je m'habitue...

Hubert, lui, n'avait pas insisté :

— Fais comme tu voudras. Tu sais que Madeleine a une chambre pour toi.

— Et « Déri » serait si content..., avait ajouté Madeleine ; et un peu plus tard, entraînant la jeune fille à l'écart : — Viens nous voir, je t'en prie... Cela distraira ton oncle...

Le soir où, deux heures à peine après son retour à la Gloriette, dans le salon obscur où il s'était réfugié comme une bête malade qui cherche l'ombre, Hubert avait vu entrer, portant une lampe, sa femme en pleurs suivie du messager de Mogador, l'aspect de son visage avait terrifié Madeleine. Et le lendemain, à l'aube de la longue nuit de veille où chacun s'était relayé, lorsque entrouvrant la porte de la chambre mortuaire, elle l'avait surpris, seul, courbé sur le lit, chuchotant d'incompréhensibles supplications à cette forme d'une impassibilité minérale dont il semblait s'obstiner à attendre une réponse, prise d'une sorte d'épouvante, elle s'était enfuie, sans qu'il se fût aperçu de sa présence.

Depuis l'enterrement, il vivait dans une atonie qui désespérait Madeleine.

— « Oui... Non... Comme tu voudras... » On ne lui arrache pas autre chose. Vous le voyez vous-même.

Elle avait sangloté sur l'épaule maternelle d'Adrienne.

— ... Je le sens si loin de moi... Par moments, je me demande s'il n'est pas en train d'en devenir fou. Oh !... Mais pourquoi m'a-t-il épousée, s'il l'aimait encore à ce point ?

— Madeleine, voyons... Qu'allez-vous croire ?

— Oh ! Je suis au courant. Les gens m'ont renseignée, vous pensez... Mais je me figurais que c'était fini. Nous avons été heureux, au début, jusqu'à la guerre...

— Eh bien ! maintenant, c'est fini, quoi qu'il advienne... Soyez patiente. Il a beaucoup souffert, Madeleine, avant de vous rencontrer. Le seul bonheur qu'il ait eu, c'est vous qui le lui avez donné, ma chérie.

A présent, c'est la dernière épreuve. Un jour ou l'autre, quand il aura épuisé son chagrin, il s'apercevra qu'il vit encore, et que vous êtes là... que vous lui restez, avec votre tendresse qui lui sera douce. Il oubliera, vous verrez...

Adrienne n'en était pas tellement sûre. Mais sa jeune belle-sœur, réconfortée, s'était illuminée à travers ses larmes. L'embrassant, la berçant comme une fillette, elle avait achevé son œuvre de consolatrice.

— ... Je voudrais... C'est peut-être difficile... que vous ne conserviez pas de rancœur contre Ludivine.

— Oh non ! Pourquoi en aurais-je ? On aime, on n'aime pas... Ce n'est la faute de personne. Le Bon Dieu choisit pour nous. Elle et Frédéric se sont adorés, n'est-ce pas ?

— Oui... — Adrienne était demeurée un moment méditative. — Oui... dans les limites humaines, je crois qu'on peut le dire, en effet.

Quinze jours que l'on avait refermé la pierre sur le trou béant qui, désormais, gardait la chose abandonnée et froide, déjà atteinte par le hideux travail du néant, qui avait été Ludivine Vernet.

Son repas vite achevé, Dominique passa dans le salon. Dans le plateau, sur le guéridon, sur la console, traînaient encore des cartes, des lettres, des télégrammes, auxquels il faudrait répondre.

Serrées dans un petit bonheur-du-jour, étaient les lettres de ses sœurs. Elle les prit pour les relire.

« *Viens dès que tu pourras* », avait écrit Isabelle.

« *J'ai de la peine en songeant que je ne la reverrai plus. Mais je me rappelle ce pauvre visage qu'elle avait, la dernière fois, la petite silhouette triste qu'elle était dans la lumière du parloir, et cet air affamé que je lui ai connu, si souvent... Et alors, je m'émerveille de l'immense grâce que Dieu lui a faite, de la prendre pour qu'elle soit enfin rassasiée. Viens, nous Le remercierons ensemble pour elle...* »

Et Anne :

« *Ton câble m'est parvenu hier, comme je m'apprêtais pour le départ, sur ton appel. Maman, notre ravissante chérie... morte, elle aussi... si vite, sans que j'aie eu le temps de l'embrasser... C'est trop cruel, trop affreux... Depuis hier, je n'ai ni mangé ni bu, et je pleure sans pouvoir m'arrêter.* » La lettre était toute tachée de petits ronds qui avaient léché l'encre, rendant certains mots illisibles. — « ... *Le bateau va partir ce soir. Il t'apportera seulement cette lettre écrite en hâte. Ne m'attends pas, Nique. Et pardonne-moi, je t'en supplie. A présent que tout est fini, la pensée de me trouver, en arrivant, devant cette tombe, et la maison tellement vide, m'est insupportable. Cela me fait horreur. Plus tard, quand je me sentirai plus forte, je ferai la traversée. Mais en ce moment, il me faut Gaspard, sa présence, ses bras, tout son amour, pour me remettre un peu. Viens près de nous deux, toi que rien ne retient. Viens, je t'attends, que ferais-tu, là-bas, toute seule ?...* »

Dominique secoua la tête, en repliant la lettre : « Viens, viens... » criait chacune, de sa place, cette place qui nous est assignée, même lorsque nous nous figurons la choisir.

Elles ne comprenaient donc pas, l'une et l'autre, qu'elle aussi avait la sienne ? Sur ce domaine confié aux Vernet, elle demeurerait au commandement où François, en parlant, l'avait appelée... A la fois vigie, pilote et capitaine, seule puisqu'il le fallait, avec ses petites forces, mais aussi avec l'aide infaillible que reçoivent ceux à qui ne manque pas la « bonne volonté ». — Labours et semailles, moissons et vendanges, Mogador continuerait, comme il est dans l'ordre.

Victor entra.

— Berthe a pensé qu'une tasse de tilleul ferait du bien à Mademoiselle.

— Mais, Victor, je ne suis pas malade.

On avait donc oublié, à l'office, l'horreur qu'elle avait des tisanes ?

— Berthe dit que, quand elle a perdu sa pauvre mère, il n'y avait rien comme le tilleul bien sucré pour la faire dormir...

Gêné de ce qu'il venait de dire, il ajouta :

— ... Quand même, c'est vrai que ce n'est pas la même chose.

Mais si, dit doucement Dominique. C'est tout pareil.

Il installait le plateau sur la petite table, devant sa jeune maîtresse.

— Est-ce que le dîner allait comme ça ?

— Mais oui... Très bien.

Etonnée, elle suivit du regard le vieux maître d'hôtel.

Il ne se décidait pas à sortir, tournant çà et là dans la pièce, et se livrait à des rangements incohérents.

— ... Voyons, qu'y a-t-il, Victor ?

— Voilà... — Visiblement, la question le soulageait. — C'est au village. Les gens disent que Mademoiselle va quitter Mogador pour habiter chez monsieur Hubert ou chez madame Guillermin, ou s'en aller en Amérique.

C'était donc cela ?...

— Les gens disent n'importe quoi sans savoir, mon

bon Victor, Mogador est ma maison. Il n'est pas question que je la quitte.

— C'est vrai, ça, Mademoiselle.

La figure de Victor pavoisait.

— ... Mais quand même, on avait peur... Ah bien !... je m'en vais le dire à Berthe et aux autres. Mademoiselle n'a plus besoin de rien ?

— Non, merci. Bonsoir, Victor... J'attends Ranguis demain, à huit heures, avec un délégué des services de l'intendance. Vous les ferez entrer dans le bureau.

Demeurée seule, elle acheva consciencieusement, avec une grimace, le tilleul chaud et sucré.

Puis, elle sortit d'un tiroir, à part de toutes les autres, la lettre de Numa.

« *C'est dans un petit village où nous sommes encore au repos, à dix kilomètres du front, que ton télégramme est venu me toucher. Mon pauvre tout-petit, je pense à toi, et je voudrais prendre ta chère tête contre mon épaule, pour essayer de te consoler un peu. Où es-tu ? Que fais-tu ? Donne-moi de tes nouvelles. Je cherche à t'imaginer, aux prises avec cette peine atroce que doit être la disparition d'une mère, et il me semble que je ressens ton chagrin. Je suis avec toi, si loin que je sois. Je voudrais t'exprimer tout cela moins maladroitement... Mais tu connais mon affection, n'est-ce pas ? Tu en es sûre...* »

Son affection... N'aurait-elle jamais autre chose ? Eût-il écrit autrement, s'il l'aimait ? « Ta chère tête... » « Je suis avec toi... » — On peut dire cela à celle qu'on aime. On peut aussi le dire à sa petite cousine, presque sa petite sœur... « Mon Dieu, accordez-moi son amour... Vous avez uni Papa et Maman, Anne et Gaspard, Christine et Alban... Pour si peu de temps que ce soit, vous avez permis qu'ils soient heureux ensemble... Et moi, n'aurai-je pas aussi mon bonheur, à la fin ? »

« Il sait que je l'aime, j'en suis sûre. J'ai beau vouloir le lui cacher... S'il m'aimait, me laisserait-il dans le doute ?... Mais peut-être... » Peut-être pensait-il à François, et à tant d'autres. — « Peut-être veut-il me laisser libre au cas où... Mon Dieu ! vous ne permettrez pas qu'il meure... Mon Dieu, si vous ne voulez pas me le donner, gardez-le au moins en vie même si c'est pour une autre... Que je le revoie, parfois, que je sache qu'il est heureux... Seulement ça, mon Dieu, je vous en supplie !... »

Mais Dieu ne répond jamais, et on ne sait pas s'il écoute. Peut-être s'est-il rendu sourd à la voix de ses créatures, pour n'être pas gêné de leurs cris lorsqu'il fait ce qu'il doit faire avec elles...

Et quand il en meurt tant, à chaque seconde, quand les hommes l'aident si horriblement dans sa plus effrayante tâche, a-t-il encore le temps de tenir ses comptes, et de faire l'appel de leurs noms ?

Elle chercha le journal : « *... Le repli britannique du mont Kemmel... Attaques et contre attaques sur Villers-Bretonneux, et au bois de Hangard... Actions locales à Locre, à Moreuil... Le coup de main triomphal sur Ostende et Zeebruge... Les raids de Gothas... La grosse Bertha tire sur Paris...* »

De tant de mort, de tant de ruines, comment espérer qu'entre tout ce qui tombe il y aura quelqu'un de protégé ? L'amour et les prières pour chacun de ces hommes, depuis le commencement, entassés, escaladeraient le ciel... L'amour et les prières, il y en avait eu, pour François. « Ça ne l'a pas sauvé... »

Il n'y a rien qui nous sauve. Il faut marcher dans cet étroit sillon qu'est le déroulement d'une vie, guettés au passage par ces mille et mille morts qui nous viennent des êtres, de nos désirs, de nos regrets, de nos oublis qui ne sont pas les leurs... et du temps qui passe. Mille et mille morts, jusqu'à la dernière...

De quel côté nous viendrait l'espoir ? Il n'y a que le travail à faire. Notre petit bout de travail dans le long ruban de labeur que déroule la peine du monde. Et la joie, on ne nous l'a pas promise : ceux qui aiment ne sont pas aimés ; ceux qui s'aiment, on les a séparés... Mais ceux qui endurent petitement leur lot d'amertume quotidienne, et leur isolement..., ceux qui ne savent plus qu'il y a sur la terre un nom pour l'espérance..., ceux qui tournent sans révolte dans la nuit des jours comme un cheval de noria, ceux-là demeurent pour nous enseigner que la prière est inutile si nous demandons autre chose que la sagesse de ne plus rien demander.

Cette sagesse-là, songeait Dominique, il est douloureux de la découvrir à vingt ans.

La lettre de son cousin faisait un petit carré clair découpé sur sa jupe noire : « Depuis la mort de Papa, c'est à peine si nous avons quitté le deuil. »

Maintenant, il lui semblait qu'elle aurait à le porter jusqu'à la fin de sa vie. Quelque chose comme le deuil d'elle-même... « Ce sera fini tout de suite, et il n'y aura rien eu... »

Cette lettre, à quoi bon y répondre ? Vivre encore dans l'attente d'une autre, la composer dans son cœur, telle qu'on la voudrait : ardente, amoureuse, un peu folle, avec des mots dont la douceur vous ferait frissonner jusqu'à la pointe des cils... et voir fuir les jours, guetter les courriers, parier avec les présages : « Si je parviens au bout de l'olivette avant que la figure du gros nuage ne se soit effacée, j'aurai la lettre en rentrant... », recevoir enfin quelques lignes au-delà desquelles on tente de lire. « Ne pas savoir s'il m'aime..., ni s'il reviendra... »

Le grand calme nocturne avait endormi les bruits humains de la maison. C'était l'heure où les meubles craquent, où les charpentes se resserrent, où les cirons grignotent les boiseries, où la lumière saute et cligne dans la lampe qui se met à filer, où le tic-tac de la pendule monte brusquement d'un ton...

Dominique se leva, remit la lettre dans le tiroir, éteignit la lampe, et quitta le salon.

La veilleuse brûlait au pied de l'escalier, comme chaque soir.

Comme chaque soir, le décalque de la jeune fille sortit du mur, vint à sa rencontre, l'escorta un instant, et s'évanouit.

Sur le palier, un bruit choqua son oreille : un frappement doux, régulièrement espacé. Cela provenait de la chambre de sa mère. « On dirait qu'une fenêtre bat... »

Elle ouvrit. Une coulée pétrifiée de lune éclairait la pièce d'un rayon oblique. Les brise-bise de mousseline s'agitaient faiblement.

Dominique s'avança pour fermer la fenêtre. Sa gorge se serrait. Cette chambre où tout était encore à sa place... — Elle s'arrêta, regardant autour d'elle avec des yeux qui se troublaient : « Maman chérie, ne reviendrez-vous donc jamais ici ? » Un sanglot monta de sa poitrine. Auprès d'elle, tout à coup, elle crut entendre quelque chose comme un chuchotement. « Je suis folle... » Elle se secoua. Le rideau de taffetas, balancé par le courant d'air, crissait à petit bruit.

La clarté tombait sur la grande bergère où ses parents, jadis, s'installaient ensemble, serrés l'un contre l'autre. La vieille soie luisait, éraillée par places. Le coussin et le haut du dossier semblaient avoir conservé le creux de leurs corps rapprochés. A nouveau, Dominique s'imagina percevoir une sorte de rire ténu.

Sur le guéridon marqueté, près du baguier d'albâtre incrusté de lapis où traînait encore la montre boule de sa mère, le gros livre des *Œuvres complètes d'Alfred de Musset* était resté posé.

Elle caressa du bout des doigts le cuir usé de la reliure, et l'ouvrit au hasard :

« *... Eh bien, je te les donne. Mais prends les clés de mon jardin : le jour où tu t'ennuieras d'être poursuivi par tes créanciers, viens te cacher dans les bleuets où je t'ai trouvé ce matin. Aie soin de prendre ta perruque et ton habit bariolé. Ne parais jamais devant moi sans cette taille contrefaite et ces grelots d'argent, car c'est ainsi que tu m'as plu...* »

... « *Fantasio*... Comme Papa aimait à le relire... »

Sur la page de garde, à la lumière blanche et froide, se détachait, sur trois lignes, la petite écriture griffue :

A Frédéric,
Ludivine.
7 Juillet 1896.

Dominique se penchait.

Un souffle tourna le feuillet.

Elle se redressa. — Ce n'était pas la mort, ni l'absence, qui palpitaient ainsi dans cette chambre... — Un tremblant sourire montait sur son visage.

Non, ce n'était pas la mort. — Il n'y a pas de mort : rien n'était arrivé d'affreux à Christine. François n'était pas ce corps tordu ou déchiqueté, enfoui quelque part, dans un trou anonyme des côtes de Meuse. Ludivine et Frédéric ne se défaisaient pas sous la dalle, dans le caveau où des hommes les avaient descendus...

Ils étaient ailleurs, dans un pays proche à la fois et hors d'atteinte. Mêlés à l'air léger, au vent, aux nuages qui passent ; délivrés de l'insécurité et des larmes, ils allaient et venaient près de nos yeux aveugles, frôlant parfois de leur ombre transparente les vivants demeurés.

Dominique pensa pour la première fois sans tristesse à Henriette, la petite fiancée en robe noire pour qui les cloches du jour des noces ne sonneraient pas.

L'important, ce n'était pas de vivre, ni d'être heureux, en ce monde d'attente et de fièvre. Mais d'y rencontrer et d'y reconnaître son compagnon pour le temps du voyage... Et même s'il part en avant sur la route... Alors, le jour venu, au bord de l'instant difficile, il est là, sur la passerelle, et il vous tend sa main pour passer de l'autre côté.

Demain, elle écrirait à Numa.

"La guerre des souvenirs"

(Pocket n°2170)

1918. La guerre vient de s'achever, et le domaine de Mogador, que les deuils et les souffrances n'ont pas épargné, commence à reprendre vie. Pour Dominique Vernet, il ne fait pas de doute que son cousin Numa, qu'elle n'a cessé d'aimer, est sain et sauf et qu'il reviendra demander sa main. Mais les mois passent et quand il arrive enfin, c'est pour annoncer qu'il est obligé d'en épouser une autre. Mais amour et raison ne vont pas toujours de paire…

Il y a toujours un Pocket à découvrir

"Secret de famille"

(Pocket n°11506)

Une nuit de 1945, à Vallongue, Charles tue son frère Édouard d'un coup de revolver. Pour Clara, qui est la seule à avoir entendu la détonation, la conduite à tenir ne fait aucun doute : il faut que cela ait l'air d'un suicide. Sans laisser au meurtrier le temps de réagir, elle organise la macabre mise en scène. Tandis que Charles se mure dans une douleur insurmontable, Clara, prête à tout pour sauver le bonheur de la famille, est loin de soupçonner dans quelle insoutenable vérité s'enracine son lourd secret.

Il y a toujours un Pocket à découvrir

Photocomposition Nord Compo
59650 Villeneuve-d'Ascq

Impression réalisée sur Presse Offset par

BRODARD & TAUPIN

GROUPE CPI

23771 – La Flèche (Sarthe), le 21-04-2004
Dépôt légal : mai 2004

POCKET – 12, avenue d'Italie - 75627 Paris cedex 13
Tél. : 01.44.16.05.00

Imprimé en France